358
Wilbur Smith
Quando vola il falco

TEADUE: UNA COLLANA DI SUCCESSI

I grandi best seller di

Wilbur Smith

Gli angeli piangono
Un'aquila nel cielo
Cacciatori di diamanti
Il canto dell'elefante
Come il mare
Il destino del leone
Dove finisce l'arcobaleno
Gli eredi dell'Eden
I fuochi dell'ira
La notte del leopardo
L'ombra del sole
L'orma del Califfo
Il potere della spada
Quando vola il falco

La spiaggia infuocata
Stirpe di uomini
Sulla rotta degli squali
L'uccello del sole
L'ultima preda
Una vena d'odio
La voce del tuono
La Volpe dorata

IN TUTTE LE LIBRERIE

WILBUR SMITH
QUANDO VOLA IL FALCO

Romanzo

Traduzione di
Mario Biondi

TEA - Tascabili degli Editori Associati S.p.A.
Corso Italia 13 - 20122 Milano

Copyright © 1980 by Wilbur Smith
Published by arrangement with
William Heinemann Ltd., London
Longanesi & C. © 1986 - 20122 Milano, corso Italia, 13
Edizione su licenza della Longanesi & C.

Titolo originale
A Falcon Flies

Prima edizione TEADUE giugno 1995

Ristampe: 14 13 12 11 10 9 8 7
           2002   2001   2000   1999

QUANDO VOLA IL FALCO

*Ancora una volta questo libro
è dedicato a mia moglie
Danielle Antoinette*

1860

L'Africa stava accucciata sull'orizzonte, quasi un leone pronto all'agguato, color fulvo e oro nel primo sole, gelata dal freddo della Corrente del Benguela.

Robyn Ballantyne stava in piedi accanto al parapetto della nave e la guardava. Era lì da un'ora prima dell'alba, molto prima che si cominciasse a vedere la terra. Sapeva che era là, ne sentiva nel buio la vasta presenza enigmatica, ne avvertiva il respiro, caldo e secco di aromi, sopra le fredde esalazioni vischiose della corrente su cui correva la grande nave.

Fu dunque il suo grido e non quello che arrivò dalla testa d'albero a far accorrere di carriera il capitano Mungo St John dai suoi quartieri di poppa per unirsi alla compagnia, mentre tutti si affollavano sulla fiancata della nave, a guardare, in un subisso di commenti. Mungo St John rimase aggrappato al corrimano in teak solamente per qualche secondo, con lo sguardo fisso alla terra, prima di girarsi precipitosamente per impartire gli ordini con il suo tono basso e penetrante, che pareva giungere in ogni angolo della nave.

«Pronti alla virata!»

Tippù, il secondo, spedì i marinai ai loro diversi compiti, armati di spezzoni di cavo. Erano due settimane che venti furiosi sotto un cielo basso e grigio impedivano la vista del sole, della luna e di qualsiasi altro corpo celeste, in base al quale fare il punto. Secondo la stima della posizione, la nave avrebbe dovuto trovarsi cento miglia nautiche a ovest, ben al riparo da quella costa traditrice, con i suoi rischi non indicati dalle carte e le sue spiagge desertiche.

Il capitano si era appena svegliato e la massa bruna dei suoi capelli era ancora arruffata e scompigliata dal vento, mentre le guance erano tuttora arrossate dal sonno, oltre che dall'irritazione e dalla preoccupazione, che trasparivano sotto la pelle liscia e abbronzata. Gli occhi invece erano limpidi, con un vivace contrasto tra il bianco e il giallo screziato d'oro delle iridi. Ancora una volta, persino in quel momento di distrazione e confusione, Robyn avvertì intensamente la pura presenza fisica di quell'uomo, fatto pericoloso e inquietante, che al tempo stesso le ripugnava e l'attraeva con forza.

La sua camicia bianca di lino era stata ficcata in tutta fretta nelle brache, e sul davanti appariva slacciata. La pelle del torace era anch'essa bruna e liscia, quasi fosse stata massaggiata con olio, e su di essa i peli spiccavano crespi e neri: i loro ricci la costrinsero ad arrossire, facendole tornare vivido alla memoria il ricordo di quel mattino agli inizi del viaggio, la prima mattina che erano entrati nelle acque azzurre e calde dell'Oceano, sotto la latitudine 35° nord, la mattina che da allora per lei era motivo di grandi tormenti e preghiere.

Aveva, nell'occasione, sentito scrosciare l'acqua sul ponte, sopra la propria testa, insieme al rumore metallico della pompa marina. Allora aveva abbandonato la scrivania che si era improvvisata nella minuscola cabina e alla quale era intenta a lavorare al proprio diario, si era gettata uno scialle sulle spalle ed era salita sul ponte principale, emergendo ignara nella bianca luce brillante del sole e quindi rimanendo immobile senza fiato.

La pompa era azionata con gusto da due marinai, e dalla sua bocca l'acqua del mare usciva in un getto quasi solido, sibilando. Sotto di esso, nudo, c'era Mungo St John, che teneva rivolti il viso e le braccia all'acqua che gli lisciava i capelli neri sul volto e sul collo, appiattendogli i peli sul torace e il ventre teso. Robyn era rimasta lì con lo sguardo fisso, paralizzata, incapace di distogliere gli occhi. I due marinai, girata la testa, le avevano rivolto un sorriso lascivo, continuando ad azionare i manici della pompa sibilante di acqua.

Certo, Robyn aveva già visto il corpo nudo di un uomo, sul tavolo della dissezione, la carne molle e bianca che si staccava dalle ossa, i visceri che uscivano dalla sacca squarciata del ventre, simili a entragna di macelleria; oppure in preda alla febbre, tra le coperte sudicie dell'ospedale, madido di sudore, fetido e scosso dalle convulsioni della morte incombente... ma mai così, mai un corpo sano, vitale e prepotente come quello.

Una meravigliosa simmetria, uno splendido equilibrio di tronco e lunghe gambe potenti, di spalle larghe e vita stretta. La pelle era lustra anche dove il sole non l'aveva dorata. Non un pendere disordinato di organi maschili, seminascosto da un ciuffo di peli ruvidi, vergognoso e vagamente rivoltante, ma virilità vibrante, tanto che Robyn era rimasta colpita da un brivido intimo, quasi le fosse stato nuovamente offerto il peccato originale di Eva, il serpente e le mele, per cui si era lasciata sfuggire un ansito. Lui l'aveva sentita ed era uscito da sotto il getto tonante d'acqua, allontanandosi i capelli dagli occhi. L'aveva vista lì vicina, incapace di allontanarsi o di distogliere lo sguardo, e le aveva rivolto quel suo sorriso pigro e sarcastico, senza minimamente fare il gesto di coprirsi, con l'acqua che ancora gli colava lungo il corpo, quasi cospargendolo di tanti frammenti di diamante.

«Buongiorno, dottoressa Ballantyne. Sono oggetto di uno dei suoi studi scientifici?» chiese.

Solo allora Robyn era riuscita a rompere l'incantesimo, girando su se stessa e tornando nella piccola cabina maleodorante. Aveva temuto di provare un grande turbamento, dopo essersi gettata sulla stretta cuccetta, di essere travolta da un senso di peccato e vergogna, ma così non era stato. Si era invece sentita prendere da una grande confusione, da una contrazione del petto e dei polmoni che l'avevano lasciata senza fiato, nonché da un forte calore alle guance e alla pelle della gola, accompagnata dal rizzarsi dei finissimi peli neri alla base della nuca e da un identico calore in altre parti del corpo, un calore che l'aveva spaventata al punto da costringerla ad abbandonare la cuccetta e a gettarsi in ginocchio per implorare una migliore comprensione della propria essenziale bassezza e malvagità. Atto che aveva compiuto mille volte, nei suoi ventitré anni, ma quasi mai con così scarso successo.

Nei trentotto giorni di viaggio passati da allora aveva cercato di evitare quegli occhi gialli screziati e quel sorriso sarcastico, consumando i pasti in cabina, persino nel caldo soffocante dell'equatore. Soltanto quando era sicura che il maltempo lo avrebbe trattenuto sul ponte, raggiungeva il fratello e gli altri nel piccolo salone della nave.

Osservandolo ora, mentre sottraeva la propria nave alle insidie della costa, avvertì ancora una volta quell'inquietante fremito della carne, per cui tornò in tutta fretta a rivolgere lo sguardo verso la terra, che ora fuggiva oltre la prua.

Alla sua vista Robyn riuscì quasi a scacciare quei lontani ricordi e al loro posto si sentì riempire da un tal timore reverenziale da doversi chiedere se veramente la terra natale potesse rivolgere un richiamo tanto chiaro e innegabile al sangue dei suoi figli.

Non pareva possibile che fossero passati diciannove anni da quando, bimbetta di quattro, aggrappata alle gonne della madre, aveva visto per l'ultima volta scomparire sotto la linea dell'orizzonte la grande montagna dalla cima piatta, che montava la guardia alla punta meridionale estrema del continente. Uno dei pochi ricordi chiari che le fossero rimasti di quella terra. Le pareva quasi di avvertire ancora la ruvidezza della stoffa consentita per l'abito della moglie di un povero missionario e di sentire i singhiozzi che sua madre cercava di soffocare, ma che le facevano tremare le gambe sotto le gonne a cui lei, bambina, era aggrappata. Le tornò vivido alla memoria il ricordo della paura e della confusione che aveva provato di fronte al suo dolore, avendo, con intuito infantile, capito che sulla loro vita si era abbattuto uno sconvolgimento, ma sapendo solamente che l'alta figura di uomo che fino a quel momento aveva costituito il centro della sua minuscola esistenza non era lì con loro.

«Non piangere, bambina», le aveva mormorato la madre. «Il papà lo rivedremo presto. Non piangere, piccola mia.» Parole che invece le avevano fatto dubitare che l'avrebbe mai più rivisto, per cui aveva affondato il viso nella gonna ruvida, troppo orgogliosa persino a quell'età per consentire agli altri di vederla piangere.

Come sempre, era stato suo fratello Morris a consolarla, maggiore di tre anni, un uomo di sette, come lei nato in Africa, sulle rive di un lontano fiume selvaggio dallo strano nome esotico, Zouga, che era diventato il suo secondo nome. Morris Zouga Ballantyne: lei preferiva Zouga, che le ricordava l'Africa, e lo chiamava sempre così.

Quindi voltò il capo verso il casseretto e lo vide lì, alto, ma non come Mungo St John, a cui si stava rivolgendo in tono eccitato, indicandogli quella terra color del leone. Le fattezze del viso – il naso ossuto e aquilino e la linea decisa della bocca, a volte aspra – le aveva ereditate dal padre.

Zouga tornò a portarsi all'occhio il cannocchiale per osservare la linea bassa della costa, esaminandola con la cura che dedicava a ogni suo atto, dal più importante al più secondario, prima di abbassarlo per renderlo a Mungo St John e riprendere a parlare con lui in tono tranquillo. Tra i due uomini si era sviluppata una strana relazione, una forma di rispetto reciproco, pur se controllato, per la forza dimostrata e i successi ottenuti. E bisognava dire che più assiduo nel rapporto era Zouga, il quale, sempre pronto a sfruttare le occasioni, fin dalla partenza dal porto di Bristol aveva letteralmente succhiato all'altro tutte le conoscenze e l'esperienza acquisite in tanti anni di commerci e viaggi lungo le coste di quell'immenso continente selvaggio, prendendone accuratamente nota nei propri quadernoni rilegati in vitello.

In aggiunta a ciò il capitano aveva di sua spontanea iniziativa preso a istruire Zouga nei misteri e nell'arte della navigazione astronomica. Il mezzogiorno apparente li trovava sempre alle prese con i sestanti di ottone, nel lato del casseretto esposto al sole, in attesa che un raggio perforasse le nubi, oppure, quando il cielo era limpido, a osservarlo ansiosamente, dondolando all'unisono con la nave, per tenere il sole nel campo della lente mentre ne misuravano l'altezza sull'orizzonte.

Altre volte invece rompevano la monotonia di un lungo bordo con una gara di tiro, sparando alternativamente a una bottiglia vuota di acquavite gettata oltre la prua da un marinaio, servendosi di una magnifica coppia di pistole da duello a percussione che Mungo St John portava sul ponte dalla sua cabina ancora avvolte nella loro custodia bordata di velluto e caricate con cura sul tavolo di carteggio.

Altre volte ancora era invece Zouga a portare sul ponte la nuova carabina Sharps a retrocarica, dono di uno dei finanziatori della spedizione, la «Spedizione Africana Ballantyne», come l'aveva definita l'importante quotidiano *Standard*. Un'arma magnifica, precisa fino all'incredibile portata di oltre settecento metri e ancora in grado di abbattere un bisonte a più di novecento.

Mungo St John legava un barile all'estremità di un cavo lungo per l'appunto poco più di settecento metri, che veniva calato in mare per servire da bersaglio, e i due vi tiravano scommettendo uno scellino a colpo. Zouga era un bravo tiratore, il migliore del suo reggimento, ma contro Mungo St John aveva già perduto cinque ghinee.

Gli americani non erano soltanto i migliori costruttori di armi del mondo (John Browning aveva già brevettato un fucile a ripetizione a retrocarica, che Winchester stava evolvendo nell'arma più formidabile nota all'uomo), ma erano anche di gran lunga i migliori tiratori. Mungo St John, che era americano, reggeva entrambe le pistole da duello a canna lunga e la carabina Sharps come se fossero un prolungamento del suo corpo.

A quel punto Robyn distolse lo sguardo dai due uomini, tornando a rivolgerlo verso la terra e provando dispiacere al vederla scomparire sotto il livello del grande mare verde.

Ne aveva una nostalgia quieta e disperata, com'era sempre stato dal giorno della sua partenza, tanti anni prima. Tutta la sua vita, nel periodo di tempo trascorso da allora, sembrava essere stata una lunga preparazione a questo momento, in cui tanti ostacoli erano stati superati, ostacoli resi immensi dal fatto che era una donna: quanto aveva dovuto lottare contro la tentazione di cedere alla disperazione, una lotta che dagli altri era stata interpretata come testardaggine e orgoglio, come ostinazione e mancanza di modestia.

La sua istruzione era stata messa assieme con grande fatica servendosi della biblioteca dello zio William, sebbene quest'ultimo si fosse attivamente impegnato a dissuaderla, dicendole: «L'eccesso di istruzione non ti farà altro che male, mia cara. Non sta alle donne occuparsi di certe cose. Faresti meglio ad aiutare tua madre in cucina e a imparare a cucire e a lavorare a maglia».

«Sono cose che so già fare, zio William.»

Successivamente, l'assistenza riluttante e imbronciata dello zio si era trasformata in sostegno attivo, anche se con lentezza, quando finalmente questi aveva capito quanto fossero profonde la sua intelligenza e determinazione.

Lo zio William era il fratello maggiore della mamma, di cui aveva accolto in casa la famiglia, quando l'aveva vista tornare priva di tutto da quella terra lontana e selvaggia. Loro tre disponevano solamente dello stipendio concesso al padre dalla London Missionary Society, pari a cinquanta sterline all'anno, e William Moffat non era un uomo ricco: praticava la professione di medico a Kings Lynn, con una piccola clientela, a malapena sufficiente per sostenere la piccola famiglia che si era trovato sulle spalle.

Certo, più tardi – molti anni dopo – sarebbe arrivata una gran quantità di soldi, secondo qualcuno addirittura tremila sterline, i diritti d'autore dei libri del padre di Robyn, ma era stato lo zio William a mantenerli negli anni brutti.

Era stato lui a trovare in qualche modo la cifra necessaria per comperare l'ammissione di Zouga al suo reggimento, arrivando persino a vendere i due cani da caccia con pedigree. Cifra che comunque era bastata soltanto per un reggimento poco elegante e nemmeno nell'esercito regolare: il 13° Fanteria Indigena di Madras, della Compagnia delle Indie Orientali.

Era stato lui a istruire Robyn fino a portarla al proprio livello di cultura, aiutandola successivamente e spalleggiandola nel grande inganno di cui non sarebbe mai riuscita a vergognarsi. Nel 1854 nessuna scuola medica ospedaliera inglese avrebbe ammesso una donna nel proprio corpo studentesco.

Invece, con l'aiuto e la connivenza attiva dello zio, Robyn si era iscritta presso il St Matthew Hospital, nell'East End londinese, valendosi del suo appoggio e della bugia secondo la quale lei sarebbe stata *suo* nipote.

Era bastato cambiare il nome da Robyn in Robin. Per il resto era alta e piatta, e nella sua voce c'erano toni profondi e rauchi che sapeva acuire. I capelli li teneva corti e i pantaloni li indossava con ostentazione tale che da allora il penzolare di gonne e crinoline attorno alle gambe le dava fastidio.

I soprintendenti dell'ospedale avevano scoperto l'inganno soltanto dopo che aveva ottenuto il diploma in medicina presso la Regia Scuola di Chirurgia, all'età di ventun anni, rivolgendo immediata istanza alla medesima Scuola perché tale diploma venisse annullato, ma lo scandalo che ne seguì era divampato in lungo e in largo per l'Inghilterra, reso ancor più appassionante dal fatto che si trattava della figlia del dottor Fuller Ballantyne, il famoso esploratore dell'Africa, viaggiatore, missionario, medico e scrittore. E alla fine i soprintendenti del St Matthew avevano dovuto battere in ritirata, perché Robyn Ballantyne e suo zio William avevano trovato un cavalleresco campione nella persona minuscola e rotondetta di Oliver Wicks, direttore dello *Standard*. Tuttavia la conferma del diploma aveva costituito solo un breve passo del lungo viaggio di ritorno in Africa, che Robyn aveva deciso da tanto tempo di fare.

I venerandi amministratori della London Missionary Society si erano notevolmente preoccupati di fronte all'offerta dei servigi di una donna. Le mogli dei missionari erano una cosa, anzi, erano senz'altro più che utili al fine di tenere gli stessi missionari alla larga dalle lusinghe della carne e dalle tentazioni tra i pagani ignudi, ma una missionaria era una cosa completamente diversa.

Inoltre contro la domanda di Robyn giocava un'ulteriore complicazione: suo padre era quel Fuller Ballantyne che sei anni prima aveva dato le dimissioni dalla medesima LMS prima di scomparire ancora una volta nell'interno dell'Africa, screditandosi completamente agli occhi dei suddetti amministratori, ai quali era parso chiaro che ciò che a lui interessava erano l'esplorazione e il successo personale piuttosto che il guidare i pagani ignoranti verso la luce di Gesù Cristo. In effetti, per quanto era dato sapere, Fuller Ballantyne, in tutte le migliaia di chilometri che aveva percorso in Africa, era riuscito a fare un solo convertito: il suo portatore di fucile.

Pareva anzi esser diventato un crociato contro la tratta degli schiavi piuttosto che un emissario di Cristo. Nel giro di poco tempo aveva infatti trasformato in un rifugio per gli schiavi fuggiaschi la sua prima missione africana, quella di Koloberg, sita sul confine meridionale del grande deserto del Kalahari, in una piccola oasi, e fondata con grande sacrificio finanziario per la Società.

Visto che Fuller ne aveva fatto un rifugio per gli schiavi, era accaduto l'inevitabile. I pionieri boeri delle piccole repubbliche indipendenti che circondavano la piccola missione a sud erano i proprietari degli schiavi a cui Ballantyne dava rifugio e avevano dunque invocato l'intervento degli uomini del «Commando», il braccio armato cui veniva affidata la giustizia di frontiera. Questi erano arrivati a Koloberg in un centinaio, un'ora prima dell'alba, abili cavalieri bruni, vestiti di stoffa ruvida fatta in casa, barbuti e bruciati dal sole. I lampi dei loro fucili avevano illuminato l'alba, che le fiamme delle capanne in paglia della missione avevano trasformato in giorno.

Quindi avevano legato in lunghe file gli schiavi ricatturati, insieme ai servi della missione e ai liberti, e li avevano portati a sud, lasciando Fuller Ballantyne con i propri cari stretti alla sua persona e con sparsi ai piedi i pochi beni che erano riusciti a salvare dalle fiamme.

Il fatto aveva rafforzato nell'intimo di Fuller Ballantyne l'esecrazione per l'istituto della schiavitù, fornendogli la scusa di cui era invano in cerca, la scusa, cioè, per liberarsi degli obblighi che fino a quel momento gli avevano impedito di rispondere al richiamo del vasto territorio inesplorato che si estendeva verso nord.

La moglie e i due bambini, per il loro bene, erano stati rispediti in Inghilterra, insieme a una lettera indirizzata agli amministratori della London Missionary Society, in cui veniva spiegato come Dio avesse reso chiaro il proprio volere. Fuller Ballantyne aveva il dovere di inoltrarsi a nord, portando la Sua parola nel cuore dell'Africa, missionario su larga scala, non più legato a una piccola sede, ma con tutta l'Africa come parrocchia.

Gli amministratori erano rimasti molto dispiaciuti per la perdita della missione, ma rimasero ulteriormente sgomenti di fronte alla prospettiva di dover organizzare quella che appariva essere una spedizione costosa in una zona che tutto il mondo sapeva essere soltanto una vasta distesa desertica – priva di popolazione e di acqua, se si eccettuava la striscia lungo il mare – che si estendeva per più di seimila chilometri fino a raggiungere il Mediterraneo.

Si affrettarono pertanto a scrivere a Fuller Ballantyne, non sapendo con esattezza dove indirizzargli la lettera, ma convinti dell'opportunità di rifiutare ogni responsabilità e di esprimere la più viva preoccupazione. La medesima lettera si concludeva con l'affermazione che non avrebbero potuto – per votazione – concedere più di uno stipendio di cinquanta sterline annue per queste attività profondamente contrarie ai regolamenti. Ma avrebbero anche potuto risparmiarsi fatica ed emozioni: Fuller Ballantyne era già partito. Era scomparso con un manipolo di portatori, il suo portatore di fucile cristiano, una Colt, una carabina a percussione, due scatole di medicinali, il diario e gli strumenti di navigazione.

Era ricomparso otto anni dopo, lungo il corso dello Zambesi, presentandosi a un insediamento portoghese vicino alla foce di tale fiume, con grande disperazione dei coloni, i quali, dopo due secoli di occupazione del luogo, non si erano mai addentrati nell'interno per più di centocinquanta chilometri.

Quindi era tornato in Inghilterra, dove il suo libro, *Un missionario nell'Africa più nera*, aveva fatto grandissima sensazione. Ecco un uomo che aveva compiuto la *Transversa*, ovvero l'attraversamento via terra dell'Africa, dalla costa occidentale a quella orientale, e che, dove avrebbe dovuto esserci il deserto, aveva visto grandi fiumi e laghi, freschi e gradevoli altipiani erbosi, grandi branchi di animali selvatici e popolazioni strane. Ma che, soprattutto, aveva visto le terribili scorrerie degli schiavisti nel continente nero, rivelando fatti che avevano risvegliato il fervore antischiavista nel cuore del popolo britannico.

La London Missionary Society rimase imbarazzata per la bruciante fama del suo figliol prodigo e si affrettò a fare ammenda. Fuller Ballantyne aveva scelto le località dove installare le future missioni nell'interno, per cui, con la spesa di molte migliaia di sterline, furono messi assieme alcuni gruppi di persone devote destinate a stabilirvisi.

Il governo britannico, impressionato dalla descrizione dello Zambesi fatta dallo stesso Fuller Ballantyne, descrizione da cui il fiume appariva come una grande via di penetrazione nell'Africa, lo nominò console di Sua Maestà e finanziò una complessa spedizione intesa ad aprire questa arteria di commercio e civiltà.

Per scrivere il suo libro Fuller era tornato in Inghilterra, ma, nel periodo in cui era stato con loro, i suoi parenti lo avevano visto di rado come quando era nel cuore dell'Africa. Se non era chiuso nello studio di zio William a scrivere l'epico resoconto dei suoi viaggi, era a Londra a perseguitare il ministero degli Esteri e gli amministratori della LMS. Dopo di che, quando da entrambe queste fonti ebbe ottenuto ciò che gli serviva per tornare in Africa, si mise a viaggiare per l'Inghilterra, tenendo conferenze a Oxford o prediche dal pulpito della cattedrale di Canterbury.

Poi di punto in bianco se ne andò di nuovo, portando con sé la moglie. Robyn non si sarebbe mai scordata la sensazione provocata dai suoi baffi ispidi, quando si era chinato per salutarla una seconda volta. Nella sua mente il padre e Dio erano praticamente la stessa cosa.

Anni dopo, quando, al disperato ritorno alla civiltà dei pochi missionari sopravvissuti – i quali avevano perso compagni e spose per effetto delle privazioni e delle febbri, oppure uccisi dalle belve, se non dai selvaggi che erano andati a salvare –, le sedi da lui scelte per le missioni si erano rivelate trappole mortali, la stella di Fuller Ballantyne aveva cominciato a declinare.

La spedizione del ministero degli Esteri al fiume Zambesi, personalmente guidata da lui, si era bloccata alle terribili rapide e alle cascate della gola di Kaborra-Bassa, tanto che la gente prese a chiedersi come fosse possibile che lo stesso Fuller Ballantyne, il quale aveva affermato di aver seguito il fiume dalla sorgente fino al mare, non fosse a conoscenza dell'esistenza di un ostacolo tanto insuperabile. Quindi si cominciarono a mettere in discussione anche le altre sue affermazioni e il ministero degli Esteri gli revocò la carica di console.

La London Missionary Society, invece, gli mandò un'altra delle sue lunghe lettere, chiedendogli per il futuro di limitare le proprie attività alla conversione dei pagani e alla diffusione della parola di Dio.

Fuller Ballantyne replicò rassegnando le dimissioni e assicurando così alla medesima società un risparmio di cinquanta sterline annue. Nell'occasione inviò anche una lettera ai figli, incitandoli a mostrare forza e fede, e un manoscritto all'editore, nel quale difendeva il modo in cui aveva diretto la spedizione. Infine prese le poche ghinee rimastegli dagli enormi diritti d'autore percepiti per gli altri libri e ancora una volta sparì nell'interno dell'Africa. Da allora nessuno aveva più avuto sue notizie.

Ed ecco che adesso compariva anche la figlia, già quasi famosa come il padre, a chiedere di essere ammessa nei ruoli della LMS come missionario operativo.

E ancora una volta il buon zio William era venuto in soccorso alla nipote, in compagnia della quale si era presentato al cospetto degli amministratori della medesima LMS, rammentando loro che il nonno di Robyn, Robert Moffat, era uno dei missionari che avevano avuto più successo in Africa, dove aveva convertito decine di migliaia di pagani e dove ancora risiedeva e operava a Kuruman, avendo recentissimamente pubblicato un dizionario della lingua sechuana. La stessa Robyn, inoltre, era una persona devota, preparata sotto il profilo medico ed esperta di lingue africane, che le erano state insegnate dalla defunta madre, figlia del medesimo Robert Moffat: in conseguenza del rispetto in cui detto Robert Moffat era tenuto persino presso il bellicosissimo re africano Mzilikazi degli ndebele, detti anche matabele, la nipote sarebbe dunque stata immediatamente ben accolta tra tali tribù.

Gli amministratori avevano fatto orecchie da mercante.

Allora lo zio William aveva proseguito facendo capire che Oliver Wicks, il direttore dello *Standard*, che già si era levato in difesa della giovane ai tempi del St Matthew Hospital, avrebbe potuto essere interessato ai motivi del loro rifiuto.

A quel punto gli amministratori si erano riscossi e lo avevano ascoltato con grande attenzione, dopo di che si erano consultati e avevano concesso a Robyn la sospirata ammissione. Quindi l'avevano distaccata presso un altro movimento missionario, che a sua volta l'aveva mandata nelle zone industriali più povere dell'Inghilterra settentrionale.

Il modo per tornare entrambi in Africa lo aveva trovato suo fratello Zouga, il quale era venuto in licenza dall'India dopo aver percorso una carriera notevole, arrivando fino al grado di maggiore, conquistato sul campo, ed essersi fatto una fama di ottimo soldato e amministratore militare, nonostante la giovane età.

Eppure Zouga era insoddisfatto, tanto quanto Robyn. Come il padre, erano entrambi degli spiriti solitari, che mal tolleravano l'autorità e la disciplina.

Al suo ritorno, dopo essere stato accolto con grande calore,

Zouga aveva portato la sorella a pranzo al Golden Boar. Un cambiamento tale, rispetto alle normali abitudini di Robyn, che la giovane aveva accettato un secondo bicchiere di borgogna, diventando allegra e spumeggiante.

«Per Dio, Sissy, sei veramente una bella ragazza, sai?» le aveva detto a un certo punto. Purtroppo aveva preso l'abitudine di bestemmiare, ma nei quartieri miseri dove lavorava Robyn aveva sentito ben di peggio. Poi Zouga aveva aggiunto: «Non c'è ragione che consumi la vita tra queste tremende vecchiacce».

L'atmosfera che c'era tra loro era cambiata all'istante, e finalmente Robyn era riuscita ad aprirsi al fratello e a dare libero sfogo a tutta la propria amarezza. Lui l'aveva ascoltata con grande comprensione, stringendole una mano attraverso il tavolo e rafforzandola nella sua determinazione.

«Io devo tornare in Africa, Zouga. Altrimenti muoio. Lo so. Avvizzisco e muoio.»

«Buon Dio, Sissy, perché proprio l'Africa?»

«Perché ci sono nata, perché il mio destino è là... e perché è là anche il papà, chissà dove.»

«Ci sono nato anch'io», ribatté Zouga con un sorriso, che come sempre gli addolcì la linea dura della bocca. «Ma del mio destino non so niente. Non mi spiacerebbe tornarci per la caccia, naturalmente, ma, quanto a nostro padre... non ti capita mai di pensare che la principale preoccupazione della sua vita sia sempre stata Fuller Ballantyne? Non capisco come tu possa avere ancora tanto amore filiale per lui.»

«È diverso dagli altri uomini, Zouga, non si può giudicarlo secondo il metro usuale.»

«Ci sono molte persone che potrebbero dichiararsi d'accordo su questo punto», mormorò seccamente Zouga. «Per esempio alla LMS e al ministero degli Esteri... ma come padre?»

«Io gli voglio bene!» ribatté Robyn in tono di sfida. «Dopo Dio, chi amo di più è lui.»

«Ha ucciso nostra madre, lo sai», replicò Zouga, con la bocca indurita nella solita espressione severa. «L'ha portata allo Zambesi durante la stagione delle febbri, condannandola a morte come se le avesse puntato una pistola alla tempia.»

Dopo un breve silenzio Robyn dovette consentire con lui: «Non è mai stato un padre, e nemmeno un marito... ma un visionario, un inseguitore di chimere...»

Zouga scoppiò a ridere e le strinse la mano.

«Davvero, Sissy?»
«Ho letto i suoi libri e tutte le lettere che ha scritto alla mamma o a noi, e so che il mio posto è là. In Africa con lui.»
Zouga staccò la propria mano dalla sua e si arricciò con cura i folti baffi. «Riesci sempre a mettermi in agitazione...» disse, e poi, saltando di palo in frasca, aggiunse: «Hai sentito che hanno trovato diamanti nel fiume Orange?» Quindi alzò il bicchiere e ne esaminò con attenzione il sedimento sul fondo. «Siamo molto diversi, tu e io, eppure per tanti lati assai simili», aggiunse ancora, versandosi distrattamente un po' di vino e proseguendo: «Ho dei debiti, Sissy».
La parola «debiti» la fece gelare. Fin dall'infanzia le era stato insegnato ad averne orrore.
«Quanto?» chiese infine con voce tranquilla.
«Duecento sterline», rispose Zouga con una scrollata di spalle.
«Così tante?» esclamò Robyn con un filo di voce, e poi: «Non avrai giocato, Zouga?»
Un'altra delle espressioni orribili del suo vocabolario.
«Sì», riconobbe Zouga, ridendo. «Proprio così. E grazie a Dio, altrimenti sarei sotto di mille ghinee.»
«Vuoi dire che giochi e... che vinci?» chiese ancora Robyn, sentendo l'orrore cedere un pochino e velarsi di fascino.
«Non sempre, ma il più delle volte.»
Robyn lo esaminò con attenzione, forse per la prima volta. Aveva solamente ventisei anni, ma disponeva della presenza e dell'imperturbabilità di un uomo di dieci anni più vecchio. Era sempre un militare temprato dai quattro anni passati sui confini dell'Afghanistan.
«Allora come mai hai dei debiti?»
«Quasi tutti i miei colleghi ufficiali, persino i più giovani, hanno dei beni personali. Io ho il grado di maggiore e devo mantenere un certo decoro. Andiamo a caccia, al tiro a segno, ci sono i conti delle cene, i pony per il polo...» rispose Zouga con una scrollata di spalle.
«Potrai mai restituire i soldi che devi?»
«Dovrei sposare una donna ricca», rispose Zouga con un sorriso, «oppure trovare i diamanti.»
Quindi sorseggiò il vino, si allungò sulla sedia, senza guardarla, e riprese a parlare in tono tranquillo. «L'altro giorno stavo

leggendo il libro di Cornwallis Harris... ti ricordi i grossi animali che vedevamo quando vivevamo a Koloberg?»

Robyn scosse il capo.

«No, certo, eri soltanto una bambina. Ma io sì. Ricordo i branchi di antilopi e di gnu sulla pista che scendeva al Capo. Una notte c'era un leone: l'ho visto chiaramente alla luce del fuoco dell'accampamento. Nel libro di Harris sono raccontate le sue spedizioni di caccia fino al Limpopo... nessuno è mai arrivato più oltre, a parte forse il papà, naturalmente. Un bel po' meglio che tirare ai fagiani o all'antilope indiana. Lo sai che con il suo libro Harris ha guadagnato quasi cinquemila sterline?»

Detto questo Zouga allontanò pensosamente da sé il bicchiere di vino, si raddrizzò sulla sedia e prese un sigaro dalla scatola d'argento. E mentre lo preparava e accendeva continuò a tenere le sopracciglia pensosamente corrugate.

«Tu vuoi andare in Africa per motivi spirituali. Io, invece, ho probabilmente bisogno di andarci per ragioni molto più prosaiche: per il sangue e per il denaro. Ti faccio una proposta. La Spedizione Ballantyne!» concluse, alzando il bicchiere.

Allora Robyn scoppiò a ridere, incerta, pensando che scherzasse, tuttavia alzò a sua volta il bicchiere, che era quasi pieno. «Sono senz'altro d'accordo. Ma come, Zouga? Come ci arriviamo?»

«Come si chiama quel giornalista che conosci?» chiese Zouga.

«Wicks», rispose lei. «Oliver Wicks. Ma perché dovrebbe aiutarci?»

«Troverò una buona ragione», ribatté Zouga, e a Robyn venne in mente come fosse sempre stato, fin da bambino, un eloquente peroratore di cause.

«Secondo me ce la fai», disse.

Quindi bevvero e, quando abbassò il bicchiere, Robyn si sentì felice come mai in vita sua.

Passarono altre sei settimane prima che rivedesse Zouga, il quale avanzava alla sua volta a grandi passi, fendendo la calca della London Bridge Station, mentre lei scendeva dalla vettura. Emergeva dalla folla, con in testa il grande cilindro e con la cappa a tre quarti che gli svolazzava sulle spalle.

«Sissy!» le gridò, ridendo e sollevandola da terra. «Ci andiamo... ci andiamo davvero!»

C'era una carrozza che li aspettava e il cui vetturino incitò i cavalli con la frusta non appena furono montati.

«Quelli della London Missionary Society non ci danno niente», le disse ancora Zouga, cercando di sovrastare il rumore delle ruote sull'acciottolato. «Nei miei calcoli li avevo quotati per cinquecento ghinee, ma gli ho quasi fatto venire un colpo. Mi è sembrato che preferiscano che il papà rimanga perso nell'Africa più nera e che anzi sarebbero disposti a pagare quelle cinquecento ghinee per farlo rimanere dov'è.»

«Sei andato dagli amministratori?» chiese Robyn.

«Ho giocato prima le carte perdenti», rispose Zouga con un sorriso. «Poi sono andato a Whitehall, al ministero, e sono riuscito a farmi ricevere dal ministro in persona. È stato squisitamente civile, mi ha portato a pranzo al Travellers' e si è dichiarato dispiaciutissimo di non essere in grado di fornire nessuna assistenza finanziaria. Al ministero hanno un ricordo ancora troppo chiaro del fiasco fatto dal papà sullo Zambesi, ma comunque mi ha dato delle lettere di presentazione. Una dozzina, indirizzate a tutte le persone autorevoli... al governatore del Capo, a Kemp, ammiraglio di Città del Capo e a tutti gli altri.»

«Le lettere non ci faranno arrivare lontano.»

«Poi sono andato a trovare il tuo amico giornalista. Ometto straordinario. Molto in gamba. Gli ho detto che avevamo intenzione di andare in Africa a cercare il papà e lui è saltato su come una molla e si è messo a battere le mani come un bambino davanti a una recita di marionette», continuò Zouga, attirandosi più vicino la sorella. «Se devo essere sincero, ho usato svergognatamente il tuo nome... e ha funzionato. Oliver Wicks avrà i diritti di pubblicazione di tutti i nostri diari e dei nostri due libri.»

«Nostri?» chiese Robyn, staccandosi da lui e guardandolo in faccia.

«Nostri», confermò Zouga con un sorriso. «Il tuo e il mio.»

«Dovrò scrivere un libro?»

«Certamente. Il racconto della spedizione fatto da una donna. Ho già firmato il contratto per tuo conto.»

Allora Robyn scoppiò a ridere, ma senza fiato. «Stai andando troppo lontano e troppo in fretta.»

«Il piccolo Wicks si è quotato per cinquecento ghinee, dopo di che mi sono rivolto all'Associazione per l'Estinzione della Tratta degli Schiavi... con loro è stato facile. Agiscono con il patrocinio di Sua Altezza Reale, che ha letto i libri del papà. Dovremo riferire sullo stato della tratta nell'interno del continente, a nord del Tropico del Capricorno. Dentro anche loro per cinquecento ghinee.»

«Ma sei un mago, Zouga!»

«Poi è stata la volta della Devota Compagnia dei Commercianti di Londra con Interessi in Africa. Sono cent'anni che basano tutte le loro attività sulla costa occidentale, e io li ho convinti che hanno bisogno di un rilevamento in quella orientale. Sono stato nominato loro agente, con istruzioni di studiare il mercato per quanto concerne olio di palma, coppale, rame e avorio... e dentro anche loro con cinquecento ghinee, più una carabina Sharps in regalo.»

«Mille e cinquecento ghinee», esclamò Robyn, senza fiato, e Zouga annuì.

«Torniamo a casa in grande stile.»

«Quando?»

«Ho prenotato i passaggi su un clipper mercantile americano. Partiamo da Bristol fra sei settimane, per il Capo di Buona Speranza e Quelimane, nel Mozambico. Ho scritto per chiedere una licenza di due anni dal mio reggimento... e tu dovrai fare lo stesso con la LMS.»

In definitiva tutto si era svolto con una velocità di sogno. Gli amministratori della LMS, forse sollevati dal fatto di non dover pagare le spese per il viaggio e l'installazione di Robyn nell'Africa interna, in un accesso di stravaganza avevano deciso di continuare a pagarle lo stipendio durante la sua assenza, addirittura con la promessa di rivederlo alla fine di tale periodo.

L'*Huron*, bel clipper di Baltimora, veloce quanto prometteva all'aspetto, si dimostrò un'ulteriore buona scelta di Zouga Ballantyne. Appena attraversato il 29° ovest, Mungo St John virò a sinistra, mettendosi sulla rotta commerciale di sud-est. Il vento di nord-ovest si avventò poi su di loro con veri ululati e l'*Huron* lo fuggì, giorno dopo giorno, sotto cieli cupi, solcati dalle nubi, che impedivano la vista di sole, luna o stelle, fino a raggiungere la costa occidentale africana a più di duecento miglia di distanza dalla sua destinazione, il Capo di Buona Speranza.

«Secondo!» chiamò Mungo St John con la sua voce tagliente,

non appena l'*Huron* si fu nuovamente abbattuto al vento, allontanandosi rapidamente dalla terra.

«Agli ordini, capitano!» muggì in risposta Tippù, ai piedi dell'albero di maestra: una grande esplosione di suono emessa da un torace possente.

«Prenda il nome della vedetta in testa d'albero.»

Tippù piegò la grossa testa a palla di cannone sul collo robusto e guardò in alto, serrando gli occhi fino a formare due fessure nelle pesanti pieghe di carne.

«Ancora venti minuti e ci avrebbe fatto finire a terra», aggiunse Mungo St John con voce gelida, micidiale. «Prima della fine della giornata lo voglio sulla grata: gli daremo un'occhiatina alla spina dorsale.»

Tippù si leccò involontariamente le labbra e Robyn, che gli era accanto, sentì lo stomaco rivoltarsi. Nel corso di quel viaggio erano già stati frustati tre marinai, per cui sapeva che cosa aspettarsi. Tippù era mezzo arabo e mezzo africano, un gigante color miele, dalla testa rasata e solcata da un reticolo di cicatrici chiare, ricordo di mille scontri violenti. La sua enorme figura era coperta da una tunica sciolta e ricamata, a collo alto, ma gli avambracci che sporgevano dalle ampie maniche erano grossi come le cosce di una donna.

Robyn si affrettò a voltarsi verso Zouga, che stava arrivando sul ponte alla sua volta.

«Abbiamo guardato ben bene la terra, Sissy. Se il vento tiene arriveremo a Table Bay in cinque giorni.»

«Non potresti intercedere presso il capitano, Zouga?» chiese lei, facendo comparire sul volto del fratello un'espressione stupita. «Ha intenzione di frustare quel povero diavolo.»

«E ha assolutamente ragione», grugnì Zouga. «Ci ha quasi fatto finire sugli scogli.»

«Non hai proprio nessuna umanità?» gli chiese allora Robyn in tono gelido, ma con le guance colorite da due chiazze d'ira e gli occhi di un verde chiaro bruciante. «E ti definisci cristiano!»

«Comunque, quando lo faccio, parlo sottovoce», ribatté Zouga, ricorrendo alla risposta che sapeva le avrebbe dato più fastidio. «Ed è un argomento che non ficco nella conversazione a ogni piè sospinto.»

Le loro liti erano sempre improvvise come temporali estivi sul *veld* africano e altrettanto spettacolari.

Mungo St John fece qualche passo in avanti per appoggiarsi con un gomito al corrimano del casseretto, tenendo un lungo Avana di nero tabacco grezzo ficcato tra i denti bianchissimi. Quindi le rivolse uno sguardo ironico con quei suoi occhi gialli screziati, facendola infuriare ulteriormente, finché Robyn sentì la propria voce diventare stridula, al che spostò la propria attenzione da Zouga a lui.

«L'uomo che lei ha frustato la settimana scorsa potrebbe rimanere invalido per tutta la vita», gli gridò.

«Vuole che Tippù la prenda e la chiuda nella sua cabina finché avrà ritrovato la calma e le buone maniere, dottoressa Ballantyne?» chiese Mungo St John.

«Non può farlo!» gli ribatté lei in tono infuocato.

«Altroché se posso, glielo assicuro... e anche molto, molto di più.»

«Ha ragione», confermò Zouga sottovoce. «Su questa nave può fare praticamente tutto quello che vuole.»

Robyn scoprì di star ansimando per la rabbia e il senso di impotenza.

«Comunque, dottoressa, se è schifiltosa posso esentarla dall'assistere alla punizione», continuò Mungo St John, sempre in tono ironico. «Dobbiamo tenere in considerazione il fatto che lei è una donna.»

«Non una sola volta in vita mia ho chiesto una simile considerazione», ribatté Robyn, cercando di controllare l'ira, quindi si liberò dalla mano del fratello e si allontanò.

Si diresse verso prua, tenendo la schiena rigida e le spalle diritte, cercando di mantenere un atteggiamento dignitosamente distaccato, ma il movimento della nave la rendeva goffa e quelle dannate gonne le fluttuavano attorno alle gambe.

Più tardi ne avrebbe chiesto perdono, ma per il momento si lasciò sfuggire un sonoro: «Maledizione a lei, capitano Mungo St John. Vada all'inferno!»

Quindi rimase in piedi a prua, consentendo al vento di disfarle la crocchia che aveva sulla nuca e di scompigliarle i capelli sul viso. Gli stessi capelli scuri, serici e folti, di sua madre, screziati di toni ruggine e castani, che, al comparire finalmente di un pallido raggio di luce verdastra che era riuscito a perforare la cappa delle nubi, le formarono un alone luminoso attorno alla piccola testa che si stagliava netta.

Ma poco dopo un banco di nebbia più fitta inghiottì nuovamente la nave nel suo ventre umido e freddo, tanto che, quando si guardò alle spalle, Robyn riuscì appena a distinguere sul casseretto le due figure spettrali del capitano e di suo fratello.

Quindi altrettanto improvvisamente riemersero nel mare aperto e alla luce del sole. Le nubi che li avevano sovrastati per tutte quelle settimane correvano accavallandosi verso sud, mentre il vento aumentava di forza, cambiando rapidamente direzione, verso est, frustando le creste delle onde e ornandole quasi di graziose piume di struzzo fatte di schiuma.

In quel preciso istante Robyn vide l'altra nave. Era sorprendentemente vicina, tanto che aprì la bocca per gridare, ma una dozzina di altre voci precedettero la sua.

«Nave in vista!»
«Nave a sinistra.»
Era talmente vicina che se ne distingueva il sottile e alto fumaiolo tra l'albero di maestra e quello di mezzana. Lo scafo era dipinto di nero, con una riga rossa sotto i portelli dei cannoni, cinque su ogni lato.

Lo scafo nero aveva un'aria sinistra e la massa di tela delle vele non era di un bianco abbagliante come quella dell'*Huron*, ma resa di un grigio sporco dal fumo eruttato dal fumaiolo.

Mungo St John si affrettò a puntare su di essa il cannocchiale. Le caldaie erano spente e dalla bocca del fumaiolo non usciva nemmeno un tremolio di calore. Procedeva soltanto a vela.

«Tippù!» chiamò sottovoce, e parve che la massa del secondo gli fosse apparsa accanto con la velocità magica di un genio.

«L'ha mai vista prima?»

Tippù si lasciò sfuggire un borbottio e voltò la testa per sputare oltre il parapetto sottovento.

«Inglese», disse poi. «Vista ultima volta otto anni fa a Table Bay. Suo nome *Black Joke*.»

«Squadra del Capo?»

Tippù rispose con un grugnito affermativo e in quel momento la cannoniera poggiò bruscamente, sicché sull'albero maestro comparve la bandiera. Una bandiera i cui colori – bianco e rosso vivo – lanciavano una sfida di cui tutto il mondo aveva imparato a tenere conto, e in fretta. Le navi di una sola nazione di questa terra non dovevano fermarsi nel momento stesso in cui tale sfida veniva lanciata. L'*Huron* era immune: sarebbe bastato esibire la bandiera a stelle e strisce, e anche questa importuna rappresentante della regia marina britannica sarebbe stata costretta a rispettarla.

Ma Mungo St John stava rapidamente facendo funzionare il cervello. Sei giorni prima di salpare le ancore da Baltimora, nel maggio del 1860, Abramo Lincoln era stato candidato alla presidenza degli Stati Uniti. Se fosse stato eletto, come sembrava altamente probabile, avrebbe ricevuto l'investitura agli inizi dell'anno nuovo, e uno dei suoi primi gesti politici sarebbe stato di concedere all'Inghilterra i privilegi convenuti con il Trattato di Bruxelles, privilegi tra i quali era incluso il diritto di ispezione delle navi americane in alto mare, un diritto che in precedenza i presidenti degli Stati Uniti avevano negato con grande decisione.

Presto, forse più presto di quanto pensasse, Mungo St John avrebbe potuto essere costretto a far correre il suo clipper in una sfida mortale contro una di queste navi della squadra del Capo. Era dunque il cielo che gli dava l'opportunità di mettere alla prova la propria nave e di osservare le caratteristiche delle altre.

In quello stesso momento la decisione gli venne facilitata. Sulle ali del vento, infatti, arrivò il rumore sordo di un cannone, mentre un lungo pennacchio di fumo fuoriusciva da uno dei portelli della cannoniera, in richiesta di immediata obbedienza.

Mungo St John sorrise. «Razza di un bastardo insolente!» esclamò, dicendo poi a Tippù: «Vediamo che cosa sanno fare con le vele» e aggiungendo sottovoce, a beneficio del timoniere: «Orza». E mentre in un baleno l'*Huron* si abbatteva sotto la sferza del vento, puntando nella direzione esattamente opposta a quella della minacciosa nave nera, Mungo St John ordinò ancora: «Molla tutti i terzaroli, secondo. Spiega trinchetto e maestra, issa coltellacci e controvelacci, forza con quello straglio... e anche con il controfiocco. Per Dio, gliela facciamo vedere a quel mangiacarbone ciuccialimone di un inglese come si costruiscono le navi giù a Baltimora!»

Anche nella sua irritazione Robyn si sentì esaltare dal modo in cui quell'americano manovrava la sua nave, e a lei si unì Zouga, che gridò: «Per Dio, vola come una strega», ridendo anche lui di eccitazione, mentre il clipper fendeva come una lama le creste delle onde lunghe dell'Atlantico.

«Giù il solcometro, secondo», gridò Mungo St John e poi, sentita la risposta muggitagli dal secondo – «Un po' più di sedici nodi, 'pitano» –, scoppiò in una sonora risata, dirigendosi a grandi passi verso il parapetto di poppa.

La cannoniera stava rimanendo indietro come se fosse ferma, anche se aveva disteso le vele fino all'ultimo centimetro. L'*Huron* era già quasi fuori della portata dei suoi cannoni.

Ma di nuovo sulla sua prua nera fiorì per un attimo una nuvoletta di fumo da polvere da sparo, una nuvoletta che questa volta parve qualcosa di più di un avvertimento, perché Mungo St John vide la palla cadere. Colpì la cresta di un'onda lunga, molto dietro la poppa, rimbalzando sull'acqua e arrivando a immergersi quasi di fianco all'alta murata dell'*Huron*.

«Capitano, lei sta mettendo a repentaglio la vita dei marinai e dei passeggeri», gridò una voce, che lo fece fermare, costringendolo ad alzare uno sguardo cortesemente interrogativo sulla giovane donna alta che stava al suo fianco.

«Quella è una nave da guerra inglese, signore, e noi ci stiamo comportando come dei criminali. Ora non sparano più a salve. Non le rimane altro che fermarsi, o almeno issare la bandiera.»

«Penso che mia sorella abbia ragione, capitano», aggiunse Zouga Ballantyne, che le si era messo di fianco. «Non capisco questo suo comportamento.»

L'*Huron* subì un forte scossone su un'onda più grossa, che fece perdere l'equilibrio a Robyn, la quale cadde contro il petto del capitano, ritirandosi tuttavia immediatamente, arrossendo del contatto.

«Siamo sulla costa dell'Africa, maggiore Ballantyne. Nulla è come sembra. Da queste parti solamente un idiota accetterebbe un vascello armato per quello che appare. E adesso vi prego di scusarmi, lei e la buona dottoressa, perché devo attendere ai miei doveri.»

Quindi fece un passo in avanti, per guardare di sotto, sul ponte principale, valutando l'umore dell'equipaggio di fronte al fortissimo abbrivio della nave. Quindi si sganciò l'anello portachiavi dalla cintura e lo gettò a Tippù, ordinandogli: «Prenda le armi, secondo. Una pistola per lei e una per il suo vice. Sparate a chiunque tenti di intralciare l'uso delle vele». Aveva intuito la paura a cui era in preda l'equipaggio. Nessuno di quei marinai aveva mai visto una nave manovrata in quel modo, per cui con ogni probabilità avrebbe potuto esservi un tentativo di ridurre la velatura.

In quel momento l'*Huron* affondò la prua nell'Atlantico, venendo spazzato da una parete tonante di solida acqua verde. Uno dei gabbieri non fu abbastanza rapido ad aggrapparsi alle griselle. Venne pertanto risucchiato dall'acqua e scagliato per tutta la lunghezza del ponte, andando a sbattere contro il parapetto e rimanendovi ammassato come un mucchio di alghe su una spiaggia battuta dalla tempesta.

Due dei suoi compagni cercarono di raggiungerlo, ma vennero respinti dall'ondata successiva.

«Signor Tippù, attenzione a quei controvelacci: non sono tesati come si deve.»

Quindi Mungo St John tornò al parapetto di poppa, senza prestare alcuna attenzione allo sguardo inorridito e accusatorio di Robyn Ballantyne.

Già lo scafo della cannoniera britannica era scomparso sotto la linea dell'orizzonte e le sue vele si distinguevano appena tra le barbe di schiuma delle onde lunghe dell'Atlantico, quando improvvisamente Mungo St John vide qualcosa cambiare, tanto che tese rapidamente una mano al cannocchiale, sistemato nell'apposita fessura sotto il tavolo delle carte geografiche. C'era una bella linea nera, come tracciata con inchiostro di china, che si estendeva brevemente dal vertice del minuscolo cono formato dalle vele dell'inglese sull'orizzonte smosso.

«Fumo! Finalmente ha acceso la caldaia», grugnì, mentre alle sue spalle compariva Tippù, con la pistola ficcata nella cintura.

«Nave a un'elica. Non ci prende», disse, crollando la testa rotonda e rasata.

«No, non col vento in favore e di poppa», consentì Mungo St John. «Ma voglio metterla alla prova di bolina stretta. Cazziamo le vele e rimettiamoci con mura a sinistra, secondo. Voglio vedere se riesco a passarle sopravvento e a tenermi fuori della portata dei suoi cannoni.»

La manovra inattesa prese completamente alla sprovvista il comandante della cannoniera, che tardò qualche minuto a modificare la rotta al fine di chiudere il lato più breve del triangolo e impedire all'*Huron* di mettersi sopravvento.

Nel giro di cinque miglia risultò evidente che pur tutto invelato e con le caldaie impegnate a vomitare una massa untuosa di fumo sopra la poppa, il *Black Joke* non era in grado di stringere controvento come la bella nave che aveva davanti. Stava lentamente scadendo sottovento e, sebbene la differenza delle loro velocità non fosse vistosa come quando procedevano col vento in favore, tuttavia l'*Huron* stava prendendo nettamente vantaggio.

Il comandante della cannoniera strinse sempre di più, cercando di tenere la nave più grossa direttamente nella rotta della propria prua, ma prima di riuscirci tutte le sue vele cominciarono a sbattere.

Infuriato e deluso ammainò tutte le vele, lasciando gli alberi nudi e contando solamente sulle macchine, e puntò direttamente controvento, stringendo molto di più di quanto potesse fare l'*Huron*. Ma non appena l'elica non ricevette più aiuto dalle vele, la velocità della cannoniera si ridusse. Anche se l'alberatura era spoglia, il vento fortissimo vi fischiava ululando, agendo come un grande freno aerodinamico.

«Un aggeggio bastardo», commentò Mungo St John, osservandola con grande attenzione impegnarsi nella sua battaglia e giudicando il suo comportamento a ogni stadio del vento. «La giochiamo come vogliamo», aggiunse poi. «Finché rimane un filo di vento, le scappiamo.»

Oltre la loro poppa il comandante della cannoniera aveva rinunciato al tentativo di raggiungere il clipper servendosi soltanto del vapore e continuava ostinatamente a seguire la scia dell'*Huron*... quando improvvisamente lo stesso *Huron* piombò in una grande piatta.

Il fronte del vento tracciava una chiara linea di demarcazione sulla superficie del mare. Da una parte di essa l'acqua era resa scura e increspata dagli artigli dell'aria, mentre dall'altra i dorsi ingobbiti delle onde lunghe scorrevano placidi, con un lucore vellutato.

Nel momento stesso in cui l'*Huron* l'oltrepassò, il clamore del vento che settimana dopo settimana aveva tempestato le loro orecchie si trasformò in un bizzarro silenzio innaturale, mentre il movimento della nave si modificava da carica impetuosa di essere vivente in beccheggio confuso e rollio di tronco morto.

Lontano, a poppa, la cannoniera nera avanzava bramosa, riducendo rapidamente la distanza che la separava dall'altra nave e levando diritta nell'aria immobile la sua colonna nera di fumo di carbone, minacciosamente giubilante.

Mungo St John corse verso il parapetto anteriore del casseretto e guardò oltre la prua. Vedeva, tre o quattro miglia più avanti, il vento artigliare il mare, increspandolo e dandogli una tonalità blu scuro. Tra la nave e quella zona di mare, tuttavia, c'era l'oleosa superficie ondulata della bonaccia.

Quindi si girò su se stesso e vide che la cannoniera si era ulteriormente avvicinata e mandava alti sbuffi di fumo nell'azzurro vivo e terso del cielo, ormai tanto sicura di sé che già i portelli si stavano aprendo, facendo sporgere dallo scafo le tozze bocche dei cannoni da 32 libbre.

Sull'*Huron* il timoniere non era in grado di tenere alcuna rotta, per cui il clipper scarrocciava, presentando la fiancata alla nave da guerra che avanzava fendendo con la prua le onde lunghe.

Mungo St John gettò un'ultima occhiata disperata all'orizzonte, sempre sperando in un ritorno del vento, e quindi capitolò.

«Faccia issare la bandiera, Tippù», gridò e, quando lo sgargiante lembo di stoffa arrivò a pendere floscio dal pennone di maestra nell'aria senza vento, osservò attraverso il cannocchiale la costernazione da essa provocata sul ponte della cannoniera. Era l'ultima bandiera che costoro speravano di vedere.

Ormai erano talmente vicini che si potevano distinguere le espressioni di dispiacere, indecisione e preoccupazione dipinte sui volti dei singoli ufficiali.

«Niente diritto di preda... almeno per questa volta», mormorò Mungo St John con cupa soddisfazione, chiudendo di scatto il cannocchiale.

La cannoniera si accostò all'*Huron*, sistemandosi a portata di voce e mostrando tutta la fiancata, da cui sporgevano minacciosi i cannoni da 32.

L'ufficiale di più alta statura presente sul ponte sembrava anche essere il più anziano, dal momento che il candore dei suoi capelli spiccava nel sole. Si accostò al parapetto della cannoniera e si portò alla bocca il megafono.

«Nome della nave.»

«*Huron*, in viaggio da Baltimora e Bristol», gridò in risposta Mungo St John, «con un carico di merci per Buona Speranza e Quelimane.»

«Perché non ha obbedito al mio alt, signore?»

«Perché, signore, non le riconosco il diritto di intimare l'alt in alto mare a navi degli Stati Uniti d'America.»

Entrambi i capitani sapevano quanto fosse spinosa e controversa la questione sollevata, ma l'inglese ebbe un solo attimo di esitazione.

«Mi riconosce il diritto di accertarmi della nazionalità e del porto di registrazione della sua nave, signore?»

«Non appena avrà ritirato i cannoni, potrà farlo venendo a bordo, capitano. Ma non mandi uno dei suoi ufficiali subalterni.»

Mungo St John si era messo d'impegno per umiliare il comandante del *Black Joke*, ma dentro di sé era ancora furibondo per il cambio di vento che aveva consentito alla cannoniera di raggiungere la sua nave.

L'ufficiale della cannoniera salì a bordo con tale agilità che Mungo St John capì di essersi sbagliato nel considerarlo un uomo anziano. Era stato tratto in inganno dai capelli biondissimi: quell'uomo aveva evidentemente meno di trent'anni. Non indossava l'uniforme, ma una comune camicia bianca di lino, brache e scarpe leggere. Alla cintura aveva una coppia di pistole e un pugnale chiuso nel fodero che gli pendeva sul fianco.

«Capitano Codrington, della nave ausiliaria *Black Joke* della marina di Sua Maestà la regina d'Inghilterra», si presentò rigidamente.

«Capitano St John, proprietario e comandante di questa nave.»

Nessuno di essi fece il gesto di tendere la mano e parvero anzi arruffare il pelo come due cani lupo che si vedessero per la prima volta.

«Spero che lei non intenda trattenermi più del necessario. Può essere sicuro che il mio governo verrà dettagliatamente informato di questo incidente.»

«Posso esaminare i suoi documenti, capitano?» chiese il giovane ufficiale, ignorando la minaccia e seguendo St John sul casseretto. Lì giunto, per la prima volta ebbe un attimo di esitazione quando vide Robyn e suo fratello vicino al parapetto opposto, ma si riprese immediatamente, facendo un lieve inchino e rivolgendo infine tutta la propria attenzione al pacco di documenti che Mungo St John aveva preparato sul tavolo di carteggio.

«Il diavolo mi prenda... Mungo St John! La sua fama la precede, signore», disse poi, con dipinti in volto i segni di una profonda emozione. «E che nobile fama, per giunta!» aggiunse, con un tono pungente nella voce. «Il primo schiavista che abbia fatto attraversare l'oceano a più di tremila anime in un solo anno... non c'è da stupirsi che lei possa permettersi una nave tanto magnifica.»

«Lei è su un terreno pericoloso, signore», lo mise in guardia Mungo St John, con il suo sorriso pigro e pieno di scherno. «So benissimo fino a che punto sono capaci di arrivare gli ufficiali come lei per poche ghinee di diritto di preda.»

«Dove ha intenzione di imbarcare il suo prossimo carico di miseria umana, capitano St John?» tagliò bruscamente corto l'inglese. «Su una nave tanto bella lei dovrebbe poterne caricare duemila.» Era diventato pallido per un'ira irrefrenabile, che addirittura provocò un lieve tremito nel suo corpo.

«Se ha finito la sua ispezione, signore...», ribatté St John, senza smettere di sorridere, ma l'ufficiale continuò a parlare.

«La costa occidentale gliel'abbiamo resa un po' scottante, eh? Anche se lei si nasconde dietro quel grazioso pezzo di seta», aggiunse, alzando lo sguardo alla bandiera sul pennone di maestra. «Quindi adesso va a lavorare su quella orientale, vero? Mi dicono che là si può avere uno schiavo di prima qualità per due dollari... due per un moschetto da dieci scellini.»

«Adesso devo chiederle di andarsene», lo interruppe St John, togliendogli di mano i documenti. E l'inglese fece il gesto di ripulire dal contatto le dita strofinandosi la mano sulla coscia.

«Darei cinque anni di paga per poter aprire i boccaporti delle sue stive», replicò poi irosamente, chinandosi in avanti per fissare Mungo St John con i suoi occhi pieni di rabbia.

«Capitano Codrington!» esclamò Zouga Ballantyne facendosi avanti: «Sono cittadino britannico e ufficiale dell'esercito di Sua Maestà. Le assicuro che a bordo di questa nave non ci sono schiavi», aggiunse in tono aspro.

«Se lei è inglese, si vergogni di viaggiare in simile compagnia», ribatté Codrington, lanciando uno sguardo alle spalle di Zouga e aggiungendo: «E lo stesso vale anche per lei, signora!»

«Sta passando i limiti, signore», gli replicò Zouga in tono severo. «Le ho già dato la mia parola.»

Lo sguardo di Codrington era tornato a fissarsi sul viso di Robyn Ballantyne, la cui pena risultava evidente, non dissimulata. Era sconvolta dalla scoperta che stava viaggiando – lei, figlia di Fuller Ballantyne, grande campione della libertà e nemico giurato dello schiavismo, lei, agente accreditata dell'Associazione per l'Estinzione della Tratta degli Schiavi – stava viaggiando su una notoria nave negriera.

«Capitano Codrington», intervenne con voce rauca e bassa,

«mio fratello ha ragione... anch'io posso assicurarle che a bordo di questa nave non ci sono schiavi.»

L'espressione dell'inglese si addolcì: quella donna non era bella, ma c'era in lei una sorta di freschezza e onestà che la facevano risultare irresistibile.

«Le credo sulla parola, signora», disse, chinando il capo. «Del resto solamente un pazzo porterebbe verso l'Africa l'avorio nero, ma», e la sua voce tornò a indurirsi, «se solo potessi scendere nelle stive di questa nave, potrei trovarvi quanto basta per portarla a Table Bay e far condannare tutti sommariamente nel corso della prossima sessione della Corte di Commissione Mista.»

Quindi Codrington girò sui tacchi per fronteggiare nuovamente St John.

«Oh, sì, lo so che i ponti per gli schiavi questa volta hanno lasciato spazio al carico di merci, ma i tavolati sono ancora sicuramente a bordo, e non le ci vorrà un solo giorno per rimetterli al loro posto. Inoltre scommetterei che sotto quelle coperture dei boccaporti ci sono le grate», aggiunse, in tono quasi ringhioso, indicando il ponte principale, ma senza distogliere lo sguardo dal viso di Mungo St John, «e che nei ponti inferiori ci sono gli anelli per le catene e i ceppi...»

«Capitano Codrington, comincio a essere stanco della sua compagnia», lo interruppe Mungo St John, strascicando le parole e a bassa voce. «Ha sessanta secondi per lasciare questa nave, prima che il mio secondo la butti fuori bordo.»

Tippù fece un passo avanti, liscio come un enorme rospo, sistemandosi trenta centimetri dietro la spalla sinistra di Codrington.

Con visibile sforzo il capitano inglese soffocò l'ira, quindi chinò il capo verso Mungo St John.

«Dio voglia che io la incontri ancora, signore», disse, tornando poi a rivolgersi a Robyn Ballantyne, per un breve saluto. «Auguri di piacevole continuazione, signora.»

«Capitano Codrington, credo che lei si sbagli», rispose la ragazza in tono quasi implorante. Lui non replicò, ma la fissò ancora per un momento con i suoi occhi chiari, che erano franchi e inquietanti – gli occhi di un profeta o di un fanatico –, quindi si voltò e se ne andò.

Tippù si era tolto la tunica a collo alto e si era oliato la parte superiore del corpo fino a farla brillare nella luce del sole con il lucore metallico di un rettile esotico.

Si reggeva flemmaticamente sui piedi nudi e si teneva in equilibrio senza sforzo, seguendo il rollio dell'*Huron*, con le grosse braccia penzoloni e, accanto, la frusta attorcigliata sul ponte.

Alla fiancata interna della nave era fissata una grata, sulla quale era legato a braccia e gambe aperte, come una stella marina arenata su uno scoglio esposto al sole, il marinaio che era di vedetta in testa d'albero quando era stata avvistata la costa africana. Torceva goffamente la testa per guardarsi alle spalle, verso il secondo, con dipinto in volto il terrore.

«Lei era stata esentata dall'assistere alla punizione, dottoressa Ballantyne», disse in tono calmo Mungo St John, rivolto a Robyn.

«Penso sia mio dovere soffrire di questo barbaro...»

«Come desidera», tagliò corto St John, con un breve cenno del capo, e poi si allontanò, ordinando. «Venti, signor Tippù.»

«Venti, 'pitano.»

Senza alcuna espressione in viso Tippù si portò alle spalle dell'uomo, quindi gli infilò un dito nel colletto, lacerando la camicia fino alla cintura. La schiena era chiara come sugna, ma cosparsa di grosse pustole rosse, malanno tipico dei marinai, provocato dagli abiti umidi e impregnati di sale, oltre che dall'alimentazione malsana.

Tippù arretrò e fece schioccare la frusta.

«Equipaggio!» annunciò Mungo St John. «Il vostro compagno è accusato di negligenza e di aver messo in pericolo la sicurezza della nave.» La notizia venne accolta da uno strascicare di piedi, ma nessuno alzò lo sguardo verso il comandante, che proseguì: «La sentenza è venti frustate».

Sulla grata l'uomo rivolse il viso da un'altra parte, chiudendo gli occhi e ingobbendosi.

«Proceda, signor Tippù», disse ancora Mungo St John, e il secondo strizzò gli occhi a guardare la pelle nuda, bianca, attraverso cui apparivano chiaramente le nocche della spina dorsale. Poi arretrò, portando il grosso braccio muscoloso sopra la testa e facendo serpeggiare la frusta ancora più in alto, sibilante come un cobra infuriato; quindi fece un passo in avanti, inferendo la frustata e mettendovi tutto il peso e tutta la forza delle spalle.

L'uomo sulla grata lanciò un urlo e sulla sua pelle comparve una striscia scarlatta, che attraversava tutta la schiena, mentre una delle pustole rosse, tra le scapole, scoppiava, facendo eruttare uno schizzo di pus giallo, che colò lungo la pelle chiara, andando a intridere la fascia dei pantaloni.

«Una», disse Mungo St John, mentre l'uomo sulla grata si metteva a gemere sommessamente.

Tippù fece ancora una volta un passo indietro, srotolò la frusta e quindi avanzò per somministrare il secondo colpo.

«Due», disse Mungo St John, e Robyn si sentì strozzare. Ma si trattenne e si impose di continuare a guardare. Non poteva consentire a quell'uomo di vedere la sua debolezza.

Alla decima frustata il corpo sulla grata improvvisamente si rilasciò e durante il resto del rituale di punizione non diede più cenno di vita.

Alla ventesima frustata Robyn quasi si gettò per la scaletta che portava al ponte principale e già era intenta a sentire il polso dell'uomo prima ancora che l'avessero staccato dalla grata.

«Dio sia lodato», mormorò, sentendolo battere fiocamente sotto le dita, aggiungendo poi, rivolta ai marinai che stavano sollevando il corpo: «Adesso fate piano!» E a quel punto vide che il desiderio di Mungo St John era stato esaudito: infatti dalla pelle lacerata emergevano, simili a porcellana, le creste della spina dorsale.

Quando l'uomo ebbe ripreso conoscenza, nell'affollato e fetido castello di prua, Robyn gli somministrò cinque gocce di laudano, promettendogli che sarebbe tornata a visitarlo il giorno dopo, per cambiargli la fasciatura che gli aveva fatto.

Una volta che ebbe riposto gli strumenti e chiuso la valigetta nera, questa venne presa da un marinaio, un minuscolo nostromo dal viso butterato, che al suo cenno di ringraziamento rispose mormorando in tono imbarazzato: «Le siamo grati, signora».

C'era voluto parecchio tempo perché quegli uomini accettassero le sue cure. Sulle prime si erano limitati a farsi incidere le pustole o somministrare un po' di calomelano per il flusso e la *grippe*, ma poi, dopo una dozzina di cure con esito positivo, tra cui un omero fratturato e un timpano rotto, la dottoressa Ballantyne era diventata popolarissima tra l'equipaggio, praticando una sorta di regolare servizio ambulatoriale.

«Nathaniel», chiese improvvisamente a bassa voce, colpita da un'idea, all'omino che la seguiva con la valigetta, «c'è modo di entrare nella stiva senza sollevare i boccaporti del ponte principale?»

L'uomo parve stupito e scosse bruscamente le spalle. «C'è o no?» chiese ancora Robyn.

«Sì, signora, c'è.»

«Dove? Come?»

«Attraverso il lazzaretto, sotto il salone degli ufficiali... c'è un boccaporto nella paratia anteriore.»

«È chiuso a chiave?»

«Sì, signora. E la chiave ce l'ha attaccata alla cintura il capitano St John.»

«Non dire a nessuno che te l'ho chiesto», gli ordinò Robyn, affrettando il passo verso il ponte principale.

Giunta alla propria cabina, ringraziò Nathaniel e si riprese la valigetta. I suoi pensieri e le sue emozioni erano sconvolti dall'improvvisa valanga di eventi che avevano interrotto il monotono svolgersi del viaggio.

L'arrivo a bordo del capitano Codrington della regia marina aveva gettato ombra persino sulla sua rabbia per le frustate e sulla gioia che aveva provato alla vista dell'Africa, dopo vent'anni... e ora la sua accusa bruciava e la rendeva inquieta.

Dopo qualche minuto di riposo sollevò il coperchio della cesta da viaggio che riempiva quasi tutto lo spazio libero della minuscola cabina, ma le toccò disfare buona parte del contenuto per trovare gli opuscoli dell'associazione antischiavista, di cui si era armata a Londra prima della partenza.

Si sedette per esaminarli ancora una volta: rappresentavano una storia della lotta contro lo schiavismo fino a quei giorni. La rabbia e la delusione tornarono a risvegliarsi alla lettura dell'inapplicabilità degli accordi internazionali, che contenevano tutti quanti qualche scappatoia: leggi che consideravano atto di pirateria la pratica della tratta a nord dell'equatore, consentendo tuttavia che essa prosperasse senza controlli nell'emisfero meridionale; trattati e accordi firmati da tutte le nazioni, a eccezione di quelle più attivamente impegnate nella tratta, come il Portogallo, il Brasile, la Spagna.

Poi c'era l'America, firmataria del Trattato di Bruxelles – elaborato dall'Inghilterra –, che prevedeva l'abolizione della tratta, ma non quella dell'istituto della schiavitù. L'America era d'accordo che il trasporto di esseri umani in cattività corrispondeva a pirateria e che le navi in esso impegnate erano passibili di sequestro e di condanna da parte dei tribunali dell'Ammiragliato e della Commissione Mista, e anche sulla clausola dell'attrezzatura, in base alla quale le navi equipaggiate per quel tipo di trasporto, anche se non colte effettivamente con un carico di schiavi a bordo, potevano essere sequestrate.

Su tutti questi punti l'America era d'accordo... ma poi negava alle navi da guerra della Regia marina britannica il diritto di ispezione. Il massimo che consentiva era che gli ufficiali britannici potessero accertarsi che la dichiarata appartenenza americana fosse legittima.

Robyn tornò a gettare nella cesta uno degli opuscoli e ne prese un altro, sfogliandolo rapidamente, fino a ritrovare un calcolo dei profitti che potevano arridere a un negriero di successo.

Nell'Africa interna, vicino alla zona lacustre, dove fino a quel momento erano arrivati pochi uomini bianchi, Fuller Ballantyne aveva scoperto – il nome di suo padre a stampa le provocò un formicolio di orgoglio e malinconia – che uno schiavo di prima qualità cambiava proprietario per una tazza di perline di porcellana, due schiavi per un obsoleto moschetto Tower, che a Londra costava tredici scellini, o per un Brown Bess, che a New York costava due dollari.

Sulla costa uno di tali schiavi costava dieci dollari, mentre sul mercato del Brasile il suo valore arrivava a cinquecento. Una volta a nord dell'equatore, poi, i rischi del negriero aumentavano, per cui il prezzo saliva vertiginosamente: mille dollari a Cuba, millecinquecento in Louisiana.

Robyn abbassò il testo e si mise a fare un rapido calcolo. Il capitano inglese aveva affermato che sull'*Huron* potevano venir caricati duemila schiavi a viaggio. Una volta sbarcati in America, il loro valore sarebbe arrivato all'incredibile cifra di tre milioni di dollari, importo con il quale si sarebbero potute comperare quindici navi come l'*Huron*.

Ma le accuse del capitano Codrington erano fondate? Robyn conosceva le controaccuse che venivano rivolte agli ufficiali della marina britannica, il cui zelo si sosteneva più determinato dal diritto di preda che da un autentico umanitarismo.

Si mise allora a cercare l'opuscolo che trattava di questa clausola dell'attrezzatura, e lo trovò nella pila che aveva davanti a sé.

Perché una nave potesse venire sequestrata come negriera in base a tale clausola, bastava che si fosse in presenza di una delle condizioni concordate. Se i boccaporti erano muniti di grate al fine di dare aria alle stive; se nelle stive c'erano paratie divisorie destinate a facilitare l'installazione di ponti per gli schiavi; se a bordo c'erano assi, da usare al fine di realizzare tali ponti; se aveva a bordo ceppi e manette; se trasportava un numero eccessivo di barili per acqua in rapporto al numero di marinai e passeggeri; se disponeva di un numero eccessivo di gavette e se le pentole per il riso erano troppo grandi, oppure ancora se eccessiva risultava la quantità del riso e della farina.

Poteva essere che il capitano Codrington fosse motivato dal guadagno, che i suoi occhi chiari da fanatico fornissero una semplice mascheratura dell'avidità?

Robyn scoprì di sperare che così fosse, o almeno che nel caso dell'*Huron* si fosse sbagliato. Ma allora perché il capitano St John aveva orzato ed era scappato, non appena avvistata la nave britannica?

Robyn sentì di avere bisogno di conforto, per cui si coprì testa e spalle con uno scialle di pizzo e poi tornò ad avventurarsi sul ponte: il vento era diventato gelido e teso e l'*Huron* correva velocissimo verso il sud e la notte.

Zouga era nella sua cabina, in maniche di camicia, intento a fumare un sigaro e a esaminare l'elenco dell'equipaggiamento per la spedizione che ancora avrebbe dovuto procurarsi non appena fossero arrivati a Buona Speranza.

Quando la sorella bussò, le gridò di entrare, alzandosi per accoglierla con un sorriso.

«Stai bene, Sissy? È stata una faccenda molto sgradevole, anche se purtroppo inevitabile. Spero che non ti abbia sconvolta.»

«Quell'uomo si riprenderà», rispose lei, e Zouga cambiò argomento, invitandola a sedersi sul letto a castello, che era l'unico altro sedile disponibile nella cabina.

«A volte penso che sarebbe stato meglio partire con meno denaro per questa spedizione. Viene sempre una grossa tentazione di accumulare troppo equipaggiamento. Il papà ha fatto la *Transversa* con solamente cinque portatori, mentre noi ne avremo bisogno almeno di un centinaio, ciascuno con quaranta chili di carico.»

«Devo parlarti, Zouga. E questa è la prima opportunità che ho.»

Sui lineamenti marcati del viso del fratello corse una lieve espressione di fastidio, come se Zouga avesse intuito di che cosa voleva parlargli. Ma prima che potesse prevenirla, Robyn sbottò: «Siamo su una nave negriera, Zouga?»

Zouga si tolse il sigaro di bocca e ne esaminò attentamente la punta, prima di rispondere.

«Sissy, una nave negriera puzza talmente che la si sente a cinquanta leghe sottovento, e, anche dopo che gli schiavi sono stati scaricati, non vi è quantità di lisciva che possa eliminare tale puzza. Una puzza che sull'*Huron* non c'è.»

«Ma questa nave è al primo viaggio al comando di quell'uomo», gli ricordò a voce bassa Robyn. «Codrington ha accusato il capitano St John di avere impiegato i guadagni dei viaggi precedenti per comperarla. È ancora pulita.»

«Mungo St John è un gentiluomo», ribatté Zouga, con un tono di voce che era diventato impaziente. «Ne sono convinto.»

«I piantatori di Cuba e della Louisiana sono tra i gentiluomini più eleganti che si possano trovare fuori della corte di San Giacomo», lo rimbeccò la sorella.

«Dannazione, femmina, mi ha dato la sua parola!» esplose Zouga, che ormai si stava veramente irritando. «St John si occupa di commerci legali e spera in un carico di avorio e olio di palma.»

«Gli hai chiesto di esaminare la stiva?»

«Mi ha dato la sua parola!»

«Ti spiacerebbe chiedergli di aprire la stiva?»

Zouga ebbe un'esitazione, con espressione incerta, quindi si decise:

«No», ribatté in tono neutro. «Sarebbe un insulto e avrebbe ogni diritto di offendersi.»

«E se scoprissimo ciò che temi anche tu, la cosa screditerebbe il fine della nostra spedizione», consentì la sorella.

«Come capo della spedizione ho deciso...»

«Il papà non si è mai lasciato intralciare da nulla, nemmeno dalla mamma e dalla famiglia...»

«Se la pensi così, Sissy, una volta arrivati a Buona Speranza cercherò un altro passaggio per Quelimane. Sei contenta?»

Robyn non rispose, continuando a fissarlo con uno sguardo accusatorio.

«Anche se trovassimo delle prove», continuò Zouga agitando inquieto la mano, «che cosa potremmo fare?»

«Potremmo fare una deposizione giurata all'ammiragliato di Città del Capo.»

«Sissy», sospirò lui, con l'aria d'essere stanco della sua intransigenza, «non capisci? Non ci guadagneremmo niente. Se l'accusa si dimostrasse infondata, ci metteremmo in una posizione dannatamente complicata, e nell'improbabilissimo caso che questa nave fosse veramente attrezzata per la tratta, ci troveremmo in grosso pericolo. Non sottovalutarlo, Robyn. St John è un uomo deciso.» A quel punto Zouga fece una pausa e scosse con decisione il capo, aggiungendo: «Non ho intenzione di mettere in pericolo te, me stesso... e la spedizione. Così ho deciso, ed esigo che ti comporti di conseguenza».

Dopo una lunga pausa Robyn si lasciò cadere lo sguardo sulle mani, intrecciando le dita.

«Va bene, Zouga.»

Il sollievo che si dipinse sul volto del fratello apparve evidente. «Ti sono grato, mia cara», disse e si chinò per baciarle la fronte. «Adesso ti porto a cena.»

Robyn stava per rifiutare, per dirgli che era stanca e che avrebbe cenato da sola in cabina, ma poi fu colpita da un'idea e annuì.

Era seduta tra Mungo St John e il fratello, e quest'ultimo, se non l'avesse conosciuta bene, avrebbe potuto sospettare che stesse flirtando con il capitano. Era tutta sorrisi e brio, si chinava per ascoltare con attenzione tutto ciò che lui diceva, riempiendogli il bicchiere ogni volta che arrivava a essere pieno meno che a metà e ridendo deliziata delle sue battute salaci.

Zouga era stupito e un po' preoccupato per una simile trasformazione, mentre lo stesso St John, che non l'aveva mai vista così, aveva nascosto l'originale sorpresa sotto un mezzo sorriso divertito. A ogni modo, quando era di quell'umore, Robyn Ballantyne risultava una compagnia piacevole, per cui pure il suo umore era diventato più espansivo, anche per effetto del vino, bevuto in quantità superiore alle altre sere.

Lo stesso Zouga fu contagiato dalla strana aria festiva, tanto che – come St John – protestò vivacemente quando Robyn dichiarò di essere stanca e si alzò da tavola, ma la giovane fu irremovibile.

Chiusa nella sua cabina continuò a sentire di quando in quando scoppi di risa arrivare dal salone, mentre si dedicava silenziosamente ai suoi preparativi. Prima di tutto fece scorrere il paletto, per assicurarsi l'intimità. Quindi si inginocchiò accanto alla cesta e infilò le mani nel suo contenuto, fino a raggiungere il fondo, da cui estrasse un paio di brache da uomo in fustagno, una camicia di flanella e una cravatta, oltre a una giacca corta con allacciatura alta e un paio di scarpe basse e logore.

La sua uniforme e mascheratura da studente di medicina ai tempi del St Matthew Hospital. Quindi si spogliò e per un attimo godette la maligna libertà della sensazione, concedendosi persino di gettare uno sguardo alla propria nudità. Non era certa se fosse o meno peccato godere della vista del proprio corpo, ma sospettava di sì. Tuttavia non smise.

Le gambe erano diritte e robuste, le anche si allargavano in una curva aggraziata e poi si stringevano bruscamente alla vita, il ventre era piatto ed esibiva un interessante piccolo rigonfio sotto l'ombelico. A quel punto si era in terreno decisamente peccaminoso: non c'erano dubbi. Tuttavia Robyn non poté impedire al proprio sguardo di attardarvisi un poco. Comprendeva a fondo le finalità tecniche e il funzionamento fisico di tutto il proprio corpo, sia nella parte visibile sia in quella nascosta. A confonderla e al tempo stesso preoccuparla erano solamente le sensazioni ed emozioni che ne emanavano, perché su di esse al St Matthew non le avevano insegnato niente. Quindi si affrettò a trasferirsi su un terreno più sicuro, sollevando le braccia ad ammucchiare le trecce sul capo, rinchiudendole in una cuffietta leggera.

Le sue mammelle erano rotonde e sode come mele in fase di maturazione, tanto che quando sollevò le braccia non cambiarono quasi forma. La rassomiglianza con due frutti le piacque, tanto che passò qualche momento più del necessario a sistemarsi la cuffietta sul capo, al fine di guardarle. Ma c'era un limite all'autocompiacimento, per cui si affrettò a infilarsi la camicia di flanella, facendola passare per la testa, e le brache.

Quindi aprì la valigetta nera e ne estrasse il rotolo degli strumenti chirurgici, dal quale prese uno dei bisturi più robusti, saggiandone con il pollice la lama. Era taglientissimo. Rimise la lama nel fodero e se lo fece scivolare nella tasca della giacca. Era l'unica arma che avesse a sua disposizione.

Adesso era pronta, quindi chiuse la saracinesca sul piccolo oblò della lanterna, oscurando completamente la cabina prima di infilarsi nella cuccetta, completamente vestita, tirandosi la ruvida coperta di lana fin sul mento e disponendosi all'attesa. Le risate provenienti dal salone divennero sempre più sguaiate, facendole pensare che gli uomini stessero impartendo una dura lezione alla bottiglia dell'acquavite. Dopo parecchio tempo sentì finalmente il passo pesante e malfermo del fratello, lungo il corridoio su cui davano le cabine, e a esso seguirono solamente i cigolii e gli schianti della nave piegata sotto la spinta del vento.

Era talmente inquieta, per la paura e insieme per l'attesa, che non c'era pericolo si addormentasse, e il tempo passava con una lentezza esasperante. Comunque arrivarono le due di notte, momento in cui il corpo e lo spirito dell'uomo sono al punto più basso della propria curva vitale.

Allora si alzò silenziosamente dalla cuccetta, prese la lanterna oscurata e raggiunse la porta della cabina. Il chiavistello crepitò come una scarica di fucileria, ma finalmente si aprì, lasciandola uscire furtivamente.

Nel salone bruciava ancora fumosamente una sola lampada a petrolio, che gettava ombre inquiete sulle paratie di legno, mentre la bottiglia dell'acquavite era caduta e rotolava avanti e indietro, seguendo il moto della nave. Robyn si accoccolò per togliersi le scarpe, che lasciò all'ingresso, e poi proseguì a piedi nudi, attraversando il salone e introducendosi nel corridoio che portava ai quartieri di poppa e alla cabina di Mungo St John.

La raggiunse strisciando e guidandosi con una mano lungo la paratia, finché finalmente le sue dita si chiusero sulla maniglia di ottone.

«Dio, aiutami!» mormorò e poi con una lentezza da far male la girò. Cedette agevolmente, lasciando che la porta si schiudesse di pochi centimetri, quanto bastava perché potesse sbirciare all'interno.

La luce era sufficiente per vederci, perché nel ponte sovrastante era aperta una fessura per una bussola ripetitrice, in modo che anche stando nella sua cuccetta il comandante potesse sempre essere al corrente della direzione della nave. Tale bussola era illuminata dal riverbero giallastro della lanterna del timoniere, il cui riflesso consentiva a Robyn di distinguere la zona centrale della cabina.

La cuccetta era riparata da una tenda nera. Evidentemente il capitano si era svuotato le tasche sul tavolino prima di spogliarsi. Sparsi tra le carte e i documenti della nave c'erano un coltello a serramanico, un portasigarette d'argento, una piccola pistola da tasca intarsiata d'oro, del tipo preferito dai giocatori professionisti, un paio di dadi d'avorio e poi, soprattutto, ciò che Robyn sperava di trovare: le chiavi della nave, che St John usava portare attaccate a una catena appesa alla cintura.

Un centimetro alla volta Robyn aprì ulteriormente la porta, tenendo d'occhio l'alcova oscura sulla destra della cabina. Quando essa fu aperta abbastanza da lasciarla passare, le ci volle un grosso sforzo di volontà per fare il primo passo.

Giunta a metà della cabina si immobilizzò: era solamente a qualche centimetro dalla cuccetta. Gettò un'occhiata attraverso la stretta fessura nel tendaggio e vide un bagliore di carne nuda, sentendo il respiro profondo e regolare di un uomo addormentato, che la rassicurò, consentendole di raggiungere rapidamente il tavolino.

Non poteva sapere quale fosse la chiave del lazzaretto, per cui dovette prenderle tutte, il che - si rese conto - significava che successivamente sarebbe dovuta tornare lì. Non sapeva se avrebbe avuto il coraggio di farlo e, mentre sollevava il mazzo di chiavi, la sua mano ebbe un tremito, che le fece tintinnare. Con un soprassalto se le strinse al seno, fissando terrorizzata l'alcova. Ma dietro il tendaggio non vi fu nessun movimento, per cui scivolò furtivamente con i piedi nudi verso la porta.

Fu soltanto quando essa tornò a chiudersi che le tende dell'alcova si spalancarono, lasciando vedere Mungo St John che si reggeva su un gomito. Rimase lì solamente un attimo, poi fece uscire le gambe dal letto e si alzò. In due rapidi passi raggiunse il tavolino e ne verificò il ripiano.

«Le chiavi!» sibilò, tendendo le mani alle brache, infilandosele e poi aprendo uno dei cassetti della scrivania.

Quindi alzò il coperchio della scatola in palissandro e ne estrasse la coppia di pistole da duello a canna lunga, che si ficcò nella cintura prima di raggiungere la porta della cabina.

La chiave giusta, Robyn la trovò al terzo tentativo, e la porta cedette con riluttanza, producendo un cigolio che le parve il suono della tromba di una carica di cavalleria.

Quindi tornò a chiudersi a chiave la porta alle spalle, sentendo una vampa di sollievo all'idea che nessuno ormai avrebbe potuto seguirla.

Il lazzaretto non era niente più che una grossa dispensa, usata per le provviste personali degli ufficiali. Ai ganci del ponte sovrastante c'erano salami affumicati e mortadelle, che pendevano sopra a forme di formaggio, barattoli di alimenti vari in scatola, cassette di bottiglie, sacchi di farina e riso. Di fronte a Robyn c'era un altro boccaporto, il cui paletto era chiuso con un lucchetto grosso due volte i suoi pugni affiancati.

La chiave, quando la trovò, era ugualmente massiccia, grossa come il suo dito medio; il boccaporto era tanto pesante che dovette usare tutta la forza per aprirlo. Quindi le toccò piegarsi in due per passare sotto la bassa apertura.

Alle sue spalle Mungo St John sentì il rumore fatto dal legno che sfregava contro il legno e scese silenziosamente per la scala che portava al lazzaretto.

Puntando una pistola con il cane alzato, appoggiò l'orecchio all'assito di quercia per ascoltare un attimo prima di mettere mano alla maniglia.

«Per Dio!» mormorò furiosamente, trovandola chiusa a chiave. Quindi fece dietrofront e percorse di corsa e a piedi nudi il corridoio che portava alla cabina del suo secondo. Tippù fu completamente sveglio non appena sentì un tocco alla robusta spalla: i suoi occhi mandavano bagliori nell'oscurità, come quelli di un animale selvatico.

«Qualcuno è entrato nella stiva!» gli sibilò St John, e Tippù immediatamente uscì arretrando dalla cuccetta, enorme figura oscura.

«Noi troviamo», grugnì, allacciandosi il perizoma attorno ai fianchi. «Poi diamo mangiare a pesci.»

La stiva principale era vasta come una cattedrale. Il raggio della lanterna non riusciva a penetrare nei suoi recessi più intimi, ma Robyn vide subito che il carico era stato sistemato in maniera tale da poter essere scaricato pezzo per pezzo: ogni articolo poteva essere identificato e fatto uscire per i boccaporti senza dover scaricare tutto. Ciò naturalmente era della massima importanza per una nave che faceva commercio tra vari porti. In mezzo alle varie casse distinse chiaramente anche quelle contrassegnate dalla scritta: «Spedizione Africana Ballantyne».

Strisciando sulle montagne di carico, Robyn andò in cerca delle prove che sperava di non trovare. Nella stiva non c'erano divisori, ma l'albero maestro perforava il ponte, attraversando la stiva e scendendo a fissarsi nella chiglia: nella grossa colonna di pino norvegese c'erano delle tacche.

Forse servivano proprio per sostenere i ponti degli schiavi. Robyn si inginocchiò accanto all'albero e traguardò la stiva, in direzione della fiancata curva della nave, dove, in linea con le tacche dell'albero, c'erano delle grosse sporgenze, simili a piccole mensole, che potevano benissimo essere i sostegni per le parti esterne dei ponti.

Cercò dunque di immaginarsi quale avrebbe potuto essere l'aspetto di quella stiva una volta che vi fossero stati sistemati tali ponti, a formare una serie sovrapposta di gallerie di altezza appena sufficiente perché un uomo vi strisciasse piegato in due. Contò le mensole: ce n'erano per cinque livelli, cinque strati di nuda umanità nera, stesa come tante sardine, immersa nel sudiciume. Robyn cercò di immaginarsi che cosa sarebbe successo in caso di un'epidemia di colera o vaiolo, ma la sua immaginazione si rivelò impari al compito, per cui riprese a strisciare sul carico, rivolgendo il fascio di luce della lanterna verso ogni angolo, in cerca di una prova più consistente di quelle strette sporgenze.

Se a bordo c'erano dei tavolati, erano certamente nascosti sotto il carico, per cui non c'era modo che potesse arrivarci.

Poi davanti a sé vide una dozzina di enormi barili, fissati alla paratia anteriore. Potevano servire per l'acqua, come anche per il commercio del rum, che tuttavia a sua volta avrebbe potuto venire sostituito con acqua all'imbarco degli schiavi. Non c'era modo di verificarne il contenuto, tuttavia picchiettò sulla quercia con l'impugnatura del bisturi, suscitando dei rintocchi sordi, i quali le diedero la certezza che lì dentro c'era qualcosa.

Allora si acquattò su una delle balle di mercanzia e ne aprì la cucitura servendosi del bisturi, ficcando una mano nell'apertura e prendendo una manciata del contenuto, che estrasse per esaminarlo alla luce della lampada.

Perline da baratto, in lunghe collane su fili di cotone. La lunghezza pari all'intervallo che corre tra la punta delle dita e il polso costituiva un *bitil*, quattro *bitil* un *khete*. Perline fatte di porcellana rossa e quindi della qualità più pregiata, dette *sam sam*. Per un *khete* di esse un africano delle tribù più primitive avrebbe venduto la sorella. Per due *khete* il fratello.

Robyn continuò a strisciare, esaminando le balle: erano di tessuto di cotone, proveniente dalle filande di Salem e in Africa noto come *merkani*, corruzione di «americano», oppure del tessuto a scacchi di Manchester, noto come *kaniki*. C'erano poi delle lunghe casse di legno, con stampigliata semplicemente la scritta CINQUE PEZZI: Robyn capì che contenevano moschetti.

A quel punto l'inerpicarsi sul carico e lo strisciare sulle protuberanze dello stesso l'avevano stancata, quindi si fermò un po', appoggiando la schiena a una balla di *merkani*, ma mentre così faceva qualcosa le penetrò dolorosamente nella schiena, costringendola a cambiare posizione. Dopo un attimo si rese conto che nel tessuto non avrebbero dovuto esserci spunzoni, per cui si voltò su se stessa e ancora una volta lacerò il sacco che conteneva la balla.

Tra due pezze sovrapposte di tessuto sporgeva qualcosa di nero, che al tatto risultò freddo. Robyn lo estrasse e vide un pesante oggetto metallico, curvato a formare una specie di otto, in cui riconobbe immediatamente i famigerati «braccialetti della morte». Ecco finalmente una prova concreta e irrefutabile: quelle manette d'acciaio per schiavi erano l'inconfondibile marchio della tratta.

Robyn aprì completamente la balla e vide altre centinaia di strumenti simili, nascosti tra le pezze di tessuto, che, anche se fosse stata possibile, un'ispezione superficiale della nave non avrebbe potuto rivelare.

Ne prese dunque uno, da mostrare al fratello, e tornò verso il lazzaretto, ma ne aveva quasi raggiunto l'entrata quando sul ponte sopra la sua testa sentì un rumore di raschi che la fece immobilizzare, piena di spavento. Quando il suono si ripeté, connetteva ancora abbastanza da spegnere la lanterna, cosa che tuttavia si pentì immediatamente di aver fatto, perché l'oscurità in cui si trovò immersa parve volerla soffocare.

Con uno schianto simile a una cannonata a quel punto il boccaporto principale si spalancò e, voltatasi di scatto a guardarlo, Robyn vide le capocchie luminose delle stelle incorniciate nel suo riquadro. Poi attraverso di esso si lasciò cadere un'enorme figura scura, che atterrò con leggerezza sulle balle che vi erano ammucchiate sotto. Dopo di che, quasi immediatamente, il boccaporto tornò a chiudersi con un tonfo.

Robyn si sentì ribollire di terrore. C'era qualcuno rinchiuso nella stiva con lei, e questa consapevolezza la tenne paralizzata per un lungo istante, prima di consentirle di tornare a tuffarsi verso il boccaporto del lazzaretto, reprimendo lo strillo che sentiva strozzarle la gola.

La figura di cui aveva avuto un lampo di visione era inconfondibile. Capì che nella stiva con lei c'era Tippù e il suo terrore aumentò ulteriormente. Ne immaginò il grande corpo lustro, da rospo, che si muoveva nell'oscurità con repellente rapidità da rettile. La fretta ormai incontrollata le fece perdere l'equilibrio al buio, per cui cadde pesantemente, rotolando all'indietro in una delle profonde gole che c'erano tra le vere e proprie pareti formate dalle balle e sbattendo la nuca contro una cassa di legno, istupidendosi al punto che mollò la presa sulla lanterna spenta, senza più trovarla. Quando riuscì faticosamente a rimettersi in ginocchio in quel buio totale, aveva perso ogni senso della direzione.

Sapeva che la miglior difesa era rimanere immobile e in silenzio, fino a individuare la posizione dell'uomo che le stava dando la caccia, per cui si accucciò nello spazio vuoto tra due casse.

Le ci vollero tuttavia molti minuti e tutta la sua determinazione per riprendere il controllo di se stessa, per tornare a essere in grado di pensare. Immobile, rimase in attesa di un colpo, che però non arrivò.

Invece sentì un altro rumore dietro le spalle, una sorta di sussurro, tuttavia talmente raggelante che si sentì sfuggire dalle gambe ogni capacità di movimento. Era lì, vicinissimo nel buio, e giocava con lei, crudele come un gatto. Aveva annusato il suo sentore. Con una sorta di istinto animale infallibile l'aveva trovata ed era pronto a colpire.

Qualcosa la toccò a una spalla e, prima che riuscisse a scattare di lato, le risalì lungo il collo e le strisciò sulla bocca. Allora Robyn si gettò all'indietro e strillò, colpendo alla cieca con la catena d'acciaio e le manette che ancora teneva nella destra.

La «cosa», pelosa e velocissima, emise uno squittio acuto, come di porcellino d'India, e fuggì: Robyn capì che si trattava di un topo di nave, grosso come un gatto. Rabbrividì di schifo, ma provando un attimo di sollievo, che tuttavia durò poco.

Poi vi fu un lampo di luce, tanto inaspettato che quasi l'accecò, e la stiva fu spazzata da un unico fascio di lanterna, che si spense immediatamente, lasciando un'oscurità ancor più soffocante.

Colui che la cacciava, sentito lo strillo, aveva orientato nella sua direzione il fascio di luce e probabilmente l'aveva vista, dal momento che lei aveva abbandonato la nicchia tra le due casse. Ma ora almeno Robyn sapeva in che direzione muoversi: il fascio di luce le aveva fatto vedere il boccaporto.

Quindi si gettò su un mucchio di balle morbide, ficcandovi le unghie per trascinarvisi vicino, ma poi si fermò un momento per pensare. Tippù doveva sapere come aveva fatto a entrare nella stiva, per cui sapeva anche che sarebbe scappata in quella direzione. Doveva dunque muoversi con molta attenzione, pronta ad affrontare il momento in cui costui avrebbe di nuovo fatto lampeggiare la lanterna, stando ben attenta a non cadere difilato nella trappola che stava certamente tendendole.

Quindi modificò la presa sulla catena: era la prima volta che pensava a difendersi con un'arma invece di stare accucciata come una pollastra davanti alla picchiata del falco. E con la catena stretta nella destra riprese a dirigersi verso il boccaporto, strisciando, procedendo sul ventre, fermandosi a intervalli di pochissimi secondi per ascoltare. Quando finalmente le sue dita tese arrivarono a toccare il solido tavolato della paratia, le parve che fosse passata un'eternità. Ormai era a pochi centimetri dal boccaporto e il nemico doveva essere lì ad aspettarla.

Ancora una volta accucciata in attesa, si sentì ferire le narici da un nuovo odore, che coprì il pervadente tanfo delle acque di sentina. L'odore di petrolio caldo di una lanterna accesa lì vicino, tanto vicino che le parve di sentire il lieve crepitare del metallo surriscaldato. Anche il nemico doveva essere vicino, molto vicino, pronto a far lampeggiare la lanterna non appena avesse individuato con certezza la sua posizione.

Lentissimamente si raddrizzò nel buio, quindi si fece scivolare il bisturi nel palmo della sinistra e sollevò, lasciandola cadere all'indietro, la destra, armata delle manette attaccate alla catena, pronta a colpire.

Quindi tirò un breve fendente con il bisturi, giudicando che il nemico fosse arrivato a una distanza tale da doverlo costringere a muoversi di nuovo, ma ancora abbastanza distante da farlo allontanare. Invece il minuscolo missile colpì qualcosa di molle.

Immediatamente la stiva fu inondata di luce e la mostruosa figura di Tippù emerse di scatto dalle tenebre, enorme, minacciosa, incredibilmente vicina. Reggeva alta con la sinistra la lanterna aperta, la cui luce brillava sulla cupola nuda del suo cranio giallastro e sulla superficie del suo dorso, in cui i muscoli si tendevano a formare valloncelli e giogaie. Era voltato nella direzione opposta rispetto a Robyn, ma solamente per un attimo. Non appena si accorse che davanti a lui non c'era nessuno, reagì con rapidità animale, chinando la grossa testa rotonda sul torace e prendendo a girare su se stesso.

Robyn si mosse spinta unicamente dall'istinto, facendo roteare le pesanti manette di ferro attaccate alla catena, che compirono un cerchio lampeggiante nella luce della lampada, colpendo Tippù alla tempia con uno schianto simile a quello di un ramo spezzato dalla furia del vento. Il leggero strato di cuoio capelluto giallastro si lacerò come l'apertura di una borsa bordata di velluto rosso vivo. Tippù barcollò come un ubriaco, mentre le gambe prendevano a piegarglisi sotto il corpo. Robyn tirò indietro la catena e la fece nuovamente roteare con tutta la forza datale dalla paura. Un'altra profonda ferita rossa fiorì sulla lustra cupola giallastra del cranio e Tippù cadde lentamente in ginocchio, nella posizione che Robyn gli aveva visto tante volte assumere sul ponte, quando rivolgeva alla Mecca la propria preghiera di musulmano. Ancora una volta la sua fronte arrivò a toccare il ponte, ma questa volta formandovi una pozza di sangue.

La lanterna cadde sul ponte con un rumore di ferraglia, ancora accesa, illuminando il corpo di Tippù, che rotolò su un fianco con il fiato rumorosamente strozzato in gola e gli occhi arrovesciati, orrendamente bianchi e incapaci di vedere, mentre le gambe robuste scalciavano convulsamente.

Robyn rimase lì a fissare il gigante abbattuto, inorridita per le ferite che gli aveva provocato, già sentendo l'obbligo di curare qualsiasi essere umano ferito o storpiato... ma fu una sensazione che durò pochi secondi. Gli occhi di Tippù tornarono nella loro posizione normale e la giovane vide le pupille che di nuovo si mettevano a fuoco. Il corpo giallastro e lustro si sollevò, con movimenti non più spasmodici ma coordinati e decisi, e la testa si alzò, ma dondolando come fosse incapace di capire.

Incredibilmente i due terribili fendenti avevano semplicemente stordito quell'uomo, che nel giro di pochi secondi avrebbe ripreso completamente coscienza, riempiendosi di una furia ancor più pericolosa. Con un singhiozzo Robyn corse al boccaporto aperto del lazzaretto, ma, mentre lo oltrepassava, dita crudeli l'afferrarono alla caviglia, facendole perdere l'equilibrio, tanto che quasi cadde prima di riuscire a liberarsi scalciando e a tuffarsi oltre l'apertura.

Tippù era a quattro zampe, nella luce della lanterna, e strisciava verso il boccaporto, che, dall'altra parte, Robyn stava spingendo con tutte le forze, riuscendo a far cadere nel suo incavo il paletto non appena lo ebbe rinchiuso. Proprio in quel momento la mole di Tippù andò a sbattervi fragorosamente con una spalla.

Robyn muoveva le dita in maniera talmente fremebonda che le ci vollero tre tentativi prima di riuscire a rimettere a posto il lucchetto. Solamente allora poté lasciarsi cadere sul ponte e singhiozzare finché tutta la paura l'ebbe abbandonata, cedendo a sollievo e a nuova energia.

Le chiavi erano ancora nella porta tra il lazzaretto e il salone, dove le aveva lasciate. L'aprì rapidamente con una spinta e rimase ferma per un attimo nell'apertura, sentendo una vampata di preoccupazione coprire quella di esaltazione per il successo conseguito.

Ebbe soltanto un istante per rendersi conto che qualcuno aveva abbassato la luce della lampada nel salone e prima che delle dita l'afferrassero al polso da dietro, facendole perdere l'equilibrio e mandandola a cadere sul ponte, e poi tenendola lì con un braccio ritorto dietro le scapole.

«Fermo, maledizione... altrimenti ti stacco la testa!» le ingiunse bassa e feroce la voce di Mungo St John.

Il braccio con il quale Robyn reggeva la catena era intrappolato sotto il peso del suo corpo, a cui si aggiunse quello del corpo del nemico, che le appoggiò un ginocchio sulla schiena, provocandole un dolore talmente intenso da farla quasi gridare.

«Ha fatto in fretta Tippù a tirarti fuori di lì», mormorò St John con cupa soddisfazione. «Adesso vediamo chi sei... prima di metterti sulla grata.»

Quindi tese una mano, strappandole la cuffia che le copriva i capelli e lasciandosi sfuggire un piccolo grugnito di sorpresa nel vederli sciolti. La sua presa si alleggerì un attimo e altrettanto fece la pressione del ginocchio, mentre l'afferrava rozzamente per una spalla, al fine di voltarla.

Robyn si lasciò andare senza opporre resistenza e, non appena il braccio intrappolato fu libero, gli scagliò la catena in faccia. St John sollevò entrambe le mani a parare il colpo e lei riuscì, strisciando come un verme, a liberarsi dalla sua presa e a scappare verso la porta del salone.

Ma St John fu più rapido di lei, con dita di acciaio che penetrarono nella sottile flanella della sua camicia, lacerandola dal colletto all'orlo. Robyn si voltò e tornò a colpirlo con la catena, ma ormai lui era pronto ad affrontarla e riuscì ad afferrarle il polso, imprigionandolo.

Lei fu rapidissima a dargli un calcio negli stinchi, ficcandogli contemporaneamente una caviglia dietro ai calcagni, in modo che caddero entrambi abbarbicati. I lembi della camicia strappata le sbattevano attorno alla vita e i peli bruni e ruvidi del torace dell'uomo sfregavano contro le punte tenere delle sue mammelle nude, tanto che, nel suo stato di furiosa confusione, Robyn si rese conto che costui indossava solamente le brache, sentendosi riempire le narici dall'odore del suo corpo.

Dibattendosi selvaggiamente tentò di raggiungere con la bocca aperta quel bel volto arrossato, per affondarvi i denti, ma lui fu rapido ad afferrarla per i capelli, a torcerle la testa e a immobilizzarla in quella posizione.

Impotente, Robyn si sentì abbandonare dalle forze, sostituite da un diffuso languore, che le fece fissare quell'uomo nel volto con una sorta di meraviglia, come se non lo avesse mai scorto. Vide che i suoi denti erano molto bianchi, lasciati scoperti dal rictus emotivo delle labbra, e gli occhi giallastri e furibondi velati da una sorta di follia che faceva il paio con la sua.

Fece un ultimo tentativo per respingerlo, mirando con un ginocchio all'attaccatura delle gambe, ma lui glielo imprigionò tra le cosce, abbassando, mentre la teneva così, lo sguardo sul suo petto nudo.

«Dolce Madre di Dio!» gracchiò a quel punto, posando una mano a coppa prima su una delle piccole mammelle sode e poi sull'altra.

Quindi Robyn sentì che il tocco della mano non c'era più, anche se nella sua mente ne rimaneva vago il ricordo. Poi le dita furono di nuovo lì, a tirare prepotenti l'allacciatura delle brache. Chiuse gli occhi e si rifiutò di consentire alla propria mente di capire ciò che stava per succedere. Sapeva che non c'era nulla da fare e si lasciò sfuggire un leggero grido, in preda a una strana esaltazione da martire.

Un grido che tuttavia parve toccare qualcosa nell'intimo di quell'uomo, perché i suoi occhi velati tornarono a mettersi a fuoco e l'espressione predatoria del volto divenne incerta, tingendosi, quando lo sguardo si posò sulle gambe spalancate, di orrore.

«Si copra!» le ingiunse in un tono aspro, che la fece sentire travolta, come da una valanga, dalla sensazione di avere perduto qualcosa, immediatamente seguita da una vampata di vergogna e senso di colpa.

Si rimise faticosamente in ginocchio, stringendosi i panni attorno al corpo, improvvisamente presa da brividi, ma non di freddo.

«Io la odio», mormorò poi stupidamente, sentendo tuttavia che ciò cominciava a corrispondere a verità. Lo odiava per ciò che aveva suscitato in lei e per la pena che le aveva lasciato addosso.

«Dovrei ammazzarla», borbottò a sua volta St John, senza guardarla. «Avrei dovuto ordinare a Tippù di farlo.»

Robyn non provò paura di fronte alla minaccia. Si era sistemata alla meglio i panni, ma rimaneva ancora in ginocchio davanti a lui.

«Se ne vada!» le ordinò St John, quasi gridando. «Torni nella sua cabina.»

Robyn si alzò lentamente, ebbe una breve esitazione e poi si girò verso il corridoio.

«Dottoressa Ballantyne!» la richiamò lui, facendola voltare. Si era alzato ed era accanto alla porta del lazzaretto. «Sarà meglio che lei non racconti a suo fratello ciò che ha scoperto», continuò con voce di nuovo controllata, fredda e bassa. «Con lui non avrei gli stessi scrupoli. Tra quattro giorni saremo a Città del Capo. Dopo di allora potrà fare ciò che vuole. Ma fino a quel momento non mi provochi più. Una volta basta e avanza.»

La giovane lo fissò in silenzio, sentendosi piccola e impotente.

«Buona notte, dottoressa.»

Robyn fece appena in tempo a rassettarsi che qualcuno bussò alla porta della sua cabina.

«Chi è?» chiese con voce rauca e senza fiato.

«Sono io, Sissy», rispose la voce di Zouga. «Qualcuno ha colpito Tippù sul cranio. Sta spargendo sangue su tutto il ponte... puoi venire?»

Nello sguardo della giovane brillò un feroce lampo di gioia pagana, che cercò subito di reprimere, non riuscendovi tuttavia completamente.

Nel salone c'erano tre uomini, Zouga, il vice del secondo e Tippù. Mungo St John non c'era. Tippù era seduto stolidamente su una sedia, lordo di sangue, e il suo vice gli tamponava con un grosso batuffolo di cotone grezzo la ferita, che non appena lasciata libera riprese allegramente a spruzzare sangue.

«Acquavite», chiese Robyn, lavando poi mani e strumenti nel liquore, prima di infilare le punte della pinza nella ferita aperta. Servendosi di essa afferrò i vasi sanguigni, chiudendoli con una torsione. Tippù non fece alcun movimento e la sua espressione non cambiò... ma Robyn si sentiva ancora in preda al suo umore pagano, a dispetto del giuramento che aveva fatto a Ippocrate.

«Devo pulire le ferite», disse in tutta fretta, prima che la coscienza glielo impedisse, e gli rovesciò l'acquavite sulle medesime, pulendole con un tampone.

Ancora una volta Tippù rimase immobile, simile alla scultura di un demone indù, non dando alcun segno di sentire gli effetti dello spirito che gli bruciava i tessuti scoperti.

Quindi Robyn chiuse i vasi sanguigni con il filo di seta, lasciandone un'estremità pendente dalle ferite e poi suturandone i labbri con punti precisi.

«Fra una settimana potremo toglierli», disse infine. Non voleva esaurire la scorta di laudano e quell'uomo era evidentemente insensibile al dolore. Inoltre era ancora in preda a quel suo spirito scarsamente cristiano.

Tippù sollevò la testa rotonda. «Lei brava dottoressa», disse solennemente, insegnandole una cosa che non avrebbe mai dimenticato per tutta la vita: quanto più robusta era la purga, o schifosa la medicina, o radicale l'operazione chirurgica, tanto più impressionato dell'abilità del medico era il paziente barbaro.

«Sì», continuò Tippù, annuendo gravemente. «Lei bravissima.» Quindi aprì un'enorme manaccia, sul cui palmo era posato il bisturi che lei aveva perduto nella stiva dell'*Huron*. Senza nessuna espressione in volto glielo posò sul palmo che non seppe respingerlo, e con la sua arcana rapidità scomparve dal salone, lasciandola lì a seguirlo con lo sguardo.

L'*Huron* volava in direzione sud, andando incontro alle onde lunghe dell'Atlantico meridionale e fendendole con la prua, facendole ribollire di schiuma cremosa oltre il parapetto e poi fuggire a poppa in una lunga scia liscia.

Ormai la nave era seguita dagli uccelli, mentre sparse sull'acqua azzurro vivo c'erano lunghe tracce serpentine di bambù di mare, strappate alla costa rocciosa dai venti fortissimi e dalle tempeste.

Tutte prove del fatto che la terra era vicina, anche se sempre nascosta sotto l'orizzonte orientale, per cui Robyn passava molte ore ogni giorno al parapetto, con lo sguardo fisso in quella direzione, sognando di vederne ancora una traccia e cercando di sentire nell'aria l'aroma asciutto e profumato delle sue erbe.

Tuttavia, ogni volta che Mungo St John compariva sul casseretto, lei si affrettava a scendere sottocoperta per chiudersi in cabina, senza guardare nella sua direzione, rimanendo chiusa a rimuginare, tanto che Zouga capì che era turbata da qualcosa. Una dozzina di volte cercò pertanto di chiedergliene i motivi, ma ogni volta la sorella lo mandò via, rifiutandosi di aprirgli.

«Sto benissimo, Zouga. Voglio solamente stare sola.»

E quando cercava di unirsi a lei nelle sue vedette solitarie accanto al parapetto della nave, lei gli rispondeva a monosillabi, esasperandolo al punto da farlo andar via, lasciandola ancora una volta sola.

Robyn aveva paura di parlare con lui, paura di non resistere e di rivelargli la scoperta che aveva fatto delle attrezzature per la tratta, mettendolo in pericolo di morte. Conosceva abbastanza il fratello per non fidarsi della sua capacità di trattenersi e per non dubitare del suo coraggio. Né aveva dubbi circa l'avvertimento di Mungo St John: avrebbe ucciso Zouga per difendere se stesso. Quindi aveva il dovere di proteggere il fratello fino all'arrivo a Città del Capo o finché avesse fatto ciò che doveva fare.

«Mia è la vendetta, ha detto il Signore.» Questo versetto lo aveva trovato nella Bibbia e lo aveva studiato con cura, dopo di che aveva pregato per ottenere un'indicazione che non le era stata data, per cui era finita più confusa e turbata che mai.

Quindi si mise nuovamente a pregare, inginocchiata sul ponte nudo accanto alla cuccetta, finché le ginocchia cominciarono a farle male, ma lentamente il dovere da compiere le divenne chiaro.

Tremila anime vendute schiave in un solo anno! Quante migliaia prima, e quante dopo, se all'*Huron* e al suo capitano fosse stato consentito di continuare la loro attività predatoria, se nessuno avesse impedito loro di devastare l'Africa, la sua terra, il suo popolo, quella gente che lei aveva giurato di proteggere, curare e guidare tra le braccia del Salvatore?

Suo padre, Fuller Ballantyne, era uno dei grandi campioni della libertà, l'inesorabile avversario di quell'abominevole commercio. E lei era figlia di tanto padre, aveva giurato in nome di Dio.

Quell'uomo, quel mostro costituiva un'epitome dell'orribile male e della mostruosa crudeltà di quello schifoso traffico.

«Mostrami qual è il mio dovere, Signore, ti prego», invocò, sentendosi ancora piena di vergogna e colpa. Vergogna perché gli occhi di quell'uomo avevano esaminato le sue nudità e le sue mani l'avevano toccata e accarezzata, vergogna perché costui l'aveva ulteriormente degradata denudando anche il proprio corpo. Si affrettò a scacciarne l'immagine, che tuttavia era troppo chiara, troppo prepotente. «Aiutami a essere forte!» pregò ancora.

Per la prima volta nei suoi ventitré anni aveva incontrato il vero peccato e non era stata abbastanza forte da resistergli. Si odiava per quanto era accaduto.

«Mostrami qual è il mio dovere, Signore, ti prego», implorò ancora ad alta voce, rimettendosi finalmente in piedi e sedendosi sul bordo della cuccetta. Si posò in grembo la Bibbia rilegata in pelle e di nuovo mormorò:

«Ti prego, dà un segno alla tua fedele servitrice». Quindi lasciò che il libro si aprisse e, tenendo gli occhi chiusi, puntò l'indice sul testo. Quando tornò ad aprirli, ebbe un trasalimento di sorpresa: il segno che di norma si otteneva attraverso questo rituale non era mai stato tanto inequivocabile. Infatti aveva puntato il dito su *Numeri*, 35, 19: «È il vendicatore del sangue che farà morire l'omicida: quando lo incontrerà, lo farà morire».

Robyn non nutriva illusioni circa le difficoltà che avrebbe incontrato per compiere il grave dovere impostole per diretta ingiunzione di Dio, né circa la facilità con cui i ruoli avrebbero potuto invertirsi, facendo di lei la vittima piuttosto che la vendicatrice.

L'uomo era pericoloso e il tempo giocava a suo sfavore. Secondo i calcoli di Zouga, la nave era a cento miglia da Table Bay, e il vento continuava a essere forte. Qualsiasi cosa avesse fatto, doveva farla in fretta.

Nel cesto delle medicine c'erano una mezza dozzina di boccette il cui contenuto sarebbe potuto servire all'uopo, ma il veleno era il mezzo più disgustoso per infliggere la morte. Ai tempi del St Matthew aveva visto un uomo morire di stricnina e non ne avrebbe mai dimenticato gli effetti. C'era la grande rivoltella Colt da marina, che Zouga teneva in cabina e che lui stesso le aveva insegnato a caricare e usare. Oppure c'era la carabina Sharps. Ma appartenevano entrambe a suo fratello, e non voleva vederlo pendere dalla forca. Quanto più semplice e diretto fosse stato il suo piano, tanto maggiori sarebbero state le probabilità di successo. Bastò questo pensiero per farle scoprire il da farsi.

Dalla porta della cabina arrivò un tocco educato, che la fece trasalire.

«Chi è?»

«Sono Jackson, dottoressa.» Era il cameriere del capitano. «La cena è servita nel salone.»

Non si era resa conto di quanto si fosse fatto tardi.

«Questa sera non ceno.»

«Ma deve tenersi in forze, signora», la implorò Jackson dall'altro lato della porta.

«È lei il medico?» gli ribatté lei acidamente, e Jackson se ne andò strascicando i piedi.

Non toccava cibo dalla prima colazione, ma non aveva fame: sentiva i muscoli dello stomaco tirati per la tensione. Si sdraiò un po', per alleggerirla, e poi si alzò e prese uno dei suoi abiti più vecchi, in lana pesante di colore scuro. Sarebbe stata la perdita minore per il suo guardaroba e inoltre l'avrebbe resa meno visibile nell'oscurità.

Uscì dalla cabina e salì silenziosamente sul ponte principale. Sul casseretto non c'era nessun altro che il timoniere, il cui viso segnato dal tempo appariva fiocamente illuminato dalla lanterna.

Raggiunse silenziosamente l'oblò del salone e guardò giù.

Mungo St John era seduto a capotavola, con davanti un pezzo fumante di carne salata. Uno sguardo rapido le bastò: a meno che non fosse sopravvenuta una segnalazione dalla vedetta o la necessità di cambiare rotta, sarebbe rimasto lì ancora almeno mezz'ora.

Quindi Robyn tornò a scendere per la scaletta, superando la propria cabina e percorrendo il corridoio che portava nei quartieri di poppa. Raggiunta la cabina del capitano, ne saggiò la porta. Apertala ancora una volta agevolmente, l'oltrepassò e se la chiuse alle spalle.

Le ci volle solamente qualche minuto per trovare la scatola delle pistole nel cassetto della scrivania di teak. L'aprì e ne estrasse una delle belle armi. Le canne di acciaio damaschinato erano intarsiate di oro lustro a rappresentare una scena di caccia con cavalli, cani e cacciatori.

Robyn si sedette sul bordo della cuccetta e strinse la bocca della canna di una delle pistole tra le ginocchia, mentre svitava il coperchio della fiaschetta d'argento, misurandovi la polvere fine, che successivamente versò nella lunga canna elegante, aggiungendovi la palla. Quindi sollevò il martelletto finché si sentì il clic della carica e così fatto posò la pistola sulla cuccetta accanto a sé. Le stesse operazioni fece poi con l'altra arma. Una volta caricatele entrambe, le posò sul bordo della scrivania, pronte per un uso immediato.

Allora finalmente si alzò e, piazzatasi nel centro della cabina, si sollevò le gonne fino in vita e slacciò la fettuccia delle mutande, che lasciò cadere, sentendo alle natiche una ventata d'aria fredda che le fece venire la pelle d'oca. Quindi le raccolse e, reggendosele contro il petto, le lacerò in due, gettandole sul lato opposto della cabina, e successivamente strappò anche l'allacciatura del busto quasi fino alla vita.

A quel punto si guardò nel lucido specchio metallico che c'era sulla paratia di fianco alla porta e nei suoi occhi verdi passò un lampo, mentre le sue guance arrossivano.

Per la prima volta in vita sua pensò che la propria immagine era bella, anzi, meglio, non bella, ma orgogliosa e forte come doveva essere una vendicatrice. Era contenta che quell'uomo la vedesse così prima di morire.

Quindi si sedette sulla cuccetta e impugnò una pistola in ciascuna mano, puntando prima l'una e poi l'altra sulla maniglia in ottone della porta. Così fatto, le posò e si accinse all'attesa.

Aveva lasciato l'orologio in cabina, per cui non avrebbe saputo dire quanto fosse durata l'attesa. Le voci e le risate provenienti dal salone erano completamente attutite dalla porta chiusa, ma ogni volta che un'asse scricchiolava i suoi nervi si tendevano come molle, costringendola a puntare le pistole contro la porta.

Poi improvvisamente sentì i suoi passi sul ponte: non era possibile confonderli. Avrebbe ancora fatto in tempo a scappare e sentì la risolutezza vacillare, alzandosi quasi. Se si fosse mossa subito, avrebbe ancora potuto raggiungere la propria cabina, ma le gambe non vollero obbedirle. Poi sentì i passi cambiare ritmo. Mungo St John stava scendendo. Era troppo tardi.

Quasi strozzata dal proprio respiro si lasciò andare all'indietro nella cuccetta e sollevò entrambe le pistole. Vacillarono leggermente e si rese conto di avere le mani tremanti. Con un tremendo sforzo riuscì a controllarle. La porta si spalancò e Mungo St John si introdusse nella cabina, curvandosi e poi fermandosi alla vista della figura scura e delle due canne che lo minacciavano.

«Sono cariche e armate», gli disse lei con voce rauca. «E non avrò esitazioni.»

«Vedo», rispose St John, raddrizzandosi lentamente, tanto che la sua testa bruna arrivò a sfiorare il soffitto.

«Chiuda la porta», gli ingiunse Robyn e lui obbedì, usando un piede, tenendo le braccia ripiegate sul torace e non rinunciando al sorrisetto di scherno, che fece dimenticare alla giovane il discorso che aveva preparato con tanta cura.

«Lei è uno schiavista», sbottò, non ottenendo altro risultato che di fargli chinare il capo, senza smettere di sorridere. «E quindi devo farla smettere.»

«Come pensa di riuscirci?» chiese St John con cortese interesse.

«Ho intenzione di ucciderla.»

«Sì, dovrebbe funzionare», ammise lui, facendo seguire alla frase un lampo candido di sorriso. «Ma purtroppo penso che la impiccherebbero, se non saranno prima i miei marinai a farla a pezzi.»

«Lei mi ha aggredito», ribatté Robyn, accennando con gli occhi in direzione delle mutande lacerate e indicandosi con la punta di una pistola il busto strappato.

«Uno stupro, mio Dio!» esclamò St John, ridacchiando tra sé, tanto che Robyn si sentì arrossire.

«Non c'è niente da ridere, capitano St John. Lei ha venduto migliaia di anime umane nella più vile schiavitù.»

St John fece lentamente un passo in avanti, costringendola quasi ad alzarsi con la voce rotta dal panico.

«Non si muova! L'avverto!»

Lui fece un altro passo in avanti e lei puntò entrambe le pistole, con le braccia tese.

«Sparo!»

«Lei ha i più begli occhi verdi che io abbia mai visto», replicò St John, senza smettere di avanzare e di sorridere, facendole tremare le pistole nelle mani.

«Su, le dia a me», disse finalmente con voce gentile.

Quindi prese le armi e ne rivolse le canne verso l'alto. Poi gliele tolse di mano e le scaricò prima di tornare a posarle nel loro nido di velluto.

Il suo sorriso non era più di scherno e la sua voce era dolce, e anzi quasi tenera quando la costrinse ad alzarsi.

«Sono contento che lei sia venuta qui», disse.

Robyn cercò di distogliere il volto, ma lui le prese il mento tra le dita e lo sollevò. Il tocco caldo e umido delle sue labbra quasi la sconvolse.

E quando lui lentamente le slacciò gli ultimi ganci rimasti intatti nel busto, facendoglielo scivolare via dalle spalle, l'unica reazione di Robyn fu la perdita completa di ogni energia, che le scorse via tra le cosce, costringendola ad appoggiarglisi al petto per non cadere.

Poi Mungo staccò la bocca dalla sua, lasciandola vuota a raffreddarsi, e lei aprì gli occhi. Con un senso di incredulità lo vide abbassare la testa verso il proprio seno e capì che doveva fermarlo, prima che facesse ciò che non poteva credere avesse intenzione di fare.

Cercò di protestare, ma non riuscì a far altro che a soffocare un gemito in gola. Cercò di afferrargli la testa e di allontanarla dal proprio corpo, ma le sue dita riuscirono soltanto ad artigliare i riccioli crespi, come unghie di un gatto su un cuscino di velluto, e invece di allontanarla gliela fecero abbassare ulteriormente, mentre il seno si sollevava a incontrarla.

Tuttavia era impreparata al gusto della sua bocca. Pareva che volesse risucchiarle l'anima attraverso le due punte irte e dolenti. Cercò di gridare, ricordando che l'ultima volta ciò era servito a spezzare l'incantesimo, ma la sensazione che l'avvinceva era troppo forte.

Emise solamente un piccolo grido, simile a un singhiozzo strozzato, e poi sentì le gambe che cedevano. Continuando a tenergli stretta la testa si lasciò cadere all'indietro sulla bassa cuccetta, mentre lui le si inginocchiava davanti, senza sollevare la bocca dal suo corpo. Al contatto delle sue dita Robyn inarcò la schiena e sollevò le natiche dalla cuccetta, consentendogli di liberarla delle gonne, facendole cadere sul pavimento.

Si aspettava di provare dolore, ma non la profonda penetrazione lacerante da cui si sentì torturare. La sua testa ne venne scagliata all'indietro e i suoi occhi si riempirono di lacrime. Eppure, nonostante la profonda pena, non fu mai nemmeno sfiorata dal pensiero di respingere l'intrusione, e al contrario gli si allacciò al collo con entrambe le braccia. Pareva quasi che anche lui soffrisse con lei perché, dopo quell'unica spinta profonda e abile, non si era mosso, cercando di alleviarle il dolore con l'immobilità completa. Il corpo di Mungo era rigido come il suo, ne sentiva i muscoli tesi al punto di strapparsi, mentre lui la cullava tra le proprie braccia.

Poi all'improvviso fu nuovamente in grado di respirare, inspirò dunque l'aria con un grande singhiozzo squassante e immediatamente il dolore prese a cambiare di forma, diventando qualcosa che non fu in grado di descrivere a se stessa. Cominciò come una scintilla di calore, nel suo intimo più profondo, divampando lentamente, tanto che si sentì costretta a secondarlo con un lento moto voluttuoso delle anche. Le parve di staccarsi dalle pastoie della terra e di librarsi tra le fiamme che baluginavano rossastre tra le sue ciglia chiuse. C'era una sola realtà e cioè il corpo massiccio che ondeggiava sopra di lei. Il calore parve riempirla finché non lo resse più. Poi, all'ultimo momento, quando già pensava che avrebbe potuto morirne, esso esplose dentro di lei... e le parve di cadere, come una foglia, giù, giù, finalmente, nella stretta cuccetta buia in una cabina semi-immersa nell'oscurità, su una poderosa nave che fendeva il mare spazzato dal vento.

Quando riuscì ad aprire gli occhi, vide il volto di Mungo molto vicino al proprio. La stava fissando con un'espressione pensosa, solenne.

Cercò di sorridergli, ma fu uno sforzo incerto, poco convincente.

«Non guardarmi così, per favore», gli disse, con voce ancor più profonda e rauca del solito.

«Credo di non averti mai veramente vista prima di adesso», replicò lui, facendole scorrere un dito lungo la divisione delle labbra. «Come sei diversa.»

«Diversa da che cosa?»

«Dalle altre donne», rispose Mungo, provocandole uno spasimo.

Fu lui a fare per primo il movimento di ritrarsi, ma lei lo strinse più forte, disperata all'idea di perderlo ancora una volta.

«Non ci sarà un seguito a questa notte», gli disse, senza ricevere risposta. Mungo inarcò un sopracciglio e attese che dicesse ancora qualcosa.

«E non discutere», lo cimentò lei. Sulle labbra di Mungo aveva cominciato a fare la sua apparizione il solito sorrisetto, che le aveva dato fastidio.

«No, mi sbagliavo, sei esattamente come le altre», riprese lui sorridendo. «Dovete parlare. Dovete sempre parlare.»

Lei lo lasciò andare, come punizione per quelle parole, ma quando lui fu uscito dal suo corpo sentì un terribile vuoto, che le fece rimpiangere amaramente che ciò fosse avvenuto, riempiendola di odio nei suoi confronti.

«Tu non hai nessun Dio», lo accusò.

«Stranamente», la canzonò lui con levità, «la maggior parte dei crimini della storia è stata commessa da uomini che avevano sulle labbra il nome di Dio.»

La verità dell'enunciato per un attimo tolse ogni energia a Robyn, che si sforzò di tirarsi a sedere.

«Sei uno schiavista. Tra noi c'è un vuoto che non ci consentirà mai di essere uniti.»

«Eppure abbiamo appena finito di esserlo, e con convinzione!» ribatté lui, facendola arrossire fino al petto.

«Ho giurato di dedicare la vita a distruggere tutto ciò che tu rappresenti», replicò lei furiosa, avvicinando il proprio volto al suo.

«Tu chiacchieri troppo, donna», le disse lui pigramente, coprendole la bocca con la propria e tenendola così mentre lei si dibatteva. Poi, quando gli sforzi cedettero, la spinse agevolmente all'indietro e tornò a montarle sopra.

Il mattino seguente, quando Robyn si svegliò, Mungo non c'era più, ma il guanciale accanto a lei portava ancora il segno della sua testa. Vi affondò il viso e aspirò l'odore dei suoi capelli e della sua pelle, di cui era ancora impregnato, sebbene ora fosse freddo, non più riscaldato dal calore del sangue di chi se n'era andato.

La nave era in preda a un'intensa eccitazione. Mentre percorreva furtivamente il corridoio che portava alla sua cabina, con il terrore di incontrare un marinaio o, peggio ancora, il fratello, sentiva le voci arrivare dal ponte.

La fece franca per pochi secondi. Infatti, non appena ebbe chiuso la porta, appoggiandovisi ansante, Zouga vi bussò con il pugno.

«Sveglia, Robyn! Vestiti. Siamo in vista della terra. Vieni a vedere!»

Si lavò rapidamente il corpo, immergendo un panno di flanella in una brocca smaltata di acqua di mare. Si sentiva molle, gonfia e piena di sensazioni, e sul panno comparve una traccia di rosso.

«Il segno della vergogna», disse a se stessa in tono severo, ma al contrario sentì un profondo senso di benessere fisico, accompagnato da un robusto appetito.

Quando salì sul ponte, lo fece con passo leggero, mentre il vento le tirava scherzosamente le gonne.

La sua prima preoccupazione fu per lui. Era accanto al parapetto di sopravvento, in maniche di camicia, e alla sua vista venne immediatamente assalita da una tempesta di sensazioni e pensieri contrastanti, di cui il più importante era che, con quell'aspetto snello, bruno e sfrontato, si sarebbe dovuto rinchiuderlo dietro sbarre per il bene di tutta l'umanità di sesso femminile.

Poi Mungo abbassò il cannocchiale, si voltò e la vide nel passaggio, e lei abbassò la testa di pochi centimetri, in un cenno di saluto molto freddo e dignitoso. E in quel momento le corse incontro Zouga, allegrissimo e pieno di eccitazione, che la prese a braccetto e l'accompagnò al parapetto.

«Questa sera ceneremo a Città del Capo», gridò suo fratello con voce che si fece sentire nel vento, e il pensiero del cibo le fece venire l'acquolina in bocca.

Jackson, il cameriere, aveva steso un telone, al cui riparo dal vento fecero la prima colazione, alla luce del sole. Un pasto festivo, nel corso del quale Mungo St John ordinò champagne e brindarono al successo del viaggio e al buon approdo.

E finalmente, quando la nave fu ben disposta sulla rotta di Table Bay, Robyn salì sul ponte.

«Ho bisogno di parlarti», disse al capitano, che inarcò le sopracciglia.

«Non avresti potuto scegliere un momento migliore», replicò lui, indicando con un eloquente gesto delle mani il vento, la corrente e la costa pericolosa che si stendeva davanti alla prua.

«È l'ultima occasione che ho», insistette lei rapidamente.

«Mio fratello e io sbarcheremo non appena avrai calato l'ancora a Table Bay.»

Il sorriso di scherno scomparve lentamente dalle labbra di Mungo, che replicò: «Se sei decisa, evidentemente tra noi non c'è più niente da dire».

«Voglio che tu sappia perché.»

«Io lo so», ribatté lui, «mentre non sono affatto sicuro che lo sappia tu.»

Lei rimase lì a fissarlo, mentre Mungo si voltava a ordinare al timoniere un cambio di rotta e poi, alla figura ai piedi dell'albero maestro: «Un'altra mano di terzaroli, Tippù, per favore».

Quindi Mungo tornò al suo fianco, ma senza guardarla e tenendo la testa sollevata, a osservare le minuscole figure dei marinai sui pennoni di maestra, altissimi sopra di loro.

«Hai mai visto sedicimila acri di cotone pronto per essere colto?» le chiese poi a bassa voce. «Hai mai visto le balle che discendono il fiume sulle chiatte, dirette alle filande?»

Robyn non rispose nulla e, senza aspettare, lui proseguì: «Io ho visto entrambe queste cose, cara dottoressa Ballantyne, e nessuno può osare dirmi che gli uomini che lavorano i miei campi vengono trattati come animali».

«Sei un piantatore di cotone?»

«Lo sono, e dopo questo viaggio avrò anche una piantagione di zucchero, a Cuba... metà del carico servirà per pagare la terra e metà per lavorare la canna.»

«Sei peggio ancora di quanto pensassi», mormorò Robyn. «Credevo che tu fossi soltanto un servo del diavolo. Adesso invece so che sei il diavolo in persona.»

«Andrai nell'interno», ribatté Mungo St John, abbassando lo sguardo su di lei. «E quando ci sarai arrivata, vedrai la vera miseria dell'uomo. Vedrai crudeltà che nessun proprietario americano di schiavi si sognerebbe neppure. Vedrai esseri umani massacrati da guerre, malattie e belve, quanti ne basteranno per mettere a dura prova la tua fede. A confronto di condizioni tanto selvagge, le baracche degli schiavi sono un paradiso terrestre.»

«Oseresti affermare che catturando e mettendo in catene quelle povere creature faresti loro un favore?» chiese Robyn, sconvolta dalla sua sfrontatezza.

«Hai mai visitato una piantagione della Louisiana, cara dottoressa?» ribatté Mungo St John, che poi, rispondendosi da solo, proseguì: «No che non l'hai vista, naturalmente. E ti invito a farlo. Vieni un giorno a Bannerfield, come mia ospite... e allora potrai paragonare lo stato dei miei schiavi con quello dei selvaggi negri che avrai visto in Africa, o anche di quelle anime dannate che abitano nei quartieri poveri e nelle case operaie della tua bella piccola isola verde».

A Robyn vennero in mente le creature umane consunte e senza speranza tra cui aveva lavorato nell'ospedale della missione e si sentì senza parole. Poi improvvisamente Mungo assunse nuovamente il suo sorriso malvagio e riprese: «Consideri una sorta di conversione forzata dei pagani. Io li porto dalle tenebre verso Dio e la civiltà - così come sei decisa a fare tu - solo che i miei metodi sono più efficaci».

«Lei è incorreggibile, signore,» ribatté Robyn, tornando alla terza persona.

«No, signora. Sono un capitano di marina e un piantatore. E sono anche un commerciante e proprietario di schiavi... e lotterò fino alla morte per difendere il mio diritto a essere tutto ciò.»

«Di quale *diritto* sta parlando?» chiese Robyn.

«Il diritto del gatto sul topo, del forte sul debole, dottoressa Ballantyne. La legge naturale dell'esistenza.»

«E allora, capitano St John, posso solamente ripeterle che lascerò questa nave alla prima occasione.»

«Mi spiace che abbia deciso così», replicò St John, mentre lo sguardo duro dei suoi occhi si addolciva un poco. «Speravo che le cose potessero andare diversamente.»

«Dedicherò la vita a combattere lei e tutti gli uomini come lei.»

«Che spreco sarà, per una donna così bella», ribatté St John scuotendo il capo con aria dispiaciuta. «Ma in definitiva può darsi che la sua decisione ci offra la possibilità di incontrarci ancora... devo sperare che così sia.»

«Un'ultima cosa, capitano St John... non potrò mai perdonarmi per la notte scorsa.»

«Io, invece, dottoressa Ballantyne, non me ne scorderò mai.»

Zouga Ballantyne accostò il cavallo al bordo della strada, subito prima che essa attraversasse lo stretto passo che univa i dirupi di Table Mountain e di Signal Hill, che costituiva uno dei suoi promontori satelliti.

Smontò di sella per far riposare la cavalcatura – arrampicarsi fin lì dalla città era stata una salita faticosa – e gettò le redini allo stalliere ottentotto che lo aveva accompagnato su un altro cavallo. Sudava leggermente e aveva la testa ancora vagamente ottenebrata dal vino bevuto la sera prima, il magnifico vino dolce di Costanza, uno dei più pregiati di questo mondo, ma capace di lasciare un mal di testa pari a quello delle peggiori sbobbe vendute nelle osterie del porto.

Nei cinque giorni passati da quando erano sbarcati, le manifestazioni di amicizia da parte dei cittadini della Colonia del Capo li avevano quasi sommersi. Soltanto la prima notte avevano dormito in una locanda pubblica, in Buitengratch Street, ma poi Zouga era andato a trovare uno dei commercianti più eminenti della colonia, il signor Cartwright, a cui aveva esibito le lettere di presentazione della Devota Compagnia dei Commercianti di Londra con Interessi in Africa. Immediatamente Cartwright gli aveva messo a disposizione la più bella villetta che si levava nel parco della sua grande casa, sulle pendici della montagna che sovrastava i giardini della vecchia Compagnia delle Indie Orientali.

Da quel momento ogni sera era stato un gaio turbine di cene e danze. E simili sarebbero state anche le giornate, se i due fratelli non si fossero opposti. Così Zouga era riuscito a compiere gran parte delle attività necessarie per la spedizione. Prima di tutto c'era stata la verifica dello scarico dall'*Huron* dell'attrezzatura, che poi aveva dovuto essere sistemata in un magazzino apposito, ancora una volta trovato con l'aiuto di Cartwright. Ma era molto seccato per la pretesa della sorella, che aveva reso necessaria questa fatica aggiuntiva.

«Maledizione, Sissy, persino il papà, quando ci è stato costretto, ha viaggiato in compagnia di negrieri arabi. Se questo St John è veramente un negriero, sarà bene avere da lui tutte le informazioni utili circa i suoi metodi e le sue fonti di rifornimento. Nessuno può offrircene di migliori da riferire all'Associazione.»

Ma nessuno di tali argomenti era servito a qualcosa, e quando Robyn aveva minacciato di scrivere agli amministratori dell'Associazione, a Londra, e di far seguire alla cosa una franca chiacchierata con il direttore del *Cape Times*, Zouga era stato costretto ad aderire, con la peggior malagrazia possibile, alle sue pretese.

E ora guardava con profonda nostalgia l'*Huron*, ormeggiato ben lontano dalla riva, che ruotava attorno all'ancora per mantenere la prua rivolta al vento di sud-est, sembrando sempre sul punto di involarsi.

Sapeva che St John sarebbe partito nel giro di pochi giorni, lasciandoli lì ad aspettare la prima nave diretta verso le coste arabe e portoghesi.

Zouga aveva già esibito le lettere di presentazione del ministro degli Esteri all'ammiragliato della Squadra del Capo della Marina Britannica, dove gli era stata promessa ogni considerazione. Nondimeno passava diverse ore ogni mattina al porto, a visitare gli agenti marittimi e i proprietari di navi, nella speranza di trovare un passaggio più in fretta.

«Maledizione a quella stupida», borbottò ad alta voce, furioso nei confronti della sorella e delle sue manie. «Questa sosta potrebbe costarci settimane, per non dire mesi.»

Il tempo, ovviamente, era della massima importanza. Dovevano essere lontani dalla costa infestata dalla malaria prima che su di essa si abbattesse il monsone e che il rischio di contrarre la malattia divenisse suicida.

In quel momento dalle pendici della montagna che lo sovrastava si sentì arrivare lo schiocco di una cannonata, seguito dal pennacchio di fumo che si staccò dalla postazione di vedetta di Signal Hill.

Serviva ad avvertire la popolazione della città che una nave stava entrando in Table Bay, per cui Zouga si fece ombra agli occhi con il berretto, riuscendo a scorgerla oltre la punta. Non era un uomo di mare, tuttavia riconobbe immediatamente il brutto profilo e il singolo pennacchio di fumo della cannoniera britannica che aveva inseguito con tanta ostinazione l'*Huron*. Ora la vicinanza delle due navi rinnovava le possibilità di una contesa tra i due capitani e con ciò Zouga si sentì cogliere da una profonda delusione: aveva infatti sperato che si trattasse di un mercantile, che potesse offrire alla spedizione l'ulteriore passaggio fino alla costa orientale. Distolse pertanto bruscamente lo sguardo dalla visione, prendendo le redini dallo stalliere e montando agevolmente in sella.

«Da che parte?» chiese poi al servitore, e il ragazzetto giallastro e scarno, con addosso la livrea color susina di Cartwright, gli indicò il ramo a sinistra della biforcazione, che scendeva verso la costa.

Ci vollero altre due ore di cavalcata, di cui gli ultimi venti minuti lungo una sconnessa via carrettiera, prima che raggiungessero la casa dal tetto in paglia, nascosta in una delle gole che si aprivano nelle pendici della montagna, dietro a un boschetto di euforbie, tra cespugli di protea in fiore e con a fianco il ribollire di una cascata.

La casa aveva un aspetto malandato, le pareti avevano bisogno di essere imbiancate e il tetto pendeva in ciuffi disordinati dalle grondaie. Sotto le euforbie erano sparsi vecchi attrezzi; un carro senza una ruota, con il legno completamente mangiato dai tarli; una fucina manuale, arrugginita, su cui stava posata una chioccia rossa intenta a covare le uova; nonché alcuni pezzi di selleria e diverse funi marcescenti.

Non appena fu smontato di sella, Zouga venne circondato da una mezza dozzina di botoli abbaianti e ringhianti in direzione delle sue gambe, tanto che dovette far schioccare il frustino e far loro assaggiare gli stivali, trasformando i ringhi in guaiti e ululati.

«Chi diavolo è lei e che cosa vuole?» chiese una voce, che riuscì a farsi sentire sopra lo schiamazzo, mentre Zouga mirava a un grosso *boerhound* spelacchiato, prendendolo esattamente sul grugno e facendolo togliere dai piedi, ancora con le zanne scoperte e i ringhi a rumoreggiare sordi nella gola.

Poi sollevò lo sguardo all'uomo in piedi sulla veranda della casa, che reggeva nella piega del braccio un fucile a doppia canna, con entrambi i martelletti sollevati. Era talmente alto che doveva stare curvo sotto l'angolo del tetto, ma era sottile come un albero della gomma, come se la carne gli fosse stata bruciata via dalle ossa per effetto di diecimila soli tropicali.

«Ho l'onore di parlare con il signor Thomas Harkness?» chiese, cercando di sovrastare con la voce la cagnara.

«Qui le domande le faccio io», ruggì in risposta il gigante scarno. La sua barba era bianca come le nuvole di una giornata estiva sull'altopiano africano e arrivava fino al fermaglio della cintura. Capelli ugualmente argentei gli coprivano la testa, fluendo fino al colletto del giubbotto di pelle.

Il viso e le braccia erano colore del tabacco compresso e in più punti la pelle appariva rovinata da anni di furia del sole africano. Le pupille degli occhi erano nere e lucide come gocce di catrame sciolto, mentre la cornea risultava di un giallo fumoso, colore tipico delle febbri malariche e delle malattie epidemiche africane.

«Come ti chiami, ragazzo?» chiese poi con voce energica e profonda. Senza la barba avrebbe potuto essere preso per un uomo di cinquant'anni, ma Zouga sapeva con certezza che ne aveva settantatré. Aveva una spalla più alta dell'altra e da quella parte il braccio pendeva a un angolo strano. Era stato un leone, quarant'anni prima. La belva era morta, ma i postumi della ferita purtroppo erano diventati il marchio distintivo di Harkness.

«Ballantyne, signore», gridò Zouga, per farsi sentire sopra il fracasso dei cani. «Morris Zouga Ballantyne.»

Il vecchio emise un solo fischio, una doppia nota flautata, che immediatamente zittì i cani, facendoli tornare accanto alle sue gambe. Non aveva tuttavia ancora abbassato il fucile, e sul suo volto si dipinse una smorfia.

«Figlio di Fuller Ballantyne, vero?»

«Esattamente, signore.»

«Per Dio, qualsiasi figlio di Fuller Ballantyne è buono per una schioppettata nella schiena. Torna al tuo cavallo senza toccare il grilletto, ragazzo, perché io sono un tipo che si incazza molto facilmente.»

«Ho fatto molta strada per venire a trovarla, signor Harkness», ribatté Zouga con un sorriso franco, rimanendo dov'era. «Sono uno dei suoi più grandi ammiratori. Ho letto tutto ciò che è stato scritto su di lei e tutto ciò che ha scritto lei stesso.»

«Avrei qualche dubbio», grugnì in risposta Harkness. «La maggior parte di quello che ho scritto lo hanno bruciato. Troppo forte per i loro stomachini.» Ma lo sguardo ostile venne sostituito da uno strizzarsi degli occhi, mentre il vecchio chinava il capo di lato per esaminare il giovane che aveva davanti.

«Non ho dubbi che tu sia ignorante e arrogante come tuo padre, ma almeno ti esprimi in maniera molto più educata», disse infine, esaminandolo da capo a piedi.

«Prete», chiese poi, «come tuo padre?»

«No, signore, militare.»

«Reggimento?»

«Tredicesimo Fanteria Madras.»

«Grado?»

«Maggiore.»

L'espressione di Harkness si andò addolcendo a ogni risposta, finché il suo sguardo si fissò ancora su Zouga.

«Astemio? Come tuo padre?»

«Dio ne scampi!» ribatté Zouga con calore.

Harkness sorrise per la prima volta, abbassando la canna del fucile fino a farla puntare al suolo e tirandosi la barba, ancora incerto sul da farsi.

«Vieni», disse finalmente, accennando di scatto con la testa verso la casa e avviandovisi. All'interno c'era un immenso salone centrale, mantenuto fresco dall'alto tetto di canne e in penombra dalle strette finestre. Il pavimento era di fango mescolato con sterco di vacca e le pareti erano spesse un metro.

Zouga si fermò sulla soglia, sbattendo gli occhi per la sorpresa davanti alla collezione di strani oggetti che coprivano le pareti ed erano ammucchiati ovunque.

Libri, a migliaia. Armi: *assegai* degli zulu, scudi dei matabele, archi e frecce dei boscimani, e – naturalmente – dozzine di fucili. Trofei di caccia: belle pelli striate di zebra, criniere brune di leone, denti di ippopotamo e i lunghi archi giallastri dell'avorio, più grossi di una coscia umana e più alti di un uomo. E centinaia di pietre, colorate e luccicanti. Alle pareti erano appesi alcuni quadri.

Zouga si avvicinò per esaminarne uno, mentre il vecchio alitava su un paio di bicchieri, pulendoli poi con un lembo della camicia.

«Che cosa ne pensi dei miei leoni», chiese poi, mentre Zouga esaminava una tela enorme, intitolata *Caccia al leone sul fiume Gariep, Febb. 1846*.

Zouga emise un vago rumore di apprezzamento dal fondo della gola. Si dilettava lui stesso di scribacchiare e dipingere qualcosa, e considerava che fosse dovere del pittore la riproduzione meticolosa dei soggetti, mentre in ogni tratto di quel quadro – assai primitivo – traspariva una gioia quasi infantile.

«Dicono che i miei leoni sembrano cani da pastore inglesi», continuò Harkness, guardandoli torvamente. «Ma che cosa ne pensi tu, Ballantyne?»

«Forse è vero», prese a dire Zouga, e poi, visto che l'espressione del vecchio cambiava, «ma comunque cani da pastore di inaudita ferocia», si affrettò ad aggiungere, facendo esplodere per la prima volta l'interlocutore in una poderosa risata.

«Per Dio, sei in gamba!» esclamò Harkness, scuotendo la testa, riempiendo i bicchieri con la scura acquavite locale, il tremendo *Cape Smoke*, e porgendone uno a Zouga.

«Che cosa sei venuto a fare qui?» chiese poi.

«Voglio trovare mio padre e penso che lei possa indicarmi dove cercare.»

«Trovarlo?» lo fulminò il vecchio. «Dovremmo essere tutti profondamente grati a Dio che si sia perso, e pregare ogni giorno perché rimanga dov'è!»

«Capisco i suoi sentimenti, signore», continuò Zouga, con un cenno di assenso. «Ho letto il libro pubblicato dopo la spedizione allo Zambesi.»

Harkness aveva accompagnato Fuller Ballantyne in quella sventurata spedizione, fungendo da vicecomandante, direttore organizzativo e cronista artistico. Ma era stato travolto dai litigi e dagli scambi di accuse che avevano angustiato la spedizione fin dall'inizio. Ballantyne lo aveva infine licenziato, accusandolo di furto di provviste, di commerci in proprio, di incompetenza artistica, di trascuratezza dei propri doveri per andare a caccia di avorio e di totale ignoranza del paese, nonché delle sue piste, tribù e usanze, riferendo ogni cosa nella propria cronaca della spedizione e sostenendo che le colpe erano tutte da addossare a lui.

«Il Limpopo l'ho attraversato la prima volta l'anno in cui Fuller Ballantyne è nato. Sono stato io a disegnare la carta geografica di cui si è servito per arrivare al lago Ngami», esplose il vecchio, facendo una pausa, accompagnata da un gesto deprecatorio, e riprendendo: «Che cosa sai di lui? Da quando vi ha rimandati a casa, quante volte l'hai visto? Quanto tempo hai passato in sua compagnia?»

«È venuto a casa una volta.»

«Quanto tempo ha passato con voi e con vostra madre?»

«Qualche mese... ma era sempre nello studio di zio William a scrivere, oppure in giro a tenere conferenze.»

«E nondimeno hai concepito un amore bruciante e credi sia tuo dovere salvare il tuo santificato e celebrato padre!»

Zouga scosse il capo e ribatté: «Lo odiavo. Non vedevo l'ora che se ne andasse di nuovo».

Harkness chinò il capo di lato, sorpreso, rimanendo per qualche istante senza parole, mentre Zouga terminava la sua acquavite.

«Non l'ho mai detto a nessuno», riprese poi quest'ultimo, con espressione quasi stupita. «Non lo ammettevo neanche con me stesso. Lo odiavo per quello che ci ha fatto, a me e a mia sorella, ma in particolare a nostra madre.»

Harkness gli tolse il bicchiere vuoto dalle dita, lo riempì e tornò a porgerglielo, poi prese a parlare a bassa voce.

«Ti dirò anch'io una cosa che non ho mai detto a nessun essere umano. Ho conosciuto tua madre... mio Dio, tantissimi anni fa, a Kuruman. Aveva sedici o diciassette anni, mentre io ne avevo quasi quaranta. Era graziosissima, timidissima eppure piena di un particolare tipo di gioia. Le chiesi di sposarmi. L'unica donna a cui l'abbia mai chiesto.» A questo punto Harkness fece una pausa, rivolgendosi al proprio quadro e osservandolo. «Maledetti cani da pastori!» scattò poi, senza voltarsi a guardare Zouga. «E allora, perché vuoi trovare tuo padre? Perché sei venuto in Africa?»

«Per due ragioni», rispose Zouga. «Per farmi una reputazione e una fortuna.»

Harkness si girò su se stesso per guardarlo. «Accidenti, parliamo chiaro, eh!» esclamò poi, con una punta di rispetto nel tono. «E come progetteresti di conseguire questi due commendevoli fini?»

Zouga glielo spiegò rapidamente: il patrocinio del giornale e quello dell'Associazione per l'Estinzione della Tratta degli Schiavi.

«Troverai molto pane per i tuoi denti», interloquì Harkness. «Sulla costa la tratta continua a fiorire, checché se ne senta dire a Londra.»

«Sono anche agente della Devota Compagnia dei Commercianti di Londra con Interessi in Africa, ma oltre a quello dispongo di merci mie personali e di 5.000 cartucce per la mia Sharps.»

Harkness attraversò il locale e si fermò davanti a una delle gigantesche zanne di elefante, appoggiata alla parete opposta.

«Questa pesa ottanta chili e il suo valore, a Londra, è di sei scellini al chilo», disse, quindi ne schiaffeggiò la superficie con il palmo della mano aperto. «E da quelle parti ci sono ancora elefanti come questo, a migliaia. Ma ascolta un consiglio da uno che se ne intende: lascia perdere la tua bella Sharps e usa un fucile da elefante calibro dieci», aggiunse, con un lampo negli occhi bruni. «E ascolta un altro consiglio. Vagli vicino. Quaranta passi al massimo, e mira al cuore. Lascia perdere quello che dicono circa il cervello: tu mira al cuore...» A questo punto si interruppe e all'improvviso scosse il capo, con un sorriso mesto, aggiungendo ancora: «Per Dio, basterebbe a far venire voglia di ridiventare giovani!»

Quindi tornò indietro e studiò attentamente Zouga, come colpito da un pensiero, che quasi espresse ad alta voce: «Se Helen mi avesse dato una risposta diversa, potresti essere mio figlio». Ma riuscì a trattenersi, chiedendo invece: «In che cosa posso esserti utile, così stando le cose?»

«Può dirmi da dove cominciare a cercare Fuller Ballantyne.»

Harkness alzò le mani, con i palmi rivolti verso l'alto. «È un territorio immenso», disse. «Si potrebbe viaggiarci per tutta la vita.»

«È per quello che sono venuto da lei.»

Il vecchio si diresse verso il tavolo, lungo quasi come tutto il locale, e con un braccio fece un po' di spazio tra i libri, le carte e i colori.

«Porta qui una sedia», gli ordinò e, quando furono seduti uno di fronte all'altro, tornò a riempire i bicchieri, mettendo la bottiglia tra loro.

«Dov'è andato Fuller Ballantyne?» chiese, attorcigliandosi un ricciolo della barba attorno a un dito, che la pressione sul grilletto del fucile aveva quasi scarnificato fino all'osso.

«Dov'è andato?» ripeté, ma Zouga capì che si trattava di una domanda retorica, per cui non rispose nulla.

«Dopo la spedizione allo Zambesi non possedeva più niente, la sua reputazione era completamente distrutta... cosa che per un tipo come lui era intollerabile. Tutta la sua vita era stata un'interminabile caccia alla gloria. Avrebbe rubato e mentito... sì, persino ucciso per raggiungerla. Ucciso», ripeté. «Chiunque lo avesse intralciato. L'ho visto io... ma questa è un'altra storia. Adesso ci serve sapere dov'è andato.»

Quindi tese una mano e prese dal tavolo un rotolo di pergamena, controllandolo e lasciandosi sfuggire un borbottio di approvazione quando lo svolse tra loro due.

Era una carta geografica dell'Africa centrale, dalla costa occidentale a quella orientale, con il Limpopo come limite meridionale e la zona dei laghi come limite settentrionale, tracciata in inchiostro di china e ornata ai bordi con figure di animali, tipiche dell'arte di Harkness.

Immediatamente Zouga la concupì con tutta l'anima, sentendo nel cuore ciascuna delle sensazioni di cui Harkness aveva accusato suo padre. Quella carta doveva diventare sua, fosse pur stato necessario rubare o... o, per Dio, uccidere. Doveva diventare sua. Era una carta enorme e magnificamente dettagliata, con centinaia di annotazioni, scritte in una calligrafia elegante e talmente minuta che per essere decifrata agevolmente imponeva l'uso di una lente.

«Qui grosse concentrazioni di mandrie di elefanti da giugno a settembre.»

«Qui tracce di vene aurifere, due once per tonnellata.»

«Qui ricchi giacimenti di rame sfruttati dai gutu.»

«Qui convogli di schiavi partono per la costa in giugno.»

Harkness osservò la sua espressione e poi, con un sorrisetto scaltro, gli porse una lente perché continuasse nel suo esame.

A Zouga occorsero pochi minuti per capire che le zone tinteggiate in rosa indicavano i «corridoi della mosca» degli altipiani africani, ovvero le zone sicure, in cui si potevano trasferire le mandrie di animali per evitare le fasce invase dalla mosca tsetse. Una conoscenza il cui valore era incalcolabile.

«Qui gli *impi* di confine di Mzilikazi uccidono tutti i viaggiatori.»

«Qui niente acqua da maggio a ottobre.»

«Qui esalazioni malariche da ottobre a dicembre.»

«Qui si deve chiedere il permesso di cacciare gli elefanti al capo Mafa. Non fidarsi.»

Harkness continuò a osservare il giovane, che proseguiva nel suo esame del preziosissimo documento, con un'espressione quasi affettuosa e scuotendo il capo di fronte allo scorrere dei ricordi. E finalmente fece sentire la sua voce.

«Penso che tuo padre stia tentando di rifarsi una reputazione in un colpo solo», disse in tono meditabondo. «E ci sono due zone che vengono subito in mente. Qui.»

E posò la mano aperta sopra una zona immensa, a nord-ovest della forma ben definita del lago Malawi, dove le copiose annotazioni precise erano sostituite da poche osservazioni scarne ed esitanti.

«Lo sceicco Assab degli arabi oman dice che il fiume Lualaba scorre verso nord-ovest. Forse sfocia nel lago Tanganyika.» E il corso del fiume, invece di essere ben tracciato, era indicato con una linea punteggiata.

«Pemba, capo dei marakan, dice che c'è un grande lago in forma di farfalla a venticinque giorni di viaggio da Khoto Khota.

Chiamato Lomani. Probabile sorgente del Luapula e della fonte di Erodoto.» E accanto c'era lo schizzo del lago.

«Domanda. Il lago Tanganyika è collegato con l'Alberto? Domanda. Il lago Tanganyika è collegato con il Lomani? Se sì, il Lomani è la prima sorgente del Nilo?»

Harkness indicò i due punti di domanda con un dito ossuto e contorto.

«Qui», disse. «I due grossi punti di domanda. Il Nilo. Dovrebbe esserne attratto. Ne parlava spesso.» Poi con un risolino aggiunse: «E sempre con le stesse parole introduttive: *'naturalmente la fama non mi interessa nel modo più assoluto'*». Il vecchio scosse il capo. «Invece gli interessava non meno dell'aria che respirava. Sì, la sorgente del Nilo, e la fama che ne verrebbe allo scopritore... dovrebbe essere una cosa che lo affascina.»

Harkness continuò a fissare a lungo la carta, perdendosi in sogni e ricordi, ma finalmente si alzò, scuotendo la testa irsuta come per chiarirsi le idee.

«Solamente un'altra cosa potrebbe attirarlo in ugual misura», disse, abbassando la mano in direzione sud, a coprire un altro grande vuoto nel reticolo di montagne e fiumi: «Qui», disse a bassa voce. «Il regno proibito dei monomatapa».

Un nome che aveva in sé qualcosa di arcano. *Monomatapa.* Un suono che fece rizzare i capelli sulla nuca di Zouga.

«Ne hai sentito parlare?» chiese Harkness.

«Sì», rispose il giovane annuendo. «Dicono che sia l'Ofir della Bibbia, dove c'erano le miniere d'oro di Saba. Lei ci è andato?»

Harkness scosse il capo. «Ho tentato due volte», disse. «Non ci è andato nessun bianco. Persino gli *impi* di Mzilikazi, nel corso delle loro scorrerie, non si spingono tanto a est. I portoghesi hanno fatto un tentativo di arrivare all'imperatore Monomatapa, nel 1569, ma la spedizione è stata spazzata via: non è sopravvissuto nessuno.»

«Ma la leggenda dei monomatapa continua. L'ho sentita raccontare da mio padre. Oro e grandi città murate.»

Harkness si alzò dal tavolo con l'agilità di un uomo che avesse la metà dei suoi anni e raggiunse una cassa rinforzata in ferro, appoggiata alla parete dietro la sua sedia. Non era chiusa a chiave, tuttavia gli ci vollero tutt'e due le mani per sollevarne il coperchio.

Quindi tornò al tavolo portando una sacca di pelle appena conciata, evidentemente pesante, visto che la reggeva con entrambe le mani. Apertane l'imboccatura, ne sparse il contenuto sulla mappa.

Quel bel metallo di colore giallo non si sarebbe potuto confondere con nessun altro: erano migliaia di anni che il suo lucore intenso stregava gli uomini. Zouga non poté resistere all'impulso di tendere una mano a toccarlo. Che sensazione meravigliosa! Il prezioso metallo era stato ridotto in pesanti perle rotonde, ciascuna delle dimensioni di una nocca del mignolo di Zouga, infilate a formare una collana su un filo di tendine animale.

«Cinquantotto once», disse Harkness. «E una purezza fuori del consueto. L'ho fatto saggiare.»

Quindi si sollevò la collana sopra la testa e la fece calare sulla cascata nivea della barba. Soltanto allora Zouga vide che attaccato alla collana di perle d'oro c'era un pendente.

Era in forma di uccello, un falco stilizzato con le ali ripiegate, posato su un piedestallo arrotondato e decorato con un disegno triangolare, simile a una sfilata di denti di squalo. La figura era delle dimensioni di un pollice umano. L'oro era consunto da secoli di sfregamento contro la pelle, per cui alcuni dei dettagli erano scomparsi. Gli occhi dell'uccello erano pietruzze verdi.

«Un regalo di Mzilikazi. Non sa più che cosa farsene dell'oro, e neanche degli smeraldi... sì, le pietre sono smeraldi», disse Harkness annuendo. «Uno dei suoi guerrieri ha ucciso una vecchia nella Terra Bruciata e le hanno trovato addosso questa borsa.»

«Dov'è la Terra Bruciata?» chiese Zouga.

«Mi spiace», rispose Harkness giocherellando con il pendente. «Avrei dovuto spiegarmi. Gli *impi* di re Mzilikazi hanno fatto *tabula rasa* tutt'attorno ai confini del regno, in certi punti anche per una profondità di centocinquanta chilometri e più, uccidendo tutti coloro che vi abitavano e facendone una sorta di territorio cuscinetto contro ogni forza ostile. Le pattuglie boere da sud, soprattutto, ma anche altri invasori ostili. Mzilikazi la chiama Terra Bruciata ed è lì che è stata uccisa la vecchia, a est del regno. Una donna molto strana, pare, che non apparteneva a nessuna tribù conosciuta e parlava una lingua incomprensibile.

«Anche tu», proseguì poi, dopo essersi tolto la collana e averla gettata con noncuranza nella sacca, «hai sentito parlare di oro e di città murate, come tutti gli altri. Ma la cosa più prossima a una prova della loro esistenza è rappresentata da questa collana.»

«Mio padre sapeva della sua esistenza?» chiese Zouga, e Harkness annuì, rispondendo: «Voleva comperarla. Mi ha offerto quasi il doppio del suo valore in oro».

Rimasero entrambi in silenzio per qualche tempo, immersi ciascuno nei propri pensieri, finché Zouga si riscosse.

«Come potrebbe fare un uomo come mio padre a cercare di arrivare a Monomatapa?»

«Non da sud, e nemmeno da ovest. Mzilikazi, re dei matabele, non consente a nessuno di attraversare la Terra Bruciata. Credo che abbia una sorta di profonda superstizione circa il territorio a est del suo regno. Non ci si avventura mai e non consente a nessuno di farlo. Quindi Fuller dovrebbe provarci da est, dalla costa portoghese», rispose Harkness, mettendosi a cercare sulla carta il possibile punto di partenza. «Qui ci sono delle montagne alte. Le ho viste da lontano e mi sono parse una barriera formidabile», disse. Poi si accorse che era caduta l'oscurità, per cui si interruppe, ordinando a Zouga: «Di' allo stalliere di togliere la sella ai cavalli e di metterli nella scuderia. È troppo tardi per tornare indietro. Dovrete passare la notte qui».

Quando Zouga tornò, un servitore malese aveva tirato le tende, acceso le lanterne e imbandito un piatto di riso e pollo al curry. Harkness – che aveva aperto un'altra bottiglia di acquavite – riprese a parlare come se non si fosse mai interrotto.

«Perché non ha mai scavato le vene aurifere che ha trovato?» gli chiese Zouga.

«Non sono mai riuscito a fermarmi abbastanza a lungo nello stesso posto», rispose Harkness con un sorriso pieno di rammarico. «C'era sempre un altro fiume da attraversare, una catena di montagne o un lago da raggiungere... oppure stavo inseguendo una mandria di elefanti...»

Harkness si perse nei ricordi, e i due uomini non si accorsero del passare delle ore. Quando si levò l'alba, penetrando nel grandissimo locale dagli spiragli delle tende, Zouga esclamò improvvisamente: «Venga con me! Andiamo a cercare Monomatapa!»

Con una risata, Harkness rispose: «Credevo fosse tuo padre che avevi intenzione di cercare».

«Lo sa come vanno le cose!» ribatté Zouga, unendosi alla risata. Con quell'uomo si sentiva a suo agio, come se lo conoscesse da tutta la vita. «Si immagina la faccia di mio padre, qualora la vedesse arrivare alla riscossa?»

«Ne varrebbe la pena», ammise Harkness, ma lentamente la risata cedette a un'espressione di rammarico, tanto profondo che Zouga sentì l'impulso di allungare una mano a toccargli la spalla offesa.

Ma Harkness si ritrasse. Era troppo tempo che viveva solo e non sarebbe mai più stato capace di ricevere conforto da un suo simile.

«Venga con me», ripeté Zouga, lasciando ricadere la mano sul tavolo.

«No, l'ultimo viaggio nell'interno l'ho già fatto da un pezzo», rispose Harkness in tono indifferente. «Adesso mi rimangono soltanto i colori e i ricordi.»

«Ma lei è ancora forte e pieno di vita», insistette Zouga. «La sua mente è lucida.»

«Basta!» gli ingiunse Harkness con voce aspra, piena d'ira. «Adesso sono stanco. Devi andartene. Subito! Immediatamente!»

Zouga si sentì ribollire le guance di rabbia e si alzò in piedi, rimanendo così per alcuni secondi a fissare il vecchio.

«Vattene!» ripeté Harkness.

Zouga annuì, dicendo: «Va bene», e poi fece scivolare lo sguardo sulla mappa. Sapeva di doverla ottenere a qualsiasi prezzo, anche se sentiva che non esisteva prezzo che per Harkness potesse essere accettabile. Doveva studiare il modo, ma l'avrebbe avuta.

Quindi si voltò e si diresse a grandi passi verso la porta, seguito dai cani che si erano svegliati.

«Garniet!» chiamò con voce rabbiosa, «porta i cavalli!» e poi, quando essi furono arrivati, senza voltarsi gridò in tono villano: «Buona giornata a lei, signor Harkness!»

La risposta arrivò con una voce tremula, da vecchio, che stentò a riconoscere.

«Torna a trovarmi. Abbiamo altre cose di cui discutere. Torna... fra due giorni.»

L'atteggiamento rigido di Zouga si sciolse completamente. Si accinse a tornare indietro, ma il vecchio gli fece bruscamente cenno di andarsene. Scese dunque i gradini e montò in sella con un volteggio, spingendo il cavallo al galoppo sullo stretto sentiero sconnesso.

Harkness rimase seduto al tavolo a lungo dopo che il rumore degli zoccoli fu svanito. Stranamente, durante le ore passate in compagnia di quel giovane, il dolore si era ritratto negli estremi recessi della sua coscienza, facendolo sentire giovane e pieno di energie.

Ma poi si era rifatto avanti con impeto selvaggio di fronte alla proposta di Zouga, quasi a ricordargli che non aveva più vita davanti a sé, che era destinato a cedere alla iena che viveva nei suoi visceri, nutrendosene e divenendo più grossa e forte ogni giorno che passava. E in quel momento lo aggredì con tutta la forza, affondandogli le zanne nel ventre.

Harkness rovesciò la sedia nella fretta di raggiungere la preziosa bottiglia riposta nell'armadietto, da cui inghiottì una boccata di liquido chiaro e di sapore pungente senza misurarlo in un cucchiaio. Era troppo, lo sapeva, ma ogni giorno che passava gliene occorreva sempre di più per tenere a bada la iena, e ogni giorno il sollievo tardava sempre più ad arrivare.

Lo attese aggrappato all'angolo dell'armadietto. «Per favore», mormorò, «che finisca presto! Per favore!»

Ad aspettare Zouga al suo ritorno alla proprietà di Cartwright c'erano diversi messaggi e inviti, ma a eccitarlo maggiormente fu una lettera ufficiale dell'ammiragliato, con cui lo si invitava a presentarsi dall'On. Contrammiraglio Ernest Kemp, ufficiale comandante della Squadra del Capo.

Si rasò e si cambiò d'abito, indossando il migliore. Pur avendo passato una notte in bianco, si sentiva fresco e pieno di vita.

La segretaria dell'ammiraglio lo fece aspettare solamente qualche minuto prima di introdurlo e l'ammiraglio Kemp si alzò e uscì da dietro la scrivania per salutarlo amabilmente, dicendogli: «Ho delle notizie che le faranno molto piacere, maggiore Ballantyne. Ma, prima, gradisce un bicchiere di madera?»

Era un uomo alto, ma curvo, quasi avesse dovuto adattare la propria lunga figura ai limitati spazi delle navi di Sua Maestà Britannica. E sembrava anche vecchio per l'importantissimo incarico di guardiano dell'impero sulla vitale rotta dell'India e dell'est, ma l'aspetto poteva essere dovuto alle malattie piuttosto che agli anni.

«Alla sua salute, maggiore Ballantyne», disse e poi, dopo aver assaggiato il vino, continuò: «Penso di avere trovato un passaggio per lei. Una nave della mia squadra ha gettato l'ancora ieri a Table Bay e, non appena avrà riempito di carbone le stive e si sarà rifornita di viveri, la distaccherò in servizio nel canale del Mozambico».

L'ammiraglio intendeva procedere a un pattugliamento della costa orientale e, con grandissimo piacere di Zouga, aggiunse ancora: «Non farà dunque una gran deviazione per sbarcarla a Quelimane con tutta la sua spedizione».

«Non saprò mai come ringraziarla, ammiraglio!» esclamò Zouga, con trasparente piacere, e Kemp gli rispose con un sorriso. L'ammiraglio si era esposto più di quanto fosse sua consuetudine: quel giovane gli piaceva e meritava di essere incoraggiato, ma c'erano altri problemi che aspettavano di essere risolti, per cui estrasse il cipollone d'oro e lo consultò ostentatamente.

«Dovrà essere pronto a partire, diciamo, tra cinque giorni», continuò, rimettendo l'orologio nel taschino della giacca dell'uniforme, «ma spero che ci vedremo venerdì. La mia segretaria le ha mandato l'invito, no? E spero che venga anche sua sorella.»

«Certamente, signore», rispose Zouga, attendendo disciplinatamente di ottenere licenza. «Mia sorella e io ne siamo onorati.»

In realtà Robyn aveva detto: «Io non spreco le mie serate, Zouga, e non ho nessuna intenzione di sorbirmi la compagnia di una banda di marinai alticci, né i vaniloqui delle loro mogli».

Le dame del Capo erano eccitatissime per la presenza tra loro di Robyn Ballantyne, che aveva fatto la parte di un uomo, invadendo, con successo, una riserva dei maschi. Per metà erano deliziosamente scandalizzate, mentre l'altra metà l'ammirava piena di rispetto. Ma Zouga era sicuro che sua sorella avrebbe ben volentieri pagato quel prezzo pur di ottenere il passaggio per Quelimane.

«Benissimo», concluse l'ammiraglio annuendo. «La ringrazio per essere venuto.» E poi, mentre Zouga stava già per raggiungere la porta: «Ah, a proposito, la nave è il *Black Joke*, comandato dal capitano Codrington».

Il nome lo raggiunse come un colpo, tanto che Zouga dovette controllare il proprio passo mentre pensava alle complicazioni che avrebbero potuto essere provocate dalla scelta di quella nave.

Era sensibile a ogni cosa che minacciasse la spedizione e Codrington gli aveva dato l'impressione di essere una testa calda, quasi un fanatico. Inoltre lo aveva visto viaggiare in compagnia di un negriero, per cui non poteva essere sicuro di come si sarebbe comportato.

Era una decisione delicata da prendere: accettare il passaggio e rischiare la denuncia di Codrington, oppure rifiutare l'offerta e aspettare forse per mesi, lì a Città del Capo.

Un simile ritardo avrebbe significato perdere il periodo più fresco e secco tra i monsoni, per cui la decisione fu presto presa: «Grazie, ammiraglio Kemp. Andrò a trovare il capitano Codrington il più presto possibile».

Thomas Harkness aveva chiesto a Zouga di tornare dopo due giorni e la mappa era ancor più importante del passaggio per Quelimane.

Quindi Zouga mandò Garniet, lo stalliere dei Cartwright, al porto con una lettera sigillata, indirizzata al capitano Codrington, con le istruzioni di portargliela personalmente a bordo. Era la comunicazione, stesa nei termini più cortesi possibili, che lui e Robyn gli avrebbero fatto visita il giorno dopo, in mattinata. Zouga si era accorto che Robyn esercitava sugli uomini un effetto del tutto sproporzionato al suo aspetto, per cui non si peritava di usarla come strumento per placare le ire di Codrington.

Quindi montò in sella al grosso baio di Cartwright e si stava avviando quando venne colpito da un pensiero, che lo fece tornare in casa, dove prese la Colt da marina, che prima di rimontare infilò nella sacca della sella.

Sapeva che quella mappa doveva averla a qualsiasi prezzo, ma si rifiutava deliberatamente di pensare quale esso avrebbe potuto essere.

Quindi fece inerpicare velocemente la cavalcatura per la ripida strada che portava al passo, concedendole soltanto pochi attimi di respiro prima di scendere per il pendio opposto.

L'aria di rovina che incombeva sulla casa dal tetto di paglia pareva esser addirittura aumentata. Arrivatovi, smontò, gettò le redini sul ramo di un'euforbia e si chinò per slacciare il sottopancia. Quindi con calma aprì il fermaglio della sacca da sella e si fece scivolare la rivoltella nella cintura, tornando a chiudere la giacca.

Mentre si dirigeva verso la veranda, si vide venire incontro il *boerhound*, che al riconoscerlo uggiolò di piacere. Quindi salì i gradini e bussò con il pugno alla porta, sentendo il colpo riecheggiare nella casa. Accanto a lui il cane aveva chinato la testa di lato ed era in paziente attesa, ma il silenzio tornò a calare su tutta la vecchia casa.

Provò ancora due volte a bussare, prima di saggiare la maniglia della porta, che però era chiusa a chiave. Riprovò a bussare col batacchio e poi diede una spallata alla porta, che tuttavia era robusta e non cedette. A quel punto lasciò la veranda e fece un giro della casa, strizzando gli occhi per l'accecante riverbero del sole che arrivava dalle pareti imbiancate a calce. Le imposte erano chiuse.

Davanti alla corte c'erano le vecchie abitazioni degli schiavi, ora usate dal servitore di Harkness, che Zouga chiamò ad alta voce, senza tuttavia trovarlo. La sua stanza era deserta e la cenere del forno fredda. Zouga tornò alla casa e rimase in piedi accanto alla porta chiusa a chiave.

Sapeva che avrebbe dovuto tornare al cavallo e andarsene, ma aveva bisogno di quella mappa, non foss'altro che per il tempo necessario a farne una copia. Harkness non c'era, e al massimo nel giro di tre giorni lui sarebbe stato in procinto di andarsene da Table Bay.

In un angolo della veranda erano abbandonati degli attrezzi arrugginiti. Prese pertanto un'ascia e con cura ne fece entrare la lama nell'interstizio fra la porta e lo stipite. Il chiavistello era vecchio e cedette con facilità, lasciando spalancare la porta.

Non era ancora troppo tardi. Zouga esitò un attimo sulla soglia, poi tirò un respiro profondo ed entrò, inoltrandosi nel corridoio che portava alla sala. Da una delle porte, in una stanza, si vedeva un enorme baldacchino a quattro colonne, con le tende aperte e lenzuola e coperte in disordine.

Zouga si affrettò a passare oltre, diretto verso la sala principale. Era semibuio, per cui si fermò un attimo per abituarvi gli occhi, rendendosi immediatamente conto che si sentiva un lieve rumore. Un ronzio da alveare, fastidioso, persino minaccioso, che gli fece rizzare i peli sugli avambracci.

«Signor Harkness!» chiamò con voce rauca, e il ronzio da leggero divenne fragoroso. Qualcosa gli sfiorò la guancia e gli strisciò sulla pelle. Lo scacciò con un brivido di repulsione e si precipitò alla finestra più vicina, afferrando goffamente la maniglia per aprirla. Un lampo di luce irruppe nella stanza.

Thomas Harkness era seduto in una delle poltrone a dondolo scolpite, al di là del tavolo ingombro, e lo guardava impassibile.

Era coperto da uno sciame di mosche, color blu metallico e

verde, che luccicavano al sole, affollandosi con evidente gusto attorno alla profonda ferita scura che c'era nel mezzo del torace. La barba candida era nera di sangue rappreso, che aveva formato anche una pozza sotto la sedia.

Zouga rimase per molti secondi paralizzato dallo shock, ma poi con riluttanza fece un passo in avanti. Il vecchio aveva piazzato uno dei suoi fucili da caccia agli elefanti contro una delle gambe del tavolo, puntandolo in modo da avere la bocca dell'arma premuta contro il petto. Le mani erano ancora serrate attorno alla canna.

«Perché l'hai fatto?» chiese stupidamente Zouga, ad alta voce. Gli rispose uno sguardo fisso.

Harkness si era tolto lo stivale dal piede destro, usando l'alluce per premere il grilletto. Il tremendo impatto della pesante pallottola aveva mandato sedia e uomo a sbattere contro la parete, ma senza far mollare ad Harkness la presa sull'arma.

«Che stupidaggine hai fatto», disse ancora Zouga, prendendo un sigaro dalla scatola e accendendolo. Aveva la bocca cattiva per il tanfo di morte che aleggiava nella stanza, per cui tirò diverse grosse boccate consecutive.

Non c'era nessuna ragione perché provasse dolore. Era stato in compagnia di quel vecchio un giorno e una notte. Ed era venuto lì per una sola ragione: prendere a ogni costo la mappa. Quindi era ridicolo sentire quella morsa di dolore alle gambe e agli occhi. Che stesse piangendo la morte di un'epoca, piuttosto che quella di un uomo?

Lentamente tornò ad avvicinarsi al cadavere sulla sedia e poi, allungate le mani verso il suo vecchio volto, segnato dagli elementi e dal dolore, gli chiuse le ciglia sugli occhi neri e fissi.

E così il vecchio parve più in pace.

Quindi Zouga appoggiò una gamba sul tavolo ingombro e fumò lentamente il suo sigaro, quasi facendo silenziosa compagnia a Thomas Harkness. Poi gettò il mozzicone nella grossa sputacchiera in rame che c'era accanto alla sedia e andò nella camera.

Presa dal letto una delle coperte, la portò nella sala, usandola per scacciare le mosche e ponendola poi sul cadavere. E mentre gli copriva la testa mormorò: «Vagli vicino, vecchio, e mira al cuore». Poi si voltò concitatamente verso il tavolo, mettendosi a frugare tra tutte le cose che vi erano ammassate. Cercò da ogni parte, ma della mappa nessuna traccia.

E alla fine, ansimante per la fatica, si raddrizzò e si voltò a guardare la figura coperta.

«Lo sapevi che venivo qui per quella, no?» chiese.

Quindi si allontanò dal tavolo e si accostò alla cassa, di cui sollevò il pesante coperchio. La sacca di pelle con il suo contenuto d'oro era scomparsa. La ispezionò a fondo. Poi si mise a perquisire con la massima attenzione il locale ingombro, in cerca di ogni possibile nascondiglio. Un'ora più tardi tornò al tavolo e ancora una volta vi si appoggiò, usandone il bordo come sedile.

«Maledizione a te, vecchio furbone bastardo!» esclamò tra sé. Poi girò ancora una volta lentamente lo sguardo sul locale, per assicurarsi di non aver trascurato niente. Notò che il quadro dei leoni non era più al suo posto.

All'improvviso la bizzarria della situazione lo colpì, facendo sbollire la sua rabbia e costringendolo a ridacchiare.

Allora si alzò lentamente, posando una mano sulla spalla coperta. «Hai vinto, vecchio. Porta con te i tuoi segreti», disse e uscì per tornare al cavallo. Il resto della giornata lo occupò a rientrare in città, presso il tribunale, e a tornare ancora una volta lì con il *coroner* e i suoi assistenti.

Thomas Harkness fu sepolto quella sera stessa, avvolto nella coperta, nel boschetto di euforbie: il caldo era opprimente e non era possibile aspettare che dalla città arrivasse un carro con la bara.

Zouga tornò a casa nel crepuscolo dorato del Capo, con gli stivali impolverati e la camicia intrisa di sudore. Era esausto per gli eventi della giornata e depresso, pieno di dolore per il vecchio e al tempo stesso di rabbia per l'ultimo tiro che gli aveva giocato.

Lo stalliere gli prese il cavallo davanti alla villetta.

«Hai consegnato la lettera al capitano Codrington?» gli chiese Zouga, ma non attese la risposta, salendo in casa. Aveva bisogno di bere qualcosa e, mentre si versava un po' di whisky, nella sala entrò sua sorella. Sollevatasi in punta di piedi a baciargli una guancia e torcendo il naso all'odor di sudore, Robyn disse:

«Cambiati i vestiti. Questa sera ceniamo con i Cartwright. Non ho potuto evitarlo». E poi, dopo una pausa pensosa, aggiunse: «Ah, Zouga, questa mattina è venuto un servitore di colore a portare qualcosa per te. L'ho messa nello studio».

«Da parte di chi?»

Robyn scrollò le spalle. «Parlava soltanto l'olandese coloniale e sembrava terrorizzato. È scappato prima che potessi trovare qualcuno che gli facesse delle domande.»

Con il bicchiere di whisky in mano Zouga raggiunse la porta dello studio, dove improvvisamente si fermò. Poi cambiò espressione ed entrò con passo risoluto.

Qualche istante dopo Robyn sentì il suo grido di gioia trionfale e si accostò piena di curiosità alla porta: Zouga era in piedi accanto alla scrivania di legno di ocotea scolpito.

Sul ripiano c'era un sacchetto di pelle conciata e macchiata, da cui si riversava una pesante collana di oro luccicante; accanto a esso era stesa una mappa in pergamena magnificamente illustrata. Zouga, voltando le spalle alla sorella, reggeva davanti a sé con entrambe le braccia tese un vivacissimo quadro a olio orlato da una larga cornice. Una persona a cavallo, sullo sfondo di un branco di animali selvatici. Mentre Robyn guardava, Zouga lo girò e nel legno della cornice si vide un messaggio inciso da poco.

PER ZOUGA BALLANTYNE. CON L'AUGURIO CHE TU POSSA TROVARE LA STRADA A TUTTI I TUOI MONOMOTAPA... MAGARI AVESSI POTUTO VENIRCI ANCH'IO! TOM HARKNESS

Zouga non smise di ridere, ma, quando si voltò verso di lei, Robyn vide che aveva gli occhi pieni di lacrime.

Lo stesso giorno il direttore del *Cape Times*, con l'intenzione di trarre un qualche profitto dalla notorietà della dottoressa Robyn Ballantyne, l'aveva invitata a visitare l'ospedale militare dell'Osservatorio. Nella sua ingenuità, la giovane aveva pensato che l'invito arrivasse dall'amministrazione della colonia, per cui aveva accolto con piacere l'opportunità di ampliare le proprie conoscenze professionali.

La visita aveva avuto un esito che era andato ben al di là delle aspettative più rosee del direttore, dal momento che il primario chirurgo della colonia aveva programmato a sua volta una visita per la stessa giornata, entrando nella sala operatoria principale proprio nel momento in cui Robyn stava manifestando alla capoinfermiera dell'ospedale la propria opinione circa le spugne.

Tali spugne, a disposizione del chirurgo, venivano tenute in secchi d'acqua, acqua pulita che proveniva dai serbatoi zincati sistemati sul retro dell'edificio, nei quali veniva raccolta la pioggia. I secchielli stavano sotto il tavolo operatorio, a portata di mano del chirurgo. Una volta usate per detergere sangue e pus, le spugne venivano lasciate cadere su un vassoio per essere poi lavate e rimesse nel secchio.

«Le assicuro, dottoressa, che le mie infermiere le lavano con la massima cura», stava asserendo la capoinfermiera, un personaggio massiccio, dalle fattezze appiattite da bulldog. Quindi si chinò, infilando una mano nel secchio e prendendone una, che porse a Robyn.

«Può vedere da sé come sono bianche e morbide.»

«Esattamente come i germi bianchi e morbidi che vi si annidano», replicò la giovane in tono irritato. «Nessuno di voi ha mai sentito parlare di Joseph Lister?»

A risponderle, dalla soglia, fu personalmente il primario.

«La risposta a questa domanda, dottoressa Ballantyne, è no. Non abbiamo mai sentito parlare di questo signore, chiunque egli possa essere.»

Il primario sapeva benissimo chi fosse la giovane donna che si trovava davanti. Aveva ascoltato con attenzione i pettegolezzi che costituivano la principale ricreazione degli abitanti del Capo e non approvava Robyn.

Al contrario, la giovane non aveva la più vaga idea di chi fosse quell'individuo anziano dagli ispidi favoriti grigi, anche se dalle macchie di sangue secco che gli costellavano il davanti del vestito aveva capito che si trattava di un chirurgo della vecchia scuola, di quelli che operavano in abiti normali, lasciando sullo sparato le macchie, per segnalare la loro professione.

«Allora, signore, devo dirle che sono sbalordita della prontezza con cui lei riconosce la sua ignoranza e il suo conformismo.»

Il primario si lasciò sfuggire un ansito, in cerca di fiato e di una risposta pronta.

«Per Dio, signora, non crederà veramente che io debba andare a cercare pericolosi veleni in ogni granello di polvere, in ogni goccia d'acqua, persino sulle mie mani!» E così detto le sollevò, agitandole davanti al viso di Robyn, perché le esaminasse. Quel mattino aveva operato e sotto le sue unghie c'erano bordi scuri di sangue secco.

«Sì, signore», ribatté Robyn a voce alta. «Eccoli lì, oltre che in ogni respiro che lei esala e su quei vestiti sudici.»

Il direttore del giornale, deliziato, prendeva frenetici appunti nel suo blocco per note, mentre gli scambi di battute diventavano sempre più pesanti e sempre più carichi di insulti personali, che arrivarono al culmine quando il primario si lasciò sfuggire una poderosa bestemmia.

«Le sue espressioni sono luride come queste spugnette bianche», gli replicò Robyn, gettandogliene una direttamente in faccia con tutte le sue forze. Il primario rimase lì con l'acqua che gli colava sui favoriti, mentre la giovane usciva dalla sala operatoria con passo altero.

«L'hai colpito?» le chiese Zouga, il mattino seguente, dopo la prima colazione, ridacchiando, chiudendo il giornale e guardandola a occhi spalancati attraverso il tavolo. «Davvero, Sissy, certe volte non ti comporti affatto come una signora.»

«È vero», consentì Robyn, senza mostrare traccia di pentimento. «Ma non è la prima volta che lo dici. E inoltre non avevo la più vaga idea che fosse il primario. Comunque, è più bravo come oratore che come chirurgo.»

Zouga scosse il capo, in un finto gesto di deprecazione, e le riassunse dal giornale: «Però pensa di querelarti».

«Per aggressione con una spugna?» ribatté Robyn, scoppiando a ridere e alzandosi. «Vada a quel paese. Ma bisogna che ci spicciamo, se vogliamo arrivare puntuali dal capitano Codrington.»

Quando raggiunsero il ponte principale della cannoniera, Robyn rivolse immediatamente lo sguardo al casseretto. Codrington era in maniche di camicia e superava di una buona testa il gruppo di ufficiali che lo circondava. I suoi capelli sbiancati dal sole splendevano alla luce come un faro.

Il gruppo di uomini era assorto a osservare la chiatta del carbone che si stava caricando a bordo. Sul ponte fervevano le attività di rifornimento della nave, e Robyn si fece strada attraverso gli uomini in movimento, tenendosi attaccata al braccio del fratello. Codrington si voltò dal parapetto e li vide. Essendo rilassato e a suo agio, sembrava più giovane di quanto Robyn si ricordasse. In confronto a quella dei vecchi lupi di mare che aveva attorno, la sua espressione era infantile. Ma tutto ciò si dissolse non appena riconobbe i visitatori. Improvvisamente i suoi lineamenti si irrigidirono e la linea della sua bocca si alterò, sotto a occhi gelidi come due zaffiri chiari.

«Capitano Codrington», lo salutò Zouga, esibendo con cura tutto il proprio fascino. «Sono il maggiore Ballantyne.»

«Ci siamo già conosciuti, signore», ribatté Codrington, senza accennare a rispondere al sorriso.

Zouga proseguì imperturbabile: «Posso presentarle mia sorella, la dottoressa Ballantyne?»

Codrington rivolse lo sguardo a Robyn. «Ai suoi ordini, signora», disse poi, più con un cenno del capo che con un inchino. «Ho letto sue notizie nel giornale di questa mattina», aggiunse poi, e per un attimo nei suoi occhi azzurri brillò un lampo di malizia. «I suoi punti di vista sono saldi, e la sua mano lo è ancora di più», concluse.

Quindi tornò a rivolgersi a Zouga, dicendogli: «Ho ricevuto dall'ammiraglio Kemp l'ordine di trasportare lei e la sua spedizione a Quelimane. Senza dubbio troverà la nostra compagnia noiosa, dopo quella che ha avuto in precedenza». E si voltò deliberatamente a guardare l'*Huron*, che dondolava a mezzo miglio di distanza, gesto che per la prima volta fece imbarazzare Zouga, proseguendo: «Comunque sia, vi sarò grato se vorrete presentarvi a bordo dopodomani prima di mezzogiorno, quando prevedo l'arrivo di una marea favorevole alla partenza. Ora vi prego di scusarmi. Devo attendere ai miei doveri». E con un cenno del capo, senza porgere la mano o fare altri gesti di cortesia, Codrington tornò ai suoi ufficiali.

«Quell'individuo ha una faccia tosta incredibile», grugnì Zouga alla sorella, furibondo. Quindi, dopo un attimo di esitazione, aggiunse: «Forza, andiamocene», voltandosi e avviandosi a scendere nella barca che li aveva accompagnati. Robyn, invece, non si mosse.

Aspettò quietamente che Codrington, conclusa la sua conversazione, sollevasse a lei lo sguardo, fingendo sorpresa al vederla ancora lì.

«Capitano Codrington, siamo sbarcati dall'*Huron* dietro mia richiesta. Ecco perché stiamo cercando un altro passaggio», disse, con voce bassa e rauca, ma in tono talmente intenso da fargli cambiare leggermente atteggiamento.

«Lei aveva ragione. Quella nave è un trasporto per schiavi e St John è un negriero. L'ho smascherato», continuò poi.

«Come?» chiese Codrington, cambiando immediatamente espressione.

«Adesso non posso parlare. Mio fratello...» rispose Robyn, volgendo lo sguardo al barcarizzo, aspettandosi di vederlo ricomparire da un momento all'altro. Zouga le aveva dato istruzioni precise circa il modo in cui avrebbe dovuto comportarsi con Codrington.

«Sarò all'approdo di Roger Bay questo pomeriggio», si affrettò ad aggiungere.

«A che ora?» chiese Codrington.

«Alle tre», rispose Robyn, sollevando finalmente le gonne sulle caviglie e correndo al bordo della nave.

L'ammiraglio Kemp era seduto in atteggiamento impaziente nell'immensa sedia scolpita, da abate, che i suoi ufficiali subalterni definivano il «trono». Clinton Codrington era chino in avanti e gli stava parlando rapidamente, in tono persuasivo, usando le mani ben modellate per sottolineare ogni argomento del proprio discorso. Ma all'ammiraglio tanta energia e tanto entusiasmo risultavano stancanti. Preferiva gli uomini dotati di un temperamento meno turbolento, che si poteva fidare adempissero alla lettera agli ordini, senza introdurvi improvvisazioni.

Gli ufficiali che avevano reputazione di essere brillanti li guardava con sospetto. Da giovane, in effetti, una reputazione simile non l'aveva mai avuta, tanto che gli era stato affibbiato il nomignolo di «Secchione». Quindi per lui essere brillanti era sinonimo di essere instabili.

I compiti assegnati a quell'avamposto erano tali da rendere necessario che giovani come Codrington venissero distaccati per mesi in missioni indipendenti, invece di essere tenuti a bada, presso la flotta, da un ufficiale di grado superiore.

Kemp aveva pertanto la sgradevole sensazione che, prima di concludere il proprio servizio come Comandante della Squadra del Capo, questo Codrington gli avrebbe provocato qualche guaio. Gli risultava infatti difficile mantenere un'espressione neutrale ogni volta che gli veniva in mente il caso Calabash.

Codrington era piombato sulle baracche degli schiavi di Calabash in una mattina chiara di giugno, per cui cinque navi negriere argentine avevano avvistato le sue vele quando era ancora a trenta miglia di distanza, mettendosi immediatamente e con frenesia a trasbordare di nuovo sulla spiaggia i loro carichi di schiavi.

Quando il *Black Joke* le aveva raggiunte, i cinque capitani erano tutto un sorriso compiaciuto: le loro stive erano vuote, anche se accucciati in piena vista sulla spiaggia c'erano circa duemila miserevoli schiavi. E il loro compiacimento era ulteriormente accresciuto dal fatto che quel punto della costa era venti miglia al di sotto dell'equatore e quindi, a quei tempi, fuori della giurisdizione della marina britannica.

Ma il loro compiacimento si era convertito in indignazione quando il *Black Joke* aveva messo in mostra i cannoni e, sotto la loro protezione, aveva inviato verso di loro alcune scialuppe con a bordo dei marinai armati.

I capitani spagnoli, sotto la copertura delle bandiere argentine, avevano protestato con energia, ma Codrington aveva ribattuto al più anziano di essi, in tono ragionevole: «Non vi stiamo abbordando in armi, signore. Siamo semplicemente dei consiglieri armati. E il nostro consiglio è che vi rimettiate a caricare... e in fretta».

Lo spagnolo aveva continuato nelle sue proteste, finché il rumore sordo di un cannone del *Black Joke* aveva richiamato la sua attenzione alle cinque forche già rizzate sui pennoni della cannoniera. Aveva preferito rinunciare alla sfida.

Una volta che gli schiavi erano stati nuovamente imbarcati, l'inglese, che si era autonominato loro consigliere armato, aveva dato un altro consiglio non richiesto. E cioè che le cinque navi levassero l'ancora e prendessero il largo su una rotta che nel giro di cinque ore le avrebbe portate all'equatore.

Lì giunti, il capitano Codrington aveva proceduto a fare con precisione il punto e poi aveva invitato il capitano spagnolo a esaminare il suo lavoro, per confermare che ora si trovavano alla latitudine di 0°05' Nord. Dopo di che l'inglese aveva immediatamente arrestato i cinque capitani e sequestrato i loro vascelli.

L'episodio, che avrebbe tranquillamente potuto concludersi con la corte marziale per Codrington, stroncando anche la carriera dell'ammiraglio Kemp, era invece stato foriero di ricchezze e promozioni per entrambi.

Lo *sloop* che portava il dispaccio con cui Kemp informava dell'accaduto il Primo Ministro ne aveva incrociato in mezzo all'oceano un altro diretto a sud, che a sua volta portava dei dispacci diretti all'Ammiraglio Comandante della Squadra del Capo, da parte non soltanto del Primo Ministro, ma anche di quello degli Esteri.

A Kemp veniva richiesto, per il futuro, di applicare la «clausola dell'attrezzatura» a tutte le navi delle nazioni cristiane – con la vistosa eccezione di quelle degli Stati Uniti – a ogni latitudine, a nord come a sud della linea dell'equatore.

I dispacci portavano una data anteriore di quattro giorni a quella dell'incursione di Codrington contro le baracche di Calabash, rendendo il suo atto non solamente legale, ma meritorio.

In conseguenza di ciò l'ammiraglio Kemp si era visto conferire il cavalierato, oltre a una grossa cifra di diritto di preda, ma tutto ciò non aveva in nessun modo aumentato la sua fiducia o simpatia nei confronti di quel subalterno, che ora stava ascoltando con sempre maggior orrore: gli stava infatti chiedendo di concedergli il permesso di abbordare e sottoporre a ispezione il mercantile americano che in quel momento godeva dell'ospitalità del porto.

Per alcuni mortali istanti Kemp contemplò il proprio ruolo nella storia come quello dell'ufficiale che aveva fatto precipitare la seconda guerra con le ex colonie americane della corona inglese.

«Ammiraglio Kemp», esclamò Codrington, che ardeva di evidente entusiasmo per l'impresa, «è fuori di dubbio che l'*Huron* sia una nave negriera. E adesso non è più in alto mare, ma all'ancora in acque territoriali inglesi. Posso essere a bordo di essa nel giro di due ore, accompagnato da testimoni imparziali, persino da un giudice della Corte Suprema.»

Kemp si raschiò rumorosamente la gola. In realtà aveva tentato di parlare, ma era talmente stupefatto che le parole non gli erano arrivate alle labbra. Invece quel rumore Codrington lo prese per un incoraggiamento:

«Questo St John è uno dei più infami negrieri dell'epoca moderna. Abbiamo un'occasione d'oro», disse pertanto.

Finalmente Kemp trovò la voce. «Ho cenato al palazzo del Governo mercoledì. C'era anche St John, come ospite personale di Sua Eccellenza. L'ho sempre considerato un gentiluomo e adesso so che si tratta di persona di notevoli disponibilità e di grossa influenza nel suo paese», replicò in tono neutro, con una capacità di autocontrollo che stupì persino lui stesso.

«È un negriero», ribatté Robyn Ballantyne, aprendo bocca per la prima volta, tanto che i due uomini si erano dimenticati della sua presenza.

«Sono stata nella stiva principale dell'*Huron* e ho visto che è completamente attrezzata per la tratta», aggiunse la giovane, con una voce chiara che fece star male Kemp, il quale pensò che, per sua sventura, questa giovane, al primo incontro, l'aveva trovata incantevole. Quanto se ne pentiva!

«Ritengo, ammiraglio Kemp, che sia suo dovere mandare un'ispezione a bordo dell'*Huron*», aggiunse ancora Robyn, costringendolo ad allungarsi sulla grossa poltrona e a respirare pesantemente a bocca aperta.

L'ammiraglio fissò la giovane. Si chiese se nella sua voce non avesse per caso colto una particolare punta di veleno. Aveva viaggiato sull'*Huron*, smontandone non appena la nave aveva raggiunto Table Bay. Senza dubbio si trattava di una giovane disinvolta, mentre St John era un bell'uomo.

Ne concluse di essere in presenza di una bella storia e chiese: «È vero, signorina Ballantyne, che lei ha aggredito il primario chirurgo, in un accesso di rabbia incontrollata?»

Robyn lo guardò per un attimo a bocca aperta, presa alla sprovvista dal cambio di argomento, ma prima che potesse rispondere l'ammiraglio continuò:

«Lei è chiaramente una giovane molto emotiva. Mentre io devo pensarci con molta attenzione prima di commettere un atto ostile nei confronti di un cittadino importante di una nazione amica, semplicemente in base a una sua testimonianza non suffragata da altre».

Quindi estrasse dal taschino l'orologio d'oro e vi dedicò tutta la sua attenzione.

«La ringrazio per essere venuta, signorina Ballantyne», disse poi, ancora una volta senza usare il suo titolo professionale. «Spero di vederla domani sera. Adesso la prego di concedermi di scambiare una parola in privato con il capitano Codrington.»

Alzandosi, Robyn sentì le gote in fiamme.

«La ringrazio, ammiraglio, lei è stato molto gentile e paziente», disse a denti stretti, uscendo dalla stanza.

Con Codrington, invece, Kemp non fu altrettanto mite.

«Lei ha avuto una pessima idea a portare qui quella giovane per discutere di questioni navali», scattò.

«Avevo bisogno di convincerla, signore.»

«Basta così, Codrington. Adesso mi ascolti bene. Lei è ingenuo a non prendere in considerazione i cambiamenti intervenuti nell'amministrazione americana. Non sa che con ogni probabilità Lincoln verrà eletto presidente?»

«Certo che lo so, signore.»

«Allora avrà anche una vaga idea che vi sono in ballo considerazioni di natura molto delicata. Il nostro ministero degli Esteri confida che la nuova amministrazione assumerà un atteggiamento nettamente diverso nei confronti della tratta.»

«Sissignore!» consentì rigidamente Codrington.

«Se lo immagina che cosa significherà per noi avere pieno diritto di ispezione sulle navi americane in mare aperto?»

«Sissignore.»

«E lo avremo, non appena Lincoln avrà prestato giuramento... e se non ci sarà qualche ufficiale subalterno di questa marina che compia per suo conto degli atti pregiudizievoli per l'atteggiamento degli americani.»

«Sissignore», disse ancora una volta il giovane, sempre in atteggiamento rigido.

«Codrington», aggiunse Kemp, mettendo una fredda nota di minaccia nella voce, «a Calabash lei è arrivato molto vicino a farsi buttare fuori dal servizio. Faccia un'altra mossa sbagliata e le giuro che così sarà.»

«Sissignore.»

«Lei ha il divieto assoluto di avvicinarsi a meno di un miglio di distanza dal mercantile *Huron*. Chiaro?»

«Sissignore», rispose Codrington, impassibile. Prima di proseguire l'ammiraglio tirò due respiri controllati.

«Quando salperà per il canale del Mozambico?» chiese poi, in tono più calmo.

«Ho il suo ordine di aspettare la marea di sabato, signore.»

«Non può anticipare?»

«Sì, signore, ma significherebbe partire senza avere completato i rifornimenti... l'arrivo del barcone con la polvere da sparo è atteso per sabato all'alba.»

Kemp scosse il capo e sospirò. «Mi sentirei più tranquillo con lei in mare», borbottò poi. «Comunque, va bene: aspetto di vederla salpare sabato mattina.»

Robyn Ballantyne lo attendeva davanti al portico dell'ammiragliato, nella carrozza avuta in prestito dai Cartwright. Non appena Codrington vi fu montato rigidamente, sistemandosi nel sedile accanto al suo, il cocchiere ottentotto fece sibilare la frusta.

Nessuno dei due giovani disse nulla finché non furono usciti dal terreno dell'ammiragliato, scendendo per la tortuosa strada che portava al ponte di Liesbeeck, dove il cocchiere dovette usare leggermente il freno.

«Adesso che cosa facciamo?» chiese Robyn.

«Niente», rispose Codrington.

Venti minuti più tardi, quando arrivarono a vedere l'*Huron* all'ancora, Robyn chiese ancora:

«Non le viene in mente nulla per fermare quel mostro?»

«E a lei?» ribatté il giovane in tono aspro. Dopo di che rimasero entrambi in silenzio finché non ebbero raggiunto l'approdo.

«Domani sera lei presenzierà al ballo dell'ammiragliato, se ho capito bene quello che ha detto il Secchione», disse a quel punto Codrington.

«No», replicò Robyn scuotendo il capo. «Non posso sopportare le chiacchiere frivole e i comportamenti idioti di simili occasioni, e in particolare non desidero incontrarmi con l'ospite di quell'individuo.»

Per la prima volta da quando erano arrivati all'approdo Codrington si voltò a guardarla. Pensò che era una bella donna, dalla pelle chiara e lustra e dagli occhi pensosi. Gli piaceva e aveva imparato a rispettarla. Un rispetto che, pensò ancora, avrebbe potuto facilmente convertirsi in incanto.

«Posso cercare di convincerla a cambiare idea?» le chiese a bassa voce, e lei gli rivolse uno sguardo stupito. «Sarebbe mia cura offrirle una conversazione seria e un dignitoso compagno di danze.»

«Io non ballo, capitano.»

«È un grande sollievo, perché non ballo neanch'io», riconobbe Codrington con un sorriso, che Robyn non ricordava di avergli mai visto in volto e che lo trasfigurò completamente.

«Le feste del Secchione sono sempre magnifiche», riprese a dire Codrington, in tono di lusinga, esibendo denti bianchi come la porcellana e regolarissimi. Robyn sentì gli angoli della bocca sollevarsi e lui, accortosi del modo come aveva cambiato atteggiamento, si affrettò a sfruttare il vantaggio conquistato.

«Inoltre può darsi che abbia nuove notizie da darle, ulteriori progetti in merito all'*Huron*.»

«Questo rende il suo invito irresistibile», consentì Robyn, scoppiando in una risata allegra, così naturale e spontanea che costrinse gli astanti a voltarsi per guardarla e a sorridere a loro volta.

«Vengo a prenderla. Dove? Quando?» chiese Codrington, che prima di sentirla ridere non si era mai reso veramente conto di quanto fosse bella.

«No», replicò Robyn, posandogli una mano su un braccio. «Mi accompagna mio fratello. Ma la cercherò, per proseguire questa conversazione.» E gli strinse il braccio in segno di saluto.

«Aspetta», aggiunse poi, rivolta al cocchiere, e rimase a osservare la bella figura del giovane in uniforme che si allontanava in direzione della scialuppa del *Black Joke*, finché si sentì prendere da un'agitazione nuova.

«Andiamo a casa», disse allora.

Decise che non sarebbe andata al ballo dell'ammiragliato e prese a recitare silenziosamente gli articoli di fede cristiani.

Invece Zouga ebbe il sopravvento sulle sue buone intenzioni e partirono entrambi in compagnia della maggiore delle ragazze Cartwright, ancora nubile, in una profumata sera autunnale del Capo.

Il padrone di casa e la moglie seguivano in una carrozza chiusa, intenti per tutto il percorso a una seria discussione.

«Sono sicuro che è presissimo da Aletta», aveva affermato la signora Cartwright.

«Mia cara, quell'individuo non ha il becco di un quattrino», aveva ribattuto il marito.

«Ma ha molte aspirazioni», aveva replicato in tono benigno la moglie. «Sono sicura che con questa spedizione guadagnerà diverse migliaia di sterline. È uno di quei giovani che nella vita si fanno strada, ne sono sicura.»

«Io preferisco i soldi in banca, mia cara.»

«Comunque ti assicuro che ha creato parecchia agitazione... un giovane tanto serio e posato, e tanto attraente. Per Aletta sarebbe come il cacio sui maccheroni, e tu potresti trovargli un posto in ditta.»

L'ammiragliato era pavesato di luci. Il giardino era illuminato da lanterne colorate. La banda della marina si era sistemata sul gazebo e c'erano già diversi ballerini che roteavano vorticosamente sulla pista all'aperto nel valzer d'apertura. Al capo della scalinata il maggiordomo annunciava i gruppi degli ospiti a mano a mano che arrivavano.

Robyn non si era ancora completamente abituata all'interesse scandalizzato delle donne, che seguiva al suo ingresso in qualsiasi riunione pubblica del Capo e che le dava sempre un senso di disprezzo nei loro confronti.

«Hai portato la spugna, Sissy? Si aspettano che tu la tiri addosso a qualcuno», le mormorò Zouga, aggiungendo, nonostante il colpetto datogli dalla sorella per farlo tacere: «Oppure che ti tolga la gonna e corra su per la scalinata in mutande».

«Sei maligno», ribatté lei, sentendosi tuttavia liberare dalla tensione e rivolgendogli un sorriso grato. Si trovarono immediatamente in un mare di uniformi multicolori e di gonne di seta.

L'abito di Robyn non faceva nessuna concessione alla moda: era l'unico che possedeva a essere appena vagamente adatto alla circostanza ed era vecchio di anni. La stoffa era di lana, la gonna stretta e il corpetto disadorno. Tra i suoi capelli non c'erano né piume di struzzo né diamanti. Avrebbe dovuto passare inosservata, e invece risultava straordinariamente diversa.

Se aveva detto al capitano Codrington che non ballava, era perché non ne aveva mai avuto l'occasione, e ora, mentre guardava Zouga allacciato con Aletta nei vortici del valzer, le spiacque.

Sapeva che nessuno l'avrebbe invitata a ballare e che, se l'avessero fatto, si sarebbe comportata goffamente. Quindi distolse in tutta fretta lo sguardo, in cerca di un volto familiare o amico. Non voleva restare sola tra la folla. Cominciò a rimpiangere amaramente di non essersi attenuta alla sua decisione.

Ma il soccorso arrivò con tale impeto che poco mancò gli gettasse le braccia al collo. Invece riuscì a dire in tono neutro: «Ah, capitano Codrington. Buonasera».

Poi pensò che era davvero uno degli uomini più belli lì presenti. Quindi avvertì il risentimento di alcune delle giovani astanti, per cui ostentatamente gli prese il braccio, rimanendo sorpresa nel trovarsi subito sospinta verso il giardino.

«È qui!» le disse Codrington a bassa voce, non appena furono fuori portata di orecchie indiscrete.

Non c'era bisogno che gli chiedesse chi, e Robyn avvertì una fitta di inquietudine che la tenne in silenzio per un attimo.

«Lo ha visto?»

«È arrivato cinque minuti prima di lei... con la carrozza del governatore.»

«Adesso dov'è?»

«È entrato nello studio del Secchione... con il governatore», rispose Clinton, con viso teso ed espressione dura. «Si pavoneggia, il bel tomo.»

Un servitore si avvicinò con un vassoio d'argento carico di *flû*-

tes di champagne. Robyn scosse distrattamente il capo, mentre Clinton ne prese uno, ingollandone il contenuto in due sorsi.

«La cosa più tremenda è che nessuno può toccarlo», disse poi in tono furioso.

Essendosi la sera rinfrescata, la banda della marina si era trasferita nell'apposita balconata, sopra la pista da ballo interna, dove un ballerino spiccava sugli altri, e non soltanto per la statura fisica. Mentre gli altri balzellavano e si trascinavano pesantemente con il fiatone e il volto arrossato, Mungo St John sembrava volteggiare, con grazia e misura. Tra le sue braccia c'era sempre una delle giovani più belle, che levava il viso a ridere con lui, con le guance rosse per l'eccitazione, mentre una dozzina di altre la guardavano piene di invidia sopra la spalla dei loro cavalieri. Tra coloro che osservavano dalla balconata c'erano anche Robyn e Clinton.

Robyn si scoprì a sperare che St John alzasse gli occhi a lei, in modo da potergli rispondere con uno sguardo carico di tutto l'odio che sentiva, ma l'americano non lo fece mai.

Pensò persino di suggerire a Clinton Codrington di invitarla a ballare, ma cambiò immediatamente idea. Mai avrebbero potuto reggere il confronto.

Quando scese a cena, al braccio del giovane capitano, lo vide davanti a loro. Era con una giovane bionda, la vedova notoriamente più graziosa, più ricca e più vorace del Capo.

Mungo St John indossava il suo semplice abito da sera bianco e nero con più ostentazione che se fosse una delle elaborate uniformi militari che lo circondavano.

«Quella donna è una faccia tosta, una prostituta», sibilò Robyn. Accanto a lei Codrington dissimulò il colpo provocatogli dall'espressione e poi annuì.

«E lui è il diavolo in persona», aggiunse.

Parve quasi che St John li avesse sentiti. Infatti si girò e li vide, chinando il capo e sorridendo a Robyn.

Un sorriso talmente intimo e malizioso che alla giovane parve di esserne spogliata completamente, com'era avvenuto nella cabina di poppa dell'*Huron*, sentendosi sopraffare dalla stessa sensazione di impotenza.

Con un tremendo sforzo riuscì a distogliere lo sguardo, ma Clinton lo aveva tenuto fisso su di lei. Robyn non riuscì a incrociarlo: le pareva che avrebbe potuto capire tutto ciò che era accaduto.

Due ore dopo la mezzanotte la banda stava suonando le melodie più dolci per gli innamorati e i romantici ancora in pista, mentre per lo più gli invitati erano saliti alle sale da gioco del primo piano, se non per giocare personalmente, almeno per assistere alle varie partite, che suscitavano esplosioni di applausi e commenti.

Nella sala più grande il Secchione e alcuni degli ospiti più anziani giocavano a whist, mentre nella seconda i più giovani erano intenti allo spensierato *chemin de fer*. Tra di essi vi era Zouga, che giocava con Aletta e che rivolse, vedendola passare, un sorriso a Robyn.

La giovane, accompagnata da Clinton, raggiunse la terza sala, la più piccola, dove la gente era intenta al gioco che in passato era popolare solamente negli Stati Uniti, ma che da qualche tempo era in voga anche presso la corte d'Inghilterra, dove la regina in persona lo trovava affascinante: il poker.

Tuttavia, nonostante il regale interesse, era ancora considerato un gioco poco conveniente per le donne e al grande tavolo verde erano seduti solamente uomini, anche se le signore svolazzavano tutt'attorno come farfalle.

Mungo St John era seduto di fronte al corridoio, per cui Robyn lo vide non appena fu entrata nella sala. Tra le labbra, sotto i capelli di ebano, aveva un lungo sigaro spento. Davanti allo sguardo di Robyn la vedova bionda gli si chinò sulla spalla, esibendo il solco vellutato tra le mammelle, per accostarvi un fiammifero.

St John risucchiò la fiamma nella punta del sigaro, emise un lungo sbuffo di fumo azzurro e la ringraziò strizzandole un occhio, prima di procedere al rilancio.

Era con evidenza un vincente. Di fronte a lui stava distrattamente rovesciato un mucchietto d'oro: monete con inciso il profilo della Regina Vittoria. Sotto gli occhi di Robyn e Clinton vinse ancora una volta.

Da lui l'eccitazione pareva trasudare quasi tangibile, contagiosa per le donne che circondavano il tavolo e che si abbandonavano a esclamazioni a ogni suo rilancio, sospirando di delusione ogni volta che chiudeva il ventaglio di carte, passando la mano. La medesima eccitazione si trasmetteva agli altri signori seduti al tavolo, risultando evidente dallo scintillio degli occhi, dal biancore delle nocche delle dita che reggevano le carte, dall'arrochirsi della voce con cui procedevano alle puntate e dall'imprudenza che li costringeva a continuare a rimanere in gioco anche quando le probabilità si erano rivelate decisamente a loro sfavore. Era chiaro che tutti quanti consideravano St John l'avversario principale.

Robyn si sentì inchiodare dallo stesso senso di fascinazione e inconsciamente aumentava la stretta al braccio di Clinton a mano a mano che la tensione cresceva e che le monete d'oro cadevano tintinnando nel centro del tavolo, sentendosi prendere da ansiti di dispiacere o sollievo all'esibizione delle carte che concludeva ciascuna mano.

Senza accorgersene si era accostata maggiormente al tavolo, trascinando con sé Clinton, tanto che, quando un giocatore perdente abbandonò il gioco, dovettero ritrarsi per lasciarlo passare.

Allora, con sua sorpresa, sentì Clinton staccarle le dita dal braccio e lo vide sistemarsi silenziosamente nella sedia rimasta libera.

«Posso giocare anch'io, signori?» chiese.

La richiesta fu seguita da qualche preoccupato borbottio di assenso, ma fu soltanto St John che sollevò lo sguardo, chiedendo a sua volta cortesemente:

«Sa qual è la puglia, capitano?»

Clinton non rispose, limitandosi a estrarre dalla tasca e a posare sul tavolo un rotolo di banconote da cinque sterline, il cui ammontare stupì Robyn: non potevano essere meno di cento sterline. Poi le venne in mente che Clinton Codrington era da diversi anni uno dei comandanti che esercitavano con maggior successo il blocco dei negrieri.

Allora, con improvvisa intuizione, si rese conto che con quel gesto il giovane inglese aveva lanciato una sfida silenziosa, che fu accettata da Mungo St John con un lieve sorriso.

Robyn sentì una fitta di preoccupazione. Era sicura che Clinton Codrington si fosse scelto un avversario troppo esperto e abile. Le venne in mente che Zouga, il quale contava sul gioco per arrotondare il soldo militare, non aveva saputo tenergli testa, anche quando la puglia era modesta. Inoltre, per la frustrazione, quella sera Clinton aveva bevuto abbondantemente.

Quasi subito St John modificò con sottigliezza lo stile del proprio gioco, con inviti pari al doppio della puntata, accelerando il ritmo, dominandolo, giocando dall'alto della sicurezza datagli dalle sue già consistenti vincite, e Clinton apparve immediatamente insicuro di sé, privo del coraggio necessario per fargli fronte a testa alta.

Robyn si spostò leggermente per mettersi in una posizione dalla quale le fosse possibile tenere d'occhio entrambi i giocatori. Sotto la forte abbronzatura Clinton era pallido, i bordi delle sue narici erano bianchi e le labbra compresse in una linea sottile. Era nervoso e indeciso, come tutti gli osservatori notarono con disappunto. Quando Clinton aveva compiuto il vistoso gesto di posare sul tavolo le cento sterline, infatti, avevano tutti sperato in una contesa appassionata. Invece il rotolo di monete venne in breve tempo assottigliato da un gioco cauto e noioso, per cui l'attenzione di tutti si trasferì sullo scontro in corso tra Mungo St John e uno dei figli dei Cloete, proprietari di mezza valle Constantia, con le sue favolose vigne. Gli altri giocatori vennero praticamente dimenticati.

Robyn non poté far altro che commiserare Clinton, vedendolo sciupare una delle sue poche mani vincenti, e raccattare poche ghinee invece delle cinquanta che avrebbe potuto vincere se non avesse mostrato prematuramente le proprie carte. Cercò dunque di cogliere il suo sguardo e di fargli abbandonare il gioco prima che fosse ulteriormente umiliato, ma lui si rifiutò ostinatamente di sollevare gli occhi a guardarla.

Cloete vinse una mano con un poker di re e, come era suo diritto, chiese l'apertura ai tris, con una puntata pari al piatto e un invito pari a una ghinea. Un gioco molto pericoloso, che in poco tempo avrebbe potuto portare la posta in gioco a una cifra enorme.

Per ben dieci mani consecutive nessuno poté aprire, ma finalmente, con il piatto arrivato a settanta ghinee, Mungo St John annunciò a bassa voce:

«Il gioco è aperto, signori. Spalancato come la bocca di mia suocera».

Agli altri tavoli il gioco si era interrotto e St John proseguì: «Giocare costa altre settanta ghinee».

Aveva raddoppiato il piatto e gli spettatori applaudirono la puntata, aspettando avidamente di vedere come si sarebbero comportati gli altri giocatori.

«Ci sto», replicò Cloete, ma con una vena d'incertezza nella voce. Quindi estrasse le banconote e le monete d'oro necessarie, e le aggiunse al notevole mucchio che c'era già sul tavolo.

Tre degli altri giocatori passarono, lasciando frettolosamente cadere le carte, chiaramente sollevati d'essersi sottratti al pericolo perdendo soltanto dieci ghinee, mentre Clinton Codrington continuò a stringere penosamente in mano le proprie, tanto che St John dovette sollecitarlo cortesemente.

«Non abbia fretta, capitano. Abbiamo tutta la sera.»

Poi Codrington lo guardò e annuì di scatto, senza dire nulla e spingendo un mucchietto di banconote verso il centro del tavolo.

«Si gioca in tre», disse St John, contando rapidamente il denaro del piatto. «Duecentodieci ghinee.»

Una cifra che poteva essere raddoppiata due volte dalle puntate successive. Nella sala era calato un silenzio profondo. Il mazziere diede a Mungo St John due carte in cambio di quelle che aveva gettato al centro del tavolo. Giocava correttamente, cercando di aggiungere qualcosa al tris con cui aveva aperto, senza fingere di andare a colore o di essere servito. Cloete cambiò tre carte, evidentemente in cerca di un tris... e infine toccò a Clinton chiedere carte.

«Una», mormorò, alzando un solo dito. Il mazziere gliela fece scivolare attraverso il tavolo e lui la coprì con una mano, incapace di decidersi a guardarla. Apparve più che evidente che aspettava la carta per completare un colore o una scala.

«La parola all'apertura», disse il mazziere. «A St John.»

Vi fu una pausa, mentre St John spillava le carte, finché, senza cambiare espressione, disse: «Il doppio».

«Quattrocentoventi ghinee», esclamò qualcuno ad alta voce, ma questa volta nessuno applaudì, mentre tutti gli sguardi correvano a Cloete, che stava leggendo le carte. Ma dopo un attimo il giovane scosse bruscamente il capo. Non aveva trovato il terzo re che gli serviva.

Allora tutti guardarono l'unico altro giocatore rimasto, Clinton Codrington, il quale aveva subito una trasformazione difficile da definire. Sotto le guance abbronzate aveva solamente un tocco di colore, le sue labbra erano leggermente aperte e per la prima volta guardava fisso negli occhi St John.

«Ancora il doppio», disse ad alta voce. «Ottocentoquaranta ghinee», aggiunse, incapace di contenersi, tanto che tutti i presenti capirono che aveva trovato la carta che gli serviva.

St John non ebbe bisogno di pensarci più di qualche secondo.

«Congratulazioni», ribatté con un sorriso. «Ha trovato quello che cercava. Devo concederle questa mano.»

Quindi lasciò cadere le carte e le allontanò da sé.

«Posso vedere l'apertura?» chiese Clinton, diffidente.

«La prego di scusarmi», ribatté St John, in tono vagamente ironico, girando le carte e mettendo in mostra tre sette e altre due carte scompagnate.

«Grazie», disse Clinton, i cui modi erano nuovamente cambiati. Ogni tremore, ogni incertezza erano scomparsi. Calmo, quasi gelido, prese a radunare i mucchietti sparsi di monete e banconote.

«Che carte aveva?» chiese una delle signore in tono petulante.

«Non è obbligato a mostrarle», le spiegò il suo accompagnatore. «Nessuno ha pagato per vedere.»

«Oh, morirei pur di saperlo», squittì ancora la donna.

Clinton smise di raccogliere la vincita e sollevò gli occhi a guardarla.

«La prego, signora, non faccia così», disse con un sorriso. «Non vorrei avere sulla coscienza la sua vita.»

Quindi girò le carte sottosopra sul tappeto verde e agli astanti ci vollero parecchi secondi per capire ciò che stavano vedendo. Davanti a loro c'erano carte di cinque generi diversi, non due uguali. Si sentirono delle esclamazioni deliziate. Quelle carte avrebbero potuto essere battute da una qualsiasi coppia di sette, per non parlare del tris gettato via da St John.

Gli spettatori esplosero in un applauso spontaneo. Le donne si lasciarono sfuggire degli «oh!» di ammirazione e gli uomini si congratularono calorosamente.

«Gran bella giocata, signore!»

St John mantenne il sorriso, ma le sue labbra si tesero nello sforzo, mentre nei suoi occhi brillava un lampo di luce furiosa.

L'applauso cessò, alcuni degli spettatori fecero per allontanarsi e St John cominciò a mescolare le carte, quando Clinton Codrington fece sentire la sua voce. Una voce bassa ma chiara, tale che nessuno degli astanti si perdesse una sola parola.

«Anche la fortuna di un negriero può cessare, alla fine», disse. «Devo tuttavia riconoscere che avrei preferito batterla nel suo sudicio gioco di schiavista anziché portarle via al poker poche ghinee questa sera.»

Gli astanti si sentirono gelare, guardando Clinton con espressioni di orrore e di comico sbalordimento. Il silenzio della sala pareva impenetrabile, rotto solamente dal fruscio e dai lievi schiocchi delle carte che Mungo St John stava mescolando senza mai guardarsi le mani, tenendo gli occhi fissi sul viso di Clinton e senza smettere di sorridere, solamente con lievissime tracce di rossore sotto la pelle abbronzata.

«Le piace vivere pericolosamente?» ribatté infine, sempre sorridendo.

«Oh, no», rispose Clinton, scuotendo il capo. «Io non sono in pericolo. Per l'esperienza che ne ho, i mercanti di schiavi sono tutti codardi.»

Il sorriso di Mungo St John scomparve, spegnendosi all'improvviso, e la sua espressione divenne freddamente mortale, mentre le dita non smettevano di mescolare le carte, ma Clinton continuò in tono neutro: «Ero indotto a ritenere che i cosiddetti gentiluomini della Louisiana avessero un certo codice d'onore, per quanto esaltato», disse, scrollando le spalle. «Secondo me, signore, lei è una contraddizione vivente di tale concetto.»

Gli astanti erano sbalorditi. Nessuno di essi poteva avere dubbi circa ciò che sentiva: un'accusa di tratta degli schiavi. Per un cittadino britannico non poteva esistere insulto più grave.

L'ultimo duello inglese era stato combattuto nel 1840, ma la serata, già divertente oltre ogni aspettativa, ne prometteva uno nuovo.

«Signori», li interruppe una voce in tono fortemente persuasivo. L'aiutante di bandiera dell'ammiraglio era stato mandato lì dalla sala del whist per ordine dello stesso ammiraglio. «Dev'esserci stato un equivoco.»

Ma nessuno dei due contendenti fece nemmeno la mossa di guardarlo.

«Non credo proprio che possa trattarsi di un equivoco», replicò freddamente Mungo St John, con lo sguardo ancora fisso su Clinton. «Gli insulti del capitano Codrington sono inequivocabili.»

«Signor St John, debbo ricordarle che lei è in territorio britannico, soggetto alle leggi di Sua Maestà», disse l'aiutante di bandiera, in tono che stava cominciando a essere disperato.

«Oh, il signor St John tiene ben poco conto delle leggi. E quindi entra con la sua nave negriera, perfettamente attrezzata, in un porto britannico», replicò Clinton, fissando l'americano con gelidi occhi azzurri. E sarebbe andato avanti, se St John non lo avesse interrotto bruscamente, parlando all'aiutante di bandiera ma rivolgendosi in realtà a lui.

«Non mi sognerei mai di abusare dell'ospitalità della Regina», disse. «In ogni caso approfitterò della marea per salpare prima di mezzogiorno. Tra quattro giorni sarò ben oltre il territorio di Sua Maestà, alla latitudine 31°38' Sud, capitano. C'è un'ampia bocca di fiume, con un buon approdo e una grande spiaggia. Non ci si può sbagliare.» Poi si alzò, avendo recuperato il suo atteggiamento urbano, si sistemò lo sparato della camicia e porse il braccio alla bella vedova. Quindi fece una pausa, abbassando lo sguardo su Clinton. «Chissà che un giorno non ci si incontri di nuovo, per discutere ancora una volta di onore. Per adesso addio, capitano.»

Quindi si voltò e gli spettatori lo seguirono, formandogli quasi una guardia d'onore mentre usciva con passo altero insieme alla sua accompagnatrice.

L'aiutante di bandiera gettò un'occhiata furibonda a Clinton. «L'ammiraglio desidera parlarle, signore», disse, affrettandosi poi a inseguire la coppia dei partenti e raggiungendola alla doppia porta di legno scolpito.

«Signor St John, l'ammiraglio Kemp mi ha chiesto di porgerle i suoi saluti. Non tiene in alcun conto le accuse non provate di un suo capitano subalterno. Se lo facesse, sarebbe costretto a inviare un'ispezione sulla sua nave.»

«Una soluzione che non piacerebbe a nessuno di noi», consentì St John con un cenno del capo. «Come non ci piacerebbero le conseguenze.»

«Infatti», gli assicurò il capitano. «Nondimeno l'ammiraglio ritiene che, date le circostanze, sia opportuno che lei approfitti del vento e della marea favorevoli che sono in arrivo per salpare.»

«La prego di ricambiare i saluti all'ammiraglio... con l'assicurazione che lascerò la baia prima di mezzogiorno.»

In quel momento arrivò la carrozza della vedova, per cui St John salutò l'ufficiale con un cenno distaccato, aiutando la dama a montare.

Dal ponte del *Black Joke* guardarono il clipper levare l'ancora, mettere tutte le vele al vento, con una serie di esplosioni di bianco luminoso, e uscire da Table Bay sfruttando il vento di sudest. L'*Huron* avrebbe superato da quasi quattro ore il faro di Punta Mouille prima che la cannoniera fosse stata pronta a seguirlo.

Mentre il macchinista riaccendeva le caldaie, montarono a bordo gli ultimi membri della spedizione Ballantyne. Ancora una volta le lettere di presentazione di Zouga si erano dimostrate di incalcolabile valore, fornendogli, insieme ai suoi modi persuasivi, ciò che più occorreva per l'impresa.

La sua richiesta di volontari era stata accolta nella maniera più entusiastica. Gli ottentotti avevano fama di sentire l'odore di una preda o di una femmina vogliosa alla distanza di ottanta chilometri, mentre la paga e le razioni offerte da Zouga erano tre volte quelle dell'esercito. Quindi l'unica difficoltà era stata selezionarli.

Zouga aveva preso immediatamente in simpatia questi ometti gagliardi, i quali, nonostante le fattezze quasi orientali, erano più africani di tutti gli altri, nonché gli abitanti originari che i primi navigatori avevano trovato sulla spiaggia di Table Bay... facendoli adeguare prontamente ai modi del bianco e più che prontamente ai suoi vizi.

Zouga aveva risolto i propri problemi scegliendo una sola persona, un uomo dal volto senza età, che avrebbe potuto avere dai quaranta agli ottant'anni e con una pelle che sembrava pergamena, mentre nei capelli a grani di pepe che gli coprivano il cranio non c'era traccia d'argento.

«Sono stato io a insegnare al capitano Harris a cacciare gli elefanti», si era vantato l'omino.

«Dove?» aveva chiesto Zouga, dal momento che Cornwallis Harris era uno dei più famosi tra i vecchi cacciatori africani.

«L'ho portato alle montagne di Cashan», aveva risposto l'ottentotto. Tale spedizione era avvenuta nel 1829, trent'anni prima, per cui, se diceva la verità, l'omino doveva avere tra i cinquanta e i sessant'anni.

«Ma Harris non cita il tuo nome», aveva replicato Zouga. «La sua cronaca della spedizione l'ho letta molto attentamente.»

«Jan Bloom... così mi chiamavo allora», aveva spiegato l'ottentotto, facendo annuire Zouga. In effetti Bloom era stato uno dei più intrepidi assistenti cacciatori di Harris.

«E perché adesso ti chiami Jan Cheroot,* allora?» aveva chiesto ancora Zouga, e gli occhi bruni si erano strizzati in un atteggiamento di allegria burlona.

«Succede che un uomo si stanchi del proprio nome, come si

---

* Ovvero Jan Sigaro. (*N.d.T.*)

stanca di una donna. Allora cambia tutti e due, per la propria salute, se non per la vita.»

Il lungo fucile Enfield, militare, era alto come lui, ma sembrava un'estensione del suo corpo grinzoso.

«Scegli altri nove uomini. I migliori», gli aveva detto Zouga, e il sergente Cheroot li aveva portati a bordo della cannoniera mentre le caldaie si stavano scaldando.

Ciascuno di essi portava l'Enfield in spalla, tutti i propri beni nella bisaccia sulla schiena e cinquanta caricatori nelle giberne attaccate al cinturone.

Il sergente Cheroot li fece allineare accanto al parapetto. Le originali giacche militari scarlatte avevano subìto una serie di strane mutazioni in venti diverse tonalità di colore, dal rosa sbiadito al pulce polveroso, mentre ogni testa con i capelli a grani di pepe portava il berretto da fante, senza visiera, a un'angolazione diversa. Cheroot ordinò loro il presentat'arm, che fu eseguito con grandi sorrisi e un rumoroso trepestio di piedi nudi sulla quercia del ponte.

«Molto bene, sergente», disse Zouga in risposta al saluto. «Adesso però apriamo i bagagli ed eliminiamo le bottiglie. Via! Fuori bordo!»

I sorrisi scomparvero e gli uomini si scambiarono sguardi abbacchiati... quel maggiore sembrava tanto giovane e ingenuo!

«Sentito il maggiore, *julle klomp dom skaape?* », gridò Jan Cheroot, paragonandoli allegramente, nell'olandese coloniale del Capo, a un «branco di stupide pecore»: quando tornò a rivolgersi a Zouga, però, nei suoi occhi brillava una luce di rispetto.

Le rotte che una nave può scegliere per allontanarsi dalla costa sud-orientale dell'Africa sono due, una esterna alla linea che indica il margine della piattaforma continentale e una interna.

Per il bene della spedizione Clinton Codrington scelse quest'ultima, per cui procedettero in direzione nord, avendo costantemente in vista la terra, sempre a elica, verso il punto indicato da Mungo St John.

La fretta di Clinton Codrington era frutto di una coazione che Robyn Ballantyne cominciò a capire a fondo solamente nei giorni e nelle notti lungo i quali si svolse quel viaggio e nel cui corso il giovane capitano cercò costantemente la sua compagnia... a cominciare dalla riunione per la preghiera del mattino.

Per lo più i capitani di marina celebravano il servizio religioso una sola volta alla settimana, mentre Clinton Codrington lo faceva ogni mattina, tanto che Robyn non ci mise molto a capire che era animato da una fede e da un senso del dovere cristiano ancor più intensi dei suoi. Non sembrava essere soggetto ai terribili dubbi e tentazioni di cui lei era sempre preda.

«Avrei voluto diventare sacerdote, come mio padre e mio fratello maggiore Ralph», le confessò lui.

«Perché non l'ha fatto?»

«L'Onnipotente mi ha indirizzato per la via che Lui stesso ha scelto per me», rispose semplicemente Clinton, in un tono che non apparve presuntuoso. «E adesso so che era Sua intenzione fare di me un pastore del Suo gregge qui, in questa terra», aggiunse poi, indicando le spiagge d'argento e le montagne azzurre. «Allora non lo avevo capito, ma le Sue vie sono meravigliose. Il lavoro che ha scelto per me è questo.»

All'improvviso Robyn capì quanto profondo fosse il suo impegno nella lotta contro la tratta: tanto da farne quasi una crociata. Clinton Codrington riteneva di essere uno strumento di Dio.

Eppure, come molti uomini profondamente religiosi, teneva la sua fede attentamente sotto controllo, non abbandonandosi mai ad atteggiamenti bigotti o a citazioni bibliche. Gli unici momenti in cui parlava di Dio erano durante le preghiere quotidiane, oppure quando si trovava solo con lei sul ponte. Del tutto naturalmente riteneva che la fede della giovane fosse pari, se non superiore, alla propria. E lei non faceva nulla per deluderlo, perché godeva della sua evidente ammirazione, del suo rispetto per il fatto che era stata nominata missionaria, e inoltre, se doveva essere sincera – cosa che da qualche tempo avveniva sempre più spesso –, le piacevano anche il suo aspetto, il suono della sua voce, persino il suo odore. Un odore maschio, simile a quello della pelle conciata, o del cuoio, o della lontra che aveva ai tempi di King's Lynn.

Le piaceva averlo vicino: era un uomo, al contrario dei pallidi aspiranti missionari e degli studenti di medicina che aveva conosciuto. Era il tipico guerriero cristiano. Trovava conforto nella sua presenza: non la maligna eccitazione provocata in lei da Mungo St John, ma qualcosa di più profondo e soddisfacente.

Guardava a lui come al proprio campione, come se la missione mortale alla quale stava andando incontro fosse fatta per lei, per spazzare via la coscienza del suo peccato ed espiare per la sua disgrazia.

A mano a mano che il *Black Joke* si avvicinava rapidamente all'appuntamento fissato da St John, Clinton Codrington diventava sempre più silenzioso e rimaneva sempre più spesso solo nella sua cabina. Conosceva benissimo le implicazioni della sfida che andava ad affrontare. Zouga Ballantyne ne aveva parlato con lui quasi in ogni occasione, inflessibilmente contrario a che l'incontro avvenisse.

«Si è scelto un avversario formidabile, signore», gli aveva detto senza mezzi termini. «E non intendo offenderla sostenendo che dubito lei gli sia pari con la pistola o con la spada... comunque lui sceglierà la pistola, può scommetterci.»

«È stato lui a lanciare la sfida», aveva ribattuto Clinton sottovoce. «La mia arma è il coltello da marinaio. Combatteremo con quello.»

«Su questo punto non sono d'accordo con lei, signore», aveva replicato Zouga scuotendo il capo. «Se c'è mai stata un sfida – e avrei qualche dubbio in proposito – è stato lei a lanciarla. Quindi combatterete con la pistola.»

Giorno dopo giorno aveva cercato di convincere Clinton a non presentarsi all'appuntamento.

«Maledizione, amico», aveva detto, «nessuno si batte più in duello, in particolare contro un uomo che è capace di tagliare in due il sigaro in bocca all'avversario, sparando con entrambe le mani e alla distanza di venti passi.» Oppure, ancora: «Non c'è stata nessuna sfida, capitano Codrington. Ero presente e ci giocherei il mio onore». E un'altra volta: «Perderà il suo grado, signore. Le è stato esplicitamente ordinato dall'ammiraglio Kemp di non presentarsi all'appuntamento, ed è evidente che Kemp è in attesa dell'occasione buona per portarla davanti a una corte marziale». E infine: «Per Dio, signore, non sarà di alcuna utilità per nessuno – e men che meno per lei – essere ferito a morte su una spiaggia deserta e abbandonata da Dio. Se St John è un negriero, avrà altre occasioni ben più favorevoli per dargli il fatto suo».

Poi, visto che i suoi argomenti non facevano alcuna presa, Zouga era andato nella cabina di Robyn. «Sembra che tu abbia una qualche influenza su quell'individuo. Non potresti convincerlo, Sissy?»

«Perché sei così determinato a impedire al capitano Codrington di difendere il suo onore, Zouga?»

«Perché è un tipo piuttosto simpatico e non voglio vederlo crepare.»

«E se così fosse, troveresti qualche difficoltà ad arrivare a Quelimane, vero?» aveva ribattuto con dolcezza Robyn. «La tua preoccupazione è profondamente cristiana.»

«St John è in condizione di scegliere in quale occhio ficcargli una palla. Lo hai visto anche tu sparare», aveva replicato Zouga, ignorando il rimbrotto.

«Credo che sia dovere del capitano Codrington annientare quel mostro. Dio protegge i giusti.»

«Per l'esperienza che ne ho, protegge solamente chi spara più in fretta e più diritto», aveva borbottato Zouga, in tono rassegnato.

«È una bestemmia», lo aveva ammonito la sorella.

«Meriti di sentirne, per la tua testardaggine», aveva tagliato corto lui, uscendo a grandi passi dalla cabina. Una lunga esperienza lo aveva portato a capire quando stava perdendo tempo.

Oltrepassarono la foce del fiume Kei, che segnava il confine della zona di influenza britannica e oltre il quale c'erano territori selvaggi, inesplorati e non reclamati da nessuno, abitati da tribù respinte inesorabilmente dall'avanzata del bianco.

Una terra che persino i boeri, nella loro marcia verso l'interno, avevano evitato, passando oltre il massiccio montano che separava il litorale dall'altopiano.

Clinton Codrington aveva segnato sulla carta il punto in cui la latitudine 31°38' Sud intersecava la costa: l'estuario vi era indicato come «fiume St John», nome impartitogli da un navigatore portoghese delle origini, ed era una strana ironia del destino che fosse lo stesso dell'uomo che stavano inseguendo. Non appena il *Black Joke* ebbe superato l'ultimo promontorio, il luogo descritto da Mungo St John fu immediatamente riconoscibile.

Il fiume scendeva in una profonda gola tagliata nella barriera di montagne, riempiendo la laguna circondata dalle canne e poi traboccando oltre la barriera di sabbia bianca in forma di falce.

A eliminare ogni dubbio che si trattasse del luogo dell'appuntamento, c'era l'*Huron* ancorato a un miglio di distanza oltre la prima linea di frangenti, dove l'acqua poco profonda passava dal verde chiaro all'azzurro.

Clinton Codrington l'esaminò attentamente attraverso il cannocchiale, che poi, senza una parola, passò a Zouga Ballantyne. E mentre quest'ultimo metteva a sua volta a fuoco il grande clipper, gli chiese a bassa voce: «Vuole farmi da padrino?»

Zouga abbassò il cannocchiale, sorpreso. «Pensavo che dovesse essere uno dei suoi ufficiali a farlo», disse poi.

«Non posso chiederglielo», replicò Clinton scuotendo il capo. «Se il Secchione venisse a saperlo, lo farebbe scrivere nelle loro note personali.»

«Mi pare che lei non mostri un'uguale sollecitudine nei confronti della mia carriera», puntualizzò Zouga.

«Lei è in licenza prolungata, e inoltre non ha ricevuto ordini specifici, come i miei ufficiali.»

Zouga ci pensò rapidamente. Nell'esercito il duello non era considerato questione grave come in marina, e in effetti nei regolamenti non vi era ancora nessuna proibizione esplicita di praticarlo. E poi l'opportunità di incontrarsi con St John era anche l'ultima per mettere fine a quella ridicola contesa, che minacciava molto seriamente il proseguimento della spedizione.

«Accetto», disse quindi Zouga.

«Gliene sono estremamente grato, signore», replicò con la stessa concisione Codrington.

«Speriamo che lei lo sia altrettanto a faccenda conclusa», ribatté Zouga seccamente. «Sarà meglio che vada subito a bordo dell'*Huron*. Farà buio nel giro di un'ora.»

Tippù prese la cima che gli venne lanciata dalla scialuppa, tenendola ferma per il tempo che ci volle perché Zouga raccogliesse il mantello e balzasse oltre il varco di acqua verde per raggiungere la scaletta d'imbarco, issandosi prima che l'onda successiva arrivasse a inzuppargli gli stivali.

Mungo St John era in attesa ai piedi dell'albero maestro, distante e cupo, finché Zouga arrivò davanti a lui con la destra tesa, al che si rilassò e tornò a sfoderare il suo sorriso.

«Maledizione, Mungo, non possiamo mettere fine a questa stupidaggine?»

«Certamente, Zouga», consentì Mungo St John. «Basterebbero le scuse del tuo rappresentato.»

«Quell'individuo è un idiota», ribatté Zouga scuotendo il capo. «Perché correre il rischio?»

«Non credo che ci sia alcun rischio, ma sarà bene ti ricordi che mi ha dato del codardo.»

«Non c'è nessuna possibilità, quindi?» chiese ancora Zouga.

I due erano diventati buoni amici nel corso delle settimane passate insieme e Ballantyne ritenne di poter insistere. «Riconosco che quel tipo è un rompiscatole, ma se lo ammazzi mi complichi maledettamente le cose, lo sai.»

Mungo St John gettò all'indietro la testa e scoppiò in una sonora risata. «Io e te potremmo lavorare insieme, sai, Zouga? Sei pragmatico, come me. Ti faccio una profezia: farai molta strada in questo mondo.»

«Non molta, invece, se mi accoppi chi mi sta trasportando», ribatté Zouga, e Mungo St John dovette abbandonarsi a un nuovo gorgoglio di risa, prima di battergli sulla spalla una manata amichevole.

«Mi spiace, amico mio. Questa volta non posso fare niente per te», rispose tuttavia, e Zouga sospirò rassegnato.

«Hai la scelta delle armi.»

«Pistola», disse Mungo St John.

«Certo», consentì Zouga annuendo. «Domani all'alba, là sulla spiaggia», aggiunse poi, indicando con il mento la terra. «Ti va bene?»

«Magnificamente. Tippù mi farà da padrino.»

«Conosce le regole?» chiese dubbiosamente Zouga, spostando lo sguardo sulla figura seminuda che stava in attesa lì accanto.

«Ne sa quanto basta per staccare la testa a Codrington se alza la pistola un solo attimo prima del segnale», ribatté Mungo St John, facendo lampeggiare il suo bianco sorriso crudele. «E, per quanto mi concerne, non occorre che sappia altro.»

Quella notte Robyn Ballantyne non chiuse occhio, tanto che quando si fece il bagno e si vestì mancavano ancora due ore all'alba. D'impulso aveva scelto di indossare i suoi abiti maschili, perché le gonne le sarebbero state d'impaccio durante lo sbarco.

Tutti avevano concordato senza discussioni circa il fatto che quel mattino avrebbe dovuto essere presente sulla spiaggia. Sulla cannoniera, come sull'*Huron*, non era imbarcato un medico. Robyn si trovò dunque pronta con un'ora di anticipo, per cui aprì il diario e si accinse a scrivere gli eventi della giornata precedente, quando sentì bussare leggermente alla porta della cabina.

Apertala, sulla soglia vide Clinton Codrington, con il viso pallido e teso nella luce fumosa della lanterna, e capì intuitivamente che aveva dormito poco quanto lei. Il giovane si riprese rapidamente dal colpo di averla vista in brache maschili, riportando lo sguardo sul suo volto.

«Speravo di poter parlare con lei», mormorò timidamente. «Sarà l'ultima opportunità, prima...»

Lei lo prese per un braccio e lo fece entrare nella cabina. «Non ha fatto la prima colazione, vero?» gli chiese in tono rigido.

«No, signora», rispose il giovane, scuotendo il capo, facendo cadere lo sguardo sulle gambe coperte dai pantaloni e poi riportandoglielo con aria colpevole sul volto.

«La medicina ha fatto effetto?» chiese ancora lei.

Clinton annuì, troppo imbarazzato per rispondere. La sera prima Robyn gli aveva somministrato una purga, poiché, come chirurgo, aveva tutte le ragioni di temere i possibili effetti di una pallottola nei visceri pieni o in uno stomaco riempito dalla prima colazione.

Quindi gli toccò la fronte, dicendo: «È caldo. Non avrà preso freddo?» e sentendosi protettiva nei suoi confronti, quasi come una madre: ancora una volta gli era parso tanto giovane e inesperto.

«Mi chiedevo se avremmo potuto pregare insieme», replicò lui, con voce tanto bassa che Robyn distinse a stento le sue parole, le quali tuttavia le fecero avvertire una vampata di calore.

«Venga», mormorò pertanto in risposta, prendendolo per mano.

Sempre tenendosi per mano si inginocchiarono insieme sul pavimento nudo della minuscola cabina e fu lei a parlare per entrambi, mentre lui rispondeva, con voce bassa ma ferma.

Quando infine si alzarono rigidamente, lui le trattenne per un attimo la mano nella propria.

«Signorina Ballantyne... voglio dire, dottoressa Ballantyne... non posso dirle quanto profondo sia l'effetto che ha esercitato sulla mia vita il fatto di averla conosciuta.»

Robyn si sentì arrossire e cercò debolmente di liberare la mano, ma lui vi si attaccò.

«Vorrei avere da lei il permesso di parlarle ancora in questi termini», disse, facendo una pausa e poi aggiungendo: «Se la mattina andrà secondo i nostri voti».

«Oh, sarà certamente così», replicò lei in tono appassionato. «Certamente... lo sento.» Poi, senza quasi sapere ciò che faceva, gli si premette contro e, levatasi in punta di piedi, lo baciò sulla bocca. Per un momento il giovane rimase come paralizzato, poi la strinse goffamente a sé, tanto che i bottoni dorati della sua uniforme le penetrarono nel seno e i suoi denti le fecero male alle labbra, arrivando a escoriarla.

«Tesoro mio», mormorò Clinton. «Tesoro mio!»

L'intensità della sua reazione l'aveva stupita, ma quasi immediatamente Robyn scoprì che la forza di quell'abbraccio le piaceva, per cui cercò di liberare le braccia al fine di ricambiarlo... ma il giovane equivocò sulle sue intenzioni, lasciandola immediatamente andare.

«Mi perdoni!» sbottò. «Non so che cosa mi abbia preso...»

La delusione di Robyn fu talmente cruda da convertirsi immediatamente in irritazione per la timidezza di quell'uomo. Tuttavia, nonostante i bottoni e i denti, era stata una cosa veramente piacevole.

Le due scialuppe si allontanarono contemporaneamente dalle rispettive navi, convergendo attraverso la lieve foschia perlacea del mattino e toccando terra a un centinaio di metri l'una dall'altra, planando sulla cresta della stessa onda bassa e verde. I vogatori si immersero nell'acqua fino alla vita per farle scorrere sulla sabbia bianca.

I due gruppi procedettero separatamente sulla barriera sabbiosa e poi scesero al bordo della laguna, riparati alla vista degli equipaggi dalle dune e dalle canne. A uno dei margini del canneto c'era una bella zona piatta di sabbia umida.

Mungo St John e Tippù si fermarono a un'estremità di essa. L'americano si accese un sigaro e rimase con le mani sui fianchi, fissando le creste delle alture e ignorando l'attività che ferveva attorno a lui. Indossava brache nere attillate e una camicia di seta bianca dalle maniche lunghe e aperta sulla gola a rivelare i peli neri arricciati sul torace. La camicia bianca era intesa a fornire all'avversario un bersaglio evidente: da parte sua le regole erano rispettate alla perfezione.

Robyn lo osservò di nascosto, rimanendo accanto a Clinton Codrington, al margine opposto della radura. Cercò di risvegliare l'odio che provava per lui, di richiamare alla mente il modo oltraggioso in cui quell'uomo aveva abusato di lei, ma l'emozione si rivelò faticosa da reggere. Al contrario, si sentì invece quasi prendere da eccitazione, da uno strano senso di esaltazione per la sua presenza satanica. Scoprì che lo stava osservando apertamente e si costrinse a distogliere lo sguardo.

Accanto a lei Clinton era drittissimo. Indossava la giacca blu dell'uniforme, su cui l'insegna dorata del suo grado brillava anche nella luce lievemente rosata dell'alba. Si era allontanato dalla fronte e dalle tempie i capelli sbiancati dal sole, legandoseli sulla nuca e lasciando libera la linea decisa della mandibola.

Zouga si fece incontro a Tippù, che portava sotto un braccio la scatola in palissandro delle pistole. Quando si incontrarono, al centro della radura, quest'ultimo l'aprì e la tese in avanti, rimanendo a gambe larghe, all'erta, mentre Zouga estraeva entrambe le armi dal loro ricovero di velluto e le caricava con cura.

La vista di quelle armi dalla canna lunga costrinse Robyn a ricordare la famosa notte a bordo dell'*Huron* e a mordersi le labbra.

«Non si preoccupi, signorina Ballantyne», disse Clinton, equivocando sulle sue emozioni e mormorandole poi alcune parole di conforto, mentre la giovane lo aiutava a togliersi la giacca. Sotto di essa anch'egli indossava una camicia candida. Quindi tese la giacca a Robyn e avrebbe voluto dirle ancora qualcosa, ma Zouga gridò:

«Avanti i primi».

Allora Clinton le rivolse un altro sorriso teso prima di avanzare, lasciando profonde tracce nella sabbia con i tacchi.

Lui e Mungo St John si fronteggiarono a sguardo fermo, senza mostrare espressione alcuna.

«Signori, vi scongiuro entrambi di arrivare a comporre la questione senza spargimento di sangue», disse ancora Zouga, come imponevano le regole. «Capitano Codrington, in quanto sfidante le chiedo: vuole porgere le sue scuse?»

Clinton scosse la testa una sola volta, seccamente.

«Signor St John, può suggerire un altro modo per evitare uno spargimento di sangue?»

«Non credo, signore», rispose l'interpellato, parlando lentamente e facendo cadere un buon centimetro di cenere dal sigaro.

«Benissimo», prese atto Zouga annuendo e procedendo immediatamente a enunciare le condizioni dello scontro: «Al comando 'Avanti' farete entrambi dieci passi, che conterò ad alta voce. Non appena sarò arrivato a dieci, darò il comando 'Fuoco', dopo di che sarete liberi di voltarvi e scaricare l'arma».

Quindi fece una pausa e lanciò un'occhiata a Tippù, che aveva una pistola a canna lunga, ad avancarica, infilata nella fascia che gli reggeva le brache.

«Entrambi i secondi sono armati», disse poi, posando la destra sul calcio della Colt che aveva alla cintura. «Se uno dei due contendenti tenterà di fare fuoco prima del comando, verrà immediatamente abbattuto dai secondi. È inteso, signori?»

Entrambi annuirono. «Domande?» chiese ancora Zouga e poi, dopo avere atteso alcuni istanti in silenzio, concluse: «Benissimo, si proceda. A lei la scelta dell'arma, signor St John».

Prima di farsi avanti Mungo St John lasciò cadere il sigaro, schiacciandolo nella sabbia con una torsione del tacco. Tippù gli porse la scatola di palissandro, dalla quale, dopo una brevissima esitazione, l'americano estrasse una delle belle armi intarsiate. Quindi la puntò verso il cielo e ne sollevò il percussore con un rapido passaggio della mano libera.

Clinton prese l'altra e ne saggiò il peso nella mano, incastrandone accuratamente il calcio nella «V» formata dal pollice e dall'indice, facendo una mezza giravolta e mirando a uno degli uccelli tessitori, color nero e giallo brillante, che facevano sentire il loro verso lì attorno, tra le canne.

Visto con sollievo l'agio con cui maneggiava l'arma, Robyn si accinse a recitare il ventitreesimo salmo. Dio doveva trionfare. *«Anche se cammino nella valle delle ombre mortali...»*

«Ai vostri posti, signori», ordinò Zouga, facendo un passo all'indietro e segnalando a Robyn di fare lo stesso. La giovane obbedì, senza smettere di pregare.

Accanto a Zouga, Tippù estrasse dalla fascia la lunga pistola e ne sollevò il percussore. A sua volta Zouga estrasse la propria Colt, mentre i due contendenti facevano gli ultimi passi per incontrarsi, mettendosi poi schiena contro schiena.

«Avanti!» gridò Zouga, a voce talmente alta che Robyn ebbe un violento soprassalto.

I due uomini si allontanarono l'uno dall'altro con passo deciso, seguendo la conta.

«Cinque», e sul viso di Mungo St John si dipinse un lieve sorriso, come per un suo qualche pensiero scherzoso e segreto. La manica bianca di seta svolazzò, simile a un'ala di falena, attorno al braccio sollevato a reggere la pistola.

«Sei», e Clinton si piegò in avanti, procedendo sulle lunghe gambe fasciate dai pantaloni bianchi dell'uniforme. Aveva il volto teso, pallido come una maschera, le labbra tirate in una sottile linea decisa.

«Sette», e Robyn avvertì le pulsazioni del cuore infittirsi in un crescendo che le scuoteva dolorosamente la gabbia toracica, tanto da toglierle il fiato.

«Otto», e per la prima volta la giovane notò le chiazze di sudore che avevano intriso la camicia bianca di Clinton alle ascelle, nonostante l'aria fredda.

«Nove», e improvvisamente ebbe una paura mortale per lui, sentendo tutta la sua fede dissolversi in un'improvvisa premonizione del disastro che stava per abbattersi su di lei.

«Dieci!» e a questo punto avrebbe voluto urlare che si fermassero, avrebbe voluto lanciarsi in avanti e gettarsi nello spazio che separava i due uomini. Non voleva che morissero, nessuno dei due. Cercò dunque di riempirsi i polmoni, ma si sentì la gola chiusa e secca; cercò di far avanzare le gambe, ma le sentì rigide, incontrollabili.

«Fuoco!» gridò Zouga, con voce incrinata dalla tensione.

Il braccio destro dei due uomini si tese quasi nel vicendevole gesto di due innamorati separati da lungo tempo, mentre il sinistro si appoggiava al fianco per mantenere l'equilibrio, nella posa classica del tiratore.

Il tempo parve sospendersi, il silenzio divenne totale. E finalmente il crepitio delle pistole risvegliò l'eco, facendola rimbalzare oltre la gola, di cresta in cresta, spaventando gli uccelli e costringendoli a una fuga precipitosa.

I due spari furono intervallati di un centesimo di secondo, tanto da fondersi in una sola esplosione. Il fumo della polvere mortale si liberò dalle lunghe canne protese, che poi all'unisono vennero scagliate verso l'alto dal rinculo.

Entrambi gli uomini barcollarono, mantenendosi tuttavia in piedi. Robyn aveva visto il fumo erompere dalla pistola di Mungo St John con una frazione di secondo di anticipo, ma un istante dopo la sua grossa testa bruna aveva avuto un sussulto, come se fosse stata colpita a mano aperta sulla guancia.

Fatto quell'unico passo barcollante all'indietro, l'americano si riprese, raddrizzandosi in tutta la sua statura, con la pistola ancora fumante in mano. Robyn avvertì una fitta di sollievo. Mungo St John era incolume. Avrebbe voluto correre da lui, quando improvvisamente la sua gioia svanì: un serpentello rosso scuro di sangue colò dai folti capelli della tempia sulla pelle perfettamente rasata e olivastra del viso, gocciolando lentamente sulla seta bianca della camicia.

Robyn alzò la mano alla bocca per coprire il grido che si sentì levare nell'intimo, ma poi la sua attenzione fu distratta da un altro movimento, colto con la coda dell'occhio, che la costrinse a voltare con violenza la testa in direzione di Clinton Codrington.

Anche lui, che si era rimesso eretto, in posa quasi militare, ora prendeva a piegarsi in avanti all'altezza della vita. Le dita della mano destra si aprirono e lasciarono cadere nella sabbia la pistola intarsiata.

Quindi sollevò la mano libera e se la posò sul torace, con le dita tese, in un gesto quasi di rispetto. Poi le gambe gli cedettero e cadde in ginocchio, come se pregasse. In quella posizione, allontanò la mano dal torace, esaminando con un'espressione di vaga sorpresa la piccola macchia di sangue che gli copriva le dita e piombando infine con la faccia in avanti nella sabbia.

Finalmente Robyn riuscì a muoversi e corse da lui, lasciandosi cadere in ginocchio accanto al suo corpo disteso e rovesciandolo, in preda al panico, sul dorso. Il davanti della bianca camicia di lino era intriso da un po' di sangue attorno al forellino netto, a una quindicina di centimetri sulla sinistra della linea dei bottoni in madreperla.

La pallottola aveva colpito, come vide subito, all'altezza dei polmoni. I polmoni! Robyn si sentì prendere da disperazione. Avrebbe potuto significare la morte, non meno certa perché lenta e penosa. Avrebbe dovuto vedere quell'uomo affogare incsorabilmente nel proprio sangue.

A quel punto sentì la sabbia scricchiolare al suo fianco e sollevò lo sguardo.

C'era Mungo St John chino su di lei, con la camicia zuppa di sangue. Usando un fazzoletto di seta si tamponava la tempia, sopra l'orecchio, dove la pallottola gli aveva strappato una lunga striscia di cuoio capelluto e da cui il sangue zampillava copioso.

Aveva lo sguardo fosco e un'espressione torva. Quando parlò, lo fece con voce fredda e distante.

«Finalmente sarà soddisfatta, signora», disse. Poi si voltò bruscamente, risalendo la duna bianca che si stendeva verso la spiaggia. Robyn provò l'impulso a corrergli dietro, a trattenerlo, a spiegargli... a spiegargli non sapeva che cosa, ma il dovere la trattenne lì, accanto a quell'uomo gravemente ferito. Gli aprì dunque la camicia con dita tremanti e vide il forellino bluastro, da cui colava un lento filo di sangue. Pochissimo sangue all'imboccatura della ferita: il peggiore dei segni possibili.

«La mia borsa, Zouga», gridò con voce disperata.

Zouga gliela porse immediatamente e le si inginocchiò accanto.

«Sono ferito leggermente», mormorò Clinton. «Non provo nessun dolore. Solo un senso di intorpidimento qui.»

Zouga non disse nulla. In India aveva visto un'infinita quantità di ferite da arma da fuoco: il dolore non era indicativo della gravità.

Una sola cosa lo stupiva: il fatto che Mungo St John avesse sparato tanto fuori mira. A venti passi di distanza era sicuramente capace di colpire l'avversario alla testa, mirando tra gli occhi e contando su una deviazione della pallottola attorno ai due centimetri. Invece lo aveva preso al torace.

Mentre Robyn procedeva alla medicazione, Zouga raccolse la pistola dalla sabbia. La canna era ancora calda e all'imboccatura c'era lo sbuffo color pepe della polvere bruciata. Esaminandola capì immediatamente perché la pallottola di Mungo fosse andata tanto larga.

Sulla protezione in acciaio del grilletto c'era una macchia azzurrastra di piombo fresco.

Mungo St John aveva effettivamente mirato alla testa, ma nello stesso istante Clinton aveva sollevato la pistola davanti ai propri occhi, in linea di tiro. La pallottola dell'avversario aveva quindi colpito la protezione del grilletto ed era stata deviata verso il basso.

Al tempo stesso ciò dimostrava che Clinton, tiratore meno esperto, non aveva mirato alla testa, ma al petto di Mungo St John: era stato il colpo ricevuto a sollevare l'arma e ad alzare il tiro.

Zouga sollevò lo sguardo e porse la pistola a Tippù, che era in impassibile attesa lì accanto. Presala senza una parola, quest'ultimo seguì il padrone oltre le dune.

Per ventiquattro ore Clinton Codrington sorprese Robyn per l'energia della sua ripresa. La giovane lo tenne costantemente d'occhio per vedere se gli saliva sangue alle labbra, in attesa del terribile soffocamento che sarebbe potuto sopraggiungere, auscultandogli il torace a intervalli di poche ore, china sulla cuccetta della sua cabina per sentire il sibilo e il rantolo del respiro, accompagnati dal gorgoglio del sangue. Ma con suo grande stupore nulla di tutto questo si verificò.

Clinton mostrava invero un'incredibile capacità di ripresa, per avere una pallottola nella cavità toracica. Si lamentava solamente per una certa rigidezza che gli arrivava fino all'ascella sinistra, paralizzandogli quasi il braccio... e non la smetteva mai di dare loquacissimi consigli al chirurgo.

«Mi salasserà, vero?» chiese.

«Neanche per idea», rispose seccamente Robyn, pulendogli la zona attorno alla ferita e facendolo mettere in posizione seduta per bendarlo.

«Deve togliermi almeno mezzo litro di sangue», insistette lui.

«Non crede di averne già perso abbastanza?» ribatté allora Robyn, in tono raggelante, ma senza nessun esito.

«C'è del sangue nero e marcio che dev'essere estratto», disse ancora Clinton, indicando il grosso ematoma che gli si stava diffondendo sul torace. «Deve salassarmi», insistette, fedele alle direttive dei chirurghi navali a cui era affidato da una vita. «Altrimenti mi verrà senz'altro la febbre.»

Quindi le offrì l'incavo del gomito, dove si vedevano le tracce lasciate dai precedenti salassi.

«Non viviamo più nei secoli bui», ribatté acidamente Robyn. «Siamo nel 1860!» E lo respinse sul guanciale, rimboccandogli la pesante coperta grigia da marina per proteggerlo dalla nausea che senza dubbio sarebbe presto seguita a una simile ferita. Invece non arrivò e nelle successive venti ore il giovane capitano riuscì a comandare la propria nave dalla cuccetta, protestando per le cautele di cui veniva circondato. Ma Robyn sapeva che la pallottola era ancora nel corpo e che ciò avrebbe provocato durissime conseguenze. Come avrebbe voluto che esistesse una tecnica che rendesse possibile ai chirurghi di localizzare con precisione la presenza di un corpo estraneo, consentendo di procedere all'estrazione!

Quella sera la giovane si addormentò nella seggiolina accanto alla cuccetta, svegliandosi una volta sola per reggergli davanti alla bocca la tazza smaltata piena d'acqua. La sete era accompagnata dalla secchezza delle labbra e al mattino tutti i timori trovarono conferma.

Clinton rimase quasi privo di conoscenza, lamentando un dolore terribile. Gemeva e gridava al minimo movimento. Aveva gli occhi risucchiati in cavità bluastre, la lingua coperta da una patina bianca e le labbra secche e screpolate. Implorava per avere un po' d'acqua, aveva la pelle sempre più rovente e si agitava senza tregua nel letto. Il fiato gli rantolava penosamente nel torace gonfio e livido, e i suoi occhi erano lucidissimi. Quando sciolse le bende che gli coprivano la ferita, Robyn vide soltanto una leggera traccia di un fluido chiaro, ma all'annusarlo le sue narici si tesero. Era un odore orribilmente familiare, a cui non poteva pensare che in termini di morte. Non si trattava del pus benigno della guarigione, ma di quello maligno che ogni volta che si trovava di fronte a una ferita temeva oltremodo di vedere.

Lo deterse con cura e poi procedette a fare delle spugnature con acqua marina fredda al torace e al gonfiore rovente sotto l'ascella. L'ematoma era esteso e aveva cambiato colore, diventando di un blu scuro, simile a quello delle nubi temporalesche, venato di un giallo sulfureo e del virulento rosa di un fiore cresciuto direttamente nei giardini dell'inferno.

Esattamente sotto la punta della scapola c'era una zona particolarmente sensibile, che non appena venne toccata lo fece gridare per il dolore e ricoprire di sudore.

Robyn sostituì la fasciatura e poi gli introdusse a forza tra le labbra quattro grammi di laudano mescolato a una pozione calda di calomelano, rimanendo lì a guardarlo sprofondare nel sonno artificiale.

«Altre ventiquattro ore», mormorò, osservandolo agitarsi e muovere le labbra. Quante volte aveva visto una scena simile! Presto il pus si sarebbe diffuso per tutto il corpo, crescendo attorno alla pallottola conficcata nel torace. Era impotente. Nessun chirurgo era in grado di penetrare nella gabbia toracica: si trattava di un intervento che nessuno aveva mai effettuato.

A quel punto sollevò lo sguardo su Zouga, che era entrato nella cabina e le si era messo accanto in atteggiamento grave e silenzioso, posandole una mano su una spalla nel tentativo di darle un po' di conforto.

«Migliora?» chiese sottovoce.

Robyn scosse il capo e il fratello annuì, come se si aspettasse una simile risposta.

«Devi mangiare qualcosa», disse poi, porgendole una gavetta. «Ti ho portato un po' di zuppa di piselli. C'è dentro del prosciutto affumicato. È buona.»

Robyn non si era resa conto di avere tanta fame e mangiò piena di gratitudine, immergendo una galletta nel brodo, mentre Zouga continuava a dire sottovoce:

«Nelle pistole ho messo meno della carica normale. Il minimo che ho osato». Poi scosse la testa con aria irritata. «Maledetta sfortuna. Non pensavo che quella pallottola, dopo aver battuto sulla protezione del grilletto, ce la facesse a penetrare nel torace... deve aver perso la maggior parte della forza.»

Robyn sollevò in tutta fretta lo sguardo... «Ha battuto contro... non me l'avevi detto!»

Zouga rispose con una scrollata di spalle. «Ormai non importa più», disse poi. «Tuttavia la pallottola è stata deviata.»

Robyn rimase seduta perfettamente immobile sulla seggiolina per dieci minuti dopo che suo fratello se ne fu andato, poi si accostò con decisione alla cuccetta, tirò indietro la coperta, disfece la fasciatura e tornò a esaminare la ferita.

Quindi prese con molta attenzione a saggiare le costole, in cerca di quella rotta. Non la trovò. Non vi era prova che la pallottola fosse penetrata.

Allora premette il pollice nel gonfiore sull'esterno del torace di Clinton. Il giovane si agitò debolmente, ma le parve di sentire il raschiare di osso contro osso... come se da una costola si fosse staccata una grossa scheggia.

A quel punto avvertì una vampata di eccitazione ed estese l'indagine a ritroso, guidata dalle grida di dolore di Clinton nel delirio, finché raggiunse ancora una volta la punta della scapola, facendolo ergere nella cuccetta con un altro urlo selvaggio di dolore, madido di sudore da febbre. Ma con la punta del dito le era parso di sentire qualcosa, qualcosa che non era né osso né muscolo contratto.

L'eccitazione le accelerò il respiro: data la posizione di tre quarti assunta da Clinton di fronte a St John, era possibile che la pallottola avesse seguito una traiettoria diversa da quella che pensava lei.

Se la pistola era stata caricata con polvere in difetto e se la pallottola aveva colpito la protezione del grilletto, era possibile che non avesse più la velocità necessaria per superare la gabbia toracica. Una volta penetrata sottopelle, poteva aver seguito il solco tra due costole per andare a fermarsi nel robusto strato del *latissimus dorsi* e nel muscolo *teres major*.

Robyn si allontanò dalla cuccetta. Si rendeva conto che poteva anche sbagliarsi completamente, ma se così era Clinton sarebbe comunque morto, e molto presto.

«Io taglio», decise. Una decisione diretta e rapida. Quindi sollevò lo sguardo al lucernario sul soffitto. Rimanevano soltanto un paio d'ore di buona luce.

«Zouga!» chiamò, precipitandosi fuori della cabina. «Zouga! Vieni qui, presto!»

Robyn somministrò al ferito altri cinque grammi di laudano prima che venisse spostato. La dose più massiccia che ancora osasse dargli, visto che nelle ultime trentasei ore il giovane ne aveva già assunti quindici grammi. Poi, nella luce che calava, aspettò il più a lungo possibile che il medicinale facesse effetto. Quindi fece chiedere al tenente Denham di ridurre velatura, giri del motore e quindi velocità della nave.

Zouga aveva scelto due marinai per farsi assistere, il nostromo e il cameriere degli ufficiali.

Tutti e tre insieme sollevarono Clinton e lo fecero girare su un fianco, dopo di che il cameriere gli fece passare sotto il corpo un lenzuolo pulito, per raccogliere il sangue, e Zouga gli legò rapidamente i polsi con una morbida cima di cotone.

Successivamente il nostromo lo aiutò a legarne le estremità al capo e ai piedi del letto, tendendo il corpo nudo in quella che per un attimo apparve quasi l'immagine di una crocifissione.

«Lavati le mani!» ordinò a quel punto Robyn al fratello, indicandogli il secchio di acqua quasi bollente e il sapone giallo di lisciva portati dal cameriere.

«Perché?»

«Fallo!» scattò Robyn, che non era dell'umore giusto per stare a discutere. Quindi, dopo avere strofinato gli strumenti con un panno inzuppato nel fortissimo rum della nave, con il medesimo panno ripulì la carne caldissima e scolorita alla base della scapola di Clinton. Il giovane si contorse, trattenuto dai legacci, e borbottò una protesta incomprensibile, che Robyn ignorò, facendo un cenno con il capo al nostromo.

Quest'ultimo allora afferrò la testa di Clinton, tirandola leggermente all'indietro e ficcandogli tra i denti un pezzo di feltro, di quello normalmente usato come stoppaccio per il cannone del ponte di comando.

«Zouga!» ordinò ancora Robyn.

E Zouga prese Clinton per le spalle, bloccandole tra le sue dita poderose per impedirgli di girarsi sul ventre.

«Bene», disse Robyn. Quindi, estratto dal suo contenitore uno dei bisturi affilati come rasoi, lo premette brutalmente con l'indice sul punto dove le era parso di sentire il corpo estraneo.

Clinton arcuò la schiena e si lasciò sfuggire un grido lacerante, che venne attutito dal feltro. Ma questa volta Robyn sentì con chiarezza ciò che cercava.

Allora incise rapidamente la pelle, senza esitazioni, facendovi un taglio netto, seguendo la direzione della sottostante fibra muscolare e affondando strato dopo strato.

Clinton si torceva e cercava di strappare i legacci, rantolando, con i denti tanto serrati sul feltro da far risaltare i muscoli tesi della mascella e con la schiuma alle labbra.

Robyn guidò il bisturi nella ferita che aveva aperto e poi incise con decisione, facendosi zampillare improvvisamente tra le dita un getto di un giallo brillante, il cui tanfo la fece restare per un attimo senza fiato.

Il getto di pus durò soltanto un secondo. Più oltre c'era qualcosa di nero e madido che ostruiva la ferita. Robyn lo estrasse con le pinze, liberando un altro getto di materia giallastra.

«Lo stoppaccio», grugnì Zouga teso nello sforzo di trattenere il corpo nudo che cercava disperatamente di liberarsi. E tutti sollevarono lo sguardo all'oggetto molle e marcescente che c'era tra i denti della pinza.

Il frammento di panno era stato trascinato a fondo nella carne dal passaggio della pallottola. Robyn sentì una vampata di sollievo: aveva ragione.

Quindi si rimise lestamente al lavoro, facendo penetrare un dito nel canale aperto dalla pallottola, finché con la punta la sentì.

«Eccola qui», disse, parlando per la prima volta da quando aveva inciso. La piccola massa metallica era scivolosa e pesante, ma alla fine la pinza arrivò ad afferrarla e a estrarla, facendola uscire dai tessuti con un rumore di risucchio. Robyn la lasciò cadere sullo scaffale in legno, dove produsse un tonfo sordo. Quindi provò la tentazione di chiudere e ricucire tutto, ma seppe resistere, esaminando più a fondo la ferita. E quasi immediatamente i fatti le diedero ragione: trovò invero un altro frammento fetido di tessuto.

«Un pezzo di camicia», disse, riconoscendo il brandello bianco, mentre l'espressione del viso di Zouga faceva da spia del suo disgusto. «Adesso possiamo smettere», concluse infine in tono soddisfatto.

E quando ebbe finito la sua espressione lo era ancora di più: in tutto il St Matthew Hospital non c'era nessuno che sapesse mettere i punti come lei.

«Scioglietelo», disse allora sottovoce, indicando il corpo madido di sudore di Clinton. Sentiva una grossa sensazione di orgoglio, quasi di proprietà nei suoi confronti, come se il giovane fosse una sua creazione. Sapeva che provare orgoglio significava peccare, ma nondimeno la sensazione era piacevole, e comunque decise che le circostanze le concedevano di godere un po' di peccato.

Il modo in cui Clinton si riprese ebbe quasi del miracoloso. Il mattino dopo aveva già completamente riacquistato conoscenza e la febbre era caduta, lasciandolo pallido e scosso, ma comunque con addosso tanta energia quanta bastava per protestare vigorosamente quando Robyn lo fece portare alla luce del sole e sistemare dietro il telo di riparo che aveva fatto issare dal maestro d'ascia sotto la poppa.

«Per le ferite d'arma da fuoco ci vuole l'aria fredda! » sostenne. «Lo sanno tutti.»

«E naturalmente dovrei salassarla, prima di chiuderla in quel buco rovente che lei chiama cabina, vero?» ribatté acidamente lei.

«Un chirurgo della marina farebbe così», borbottò Clinton.

«E allora ringrazi il Creatore che io non lo sono.»

Il secondo giorno il giovane era già in grado di tirarsi a sedere senza aiuto e mangiò voracemente, il terzo già dirigeva la nave dal giaciglio e il quarto salì nuovamente sul ponte, pur con il braccio al collo e il viso pallido ed emaciato.

La sera prima di arrivare all'insediamento portoghese di Lourenço Marques, nella profonda insenatura di Delagoa Bay, Robyn medicò i punti, lasciandosi sfuggire leggeri suoni di soddisfazione e approvazione al vedere come stessero guarendo rapidamente.

Quando poi lo aiutò a rimettersi la camicia, abbottonandogliela come una madre, lui le disse in tono grave: «Mi rendo conto che lei mi ha salvato la vita».

«Anche se non approva i miei metodi?» chiese Robyn, con un lampo di sorriso.

«Le chiedo perdono per la mia impertinenza», rispose lui, abbassando lo sguardo. «Lei ha dimostrato di essere un ottimo medico.»

Robyn mormorò una vaga protesta, ma visto che lui aggiungeva: «No. Dico sul serio. Credo che lei sia dotata per questa professione», non disse più nulla, avvicinandosi leggermente per rendergli più agevole raggiungerla con il braccio buono. Ma la dichiarazione di fede nelle sue capacità che aveva pronunciato parve per il momento aver esaurito il coraggio di Clinton.

E quella sera Robyn sfogò un poco la propria delusione scrivendo nel diario: «Il capitano Codrington è chiaramente un uomo di cui una donna può fidarsi... anche se un po' più di ardimento lo renderebbe molto più attraente».

Quindi stava per chiudere il diario e riporlo nella cesta, quando le venne in mente un'altra cosa, che la indusse a sfogliare a ritroso le pagine fitte di annotazioni scritte con calligrafia minuta e precisa. La pagina del giorno prima che l'*Huron* entrasse in porto era stata lasciata in bianco. Con quali parole avrebbe potuto descrivere ciò che era successo? Ne avrebbe avuto ogni istante inciso per sempre nella memoria. Fissò per qualche tempo la pagina bianca e poi fece un calcolo silenzioso, sottraendo una data dall'altra. Quando ebbe la risposta, sentì un gelo di presentimento e rifece il calcolo, ottenendo la medesima risposta.

Allora chiuse il diario e rimase a fissare la fiamma della lanterna.

Aveva quasi una settimana di ritardo nel suo flusso mensile.

Il *Black Joke* si fermò a Lourenço Marques per fare rifornimento di carbone, anche se il porto di quella città godeva di una pessima fama in materia di febbri. Febbri africane di cui Robyn aveva scarsissima esperienza, ma sulle quali nondimeno aveva studiato tutto ciò che esisteva di scritto... in particolare ciò che ne aveva scritto suo padre: un lungo documento in cui le distingueva in quattro tipi. Quelle ricorrenti con ciclo definito – che chiamò malariche e divise in tre categorie, quotidiana, terzana e quartana – e il vomito nero, ovvero febbre gialla.

Nel suo inconfondibile stile, poi, Fuller Ballantyne aveva dimostrato che si trattava di malattie né contagiose né infettive. Lo aveva fatto di fronte a un gruppo di colleghi presso l'ospedale militare di Algoa Bay... brindando col bicchiere ancora sporco di una vittima della febbre gialla... Evidentemente l'esibizionismo di Fuller Ballantyne rendeva più facile ammirarlo che apprezzarlo.

A dispetto di ciò, tuttavia, non c'era nessuno, nella professione medica, disposto a dubitare che egli fosse probabilmente una delle più importanti autorità nel campo di tali malattie, nonché della loro diagnosi e cura.

Quindi Robyn ne seguì alla lettera le direttive, somministrando a se stessa, a Zouga e – nonostante le sue proteste – al capitano Codrington i prescritti cinque grani di chinino. Con i moschettieri ottentotti di Zouga, invece, non ebbe alcun successo. Alla prima dose Jan Cheroot si mise a barcollare in cerchio, stringendosi la gola, strabuzzando orrendamente gli occhi e gridando alle divinità ottentotte che era stato avvelenato. Soltanto un sorso di rum era valso a salvarlo, ma dopo di ciò nessun altro degli ottentotti aveva voluto saperne di assaggiare quella polvere bianca. Robyn poté solo sperare che godessero della resistenza alla malattia di cui aveva scritto suo padre.

Tuttavia la quantità di chinino a sua disposizione doveva bastare per tutta la durata della spedizione, che poteva arrivare anche a due anni, per cui dovette a malincuore rinunciare a somministrarne ai membri dell'equipaggio, trovando pace nella considerazione che nessuno di essi sarebbe sceso a terra. Comunque riuscì a convincere Clinton Codrington ad ancorare la nave al largo, dove la brezza e la distanza mantenevano l'aria pulita e libera da zanzare e altri insetti alati.

Nonostante ciò, la prima notte che passarono all'ancora, i rumori della musica e della gaia ubriachezza, uniti agli strilli acuti delle donne, arrivarono attraverso l'acqua fino agli ottentotti raccolti nel loro angolo del castello di prua. Le luci dei bordelli, inoltre, risultarono per loro più attraenti della fiamma di una candela per una falena. La tentazione, per finire, fu resa intollerabile dal peso delle monete ricevute come anticipo dal maggiore Ballantyne.

Il sergente Cheroot svegliò Zouga poco prima di mezzanotte, con i lineamenti alterati per l'indignazione.

«Se ne sono andati», disse, tremando di rabbia.

«Dove?» chiese Zouga, ancora più addormentato che sveglio.

«Nuotano come ratti», imperversò Cheroot. «Vanno tutti quanti a bere e a puttane.» Pensiero insopportabile. «Dobbiamo prenderli. Altrimenti si bruciano il cervello fumando e si impestano...» esclamò ancora, con rabbia mista a una pari porzione di bruciante invidia. Una volta arrivati a terra, poi, il suo entusiasmo per la caccia divenne quasi frenetico. Dimostrò comunque di avere un istinto infallibile per raggiungere i bassifondi più infimi del porto.

«Entri lei, padrone», disse a un certo punto a Zouga, facendo roteare gioiosamente la corta mazza di quercia. «Io aspetto sul retro.»

Il fumo di tabacco e i vapori di rum e gin da poco prezzo formavano quasi un muro, ma i moschettieri avvistarono Zouga nel momento stesso in cui varcò la soglia. Erano in quattro. Nella furia della fuga rovesciarono due tavoli e fracassarono una dozzina di bottiglie, irrompendo all'esterno sul retro.

Ci volle mezzo minuto perché Zouga riuscisse a farsi largo tra la folla. Le donne, dalla pelle di una dozzina di tonalità di colore, dall'oro all'ebano, tesero le mani a pizzicargli svergognatamente le parti più intime, costringendolo a difendersi, mentre gli uomini gli bloccarono deliberatamente il passaggio, finché estrasse la Colt da sotto le code della giacca, facendosi improvvisamente spalancare davanti un varco. Quando finalmente raggiunse la porta sul retro, il sergente Cheroot aveva steso i quattro ottentotti nel sudiciume e nella polvere del vicolo.

«Li hai ammazzati?» chiese ansiosamente.

«*Nee wat!* Hanno la testa dura», rispose Jan, tornando a ficcarsi la mazza nella fascia e chinandosi a raccogliere uno dei corpi. L'energia del suo corpo scarno era assolutamente sproporzionata alle sue dimensioni. A uno a uno li portò tutti e quattro fino alla scialuppa.

«Adesso cerchiamo gli altri», disse a quel punto.

Quando Zouga si arrampicò stancamente dalla scialuppa sul *Black Joke*, spedendo a calci il nono ottentotto verso il castello di prua, era ormai quasi l'alba. Stava per dirigersi verso la sua cabina, con gli occhi arrossati, pieno di irritazione e poi di dolente fatica, quando si rese conto che tra le figure scure ammassate sulla scialuppa non aveva visto il sergente Cheroot.

Sbarcato ancora una volta, era di un umore assassino. Ma trovò subito Jan Cheroot. La donna che lo teneva a bada era quattro volte lui. Una montagna di carne nera e lustra d'olio. Ciascuna delle sue cosce spalancate era più grossa della vita del piccolo ottentotto, che, sepolto sotto due mammelle più grosse della sua testa, pareva quasi voler affogare in quella carne esotica e abbondante...

Durante il definitivo viaggio di ritorno verso la cannoniera, il sergente Cheroot rimase seduto, piccola figura abbacchiata, a prua della scialuppa. La sua tristezza post-coitale veniva considerevolmente esaltata dal ronzio che sentiva alle orecchie e dal dolore che provava alla testa. Solamente gli inglesi avevano la preoccupante prerogativa di chiudere improvvisamente a pugno una mano e poi di colpire con effetti più devastanti di una clava o di un mattone. Il sergente Cheroot scopriva che il proprio rispetto per il nuovo padrone aumentava con regolarità ogni giorno.

«Tu devi essere di esempio agli altri», gli ringhiò Zouga, mentre lo trascinava su per la scaletta, tirandolo per il colletto della giacca dell'uniforme.

«Lo so, padrone», consentì penosamente Jan Cheroot. «Ma ero innamorato.»

«Lo sei ancora?» gli chiese aspramente Zouga.

«No, padrone, i miei amori non durano mai troppo a lungo», si affrettò ad assicurargli l'omino.

«Io sono un uomo modestamente benestante», disse con serietà Clinton Codrington a Robyn. «Da quando ero aspirante guardiamarina ho risparmiato la parte della mia paga che non mi serviva per vivere e in anni più recenti sono stato abbastanza fortunato con il diritto di preda. Questo, insieme all'eredità di mia madre, mi consentirebbe di occuparmi con molto agio di una moglie.»

I due giovani avevano pranzato in compagnia del governatore portoghese, dal quale erano stati invitati, e il *vinho verde*, da cui erano stati accompagnati il buonissimo pesce e la carne invece stopposa e insipida, aveva dato a Clinton un'insolita dose di coraggio.

Invece di tornare immediatamente alla nave dopo il pranzo, aveva pertanto suggerito di fare un giro della più importante città dei possedimenti portoghesi sulla costa orientale del continente africano.

La sgangherata carrozza del governatore traballava rumorosissima sulle strade sconnesse e piene di pozzanghere, sotto un sole bruciante. Non era dunque esattamente la sistemazione più adatta per ciò che Clinton aveva in mente, sicché con sollievo a un certo punto il giovane aveva porto la mano alla compagna di viaggio per aiutarla a smontare, disperdendo i mendicanti per mezzo di un lancio di monetine e facendola frettolosamente riparare nella penombra della cattedrale cattolica. L'edificio più imponente della città, con torri e guglie che si levavano alte sui tuguri da cui era circondato.

Tuttavia in quell'ambiente di papisti Robyn aveva qualche difficoltà a concentrarsi sulla dichiarazione di Clinton. Avrebbe veramente preferito che avesse scelto un altro posto per fargliela.

Proprio quella mattina era stata presa da un improvviso accesso di vomito e anche in quel momento era in preda a una vaga nausea. Essendo medico, sapeva benissimo che cosa significava.

Prima della visita di cortesia al palazzo del governatore, aveva deciso che avrebbe provato lei a prendere l'iniziativa e dunque meditato attentamente sul da farsi per indurre Clinton Codrington a ritenere suo il fardello che portava in grembo.

In un libro dozzinale di Zouga, ancora ai tempi di King's Lynn, aveva scoperto che a una donna è possibile sedurre un uomo, ma purtroppo il testo non si dilungava in dettagli pratici. Tuttavia in quel momento Clinton stava rendendo tutto ciò superfluo con la sua dichiarazione diretta. Il sollievo che provò si mescolò a ombre di delusione: dopo essere stata costretta a prendere in considerazione l'ipotesi di sedurlo, aveva scoperto che non le sarebbe dispiaciuto fare l'esperimento.

A quel punto, comunque, si costrinse ad assumere un'espressione attenta e, visto che lui esitava, a incoraggiarlo con un cenno del capo o con un gesto.

«Anche se non ho amici potenti nella marina, penso che prima ancora di raggiungere i cinquant'anni mi sarà largamente possibile raggiungere il grado di ammiraglio», riprese a dire Clinton.

Com'era tipico di lui, stava già pensando alle cose con venticinque anni di anticipo, atteggiamento che Robyn dovette sforzarsi di non accogliere con irritazione, perché dal canto suo preferiva vivere nel presente, o almeno nel futuro immediatamente prevedibile.

«E devo far presente che la moglie di un ammiraglio gode di

grande prestigio sociale», continuò tranquillamente Clinton, facendo esplodere l'irritazione della sua interlocutrice, che ribatté:
«Una donna può avere una sua carriera, oltre che fare la moglie».
Clinton si raddrizzò rigidamente. «Il posto di una moglie è a casa», dichiarò con solennità. Robyn fece per aprire la bocca, ma poi la richiuse. Sapeva di essere la parte debole in quella trattativa. Incoraggiato dal suo silenzio Clinton continuò: «Si comincerà con una casetta comoda, vicino al porto di Portsmouth. Naturalmente, una volta che saranno arrivati i bambini, bisognerà cercarne una più grande...»
«Vorrà molti figli?» chiese lei, ancora in tono dolce, ma cominciando a sentirsi avvampare le guance.
«Oh, certo: uno all'anno», rispose lui, facendole venire in mente le povere donne pallide e sfiancate tra cui aveva lavorato, con due marmocchi appesi alle mammelle e uno in arrivo. Robyn rabbrividì e lui se ne preoccupò immediatamente.
«Ha freddo?»
«No. No, la prego, continui.» La giovane si sentiva in trappola e non fu la prima volta che si accorse di odiare il ruolo impostole dal suo sesso.
«Signorina Ballantyne... dottoressa Ballantyne... quello che stavo cercando di dirle... è che sarei altamente onorato se lei potesse consentire a diventare mia moglie.»
La frase era finalmente stata detta, ma lei si trovò a non essere pronta per accoglierla, colta da genuina confusione.
«Capitano Codrington, la sua offerta mi prende alla sprovvista...»
«Non vedo perché. La mia ammirazione nei suoi confronti dev'esserle risultata evidente, e l'altro giorno lei mi ha indotto a ritenere...», replicò Clinton, il quale a questo punto ebbe un'esitazione, che tuttavia superò aggiungendo: «mi ha persino consentito di abbracciarla».
Robyn si sentì improvvisamente prendere da una gran voglia di scoppiare a ridere... ma riuscì a trattenersi, conservando un atteggiamento solenne.
«Quando sarebbe in condizione di sposarsi?» chiese.
«Be', al mio ritorno a...»
«C'è un console inglese a Zanzibar, dove lei è diretto, no?»

si affrettò lei a interromperlo. «Potrebbe essere lui a celebrare la cerimonia.»

Il viso di Clinton si riempì lentamente di una gioia intensa. «Oh, signorina Ballantyne, vuol dire che... posso ritenere che...» esclamò, quindi avanzò di un passo verso di lei, facendole balenare davanti una vivace visione della casetta di Portsmouth, piena di minuscole copie di quel bel giovane biondo. Una visione che la costrinse a fare un passo indietro.

«Ho bisogno di tempo per pensarci», disse.

Clinton si fermò e l'espressione di gioia svanì, lasciando il posto a uno stentato: «Naturalmente».

«Sarebbe un grosso cambiamento della mia vita, che mi imporrebbe di abbandonare tutti i miei progetti. La spedizione... una decisione veramente di grande importanza.»

«Posso aspettare... un anno, anche di più, se necessario. Fin dopo la spedizione, per tutto il tempo che vorrà», replicò lui francamente, facendole avvertire un fremito di paura nell'intimo dei visceri.

«No, volevo dire che avrò bisogno di qualche giorno», concluse lei, posandogli una mano sull'avambraccio. «Le darò una risposta prima di arrivare a Quelimane. Glielo prometto.»

Lo sceicco Yussuf si sentiva pieno di preoccupazione. Erano ormai otto giorni che il suo grosso *dhow* era lì fermo in vista della terra, con l'unica grande vela che pendeva floscia dall'albero.

La bonaccia era talmente assoluta e profonda che la superficie dell'acqua non era smossa dal benché minimo rigonfiamento.

Lo sceicco era un capitano marittimo che possedeva una flotta di vascelli mercantili con i quali da quarant'anni batteva le rotte dell'Oceano Indiano, di cui conosceva ogni isola e ogni anfratto.

E in quarant'anni non aveva mai sentito dire che il monsone potesse cadere per otto giorni consecutivi in quella stagione. Tutti i suoi calcoli si basavano sul suo soffio regolare, da sud-est, notte e dì, ora dopo ora, giorno dopo giorno.

In base a tale previsione aveva provveduto al carico, calcolando di essere in grado di depositarlo nell'isola di Zanzibar sei giorni dopo la partenza. Era naturale che potesse prevedere delle perdite: facevano parte del mestiere. Come minimo un dieci per cento, assai più probabilmente un venti, ma anche un trenta risultava accettabile, mentre un quaranta era sempre possibile e il cinquanta avrebbe ancora consentito al viaggio di essere profittevole.

Ma non così. Quindi sollevò lo sguardo al tozzo albero maestro, da cui pendeva la bandiera scarlatta del sultano di Zanzibar, prediletto di Allah, sovrano degli arabi oman e signore di vasti tratti dell'Africa orientale. Una bandiera scolorita e sudicia come la vela latina, entrambe veterane di circa cinquanta viaggi simili. La scritta in oro e caratteri arabi vi risultava a malapena leggibile e Yussuf non era più in grado di contare il numero di volte che essa era stata fatta calare dall'albero e portata nel cuore di quella terra accucciata sull'orizzonte.

I marinai erano stesi come tanti morti all'ombra della vela, con le tuniche rovesciate sul capo per ripararsi dal caldo. «Che stiano in pace», decise lo sceicco. In quel momento non c'era cosa che un mortale potesse fare, se non dormire. «Dio è uno», mormorò. «E Maometto è il suo profeta.» Non gli venne nemmeno in mente di mettere in discussione il destino, di infuriarsi o di pregare. Era il volere di Dio e Dio è grande.

Tuttavia non poté fare a meno di provare un certo dispiacere. Un carico così bello e a prezzi simili erano trent'anni che non lo prendeva a bordo.

Trecentotrenta perle nere, tutte di forma perfetta, e, per Allah, giovani: non una che avesse più di sedici anni. Appartenevano a un popolo che non aveva mai incontrato prima, perché mai prima era sceso a commerciare tanto a sud. Era solamente in quest'ultima stagione che aveva sentito parlare di tale nuova fonte di perle nere oltre le Montagne Djinn, terra proibita da cui nessuno tornava.

Bella gente, ben fatta, forte, alta e robusta, dal viso come una luna piena e dalla dentatura forte. Lo sceicco annuì stringendo il cannello della pipa tra le labbra. L'acqua nella *hookah* gorgogliava a ogni tiro e il fumo gli usciva dalla bocca in una lievissima voluta. Un fumo che gli aveva macchiato di giallastro la barba bianca agli angoli della bocca, e che tuttavia a ogni tiro gli faceva correre per le vene una deliziosa sensazione di letargo, capace di sconfiggere il freddo che a volte pareva gelargli il sangue.

In quel momento si sentì uno strillo acuto levarsi sopra il ciangottio che avvolgeva il *dhow*, un rumore che ormai pareva appartenere alla nave.

Lo sceicco Yussuf si tolse di bocca il cannello e chinò la testa all'ascolto, infilandosi le dita nella barba scarmigliata, ma lo strillo non si ripeté. Era forse stato il grido ultimo di una delle perle nere.

Sospirò. La linea di galleggiamento si era andata a mano a mano sollevando sul pelo dell'acqua e quel segnale gli indicava con la massima chiarezza il livello delle perdite. Sapeva che erano già quasi arrivati a metà del carico. Almeno un altro quarto sarebbe morto prima che potessero giungere a Zanzibar e molte anche dopo lo sbarco. Solamente le più robuste ce l'avrebbero fatta ad arrivare al mercato e comunque dopo un'accurata convalescenza.

Altra indicazione delle perdite, anche se non così precisa, era costituita dal puzzo. Molte dovevano essere morte fin dal primo giorno di calma e di calore soffocante. Un tanfo così tremendo non ricordava di averlo mai sentito nei suoi quarant'anni di esperienza.

Lo sceicco Yussuf trattava solamente giovani femmine. Erano più piccole e molto più resistenti dei maschi di pari età, e inoltre potevano venire caricate molto più strette, tanto che, riducendo di quindici centimetri lo spazio tra i diversi ponti, era riuscito ad aggiungerne uno.

Le femmine avevano la capacità di tirare avanti senza acqua per periodi notevolmente più lunghi dei maschi, quasi fossero capaci, come i cammelli del deserto, di sopravvivere sfruttando il liquido accumulato in cosce, natiche e mammelle.

Un'altra considerazione, riguardante i maschi destinati all'Estremo Oriente, era che i compratori cinesi pretendevano che venissero castrati prima dell'acquisto. Precauzione, quella di impedire che si incrociassero con le popolazioni locali, che appariva logica, ma che tuttavia era tale da aggiungere ulteriori perdite per il commerciante.

E l'ultima ragione per cui lo sceicco Yussuf trattava solamente giovani femmine era il prezzo: quasi il doppio di quello di un giovane maschio sul mercato di Zanzibar.

Prima di caricarle, consentiva loro di ingrassarsi per almeno una settimana nelle baracche, dando loro tutto il cibo e le bevande di cui potevano ingozzarsi. Quindi le faceva spogliare di tutto, salvo che delle leggere catene, e con la bassa marea le faceva portare al *dhow* in secca.

Lì giunte, venivano fatte sdraiare sul fianco sinistro, ciascuna con le ginocchia contro il retro delle cosce e il bacino contro le natiche di quella davanti, come tanti cucchiaini in fila. E infine le catene venivano fissate agli anelli del ponte, non soltanto per sicurezza, ma anche per impedire che, con il brutto tempo, i corpi cadessero uno sopra l'altro, schiacciando quelli sottostanti.

Yussuf sospirò ancora una volta e sollevò gli occhi cisposi a osservare la linea intatta dell'orizzonte orientale.

«È il mio ultimo viaggio», decise, parlando da solo, alla maniera dei vecchi. «Allah è stato buono con me e sono un uomo ricco, con molti figli forti. Forse questo è un segno. È senz'altro il mio ultimo viaggio.»

Quindi si alzò all'improvviso, svelto e agile come un uomo che avesse la metà dei suoi anni, e batté il piede nudo sul ponte.

«Su», gridò. «Su, figli miei. Ecco finalmente il vento.» E, mentre i marinai si tiravano faticosamente in piedi, prese sotto il braccio la lunga barra del timone e gettò la testa all'indietro per guardare la vela gonfiarsi.

La prima zaffata, Clinton Codrington la colse durante la notte. Lo fece risvegliare da un incubo che aveva ormai da molte notti. Rimase disteso, madido di sudore, nella cuccetta, ma l'odore era ancora lì, tanto che si gettò sulle spalle un mantello incerato e corse sul ponte.

Arrivava a folate dal buio. Un odore che non avrebbe mai scordato, simile a quello di una gabbia piena di belve carnivore che non fosse mai stata pulita: un tanfo di escrementi e carne marcia. E l'incubo gli fu nuovamente addosso in tutta la sua furia.

Dieci anni prima, quando Clinton era ancora un giovanissimo cadetto a bordo della vecchia *Widgeon*, una delle primissime cannoniere usate contro la tratta, avevano intercettato una nave negriera a una latitudine settentrionale. Uno schooner di trecento tonnellate, di Lisbona ma battente una bandiera di comodo brasiliana, con l'improbabile nome di *Hirondelle Blanche*, ovvero *Rondine Bianca*. Clinton era stato nominato comandante della nave catturata, con l'ordine di portarla nel più vicino ancoraggio portoghese e di consegnarla a una delle Corti di Commissione Mista.

La cattura era stata fatta a cento miglia nautiche al largo della costa brasiliana, quando lo schooner, con circa cinquecento schiavi a bordo, aveva quasi concluso la tremenda traversata dell'Atlantico. Obbedendo agli ordini, Clinton aveva fatto virare la nave e l'aveva riportata alle Isole di Capo Verde, attraversando l'equatore e rimanendo preso per tre giorni in una soffocante bonaccia.

Ma nel porto di Praia, sull'isola di Saõ Tiago, la più grande, gli era stato vietato di scaricare anche un solo schiavo, per cui essi erano rimasti per quindici giorni in attesa che il presidente portoghese della Corte di Commissione Mista prendesse la sua decisione. E finalmente questi lo aveva fatto, dichiarando di non avere giurisdizione sul caso e ordinando a Clinton di riportare la nave in Brasile, per sottoporla al giudizio dei tribunali locali.

Ma Clinton sapeva benissimo che cosa sarebbe stato deciso da un simile tribunale, per cui aveva fatto rotta per la stazione navale britannica dell'isola di Sant'Elena, attraversando ancora una volta l'equatore con il suo carico di miseria umana.

Quando aveva gettato l'ancora nel porto di Jamestown, gli schiavi sopravvissuti avevano fatto tre volte la tremenda traversata dell'Atlantico. In vita ne erano rimasti solamente ventisei e da allora l'odore di una nave negriera era entrato a far parte degli incubi che a dieci anni di distanza ancora lo ossessionavano.

E adesso era lì, sul ponte buio, con le narici tese a cogliere lo stesso odore, che arrivava a lui dalla notte tropicale, orribile e inconfondibile. Dovette fare uno sforzo fisico per allontanarsi e ordinare ai fuochisti del *Black Joke* di mettere in pressione le caldaie.

Lo sceicco Yussuf riconobbe la massa scura con un senso di assoluta incredulità e lo smarrimento di chi si sente abbandonato da Allah.

Era ancora a cinque miglia di distanza, ma avanzava rapidamente, lasciandosi dietro una densa scia di fumo, dispersa dalla stessa brezza che faceva sventolare davanti al suo cannocchiale la bandiera inglese.

Come la odiava, simbolo di un popolo arrogante e prepotente, di tiranni dell'oceano, di dominatori di continenti. Di cannoniere simili ne aveva incontrate a Aden e a Calcutta, e quella bandiera l'aveva vista sventolare negli angoli più remoti di tutti i mari che aveva navigato. Sapeva con assoluta chiarezza ciò che significava.

Quindi fece poggiare la nave, riconoscendo con quel gesto la definitiva conclusione di un viaggio disastroso. Il *dhow* virò con riluttanza, scricchiolando in ogni giuntura.

Eppure, pensò con rassegnazione polemica, pareva che il rischio fosse tanto limitato! Certo, il trattato che il sultano aveva firmato a Zanzibar con il console di questi pericolosi infedeli consentiva ai suoi sudditi di commerciare in perle nere tra tutti i possedimenti del suddetto sultano, con la clausola, tuttavia, che alla lucrosa attività potessero dedicarsi solamente gli arabi oman a lui fedeli, ai quali però era fatto divieto di commerciare al di fuori dei confini dei suoi possedimenti.

Tali confini erano stati definiti con la massima precisione e lui, Yussuf, era lì, con un carico di trecento schiave vive, morenti o morte, ben centocinquanta miglia a sud dei loro limiti estremi. Le vie di Allah erano veramente al di là della comprensione umana. Lo sceicco sentì un vago sentore di amaro in gola e riprese il timone, iniziando la sua fuga verso la terra.

Dalla prua del *Black Joke* arrivò il rumore sordo di un cannone e il fumo volò visibilissimo nei primi raggi del sole, simile all'ala di un uccello marino. Yussuf sputò con ardore oltre bordo ed esclamò ad alta voce:

«*El Shitan*, il diavolo!» usando per la prima volta il nome con il quale, a suo tempo, il capitano Clinton Codrington sarebbe stato conosciuto in tutto il canale del Mozambico e a nord fino al grande Corno d'Africa.

L'elica di bronzo sotto la chiglia del *Black Joke* lasciava dietro alla cannoniera un'ampia scia bianca. Zouga e Robyn erano sul ponte a guardare lo svolgersi della caccia, contagiati dall'eccitazione che aveva preso tutta la nave. «Scappa!» gridò il giovane, quando vide il *dhow* virare. «All'inseguimento!» E Clinton sollevò lo sguardo a lui, con un sorriso complice.

«È una nave negriera», confermò. «A parte la puzza, il fatto che abbia virato lo conferma al di là di qualsiasi dubbio.»

Robyn si tese in avanti per guardare il piccolo vascello sudicio, dalla vela scolorita e rappezzata, e si sentì riempire da una nuova determinazione.

«Signor Denham, spari un colpo di avvertimento, per favore», disse Clinton.

Il pezzo di prua fece sentire il suo rumore sordo, ma il *dhow* mantenne la nuova rotta.

«Pronti a calare e far partire immediatamente la scialuppa», ordinò di nuovo Clinton, pieno di eccitazione, voltandosi a guardare la squadra di abbordaggio, i cui membri erano armati di pugnale e pistola.

Clinton avrebbe desiderato ardentemente farne parte, ma aveva ancora il braccio al collo e i punti. Non poteva pertanto disporre dell'agilità indispensabile. Quindi, seppure con riluttanza, aveva dovuto affidarne il comando a un giovane guardiamarina.

Poi tornò a voltarsi verso il *dhow*, con espressione cupa.

«Punta verso la spiaggia.»

«Ma c'è la barriera corallina!» esclamò Robyn, parlando per tutti gli altri, che si erano ammutoliti nell'osservazione, e indicandone le punte nere che rompevano la superficie dell'acqua a circa cinquecento metri dalla terra.

«Sì», consentì Clinton. «Faranno infrangere la nave sul corallo e scapperanno oltre la laguna.»

«Ma... e gli schiavi?» chiese Robyn, inorridita, senza tuttavia ricevere risposta da nessuno.

«Possiamo tagliargli la strada», disse invece Zouga, il quale tuttavia non aveva un occhio da marinaio. Clinton Codrington scosse il capo con aria irritata.

«No», replicò, «non questa volta.»

Tuttavia fu una bella manovra. Clinton mantenne la rotta fino all'ultimissimo momento e il *dhow* passò appena a un paio di centinaia di metri dalla prua della cannoniera. Tanto vicino che distinsero chiaramente le fattezze del timoniere, a poppa, un vecchio arabo scarno, avviluppato in una tunica svolazzante e con in testa il *fez* con la nappa, segno che aveva compiuto il viaggio alla Mecca.

«Potrei piantargli addosso una pallottola, a quel bastardo», ringhiò Zouga.

«È troppo tardi», ribatté Clinton. Il *dhow* era sfilato davanti alla loro prua e ormai la cannoniera era vicinissima alle minacciose zanne del corallo. Avvicinarsi di più non era possibile. Quindi, rivolto al timoniere, ordinò: «In bando. Prua al vento». E infine, roteando sui calcagni: «Forza! La squadra di abbordaggio!»

In quel momento il *dhow* prese una delle onde più alte, sollevò la poppa e cominciò a planare, con il vecchio arabo scarno sempre aggrappato alla barra del timone per mantenerla diritta. Ma non era un'imbarcazione che potesse reggere a prestazioni simili, per cui, ricadendo nella tempestosa cascata di acqua verde, sbandò violentemente di lato, andando a sbattere sulla barriera corallina con una forza che schiantò l'albero a livello del ponte, facendo cadere fuori bordo vela e sartie.

Nel giro di un attimo il veloce vascello fu trasformato in un ammasso di rovine davanti agli sguardi che lo seguivano dal *Black Joke*.

«Ecco che se ne vanno!» borbottò Clinton in tono irritato, mentre gli uomini della ciurma del *dhow* cominciavano ad abbandonarlo, saltando oltre il bordo e sfruttando le onde per superare la barriera e raggiungere le più tranquille acque della laguna, sguazzando e scalciando finché non arrivavano a toccare con i piedi la sabbia del fondo.

Tra i sopravvissuti videro il vecchio arabo, che emerse dall'acqua con le vesti appiccicate al corpo scarno e scomparve tra le palme.

Quando il giovane guardiamarina al comando della squadra di abbordaggio, seguito da quattro uomini, montò a bordo dell'imbarcazione fracassata, pistola e pugnale alla mano, ormai anche l'ultimo degli arabi aveva raggiunto il rifugio della macchia di palme.

Scomparvero tutti quanti sotto coperta, e sul ponte del *Black Joke* rimasero in attesa di vederli riemergere, guardando attraverso il cannocchiale. Dopo un minuto il guardiamarina ricomparve, attraversando velocemente il ponte e piegandosi sul parapetto per vomitare. Quindi si raddrizzò e si pulì la bocca con una manica prima di gridare un ordine ai rematori rimasti nella scialuppa.

Immediatamente questa si allontanò dallo scafo rovesciato, mettendosi ad arrancare vigorosamente verso la cannoniera.

Dopo qualche momento al barcarizzo si presentò il nostromo, il quale, rivolto il saluto al capitano, disse:

«Il signor Ferris chiede un maestro d'ascia per aprire i ponti degli schiavi e due uomini in gamba con i tronchesi per tagliare le catene». Quindi fece una pausa per riprendere fiato, aggiungendo: «Il signor Ferris dice che sottocoperta è una cosa tremenda. Ce ne sono alcuni intrappolati... e ha bisogno del medico...»

«Sono pronta», disse Robyn.

«Aspetta», intervenne immediatamente Clinton, ma già la giovane aveva raccolto le gonne ed era scappata via.

«Se va mia sorella, vado anch'io», disse Zouga.

«Benissimo, Ballantyne, le sono grato per l'aiuto», consentì Clinton con un cenno del capo. «Dica a Ferris che fra un po' comincia la marea. Ha meno di un'ora a disposizione.»

Robyn ricomparve sul ponte, portando con sé la valigetta di pelle nera: ancora una volta aveva sostituito la gonna con le brache. I marinai sul ponte le sbirciarono curiosamente le gambe, ma lei li ignorò e corse al parapetto della nave. Il nostromo le diede una mano e lei si calò nella scialuppa, mentre Zouga la seguiva con la valigetta.

La corsa sulla risacca fu terrificante ed entusiasmante al tempo stesso. La scialuppa si piegava in avanti a un angolo preoccupante, mentre l'acqua le correva sui due fianchi sibilando e sciabordando.

Il ponte del *dhow* era coperto d'acqua e talmente angolato che Robyn dovette inerpicarvisi usando mani e piedi, venendo inzuppata da altra acqua ogni volta che una nuova onda si frangeva contro lo scafo.

Il guardiamarina e i suoi uomini avevano strappato via il portellone della stiva principale. Quando lo raggiunse, Robyn si sentì soffocare dal tanfo che usciva dall'apertura quadrata. Credeva di essere ormai abituata all'odore della morte e della putrefazione, ma mai le era capitato di sperimentare qualcosa di simile.

«Avete portato i tronchesi?» chiese il guardiamarina, pallido in volto per la nausea e l'orrore.

Due dei suoi uomini, intanto, stavano sollevando dal boccaporto una massa di piccoli corpi neri, tutti legati l'uno all'altro, alle caviglie e ai polsi, da lunghe catene nere d'acciaio. A Robyn vennero in mente le figurine di carta con cui giocava da bambina, che otteneva tagliando una sola sagoma in un foglio ripiegato più volte. Le lame del tronchese morsero la leggera catena e uno dopo l'altro i piccoli corpi intorpiditi si separarono.

«Ma sono bambine!» gridò allora Robyn, mentre gli uomini continuavano a lavorare in un silenzio cupo.

Robyn afferrò la prima, una figura scheletrica, incrostata di sudiciume secco, vomito e feci, con la testa piegata.

«No.» In quel corpicino non c'era vita. I bulbi oculari erano già dissecati. Un marinaio lo trascinò via.

«No», «no» e ancora «no». Alcuni dei corpi erano già in avanzato stadio di putrefazione. A un cenno del guardiamarina i marinai cominciarono a gettarli fuori bordo, per fare spazio a quelli che continuavano a emergere dalla stiva.

Finalmente Robyn trovò la prima viva. Le pulsazioni erano deboli e il respiro incerto: non c'era bisogno dell'istinto del medico per capire che la sua vita era legata a un filo tenue. La giovane agiva rapidamente, cercando di dedicare più tempo ai casi in cui le probabilità di sopravvivenza sembravano maggiori.

Un'altra grossa onda colpì il *dhow*, facendolo inclinare pericolosamente, con grandi cigolii e schianti di legname.

«La marea sta salendo. Fate presto», gridò il guardiamarina. Ormai gli uomini, agevolmente guidati da Zouga, che si era tolto la camicia e si valeva della sua esperienza di comando, erano al fondo dello scafo, da dove si sentiva arrivare il tonfo dei martelli e il rumore del ferro tranciato.

Lo schiamazzo era terribile. La massa delle ragazzine negre si era riscossa dal letargo per effetto dei tremendi strabalzi del *dhow*, del frastuono del legname fracassato e dell'irrompere dell'acqua salata nella stiva.

Alcune di quelle sdraiate nella sentina già stavano affogando nella marea montante, ma alcune di esse avevano capito che a bordo era arrivata una squadra di salvataggio e gridavano con tutta la forza della disperazione.

La scialuppa, attraccata al fianco della nave negriera, era già piena dei corpi ancora in vita, mentre sull'acqua tutt'attorno galleggiavano un centinaio e più di corpi gonfiati dal gas della putrefazione.

«Portatele alla nave», gridò il guardiamarina ai rematori della scialuppa, «e poi tornate a prenderne delle altre.» E mentre parlava un'altra onda dalla cresta bianca si abbatté sul *dhow*, facendolo inclinare ancora di più. Per fortuna era incastrato sulle punte della barriera corallina, altrimenti si sarebbe rovesciato.

«Robyn!» urlò Zouga, dal boccaporto. «Abbiamo bisogno di te!»

Per un attimo la sorella non lo guardò nemmeno, scuotendo la testa in direzione del marinaio che aveva accanto.

«No», disse, «è morta.» E senza espressione il marinaio raccolse il fragile corpicino, gettandolo fuori bordo.

Allora Robyn si inerpicò fino al boccaporto e si lasciò calare all'interno.

Fu come la discesa in un pozzo, buio pesto dopo la luce del mezzogiorno, tanto che dovette fermarsi un attimo per consentire alla vista di adeguarsi.

L'aria era talmente densa di miasmi che per un attimo si sentì prendere dal panico, quasi le avessero premuto contro il volto un sudicio cuscino puzzolente. Fu sul punto di tornare sui propri passi, ma poi si costrinse a inghiottire quell'aria fetida, che nonostante la repulsione riuscì a tenere giù.

Ma a quel punto la vista del caos che la circondava le fece dimenticare il suo disagio.

«L'ultima onda», grugnì Zouga, tenendola saldamente con un braccio attorno alle spalle. «I ponti sono crollati.»

Come una casa di carte si erano ripiegati uno sull'altro, producendo grosse schegge di legno taglienti come lame, che avevano intrappolato e spiaccicato i corpi umani, tanto da renderli irriconoscibili. Altri, invece, erano sospesi a testa in giù per le catene che li legavano alle caviglie.

«Dolce madre di Dio, da dove comincio?» mormorò Robyn. Quindi abbandonò la presa a cui si reggeva e avanzò di un passo, ma immediatamente il piede le cedette, scivolando sul ponte viscido e facendola cadere di schianto.

Andò a sbattere pesantemente e provò un forte dolore alla bassa schiena, ma riuscì ugualmente a rimettersi con fatica in ginocchio. In quella tremenda prigione un simile dolore appariva insignificante.

«Stai bene?» le chiese ansiosamente Zouga, ma lei respinse il suo aiuto con una scrollata di spalle.

C'era una ragazza che urlava. Robyn la raggiunse strisciando. Aveva le gambe fracassate sotto il ginocchio, imprigionate sotto una massa di legno.

«Puoi spostarla?» chiese Robyn a Zouga.

«No, non c'è niente da fare. Vieni, ce ne sono altre...»

«No!» ribatté Robyn, tornando a strisciare verso il punto in cui era caduta la sua valigetta. Il dolore era forte, ma lo costrinse a rimanere sotto il livello della coscienza.

Aveva visto soltanto una volta procedere all'amputazione di una gamba. Quando iniziò a operare, la ragazzina si liberò dalla presa dei marinai e le si avventò come un gatto, ma poi svenne e, prima ancora che Robyn potesse attaccare la seconda gamba, era morta.

La giovane scoppiò a piangere e si sfregò le mani: erano insanguinate fino al gomito e appiccicaticce. Si sentiva sovrastare dal senso di colpa, non trovava più la forza di muoversi. Rimase a guardarsi attorno con espressione ottusa.

La stiva era allagata più che a metà e la marea batteva impietosamente contro lo scafo.

«Dobbiamo uscire», le gridò Zouga in tono agitato e poi, visto che non voltava nemmeno la testa, la afferrò per una spalla, scuotendola violentemente. «Non possiamo fare più niente. La nave può ribaltarsi da un momento all'altro.»

Robyn aveva lo sguardo fisso sulle fetide acque nere che sciabordavano da un capo all'altro della stiva e dalle quali era emersa una mano infantile, dal palmo color rosa chiaro e dalle dita spalancate come per chiedere aiuto. L'anello metallico, che appariva troppo largo per quel polso sottile, la trascinò sotto con il suo peso, facendola sparire. Robyn la seguì con lo sguardo, carica di infinita pena, finché Zouga non la spinse bruscamente in piedi.

«Su, maledizione!» esclamò, con dipinta in volto un'espressione furiosa, sconvolto dagli orrori che aveva dovuto sperimentare in quel fetido scafo semiaffondato.

Un'altra ondata colpì il *dhow*, e questa volta fece cedere la presa del corallo. Con grandi scricchiolii e gemiti di legno fracassato la nave cominciò a girare su se stessa e le acque sudicie si sollevarono dal buio in un'alta ondata nera che li avvolse fino alle spalle.

I ponti incastrati si liberarono, scivolando l'uno sull'altro, in maniera tumultuosa e letale, esponendo un ultimo strato di corpi neri ammassati, che rotolarono sul fondo allagato.

«Resteremo in trappola, Robyn!» gridò Zouga, trascinandola verso il riquadro di splendente luce del sole e arrampicandosi su legname e corpi.

«Non possiamo lasciarle qui», resistette lei.

«Non hanno scampo, maledizione! Qui va tutto a fondo. Dobbiamo uscirne.»

Ma Robyn liberò il braccio dalla presa e cadde all'indietro, andando a sbattere contro qualcosa, tanto che il dolore riprese con una forza tale da farla gridare. Era sdraiata di fianco, su una massa di corpi intrecciati, e aveva un volto a trenta centimetri dal proprio. Un volto vivo. Non aveva mai visto occhi simili, feroci come quelli di un gatto, luminosi come quelli di un falco, del colore del miele.

«Questa qui ne ha di energia!» pensò e poi gridò: «Aiutami, Zouga!»

«Per amor di Dio, Robyn!»

Ma la giovane strisciò in avanti e raggiunse la ragazzina negra, mentre il ponte si inclinava malignamente sotto di lei e altra acqua fredda penetrava nello scafo.

«Lasciala!» gridò Zouga.

La nuova ondata turbinò attorno alla testa di Robyn, facendo sparire la ragazza in catene.

Tuttavia la giovane tese le braccia a cercarla alla cieca sotto l'acqua, sentendosi prendere dal panico nel non trovarla.

Affondatavi tuttavia la testa e sentendosi strozzare dal liquido che le entrava in bocca, finalmente riuscì ad afferrare la spalla della ragazza, che a sua volta si dibatteva disperatamente.

Insieme riemersero, tossendo e ansimando debolmente. Robyn reggeva la testa della ragazzina sopra la superficie, ma quando cercò di sollevarla ulteriormente la catena le trattenne entrambe, per cui urlò:

«Aiutami, Zouga!»

Un'altra ondata di acqua fetida le riempì la bocca, mettendole ancora sotto entrambe.

Robyn pensò che non sarebbe mai più riemersa, ma ostinatamente tenne salda la presa, facendo scivolare un braccio sotto l'ascella della ragazza e afferrandole il mento con l'altra, cosicché, quando l'ondata passò, il viso della piccola era sollevato verso la preziosa aria.

E accanto a loro c'era Zouga, il quale si attorcigliò due volte la catena attorno al braccio, tirando con tutte le forze, la bocca spalancata in un silenzioso grido di fatica, con i tendini del collo tesi.

Un'altra ondata sibilò sopra di loro, trovando Robyn impreparata. La giovane si sentì l'acqua bruciare nei polmoni e capì di star annegando. Bastava che abbandonasse la presa alla testa e alle spalle della ragazza e sarebbe stata libera di respirare, ma ostinatamente non la mollò, avendo deciso che mai avrebbe lasciato andare quella piccola anima. Aveva visto nei suoi occhi una furibonda voglia di vivere. Poteva salvarla, almeno questa su trecento e più. Doveva farlo.

L'onda si ritirò e Zouga era ancora lì, con i capelli madidi appiccicati al volto e agli occhi. Ancora una volta puntò i piedi contro il legname e poi scattò all'indietro, tirando la catena e la sciandosi sfuggire dalla gola un basso muggito nella pena dello sforzo.

L'anello che teneva fissa l'estremità della catena al ponte cedette di schianto e Zouga le trascinò entrambe in salvo dall'acqua, con la catena che sferragliava alle loro spalle, fermandosi nell'anello successivo.

Robyn non avrebbe mai immaginato che suo fratello fosse capace di una simile prova di forza, ma, anche così stando le cose, Zouga non poteva certamente ripetere la prova, e la ragazza era tuttora incatenata. Avevano semplicemente guadagnato un attimo di tregua. Zouga urlò e dopo un attimo dal boccaporto aperto si lasciò calare il guardiamarina. E, guardandolo, Robyn capì che rientrare in quello scafo rovesciato era una prova di coraggio non comune. Il giovane aveva il pesante tronchese.

Lo scafo ruotò ancora di cinque gradi e l'acqua salì turbinando famelica verso i loro corpi. Se suo fratello non avesse concesso loro quei pochi centimetri supplementari di catena, ora sarebbero state nettamente sotto la superficie dell'acqua.

Zouga si chinò su Robyn e l'aiutò a trattenere il volto della ragazza negra sopra il pelo dell'acqua, mentre il guardiamarina cercava freneticamente la catena, trovandola e infilandola nelle fauci del tronchese. Tuttavia le lame erano state smussate dal duro lavoro già compiuto e l'ufficialetto era ancora un ragazzo. Zouga lo spinse da parte, impadronendosi dello strumento.

Ancora una volta i muscoli gli si gonfiarono nelle spalle e nelle braccia, e la catena si spezzò con uno schiocco metallico. Zouga la tagliò due volte, ai polsi e alle caviglie, quindi si strinse il fragile corpo nudo contro il torace e si inerpicò freneticamente verso il boccaporto.

Robyn cercò di seguirlo, ma qualcosa le si lacerò nel ventre. Si sentì trapassare, un dolore quasi di lancia. Si piegò su se stessa, incapace di muoversi, e l'onda la colpì, abbattendola nel turbinio di acqua e di legno, e riempiendole di oscurità la testa. A quel punto provò la tentazione di lasciarsi andare, di lasciarsi prendere dall'acqua e dalle tenebre: sarebbe stato tanto facile... Invece ancora una volta chiamò a raccolta la rabbia e l'ostinazione, e continuò a lottare. E stava ancora lottando quando Zouga la raggiunse, trascinandola su, verso la luce.

Nel momento in cui emersero dal boccaporto alla luce del sole, il *dhow* si rovesciò definitivamente, scagliandoli oltre bordo come una catapulta. Quando tornarono ad affiorare in superficie, ancora stretti l'una all'altro, i due fratelli si videro torreggiare di fianco la scialuppa. Il guardiamarina aveva rischiato tutto per avvicinarsi alla barriera corallina e raccoglierli.

Forti mani si tesero e la barca sovraccarica si inclinò pericolosamente mentre venivano issati a bordo. Poi il guardiamarina fece girare la prua per affrontare la successiva onda di risacca, che venne superata con un frenetico lavoro di remi.

Robyn strisciò verso il punto in cui la ragazza negra giaceva sopra un mucchio di altri corpi gettati sul fondo della barca. Il sollievo di vederla lì ebbe il sopravvento sul dolore che provava ai polmoni e al ventre.

La girò sul dorso e le sollevò il capo ciondolante per proteggerlo dal rollio della barca, che minacciava di farle fracassare il cranio contro i paglioli.

Vide immediatamente che era più adulta di quanto avesse pensato, sebbene il corpo fosse devastato e disidratato. Il bacino aveva tutta l'ampiezza della maturità. Quella giovane doveva avere almeno sedici anni, e Robyn la coprì agli sguardi degli uomini con un angolo del telone incerato.

La ragazza tornò ad aprire gli occhi e la fissò con aria solenne. I suoi occhi erano ancora color del miele scuro, ma la ferocia della loro espressione si era attenuata a manifestare un'altra emozione.

«*Ngi ya bonga*», mormorò, e con immenso stupore Robyn si rese conto di aver capito. Quindi si sentì trasportare per un attimo in un'altra terra, presso un'altra donna, sua madre, Helen Ballantyne, che le insegnava le stesse parole, ripetendogliele finché non era stata in grado di pronunciarle alla perfezione.

«*Ngi ya bonga*, ti ringrazio.»

Cercò dunque di trovare una risposta, ma aveva la mente devastata quanto il corpo, e comunque era passato tanto tempo da quando aveva imparato quella lingua, che le parole le vennero alle labbra esitanti.

«*Velapi wena*, chi sei e da dove vieni?»

Gli occhi della fanciulla si spalancarono in un'uguale espressione di stupore.

«Tu!» mormorò. «Tu parli la lingua del popolo.»

Avevano preso a bordo ventotto ragazzine vive. Quando il *Black Joke* aveva virato per allontanarsi dalla terra e uscire in mare aperto, lo scafo del *dhow* si era aperto, disseminando assi e fasciame tra le fauci della barriera corallina, sopra cui aleggiava uno stormo di uccelli marini che lanciavano il loro grido rauco, tuffandosi a raccogliere qualcosa e poi tornando a levarsi in volo, con ali perlacee.

Ventotto su trecento e passa: pochissime, pensò Robyn, esaminando quei corpi a malapena vivi e provando una profonda pena nel vedere le condizioni in cui erano ridotti. Appariva evidente che molti di essi avevano già perduto la volontà di resistere. Aveva letto il saggio di suo padre sugli africani ammalati e sapeva quale importanza rivestisse tale volontà. Un individuo perfettamente sano poteva decidere di morire e, una volta che lo avesse fatto, nulla avrebbe potuto salvarlo.

Non le abbandonò un attimo, ma quella notte ventidue ragazzine morirono e i loro cadaveri vennero gettati fuoribordo. Il mattino seguente le sei sopravvissute sprofondavano nel coma e nella febbre del blocco renale. C'era una sola cura possibile: costringerle a bere.

La piccola nguni resisteva con energia. Robyn sapeva che apparteneva al gruppo di popolazioni nguni, sebbene non fosse certa della tribù, dal momento che molti di essi usavano varianti dello zulu originale, che questa ragazza parlava con uno strano accento.

Aveva cercato di farla chiacchierare, per mantenere viva nel suo intimo la volontà di resistere, avendo concepito nei suoi confronti una sorta di possessività materna, che gliela faceva in qualche modo preferire alle altre.

Ma disponevano soltanto di un centinaio di parole per fare conversazione.

«Mi chiamo Juba», aveva mormorato la giovane, in risposta alla domanda, e nella mente di Robyn era balenata una visione di colombe tubanti...

«Piccola Colomba. È un bel nome», aveva detto. E la ragazza aveva sorriso timidamente, continuando nel suo mormorio, reso dolorosissimo dalla disidratazione. In grandissima parte Robyn non lo capiva, tuttavia continuava ad ascoltare e ad annuire, rendendosi conto che la fiammella della vita stava vacillando. Juba stava sprofondando nel delirio e parlava ai fantasmi del suo passato. Ora, quando Robyn cercava di costringerla a bere, faceva resistenza, borbottando qualcosa e piangendo di paura o rabbia.

«Devi riposare», disse bruscamente Zouga alla sorella, a un certo punto.

«Sto benissimo, grazie», ribatté lei, che aveva invece il viso devastato dalla pena e dalla fatica.

«Lascia almeno che vi portiamo giù nella tua cabina.»

A quel punto Juba era l'unica sopravvissuta.

«D'accordo», consentì Robyn. E con lei venne portata Juba, che fu distesa su un pagliericcio sistemato sul pavimento della cabina.

Robyn provò la tentazione di sdraiarsi sulla cuccetta per riposare un attimo, ma sapeva che, se l'avesse abbandonata anche solo per un istante, quella ragazza sarebbe sprofondata in un sonno mortale.

Rimasta sola nella cabina, si sedette sul bordo del pagliericcio, appoggiando la schiena alla cesta, reggendosi Juba in grembo e continuando ostinatamente nell'impresa di farle penetrare a forza un po' di liquido tra le labbra.

Attraverso l'unico oblò la luce passò al riverbero color rubino del tramonto tropicale e poi svanì del tutto. Nella cabina si era ormai fatto completamente buio, quando all'improvviso Robyn sentì un liquido inzupparle copiosamente le gonne, fino a bagnarle la pelle, avvertendo il forte odore di ammoniaca dell'urina della giovane.

«Dio, ti ringrazio», mormorò. «Ti ringrazio!» I reni avevano ripreso a funzionare. La ragazza era salva.

«Ce l'hai fatta», mormorò ancora. «Ce l'hai fatta per un pelo, mia piccola colomba.»

Dopo di che dormì dieci ore, fino a quando venne svegliata dai crampi. Il dolore le aveva fatto ritirare le ginocchia contro il petto, mentre i muscoli del ventre si erano induriti come pietre. Inoltre le pareva di essere stata bastonata con forza sulla schiena. Una sensazione che la preoccupò seriamente.

Rimase così per molti minuti, finché, con una vampata di sollievo e gioia capì che cosa le stava succedendo. Quindi attraversò la cabina, ancora piegata in due per il dolore, e si lavò nel secchio di fredda acqua marina. Poi si inginocchiò sul pagliericcio accanto a Juba.

La febbre era caduta e la pelle appariva più fresca al tocco. Con grande sollievo e piacere Robyn si preparò al momento in cui avrebbe detto a Clinton Codrington che non lo avrebbe sposato. La visione della casetta a Portsmouth si dissolveva a poco a poco davanti a lei.

Riempì la gavetta d'acqua e sollevò la testa di Juba. «Adesso staremo benissimo», le disse, mentre la ragazza apriva gli occhi. «Staremo benissimo tutt'e due», ripeté, guardandola bere sitibonda e sorridendo felice a se stessa.

La ripresa di Juba fu rapida. Nel giro di poco tempo la ragazza già mangiava con robusto appetito e il suo corpo aveva preso a riempirsi quasi a vista d'occhio, mentre la sua pelle recuperava il lucore della salute e della giovinezza. Con sguardi di approvazione, quasi ne fosse la padrona, Robyn si era resa conto che era graziosa... no, qualcosa di più: aveva la grazia naturale e il portamento di una gran dama.

La ragazza non riusciva a capire la sua preoccupazione per la nudità del seno e delle gambe, ma Robyn aveva visto gli sguardi dei marinai, quando si aggirava sul ponte con solamente un triangolino di tela a coprire la parte più intima del suo corpo, per cui le aveva sistemato una delle più vecchie camicie di Zouga, che le arrivava fino alle gambe e che veniva chiusa in vita con un nastro a colori vivaci, il quale aveva suscitato sue piccole grida di gioia, avendo colpito l'eterno femminino che c'era in lei.

La ragazza seguiva Robyn come un cagnolino e a poco a poco l'orecchio di quest'ultima era tornato ad accostumarsi al linguaggio nguni, facendole ricordare un sufficiente numero di parole.

Clinton Codrington aveva così cominciato a mostrare acuti segni di gelosia, perché era abituato ad averla di più accanto, mentre Robyn ora usava quella ragazza per raffreddare la loro relazione e prepararlo alla notizia che gli avrebbe dato prima di arrivare a Quelimane.

Anche Zouga, però, disapprovava l'evolversi di questa intimità fra le due giovani.

«Sissy, devi ricordare che è un'indigena. Non conviene mai mostrarsi troppo familiari», disse in tono grave alla sorella. «In definitiva tu sei un'inglese.»

«E quella ragazza è una matabele di sangue zanzi, il che significa che è un'aristocratica, dal momento che la sua famiglia è salita da sud con Mzilikazi. Suo padre era un famoso generale e

Juba è in grado di risalire nell'albero genealogico fino a Senzangakhona, re degli zulu e padre di Chaka in persona. Noi, invece, siamo in grado di risalire soltanto al nostro bisnonno, che faceva l'allevatore.»

L'espressione di Zouga si indurì. Non gli piaceva discutere le origini della loro famiglia. «Siamo inglesi. Il popolo più grande e civile nella storia del mondo.»

«Nonno Moffat conosce Mzilikazi», puntualizzò Robyn, «e lo considera un grande gentiluomo.»

«Ti comporti da stupida», scattò Zouga, chinandosi per uscire dalla cabina. Come al solito la logica di Robyn lo aveva fatto infuriare.

Suo nonno, Robert Moffat, aveva incontrato per la prima volta Mzilikazi nel '29, e con il passare degli anni tra i due uomini si era sviluppato un rapporto di amicizia salda e di reciproca fiducia. Il re si fidava dell'inglese, che chiamava «Tshedi» e di cui chiedeva il consiglio per la conduzione degli affari con il mondo esterno ai confini del suo regno, nonché l'assistenza medica per la gotta che in vecchiaia aveva preso ad affliggerlo.

Il percorso di chi, salendo a nord, procedeva verso la terra dei matabele, passava sempre per la missione di Robert Moffat, a Kuruman, dove i viaggiatori prudenti chiedevano al vecchio missionario un salvacondotto, che gli *impi* messi di guardia alla Terra Bruciata onoravano.

In effetti la facilità degli spostamenti di Fuller Ballantyne era in gran parte dovuta al suo rapporto di parentela con Robert «Tshedi» Moffat. Il manto di sicurezza steso dal vecchio re matabele sull'amico abbracciava anche la sua famiglia e veniva riconosciuto da tutte le tribù soggette al lungo braccio dei Matabele, un braccio armato dell'*assegai*, la terribile lancia inventata da re Chaka degli zulu, che l'aveva usata per conquistare il mondo a lui noto.

Nell'irritazione provocatagli dal paragone istituito da Robyn tra la loro famiglia e quella della ragazza negra, Zouga sulle prime non aveva colto l'importanza di ciò che lei gli aveva detto. Quando se ne rese conto, tornò come un fulmine nella sua cabina.

«Sissy», sbottò pieno di eccitazione. «Se questa ragazza viene dal paese di Mzilikazi... be'! È quasi mille e cinquecento chilometri a ovest di Quelimane. Quindi, per arrivare a questa costa, deve aver attraversato il territorio di Monomotapa. Fa' in modo che ce ne parli.»

E Zouga ebbe modo di pentirsi della distrazione a suo tempo mostrata nei confronti di quella lingua, quando la madre aveva cercato di insegnargliela. Tentò di concentrarsi sulle parole fittamente pronunciate dalle due giovani e cominciò a capirne qualcuna, ma per tradurgliene il senso ci volle Robyn.

Il padre di Juba era un famoso *induna*, un grande guerriero che aveva combattuto contro i boeri a Mosega e a cui era stato assegnato il copricapo, segno del suo onore, quando era ancora un giovane di trenta estati, diventando poi uno degli anziani di più alto grado nel consiglio della nazione. Aveva cinquanta mogli, delle quali molte di puro sangue zanzi, centododici figli maschi e un numero imprecisato di femmine. Tutto il bestiame della nazione apparteneva al re, ma più di cinquemila capi erano affidati a lui, in segno del favore di cui godeva presso il sovrano.

Era un grand'uomo... forse troppo grande per la sua sicurezza. Qualcuno aveva mormorato la parola «tradimento» all'orecchio del re e i sicari di quest'ultimo avevano circondato il suo *kraal* all'alba, intimandogli di uscire.

Il padre di Juba si era chinato per passare attraverso la bassa porta di ingresso della sua capanna di paglia in forma di alveare, emergendo nudo dall'amplesso con la moglie favorita.

«Chi chiama?» aveva gridato nella scarsa luce e poi aveva visto la cerchia di figure oscure, rese alte dai copricapi, ma immobili, silenti e minacciose.

«In nome del re», aveva risposto una voce gravida di minaccia, e dalla cerchia era uscita una figura che lui aveva riconosciuto immediatamente. Era anch'egli uno degli *induna* del re, di nome Bopa, uomo poderoso.

Non esisteva possibilità di appello né via di scampo: un'idea del genere non era passata nemmeno per un attimo nella mente del vecchio *induna*.

«In nome del re.» Tanto bastava. Lentamente si era raddrizzato in tutta la sua statura. Nonostante la calotta grigia dei capelli era ancora un guerriero di bella struttura fisica.

«Elefante nero», aveva preso a dire, recitando il primo dei titoli esornativi del re. «*Bayete*! Tuono dei cieli. Scuotitore della terra. *Bayete*.»

Continuando a recitarli si era piegato su un ginocchio, mentre il boia del re gli si poneva alle spalle.

Le mogli e i figli più grandi erano usciti dalle capanne e si erano raccolti terrorizzati, levando un unico grido di orrore e dolore.

Quindi il boia aveva immerso la punta del suo corto *assegai* tra le scapole dell'*induna*, facendogliela uscire dal petto.

Levando alta la lama macchiata di sangue, il boia del re aveva poi ordinato ai suoi guerrieri di procedere, dal momento che la condanna a morte si estendeva a tutte le mogli del vecchio, a tutti i suoi figli di entrambi i sessi, nonché agli schiavi, ai loro figli e agli abitanti del grosso villaggio, trecento e più anime.

Ma questa volta il macabro rito aveva subito una variazione: le donne più giovani, le adolescenti e persino quelle ai limiti della pubertà erano state spinte davanti agli occhi del boia, che le aveva osservate con approvazione, dividendole in due gruppi con segnali della lancia insanguinata.

Essere messe a sinistra significava rapida morte, mentre quelle messe a destra erano state portate via di corsa in direzione dell'est.

«Verso il levare del sole», come spiegò Juba a Robyn.

«Molti giorni abbiamo viaggiato», disse ancora la ragazza, con voce divenuta bassissima e con l'orrore dipinto negli occhi. «Non so quanti. Quelle che cadevano venivano abbandonate, mentre noi proseguivamo.»

«Chiedile che cosa ricorda del territorio», disse Zouga.

«C'erano dei fiumi», rispose la ragazza. «Molti fiumi e grandi montagne.» Ma i suoi ricordi erano confusi, non era in grado di valutare le distanze, non avevano incontrato altre popolazioni, né villaggi o città, e non avevano visto bestiame o messi. Né era riuscita a riconoscere nulla sulla mappa di Harkness.

«Dille di continuare», ordinò ancora Zouga in tono impaziente alla sorella.

«Alla fine siamo passate per profonde gole di montagna, dove i pendii ripidi erano coperti di alti alberi e i fiumi cadevano formando una spuma bianca, finché finalmente siamo arrivate dove c'erano i *bunu* – i bianchi – in attesa.»

«I bianchi?» chiese Robyn.

«Uomini della tua gente», confermò la ragazza annuendo. «Chiari di pelle e di occhi. Molti uomini, alcuni bianchi e altri bruni o neri, ma vestiti come i bianchi e armati di *isibamu*, di fucili.» Il popolo matabele conosceva bene la polvere e gli effetti delle armi da fuoco, e perfino alcuni dei loro *induna* portavano il moschetto, anche se quando il combattimento diventava serio lo passavano sempre da tenere a un servitore.

«Questi uomini avevano costruito dei *kraal* come quelli che noi prepariamo per il bestiame, ma erano pieni di gente, una gran moltitudine di persone, tutte legate con gli *isimbi*, le manette», disse ancora la ragazza, strofinandosi istintivamente i polsi.

«Ogni giorno che passava arrivavano altre persone. A volte poche come le dita di una mano, a volte moltissime. E c'erano sempre dei guerrieri a custodirle.

«Poi un giorno, all'alba, ci hanno fatto uscire dai *kraal*, con gli *isimbi*, e abbiamo formato un grande serpente di persone, tanto lungo che non arrivavo a vederne la testa, mentre la coda era ancora nascosta tra le montagne da cui scendevamo lungo la Strada della Iena.»

«La Strada della Iena, *Ndlele umfisi*.» Era la prima volta che Robyn la sentiva nominare. Le evocò alla mente l'immagine di un sentiero oscuro nella foresta, percorso da migliaia di piedi nudi e minacciato dalle *fisi*, le ripugnanti iene.

«Quelli che morivano venivano abbandonati lì e le *fisi* erano diventate talmente sfacciate che correvano fuori dei cespugli e ne divoravano i cadaveri sotto i nostri occhi», le confermò infatti Juba, che a quel punto sollevò lo sguardo, mettendo in mostra due occhi pieni di lacrime, tanto che Robyn le prese una mano.

«Non so per quanto tempo abbiamo seguito la Strada della Iena», proseguì poi la ragazza, «perché tutti i giorni erano uguali, finché siamo arrivati al mare.»

Più tardi Zouga e Robyn discussero il suo racconto.

«Quella ragazza deve aver attraversato il regno di Monomatapa, eppure dice che non c'erano città né tracce di vita.»

«Può darsi che i negrieri evitassero il contatto con la popolazione.»

«Vorrei che avesse visto e ricordasse qualcosa di più.»

«Faceva parte di una carovana di schiavi», ribatté Robyn. «La sua unica preoccupazione era la sopravvivenza.»

«Se soltanto questa dannata gente sapesse leggere una mappa!»

«Appartiene a una cultura diversa, Zouga!» ribatté ancora la giovane, e il fratello vide nei suoi occhi un lampo che gli consigliò di cambiare argomento.

«Forse la leggenda di Monomatapa è solamente un mito, forse non c'è nessuna miniera d'oro.»

«La cosa importante del racconto di Juba è che i matabele commerciano in schiavi, mentre prima non lo avevano mai fatto.»

«Sciocchezze!» esclamò Zouga. «Sono i più grandi predatori dai tempi di Gengis Khan! Tutta la loro nazione è stata edificata con la cattura degli schiavi.»

«Tuttavia non li avevano mai venduti», replicò Robyn in tono conciliante.

«Perché non hanno mai avuto un mercato dove farlo», ribatté Zouga nello stesso tono. «Adesso invece sono entrati in contatto con i negrieri e hanno trovato un passaggio per raggiungere la costa.»

«È una situazione che dobbiamo denunciare, Zouga», disse ancora Robyn, con calma determinazione. «Dobbiamo far arrivare a Londra notizia di questo crimine contro l'umanità.»

«Se solamente quella ragazzina avesse visto qualche traccia dei monomatapa, o delle miniere d'oro!» mormorò Zouga. «Devi chiederle se c'erano elefanti.»

Lo Zambesi raggiunge il mare con un delta che forma vaste paludi e un confuso reticolo di stretti canali, che si aprono a ventaglio su un fronte di circa cinquanta chilometri lungo la costa e attraverso i quali il fiume riversa nel mare un'enorme massa di acqua fangosa, sulla quale galleggiano i corpi di animali e uccelli affogati, nonché i coccodrilli, che contendono le prede agli squali.

Il *Black Joke* incontrò la prima di tali orrende creature a dieci miglia dalla terra: dondolava tra le basse onde come un tronco, con le sue scaglie lucenti, finché, spaventata dall'arrivo della cannoniera, si immerse e scomparve.

Quindi la nave attraversò in diagonale i multipli sbocchi dei canali, tutti troppo stretti per le sue dimensioni, fino a raggiungere il Congone, unico passaggio utile per risalire il fiume fino alla città di Quelimane.

Clinton Codrington prevedeva di raggiungerla il mattino seguente. Robyn sapeva che doveva togliergli i punti al petto e aveva deciso di valersi di quell'opportunità per dargli la risposta di cui il giovane era in pazientissima attesa. Sapeva che ne avrebbe provato un gran dolore e si sentiva in colpa. Avrebbe dunque cercato di dirglielo nella maniera più gentile possibile.

Quindi gli chiese di scendere nella sua cabina, dove lo fece sedere sulla cuccetta, nudo fino alla cintola e con il braccio sollevato. I punti erano in condizioni perfette e altrettanto perfettamente furono tolti. Solamente uno di essi lasciò affiorare una gocciolina di sangue, che venne ripulita con dolcezza.

Robyn stava addestrando Juba a farle da assistente e, concluso il lavoro, arretrò un poco per esaminarlo con aria soddisfatta.

«Adesso puoi andare», disse poi alla giovane. «Quando ho bisogno ti chiamo.»

Juba sorrise con aria complice e mormorò: «È veramente bello, così bianco e liscio», facendola arrossire, essendo esattamente quello che stava pensando anche lei. Il corpo di Clinton, diversamente da quello di Mungo St John, era privo di peli, quasi femmineo pur nella muscolatura robusta.

«Su, vattene», ripeté seccamente, e Juba scoppiò in un risolino.

«Ci sono momenti in cui si deve restare soli», disse la ragazza. «Starò di guardia alla porta, Nomusa.» Nomusa, «figlia della misericordia», un nomignolo che rendeva impossibile a Robyn irritarsi con lei. Quindi sorrise e la spinse fuori con una leggera pacca sulla schiena.

Clinton doveva aver subodorato il cambiamento avvenuto, perché, quando si voltò, Robyn vide che si stava allacciando la camicia con aria imbarazzata.

La ragazza trasse un respiro profondo, incrociò le braccia e prese a dire:

«Capitano Codrington, ho continuato a pensare al grande onore che lei mi ha fatto con la sua proposta di matrimonio».

«Però», la precedette Clinton, facendole dimenticare il seguito del discorso che aveva preparato e la cui prima parola era appunto: «Però». «Signorina Ballantyne. Voglio dire: dottoressa Ballantyne. Preferirei che il resto non lo dicesse», continuò il giovane, con dipinta sul viso pallido un'espressione intensa, che – come pensò Robyn provando una fitta di pena – lo rendeva veramente bello. «Così potrò continuare a coltivare la speranza.»

Robyn scosse violentemente il capo, ma il giovane alzò una mano.

«Sono pervenuto a capire che lei ha un dovere, nei confronti di suo padre oltre che della povera gente di questa terra. Lo capisco e l'ammiro profondamente.»

Robyn si sentì stringere il cuore: com'era buono e comprensivo!

«Tuttavia sono sicuro che un giorno lei e io...»

«Capitano», cercò di interromperlo Robyn, tornando a scuotere la testa.

«No», continuò Clinton. «Nulla che lei possa dire potrà mai farmi abbandonare la speranza. Io sono un uomo molto paziente e so che il destino vuole unirci, dovessi anche aspettare dieci o cinquant'anni. Per ora chiedo soltanto la sua stima e la sua amicizia.»

«Li ha entrambi, capitano», replicò Robyn, con sincerità e al tempo stesso sollievo. Era stato infinitamente più facile di quanto pensasse, anche se era rimasta una vaga ombra di rimpianto ad aleggiare su di lei.

Ma non ebbe più occasione di parlargli in privato, perché Clinton fu occupatissimo a dirigere il *Black Joke* per quegli infidi canali, che si estendevano per una trentina di chilometri tra le foreste di mangrovie prima di raggiungere il porto di Quelimane.

Ma finalmente, in un calore quasi intollerabile e tra le arcane forme degli alberi, oltre un'ennesima curva del canale comparvero i marcescenti edifici della città, dominati dal campanile squadrato della chiesa. L'intonaco cadeva a pezzi e la calce era coperta da strisce e macchie grigie e verdastre, come un formaggio stagionato.

Quel porto un tempo era il più importante di tutta la costa africana per la tratta degli schiavi. Lo Zambesi fungeva da strada maestra verso l'interno, mentre il fiume Shire, suo principale tributario, portava direttamente al lago Malawi e all'altopiano di cui erano originari centinaia e migliaia di schiavi negri.

Quando i portoghesi, cedendo alle pressioni inglesi, avevano firmato l'Accordo di Bruxelles, i baraccamenti di Quelimane, di Lourenço Marques e del Mozambico erano stati chiusi. Tuttavia il *dhow* negriero intercettato dal *Black Joke* dimostrava che sulla costa portoghese l'abominevole commercio era ancora fiorente, seppure clandestino.

Pensandoci, Clinton arricciò il labbro superiore in una smorfia di fastidio. Nei secoli passati, da quando i loro grandi navigatori avevano raggiunto quella terra, i portoghesi erano rimasti rinchiusi nella stretta striscia del litorale, facendo un solo svogliato tentativo di penetrare nell'interno e poi accontentandosi di sfruttarla nel più grande disordine amministrativo.

Mentre faceva procedere il *Black Joke* verso il molo, li vide già riuniti, avidi avvoltoi, pronti a estorcere e a farsi corrompere.

Gli sarebbe toccato compilare una quantità infinita di moduli e dichiarazioni, sempre presentati con il palmo aperto e una strizzata d'occhio. Ma questa volta non avrebbero ricevuto niente. Il *Black Joke* era una nave della marina britannica.

«Signor Denham», chiamò seccamente. «Consegni pistole e pugnali alle guardie, e che nessuno sia ammesso a bordo senza esplicita autorizzazione dell'ufficiale di servizio.»

Quindi si voltò per stringere la mano a Zouga. Durante il viaggio avevano trovato pochi punti in comune e la loro separazione fu fredda.

«Non la ringrazierò mai abbastanza», disse sbrigativamente Zouga.

«Dovere, maggiore», rispose Codrington, ma già gli occhi di Zouga erano intenti a seguire il sergente Cheroot che stava raccogliendo gli uomini sul ponte di prua. Già in ordine di marcia, bramosi di scendere a terra dopo la noia del viaggio.

«Devo dare un'occhiata ai miei uomini, capitano», si scusò Zouga, allontanandosi in fretta.

Clinton si rivolse a Robyn e le fissò uno sguardo fermo negli occhi verdi.

«La prego di darmi un ricordino», disse a bassa voce.

Robyn sollevò una mano e si tolse uno degli orecchini da quattro soldi che le pendevano dai lobi. Poi, stringendogli la mano, glielo fece scivolare nel palmo. Prima di riporlo nel taschino lui lo sfiorò con le labbra.

«Aspetterò», ripeté poi. «Foss'anche per dieci o cinquant'anni.»

Il *Black Joke* aveva risalito il canale con l'alta marea, aveva scaricato la spedizione Ballantyne sul molo di pietra durante la stanca e due ore più tardi aveva nuovamente puntato la prua verso il mare.

Dalla sua posizione sul ponte il capitano Codrington tenne lo sguardo fisso sulla figuretta avvolta nelle lunghe gonne, ferma in piedi all'estremo limite del molo. Alle spalle di Robyn, invece, il fratello non sollevò lo sguardo dai suoi elenchi, mentre il sergente Cheroot montava una guardia armata con i suoi ottentotti, tenendo ben alla larga oziosi e curiosi.

I funzionari portoghesi avevano accolto con il massimo rispetto le credenziali inglesi di Zouga, considerando che per di più si trattava di un militare britannico, accompagnato lì da una cannoniera della Regia Marina. Nemmeno il governatore dell'Africa Orientale Portoghese in persona avrebbe potuto pretendere di più. Già diversi funzionari di grado inferiore erano sparsi per la città in cerca di un alloggio e di una sistemazione per le attrezzature, nonché di un mezzo di trasporto fluviale fino a Tete, ultimo avamposto dell'impero portoghese sullo Zambesi.

In quel turbine di attività Robyn Ballantyne rimase sola a seguire con lo sguardo la figura vestita di blu in piedi sul ponte del *Black Joke*. Com'era alto! Quando sollevò la mano a salutarla, la luce del sole gli cadde sui capelli in un lampo di oro bianco. E Robyn rispose continuando ad agitare il braccio, finché la cannoniera non scomparve dietro una barriera di mangrovie.

Clinton Codrington era in piedi sul ponte, con le mani intrecciate dietro la schiena e con un'espressione rapita negli occhi color azzurro chiaro. Così, secondo lui, si sarebbe comportato un cavaliere errante.

Un'idea che non gli pareva affatto melodrammatica. Si sentiva veramente nobilitato da quell'amore e pensava che una cosa tanto preziosa doveva meritarsela: l'opportunità di farlo era a portata di mano. L'orecchino datogli da Robyn lo portava appeso al collo con un filo, sulla pelle nuda. Lo toccò, fissando impaziente lo sguardo sul canale che gli scorreva davanti. Per la prima volta in vita sua gli parve di avere una direzione precisa da seguire.

Tale umore cavalleresco era ancora vivo in lui quando, cinque giorni più tardi, il *Black Joke* superò il promontorio di Ras Elat, mettendosi all'ancora in rada. Sulla striscia di sabbia lasciata esposta dalla bassa marea erano arenati otto grossi *dhow*, vascelli studiati appunto per facilitare le operazioni di carico e scarico. Lunghe file di schiavi incatenati li stavano raggiungendo attraverso le pozze d'acqua lasciate dal ritrarsi della marea.

L'arrivo improvviso della cannoniera provocò un pandemonio di figure in fuga, di urla e di fruste sibilanti, che giunse chiaramente fino al *Black Joke* ancorato oltre la barriera corallina, con la prua al vento.

Gli ordini di Clinton Codrington erano chiari: impartiti personalmente e con cura quasi spasmodica dell'ammiraglio Kemp, il quale ricordava ancora con una punta di orrore la cattura della flotta negriera di Calabash e quindi non voleva che un evento simile si ripetesse.

Al comandante del *Black Joke* era stato ingiunto di rispettare rigorosamente l'integrità territoriale del sultano degli arabi oman, nonché la lettera del trattato da lui stipulato con il console inglese di Zanzibar.

In conseguenza di ciò gli era rigorosamente vietato interferire negli affari di ogni suddito del sultano che fosse impegnato in attività commerciali tra i vari possedimenti del suddetto. Gli era pertanto anche inibito il diritto di ispezionare qualsiasi vascello battesse la bandiera color rosso e oro degli oman su tutte le rotte di commercio riconosciute al sultano, rotte che gli erano state indicate senza possibilità di errore.

La sua attività di pattugliamento doveva riguardare unicamente le navi che non appartenevano al sultano, e in particolare quelle delle potenze europee. Naturalmente poi, in alto mare, nessun vascello americano poteva essere sottoposto a ispezione. Nell'ambito di tali limitazioni l'attività del capitano Codrington era libera.

Per di più, non solo gli era stato fatto divieto di catturare o ispezionare le navi del sultano, ma gli era anche stato ordinato di fare una visita di cortesia al porto di Zanzibar, dove si sarebbe consultato con il console britannico circa il modo più efficace per migliorare i trattati in vigore e in particolare per ricordare al sultano gli obblighi che ne derivavano.

Perciò il capitano Codrington percorreva a grandi passi il ponte della sua nave come un leone in gabbia all'ora del pasto, tenendo fisso uno sguardo impotente, oltre la barriera corallina, sulla flotta negriera degli oman impegnata in un commercio che era legale, dal momento che il golfo di Elat faceva parte dei possedimenti del sultano, e come tale era stato riconosciuto dal governo di Sua Maestà Britannica.

Dopo il primo attimo di panico, la spiaggia e i *dhow* ora erano deserti, ma Clinton sapeva di avere puntati addosso migliaia di sguardi attenti dalle mura in fango della città e dalle ombre delle macchie di palme da cocco.

Il pensiero di dover levare l'ancora per salpare lo riempiva di un dispiacere furioso, per cui se ne stava lì col capo scoperto e con i freddi occhi azzurri famelicamente fissi sulla preda.

Il palazzo dello sceicco di Elat, Mohamed Ben Selim, era un edificio non intonacato e circondato da mura di fango, nel cuore della città. L'unica apertura delle mura munite di parapetti era un portone chiuso da grosse porte doppie in teak scolpito, rinforzate con borchie di ottone, che davano direttamente sulla corte centrale.

In tale corte, sotto i rami di un antico albero di *takamaka* lo sceicco era riunito in franco conclave con i suoi consiglieri anziani e con gli emissari del supremo sovrano, il sultano di Zanzibar. Stavano discutendo una questione che era letteralmente di vita o di morte.

Lo sceicco Mohamed Ben Selim aveva la struttura fisica paffuta e morbida del *bon vivant*, ma era molto preoccupato. Nel suo animo allignava l'ambizione di accumulare un tesoro personale di un milione di rupie d'oro, ed era arrivato vicinissimo a raggiungere una meta tanto ragionevole, quando il suo signore, il sultano di Zanzibar, aveva mandato suoi emissari a chiedergli di rendere conto.

Mohamed aveva cominciato a soddisfare la propria ambizione un decennio prima, sgraffignando con molta moderazione sulla decima dovuta al sultano, ma da allora aveva ogni anno aumentato i prelievi. Come tutti gli uomini avidi, un colpo fortunato per lui non aveva costituito che un segnale per il successivo. Il sultano naturalmente se n'era accorto, perché, nonostante la veneranda età, era uomo di estrema furbizia. Sapeva che la parte mancante delle decime era al sicuro nei forzieri dello sceicco, in attesa di essere ritirata quando gliene fosse venuta voglia. E dopo dieci anni il momento era arrivato. Si sarebbe preso non soltanto il dovuto, ma anche i guadagni personalmente accumulati da Mohamed.

La successiva punizione sarebbe stata una faccenda lunga. Avrebbe avuto inizio con una bastonatura sulle piante dei piedi nudi del colpevole, finché tutte le minuscole ossa non fossero state incrinate o fratturate, rendendogli estremamente doloroso essere introdotto al cospetto del sultano, dove si sarebbe data lettura del giudizio definitivo. Quindi, una striscia di pelle di bufalo, piena di nodi, sarebbe stata stretta sempre di più attorno alla sua testa, fino a fargli schizzare gli occhi dalle orbite e fargli esplodere il cranio come un melone. Si trattava di spettacoli che al sultano davano vero piacere: questo, poi, lo aspettava da dieci anni.

Entrambi gli uomini conoscevano il rituale, che era cominciato con la cortese visita degli emissari del sultano, i quali erano ancora seduti di fronte allo sceicco, sotto l'albero di *takamaka*, intenti a bere un caffè denso e a mangiucchiare i dolcetti di cocco, gialli e rosa, sorridendogli con occhi freddi e impassibili.

Fu in quell'atmosfera raggelante che dal porto arrivarono i messaggeri, i quali corsero a prostrarsi ai piedi dello sceicco, per dargli con voci concitate la notizia dell'arrivo della nave da guerra inglese.

Lo sceicco ascoltò in silenzio e poi li congedò, tornando a rivolgersi ai distinti ospiti.

«È una faccenda seria», prese quindi a dire, pieno di sollievo davanti all'opportunità di cambiare argomento. «Sarebbe cosa saggia dare un'occhiata a questa strana imbarcazione.»

«I *ferengi* hanno un trattato con il nostro signore», affermò un uomo dalla barba grigia, «e attribuiscono grande importanza a quei pezzi di carta.»

Tutti annuirono, senza che da alcuno di loro trasparisse la minima traccia dell'agitazione da cui si sentivano rimescolare. Sebbene la loro costa avesse ricevuto semplicemente attenzioni passeggere da parte di quell'insolente popolo del nord, tuttavia esse erano state sufficienti per creare timori e apprensioni.

Lo sceicco meditò per qualche istante, tirandosi la barba fittamente ricciuluta e socchiudendo gli occhi davanti allo scorrere delle idee. La sua mente era stata quasi paralizzata dall'enormità della catastrofe che stava per abbattersi su di lui, ma ora aveva ripreso a funzionare.

«Devo andare a vedere questa nave da guerra», annunciò. Vi fu un immediato brusio di protesta, ma lo sceicco sollevò una mano a imporre il silenzio. Era ancora lo sceicco di Elat e quindi era loro dovere ascoltarlo fino in fondo.

«Devo accertare le intenzioni del comandante e mandare immediatamente notizie al nostro signore.»

Clinton Codrington si era quasi rassegnato a impartire l'ordine di levare l'ancora. Da molte ore sulla spiaggia non si vedeva segno di vita e in quel posto non c'era nulla che potesse fare. La sua speranza di riuscire a catturare un negriero europeo, colto in flagrante a imbarcare schiavi all'ancora, si era rivelata priva di fondamento. Avrebbe dovuto alzare le vele già da qualche ora: il sole aveva compiuto metà del suo corso nel cielo e non voleva affrontare i rischi dei canali interni con l'oscurità. Tuttavia a trattenerlo era stato l'istinto.

E infatti, finalmente, vide qualcosa muoversi: un lampo di abiti bianchi nell'unica strada deserta della città. Guardando attraverso il cannocchiale sentì una fitta di eccitazione e si congratulò con se stesso. Una piccola delegazione, emersa dalla boscaglia, stava scendendo lungo la spiaggia.

«Passate parola al mio cameriere che mi prepari l'uniforme migliore e la sciabola», ordinò senza abbassare il cannocchiale. Il gruppo di persone sulla spiaggia era guidato da un personaggio corpulento, avvolto in una veste di un bianco accecante e con in testa un copricapo splendente d'oro. Alle sue spalle un portatore recava la bandiera color scarlatto e oro del sultano.

«Gli renderemo gli onori dovuti a un governatore», decise Clinton. «E gli spareremo quattro salve.» Dopo di che girò sui tacchi e andò in cabina a cambiarsi.

Ma alla prima salva, che segnalava l'arrivo degli ospiti, era già sul ponte, splendido con la feluca, la giacca blu e oro, i pantaloni bianchi e la sciabola. Lì, prese per un braccio lo sceicco, terrorizzato dal cannone, per tenerlo fermo durante il resto della cerimonia di saluto e impedirgli di precipitarsi di nuovo nella sua barca, dove i rematori erano in preda a identico terrore.

«Prego Vostra Eccellenza di seguirmi da questa parte», gli disse infine, stringendo ulteriormente la presa e spingendolo verso la propria cabina.

La traduzione costituì un vero problema, anche se uno degli accompagnatori dello sceicco conosceva qualche rudimento di francese e inglese. Comunque si era fatto quasi buio prima che Clinton fosse in grado di afferrare qualcosa in quel massacro della sua lingua materna. Tuttavia fu qualcosa che arrivò come una gran luce a illuminare l'interno della cabina. Sul viso del giovane si dipinse un largo sorriso, pieno di gioia e di ardore bellicoso.

Il grasso sceicco, governatore di Elat, con le sue labbra mollicce e rosse stava chiedendo la protezione di Sua Maestà Britannica contro le ingiustizie e le tirannie del sultano di Zanzibar.

«*Dites lui je ne peux pas...* oh, maledizione, gli dica che posso proteggerlo soltanto nel caso che dichiari Elat indipendente dal sultano, *comprenez-vous?*»

«*Je m'excuse, je ne comprends pas.*»

Che noia!

Il ministero degli Esteri britannico aveva fornito a tutti i comandanti delle squadre anti-schiaviste operanti nell'Atlantico una certa quantità di moduli di trattato in bianco, redatti con il debito rispetto del protocollo e nella corretta terminologia legale. Si sarebbero dovuti sottoporre alla firma di tutti i capi indigeni, signori della guerra, sedicenti principi e re locali che si fosse riusciti a indurre a tanto.

Tali documenti iniziavano con una dichiarazione di reciproco riconoscimento tra il governo di Sua Maestà e il firmatario, proseguivano con vaghe promesse di protezione e libero commercio e si concludevano in termini assai precisi con una condanna a tutto tondo della tratta di schiavi e con la concessione al governo di Sua Maestà del diritto di ispezione, cattura e distruzione di tutte le navi colte a praticare la suddetta tratta nelle acque territoriali del firmatario. Inoltre essi garantivano il diritto della Regia Marina britannica a sbarcare truppe, distruggere baraccamenti, liberare schiavi, arrestare negrieri e compiere tutti gli atti ritenuti necessari per l'estinzione della tratta in tutti i territori e possedimenti del firmatario.

L'ammiraglio Kemp, a Città del Capo, aveva trascurato il fatto che il capitano Codrington era in possesso di un buon numero di tali documenti. I quali tuttavia avrebbero dovuto essere destinati all'uso solamente sulla costa occidentale dell'Africa, a nord dell'equatore.

«Lo sceicco deve firmare qui», si affrettò a spiegare Clinton all'interprete, «e noi gli consegneremo un ordine di pagamento sul tesoro britannico per cento ghinee.» Il trattato infatti prevedeva un tributo annuale da versare al firmatario e secondo Clinton cento ghinee erano sufficienti. Il giovane non era sicurissimo dell'autorità a cui tale ordine avrebbe dovuto essere indirizzato, ma lo sceicco Mohamed ne fu entusiasta. Aveva trattato solamente per la propria vita e invece aveva ottenuto non solo la protezione di quella bella nave da guerra, ma anche la promessa di ricevere del buon oro. Quindi fu con un sorriso felice, sporgendo le labbra rosse, che appose la propria firma sotto il suo nuovo titolo di «Principe e Sommo Signore dei possedimenti sovrani di Elat e Ras Telfa».

«Bene», si affrettò a concludere Clinton, arrotolando la sua copia del trattato e sigillandola, mentre già correva a raggiungere la porta della propria cabina. «Signor Denham», ruggì poi alla volta del corridoio, «voglio una squadra da sbarco, con moschetti, pistole, coltellacci e combustibile: quaranta uomini pronti per le prime luci di domani mattina!» Quindi tornò a rivolgersi con un sorriso al traduttore, dicendogli: «Sarà meglio che questa notte lo sceicco rimanga a bordo. Provvederemo a un suo sicuro insediamento domani a mezzogiorno».

E per la prima volta lo sceicco avvertì una punta di preoccupazione. Quel *ferengi* aveva gli occhi azzurri, freddi e spietati di un diavolo. «El Shitan», pensò. «Il diavolo.» E fece il segno contro il malocchio.

«Posso parlarle, signore?» chiese Denham, primo tenente del *Black Joke*, che alla luce della chiesuola, con lo sguardo fisso sui marinai armati acquattati sul ponte, esibiva un'espressione perplessa.

«Mi dica tutto», lo esortò Clinton, in un tono magnanimo e con un'aria gioviale a cui lo stesso Denham non era abituato e che gli consigliarono di esprimersi con cautela. In sostanza le sue opinioni non si discostavano di molto da quelle manifestate dall'ammiraglio a Città del Capo.

«Se intende esprimere il suo disaccordo nei confronti dei miei ordini, tenente», lo interruppe gaiamente Clinton, «sarò ben lieto di prenderne nota nel giornale di bordo.»

In tal modo assolto dalla responsabilità di aver preso parte a una spedizione di guerra sul territorio di un governante straniero, il tenente di vascello Denham provò un tale sollievo che, quando Clinton aggiunse: «Il comando della squadra da sbarco lo assumo io. Lei assumerà quello della nave in mia assenza», gli strinse impulsivamente la mano.

«Buona fortuna, signore!» sbottò.

Non appena la chiglia della prima delle due imbarcazioni – baleniera e lancia – arrivò a toccare il fondo, Clinton balzò nell'acqua fino alle ginocchia, raggiungendo la spiaggia seguito dagli uomini armati. Quindi estrasse la sciabola e guidò la sua squadra di cinque uomini verso il *dhow* più vicino tirato in secco.

Ma quando saltò dalla scaletta sul ponte fortemente inclinato dell'imbarcazione, una guardia araba emerse dalla cabina di prua, puntandogli contro la testa un lungo *jezail*. Istintivamente Clinton tirò un fendente dal basso, proprio mentre dalla pietra focaia del fucile si levava la scintilla.

La lama andò a sbattere contro la canna di acciaio, deviandola verso l'alto proprio mentre il *jezail* faceva esplodere il proprio boato. Clinton si sentì bruciare le ciglia da una vampata di fumo e polvere infiammata, ma la pallottola passò a parecchi centimetri dal suo viso. Quando fu di nuovo in grado di vedere, la guardia, gettata via l'arma scarica, aveva già scavalcato il parapetto del *dhow* e se la stava dando a gambe sulla sabbia verso la macchia di palme.

«Perquisite questa imbarcazione e poi incendiatela», ordinò bruscamente Clinton.

Quindi, mentre le fiamme si levavano da quello e da un altro *dhow*, si diresse verso il più grosso, un'imbarcazione da duecento tonnellate, che raggiunse con un vantaggio di cinquanta passi sui suoi uomini.

«Accertatevi che non ci sia nessuno sottocoperta», ordinò, e dopo qualche istante vide uno dei marinai emergere sul ponte portando sotto un braccio un tappeto da preghiera arrotolato.

«Posalo!» scattò. «Niente saccheggio.»

Con aria riluttante il marinaio lasciò cadere nel portello il prezioso carico, che venne risucchiato nell'alito caldo del fuoco, quasi si trattasse di un'offerta a Baal. Dopo un po' tutte e otto le imbarcazioni erano in fiamme.

«Controllate i moschetti», ordinò allora Clinton ai quaranta uomini riuniti, e l'ordine fu seguito dallo scatto delle sicure. «Innestate le baionette», ordinò ancora. Il metallo tintinnò contro altro metallo, mentre le baionette venivano fissate alle canne degli Enfield. «Se deve esserci resistenza, penso che l'incontreremo in città», disse ancora il giovane capitano, facendo scorrere lo sguardo sui ranghi irregolari dei suoi uomini. Una via di mezzo tra una truppa da sbarco e tanti dorsi di aragosta, pensò con una vampata di affetto. Comunque: potevano anche non essere perfetti dal punto di vista dell'equipaggiamento, ma erano uomini dotati di spirito di iniziativa, e non automi da parata.

«Forza, avanti!» ordinò infine, indicando con un cenno del braccio i bruni edifici di fango dai tetti piatti. La città odorava di fumo di legna e di scarichi a cielo aperto, di riso cucinato con zafferano e di burro *ghi*.

«Dobbiamo bruciarle?» chiese il nostromo, alzando il pollice a indicare le case che fiancheggiavano la strada deserta.

«No, siamo qui per proteggerle», rispose Clinton in tono duro. «Appartengono al nostro nuovo alleato, lo sceicco.»

«Capisco, signore», assentì il nostromo con un grugnito e con un'aria vagamente perplessa, che indusse il giovane comandante a essere più tenero.

«Quelli che dobbiamo trovare sono i baraccamenti», spiegò allora, mentre risalivano la strada a ranghi compatti, arrivando a fermarsi dove essa si biforcava.

Il caldo era opprimente e il silenzio minaccioso. Non c'era vento e l'eterno stormire delle fronde delle noci di cocco s'era tacitato.

«Non mi piace», gracchiò uno degli uomini alle spalle di Clinton, che concordò con lui. I marinai si sentono sempre a disagio quando sono lontani dalla loro nave. Inoltre erano soltanto in quaranta, fuori di vista dalla spiaggia e circondati da migliaia di guerrieri, invisibili ma nondimeno selvaggi. Clinton sapeva di dover approfittare della sorpresa provocata in città, tuttavia ebbe un attimo di esitazione, finché si rese conto che ciò che sembrava un sacco informe, abbandonato sul bordo del ramo di destra della strada che lì si biforcava, era invece un corpo umano, nudo, nero e privo di vita. Uno degli schiavi, travolti nel panico del giorno prima e abbandonato dov'era caduto.

Decise che i baraccamenti dovevano essere da quella parte. Ingiunse pertanto agli uomini di fare silenzio, e, chinato il capo, prestò orecchio con la massima attenzione ai deboli mormorii dell'aria immobile. Avrebbe potuto trattarsi del vento, se il vento ci fosse stato; avrebbero potuto essere le fiamme, se le fiamme non fossero state alle loro spalle. No: era il rumore lontano di voci umane, molte voci, migliaia.

«Da questa parte. Seguitemi!» ordinò, e avanzarono di corsa, prendendo il ramo di destra della biforcazione e piombando immediatamente nell'imboscata che era stata con tanta cura preparata per loro.

La raffica di fuoco di moschetto arrivò da entrambi i lati del vicolo che si andava restringendo. Attraverso le cortine di fumo apparvero le figure, avvolte da vesti eteree, degli aggressori, che brandivano i *jezail* dalla lunga canna o facevano roteare le scimitarre ricurve, levando furiose grida di «*Allah Akbar*, Allah è grande».

Si precipitarono sul piccolo gruppo di marinai, presi di infilata nello stretto sentiero. Erano almeno cento, secondo quanto calcolò immediatamente Clinton, e si stavano facendo sotto decisamente, con le loro scimitarre di una lucentezza spettacolare... l'acciaio nudo esercita un effetto particolarmente raggelante.

«Serrate», gridò. «Prima gli spariamo una scarica e poi li attacchiamo alla baionetta, nel fumo.»

La prima schiera di arabi in corsa aveva quasi raggiunto gli Enfield spianati, quando comandò il fuoco. La tremenda esplosione lo assordò per un momento, mentre il fumo gli cancellava davanti ogni visione.

«Avanti!» urlò ancora, guidandoli alla carica. Poi inciampò nel corpo di un arabo, il cui turbante si era sciolto, cadendogli sugli occhi, intriso di sangue come la bandiera scarlatta del sultano che vedeva sventolare davanti, sopra il fumo.

Quindi vide torreggiare su di sé una figura e sentì il sibilo della lama di una scimitarra, simile al fruscio delle ali di un'oca selvatica. Si chinò. Lo spostamento d'aria gli spinse un ciuffo di capelli sugli occhi, mentre la lama gli passava a pochi centimetri dalla fronte. Si raddrizzò e passò al contrattacco.

La punta della sua sciabola penetrò con una sensazione molliccia di morte, fendendo la carne fino a raggiungere l'osso. L'arabo lasciò cadere la scimitarra e si aggrappò alla lama nuda con entrambe le mani. Clinton arretrò e la liberò dalla carne dell'avversario. L'uomo cadde in ginocchio, sollevandosi davanti agli occhi le mani, i cui tendini si erano lacerati con un leggero schiocco, e guardandole con un'espressione di stupore dipinta negli occhi.

Quindi Clinton corse a raggiungere i suoi marinai, trovandoli sparsi in piccoli gruppi nella macchia, che ridevano e gridavano pieni di eccitazione.

«Sono scappati come lepri, signore», gridò il nostromo, dando di piglio alla bandiera del sultano, caduta a terra, e sventolandosela furiosamente sopra la testa.

«Abbiamo subìto perdite?» chiese ansiosamente il giovane, anche lui in preda alla confusa euforia della vittoria. L'uccisione dell'arabo, lungi dal turbarlo, lo aveva esaltato. In quel momento sarebbe stato capace di tornare indietro per prendergli lo scalpo. Comunque la domanda placò gli spiriti.

«Jedrow ha preso un colpo al ventre, ma è in grado di camminare. Wilson si è beccato un fendente in un braccio.»

«Rimandateli alla spiaggia. Possono scortarsi a vicenda. Voialtri seguitemi!»

Trovarono i baraccamenti circa cinquecento metri più avanti. Le guardie erano scappate.

Erano baraccamenti diversi da quelli che lui stesso aveva preso e saccheggiato sulla costa occidentale, costruiti da negrieri europei, sotto l'occhio disciplinato del bianco. Questi erano un insieme disordinato di pali presi dalla foresta, nemmeno privati della loro corteccia e legati alla bell'e meglio con funi ottenute intrecciando le fronde delle palme. Dentro le barriere esterne c'erano i depositi aperti, con tetti di paglia, in cui gli schiavi potevano trovare un qualche riparo dal sole e dalla pioggia. L'unica cosa identica era la puzza. Nei baraccamenti era divampata un'epidemia di dissenteria tropicale e la maggior parte delle baracche contenevano i corpi in decomposizione delle vittime. Tra le palme erano in paziente attesa corvi, poiane e avvoltoi.

Clinton incontrò il nuovo signore dello stato di Elat, sceicco Mohamed, sul bagnasciuga e lo scortò attraverso la spiaggia. La marea montante stava allagando i mucchi di cenere in cui erano ridotti gli otto *dhow*, e lo sceicco trotterellava incerto, osservando con sguardi increduli e lugubri il disastro che si era abbattuto su di lui. La quota di un terzo di ciascuno di quei mucchi di cenere era di sua proprietà.

Quando arrivarono al limite degli alberi, dovette fermarsi per riposare. Uno schiavo sistemò all'ombra uno sgabello di legno scolpito e un altro si mise a sventolare un ventaglio di fronde di palma intrecciate, per tenere lontane le mosche e rinfrescargli la fronte, madida del pesante sudore della disperazione.

La sua pena venne completata dalla conferenza, in francese sgrammaticato e inglese *pidgin*, tenutagli da «El Shitan», il capitano di mare inglese pazzo, per bocca dello scosso e incredulo interprete. Erano cose che si potevano ripetere soltanto in un mormorio rauco: ogni nuova rivelazione veniva accolta dallo sceicco levando gli occhi al cielo ed emettendo un leggero grido di dolore: «Ueeei!»

Apprese dunque che il fabbro del villaggio era stato trascinato fuori dalla boscaglia e già stava tagliando i ceppi a lunghe schiere di schiavi stupefatti.

«Ueeei!» lamentò lo sceicco. «Questo diavolo non si rende conto che quegli schiavi sono stati comperati e le relative tasse già pagate?»

Poi Clinton con tutto comodo gli spiegò che, una volta liberati, gli schiavi sarebbero stati fatti tornare verso l'interno, accompagnati da guardie inviate dallo stesso sceicco per scortarli con sicurezza a destinazione e avvertire le carovane incontrate strada facendo che tutti i porti di Elat erano ormai chiusi alla tratta.

«Ueeei», lamentò ancora lo sceicco, questa volta con gli occhi cerchiati di lacrime autentiche. «Costui mi ridurrà a mendicare. Le mie mogli e i miei figli moriranno di fame.»

Ventiquattro ore più tardi il *Black Joke* entrò a vele spiegate nella baia di Telfa, quaranta miglia più in là lungo la costa. Nessuno aveva pensato a mandare un avvertimento alla flotta negriera lì ancorata circa la nuova politica dello stato di Elat, a cui tale territorio ora apparteneva.

I cinque *dhow* ancorati in rada riuscirono a battersela a nord, nel dedalo di canali corallini, dove la cannoniera non poteva seguirli, ma sulla spiaggia c'erano altre sei imbarcazioni più piccole, e ancorati in porto quattro magnifici *dhow* oceanici a doppio ponte. Clinton Codrington ne bruciò due e requisì le quattro imbarcazioni più nuove e grosse, mandandole poi a sud, verso la più vicina base britannica, a Port Natal.

Due giorni più tardi, al largo della spiaggia di Kilwa, Clinton Codrington fece esercitazioni di artiglieria navale con i suoi cannoni da trentadue.

Il governatore locale del sultano fu ridotto a una tremante gelatina di terrore e dovette essere portato di peso sulla cannoniera. Clinton aveva già pronti per la firma i moduli del trattato e, arrivato a bordo, il governatore apprese di essere diventato sovrano ereditario di un regno a cui non aveva mai aspirato.

L'ammiraglio Kemp, seduto nel suo studio nella splendida dimora dell'ammiragliato, che guardava sulla vasta foschia azzurro-fumo dei pianori del Capo, fino alle lontane montagne dell'Hottentots Holland, inizialmente non prestò particolare attenzione ai primi rapporti, considerandoli prodotto dell'accesa immaginazione di un subordinato da troppo tempo distaccato nella postazione di Port Natal, luogo dimenticato da Dio, e in preda alla follia della boscaglia detta «El Cafard».

Poi, con il susseguirsi dei dispacci, i dettagli divennero sempre più precisi.

Nella baia di Port Natal era arrivata una vera e propria flotta di prede: ventisei *dhow* di notevoli dimensioni, alcuni dei quali ancora carichi di schiavi.

Il vicegovernatore di Port Natal chiedeva disperatamente consiglio circa il da farsi con tali imbarcazioni. Gli schiavi erano stati fatti scendere a terra, liberati e immediatamente vincolati contrattualmente agli intrepidi e speranzosi signori che stavano tentando di far crescere cotone e canna da zucchero nelle asperità della valle dell'Umgeni, e che erano afflitti da scarsità di mano d'opera. (L'ammiraglio non era del tutto sicuro circa la differenza intercorrente tra i lavoratori vincolati contrattualmente e gli schiavi.) Ma che cosa doveva fare, il medesimo vicegovernatore con i ventisei... anzi, ormai trentadue, *dhow* catturati?

Due settimane dopo uno di tali *dhow*, acquistato dal vicegovernatore per il Servizio Coloniale, arrivò a Table Bay portando un ulteriore fascio di dispacci.

Uno di essi era di Sir John Bannerman, console di Sua Maestà nell'isola di Zanzibar. Un altro del sultano di Oman in persona, con copia al ministro degli Esteri, a Londra.

L'ammiraglio Kemp aprì i sigilli e si mise a leggere con la sgradevole sensazione dell'incombere di un disastro.

«Buon Dio!» gemette e poi: «Oh dolce pietoso Gesù, no!» E poi ancora: «È troppo, sembra un incubo».

Il capitano Codrington aveva annesso alla corona britannica vasti territori africani, che fino ad allora avevano fatto parte dei domini del sultano, trattando con dignitari locali di dubbia autorità, chiedendo per loro riconoscimenti e buon oro britannico. «Buon Dio!» Che cos'avrebbe detto il primo ministro, il *whig* Palmerston, di cui, in quanto incallito *tory*, Kemp non aveva una grande opinione?

«Se riesco a mettere le mani su quel poppante...» promise a se stesso.

Il capitano Codrington pareva aver dichiarato una guerra personale al sultano. E, seppure oltraggiato, l'ammiraglio sentì una punta di apprezzamento professionale per la portata delle operazioni del suo subordinato.

Il console di Sua Maestà riferiva di ben dodici incidenti distinti. Il poppante aveva messo a ferro e fuoco castelli fortificati, fatto incursioni a terra per incendiare e distruggere baraccamenti, liberato decine di migliaia di schiavi e catturato imbarcazioni negriere in alto mare, bruciandone altre all'ancora e nel complesso provocando un caos degno di un Nelson.

La riluttante ammirazione della condotta tecnica della campagna, tuttavia, non aveva in alcun modo diminuito la sua determinazione di esigere vendetta per il disastro nella propria carriera che tali azioni facevano presagire.

«Questa volta niente può salvarlo. Niente!», tuonò, passando a esaminare la protesta del sultano, il quale, in stile fiorito e in un profluvio di invocazioni ad Allah, assommava le proprie perdite a oltre quattordici *lakh* di rupie – pari a quasi un milione di sterline – in naviglio saccheggiato e schiavi liberati, senza contare l'irreparabile danno inferto al suo prestigio né il tracollo della tratta sulla costa provocato dall'attività di «El Shitan».

«Niente può salvarlo», ripeté l'ammiraglio, ma poi fece una pausa. Anche la sua carriera era finita. Se ne rese conto e ne avvertì la profonda ingiustizia. In quarant'anni non aveva una sola volta messo un piede in fallo e la pensione era vicina, vicinissima. Si scosse dall'angoscioso letargo e prese a diramare i suoi ordini.

Il primo era indirizzato a tutte le navi della sua squadra, che salpassero immediatamente in cerca del *Black Joke*. Ma con altrettanta angoscia si rese conto che ci sarebbero potute volere sei settimane perché tale ordine raggiungesse i comandanti delle navi, che erano sparse in due oceani. E altrettanto ci sarebbe potuto volere perché la cannoniera vagante fosse rintracciata.

Comunque, non appena ciò fosse avvenuto, il capitano Codrington avrebbe dovuto essere sollevato con effetto immediato dal comando, da affidare pro tempore al tenente di vascello Denham, con l'ordine di riportare il *Black Joke* a Table Bay nel più breve tempo possibile.

L'ammiraglio Kemp confidava che sarebbe riuscito a riunire nella stazione del Capo un numero sufficiente di ufficiali di grado superiore per convocare una corte marziale. La sua posizione sarebbe probabilmente risultata un po' alleggerita se avesse potuto riferire al primo ministro che a Codrington era già stata inflitta una severissima condanna.

Quindi ci fu un dispaccio per il console di Zanzibar, con le istruzioni di tenere tranquillo il sultano finché la situazione non fosse tornata sotto controllo.

Poi ci fu il difficile compito di riferire al ministero della Marina: i fatti nudi e crudi, pur nel beneamato linguaggio neutro della marina, apparivano talmente splendidi che l'ammiraglio Kemp non poté fare a meno di sentirsene ancora una volta sbalordito.

L'ultimo dispaccio fu indirizzato personalmente all'ufficiale al comando della nave di Sua Maestà *Black Joke*. Consentendosi espressioni come «corsaro» e «pirata», «colpevole» e «irresponsabile», ne fece stendere cinque copie, da disseminare in tutte le direzioni e con tutti i mezzi che potessero arrivare rapidamente alle calcagna del poppante. Ma una volta che le ebbe spedite non poté fare altro che aspettare, roso nell'anima da incertezza e inazione.

Tuttavia finalmente arrivò un rapporto del colpevole in persona, cucito in un sacchetto di tela, indirizzato all'ammiraglio Kemp e portato dall'equipaggio di un *dhow* di particolare pregio.

Il tono in cui le gesta compiute venivano riferite infuriò l'ammiraglio quanto i fatti in sé. In un quasi casuale paragrafo di apertura il capitano Codrington indicava l'annessione di circa un milione di miglia quadrate di Africa all'Impero Britannico.

Leggendo, l'ammiraglio fu costretto a inghiottire, e la saliva gli andò di traverso, prostrandolo in un accesso di tosse da cui si riprese solamente dopo alcuni minuti, proseguendo nella lettura.

«In tutto quanto ho compiuto non sono stato spinto da motivi o interessi personali, né da desiderio di vanagloria, ma unicamente dalle energie concessemi per rendere onore al mio Dio e alla Regina e operare per il bene del mio Paese e del genere umano.»

L'ammiraglio si tolse gli occhiali. «Per scrivere una cosa simile», decise finalmente, «dev'essere il più grande imbecille di questo mondo... o un uomo coraggioso, o entrambe le cose.»

Ma l'ammiraglio Kemp si sbagliava. In realtà Clinton Codrington era in preda a un accesso di sfrontatezza e presunzione, provocato dal senso di onnipotenza che gli aveva dato il comando affidatogli. Erano molti mesi che bramava un simile potere e il suo buon senso ne aveva subìto un duro colpo. Tuttavia credeva veramente di star compiendo la volontà di Dio e il proprio dovere patriottico.

Era inoltre perfettamente consapevole del fatto di aver dimostrato una grossa capacità professionale nel portare a termine una serie di azioni di terra e di mare, quasi sempre contro forze superiori, senza mai subire una sconfitta e con la perdita di soli tre uomini. Sotto un solo punto di vista Clinton aveva qualche riserva circa il successo della sua operazione di pattugliamento.

L'*Huron* era ancora sulla costa, ne aveva ricevuto notizia da una dozzina di fonti. Mungo St John stava praticando la tratta, pagando i prezzi più alti solamente per la merce migliore, scelta da lui personalmente o dal suo secondo, il gigantesco Tippù.

A Clinton ogni nuovo giorno portava la speranza di imbattersi ancora una volta nella torreggiante piramide di belle vele bianche, ma ogni giorno tale speranza svaniva lentamente con lo scorrere del bruciante sole tropicale nel cielo.

Una volta avevano mancato il grosso clipper americano per un solo giorno. Era scivolato fuori della baia di Lindi ventiquattro ore prima dell'arrivo del *Black Joke*, dopo aver imbarcato cinquanta schiavi di prima scelta. Chi dalla spiaggia l'aveva guardato allontanarsi non aveva saputo dire se avesse virato a nord o a sud, perché lo aveva fatto oltre l'orizzonte.

Clinton aveva supposto che doveva essersi diretto a sud e l'aveva inseguito a tutto vapore per tre giorni, su un mare deserto e lungo una costa apparentemente disabitata, prima di dover ammettere che ancora una volta Mungo St John era riuscito a sfuggirgli.

E finalmente aveva capito che se l'*Huron* si era diretto a nord, allora il suo proprietario stava ancora praticando la tratta e quindi continuava a sussistere la possibilità di un nuovo incontro. Pregava ogni sera perché così fosse. Era tutto ciò che gli occorreva per completare il successo della propria operazione di ripulitura dei mari, tanto da poter rientrare a Table Bay con issata una ramazza sull'albero maestro.

Questa volta, come prova definitiva del fatto che l'*Huron* era dedito alla tratta, disponeva della deposizione giurata degli uomini che avevano venduto gli schiavi a St John.

«Vecchia Tenaglia!» lo chiamavano ormai i suoi uomini, dall'espressione marinara «martello e tenaglia», che stava a indicare le azioni portate a compimento con grande determinazione e violenza. Mai prima di allora gli avevano affibbiato un nomignolo, ma adesso erano orgogliosi, orgogliosi di se stessi e del loro «Vecchio» di ventisette anni.

Sapevano di star creando una leggenda. «Tenaglia» e i suoi «Jokers», ovvero i marinai del *Black Joke*, i «burloni», che stavano spazzando via i negrieri dal canale del Mozambico. Una gran bella storia da raccontare ai ragazzini una volta tornati in patria, unita a una bella fetta di diritto di preda per dimostrarne la veridicità.

Fu in tale stato d'animo che il *Black Joke* entrò a vele spiegate nel porto di Zanzibar, roccaforte del sultano oman, piccolo Daniele nella tana del leone. I cannonieri appostati sugli spalti del forte, sebbene già pronti con le micce accese in mano, non riuscirono a decidersi ad accostarle ai grandi cannoni di bronzo, mentre la piccola e brutta cannoniera si avvicinava alla città.

Il *Black Joke* era parato di marinai in uniforme, spettacolare esibizione di schiere bianche di uomini su un tempestoso sfondo di nuvole tropicali.

Il sultano in persona scappò dal suo palazzo, rifugiandosi con la maggior parte dei suoi cortigiani presso il consolato britannico, che guardava sul porto.

«Non sono un vigliacco», spiegò furioso a Sir John Bannerman, «ma il capitano di quella nave è un pazzo. Allah stesso non sa quale potrebbe essere la sua prossima mossa.»

Sir John era un uomo di notevoli dimensioni e di altrettanto notevole appetito. Possedeva pertanto un nobile ventre, simile alla scarpata davanti a un castello medievale, e un viso florido, incorniciato da folti favoriti, ma accompagnati dallo sguardo limpido e intelligente e dall'ampia bocca amichevole tipici dell'uomo ricco di umanità e spirito umoristico. Era inoltre un noto studioso dei problemi e della poesia dell'Oriente, nonché un fiero avversario della tratta degli schiavi, cui era costretto ad assistere dalle sue finestre, che davano direttamente sul mercato negriero di Zanzibar. Erano sette anni che procedeva a una paziente serie di negoziati con il sultano, ma con scarsissimi risultati.

In tutti quei territori Sir John aveva giurisdizione assoluta solamente sulla comunità dei commercianti indù stanziati sull'isola, i quali erano sudditi britannici. Aveva pertanto emanato un'ordinanza con cui richiedeva la liberazione di tutti i loro schiavi, pena una multa di cento sterline.

Tuttavia in tale ordinanza non si faceva menzione di un risarcimento, per cui il più influente tra i mercanti gli aveva risposto con una frase di sfida, che era l'equivalente in lingua *pushtu* dell'espressione: «Andate al diavolo, tu e la tua ordinanza». Allora Sir John, con l'unico piede buono – l'altro era affetto da gotta –, aveva personalmente abbattuto a calci la porta di tale mercante, trascinandolo fuori da sotto il letto indiano, stendendolo con un pugno, mettendogli una catena attorno al collo e facendogli percorrere le strade della città fino al consolato, dove lo aveva rinchiuso in cantina finché la multa non era stata pagata e sui documenti di liberazione degli schiavi non era stata apposta la firma.

«Si comporta come una nave ammiraglia», commentò in quel momento lo stesso Sir John, osservando il *Black Joke* avanzare e sorridendo con indulgenza, mentre accanto a lui Said, il sultano di Zanzibar, sibilava come una valvola per il vapore rotta.

«El Shitan!» esclamò quest'ultimo, con il collo da tacchino imporporato dall'ira impotente e il naso ossuto simile al becco di un pappagallo infuriato. «Viene qui, nel mio porto, e i miei cannonieri rimangono immobili accanto ai pezzi come fossero morti. Lui, che mi ha ridotto in miseria, che ha sprofondato il mio impero nella rovina... come osa venire qui?»

La risposta che Clinton «Tenaglia» Codrington gli avrebbe dato sarebbe stata di estrema semplicità. Stava adempiendo alla lettera gli ordini impartitigli a Città del Capo molti mesi prima dall'ammiraglio Kemp, comandante della Squadra dell'Atlantico Meridionale e dell'Oceano Indiano.

Ordini i quali, pur nella loro formulazione rispettosamente ufficiale, imponevano di esibire la Union Jack su uno sfondo di cannoni da trentadue libbre e di ricordare in tal guisa al sultano i trattati che lo impegnavano.

«Per insegnare a quel vecchio straccione a mettere i puntini sulle 'i'», come spiegò allegramente lo stesso Clinton al tenente di vascello Denham, attorcigliandosi i baffi che si era orgogliosamente fatto crescere negli ultimi tempi.

«Avrei detto, signore, che la lezione gli fosse già stata impartita», replicò cupamente Denham.

«Niente affatto», obiettò Clinton. «I trattati con i nuovi sultani del continente non riguardano più il nostro uomo di Zanzibar. Dobbiamo mettergli ancora un po' di pepe al culo, al ragazzaccio.»

Sir John Bannerman salì zoppicando sul ponte del *Black Joke*, risparmiando il piede gottoso e puntando uno sguardo vivace sul giovane ufficiale di marina che si era fatto avanti per dargli il benvenuto.

«Be', caro signore, pare proprio che lei abbia avuto parecchio da fare», mormorò tra sé. Mio Dio, quell'individuo era ancora poco più che un ragazzo, uno sbarbatello, nonostante la feluca e i baffi. Era difficile credere che avesse provocato un simile pandemonio con quella minuscola nave.

Si strinsero la mano e Bannerman scoprì che quel ragazzo gli piaceva, nonostante il putiferio che aveva provocato nell'esistenza, normalmente tranquilla, del consolato.

«Un bicchiere di madera, signore?» propose Clinton.

«Molto cortese da parte sua.»

Nella piccola cabina Bannerman si deterse il volto madido e venne direttamente al dunque.

«Per Dio, lei ha scatenato il gatto tra i piccioni», disse, scuotendo il testone.

«Non capisco...»

«Adesso mi stia bene a sentire», scattò Bannerman, «e io le spiegherò i fatti della vita così come vengono intesi nell'Africa orientale in genere e a Zanzibar in particolare.»

Mezz'ora più tardi Clinton aveva perso gran parte della sua boria di recente conio.

«Che cosa dobbiamo fare?» chiese.

«Fare?» replicò Bannerman. «Nient'altro che approfittare il più possibile della situazione che lei ha fatto precipitare, prima che quegli idioti del nostro governo arrivino qui come elefanti. Grazie a lei finalmente il sultano è dell'umore giusto per la firma del trattato che aspetto da cinque anni. In cambio il vecchio caprone otterrà la restituzione di una manciata di altri trattati assolutamente illegali e insostenibili: quelli che lei ha fatto con stati non esistenti e principi mitici.»

«Mi scusi, Sir John», lo interruppe Clinton con aria leggermente perplessa. «Da quanto lei ha detto prima, credevo che disapprovasse calorosamente il mio recente operato.»

«Al contrario», ribatté Sir John, rivolgendogli un sorriso espansivo. «Lei mi ha fatto rimescolare il sangue e tornare orgoglioso di essere inglese. Non avrebbe ancora un po' di madera?»

Avutolo, sollevò il bicchiere verso Clinton. «Le mie più vive congratulazioni, capitano. Vorrei solamente poter fare qualcosa per sottrarla al destino che senza dubbio l'aspetta, una volta che il ministero della Marina e Lord Palmerston le avranno messo le mani addosso», disse, quindi bevve metà del contenuto del bicchiere in un solo sorso, esclamando: «Ottimo!» con un vigoroso cenno del capo. Poi posò il bicchiere e continuò rapidamente: «Adesso dobbiamo agire in fretta e far firmare al sultano un trattato a prova di bomba... prima che arrivi il governo con le sue scuse. E qualcosa mi dice che non ci vorrà molto», aggiunse in tono lugubre. «Sarà bene che lei metta in mostra i cannoni della nave, mentre siamo a terra. E porti con sé la sciabola. E un'altra cosa: non tolga mai lo sguardo di dosso al vecchio caprone, mentre parlo. Si chiacchiera già parecchio, sui suoi occhi – sono di un azzurro fuori del comune, sa? – e il sultano ne ha già sentito parlare. Come probabilmente sa, adesso lei su questa costa viene chiamato 'El Shitan', e il sultano è persona che tiene in grande considerazione i *djinn* e l'occulto.»

Sir John aveva mostrato notevole chiaroveggenza con le sue previsioni. Infatti in quel momento lo sloop di Sua Maestà, *Penguin*, che recava a bordo dispacci urgenti per il console, per il sultano e per il capitano Codrington, stava procedendo con un vento in favore che, se avesse tenuto, l'avrebbe portato nel porto di Zanzibar entro due giorni.

Con qualche trepidazione il sultano era tornato nella sua residenza. Aveva creduto soltanto per metà alle assicurazioni di Sir John, ma d'altra parte il palazzo era a quasi un chilometro dal porto, dove quella maligna nave nera stava mettendo in mostra la sua terribile parata di cannoni, mentre il consolato era proprio lì sopra...

Seguendo il consiglio di Sir John, Clinton era sbarcato con un corpo di guardia di dodici marinai scelti, capaci di resistere alle tentazioni della città. Al momento dello sbarco era quasi il crepuscolo e il gruppo si inoltrò nel dedalo di vicoli, guidato dal console, che nonostante la gamba invalida procedeva di buon passo, evitando pozzanghere e cumuli di spazzatura.

Intanto Sir John chiacchierava affabilmente con Clinton, indicandogli i vari punti di interesse, raccontandogli la storia dell'isola e tracciandogli un rapido ritratto del sultano, nonché dei personaggi più importanti del suo impero, ivi compresi gli infelici nuovi principi che avevano firmato i trattati con lui.

«A proposito, Sir John. Vorrei che non capitasse loro niente di male», lo interruppe per la prima volta Clinton. «Spero che non subiranno una punizione per avere... come dire... proclamato la propria indipendenza dall'impero del sultano.»

«Vana speranza», ribatté Sir John, scuotendo il capo. «Nessuno di loro arriverà vivo al Ramadan. Il vecchio caprone ha un pessimo carattere.»

«Non potremmo inserire nel nuovo trattato una clausola che li protegga?»

«Potremmo senz'altro, ma sarebbe uno spreco di carta e inchiostro», rispose Sir John, dandogli una pacca su una spalla. «Metta da parte le sue preoccupazioni. Si tratta della più bella banda di ruffiani, furfanti e assassini che ci sia dalle parti dell'equatore. Il fatto che vengano tolti di mezzo costituirà uno dei benefici accessori del trattato.»

Al loro avvicinarsi il massiccio portone in teak, splendidamente scolpito, si spalancò e le guardie del palazzo, armate di vetusti *jezail*, furono le prime persone che videro da quando si erano allontanati dal porto.

Avendolo Sir John avvertito, Clinton si accorse che le guardie al suo passaggio distoglievano lo sguardo: una di esse addirittura si coprì il viso con il lembo del turbante. Quindi questa faccenda degli occhi era vera. Non era sicuro se dovesse sentirsi insultato o divertito.

Superarono una mezza dozzina di sale, ciascuna delle quali era una vera e propria grotta di Aladino per i tesori rari: giade scolpite, lavori in avorio di pregevole fattura, tappeti in seta e fili d'oro e argento, una collezione di cinquanta inestimabili edizioni del Corano, racchiuse in cofanetti d'oro tempestati di pietre preziose.

E finalmente Clinton capì a prima vista perché Sir John definiva «vecchio caprone» il sultano. La rassomiglianza era stupefacente, dalla barba bianca, a punta, e dai denti quadrati e gialli fino al luttuoso naso curvo e alle orecchie allungate.

Il sultano diede soltanto un'occhiata a Clinton, incontrandone lo sguardo per una frazione di secondo prima di distogliere il proprio in tutta fretta, sbiancando visibilmente in volto e indicando ai due visitatori i mucchi di cuscini in velluto e seta.

«Gli tenga gli occhi fissi addosso», gli consigliò ancora Sir John, in disparte, «e non mangi niente», aggiunse, indicando la distesa di dolci e dolcetti sui vassoi di bronzo. «Se non sono avvelenati, le rivolteranno comunque lo stomaco. La serata sarà lunga.»

Previsione quanto mai azzeccata: la conversazione si trascinò tediosamente per ore e ore, in un profluvio di iperboli arabe e di infiorettature diplomatiche, tutte tese a nascondere il punto dolente. Clinton non capiva una sola parola. Tuttavia si costrinse a non agitarsi, anche se dopo poco tempo la posizione inusuale gli aveva fatto perdere la sensibilità alle natiche e alle gambe, e tenne invece lo sguardo fisso sul viso rugoso e barbuto del sultano. Più tardi Sir John gli assicurò che ciò aveva contribuito grandemente ad abbreviare i tempi della trattativa, ma a lui era parso che fosse passata un'eternità prima che lo stesso console e il sultano cominciassero a scambiarsi sorrisi cortesi quanto stereotipati e profondi inchini di consenso.

Quando uscirono dal palazzo, nello sguardo di Sir John brillava una luce di trionfo, che lo spinse a prendere affettuosamente Clinton sottobraccio.

«Qualsiasi cosa le capiti, caro amico, le generazioni a venire avranno motivo di benedire il suo nome. Ce l'abbiamo fatta, lei e io. Il vecchio caprone ha dato il suo consenso. La tratta si inaridirà e finirà del tutto nel giro di pochi anni.»

Durante la passeggiata di ritorno per le strade strette, Sir John si comportò con la vivacità e l'allegria di un uomo che torni da una festa piuttosto che dal tavolo di una trattativa. I servitori erano ancora in attesa del suo arrivo e tutte le lampade del consolato erano accese.

Clinton avrebbe voluto tornare immediatamente a bordo della sua nave, ma il console lo trattenne, mettendogli un braccio attorno alle spalle e ordinando al maggiordomo indù di portare dello champagne. Sul vassoio d'argento, insieme alla bottiglia verde e ai bicchieri di cristallo, c'era un piccolo involto rinchiuso in tela cucita e sigillata. Mentre il maggiordomo in livrea procedeva a versare lo champagne, Sir John lo porse a Clinton.

«Questo è arrivato qualche tempo fa, su un *dhow* mercantile, ma non ho avuto l'opportunità di consegnarglielo prima che andassimo a palazzo.»

Clinton lo prese con circospezione e lesse l'indirizzo: «Per il capitano Clinton Codrington, ufficiale comandante della nave di Sua Maestà *Black Joke*. Si prega di far pervenire al console di S.M. a Zanzibar, per la consegna».

L'indirizzo era ripetuto in francese e Clinton sentì un leggero rimescolio al sangue nel riconoscere la calligrafia. Dovette fare uno sforzo per non strapparne immediatamente i sigilli.

Intanto Sir John gli stava porgendo un bicchiere di vino, per cui la sua sofferenza dovette continuare per la serie dei brindisi, quello leale alla regina e quello ironico al sultano e al nuovo trattato, fino a quando: «La prego di scusarmi, Sir John, ma credo che si tratti di una comunicazione importante». Al che il console gli indicò il proprio studio, chiudendogliene la porta alle spalle.

Sul ripiano in cuoio della scrivania intarsiata Clinton lacerò sigilli e cuciture dell'involto con un tagliacarte in argento, preso dalla stessa scrivania. Ne cadde uno spesso fascio di carte coperte da una calligrafia fitta, accompagnato da un orecchino in strass e argento, gemello di quello che lui stesso portava sotto la camicia, sul petto.

Il *Black Joke* si aprì faticosamente un passaggio nel canale buio e privo di segnalazioni, un'ora prima che nel cielo a oriente comparissero le prime luci dell'alba. Quindi virò a sud e spiegò tutte le vele, raggiungendo rapidamente la massima velocità.

Quando incrociò il *Penguin*, poco prima della mezzanotte del giorno seguente, procedeva a undici nodi. Le due navi restarono invisibili l'una all'altra per un forte diluvio tropicale, prima avvisaglia dell'incipiente monsone.

All'alba erano già a una distanza di cinquanta miglia, distanza che andava rapidamente aumentando, mentre Clinton Codrington percorreva a grandi passi impazienti il ponte, fermandosi continuamente a fissare con altrettanta impazienza lo sguardo a sud.

Stava correndo a rispondere all'appello più straziante, al dovere più imperioso per un uomo che rispetti i propri princìpi: l'invocazione di soccorso della donna che amava, una donna in terribile e incalzante pericolo.

Il fluire dello Zambesi aveva una maestà che Zouga Ballantyne non aveva mai ravvisato in nessun altro grande fiume, Tamigi, Reno o Gange che fosse.

La piccola flottiglia di barche pareva quasi non muoversi contro la corrente. A trainarle c'era la lancia a vapore *Helen*, che aveva preso il nome dalla madre di Zouga.

Fuller Ballantyne l'aveva progettata di persona e fatta costruire in Scozia per la disastrosa spedizione dello Zambesi, che era arrivata solamente fino alle gole di Kaborra-Bassa. Ormai aveva quasi dieci anni e per la maggior parte di questo periodo di tempo era stata vittima delle manie meccaniche del portoghese che l'aveva acquistata dallo stesso Fuller Ballantyne quando la spedizione era stata abbandonata. Tra cigolii, scossoni e fischi, stavano procedendo al ritmo di sole quindici miglia al giorno, e da Quelimane a Tete ce n'erano duecento, controcorrente.

Zouga aveva noleggiato lancia e chiatte per trasportare la spedizione fino a quella località, che sarebbe stata la stazione di partenza. Lui e Robyn viaggiavano nella prima chiatta, insieme alla parte più preziosa e delicata dell'equipaggiamento: infermeria, strumenti per la navigazione, sestanti, barometri e cronometri, armi e munizioni, attrezzature da campo.

Nella terza e ultima chiatta, sotto lo sguardo vigile e instancabile del sergente Cheroot, c'erano i pochi portatori reclutati a Quelimane. Zouga aveva ricevuto l'assicurazione che gli altri cento che gli occorrevano avrebbe potuto trovarli a Tete, ma gli era parso prudente assumere questi uomini sani e vigorosi intanto che erano disponibili. Fino a quel momento non si erano verificate diserzioni, cosa abbastanza insolita.

Nella chiatta di mezzo c'erano le provviste più ingombranti, ovvero, per lo più, merci da commerciare, stoffe e perline, coltelli e asce, alcuni moschetti da poco prezzo e qualche nastro di munizioni, sacchetti di polvere nera e pietre focaie. Beni essenziali, con i quali procurarsi provviste fresche e pagare i capi locali per ottenere il diritto di passaggio, di cacciare e di fare prospezioni.

Tale chiatta di mezzo era affidata al più recente e più dubbio acquisto di Zouga, assunto come guida, interprete e responsabile del campo. Dalla sua pelle, serica e di un color oliva scuro, nonché dai capelli, folti e lisci come quelli di una donna, traspariva il miscuglio di sangue che c'era in lui. I suoi denti erano candidi e sempre dischiusi in un perpetuo sorriso, eppure anche così i suoi occhi erano freddi e neri come quelli di un mamba infuriato.

Il governatore di Quelimane aveva assicurato a Zouga che si trattava del più famoso cacciatore di elefanti e viaggiatore esistente in tutti i territori portoghesi, sostenendo che si era avventurato più a fondo nell'interno di qualsiasi altro portoghese ancora vivente, e affermando che parlava una dozzina di dialetti locali e che capiva le usanze delle varie tribù.

«Non può viaggiare senza di lui», aveva inoltre aggiunto. «Sarebbe una follia. Anche suo padre, il famoso dottor Fuller Ballantyne, si valeva dei suoi servigi. È stato lui a mostrare al suo santo genitore la strada per arrivare al lago Malawi.»

Zouga aveva inarcato un sopracciglio. «Ma il primo ad arrivare fin là è stato mio padre.»

«Il primo *bianco*», lo aveva corretto con delicatezza il governatore, al che Zouga aveva sorriso, ricordandosi che si trattava di una delle sottili distinzioni di cui Fuller Ballantyne si valeva per difendere il valore delle proprie scoperte ed esplorazioni. Naturalmente l'uomo viveva sulle coste di quel lago da almeno duemila anni, e da duecento gli arabi e i mulatti vi commerciavano, ma non si trattava di *bianchi*, e la cosa faceva una differenza enorme.

Zouga aveva finalmente aderito al suggerimento del governatore quando si era reso conto che quel soggetto era anche nipote del governatore medesimo, cosicché il successivo svolgersi della spedizione avrebbe potuto risultare molto facilitato dal fatto di trovarsi in compagnia di un personaggio così ben ammanicato.

Ma già nel giro di pochi giorni aveva avuto motivo di ricredersi. Quell'uomo era un noioso spaccone, che disponeva di un'interminabile riserva di racconti, di cui invariabilmente egli era il protagonista e il cui evidente scarso rispetto per la verità rendeva sospetti tutti i fatti raccontati e le informazioni fornite.

Zouga non era nemmeno sicuro di quanto bene costui sapesse parlare i dialetti tribali, dato che pareva preferire comunicare per mezzo della punta dello stivale o dello *sjambok*, la frusta in pelle di ippopotamo che portava sempre con sé. Quanto alla sua abilità di cacciatore, sprecava certamente una gran quantità di polvere e proiettili.

Zouga era sdraiato sul ponte di poppa della chiatta, all'ombra di un telone, e stava disegnando sopra un'asse che reggeva sulle ginocchia. Si trattava di un passatempo a cui si era abituato in India e che, sebbene sapesse di non avere un gran talento, gli serviva per riempire le ore di ozio. Alcuni dei disegni o degli acquerelli, inoltre, intendeva inserirli nel libro in cui avrebbe raccontato la spedizione. Il libro che avrebbe costruito la sua fortuna e la sua reputazione.

Stava quindi cercando di catturare sulla carta l'immensità del fiume e l'altezza di quel cielo di un azzurro lancinante, quando si sentì il colpo secco di un fucile, che gli fece sollevare lo sguardo con una smorfia seccata.

«Ancora lui», disse. Robyn, lasciatosi cadere il libro in grembo, gettò un'occhiata alla seconda chiatta.

Camacho Nuño Alvares Pereira era seduto in cima alle casse e stava ricaricando il fucile, facendo scendere la palla per la lunga canna. Zouga non poté vedere a che cosa avesse sparato, ma indovinò quale sarebbe stato il suo prossimo bersaglio, dal momento che la lancia a vapore veniva spinta dalla corrente all'esterno di un'ampia curva del fiume ed era pertanto costretta a passare con cautela tra due strette lingue di sabbia.

Sabbia che brillava al sole come un campo alpino innevato, in contrasto con le forme oscure che stavano sopra di essa, simili a massi arrotondati di granito.

A mano a mano che la lancia si avvicinava al passaggio, le forme si rivelarono quelle di una mandria di ippopotami distesi e addormentati. Ce n'erano una dozzina, tra cui un gigantesco maschio coperto di cicatrici e sdraiato su un fianco, a esporre la vasta distesa del ventre.

Zouga fece correre lo sguardo dagli enormi animali alla figura di Camacho Pereira sulla seconda chiatta. Questi si tolse il berretto di castoro e lo sventolò in un gioviale cenno di saluto. I suoi denti lampeggiavano come fari anche a quella distanza.

«Sei stato tu a sceglierlo», ribatté dolcemente Robyn, seguendo la direzione del suo sguardo.

«Mi dai veramente un grande conforto», esclamò Zouga, voltandosi a gettarle uno sguardo. «Mi hanno detto che era la migliore guida di tutta la costa orientale.»

Quindi si misero entrambi a osservare Camacho, che finiva di caricare il fucile.

Gli ippopotami addormentati improvvisamente si accorsero delle imbarcazioni che si stavano avvicinando. Quindi si misero ritti con sbalorditiva rapidità per il loro aspetto goffo e presero a correre sulla sabbia bianca, entrando nell'acqua con tremendi scrosci e scomparendo. Portatosi a prua della prima chiatta, Zouga ne distinse chiaramente le forme scure sotto la superficie, intente a galoppare in un movimento comicamente lento, impacciato dall'acqua.

Stava ancora sorridendo quando il maschio emerse a una cinquantina di passi dal fianco della chiatta. La voluminosa testa aggallò, le narici si spalancarono per consentire il respiro e le piccole orecchie rotonde si scossero come le ali di un uccello per liberarsi dell'acqua.

Per un momento l'animale fissò la strana imbarcazione con i suoi occhi malinconici, infiammati e porcini. Poi spalancò completamente le mascelle, esibendo le zanne, gialle e arcuate, letalmente affilate. A quel punto non aveva più un aspetto comico, ma appariva esattamente ciò che era, ovvero il più pericoloso di tutti i grossi animali selvatici africani.

Zouga sapeva che gli ippopotami avevano ucciso più esseri umani di tutti gli elefanti, i leoni e i bufali messi assieme. Tuttavia gli scafi in acciaio delle chiatte erano invulnerabili anche per le loro zanne, per cui poteva permettersi di star lì a osservarlo in tutta tranquillità.

Dalle fauci rosee e spalancate dell'ippopotamo uscì una serie di muggiti di sfida, sempre più alti di volume e minacciosi, mentre l'animale si faceva più vicino per scacciare gli intrusi che minacciavano le sue femmine e i loro piccoli. Camacho si portò una mano dietro la testa e si piegò il berretto a un'angolazione beffarda sopra un occhio. Come sempre, quando sollevò il fucile di scatto e fece fuoco, stava sorridendo.

Zouga vide la pallottola penetrare a fondo nella gola dell'animale, recidendo un'arteria e facendo immediatamente zampillare un getto di sangue contro il palato della bocca spalancata. Il muggito dell'ippopotamo si trasformò in un lacerante urlo di pena e l'animale emerse a metà dall'acqua, in un'esplosione di schiuma bianca.

«Io ammazzo lui!» ruggì Camacho, riempiendo con la propria esplosione di risa l'improvviso silenzio creatosi quando il maschio si era immerso, lasciando il proprio sangue a mulinare sulla corrente.

Robyn era balzata in piedi e si era aggrappata al corrimano della chiatta, con la pelle abbronzata della gola e delle guance che avvampava.

«È una mascalzonata», disse a bassa voce.

«E priva di senso», rincarò Zouga. «Quell'animale morrà sott'acqua e verrà trascinato fino al mare.»

Invece si sbagliava: infatti il maschio tornò a emergere, più vicino alla chiatta. Con le fauci ancora spalancate a riversare fumanti schizzi di sangue, si torceva freneticamente nell'agonia. Forse la pallottola gli aveva provocato danni al cervello, rendendogli impossibile chiudere le fauci e controllare le membra.

«Io ammazzo lui!» ruggì nuovamente Camacho, esibendosi pieno di eccitazione in un balletto sul ponte di prua della seconda chiatta e sparando una serie continua di colpi nell'immenso corpo grigio, strappando il fucile dalle mani di uno dei suoi due portatori di colore non appena era carico.

I due servitori lavoravano con l'esperienza della lunga pratica, tanto da far sì che Camacho avesse sempre a disposizione un fucile carico e due mani in attesa di prenderglielo fumante non appena aveva fatto fuoco.

Lentamente la striscia di chiatte risalì la corrente, lasciando l'animale colpito ad agitarsi sempre più debolmente nella sempre più ampia chiazza circolare del proprio sangue, finché finalmente roteò con il ventre verso l'alto, mettendo in mostra per un attimo i quattro mozziconi delle zampe distese prima di scomparire.

«Che cosa disgustosa!» mormorò Robyn.

«Sì, però quel tipo ha addestrato maledettamente bene i suoi portatori di armi», replicò Zouga in tono pensoso. «Se si va a caccia di elefanti, è così che bisogna fare.»

Quattro ore prima del tramonto l'*Helen* accostò alla riva meridionale. Per la prima volta da quando erano partiti da Quelimane, a terra si vedeva qualcosa, al di là delle sterminate paludi di canne e dei banchi di sabbia.

In quel luogo la riva era più ripida e nella terra grigia migliaia di zoccoli acuminati avevano tagliato un gran numero di passaggi per gli animali selvatici, resi lustri dallo scivolare dei ventri bagnati dei coccodrilli che, disturbati dall'elica in movimento della lancia, si lasciavano scorrere a precipizio lungo la scarpata quasi verticale. I grossi rettili dalle pesanti corazze e dai gialli occhi fissi provocarono un fremito di repulsione in Robyn.

Sulla riva ora si vedevano degli alberi e non soltanto le distese ondeggianti di papiro. Tra tutti si stagliavano le aggraziate palme, dai tronchi affusolati come bottiglie di borgogna.

«Palme dell'avorio», disse Zouga alla sorella. «Nel loro frutto c'è un nocciolo simile a una pallina di avorio.»

Inoltre, al di là delle palme, bassi contro il cielo rosseggiante della sera, si distinguevano i primi profili di alture e *kopjes*. Finalmente si stavano allontanando dal delta e quella notte avrebbero fatto il campo su terreno ben compatto anziché su sabbia friabile.

Zouga controllò le sentinelle che il sergente Cheroot aveva messo a guardia del prezioso carico, quindi sovrintese all'allestimento delle tende, prima di prendere la carabina Sharps e di allontanarsi verso la foresta e la prateria che si estendevano oltre il luogo scelto per fare il campo.

«Io viene con te», si offrì Camacho. «Noi ammazza qualcosa.»

«Il tuo compito è di fare il campo», ribatté Zouga freddamente, al che il portoghese fece lampeggiare il suo sorriso, con una scrollata di spalle.

«Io faccio campo bellissimo... tu vede.»

Ma non appena Zouga scomparve tra gli alberi, il sorriso svanì dal suo volto e Camacho, raschiatasi la gola, sputò nella polvere. Poi tornò verso il trambusto di uomini alle prese con tende e paletti.

Raggiuntili, fece assaggiare la frusta a una schiena nera, gridando: «Muoviti, tu una madre e ventisette padri». L'uomo lanciò un grido di dolore e raddoppiò gli sforzi, mentre sui suoi muscoli resi lustri dal sudore si sollevava una vescica purpurea.

Quindi il portoghese si diresse verso il boschetto che Zouga aveva scelto per la propria tenda e quella della sorella, e lì giunto vide che le due tende erano già state erette e che la donna era come ogni sera occupata nella cura dei malati.

Robyn era seduta al tavolino da campo pieghevole, ma mentre lui si avvicinava si alzò e si chinò per esaminare il piede di uno dei portatori, ferito da un'ascia.

Il portoghese si fermò di scatto, sentendosi seccare la gola. Non appena erano partiti da Quelimane quella donna aveva cominciato a indossare brache da uomo, che lui trovava più provocanti persino della carne nuda. Era la prima volta che vedeva una bianca vestita in quella guisa e gli risultava difficile distogliere lo sguardo da lei. Ogni volta che gli compariva davanti agli occhi, la guardava furtivamente, in famelica attesa del momento in cui si sarebbe chinata, facendo tendere il fustagno dei pantaloni sulle natiche, come in quel momento. Ma la visione durò troppo poco, poi la donna si raddrizzò, mettendosi a parlare con la ragazzina di colore che sembrava più una sua compagna che una servitrice.

Tuttavia Camacho si appoggiò al tronco di uno dei grossi alberi di *umsivu*, continuando a guardarla con i suoi occhi neri, ora vellutati e persi in un mare di desiderio. Stava attentamente soppesando le possibili conseguenze di ciò che sognava quasi ogni notte da quando erano partiti da Quelimane.

Non era una cosa impossibile, come gli era parso sulle prime. Certo, quella donna era un'inglese, figlia di un famoso uomo di Dio, fatti entrambi che non concorrevano alla realizzazione dei suoi desideri. Ma per le donne Camacho aveva una sorta di sesto senso, e lo sguardo di questa inglese e la pienezza delle sue labbra denotavano una sensualità che veniva confermata dall'evidente consapevolezza animale del proprio corpo con cui si muoveva. Camacho si agitò inquieto e si ficcò le mani nelle tasche dei calzoni, dandosi una leggera strofinata ai genitali.

Sapeva benissimo di essere uno splendido esemplare di maschio e che spesso il miscuglio di sangue che c'era in lui risultava attraente per le bianche – l'esotismo, il richiamo esercitato da ciò che era proibito e pericoloso –, e in quella donna avvertiva uno spregio ribelle per le regole della società. Era possibile, niente più che possibile, e probabilmente mai gli si sarebbe presentata un'occasione migliore. Il fratello era lontano e la cura dei malati era terminata. Un servitore le aveva portato un bricco di acqua bollente e la donna stava chiudendo la tenda.

Un piccolo rito che Camacho era stato a osservare ogni sera. Una volta la lampada a olio aveva proiettato l'ombra della donna sulla tela e lui aveva visto il suo profilo abbassare quelle brache ammalianti, e poi usare la spugna per... Il portoghese rabbrividì di piacere al ricordo e si staccò dal tronco.

Robyn versò l'acqua calda dal bricco nel catino di smalto. Era ancora bollente, ma le piaceva che le arrossasse la pelle, lasciandola con una splendente sensazione di pulizia. Quindi cominciò a slacciarsi la camicia di flanella, sospirando di gradevole stanchezza, quando sentì qualcosa sfregare contro la chiusura della tenda.

«Chi è?» gridò bruscamente, e poi, riconosciuta la voce che si fece sentire bassa, avvertì una fitta di allarme. «Che cosa vuole?» chiese ancora.

«Voglio parlarle, signora», mormorò Camacho in tono cospiratorio.

«Non adesso. Ho da fare», ribatté Robyn. Quell'uomo le repelleva e al tempo stesso l'affascinava. Più di una volta si era scoperta a fissarlo... come avrebbe fatto con un insetto, bello ma velenoso. Era seccata del fatto che costui se ne fosse accorto, e inoltre era vagamente consapevole che non era cosa saggia mostrare il pur anche minimo interesse nei confronti di un individuo del genere.

«Torni domani», disse ancora e a quel punto le venne in mente che Zouga non era al campo e che Juba era stata mandata da lei stessa a fare una commissione.

«Non posso aspettare. Sto male», fu la risposta.

Un appello a cui Robyn non poteva non rispondere.

«Va bene. Aspetti», gridò, quindi si allacciò la camicia e poi, quasi in cerca di una scusa per ritardare il momento fatale, rivolse la propria attenzione agli strumenti ancora sparsi sul tavolino. Il toccarli e il riordinare boccette e scatole di medicine la rassicurò.

«Entri», gridò a quel punto, mettendosi di fronte all'ingresso della tenda.

Camacho si chinò per introdurvisi e per la prima volta la giovane si rese conto di quanto fosse alto. La sua presenza nell'angusta tenda risultava quasi oppressiva e il suo sorriso pareva come illuminarlo interiormente. E ancora una volta Robyn si scoprì a fissare i suoi denti smaglianti, come una gallina affascinata da un cobra.

«Che cosa c'è?» chiese, cercando di assumere un tono frettoloso e professionale.

«Faccio vedere.»

«Benissimo», consentì Robyn con un cenno affermativo del capo, al che Camacho prese a sbottonarsi la camicia, mostrando una pelle lustra come marmo bagnato e di un color oliva scuro. La giovane vi fece scorrere uno sguardo che era sicura fosse neutro e professionale, tuttavia non poté negare a se stessa che si trattava di un animale straordinario.

«Dove?» chiese, ma già con un solo movimento l'uomo aveva slacciato e lasciato cadere i leggeri pantaloni di tela bianca che erano tutto ciò che copriva la parte inferiore del suo corpo.

«Dove?» chiese ancora la giovane, rendendosi conto di avere la voce spezzata, ma non poté continuare, perché a quel punto si rese conto di essere stata accuratamente attirata in una situazione che poteva diventare pericolosa.

«È lì che le fa male?» chiese, sentendo la propria voce ridotta a un mormorio rauco.

«Sì», rispose l'uomo, anche lui in un mormorio, procedendo a un leggero strofinio. «Forse lei può guarire», aggiunse poi, facendo un passo avanti.

«Posso guarirlo senz'altro», rispose Robyn a bassa voce, lasciando cadere la mano sull'esposizione degli strumenti chirurgici. In effetti stava provando una punta di autentico dispiacere, perché si trattava di un magnifico esempio di arte della natura, e più tardi fu sollevata al constatare di avere scelto un ago sonda e non uno dei bisturi affilati come rasoi a cui in realtà aveva teso la mano.

Un attimo prima che lo colpisse, Camacho si rese conto di ciò che stava per succedere e sul suo bel volto si dipinse un'espressione di autentico terrore. Cercò disperatamente di tornare là da dov'era venuto, ma la paura gli aveva ottenebrato le idee.

Quando l'ago gli penetrò nella carne, strillò come una ragazzina e poi continuò a gridare, mentre roteava su se stesso come se avesse un piede inchiodato al suolo. In quel momento usava entrambe le mani per reggersi la parte colpita e ancora una volta, con freddo interesse professionale, Robyn notò il miracoloso cambiamento che vi aveva avuto luogo.

Quindi brandì una seconda volta l'ago e Camacho non poté più mantenere la posizione. Afferrò i pantaloni e con un ultimo terribile urlo si lanciò a capofitto verso l'uscita della tenda. Dopo un attimo era scomparso.

Da quella sera in poi il portoghese si tenne accuratamente alla larga da Robyn, che provò un forte sollievo a non avere più addosso quei roventi occhi neri ogni volta che si girava. Sulle prime pensò di parlare a Zouga dell'incidente, ma poi decise che l'imbarazzo di entrambi e la difficoltà di trovare le parole giuste non ne valevano la pena. Inoltre ci sarebbe stata la violenta reazione che Zouga avrebbe avuto, o che almeno lei pensava avrebbe avuto. Tuttavia aveva imparato a non aspettarsi mai una reazione ovvia da suo fratello e dietro a quell'apparenza fredda e riservata sospettava che si nascondessero misteriose passioni e oscure emozioni. In definitiva erano fratello e sorella a pieno titolo e, se lei soffriva di tanti turbamenti, perché non doveva essere lo stesso per lui?

Inoltre Robyn sospettava anche che, come un animale selvatico messo alle strette, il portoghese avrebbe potuto costituire un pericolo serio anche per un soldato esperto e un uomo d'azione com'era suo fratello. Provava pertanto orrore all'idea di metterlo in una situazione che potesse provocare, se non la sua morte, quanto meno una grave menomazione. Ma in definitiva aveva provveduto di persona a dare a quell'individuo ciò che si meritava. Concluse quindi che non avrebbe più costituito un problema e se lo tolse dalla mente, concentrandosi sul piacere degli ultimi giorni di viaggio controcorrente.

Il fiume si era ristretto e lo scorrere dell'acqua era divenuto più rapido, per cui il progredire del convoglio si era fatto ancora più lento. Le rive offrivano un panorama sempre mutevole. Seduta sotto il telone, con accanto Zouga intento a disegnare o scrivere, Robyn richiamava la sua attenzione sui nuovi uccelli, alberi e animali che avvistava, godendo dei benefici delle sue conoscenze, a onor del vero più accumulate sui libri che sul campo, ma tuttavia vaste e interessanti.

Lungo quella parte del fiume, nella stretta striscia di vegetazione che si stendeva tra l'acqua e le alture, tuttavia, c'erano pochi animali selvatici, e le scarse antilopi che comparivano correvano al riparo al primo lontano accostarsi del convoglio: un'ombra pallida e azzurra di movimento, la fulminea visione delle alte corna avvitate di un kudù o il fluttuare bianco, quasi uno spolverino da cipria, della coda di una redunca.

Gli animali selvatici che vivevano vicino al fiume subivano pesantemente, da quasi duecento anni, gli effetti della caccia, se non direttamente da parte dei portoghesi, almeno da parte dei loro servitori.

Quando Zouga aveva chiesto a Camacho: «Si trovano sempre elefanti in questa zona del fiume?» il portoghese aveva fatto lampeggiare il suo sorriso e aveva dichiarato: «Se io trovo, io ammazzo».

Un modo di pensare che veniva probabilmente condiviso da quasi tutti i viaggiatori che si inoltravano in quell'affollata via d'acqua, e che spiegava il timore e la scarsità degli animali nella zona.

Camacho era ridotto a sparare alle aquile pescatrici appollaiate sui loro trampoli sopra l'acqua. Nel giro di pochi giorni aveva smesso di camminare a gambe larghe, un modo per alleviare il dolore della ferita causatagli da Robyn, e le sue risate erano tornate al timbro usuale. Ma c'erano altre ferite, non altrettanto rapide a guarire: quelle inferte al suo orgoglio e alla sua virilità. La sua passione si era istantaneamente trasformata in un odio bruciante, e più ci rimuginava sopra più esso diventava corrosivo.

Tuttavia le sue considerazioni personali avrebbero dovuto aspettare. Aveva ancora molto lavoro importante da fare. Suo zio, il governatore di Quelimane, aveva riposto grande fiducia in lui affidandogli questo compito... e suo zio non avrebbe mai perdonato un fallimento. All'esito dell'impresa erano legate le fortune della famiglia, non meno dell'onore della medesima, anche se quest'ultimo aveva perso molto del suo lustro. Tali fortune avevano subìto considerevoli perdite da quando il Portogallo era stato costretto a aderire al trattato di Bruxelles, e ciò che alla famiglia rimaneva doveva essere difeso. L'oro prima dell'onore, e quest'ultimo soltanto quando non vada a detrimento dei profitti: tale avrebbe potuto esserne il motto.

Lo zio era stato lungimirante, come sempre, nel ravvisare in questa spedizione inglese un'ulteriore minaccia ai loro interessi. Era, in definitiva, guidata dal figlio di un notorio piantagrane, da cui ci si poteva aspettare un aggravamento dei danni già provocati dal padre. Inoltre nessuno poteva essere sicuro circa i reali obiettivi della medesima.

L'affermazione del maggiore Ballantyne, secondo cui tale obiettivo sarebbe stato quello di rintracciare il padre scomparso, era ovviamente del tutto assurda. Una spiegazione troppo semplice e diretta, cosa che gli inglesi non erano mai. Si trattava di una spedizione complessa, che doveva essere costata molte migliaia di sterline, una somma enorme, di gran lunga al di fuori delle possibilità di un ufficiale di grado inferiore o della famiglia di un missionario il cui futile sforzo di risalire lo Zambesi si era risolto in disgrazia e ridicolo. Il vecchio, malato, doveva essere morto da anni in quelle estensioni selvagge e inesplorate.

No: tutta quell'attività doveva celare un altro motivo... e il governatore voleva sapere quale.

Era naturalmente possibile che si trattasse di una ricognizione effettuata da un ufficiale dell'esercito britannico per conto dei suoi prepotenti governanti. Chi poteva sapere quali oltraggiosi disegni costoro avessero in serbo per il territorio sovrano del glorioso impero portoghese?

D'altra parte poteva anche benissimo trattarsi di una spedizione privata, ma il governatore non perdeva mai di vista il fatto che era guidata dal figlio di quel notorio rompiscatole, dallo sguardo di avvoltoio. Chi poteva sapere in che cosa diavolo fosse andato a sbattere quel vecchio demonio lassù, nel territorio sconosciuto: magari una montagna d'oro o d'argento, o la città perduta di Monomotapa, con i suoi tesori intatti. Tutto era possibile. E naturalmente il vecchio, se avesse effettuato la scoperta, ne avrebbe mandato notizia al figlio. Se lassù c'era una montagna d'oro, il governatore avrebbe avuto gran piacere di saperlo.

E anche se non c'erano tesori nuovi da scoprire, c'erano certamente quelli vecchi da difendere. Sarebbe dunque stato compito di Camacho Pereira tenere lontana la spedizione da certe zone e impedirle di imbattersi in segreti ignoti persino ai superiori del governatore, a Lisbona.

Gli ordini erano chiari: sviare l'inglese col pretesto delle insormontabili difficoltà che sarebbero derivate dal viaggiare in certe direzioni: le paludi, le catene montuose, le malattie, gli animali feroci e gli uomini ancor più feroci, e, al contrario, l'amichevolezza della gente in certe zone alquanto gradevoli, ricche d'avorio, che si estendevano in altre direzioni.

Se tale procedura non avesse avuto successo – e il maggiore Ballantyne mostrava tutti i segni distintivi dell'arroganza tipica del suo popolo –, allora Camacho avrebbe dovuto servirsi di tutti gli altri mezzi di persuasione che si fosse trovato a disposizione. Il che era un eufemismo che risultava perfettamente chiaro al governatore come a suo nipote.

Camacho si era quasi convinto che quest'ultima fosse l'unica via sensata da seguire. Oltre Tete non esisteva legge, al di là di quella del coltello, la legge secondo la quale lui stesso viveva da sempre. E ora ne assaporava l'idea. Il disprezzo non manifesto dell'inglese gli risultava bruciante come gli era risultato doloroso il rifiuto della di lui sorella.

Si era convinto che motivo di tutto ciò fosse il fatto che era un mulatto, punto particolarmente sensibile in lui, perché persino nei territori portoghesi, dove la promiscuità sessuale era una pratica quasi universale, il sangue misto costituiva tuttora un marchio. Quindi si sarebbe goduto quell'incarico, che, oltre a lavare gli insulti subiti, gli avrebbe procurato grosse ricchezze, anche dopo la ripartizione con lo zio e con altri.

L'equipaggiamento della spedizione ai suoi occhi costituiva una grossa fortuna. C'erano chiatte intere di eccellenti merci, come aveva verificato di nascosto alla prima occasione. C'erano armi da fuoco e strumenti preziosi, cronometri, sestanti e una cassaforte da campo in acciaio, che Dio solo poteva sapere quante sovrane inglesi d'oro contenesse. E se non lo sapeva Dio... ancor meno poteva saperlo lo zio. La divisione delle spoglie sarebbe risultata ancor più favorevole a lui. Quindi Camacho era ansioso di arrivare a Tete e di inoltrarsi nel territorio inesplorato che c'era al di là di essa.

Per Robyn la minuscola città di Tete aveva costituito il vero arrivo in Africa e il ritorno al mondo per il quale si era preparata con tanta assiduità, soffrendone tanto intensamente la nostalgia.

Era dunque stata intimamente contenta che Zouga si fosse valso dello scarico delle chiatte come scusa per non accompagnarla.

«Cerca tu il posto, che domani ci andiamo assieme», le aveva detto.

Si era pertanto rimessa le gonne, dal momento che Tete, per quanto piccola e isolata, era comunque ancora un avamposto di comportamento civile e non c'era motivo di provocare scandalo tra i suoi abitanti. Ma, per quanto le dessero fastidio, se n'era ben presto dimenticata, percorrendo l'unica via polverosa del villaggio – dove suo padre e sua madre dovevano aver camminato insieme per l'ultima volta – e sbirciando nelle bottegucce dalle pareti in fango disseccato.

Davanti a una di tali *duka* si fermò, scoprendo che il mercante era in grado di capire il suo misto di swahili elementare, inglese e nguni, quanto bastava, almeno, per indirizzarla al punto in cui la strada del villaggio si riduceva a un semplice sentiero che scompariva nella foresta di acacie.

La foresta era zittita dal calore del mezzogiorno e persino gli uccelli tacevano, contribuendo a creare un'atmosfera che pesava sulla giovane, deprimendola e risvegliando in lei ricordi di dolori lontani.

Poi Robyn vide un lampo di bianco tra gli alberi, davanti a sé, e si fermò, riluttante a raggiungere ciò che sapeva avrebbe trovato. Per un attimo si sentì trasportata a ritroso nell'infanzia, a una grigia giornata di novembre, in piedi accanto allo zio William, ad agitare la mano alla volta dei ponti passeggeri della nave in partenza, con gli occhi talmente offuscati dalle lacrime da non riuscire nemmeno a distinguere, al parapetto affollato, il volto amato di cui era in cerca, mentre la distanza tra nave e molo si apriva come il baratro che separa la vita dalla morte.

Scacciò il ricordo e proseguì. Tra gli alberi c'erano sei tombe. Non se l'aspettava, ma poi le venne in mente che i membri della spedizione di suo padre a Kaborra-Bassa erano stati falcidiati: quattro erano morti di malattia, uno era affogato e uno aveva commesso suicidio.

La tomba di cui era in cerca stava un po' staccata dalle altre, era demarcata da un riquadro in ciottoli sbiancati dal fiume e in testa esibiva una croce fatta con la malta. Era inoltre stata imbiancata a calce e, a differenza delle altre, appariva ben curata. In un vasetto da poco prezzo in porcellana blu c'era persino un mazzo di fiori selvatici, che erano appassiti ma non avevano più di qualche giorno, come constatò con sorpresa Robyn.

Postasi al piede di essa lesse la scritta ancora pienamente leggibile che c'era sulla croce:

IN AFFETTUOSA MEMORIA DI
HELEN,
AMATA MOGLIE DI FULLER MORRIS BALLANTYNE,
NATA IL 4 AGOSTO 1814,
MORTA DI FEBBRE IL 16 DICEMBRE 1852.
SIA FATTA LA VOLONTÀ DI DIO

Chiuse gli occhi e aspettò che le lacrime montassero dall'intimo, ma non vennero: erano state sparse tanto tempo prima. Invece di esse arrivarono soltanto i ricordi.

Piccoli frammenti che le turbinavano nella mente, fino al definitivo ricordo del profumo di viole e lavanda che proveniva dal corpetto della madre, in cui lei teneva affondato il viso.

«Perché devi andare, mamma?»

«Perché tuo padre ha bisogno di me. Perché mi ha finalmente mandata a chiamare.»

E la propria terribile, divorante gelosia di fronte a quelle parole, gelosia mista al senso dell'incombere di un'atroce perdita.

Robyn si inginocchiò sul morbido tappeto di polvere accanto alla tomba e si mise a pregare, e mentre mormorava le sue preghiere i ricordi tornarono ad affollarlesi nella mente, lieti e tristi, e mai come allora, in tutti quegli anni, si sentì vicina alla madre.

Non sapeva da quanto tempo fosse lì inginocchiata, le pareva un'eternità, quando un'ombra si stagliò sulla terra davanti a lei, per cui sollevò lo sguardo e fece un balzo all'indietro, con un lieve ansito di sorpresa e allarme.

Accanto a lei c'era una donna con un bambino, una donna di colore, dal volto gradevole, persino grazioso. Non giovane, presumibilmente sui trentacinque, sebbene sia difficile stabilire l'età di un africano. Indossava abiti europei, probabilmente degli scarti, dal momento che erano talmente scoloriti che non se ne distingueva il disegno originale, ma apprettati e meticolosamente puliti. Robyn avvertì che dovevano essere stati indossati apposta per l'occasione.

Il bambino portava il corto gonnellino in pelle della locale tribù degli shangaan, ma chiaramente non era un africano purosangue. Non poteva avere più di sette od otto anni ed era robusto, con la testa coperta di ricci color terra e occhi di uno strano colore chiaro. In lui c'era un qualcosa di vagamente familiare, che costrinse Robyn a osservarlo attentamente.

In mano portava un mazzetto di fiori gialli di acacia e, prima di chinare il capo e di strusciare timidamente i piedi per terra, le sorrise. Quindi la donna gli disse qualcosa e lo tirò per la mano, cosicché si fece avanti con molta esitazione e porse i fiori alla giovane.

«Grazie», disse Robyn automaticamente, portandosi il mazzo al naso. I fiori avevano un profumo leggero ma dolce.

La donna si sollevò le gonne e si acquattò accanto alla tomba, togliendo i fiori appassiti e poi porgendo il vasetto al bambino, che corse verso la riva del fiume.

Mentre era lontano, la donna strappò alcuni fili di erbaccia dalla tomba e poi tornò a sistemare con cura i sassi sbiancati. Il modo familiare in cui compì l'operazione non lasciò dubbi nella mente di Robyn circa il fatto che fosse dovuto a lei se la tomba di sua madre era così ben tenuta.

Mantennero entrambe un silenzio amichevole e tranquillo, ma i loro occhi, quando si incontrarono, sorrisero, e a quel punto Robyn manifestò la propria gratitudine con un cenno del capo. Il ragazzino tornò trotterellando, sporco di mota fino alle ginocchia e spandendo acqua dal vasetto, ma con aria di importanza. Si trattava evidentemente di un compito a cui aveva già adempiuto in precedenza.

La donna prese il vasetto e lo pose con cura sulla tomba, poi entrambi sollevarono uno sguardo ansioso su Robyn e rimasero a osservarla mentre sistemava i fiori di acacia.

«Tua madre?» chiese la donna a bassa voce, e Robyn si stupì di sentirla parlare in inglese.

«Sì», rispose, cercando di nascondere la sorpresa.

«Buona signora.»

«L'hai conosciuta?»

«Come?»

Dopo il baldanzoso inizio, alla donna rimanevano ben poche parole di inglese e la comunicazione fu incerta, finché Robyn, per l'abitudine contratta parlando con la piccola Juba, disse qualcosa in matabele. La donna si illuminò di piacere in viso e rispose immediatamente in una lingua che era evidentemente una di quelle del gruppo nguni, e le cui inflessioni e il cui vocabolario differivano di poco da quello a cui Robyn era abituata.

«Sei una matabele?» le chiese la giovane inglese.

«Sono una angoni», rispose precipitosamente la donna: persino le tribù più imparentate del gruppo nguni erano divise da ostilità e rivalità.

Gli angoni erano dilagati a nord dalle alture erbose dello Zululand, di cui erano originari, e avevano attraversato lo Zambesi trent'anni prima, spiegò la donna nel suo dialetto musicale. Quindi avevano conquistato il territorio attorno alle coste settentrionali del lago Malawi. Da lì lei stessa era stata venduta a uno dei negrieri oman, mentre discendeva il fiume Shire in catene.

Incapace di tenere il passo con la carovana di schiavi, indebolita dalla fame, dalle febbri e dalle fatiche del lungo viaggio, era stata infine liberata delle catene e abbandonata alle iene sul bordo della strada. Era stato lì che Fuller Ballantyne l'aveva trovata, accogliendola nel suo piccolo campo.

Le sue cure avevano avuto successo e, una volta guarita, la giovane era stata battezzata con il nome cristiano di Sarah.

«Quindi i detrattori di mio padre si sbagliano», esclamò Robyn, scoppiando a ridere e aggiungendo in inglese: «Ha fatto più di una conversione».

Sarah non capì, ma rise anche lei per simpatia. Ormai era quasi il crepuscolo e le due donne, seguite dal bambino seminudo, si allontanarono dal piccolo cimitero, riprendendo il viottolo, con Sarah che raccontava come alla madre di Robyn, richiamata finalmente dal marito e arrivata a Tete con altri membri della spedizione a Kaborra-Bassa, lei stessa fosse stata presentata da Fuller come una cameriera personale.

A quel punto erano giunte a una biforcazione nel sentiero e dopo un attimo di esitazione Sarah invitò Robyn al proprio villaggio, che era poco distante. Robyn levò lo sguardo al sole e scosse il capo: nel giro di un'ora si sarebbe fatto buio e Zouga avrebbe certamente messo sottosopra l'accampamento se per allora non fosse tornata.

Aveva goduto delle ore passate in compagnia di quella donna e di quel bambino dolce e intelligente, per cui, notando l'evidente disappunto di Sarah, si affrettò a dirle: «Adesso devo andare, ma tornerò domani alla stessa ora. Voglio sentire tutto quello che hai da raccontarmi di mia madre e mio padre».

Sarah disse al bambino di accompagnarla fino alle prime case del villaggio e, fatti i primi passi, con tutta naturalezza Robyn lo prese per mano, e lui la seguì in un profluvio di gaie e insensate chiacchiere infantili, che servirono a risollevare l'umore cupo della giovane, che finalmente si mise a ridere e a rispondere alle sue battute.

Prima ancora che arrivassero ai margini di Tete, i timori della giovane vennero confermati. Infatti incontrarono Zouga e il sergente Cheroot. Zouga era armato della carabina Sharps e al vederla esplose in una furia provocata dal sollievo.

«Maledizione, Sissy, eravamo tutti quanti fuori di noi. Sei via da cinque ore.»

Il bambino fissò su di lui due grandi occhi spalancati. Non aveva mai visto nulla di simile a quell'uomo alto e signorile, dai modi imperiosi e dalla voce aspra e abituata a comandare. Doveva essere un grande capo, per cui fece scivolare la mano fuori da quella di Robyn, arretrò di due passi e poi si voltò e scappò via come un passerotto davanti al volteggiare del falco.

Al vederlo scappare, un po' della rabbia di Zouga si placò e sulle sue labbra si disegnò un lieve sorriso.

«Per un momento ho pensato che avessi raccattato un altro bambino sperduto.»

«Ho trovato la tomba della mamma, Zouga», si affrettò a dirgli Robyn, prendendolo per un braccio. «È soltanto a un chilometro e mezzo circa da qui.»

L'espressione di Zouga tornò a cambiare e il giovane sollevò lo sguardo al sole, che era già all'altezza delle cime delle acacie e stava diventando di un color rosso brace.

«Torneremo domani», disse poi. «Non mi piace star fuori del campo dopo che si è fatto buio, qui attorno ci sono troppi sciacalli... a due zampe.» E con decisione la riportò verso il villaggio, continuando con le proprie spiegazioni.

«Stiamo ancora incontrando un sacco di difficoltà per reperire i portatori, sebbene il governatore di Quelimane mi abbia assicurato che ne avrei trovati di prontamente disponibili, e Dio sa dove, qui attorno, ci siano degli uomini di corporatura adeguata.

Quell'idiota di Pereira trova difficoltà a ogni angolo», disse, con una smorfia che lo fece apparire più vecchio di quanto fosse in realtà, così come faceva la barba, che si era lasciato crescere da quando era sbarcato dal *Black Joke*. «Dice che i portatori si rifiutano di farsi assumere se non sanno la direzione e la durata del safari.»

«Mi sembra logico», convenne Robyn. «Per conto mio non mi sognerei nemmeno di portare uno di quegli enormi carichi se non sapessi dove vado.»

«Io invece non credo affatto che si tratti dei portatori: non c'è motivo per cui debbano preoccuparsi della direzione. Offro la paga massima, eppure non si è fatto avanti un solo uomo.»

«E allora di che cosa si tratta?»

«È da quando siamo partiti dalla costa che Pereira cerca con mille moine di carpire le mie intenzioni. Credo che quest'ultima sia una forma di ricatto: niente portatori finché non gliele dico.»

«E allora perché non lo fai?» gli chiese Robyn, ricevendo in risposta una scrollata di spalle.

«Perché è troppo insistente. Non si tratta di un interesse casuale, e l'istinto mi consiglia di non fidarmi e di non dargli nessuna informazione che sia essenziale per i suoi compiti.»

Quindi procedettero in silenzio fino al perimetro dell'accampamento, che Zouga aveva fatto montare secondo lo schema di una base militare, con un recinto esterno fatto di rami di acacia, una guardia ottentotta alla porta e il *boma* dei portatori separato dai depositi per mezzo della linea delle tende.

«Sembra già casa nostra», si congratulò Robyn, e stava per lasciarlo, dirigendosi verso la propria tenda, quando arrivò di corsa Camacho Pereira.

«Ah! Maggiore! Ti aspetto con buone notizie.»

«Una volta tanto un cambiamento piacevole», mormorò seccamente Zouga.

«Io trovo uomo che visto tuo padre, nemmeno otto mesi fa.»

Robyn si voltò immediatamente, in preda a un'eccitazione pari a quella dello sgargiante portoghese, rivolgendogli direttamente la parola per la prima volta dopo l'incidente occorso nella sua tenda.

«Dove si trova? È una notizia meravigliosa!»

«Se è vera», puntualizzò Zouga, in preda a un entusiasmo considerevolmente inferiore.

«Io porto qui uomo, subitissimo... vedrai!» promise Camacho, allontanandosi di corsa verso il *boma* dei portatori, levando alte grida.

Nel giro di dieci minuti tornò trascinando con sé un vecchio macilento, coperto da brandelli bisunti di pelli animali e con gli occhi stravolti dal terrore.

Non appena Camacho lo ebbe liberato, il vecchio si prosternò ai piedi di Zouga, che stava seduto in una delle sedie da campo in tela, sotto il riparo della tenda destinata alla mensa, mettendosi a borbottare risposte alle domande che Camacho gli gridava in tono prepotente.

«In che dialetto parla?» lo interruppe Zouga dopo pochi secondi.

«Chichewa», rispose Camacho. «Lui non parla altro.»

Zouga gettò un'occhiata a Robyn, che scosse il capo. Dovevano fidarsi completamente della traduzione delle risposte fornita da Camacho.

Pareva che il vecchio avesse visto «Manali», l'uomo con la camicia rossa, a Zimi, sul fiume Lualaba. Era accampato lì con una dozzina di portatori: li aveva visti con i propri occhi.

«Come fa a sapere che si trattava di mio padre?» chiese Zouga.

Tutti conoscevano Manali, spiegò il vecchio: era una leggenda vivente dalla costa fino alla *Chona langa*, la terra dove tramonta il sole.

«Quando lo ha visto?»

Una luna prima dell'arrivo delle ultime piogge, ovvero nell'ottobre dell'anno precedente: come aveva detto Camacho, circa otto mesi prima.

Zouga rimase seduto, immerso nei propri pensieri, ma con lo sguardo fissato con espressione talmente feroce sull'infelice prono davanti a lui, che il vecchio improvvisamente esplose in una lunga nota lamentosa, che fece comparire sul bel volto di Camacho un'ombra di rabbia. Il portoghese toccò con la punta dello stivale le costole scheletriche del poveraccio, in un gesto di minaccia che lo fece immediatamente tacere.

«Che cos'ha detto?» chiese Robyn.

«Giura che dice solamente verità», le assicurò Camacho, tornando con fatica a sfoderare il proprio sorriso.

«Che cos'altro sa di Manali?» chiese Zouga.

«Lui parla con portatori di Manali, loro dicono che risalgono fiume Lualaba.»

La cosa non era priva di senso, pensò Zouga. Se Fuller Ballantyne stava veramente cercando la sorgente del Nilo per restaurare la propria reputazione perduta, proprio da quella parte sarebbe dovuto andare. Il Lualaba, che si riteneva scorrere direttamente verso nord, era una delle possibilità più ovvie come origine del Nilo.

Camacho continuò a interrogare il vecchio per un'altra decina di minuti, e avrebbe anche usato la sua frusta di pelle di ippopotamo per rinfrescargli la memoria, se Zouga non glielo avesse impedito con un gesto contrariato. Era evidente che non rimaneva più niente da apprendere da lui.

«Dagli una pezza di *merkani* e un *khete* di perline... e lascialo andare», ordinò infine Zouga, suscitando nel vecchio una gratitudine patetica a vedersi.

Quindi lui stesso e Robyn rimasero seduti più a lungo del solito accanto al fuoco del campo, che lentamente crollava su se stesso in spasmodici torrenti di scintille, mentre il mormorio di voci assonnate che arrivava dal *boma* dei portatori svaniva nel silenzio.

«Se ci dirigiamo a nord», disse Robyn in tono pensoso, osservando la faccia del fratello, «andremo a ficcarci nella roccaforte dei negrieri, a nord del lago Malawi. È da quella zona, in cui non si è avventurato nessun bianco, nemmeno nostro padre, che devono arrivare tutti gli schiavi diretti ai mercati di Zanzibar e degli arabi oman...»

«E ciò che sappiamo della tratta a sud, allora?» ribatté Zouga, gettando un'occhiata alla figura silenziosa di Juba, che aspettava accanto alla tenda l'arrivo di Robyn. «Quella ragazza ne è una prova vivente.»

«Sì, certo, ma pare che non sia nulla a confronto di quello che succede a nord.»

«La tratta a nord è stata completamente documentata. Nostro padre è arrivato al Malawi e ha seguito le carovane negriere fino alla costa già quindici anni or sono. E Bannerman, a Zanzibar, ha scritto una dozzina di relazioni sul mercato di quella città», puntualizzò Zouga, facendosi roteare nella mano un bicchiere della sua preziosa riserva di whisky – che si stava riducendo rapidamente – e fissando le ceneri del fuoco. «Mentre invece nessuno sa nulla della tratta con i monomatapa e i matabele, a sud di qui.»

«Sì, lo riconosco», ammise Robyn con riluttanza. «Tuttavia nei suoi *Viaggi di un missionario* nostro padre ha scritto che il Lualaba è la sorgente del Nilo e che un giorno lo avrebbe provato, seguendolo fino alla fonte. E poi è stato visto a nord.»

«Ma è stato visto davvero?» chiese Zouga in tono mite.

«Quel vecchio...»

«...mentiva. Qualcuno gli ha detto di dire così, e non ho dubbi circa chi sia stato», concluse per lei Zouga.

«Come fai a sapere che mentiva?» chiese Robyn.

«Vivendo abbastanza a lungo in India, si sviluppa una sorta di sesto senso nei confronti delle bugie», rispose Zouga con un sorriso. «Inoltre, perché mai nostro padre dovrebbe aver aspettato otto anni *dopo* la sua scomparsa, prima di esplorare il Lualaba? Ci sarebbe andato subito... se si fosse veramente diretto a nord.»

«Mio caro fratello», ribatté Robyn in tono pungente, «non sarà per caso la leggenda di Monomatapa a renderti così testardamente deciso ad andare a sud del fiume? Quella luce che hai negli occhi, non sarà la luce dell'oro?»

«Pensiero maligno», replicò Zouga sorridendo. «Invece ciò che mi lascia perplesso è la determinazione con cui il grande esploratore di nome Camacho Pereira sta cercando di scoraggiare ogni nostra esplorazione verso sud, spingendoci nella direzione opposta.»

Molto tempo dopo che Robyn era scomparsa nella propria tenda e che dentro di essa la lanterna era stata spenta, Zouga era ancora seduto accanto al fuoco, alle prese con il bicchiere di whisky e con lo sguardo fisso sulle braci che andavano spegnendosi. Ma quando finalmente ebbe preso la propria decisione, fece sparire l'ultima goccia del prezioso liquido e si alzò di scatto. Quindi si diresse verso la tenda di Camacho, all'estremità del campo.

Anche a un'ora tanto avanzata vi brillava una lanterna, e, quando Zouga fece sentire il proprio richiamo, da essa si levò lo squittio preoccupato di una voce femminile, immediatamente zittito da un grugnito maschile. Pochi minuti dopo Camacho Pereira spalancò l'apertura e sbirciò cautamente all'esterno, verso Zouga.

Per coprire la propria nudità si era gettato una coperta sulle spalle, ma in una mano reggeva la pistola, e alla vista di Zouga si rilassò soltanto leggermente.

«Ho deciso», gli disse bruscamente quest'ultimo. «Andiamo a nord. Risaliamo il fiume Shire fino al lago Malawi... e poi risaliamo il Lualaba.»

Il viso di Camacho divenne una luna piena sorridente.

«Molto bene. Molto bene... molto avorio, noi troviamo tuo padre... vedrai, noi troviamo prestissimo.»

Prima di mezzogiorno del giorno seguente Camacho, in un profluvio di grida e sibili di curbascio, introdusse nel campo un centinaio di uomini forti e sani. «Io ti trovo portatori», annunciò. «Tantissimi portatori... molto bene, eh?»

La giovane cristiana di nome Sarah era nuovamente in attesa accanto alla tomba, quando Robyn vi arrivò attraverso la foresta di acacie, il pomeriggio seguente.

Il primo a vederla fu il bambino, che accorse a salutarla, ridendo di piacere, e ancora una volta Robyn rimase colpita dal modo in cui il suo viso le risultava familiare. Qualcosa nella bocca e negli occhi. La rassomiglianza con qualcuno che conosceva era tanto forte che la costrinse a fermarsi, fissandolo, senza tuttavia riuscire a cogliere il ricordo prima che il bambino la prendesse per mano, guidandola verso la madre in attesa.

Più tardi, dopo aver accudito alla tomba, le due donne si sedettero all'ombra di un'acacia a chiacchierare. Sarah parlò a Robyn di sua madre, di quanto fosse stata coraggiosa e di come non si fosse mai lamentata, nella tremenda calura di Kaborra-Bassa.

«Era la stagione cattiva», spiegò. «La stagione calda prima delle piogge.» E a Robyn vennero in mente le relazioni scritte da suo padre, in cui Fuller imputava al vecchio Harkness e al comandante Stone i ritardi che li avevano fatti andare oltre la stagione fresca, costringendoli a penetrare nella gola nel mese di novembre: un suicidio.

«Poi con le piogge sono arrivate le febbri», proseguì Sarah. «Era molto male. I bianchi e tua madre si sono ammalati subito.» Forse sua madre aveva perduto gran parte dell'immunità nei confronti della malaria negli anni passati in Inghilterra, ad aspettare la chiamata del marito. «Anche Manali si è ammalato. Era la prima volta che lo vedevo con la febbre. È stato pieno di demoni per molti giorni», disse ancora Sarah, usando un'espressione che secondo Robyn non poteva meglio descrivere il delirio della febbre malarica. «Quindi non ha saputo subito della morte di tua madre.»

Di nuovo le due donne tacquero. Il bambino, annoiato dalle loro interminabili chiacchiere, gettò un sasso agli uccelli nascosti tra i rami dell'acacia. Ancora una volta a Robyn parve di conoscere quel volto da una vita.

«E mia madre?» chiese, sempre con lo sguardo fisso sul piccolo.

«La sua acqua è diventata nera», disse semplicemente Sarah. La febbre emoglobinurica... Robyn sentì un brivido alla pelle. Il momento in cui la malaria cambiava corso, attaccando i reni e trasformandoli in due sacchetti dalle pareti sottili, pieni di sangue nero e raggrumato, che potevano rompersi al minimo movimento del malato. Il momento in cui l'urina si trasformava in sangue color mora. Pochi, pochissimi tra coloro che ne rimanevano vittime si salvavano.

«Era una donna forte», continuò Sarah. «Fu l'ultima ad andarsene.» Quindi voltò il capo verso le altre tombe, trascurate e coperte dalle foglie contorte dell'acacia. «L'abbiamo sepolta qui, mentre Manali aveva ancora i demoni. Poi, quando è stato in grado di camminare, è venuto con il libro e ha detto le parole. Ha costruito la croce con le sue mani.»

«E poi è andato via di nuovo?» chiese Robyn.

«No, era molto malato e nuovi demoni gli sono entrati in corpo. Piangeva per tua madre.» Ma il pensiero del padre in lacrime le risultò talmente estraneo che Robyn non riuscì a immaginarselo. «Parlava spesso del fiume che lo aveva distrutto.»

Attraverso il fogliame delle acacie trasparivano larghe chiazze del suo corso verde, e fu naturale che le loro teste si voltassero a guardarlo.

«È arrivato al punto da odiarlo come se fosse un nemico vivente, che gli avesse vietato di raggiungere i propri sogni. Era come un uomo che avesse perso la ragione, perché la febbre andava e veniva. A volte lottava contro i demoni, lanciando grida di sfida, come il guerriero esegue la *giya* di fronte alle schiere nemiche.» La giya era la danza di sfida con cui i guerrieri nguni chiamavano a sé gli avversari. «Altre volte parlava come un pazzo di macchine che avrebbero sconfitto il suo nemico, di mura che avrebbe costruito sulle acque per portare uomini e navi oltre la gola.» E a quel punto Sarah si interruppe, con una smorfia di dolore dipinta sul bel volto di luna piena. Il bambino avvertì la sua pena e accorse, inginocchiandosi per terra e posandole in grembo la testolina, che la donna accarezzò distrattamente.

E fu a quel punto che, con un brivido improvviso, Robyn riconobbe il piccolo. La sua espressione cambiò tanto drasticamente che Sarah seguì la direzione del suo sguardo, scendendo con il proprio a osservare con la massima attenzione la testolina che aveva in grembo, e poi sollevandolo di nuovo a incontrarlo. Non occorsero parole, la domanda fu enunciata e trovò risposta in un silenzioso scambio di comprensione femminile, e Sarah strinse a sé il piccolo in un gesto protettivo.

«È stato solamente dopo che tua madre...» prese a spiegare, ma poi tacque, mentre Robyn continuava a fissare il ragazzino. Era Zouga alla stessa età, uno Zouga bruno, in miniatura. Solamente il colore della pelle le aveva impedito di accorgersene prima.

A Robyn parve che la terra le tremasse sotto i piedi, ma poi la sentì stabilizzarsi e al tempo stesso fu presa da una strana sensazione di sollievo. Fuller Ballantyne non era più il personaggio divino che aveva dato ombra a tutta la sua vita.

Quindi tese le mani al bambino, che accorse a lei senza esitazioni, in piena fiducia. Lo abbracciò e, baciandolo, ne sentì la pelle liscia e calda. Le si strinse come un cucciolo e la giovane si sentì invadere da una profonda vampata di affetto e gratitudine nei suoi confronti.

«Era molto malato», disse Sarah a bassa voce. «E solo. Se n'erano andati tutti, o erano morti, e lui era tristissimo, tanto che ho temuto per la sua vita.»

Robyn annuì comprensiva. «E lo amavi?»

«Non c'è stato peccato, perché lui era un dio», rispose semplicemente Sarah.

«No», pensò Robyn con profondo sollievo. «Era un uomo e io, sua figlia, sono una donna.»

In quel momento seppe che non avrebbe mai più provato vergogna e sensi di colpa per il proprio corpo, per le sue esigenze e per i suoi desideri. Si strinse al petto il bambino che costituiva la prova dell'umanità di suo padre, facendo sorridere di sollievo Sarah.

Per la prima volta in vita sua Robyn riuscì ad affrontare il fatto che amava il proprio padre, anche se la nostalgia che aveva di lui era stata completamente sommersa dal timore reverenziale che incuteva in lei la sua leggenda. E ora sapeva perché era lì:

non per trovare Fuller Ballantyne, ma per scoprire il proprio padre e il proprio io.
«Dov'è, Sarah? Dov'è mio padre? Da che parte è andato?» chiese bramosamente, ma la donna abbassò lo sguardo.
«Non lo so», mormorò. «Un mattino mi sono svegliata e se n'era andato. Non so dove sia, ma aspetterò che torni da me e da suo figlio.» Quindi si affrettò a sollevare lo sguardo. «Tornerà?» chiese in tono patetico. «Se non per me, almeno per il bambino?»
«Sì», rispose Robyn, con una sicurezza che non provava affatto. «Tornerà certamente.»

La scelta dei portatori fu una faccenda lunga: dopo che Zouga aveva manifestato la propria approvazione con una pacca sulle spalle, gli uomini venivano mandati alla tenda di Robyn per essere sottoposti a esame medico.
Quindi era stata la volta dell'assegnazione dei carichi, che secondo contratto non dovevano superare i quaranta chili.
Zouga aveva proibito seccamente a Pereira di fare uso del curbascio durante la selezione, soprattutto perché ricorrendo alla bonomia intendeva scoprire gli eventuali malcontenti, che avrebbero successivamente potuto turbare l'armonia, e al tempo stesso individuare i futuri capi alle cui decisioni gli altri si sarebbero istintivamente attenuti.
E il giorno seguente, programmando l'ordine di marcia, ebbe modo di mettere a frutto le conoscenze così raccolte. Per cominciare, ai sette più evidenti piantagrane venne consegnato un *khete* di perline a testa, insieme all'ordine di andarsene dal campo, senza spiegazioni o scuse. Quindi Zouga aveva chiamato i cinque uomini più in gamba e li aveva posti alla guida di venti portatori ciascuno.
Tutto sommato la spedizione era composta di centoventi membri, e sarebbe stata lenta e difficoltosa da gestire, se non perfettamente organizzata, nonché molto vulnerabile durante gli spostamenti. Infatti Zouga – in compagnia del sergente Cheroot – aveva prestato particolare attenzione all'organizzazione della difesa.
Lui stesso, con un gruppetto di portatori personali e di guide locali prevedeva di viaggiare distaccato dalla carovana principale, davanti a essa, al fine di fare ricognizioni sul territorio e di

essere libero di effettuare prospezioni o battute di caccia quando se ne fosse presentata l'opportunità. La maggior parte delle notti sarebbe tornato a congiungersi alla carovana, ma si era anche attrezzato in modo di poter passare molti giorni senza prendere contatto con essa.

Camacho Pereira, con cinque dei moschettieri ottentotti, avrebbe guidato il carro della colonna principale: di fronte all'aria ironica assunta da Robyn, Zouga non trovò che ci fosse nulla di ridicolo nel fatto che il portoghese procedesse all'ombra della Union Jack.

«È una spedizione inglese e porteremo la nostra bandiera», ribatté invece in tono rigido.

«Domina, Britannia», esclamò Robyn, scoppiando in una risata irriverente, ma Zouga la ignorò, continuando a esporle l'ordine di marcia.

I gruppi di portatori sarebbero rimasti separati ma vicini, mentre il sergente Cheroot con i suoi moschettieri avrebbe fatto da retroguardia.

Per controllare i movimenti della colonna, infine, era stato elaborato un semplice sistema di segnali, sotto forma di colpi di trombe fatte con corni di kudù.

Dopo quattro giorni di esercitazioni, i cui risultati si sarebbero visti col tempo, Zouga decise che erano pronti a partire, e lo disse alla sorella.

«Ma come facciamo ad attraversare il fiume?» gli chiese questa, volgendo lo sguardo verso la riva settentrionale.

Il fiume era largo circa ottocento metri e la corrente, rafforzata dalle piogge che cadevano su milioni di chilometri quadrati di territorio, era veloce e poderosa. Per risalire verso nord, fino al fiume Shire e al lago Malawi, avrebbero avuto bisogno di una flottiglia di canoe scavate in tronchi, nonché di molti giorni per compiere la traversata fino alla riva settentrionale.

La lancia a vapore *Helen* se n'era andata già da molto tempo, procedendo almeno a venti nodi, con la corrente in favore, per cui a quel punto doveva già essere tornata a Quelimane.

«È stato tutto previsto», le rispose Zouga, e tanto doveva bastarle.

L'ultimo giorno Robyn consentì per la prima volta a Juba di accompagnarla al cimitero, dove arrivarono entrambe cariche di doni: pezze di stoffa e un sacco da quindici chili di perline di ceramica, della ricercatissima varietà scarlatta detta *sam-sam*.

Il massimo che la giovane aveva osato sottrarre alle riserve della spedizione senza timore di risvegliare al tempo stesso l'ira e la curiosità di Zouga.

Sulle prime aveva pensato di parlargli di Sarah e del bambino, ma poi aveva saggiamente deciso di non farlo.

La reazione di Zouga di fronte alla scoperta di un fratellastro mezzosangue era un'evenienza troppo terribile da prevedere. Zouga si era fatto le sue idee sulle caste e i colori della pelle alla dura scuola dell'esercito indiano, e la scoperta che il proprio padre aveva trasgredito tali ferree regole avrebbe costituito per lui più che uno shock. Invece Robyn gli aveva detto di aver conosciuto una delle ex servitrici del padre, che in tutti quegli anni si era occupata della tomba della loro madre. Quindi il dono doveva essere proporzionato a tali servigi.

Sarah era in attesa accanto alla tomba con il bambino e accettò i regali con una leggera e graziosa riverenza, sollevandosi le mani giunte all'altezza degli occhi.

«Partiamo domani», le spiegò Robyn, vedendo immediatamente dipingersi nel suo sguardo un'espressione di dispiacere, seguita da un'altra, di rassegnazione.

Da quando si erano conosciute le due donne erano diventate amiche. Nei suoi *Viaggi di un missionario* il padre di Robyn aveva scritto che preferiva la compagnia della gente di colore a quella dei bianchi, e certamente ogni evidenza sembrava confermare la sua affermazione. Con i propri simili pareva che Fuller Ballantyne non avesse fatto altro che litigare. Il contatto con gli altri bianchi sembrava far emergere da lui tutta la meschinità, la sospettosità e la gelosia che erano proprie del suo carattere; al contrario, aveva passato la maggior parte della propria vita in compagnia di gente di colore, da cui gli erano stati tributati fiducia, onori e amicizia durevole. La sua relazione con Sarah non costituiva che un'appendice di tali sentimenti, come Robyn aveva potuto rendersi conto. Quanto a Zouga, invece, la gente di colore avrebbe potuto risvegliare in lui simpatia e persino rispetto, ma sarebbe sempre rimasta «quella gente». Avesse anche vissuto in Africa cinquant'anni, non avrebbe mai imparato a capirla, mentre lei in poche settimane già si era fatta dei veri amici. Tanto da chiedersi se, un giorno, come suo padre, non sarebbe arrivata a preferirli ai propri simili.

Accanto a lei Sarah stava parlando con voce talmente bassa e timida che dovette fare uno sforzo per riscuotersi dai propri pensieri e chiederle:

«Che cos'hai detto?»

«Tuo padre, Manali. Gli parlerai del bambino, quando lo troverai?»

«Non lo sapeva?» esclamò Robyn, sbalordita, e Sarah scosse il capo.

«Perché non sei andata con lui, allora?» chiese ancora Robyn.

«Non ha voluto. Ha detto che il viaggio sarebbe stato troppo duro, ma in realtà quell'uomo è come un vecchio elefante maschio, che non ama stare troppo a lungo in compagnia delle proprie femmine, ma deve sempre seguire il vento.»

Camacho Pereira torreggiava sui magrissimi omini venuti dalle tribù, spuntando i loro nomi sui registri del campo. Quella sera indossava un farsetto in pelle di kudù, decorato con vivaci cuciture e fili di perline, e slacciato sul davanti per lasciar esposto il torace villoso e il ventre piatto e muscoloso.

«Diamo troppo da mangiare», disse a Zouga. «Negro grasso è negro pigro.» Quindi, vedendo l'espressione di Zouga, scoppiò in un risolino, perché l'espressione *negro* costituiva sempre fra loro motivo di dissenso. Zouga gli aveva proibito di farne uso, particolarmente davanti ai servitori di colore, per alcuni dei quali era l'unica parola straniera comprensibile. «Da' poco cibo, picchia forte e loro lavora», continuò a dire con gusto Camacho.

Perle di filosofia che vennero ignorate da Zouga, il quale, invece, dopo aver aspettato che le razioni fossero state distribuite a tutti i portatori, gridò ai loro comandanti:

«*Indaba*. Avvertite gli uomini. *Indaba!*»

Era il richiamo con cui venivano convocate le assemblee per discutere le questioni importanti. Tutti gli uomini presenti nel campo si staccarono dai fuochi da cucina e arrivarono di corsa, pieni di eccitazione.

Zouga prese a camminare a grandi passi davanti alle schiere di uomini accosciati, aspettando l'attimo giusto, dal momento che aveva rapidamente imparato quanto piacesse la teatralità alla gente africana. Molti di quegli uomini erano in grado di capire il suo nguni elementare, trattandosi di shangaan o di angoni.

Quindi finalmente allargò le braccia, fece una breve pausa e poi annunciò in tono ieratico:
«*Kusasa isufari*, domani comincia la marcia».
L'accolta di uomini fu percorsa da un mormorio e da un fremito di eccitazione, finché uno dei capi, in prima fila, si alzò a chiedere:
«*Phi? Phi?* Dove? Da che parte?»
Zouga abbassò le braccia e lasciò che la suspense facesse il suo effetto per qualche istante, quindi tese la destra chiusa a pugno verso la linea lontana e azzurra delle alture meridionali.
«*Laphaya!* Da quella parte!»
Dagli uomini si levò un ruggito di approvazione, esattamente come sarebbe avvenuto se Zouga avesse indicato il nord, l'est o l'ovest. I capi si affannarono a tradurre la notizia nei diversi dialetti.
Ma Camacho Pereira aveva fatto un passo avanti e si era posto di fianco a Zouga, con il viso gonfio di rabbia. Era la prima volta che sentiva parlare di una simile intenzione di andare a sud. Quando prese a parlare, dalla sua bocca uscirono piccoli schizzi di saliva. Usava uno dei dialetti locali e parlava tanto rapidamente che Zouga capiva soltanto una parola qua e là. Tuttavia il senso era inequivocabile, e il giovane vide chiaramente l'effetto che esso esercitava sui volti degli uomini accosciati davanti a loro.
Camacho stava mettendoli in guardia nei confronti dei pericoli che li aspettavano al di là delle alture meridionali. Zouga riconobbe la parola «monomatapa» e capì che stava parlando dei terribili eserciti del leggendario impero. Nel giro di poco tempo l'agitazione dipinta sui volti si convertì in terrore. Ancora un minuto e nessuno sarebbe più riuscito a far mettere in marcia la carovana. Due minuti, e prima del mattino la stragrande maggioranza dei portatori avrebbe disertato.
Non c'era nulla da guadagnare a star a discutere con il portoghese: un'incomprensibile tenzone di grida che sarebbe stata seguita con interesse da tutto il campo riunito in assemblea. Zouga aveva imparato che gli africani, come gli asiatici che aveva conosciuto bene in India, erano straordinariamente rispettosi nei confronti del vincitore e impressionabili dal successo.
«Pereira», scattò pertanto, in un tono che interruppe immediatamente il torrente di parole del portoghese, paralizzandolo per un istante. Quando questi si fu voltato per fronteggiarlo,

Zouga gli si accostò con due passi e gli alzò la sinistra davanti agli occhi, costringendolo a levare di scatto entrambe le mani a proteggersi il viso. Mentre così faceva, Zouga lo colpì al ventre, subito sotto le costole, con una forza che lo fece piegare in due, lasciando il volto scoperto per il colpo successivo.

Che fu rapido e breve, inferto con la sinistra, e arrivò a segno sotto l'orecchio destro, facendo volare via il berretto di castoro. Gli occhi di Camacho rotearono, mettendo in mostra il bianco, e le sue ginocchia cedettero, facendolo precipitare a faccia in giù nel terreno sabbioso, senza nessun tentativo di parare la caduta.

Il silenzio durò soltanto un attimo e poi dagli astanti si levò un urlo. La maggior parte di essi aveva assaggiato la punta dello stivale o il curbascio di Camacho, per cui si abbandonarono a scene di giubilo, abbracciandosi a vicenda. La trepidazione provocata dal breve discorso del portoghese fu spazzata via dalla meraviglia suscitata dalla rapidità e dall'effetto di quelle due sventole.

Zouga voltò con disinvoltura le spalle al corpo caduto. Dal suo viso non traspariva traccia di irritazione, vi era anzi dipinto un sorriso, che il giovane mantenne per tutto il tempo che gli ci volle per raggiungere la prima fila di uomini e alzare una mano per imporre il silenzio.

«Ci sono soldati che viaggiano con noi», disse, in un tono di voce basso, che tuttavia arrivò chiaro a ciascuno di essi. «E voi li avete visti sparare.» Era stato infatti ben attento a fare in modo che assistessero alle dimostrazioni di abilità con le armi in cui si erano esibiti gli uomini del sergente Cheroot.

«Vedete quella bandiera?» chiese poi, levando con un gesto teatrale una mano verso il vessillo rosso, bianco e blu che sventolava sopra la tenda principale. «Nessuno, guerriero o capo che sia, oserà...»

«Zouga!» strillò a quel punto Robyn, in un tono disperato che fece immediatamente reagire il fratello, il quale scartò di lato con due passi quasi di danza, facendo esplodere l'assemblea in un solo grido di «*Jee!*»

Un grido che può far gelare il sangue, poiché è con esso che i guerrieri africani incoraggiano se stessi o altri nel momento fatale di un combattimento mortale.

Il colpo di Camacho era diretto immediatamente sotto la cintura di Zouga. Il portoghese era abituato a lottare con il coltello, per cui era stato attento a non scegliere il ben più allettante bersaglio tra le scapole, dove tuttavia la lama sarebbe stata deviata contro le costole. Aveva invece mirato alla zona tra i reni, e, nonostante l'avvertimento di Robyn, Zouga non fu sufficientemente rapido. La punta del coltello gli aprì un taglio nei pantaloni, e sotto di esso pelle e carne si aprirono nettamente, lasciando sprizzare il sangue.

«*Jee!*» tornò a risuonare il grido di battaglia, mentre Camacho faceva un balzo in avanti e Zouga arretrava, sentendo il sangue colargli lungo la gamba.

A quel punto il giovane avvertì lo scatto di un'arma che veniva caricata e con la coda dell'occhio vide il sergente Cheroot che puntava l'Enfield, pronto a fare fuoco contro il portoghese.

«No! Non sparare!» si affrettò a gridare. Non voleva provare il gusto di una pallottola nel ventre, essendo lui e l'avversario vicinissimi, quasi legati dai movimenti della lama.

«Non sparare, sergente!» ripeté. Un'altra ragione gli consigliava inoltre di evitare qualsiasi interferenza esterna. Lì presenti c'erano cento uomini che lo stavano giudicando, uomini con i quali avrebbe dovuto marciare e lavorare nei mesi e anni a venire. Aveva bisogno del loro rispetto.

«*Jee!*» cantarono di nuovo gli astanti. Camacho stava schiumando di rabbia. La lama che reggeva nella destra tornò a produrre un fruscio come di ala di rondine in volo, e questa volta Zouga reagì in eccesso, arretrando di una dozzina di passi, perdendo l'equilibrio, cadendo su un ginocchio e posando una mano a terra per stabilizzarsi. Ma alla successiva carica di Camacho balzò nuovamente in piedi e arcuò le anche di lato, come un matador di fronte al toro. Nella mano che aveva toccato terra teneva una manciata di sabbia.

I suoi occhi erano fissi su quelli del portoghese: essi e non la mano armata avrebbero segnalato le vere intenzioni dell'avversario. Infatti, mentre la lama si portava sulla destra, essi guardavano sulla sinistra. Zouga riuscì a evitare il colpo e a prepararsi per l'attacco successivo.

Erano di fronte e si muovevano in un lento circolo, che faceva levare pallide nuvolette di polvere dai loro piedi. Camacho teneva il coltello basso, muovendolo leggermente, come se stesse dirigendo un pezzo musicale lento. Ma studiando i suoi occhi Zouga scorse il primo breve lampo nervoso di incertezza.

Quindi balzò in avanti, scattando sul piede destro.

«*Jee!*» ruggirono gli astanti, e per la prima volta Camacho cedette terreno, arretrando e poi affrettandosi a voltarsi, mentre Zouga controllava e puntava il suo lato scoperto.

Altre due volte Zouga lo costrinse ad arretrare con le sue minacce, finché gli fu sufficiente una finta della parte superiore del corpo per provocare un ulteriore arretramento dell'avversario. Ora gli astanti stavano ridendo, schernendo il portoghese con grida ogni volta che cedeva terreno.

Gli occhi di Camacho scattarono ancora una volta di lato e Zouga si mosse, sollevando la mano vuota per attirarvi lo sguardo dell'avversario e tenendo l'altra bassa, accostandola quanto più poté osare a quella armata dell'altro. Quindi, approfittando del momento in cui Camacho affondava, gli scagliò negli occhi la manciata di sabbia, accecandolo, gettandosi contemporaneamente sul coltello e puntando tutto sulla possibilità di bloccargli il polso prima che potesse tornare a vederci.

«*Jee!*» ruggì la folla, mentre il polso di Camacho affondava nella presa di Zouga.

Dagli occhi del portoghese stavano già colando lacrime. Le ciglia sbattevano, sfregando i granelli taglienti di sabbia contro i bulbi oculari accecati. Non poteva valutare la posizione di Zouga e al tempo stesso la presa al braccio gli aveva fatto perdere l'equilibrio. Tentò comunque di caricare, ma Zouga arretrò, continuando a tenerlo fermamente per il polso. Nella spalla di Camacho qualcosa cedette con uno schiocco. Il portoghese si lasciò sfuggire un urlo e cadde ancora una volta a faccia in avanti, con il braccio torto dietro la schiena.

Zouga gli diede un altro strattone violento, e questa volta Camacho strillò come una femmina, lasciandosi scivolare dalle dita il coltello. Quindi fece un debole sforzo per raccoglierlo con l'altra mano, ma Zouga lo coprì con la suola dello stivale e poi lo raccolse, liberando il braccio malconcio dell'avversario, e fece qualche passo indietro, tenendo nella destra la pesante arma.

«*Bulala!*» cantilenarono gli astanti. «*Bulala!* Uccidilo! Uccidilo!» Volevano vedere il sangue: sarebbe stata la fine giusta e la bramavano famelicamente.

Invece Zouga affondò la lama nel tronco dell'acacia facendo forza sull'acciaio, che si spezzò con uno schiocco simile a un colpo di pistola.

«Sergente Cheroot!» ordinò poi, «fallo allontanare dal campo.»

«Sarebbe meglio se gli sparassi», replicò il piccolo ottentotto, facendosi avanti e ficcando la canna dell'Enfield nel ventre dell'uomo a terra.

«Se tenta di rientrare nel campo, puoi senz'altro sparargli. Ma adesso fallo allontanare e basta.»

«Grosso errore», borbottò il sergente Cheroot, inalberando un'espressione teatralmente lugubre. «Sempre schiacciare lo scorpione... prima che punga.»

«Sei ferito», gridò Robyn correndo verso il fratello.

«Un graffio», replicò Zouga, sciogliendosi il fazzoletto che portava al collo e premendoselo sulla ferita, mentre si allontanava alla volta della sua tenda, forzandosi a non zoppicare. Doveva affrettarsi ad andare via, perché si sentiva prendere da vertigini e nausea. La ferita gli doleva tremendamente e non voleva che qualcuno notasse quanto gli tremavano le mani.

«Gli ho sistemato la spalla», disse Robyn a Zouga, mentre gli fasciava la ferita. «Tu, invece, con questa ferita non potrai marciare. Ogni passo ti farà tirare i punti.»

Aveva ragione, infatti ci vollero quattro giorni prima che potessero partire, quattro giorni che Camacho Pereira mise a profitto. Se n'era andato un'ora dopo che Robyn gli aveva ridotto la slogatura alla spalla, con quattro pagaiatori che avevano fatto correre una canoa sfruttando la corrente sullo Zambesi.

Aveva raggiunto la riva meridionale del fiume a mezzodì del giorno seguente, presso il piccolo villaggio di Chamba, di cui era originario, cento miglia più a valle di Tete. Lì aveva pagato i pagaiatori e assunto due portatori per la carabina e il rotolo della coperta. Quindi era ripartito immediatamente lungo il reticolo di stretti sentieri che copre tutto il continente africano, simile ai capillari sanguigni di un corpo umano.

Due giorni dopo aveva raggiunto la Strada della Iena, che correva dai Monti dello Sgomento, Inyangaza, fino al mare ed era un percorso segreto, parallelo alla vecchia strada che risaliva dalla costa fino a Vila Manica, una sessantina di chilometri più a nord, lungo il corso del fiume Pungwe, che forniva acqua alle moltitudini costrette a marciare in quelle zone nel corso del lungo, definitivo viaggio dalla patria verso altre terre, altri continenti.

Vila Manica era l'ultimo avamposto dell'amministrazione portoghese nell'Africa orientale. Un decreto del governatore.

vietava a chiunque, portoghese o straniero, di proseguire oltre. Perciò uomini intraprendenti avevano segretamente aperto la Strada della Iena, che si inoltrava nel fitto della foresta sulle pendici più basse, raggiungendo l'altopiano erboso che si stendeva in vetta alle montagne.

Il percorso da Chamba al fiume Pungwe copriva circa duecentocinquanta chilometri, e compierlo in tre giorni con l'impedimento di una spalla che andava guarendo costituì senz'altro una notevole impresa, che avrebbe meritato il premio di un po' di riposo, tentazione quasi irresistibile. Ma ogni volta Camacho aveva rimesso in piedi i portatori a furia di percosse, facendoli avviare con un profluvio di insulti sulla strada deserta che portava verso le montagne.

Una strada che era larga il doppio di tutti gli altri sentieri che avevano percorso fino ad allora, in modo da consentire il passaggio di una duplice colonna invece della solita fila indiana, tipica dei viaggi africani. La sua superficie era ben pressata dal passaggio di migliaia di piedi nudi, ma per Camacho fu una consolazione scoprire che chiaramente essa non veniva usata da mesi.

«La carovana non è ancora passata», borbottò, esaminando con la massima cura gli alberi in cerca delle forme degli avvoltoi e il sottobosco nella vana ricerca delle ombre delle iene.

L'aveva raggiunta in tempo e ora si affrettò a inoltrarvisi, fermandosi di quando in quando per porsi in ascolto o per mandare un portatore di vedetta su un albero.

Ma fu solo due giorni più tardi che sentirono debolmente i primi rumori di molte voci, e questa volta fu lo stesso Camacho a issarsi sulla forcella più alta di uno degli alberi di *umsisa* che fiancheggiavano la strada, e da lì scorse il volteggiare degli avvoltoi.

Rimase seduto a dieci metri di altezza dal suolo, mentre il rumore delle voci diveniva sempre più forte. Un rumore che non era di gioia, ma di tremendo dolore, lento e tale da spezzare il cuore, e sempre più vicino, finché Camacho fu in grado di distinguere la testa della colonna che procedeva.

Allora si lasciò calare dal tronco di *umsisa* e corse verso la colonna. Davanti a essa c'era un gruppetto in armi – con addosso i brandelli di un'uniforme di stile europeo e un moschetto – alla cui testa stava un bianco, un uomo di bassa statura, dal viso simile a quello di uno gnomo maligno, grinzoso e bruciato dal sole. Già a duecento passi di distanza costui riconobbe Camacho, togliendosi il cappello e agitandolo in segno di saluto.

Quindi gridò «Camacho!» e i due corsero ad abbracciarsi, ridendo di piacere. Il primo a staccarsi fu Camacho, che disse:

«Alphonse, mio amato fratello, ho brutte notizie... le peggiori possibili».

«L'inglese?» chiese Alphonse, ancora sorridendo e mettendo in mostra un vuoto nella parte superiore della dentatura.

«Sì, l'inglese», confermò Camacho annuendo. «Ne hai sentito parlare?»

«Mio padre ha mandato un messaggio. So tutto», rispose Alphonse, che era il maggiore dei figli del governatore di Quelimane, un portoghese purosangue. «Quindi non è andato a nord, eh?» chiese poi, costringendo l'altro ad abbassare lo sguardo con aria colpevole.

Camacho stava parlando al maggiore dei figli legittimi del governatore, mentre lui non ne era che un bastardo, generato da una concubina di colore e costretto a portare l'infamante appellativo di nipote.

«No, non è andato a nord», non poté far altro che confermare, a disagio.

«Eppure ti era stato ordinato di provvedere.»

«Non sono riuscito a fermarlo. È inglese», ribatté Camacho con voce leggermente rotta, «è testardo.»

«Ne riparleremo», gli promise freddamente Alphonse. «Adesso spicciati a dirmi dov'è e che cosa ha in mente di fare.»

Camacho recitò la spiegazione che si era preparato, evitando con molta cura le parti più delicate della vicenda e attardandosi invece su argomenti quali le ricchezze che la spedizione Ballantyne portava con sé.

Alphonse si era gettato all'ombra di un albero, sul margine della strada, e ascoltava meditabondo, mordicchiandosi la parte inferiore dei baffi e riempiendo mentalmente i vuoti lasciati dal fratellastro.

«Quando uscirà dalla valle dello Zambesi?», chiese finalmente.

«Presto», tergiversò Camacho: quell'imprevedibile inglese, infatti, poteva già essere a metà della scarpata. «Ma gli ho fatto un taglio profondo, per cui può darsi che debba essere trasportato su una *mushila*, una barella.»

«Non dev'essergli consentito di entrare in Monomatapa», lo

interruppe Alphonse in tono neutro, rimettendosi in piedi con un solo agile movimento. «Il posto migliore per fermarlo sarebbe il territorio accidentato, oltre il bordo della valle.»

E così detto si guardò alle spalle, lungo il corso tortuoso della strada. La testa della colonna era a un chilometro e mezzo di distanza, in una distesa aperta di erba dorata. La doppia schiera di individui, aggiogati per il collo, non aveva più un aspetto umano, anche se il canto che se ne levava era bello nella sua tristezza.

«Posso mettere a tua disposizione quindici uomini», aggiunse poi.

«Non bastano», ribatté seccamente Camacho.

«Invece sì», replicò freddamente suo fratello, «se agirai di notte.»

«Venti», lo implorò Camacho. «Ha con sé dei soldati, uomini addestrati. Ed è un militare lui stesso.»

Alphonse rimase in silenzio, preso nella valutazione dei pro e dei contro... Tuttavia ormai la parte peggiore della Strada della Iena era alle spalle della colonna...

«Venti!» consentì improvvisamente, voltandosi verso Camacho. «Ma non uno solo di quegli stranieri deve scampare.» Guardando nei neri occhi gelidi del fratello, Camacho si sentì accapponare la pelle. «Non lasciare tracce, seppelliscili profondamente, in modo che sciacalli e iene non li possano tirare fuori. Usa i portatori per trasportare le attrezzature al nostro rifugio, nelle alture, e poi ammazza anche quelli. Le porteremo alla costa con la prossima carovana.»

«Sì. Certo. Capisco.»

«Non fallire un'altra volta, mio amato fratello-cugino», replicò Alphonse, in tono minaccioso, facendogli inghiottire nervosamente una boccata di saliva.

«Partirò non appena avrò riposato», disse Camacho.

«No», ribatté Alphonse, scuotendo il capo. «Tu parti immediatamente. Una volta che quell'inglese sia penetrato nel territorio oltre le montagne, ci vorrà poco perché non ci si trovi più nemmeno uno schiavo. È già un peccato che non ci sia più oro da vent'anni e passa, ma se dovesse inaridirsi anche il flusso di schiavi, mio padre e io ne avremmo un dispiacere. Un dispiacere grosso.»

All'ordine di Zouga il lungo colpo lugubre di corno di kudù frantumò il silenzio del buio che precedeva l'alba.

Gli *induna* levarono il grido «Safari! In marcia!» e fecero alzare i portatori dalle stuoie. I fuochi del campo si erano ridotti a mucchietti di brace coperta dalla cenere, ma i nuovi ciocchi che vi vennero gettati li riportarono prontamente in vita.

«Safari!» Il grido venne ripreso da più parti e la massa di uomini e attrezzature emerse dal caos in un nuovo ordine. Il flusso dei portatori si inoltrò con regolarità nella foresta ancora immersa nelle tenebre.

«Non abbiamo una guida e non sappiamo nemmeno dove siamo diretti», disse Robyn, prendendo il fratello per un braccio. «Che sarà di noi?»

«Se lo sapessimo, ci perderemmo tutto il divertimento.»

«Ma almeno una guida!»

«Tu pensavi che io andassi a caccia, ma invece mi sono inoltrato ben al di là del punto fin dove dice di essersi spinto quel balordo di portoghese, e dove forse non è mai arrivato un bianco, a eccezione naturalmente di nostro padre. Seguimi, Sissy, sono io la tua guida.»

Robyn levò lo sguardo a lui nella luce montante dell'alba.

«Lo sapevo che non andavi a caccia», disse.

«Il terreno della scarpata è molto accidentato, ma con il cannocchiale ho individuato due passaggi, che penso possano andare bene...»

«E poi?»

«Lo scopriremo», ribatté Zouga, scoppiando a ridere. Quindi l'abbracciò prendendola alla vita. «È lì il bello di tutta la faccenda.»

Robyn lo scrutò in volto con la massima attenzione per qualche istante. La recente barba dava ulteriore risalto alle linee marcate, quasi testarde, della mascella. Capì che a progettare e realizzare una simile spedizione non poteva essere stato un uomo comune. Forse avrebbe potuto parlargli di Sarah e del bambino, e forse persino di Mungo St John e di quella notte.

«È per questo che siamo qui, Sissy: per il divertimento che possiamo ricavarne.»

«E per l'oro», lo rimbeccò lei scherzosamente. «E per l'avorio.»

«Sì, per Dio, anche per l'oro e per l'avorio. Su, Sissy, adesso si comincia davvero», ribatté Zouga, mettendosi a zoppicare dietro la coda della colonna, che stava per scomparire nella foresta di acacie. Robyn ebbe una breve esitazione, quindi scacciò i dubbi con una scrollata di spalle e lo rincorse.

Quel primo giorno i portatori erano riposati e volonterosi, il fondo della valle piatto e la marcia agevole, tanto che Zouga ordinò la *tirikeza*, ovvero la marcia doppia, così che, anche procedendo a passo lento, la carovana si lasciò dietro molte miglia di terra impolverata.

Marciarono finché a metà mattina si levò un caldo bruciante, tale da prosciugare il sudore ancora nei pori. A quel punto, trovata l'ombra, si stesero come corpi morti, e soltanto quando il sole calante concesse l'illusione di un rinfrescarsi dell'atmosfera il corno diede il segnale di riprendere la marcia.

La seconda fase della *tirikeza* durò fino al tramonto, quando divenne troppo scuro per distinguere i piedi sul suolo.

I fuochi stavano morendo e le voci dei portatori nei loro *scherms* di rovi stavano riducendosi a qualche mormorio sparso, prima del silenzio definitivo, quando Zouga uscì dalla propria tenda e si allontanò zoppicando dal campo, come una creatura della notte.

Portava la carabina Sharps gettata sulla spalla, il bastone in una mano e la lanterna oscurabile nell'altra, mentre la Colt era riposta nel fodero appeso alla cintura. Una volta fuori del campo, accelerò il passo quanto gli consentiva la ferita e percorse a ritroso la strada di quel giorno per i tre chilometri che portavano fino al tronco d'albero caduto, luogo concordato per l'incontro.

Lì giunto si fermò ed emise un leggero fischio, al che dal sottobosco emerse una figura minuscola, che reggeva una carabina con entrambe le mani. Il passo svelto e l'assetto all'erta della testa sulle spalle strette non potevano lasciare adito a dubbi.

«Tutto bene, sergente.»

«Siamo pronti, maggiore.»

Zouga esaminò le posizioni per l'imboscata, che il sergente Cheroot aveva scelto per i suoi uomini sui due lati del sentiero. Il piccolo ottentotto aveva dimostrato di possedere un ottimo occhio per il terreno e crebbe ulteriormente nella simpatia e stima di Zouga.

«Una boccata?» chiese a quel punto Jan Cheroot, con la pipa di terracotta già pronta in bocca.

«Non si fuma», gli ingiunse Zouga con un cenno di diniego. «Altrimenti sentono l'odore.» E con riluttanza Jan Cheroot si rimise la pipa in tasca.

Zouga aveva scelto una posizione al centro dello schieramento, dove avrebbe potuto appoggiarsi al tronco dell'albero caduto. Quindi si lasciò andare a terra con un sospiro, tenendo la gamba tesa rigidamente davanti al corpo: dopo la *tirikeza* avrebbe avuto una notte lunga e stancante.

La luna era prossima a diventare piena e c'era una luce quasi sufficiente per leggere i titoli di un giornale. La boscaglia viveva dei fruscii degli animaletti, che tenevano desta la tensione degli uomini.

Fu Zouga il primo a sentire il lieve rumore di un ciottolo che batteva contro un altro. Quindi emise un leggero fischio, al quale Jan Cheroot fece scattare le dita, imitando il rumore di uno scarabeo nero, per far capire che era all'erta. La luna era calata sulle alture e la sua luce, filtrando attraverso la foresta, illuminava a strisce il sentiero.

Qualcosa si mosse nella foresta e poi il rumore svanì, ma Zouga aveva colto un fruscio di piedi nudi sulla sabbia del sentiero. E all'improvviso furono lì, molto vicine, forme umane in fila, frettolose, silenziose, furtive. Zouga le contò: otto... no, nove. Ciascuna di esse eretta sotto il carico che reggeva in equilibrio sulla testa. L'ira di Zouga affiorò in superficie, accompagnata tuttavia da un cupo senso di soddisfazione di fronte alla conferma che la notte non era stata gettata via.

Quando la prima figura della fila arrivò all'altezza dell'albero caduto, Zouga puntò la canna della carabina verso l'alto e fece fuoco. L'esplosione frantumò la notte in centinaia di echi, che rimbalzarono nella foresta.

Gli echi non si erano ancora dispersi e le nove figure erano ancora immobilizzate dallo shock, quando gli ottentotti di Jan Cheroot piombarono loro addosso da ogni direzione, come una muta ululante.

Le loro grida erano talmente acute e disumane che provocarono un soprassalto persino in Zouga, ma ebbero un effetto straordinario sulle vittime, le quali lasciarono cadere i carichi che portavano e piombarono a terra, paralizzate dal timore superstizioso, aggiungendo al fracasso i loro lamenti e strilli. Infine al pandemonio si mescolò il rumore dei bastoni che battevano contro i crani e della carne che si lacerava, in un nuovo subisso di urla ancor più forti.

Gli uomini di Jan Cheroot avevano impiegato molto tempo e altrettanta attenzione nello scegliere e intagliare i propri manganelli, e ora li usavano con gusto appassionato, ripagandosi della notte di scomodità e noia.

Zouga sapeva che avrebbe dovuto affrettarsi a fermarli, prima che uccidessero o mutilassero seriamente qualcuno, ma la lezione era più che meritata, per cui concesse loro un altro minuto di divertimento, intervenendo addirittura di persona quando una delle figure a terra si rimise faticosamente in piedi e cercò di battersela nella boscaglia. Fece roteare il proprio bastone e l'abbatté.

A quel punto, ritiratosi al margine della strada, tirò fuori dal taschino uno dei pochi sigari che gli rimanevano e lo accese allo sfiatatoio della lanterna, inspirando con profonda soddisfazione, mentre, recuperata finalmente voce e coerenza, Jan Cheroot gridava:

«*Slat hulle, kerels!* Dategliele sode, ragazzi!»

Era arrivato il momento di fermarli, decise Zouga, aprendo lo spioncino della lanterna.

«Basta così, sergente», ordinò, e il frastuono delle percosse divenne intermittente, cessando poi del tutto. Gli ottentotti cercarono riposo appoggiandosi ai bastoni, ansimando e grondando sudore.

I nove disertori erano distesi a terra e si lamentavano, piagnucolosi, circondati dai loro carichi, alcuni dei quali si erano sfasciati. Zouga si sentì prendere da un nuovo accesso di furia quando tra gli oggetti sparsi riconobbe la cassetta dov'era contenuta la sua uniforme. Quindi mollò un ultimo calcio alla figura più vicina e poi grugnì al sergente Cheroot:

«Rimetteteli in piedi e ripulite tutto».

I disertori furono riportati al campo, legati a uno a uno e con addosso non solamente il pesante carico che avevano rubato, ma anche un'impressionante serie di tagli e contusioni.

Ancor più doloroso delle ferite, tuttavia, fu il ridicolo che l'intero accampamento, svegliatosi, riversò su di loro.

Zouga li mise in fila, con il bottino ammucchiato davanti, e in presenza dei loro simili fece un discorso in uno swahili sgrammaticato ma espressivo, con il quale li paragonò a sciacalli striscianti e a iene furtive, appioppando loro una multa pari a un mese di paga.

Il pubblico si godé moltissimo lo spettacolo, esplodendo in urla e fischi a ogni insulto, mentre i colpevoli cercavano letteralmente di ridurre la propria presenza fisica. Tuttavia non c'era uno solo dei portatori presenti che, all'occasione, non avrebbe seguito il loro esempio. In effetti, se la fuga avesse avuto successo, se ne sarebbero avute molte altre.

Il giorno dopo, durante l'intervallo di mezzogiorno della *tirikeza*, i capannelli di portatori che chiacchieravano all'ombra delle macchie di *mopani* concordarono di aver trovato un padrone forte. Al che i quattro *induna* dichiararono che bisognava trovargli un nomignolo adeguato. Consultatisi a lungo ed esaminate molte proposte, decisero finalmente per l'espressione «Bakela».

Bakela, ovvero «Colui-che-colpisce-con-il-pugno», essendo quella, tra le tante, la caratteristica di Zouga che più aveva acceso la loro fantasia.

Dovunque Bakela li guidasse, ora erano pronti a seguirlo, e, sebbene Zouga ogni sera stendesse una rete di ottentotti di guardia alle spalle della colonna, nessun pesce andò più a impigliarvisi.

«Quanti?» mormorò Zouga, e Jan Cheroot si dondolò sui calcagni, dando una succhiata silenziosa alla pipa vuota e strizzando gli occhi orientali, prima di rispondere, con una scrollata di spalle: «Troppi per contarli. Due, tre, forse persino quattrocento».

Il terreno era stato arato e ridotto a polvere finissima dalla moltitudine di grossi zoccoli fessi, e nell'aria rovente della valle dello Zambesi aleggiava il fetore rancido del bestiame.

Avevano seguito per un'ora una piccola mandria nella foresta aperta di *mopani*, chinandosi sotto i bassi rami ornati dalle doppie foglie spesse e lustre, ciascuna di forma uguale a quella dei segni fessi che stavano seguendo sul suolo, quando, all'uscita della foresta, alla sua traccia si era unita quella di un'altra mandria, assai più grossa.

«A che distanza?» chiese ancora Zouga, e Jan Cheroot si diede una manata sul collo, dove si era posata una mosca dei bufali, delle dimensioni di un'ape e armata di un pungiglione capace di ferire come un ago rovente.

«Siamo tanto vicini che ci sono ancora in giro le mosche che seguono la mandria», rispose poi, ficcando un dito nel più vicino mucchietto di sterco. «Lì dentro c'è ancora il calore del corpo», proseguì poi, pulendosi il dito nell'erba, «ma si sono portati su un terreno accidentato», concluse infine, indicando davanti a sé con il mento.

Era una settimana che avevano raggiunto la scarpata della valle, ma tutti i possibili passi che Zouga aveva individuato con il cannocchiale, a un esame ravvicinato si erano rivelati dei *cul de sac*, che terminavano contro una parete rocciosa a picco oppure su un abisso terrificante.

Allora avevano piegato verso ovest, seguendo la scarpata e sempre preceduti da Zouga con il suo gruppetto di uomini. Giorno dopo giorno quelle cime invalicabili avevano continuato a torreggiare sulla loro sinistra, levandosi a picco verso l'ignoto. Il suolo che percorrevano era torturato e segnato da profonde gole e burroni, da erte di roccia scura e da alture formate da enormi massi precipiti.

Zouga tolse il cannocchiale dalla bisaccia sulle spalle del suo portatore ed esaminò con attenzione il terreno davanti a sé. Era di una bellezza selvaggia e minacciosa, e per la centesima volta nel giro di pochi giorni si chiese se mai in quel labirinto avrebbe trovato un passaggio per l'impero di Monomatapa.

«Hai sentito?» chiese poi, abbassando improvvisamente lo strumento. Aveva avvertito un rumore come di mandria di vacche che rientrino per la mungitura.

«*Ja!*» confermò il sergente Cheroot con un cenno affermativo del capo, mentre ancora una volta il suono lugubre echeggiava contro le pareti di roccia, seguito dal lamento di un vitello. «Sono sdraiati tra i cespugli e non si muoveranno fino al tramonto.»

Zouga levò lo sguardo al sole. Era circa quattro ore oltre lo zenith. E lui, con più di cento bocche da sfamare, da due giorni aveva dovuto provvedere a razionare le scorte di pesce secco.

«Dobbiamo inseguirli», disse, e Jan Cheroot si tolse il cannello della pipa dai denti giallastri, sputando nell'erba con aria pensosa.

Zouga sollevò di nuovo il cannocchiale, pregustando come sarebbero andate le cose una volta raggiunti gli animali. Appena sparato il primo colpo, la boscaglia si sarebbe popolata di grossi animali neri alla carica.

La brezza incostante che scendeva dall'erta e stretta valle portò con sé un'altra poderosa zaffata.

«Il vento scende per la valle», disse.

«Non hanno sentito il nostro odore», confermò Cheroot, ma non era quello che Zouga intendeva. Infatti tornò a esaminare la dorsale più vicina. Un uomo avrebbe potuto risalirla, verso la cima della stretta valle.

«Sergente», disse, «ne faremo una strage.»

I nomi dei suoi portatori personali gli risultavano faticosi da pronunciare e difficili da ricordare. Erano quattro e li aveva scelti personalmente con cura, scartandone un'altra dozzina e ribattezzandoli Matteo, Marco, Luca e Giovanni. Un simile onore aveva loro conferito immenso prestigio, per cui si erano dimostrati ben lieti e volonterosi di apprendere i propri doveri. Nel giro di pochi giorni erano diventati rapidi nel ricaricare le armi, anche se non ancora al livello dei portatori di Camacho Pereira... ma se ne sarebbe riparlato.

Zouga portava la Sharps, mentre ciascuno dei portatori aveva con sé uno dei pesanti fucili da caccia all'elefante raccomandati da Harkness. In qualsiasi momento non doveva fare altro che tendere una mano per ritrovarsi nel pugno un'arma carica e pronta.

A parte i fucili da caccia all'elefante, i portatori avevano con sé il rotolo della biancheria per il letto, la bottiglia dell'acqua, un sacchetto in tela con il cibo, palle e polvere di riserva, nonché il piccolo bruciatore in terracotta in cui si poteva accendere in pochi secondi una pallottola di muschio e polpa di legno. I prodotti della civiltà come i fiammiferi era opportuno conservarli per gli anni a venire.

Zouga liberò di tutto il suo carico, a eccezione del bruciatore, Luca, il più rapido e gagliardo dei quattro, indicandogli il sentiero che correva lungo la dorsale e spiegandogli quello che doveva fare.

Tutti ascoltarono in tono di approvazione e alla fine persino il sergente Cheroot annuì saggiamente: «Prima di buttarmi fuori di casa la mia vecchia madre disse: 'Jan, quello che conta è il cervello'».

All'imboccatura della valle, dov'essa raggiungeva la foresta di *mopani*, c'era una bassa sporgenza di roccia, intagliata in strane forme dal sole e dall'erosione, che costituiva un riparo perfetto per un uomo accovacciato. Cento passi più avanti il fitto sbarramento di roccia bloccava la valle, ma in mezzo il terreno era discretamente aperto, con solamente qualche mozzicone di *mopa-*

ni e dei ciuffi di erba, tagliente come tanti rasoi e alta al livello della spalla di un uomo.

Zouga fece spostare il gruppo di uomini a riparo della roccia e quindi si arrampicò fino al punto più elevato, al fine di seguire con il cannocchiale il procedere del portatore seminudo, che si faceva cautamente strada lungo il margine della dorsale. Nel giro di mezz'ora aveva progredito tanto da scomparire alla sua vista.

Quindi ci volle un'altra ora perché dalla cima della valle una sottilissima voluta di fumo bianchissimo si levasse dolcemente nell'aria arroventata, per curvarsi poi nell'elegante forma di una piuma di struzzo sotto la lieve spinta della brezza.

Con miracolosa rapidità la colonna ascendente di fumo bianco venne circondata da un'altra nuvola vivente, formata da centinaia di minuscole macchioline scure. Ghiandaie. Le loro grida deboli ma eccitate giunsero fino a dove era in attesa Zouga, che attraverso il cannocchiale arrivò a distinguerne il piumaggio variopinto. Volteggiavano e si gettavano in picchiata contro gli insetti fatti levare in volo dalle fiamme.

Luca stava svolgendo bene il compito assegnatogli e Zouga si lasciò sfuggire alcuni grugniti di soddisfazione, a mano a mano che nuove colonne di fumo si levavano a intervalli, chiudendo la valle da un lato all'altro. Ora le due dorsali erano unite da una densa parete di fumo, che a poco a poco divenne sempre più scura, portando con sé frammenti di foglie e ramoscelli, e prese a discendere pesantemente la valle, simile a una delle valanghe che Zouga aveva visto nella catena dell'Himalaya.

Ora distingueva le punte delle lingue di fuoco, che emergevano sopra i rovi, e ne sentiva il rumore, simile al fruscio di acque di un fiume lontano. Il muggito di allarme di un bufalo risuonò come un colpo di tromba di guerra dalle creste rocciose, mentre il mormorio delle fiamme si elevava rapidamente di tono, trasformandosi in un cupo rombo di schianti.

Dal margine della boscaglia emerse una mandria di kudù, guidata da uno splendido maschio, dalle corna avvitate che correvano parallele al dorso. L'animale vide Zouga sul pinnacolo roccioso ed emise uno sbuffo preoccupato, scartando con le sue femmine per evitare di divenire un bersaglio facile.

Zouga si lasciò calare da quella posizione fin troppo allo scoperto e si appoggiò comodamente contro la roccia. Quindi armò il grosso percussore della Sharps.

Davanti alle fiamme, dalla boscaglia si levava un velo chiaro di polvere, mentre al rombo dell'incendio si andava accompagnando un altro rumore, un tuono sordo di zoccoli che faceva tremare il terreno sotto i loro piedi.

«Arrivano», borbottò Jan Cheroot tra sé, e nei suoi occhietti brillò un lampo.

Dallo sbarramento di rovi emerse un solo bufalo, un vecchio maschio, quasi pelato sulle spalle e sul dorso, e con la pelle grigia solcata da mille vecchie cicatrici. La sua linea di corsa l'avrebbe portato a passare a venti passi dal riparo di roccia e Zouga lasciò che fosse arrivato al doppio di quella distanza prima di alzare la Sharps.

Quindi mirò alla grossa piega di pelle sotto la gola, che indicava il cuore. Preso com'era a osservare il punto d'impatto della pallottola, quasi non avvertì il rinculo. Dalla pelle grigia dell'animale si levò semplicemente un leggero sbuffo di polvere esattamente nel punto a cui aveva mirato.

L'animale parve non accorgersi nemmeno di essere stato colpito. Non inciampò e non scartò, e anzi puntò contro di loro, sembrando immediatamente raddoppiarsi di dimensioni e sollevando il muso nell'assetto alto della carica.

Zouga tese un braccio in cerca della seconda arma, ma invano. Marco, il suo portatore numero due, esibì il bianco degli occhi in uno spasmo di terrore, emise uno stridio, gettò da parte il fucile da elefanti e scappò a balzi verso la macchia di *mopani*.

L'animale lo vide e tornò a deviare, inseguendolo e passando come un tuono a dieci passi di distanza da Zouga, che agitando la Sharps scarica si mise a invocare un altro fucile. Ma ormai l'animale era passato e aveva raggiunto Marco al limitare degli alberi.

Un solo colpo verso l'alto del poderoso collo e il portatore si trovò per aria, in un roteare vertiginoso di gambe e braccia, simile a una bambola di stracci gettata via da una bambina capricciosa, sparendo nel baldacchino verde del fogliame. Senza rallentare un solo passo l'animale si inoltrò nella foresta, ma Zouga non vide altro, perché un grido del sergente Cheroot lo fece voltare ancora una volta.

«*Hier kom hulle!* Arrivano!»

Davanti a loro tutto il terreno parve sobbalzare, come in preda alle scosse di un terremoto. Spalla a spalla, muso contro dorso, tutto il grosso della mandria emerse dal coperto, appiattendo i rovi sotto una grande ondata di corpi e riempiendo la valle da un lato all'altro.

Matteo e Giovanni, i due restanti portatori di Zouga, erano rimasti al loro posto e uno di essi prese la Sharps scarica, ficcando nella mano di Zouga l'imponente massa del fucile da elefanti. Dopo la Sharps l'arma gli parve pesante e squilibrata, e il mirino rozzo.

La parete di corpi stava calando su di loro a una velocità terrificante. Le femmine erano di un color cioccolato scuro e presentavano corna più delicatamente incurvate. I piccoli che correvano ai loro fianchi erano di un ruggine lucente e avevano ciuffi di peli rossicci tra i mozziconi delle corna. La mandria era talmente fitta che pareva impossibile potesse fendersi per superare la roccia. Nella prima fila c'era una femmina alta e snella, che puntava direttamente su Zouga.

Il giovane mirò al centro del torace e premette il grilletto. Un attimo più tardi il fucile vomitò una vampata assordante di fumo e fuoco, che si perse sopra le teste dei bufali in carica, e a Zouga sembrò di riceverne parte nella spalla. Barcollò all'indietro, mentre il fucile veniva spinto verso l'alto dal rinculo, ma l'animale parve andare a sbattere contro una barriera invisibile. Oltre cento grammi di piombo indurito con mercurio penetrarono nel torace dell'animale, facendolo cadere in un rovinoso ammasso di zoccoli e corna.

«Questo era per te, Tom Harkness!» gridò Zouga, offrendo la preda alla memoria del vecchio cacciatore dalla barba bianca e dando immediatamente di piglio a un'altra arma.

C'era un giovane maschio, grosso e nero, una tonnellata di carne bovina infuriata. Aveva visto Zouga e stava precipitandosi contro la roccia in un lungo balzo, tanto vicino che a Zouga parve di toccarlo con l'imboccatura della canna. Di nuovo la grande eruzione di rumore, fuoco e fumo, e mezza testa dell'animale volò via in una massa di ossa frantumate e frammenti insanguinati.

Pareva impossibile, eppure a quel punto la mandria si aprì, superando al galoppo sui due lati il ricovero di roccia, fiume biforcuto di muscoli e ossa tesi nello sforzo. Jan Cheroot stava emettendo grida stridule, in preda alla febbre della caccia, chinandosi oltre la roccia per ricaricare, riemergendo e tornando a far fuoco su quella calca di corpi giganteschi. Il tutto durò solamente due minuti, che tuttavia parvero un'eternità: rimasero lì, ad annaspare nelle nuvolaglie turbinanti di polvere, semisoffocati e circondati da una mezza dozzina di carcasse di animali, mentre il tamburreggiare della mandria si perdeva nella foresta di *mopani*.

Poco dopo qualcosa cadde goffamente dalla fitta cupola di fogliame, quindi si rialzò e si diresse zoppicando verso di loro. Zouga si lasciò sfuggire un grugnito rauco di allegria.

«Ehilà, piè veloce!» esclamò. Aveva così dato il bentornato a Marco, il portatore, e gli altri furono lesti a imitarlo.

«Quando voli tu, le aquile si vergognano», acclamò Jan Cheroot.

«La tua vera casa è in cima agli alberi», aggiunse Matteo, di gusto, «con i tuoi antenati coperti di peli.»

In serata avevano già ridotto le carcasse dei bufali in pezzi sanguinolenti, stesi su graticole fumanti e alte fino alla vita di un uomo, sotto cui bruciava il fuoco basso del legno di *mopani* umido.

La carovana aveva a disposizione una quantità di carne sufficiente per molte settimane.

Camacho Pereira non aveva dubbi circa il fatto che, limitandosi a seguire la linea della scarpata e tenendosi appena sotto al terreno scosceso, prima o poi avrebbe intercettato le tracce della carovana. Cento uomini in colonna dovevano aprire un sentiero in cui sarebbe andato a sbattere persino un cieco. Ma la sua certezza vacillava sempre più ogni giorno che passava.

Degli uomini concessigli dal fratellastro Alphonse, ne aveva già perduti due. Uno aveva messo un piede su una cosa che sembrava un mucchio di foglie secche, ma che invece si era istantaneamente trasformata in quasi due metri di vipera *gaboon* infuriata, grossa come la caviglia di un uomo e con la testa delle dimensioni di un pugno.

Dopo averla ridotta a brandelli con una serie di raffiche di fucileria, Camacho e i suoi compagni si erano giocati tutte le loro prospettive di bottino sul tempo che la vittima avrebbe impiegato a morire. Camacho, l'unico a possedere un orologio, era stato nominato cronometrista, quindi si erano raccolti tutti attorno al moribondo, incitandolo, secondo i casi, a rinunciare all'inutile battaglia per la sopravvivenza o a tener duro ancora un po'.

Quando il moribondo era caduto in preda alle convulsioni,

con le mascelle bloccate in un rictus ghignante e senza più alcun controllo dello sfintere anale, Camacho gli si era inginocchiato accanto, reggendogli sotto il naso una manciata di foglie di *tambooti* marce, per farlo riprendere, canticchiando: «Ancora dieci minuti... tieni duro ancora dieci minuti per il tuo vecchio amico Machito!»

L'ultimo spasmo si era concluso con una tremenda espulsione di fiato e, quando il cuore aveva cessato definitivamente di battere, Camacho si era rialzato e, furibondo, aveva dato un calcio al cadavere.

«È sempre stato uno sciacallo mangiamerda», aveva esclamato.

Quando avevano preso a spogliarlo di ogni cosa che potesse avere il benché minimo valore, dalle pieghe del suo turbante erano cadute cinque monete, cinque pesanti mohur d'oro della Compagnia dell'India Orientale.

Non c'era uno solo di quegli uomini che non si sarebbe venduto la madre, non per cinque, ma per un solo mohur.

Al primo baluginare dell'oro i coltelli erano comparsi con un sardonico ghigno metallico, e il primo che era riuscito a mettere le mani sul tesoro era poi stato costretto ad allontanarsi cercando di trattenere i visceri all'interno della lunga e netta fenditura che gli era stata aperta nel ventre.

«Lasciatele lì», aveva gridato a quel punto Camacho. «Non toccatele finché non le avremo tirate a sorte.»

Nessuno di loro si fidava degli altri, e i coltelli rimasero ben in vista durante il sorteggio, a seguito del quale ai vincitori venne concesso a malincuore di incassare la vincita.

L'uomo ferito al ventre non era in grado di camminare senza perdere i visceri e in conseguenza di ciò era bell'e morto. I morti, come ciascuno sa, non hanno alcun bisogno dei loro beni personali. Una logica che appariva evidente a tutti. Gli avevano lasciato camicia e brache. Quindi, con alcune battute volgari, lo avevano ficcato alla base di un albero di *marula*, in compagnia della vittima del serpente, e se n'erano andati lungo la scarpata.

Tuttavia, avevano percorso soltanto un centinaio di metri quando Camacho era stato preso da un soprassalto di compassione. Erano tanti anni che lui e quell'uomo moribondo marciavano, combattevano e andavano a puttane insieme. Quindi si era voltato ed era tornato indietro.

L'uomo gli aveva rivolto un sorriso livido, al quale Camacho aveva risposto con il lampo dei suoi meravigliosi denti, lasciandogli cadere in grembo la sua pistola carica.

«Sarà meglio che la usi prima che le iene ti trovino, questa sera», gli aveva detto.

«Ho una sete terribile», aveva gracchiato l'uomo, con il labbro superiore screpolato e imperlato da un lieve rivolo di sangue, fulgido come un rubino alla luce del tramonto. Aveva gli occhi puntati sulla borraccia da due galloni che Camacho portava alla vita.

Ma Camacho l'aveva prontamente spostata dietro il dorso, in maniera che non fosse più visibile, facendone sciaguattare in maniera seducente il contenuto.

«Cerca di non pensarci», gli aveva consigliato.

Tra compassione e stupidità c'è un limite. Chi poteva sapere quando e dove avrebbero trovato ancora dell'acqua? In quelle terre abbandonate da Dio costituiva un bene che non poteva essere sprecato per un uomo già bell'e morto.

Quindi aveva dato al morente una pacca di conforto su una spalla, gli aveva rivolto un ultimo sguardo affettuoso e se n'era andato nella boscaglia, fischiettando lievemente e con il berretto di castoro inclinato su un occhio.

«Camachito è tornato ad accertarsi che non abbiamo dimenticato niente.» Con questa frase lo aveva accolto l'abissino monocolo, quando aveva raggiunto la colonna, ed erano esplosi tutti in matte risate. Si sentivano ancora tutti di ottimo umore, le borracce erano piene più che a metà e le prospettive di un immenso bottino aleggiavano loro davanti come fuochi fatui nella valle.

Tutto ciò era accaduto dieci giorni prima, dei quali gli ultimi tre erano passati senz'acqua, tanto che erano ormai innumerevoli i sorsi di acqua mista a mota e piscia di elefante che erano stati costretti a bere usando le mani chiuse a coppa. A parte la mancanza di acqua, il procedere era diventato un fatto stupefacente. Camacho non si era mai inoltrato in un terreno tanto disagevole e sconnesso, su e giù per taglienti erte rocciose e letti di corsi d'acqua asciutti.

Inoltre ormai sembrava altamente probabile che l'inglese avesse finito con il cambiare idea, dirigendosi a nord dello Zambesi, nel qual caso l'avevano perduto – e al pensiero Camacho si sentiva accapponare la pelle –, oppure avevano attraversato la traccia della carovana al mattino presto o di sera tardi, quando la luce era insufficiente per distinguerla. Era facile sbagliarsi: ogni giorno si erano imbattuti in centinaia di tracce di animali, che potevano anche aver cancellato quella lasciata dalla carovana. Oppure essa poteva anche essere stata spazzata via da una delle furibonde e brevi trombe d'aria, i demoni della polvere che devastavano la valle in quella stagione.

Per completare le tribolazioni di Camacho, la sua banda di nobili guerrieri era sul punto di ammutinarsi. Parlavano del tutto scopertamente di tornare indietro. Secondo loro non esistevano un inglese e una carovana piena di ricchezze, oppure, anche se mai erano esistiti, a quel punto dovevano essere chissà dove, e sempre più lontani. Inoltre i caporioni rammentavano agli altri che ormai anche la loro quota di guadagno per il trasferimento della carovana di schiavi stava perdendosi nel vento. Era poco ma sicuro che cinquanta schiavi reali valevano almeno quanto cento mitici inglesi. Insomma: avevano molte ottime ragioni per fare dietrofront.

Camacho, invece, non aveva nulla a cui tornare, se non le ire del fratellastro. Inoltre aveva un conto da regolare, anzi: due. Continuava a sperare che sarebbe riuscito a trovare l'inglese e sua sorella vivi, e in particolare la donna. Anche con tutto quel calore e la sete, sentì l'inguine inturgidirsi al pensiero di quei pantaloni mascolini. Ma fu costretto a tornare con un soprassalto alla realtà, gettandosi un'occhiata alle spalle, verso la fila di manigoldi che lo stava seguendo.

Sarebbe stato ben presto necessario accopparne uno, aveva deciso già da tempo. Erano dei gran mangiamerda... e non esisteva altro linguaggio che fossero in grado di capire. Doveva dare un esempio per raddrizzargli la schiena.

Aveva già scelto la vittima. L'abissino monocolo, che era il più chiacchierone di tutti, il più eloquente sostenitore dell'opportunità di tornare alla costa. Una scelta che inoltre era resa ancor più interessante dal fatto che sulla sinistra costui non vedeva niente. Il problema era che il lavoro andava fatto bene. Gli altri sarebbero rimasti impressionati dal coltello, ma non dall'arma da fuoco. Tuttavia l'abissino non consentiva a nessuno di porsi in quella sua zona cieca. Senza rendere la cosa troppo evidente, Camacho gli era scivolato due volte sulla sinistra, ma ogni volta l'abissino aveva girato violentemente la testa, coronata da una folta zazzera di ricci, rivolgendogli un largo ghigno ed esponendo un rivoletto di lacrime che colava sulla guancia dall'orbita oscenamente vuota.

Comunque Camacho era perseverante e anche pieno di inventiva. Infatti aveva notato che, non appena usciva da tale zona cieca, l'abissino si rilassava, diventando immediatamente più verboso e arrogante. Altre due volte aveva cercato di accostarglisi in quella maniera e per due volte aveva incontrato quello sguardo fisso e freddo. In tal modo era riuscito nel suo intento, convincendo l'abissino che il pericolo gli proveniva solamente dalla sinistra, per cui, quando a mezza mattina si erano fermati, gli si acquattò ostentatamente sulla destra. L'abissino gli rivolse un ghigno, ripulendosi sulla manica la borraccia quasi vuota.

«Fine del viaggio. Io non vado più avanti», disse poi in buon portoghese. «Lo giuro sulle sacre stimmate di Cristo.» E toccò la croce copta d'oro che gli pendeva dal collo. «Non un solo altro passo avanti. Io torno indietro.»

Facendosi vento con il berretto di castoro, Camacho scrollò le spalle, rispondendo al ghigno con un sorriso solare. «Allora beviamo alla tua dipartita», disse poi, alzando con la mano libera la borraccia e scuotendola lievemente. Ce n'era una tazza, non di più. Gli sguardi di tutti corsero istintivamente alla borraccia. In quel luogo l'acqua significava vita, per cui anche lo sguardo monocolo dell'abissino si fissò su di essa.

Allora Camacho se la lasciò scivolare tra le dita. Parve un incidente, e la bottiglia rotolò verso i piedi dell'abissino, rovesciando acqua limpida sul terreno cotto dal sole. Con un'esclamazione l'uomo si chinò per prenderla con la destra, la mano del coltello.

Nessuno vide veramente Camacho muoversi. Teneva il coltello nascosto nella fodera del berretto. E improvvisamente l'arma parve materializzarsi dietro l'orecchio destro dell'abissino. Ne emergeva solamente il manico di osso intagliato. La lama era completamente immersa. L'abissino sollevò la mano con un'espressione esterrefatta, quindi toccò l'impugnatura del coltello, sbatté rapidamente l'unico occhio, aprì la bocca e infine la serrò, cadendo in avanti sulla borraccia. Già Camacho era in piedi, con una pistola carica in ciascuna mano.

«C'è qualcun altro che vuole fare un giuramento sulle sacre stimmate di Cristo?» chiese con un sorriso, esibendo denti molto grossi, bianchi e quadrati. «Nessuno? Benissimo. Allora lo faccio io. E lo faccio sulla verginità perduta delle vostre sorelle, che l'hanno venduta cento volte per un escudo a botta.»

Persino quegli individui furono scossi da una simile bestemmia.

«Lo faccio sul vostro affare flaccido e rattrappito, che sarà mio piacere portarvi via con un colpo di pistola», proseguì, ma a quel punto venne interrotto e dovette lasciare l'ingiuria a metà.

Nella foschia surriscaldata del mattino si era sentito un leggero schiocco, tanto lontano e indistinto che per un momento nessuno di essi lo riconobbe per un colpo di fucile. Il primo a riprendersi fu Camacho, il quale si ficcò le pistole nella fascia che portava in vita. Non ne aveva più bisogno... e corse alla cresta del *kopje* su cui stavano seduti.

Lontana nel cielo azzurro slavato si levava una colonna di fumo color grigio spento. Con quel terreno ci sarebbe voluto un giorno di viaggio per arrivare fin là.

Attorno a lui i suoi uomini, tornati leali e pieni di ardore, stavano ridendo e abbracciandosi gioiosamente. Era un peccato per l'abissino, ammise Camacho. Come tutti quelli della sua razza era un buon combattente, e adesso che l'inglese era stato trovato avrebbero sentito la sua mancanza.

Camacho riparò il sigaro nelle mani chiuse a coppa e inspirò profondamente. Quindi, mantenendo il fumo nei polmoni, strizzò gli occhi per proteggerli dal riverbero del sole nascente. Sull'altro versante della valle la lunga colonna di uomini che stava osservando si muoveva al passo del più lento. Dubitava che procedessero a più di un miglio all'ora.

Si tolse di testa il berretto di castoro e vi soffiò dolcemente il fumo, in modo che si disperdesse invece di rimanere ad aleggiare nell'aria attirando lo sguardo di qualche osservatore.

Non trovava nulla di strano nel fatto che il moschettiere ottentotto il quale apriva la fila portasse una bandiera inglese. Persino in quell'angolo di mondo arido e abbandonato da Dio, anche se era scolorita e lacera, essa rappresentava pur sempre una promessa di protezione e un ammonimento per chi la vedeva passare. Tutte le carovane in Africa procedevano all'ombra di una bandiera.

Quindi diede un ulteriore tiro al sigaro nerastro e ancora una volta pensò a quanto fossero infallibili i consigli di suo fratello

Alphonse. L'unico momento adatto per l'impresa era la notte. Allora la colonna sarebbe stata dispersa su più di un chilometro e mezzo, con larghi spazi tra ciascuno dei quattro gruppi in cui era divisa... e con sé lui aveva ancora diciassette uomini. Se avesse attaccato di giorno, sarebbe stato costretto a concentrarli nell'attacco ai moschettieri ottentotti in testa alla carovana, e già si immaginava a colori vividi che cosa sarebbe successo al primo sparo. Cento portatori avrebbero lasciato cadere il carico e sarebbero scappati nella boscaglia, per cui, una volta finita la battaglia, non avrebbe avuto nessuno per trasportare il bottino.

Inoltre era necessario aspettare che l'inglese tornasse a unirsi alla carovana. Riteneva infatti che Zouga Ballantyne si fosse allontanato per andare a caccia o in esplorazione, ma che sarebbe tornato alla carovana prima del tramonto.

La donna invece c'era, e in quel momento ne ebbe ancora una visione, mentre scavalcava un tronco steso di traverso sul sentiero. Per un attimo rimase lì in equilibrio, con le sue gambe lunghe fasciate in quelle brache da far impazzire, poi saltò giù dal tronco. Camacho si perse per qualche istante in piacevoli fantasticherie erotiche. Erano venti giorni che non toccava una donna e la cosa gli aveva dato un pungente appetito erotico, che nemmeno la durezza del percorso era valsa ad attenuare.

Si lasciò sfuggire un sospiro di felicità e poi tornò a strizzare gli occhi, concentrandosi sui problemi immediati. Alphonse aveva ragione: dovevano aspettare fino a notte. E quella notte sarebbe stata ottima, perché si era tre giorni dopo il plenilunio e la luna si sarebbe levata molto tardi, un'ora circa dopo la mezzanotte.

Avrebbe lasciato che l'inglese arrivasse, che facessero il campo, che i fuochi si spegnessero e che le sentinelle ottentotte si assopissero. Allora, al sorgere della luna, quando la vitalità del campo fosse stata al punto più basso, sarebbe arrivato lui con i suoi uomini.

Erano tutti in gamba con il coltello – lo dimostrava il fatto stesso che fossero ancora vivi, pensò Camacho con un sorriso – e quella notte avrebbero avuto un'altra opportunità per dimostrarlo. Avrebbe individuato di persona la posizione delle sentinelle ancora con la luce. Avrebbero cominciato con quelle, che secondo lui non sarebbero state più di tre o quattro. Dopo le sentinelle, i moschettieri ottentotti addormentati, che erano i più pericolosi. E a quel punto ci sarebbe stato tempo per godersela.

Sarebbe andato di persona alla tenda di quella donna (al pensiero si agitò leggermente e fu costretto a riassettarsi i pantaloni). Era un tremendo peccato, però, che non potesse sistemare anche l'inglese. Aveva sognato di ficcargli un punteruolo di legno tra le chiappe e poi di accettare scommesse sul tempo che avrebbe impiegato a crepare, divertendo lui e la compagnia, e al tempo stesso recuperando un po' delle cifre perdute in precedenza.

Poi con riluttanza mista a prudenza aveva deciso di non correre il rischio di un simile piacere. Con un tipo del genere era meglio di no. Meglio tagliargli la gola mentre era ancora addormentato. Decise fermamente che, invece, si sarebbero divertiti tutti quanti con la donna.

Gli spiaceva solamente che avrebbe potuto passare poco tempo con lei, prima che gli altri esigessero il loro turno, anche se pochi minuti gli sarebbero probabilmente bastati. Era ben strano come mesi di attesa famelica potessero essere saziati tanto in fretta, convertendosi in indifferenza e persino disgusto dopo una breve emissione di materia. Pensiero profondamente filosofico, considerò Camacho. Ancora una volta aveva sbalordito se stesso con la propria sapienza e sensibilità nei confronti delle cose della mente. Aveva sempre pensato che, se mai avesse imparato a leggere e scrivere, sarebbe potuto diventare un grand'uomo, come suo padre, il governatore. In fin dei conti, il sangue che gli scorreva nelle vene era lo stesso di tutti quegli aristocratici portoghesi, anche se un po' diluito.

Con un sospiro riconobbe che cinque minuti sarebbero dovuti bastare, dopo di che l'avrebbe ceduta agli altri. Una volta che anch'essi avessero terminato, infine, avrebbero potuto procedere alle scommesse sul giochetto con il lungo punteruolo di legno... e naturalmente la donna offriva un posto ben più divertente dove ficcarlo. Al pensiero esplose in un risolino sonoro e tirò l'ultima boccata dal sigaro. Il mozzicone era talmente corto che la brace gli scottò le dita. Lo lasciò cadere e lo ridusse in frantumi sotto una suola.

Zouga aveva affidato le graticole e il fuoco ai portatori, operazione noiosa, dal momento che bisognava proteggerle continuamente da iene e sciacalli, nonché dai corvi e dai nibbi che aleggiavano senza tregua sull'accampamento. Inoltre bisognava procurare la legna e intrecciare i cesti di corteccia di *mopani* in cui riporre la carne affumicata.

Jan Cheroot fu felice di tagliare la corda in sua compagnia per tornare a raggiungere il grosso della carovana, al fine di guidarlo verso il campo dei bufali. Persino la mosca *tse-tse* non poteva offuscare il suo buon umore. Era ormai una settimana o più che erano penetrati nella «zona della mosca». Quei piccoli insetti importuni Thomas Harkness li aveva definiti «i guardiani dell'Africa» e certamente rendevano impossibile al bianco introdurre i suoi animali domestici in vasti tratti di territorio.

In quella zona essi costituivano una delle principali ragioni per le quali i coloni portoghesi erano stati confinati al basso litorale costiero. La loro cavalleria non era mai riuscita a superare quello schermo mortale e i loro animali da tiro non erano mai stati in grado di trainare su dalla costa le macchine belliche.

Inoltre erano la ragione per la quale Zouga non aveva cercato di usare carri o animali per trasportare le sue provviste. Nella carovana non c'era nemmeno un cane, dal momento che soltanto l'uomo e gli animali selvatici erano immuni dalle terribili conseguenze della puntura.

Quel giorno, durante la marcia di ritorno verso la colonna, Zouga e Cheroot ne soffrirono la peggiore infestazione che avessero mai incontrato nella valle dello Zambesi. Le mosche si levavano da terra posandosi a sciami sulle loro gambe e formando un velo sulla nuca e sulle scapole, tanto che i due si scambiavano a turno la posizione di testa per spazzarsele via di dosso con una coda di bufalo appena tagliata.

Ma improvvisamente come erano entrati nella «cintura della *tse-tse*», altrettanto improvvisamente se ne trovarono fuori, sistemandosi con grande sollievo all'ombra per riposare un poco. Mezz'ora più tardi sentirono cantare in lontananza e rimasero ad aspettare l'arrivo della carovana, fumando e chiacchierando allegramente, da buoni compagnoni quali erano diventati.

Durante una delle lunghe pause nella loro conversazione, a Zouga parve di aver distinto un vago movimento sul lato opposto della stretta valle, davanti a loro. Probabilmente una mandria di kudù o un branco di babbuini, assai abbondanti nella zona e unici animali selvatici che avessero incontrato dopo Tete, se si escludevano i bufali.

L'avvicinarsi della carovana, comunque – pensò Zouga –, li avrebbe messi in fuga, qualsiasi cosa fossero. Il movimento non si ripeté. Probabilmente avevano superato la cresta, pensò ancora Zouga, tornando ad ascoltare Jan Cheroot.

«Le piogge sono terminate soltanto sei settimane fa», stava riflettendo questi a voce alta. «Le pozze e i fiumi in altura saranno dunque ancora pieni. Qui no, ovviamente: il terreno è troppo ripido», disse ancora, indicando il corso d'acqua roccioso e secco sotto di loro. «Perciò le mandrie si disperdono e seguono i vecchi percorsi.» Stava spiegando i motivi dell'assenza di elefanti o persino di tracce recenti dei medesimi nella valle, e Zouga lo ascoltava con attenzione, perché a parlare era un esperto. «I percorsi degli elefanti un tempo correvano dalla montagna piatta di Buona Speranza fino alle paludi del lontano *Sud*», proseguì Cheroot, indicando il nord. «Ma ogni anno si riducono, a mano a mano che noi *jagter*, cacciatori, e quelli come noi inseguiamo le mandrie, ricacciandole sempre più nell'interno.»

Quindi tornò a tacere, attaccandosi al cannello della pipa e facendola gorgogliare.

«Mio padre mi ha raccontato di aver ucciso gli ultimi elefanti a sud del Fiume degli Olifanti – appunto il fiume degli Elefanti – quando era ancora giovane. Si vantava di averne uccisi dodici, quel giorno, da solo, con un fucile ad avancarica talmente pesante che non poteva reggerlo alla spalla. Doveva appoggiarlo a una forcella di legno che si portava dietro apposta. Dodici elefanti in un giorno... e da solo. Una vera impresa.» E Jan Cheroot si concesse una pausa, facendo nuovamente gorgogliare la pipa e sputando una boccata di saliva gialla di tabacco. «Però mio padre era più famoso come bugiardo che come cacciatore», concluse infine, ridacchiando e scuotendo affettuosamente il capo.

Zouga sorrise, ma il sorriso svanì bruscamente e la sua testa si sollevò con uno scatto improvviso. Quindi strizzò gli occhi, per difenderli da un riflesso di sole che arrivava dall'altra parte della valle. Qualunque cosa fosse ciò che aveva visto, era ancora là e non si trattava né di un kudù né di un babbuino. Doveva trattarsi di un uomo, perché soltanto ferro o vetro potevano aver prodotto un riflesso simile. Jan Cheroot, che non si era accorto di niente, stava ancora parlando in tono pensoso dei tempi in cui andava a caccia di elefanti con Cornwallis Harris.

Ma in realtà Zouga non lo stava più ascoltando. Stava invece pensando all'uomo sul lato opposto della valle. Si trattava probabilmente di qualche membro della carovana, un gruppo di uomini mandati avanti a far legna per il bivacco, anche se era ancora presto per pensare già a fare il campo.

Il canto dei portatori adesso era più forte e il giovane dovette serrare la mente di fronte alle distrazioni, concentrandosi sull'evento. Lì, a cento miglia dalla più vicina abitazione umana, doveva trattarsi di qualcuno della carovana: taglialegna, cercatori di miele, disertori, chi poteva saperlo?

Quindi si alzò e si stirò, imitato da Jan Cheroot, che mise via la pipa. Più in basso nel pendio, contro lo sfondo degli alberi, era comparsa la testa della colonna, preceduta dalla bandiera che sventolava gaia.

Zouga lanciò ancora uno sguardo verso il lato opposto della valle, che ancora una volta gli parve deserto. Era stanco, le piante dei piedi gli dolevano come se avesse camminato sui carboni ardenti e la ferita non ancora risanata gli provocava un dolore sordo.

Sarebbe veramente stato il caso di risalire quella scarpata per andare a vedere, ma era ripida e irta di rocce. Per arrivare in cima e tornare indietro ci sarebbe voluta mezz'ora. Quindi scesero incontro alla carovana e, avvistata Robyn che procedeva con la sua grazia di puledro dietro al portabandiera, Zouga sollevò il cappello sopra la testa e lo sventolò.

La sorella gli si avvicinò di corsa, ridendo di gioia come una bambina. Erano tre giorni che non lo vedeva.

Sotto una parete di roccia nera, liscia e lucida, che con il fiume in piena si sarebbe trasformata in una cascata rombante, il corso asciutto del fiume faceva una curva, piena di sabbia di un bianco puro.

I due fratelli si sedettero al margine della cascata asciutta, osservando gli uomini a cui Zouga aveva ordinato di scavare in cerca di acqua.

«Mi auguro che ce ne sia abbastanza», disse Robyn guardandoli con interesse. «È da quando siamo partiti da Tete che non uso il mio bagno», aggiunse poi. La sua vasca in smalto costituiva il carico più ingombrante della spedizione.

«A me sarebbe sufficiente quanto basta per riempire una teiera», ribatté Zouga in tono vago, chiaramente distratto.

«C'è qualcosa che ti preoccupa?» chiese Robyn.

«Stavo pensando a una valle nel Kashmir.»

«Era come questa?»

«Non proprio... così», ribatté lui con una scrollata di spalle.

In quella valle lontana, quando era un giovane cadetto al comando di una pattuglia in avanscoperta davanti al battaglione, aveva visto qualcosa come quel giorno. Una cosa di minima importanza, un'ombra di movimento, un lampo di luce che sarebbe potuto provenire dalla canna di un fucile o dalle corna di una capra selvatica. Allora, come ora, era troppo preso per verificare. Quella notte aveva perduto tre uomini, uccisi mentre combattevano per aprirsi una via d'uscita dalla valle. Il combattimento gli aveva guadagnato un encomio del colonnello, ma quegli uomini non erano tornati in vita.

Quindi alzò lo sguardo al sole calante: rimaneva un'ora di luce. Sapeva che era suo dovere arrampicarsi su quella scarpata. Mentre Robyn lo osservava perplessa, titubò ancora per qualche istante e poi, con un'esclamazione esasperata, si alzò stancamente. I piedi gli facevano ancora un male abominevole e fu costretto a strofinarsi l'anca, dove la ferita da pugnale pulsava. Sarebbe stata una camminata lunga.

Per uscire dal campo senza dare nell'occhio si servì di una fenditura del terreno stretta e profonda, superata la quale si mantenne nella fitta boscaglia appena sopra il letto del fiume, finché raggiunse una barriera, formata dal legname trascinato dall'acqua durante le recenti piogge, che bloccava il corso da una riva all'altra.

La utilizzò per coprirsi la traversata e quindi affrontò il pendio opposto, procedendo con estrema cautela, passando di corsa e chino da un albero all'altro e sostando con occhi sbarrati e orecchi tesi prima di ogni movimento.

Sulla cresta ci fu un lieve passaggio di aria più fresca, la brezza della sera che scendeva lungo la scarpata e che gli raffreddò il sudore sul collo, fornendo quasi una giustificazione all'ardua salita. Pareva infatti che altro non avrebbe ottenuto. Il terreno pietroso era troppo duro per recare tracce e non mostrava segni di vita, animale o umana. Tuttavia Zouga era ben deciso a fare ammenda per la colpevole pigrizia mostrata nell'altra occasione. Si era attardato troppo e sarebbe calato un buio completo prima che fosse di ritorno al campo. La luna si levava tardi e quindi rischiava di rompersi una gamba su quel terreno.

Si voltò per tornare indietro e, prima ancora di vederlo, ne avvertì l'odore, un odore che gli fece rizzare i peli sugli avambracci e contrarre i muscoli del ventre: un odore tanto familiare! Si chinò e raccolse il piccolo oggetto bruno, spiaccicato. L'ultimo dei suoi sigari lo aveva fumato due giorni prima: era forse perciò che il suo naso aveva reagito con tanta intensità all'odore del tabacco.

Il sigaro era stato fumato fino a lasciarne solamente un sottile anello, e poi spiaccicato al punto da farlo sembrare un brandello di corteccia. Se non fosse stato guidato dall'odore, non lo avrebbe mai trovato. Zouga se lo frantumò tra le dita: sull'estremità masticata c'era ancora un residuo di saliva. Quindi sollevò le dita e se le annusò. Sapeva dove aveva già sentito l'odore di quel particolare tabacco portoghese, profumato.

Camacho lasciò quindici dei suoi uomini in basso, ben distanti dalla cresta, in un ammasso di rocce che sembrava un castello in rovina e le cui caverne offrivano ombra e riparo. Avrebbero dormito, lo sapeva, e ne provò rancore. Anche le sue ciglia si chiusero, mentre se ne stava disteso a pancia in giù, al coperto, a osservare la carovana che faceva il campo.

Aveva portato con sé solamente due dei suoi uomini, che avrebbero dovuto aiutarlo a localizzare le sentinelle e gli *scherms*, i fuochi di guardia e la sistemazione delle tende, in modo da essere in grado di guidare gli altri all'attacco anche nel buio totale. Ma sperava di non dover procedere a tanto. Al buio si può sempre fare qualche errore, e bastava un solo colpo o un grido per mandare tutto all'aria. No, avrebbero aspettato la luna.

L'inglese era tornato presto, prima che la carovana si fermasse. Aveva con sé l'ottentotto, e procedevano entrambi con rigidezza, come se fossero reduci da una marcia molto lunga. Buon Dio, se avrebbe dormito sodo! Probabilmente lo stava già facendo, dato che da un'ora non lo vedeva. Doveva trovarsi nella tenda accanto a quella della donna, dove poco prima un servitore aveva portato un secchio fumante di acqua calda.

Avevano osservato il sergente ottentotto appostare solamente due sentinelle. L'inglese doveva sentirsi molto sicuro: soltanto due sentinelle di guardia per i leoni. Per mezzanotte sarebbero state tutt'e due addormentate. E non si sarebbero mai più svegliate. Di una di esse si sarebbe preso cura lui di persona. Sorrise pregustandoselo. La seconda l'avrebbe affidata a un maestro del coltello.

Gli altri ottentotti avevano costruito il loro solito ricovero con il tetto a falda, rudimentalmente coperto di paglia. In quella stagione e con quel cielo di un azzurro immacolato non c'era possibilità che piovesse. Era a circa duecento passi dalle tende: un gemito o un pianto soffocato non sarebbero arrivati fin là. Bene, si disse nuovamente Camacho, annuendo. Le cose stavano andando meglio di quanto sperasse.

Come sempre, le due tende erano state sistemate molto vicine, quasi a ridosso. Il cavalleresco inglese a guardia della dama, pensò Camacho con un altro sorriso, sentendosi riscuotere miracolosamente dalla sonnolenza, mentre l'inguine riprendeva a gonfiarglisi. Avrebbe voluto che la notte fosse già passata: era troppo tempo che aspettava.

E la notte arrivò, con la drammatica rapidità propria dell'Africa. Nel giro di pochi minuti la valle fu piena di ombre, mentre il tramonto procedeva a stendere gli ultimi teatrali barbagli di arancione e oro, prima del buio definitivo.

Camacho rimase ancora un'ora a osservare i profili oscuri delle persone sedute accanto ai fuochi da campo. Il suono dei canti che arrivava fin lì, accompagnato e seguito da altri rumori – lo sbattere metallico di un secchio, il tonfo di un ciocco buttato sul fuoco, il mormorio assonnato delle voci – dimostrava che, preso nella sua solita attività, il campo era del tutto ignaro.

I rumori svanirono e i fuochi si spensero. Il silenzio e il buio vennero disturbati solamente dal lamento stridulo dello sciacallo.

Il disegno delle stelle procedette lentamente nel cielo, indicando lo scorrere delle ore, e poi a poco a poco impallidì davanti al crescere della luce diffusa dalla luna nascente.

«Fate venire gli altri», ordinò Camacho all'uomo che gli era più vicino, stirandosi come un gatto per riscuotere i muscoli intorpiditi. Arrivarono silenziosamente e gli si raccolsero intorno per ascoltare le ultime istruzioni, che vennero impartite a voce bassissima.

Quando ebbe finito, Camacho li guardò uno per uno. Sui loro volti, al chiarore lunare, si stendeva la luminosità verdastra dei cadaveri appena esumati: fu da essi che vennero i cenni di consenso alle sue parole. Quindi gli uomini lo seguirono giù per il pendio, ombre scure e silenti, simili a un branco di volpi. Raggiunto il corso d'acqua nel punto più basso della valle, si separarono nei gruppi preordinati.

Camacho si diresse verso il campo seguendo il sentiero appena tracciato. Teneva il coltello nella destra e il moschetto nell'altra mano. I suoi piedi producevano un fruscio appena udibile sull'erba corta e secca. Davanti a lui, sotto le fronde spiegate di un albero di *mukusi*, già distingueva la forma di una sentinella, piazzata lì sei ore prima. Dormiva, rannicchiata come un cane sulla dura terra. Camacho annuì in tono soddisfatto e si avvicinò ulteriormente, strisciando. Vide che l'uomo si era tirato una coperta scura sulla testa. Le zanzare avevano dato fastidio anche a lui, pensò con un ghigno, inginocchiandoglisi accanto.

Con la mano libera tastò lievemente la coperta in cerca della testa. Quindi si lasciò sfuggire una breve esclamazione di sorpresa, tirandola via. Era stata stesa sulle radici esposte dell'albero di *mukusi*, per dare l'illusione della forma di un corpo addormentato. Camacho bestemmiò, sottovoce ma con veemenza.

Quella sentinella aveva scelto un momento sbagliato per abbandonare il posto. Con ogni probabilità stava felicemente russando su un materasso di erba secca. L'avrebbero beccato con gli altri, quando li avessero fatti uscire dal ricovero. Quindi Camacho risalì il pendio verso il campo. Al chiarore della luna le tende rilucevano di un argento spettrale, richiamo luminoso su cui si concentrò la sua libidine. Procedendo frettolosamente verso la tenda di sinistra, si fece scivolare la tracolla del moschetto sulla spalla, fermandosi poi guardingo, con il coltello pronto nella destra, all'apparire di un'altra ombra, in cui tuttavia riconobbe un suo uomo, uno di quelli che aveva mandato a tagliare la gola all'inglese.

L'uomo gli fece un brusco cenno di assenso: fino a quel punto tutto procedeva bene, per cui avanzarono insieme, separandosi soltanto quando arrivarono alle due tende. Camacho decise di non usare l'apertura: se mai c'era una sorpresa ad attenderlo, sarebbe stata lì, oltre l'ingresso. Quindi scivolò sul fianco della tenda, chinandosi su una delle aperture di ventilazione. Vi introdusse la punta del coltello, spingendolo verso l'alto in un solo colpo. La tela era pesante, ma la lama era stata affilata da mani esperte, per cui la parete della tenda si aprì producendo soltanto un fruscio.

Camacho balzò oltre l'apertura e, mentre attendeva di abituare la vista all'oscurità, prese ad armeggiare con l'allacciatura dei pantaloni, ghignando di felicità tra sé mentre cominciava a distinguere la stretta branda pieghevole coperta dalla zanzariera bianca. Vi si accostò lentamente, attento a non inciampare nelle casse di materiale medico.

Ritto sopra la branda, strappò via con violenza la zanzariera, gettandovisi poi lungo disteso, annaspando in cerca della testa della donna per soffocare le sue grida, con i lembi della camicia che gli svolazzavano attorno alla vita e le brache già calate sulle cosce.

Per un momento rimase paralizzato dallo shock, di fronte alla scoperta che la branda era vuota. Poi la frugò freneticamente centimetro per centimetro, prima di rimettersi in piedi e di tirarsi su i pantaloni con una mano sola. Era confuso e sconcertato, idee folli gli turbinavano nella mente. Forse la donna era scesa dalla branda per soddisfare un bisogno naturale, ma allora perché l'apertura della tenda era chiusa? Lo aveva sentito ed era nascosta dietro le casse, armata di bisturi? Si voltò di scatto, in preda al panico, facendo roteare il coltello, ma la tenda era deserta.

Poi la coincidenza dell'evento con l'assenza della sentinella lo colpì come una mazzata, gettandolo in uno stato di profonda e grave preoccupazione. Stava succedendo qualcosa che non capiva. Si gettò verso lo strappo nella tenda, inciampando in una cassa, cadendo in avanti a braccia distese e rimettendosi subito in piedi, lesto come un gatto. Quindi corse fuori, allacciandosi la cintura, togliendosi di spalla il moschetto e trattenendosi a stento dal gridare per avvertire i suoi.

Raggiunse di corsa la tenda dell'inglese, proprio mentre il suo uomo ne emergeva attraverso il lungo strappo, brandendo il coltello e con il volto, pallido sotto la luna, contorto in un'espressione di paura. Visto Camacho, gli si avventò con il pugnale, urlando.

«Zitto, scemo», gli ringhiò questi.

«È scappato», ansimò l'uomo, allungando il collo per fissare lo sguardo nelle ombre gettate dalla luna sotto gli alberi. «Sono scappati. Tutti.»

«Vieni!» scattò Camacho, guidandolo di corsa verso il tetto a falda costruito dai moschettieri ottentotti.

Ma prima di arrivarvi incrociarono i compagni, che correvano verso di loro in gruppo disordinato.

«Machito?» chiamò qualcuno nervosamente.

«Chiudete il becco», ringhiò Camacho, ma colui che aveva gridato sbottò:

«Lo *scherm* è vuoto. Sono scappati».

«Se li è presi il diavolo.»

«Non c'è nessuno.»

Gli uomini caddero in preda a un timore quasi superstizioso:

il buio e il silenzio di quel campo deserto avevano loro tolto ogni coraggio. Una volta tanto Camacho si trovò senza ordini da dare. I suoi gli si affollarono attorno, sembrando trovare conforto nella presenza fisica degli altri, armando i moschetti, brandendoli e sbirciando nervosamente nelle ombre.

«Adesso che cosa facciamo?» chiese una voce, ponendo la domanda che Camacho temeva di sentire. Un altro prese un ciocco dal mucchio posato sul fuoco di guardia che si andava consumando lentamente al centro del campo.

«Fermo», gli ordinò Camacho in tono incerto, ma istintivamente tutti vennero attirati verso il calore e il conforto che venivano dalla lingua di fuoco giallastra che se ne staccava luminosa, simile all'alito di un drago.

Voltarono la schiena al falò, formando un semicerchio e guardando verso l'esterno, nel buio che, per contrasto con le fiamme, si era fatto impenetrabile.

E dal buio arrivò ciò che temevano. Venne senza preavviso, soltanto in una rapidissima e tonante eruzione di rumore e fuoco. La lunga fila di canne fiorì di luce breve e mortale. Le palle dei moschetti straziarono le carni. Il gruppetto di uomini raccolti attorno al fuoco precipitò in una confusione di movimenti convulsi e grida.

Uno di essi volò all'indietro, piegato in due a mezzo corpo, colpito da una palla al basso ventre. Inciampò sul ciocco infiammato e cadde lungo disteso nel fuoco di guardia. I suoi capelli e la barba presero fuoco come una torcia di aghi di pino e le sue urla risuonarono selvagge tra le cime degli alberi.

Camacho alzò il moschetto, mirando alla cieca nel buio da cui arrivava la voce dell'inglese, che impartiva monotona i rituali comandi di fanteria per ordinare una seconda scarica.

«Sezione uno. Ricarica. Sezione due. Tre passi avanti. Una scarica completa.»

Camacho si rese conto che la tremenda esplosione di moschetteria a breve raggio, che si era appena abbattuta su di loro, si sarebbe ripetuta nel giro di pochi secondi. Con quanta derisione negli occhi aveva osservato quei fantocci dalla giacca rossa addestrarsi per molti pomeriggi roventi agli ordini dell'inglese! In preda a terrore alzò di scatto il moschetto e senza vedere nulla lo scaricò nel buio, verso il punto da cui proveniva la voce, fredda, precisa. Fece fuoco proprio nel momento in cui uno dei suoi uomini, abbattuto dalla prima scarica e solo leggermente ferito, riusciva a mettersi faticosamente in piedi, direttamente davanti alla bocca dell'arma. Il colpo gli arrivò netto tra le scapole alla distanza di mezzo metro, tanto vicino che la polvere gli bruciacchiò la camicia, accendendo tante piccole scintille. L'uomo cadde ancora una volta lungo disteso, mentre le scintille venivano spente dagli spruzzi di sangue.

«Imbecille!» urlò Camacho al cadavere, voltandosi per scappare.

Alle sue spalle la voce dell'inglese gridò: «Fuoco!»

Allora si gettò sulla dura terra, urlando di nuovo quando mani e ginocchia gli affondarono nella cenere rovente del fuoco di guardia e sentì la stoffa dei pantaloni carbonizzarsi e la pelle riempirsi di vesciche.

La seconda scarica sferzò l'aria sopra la sua testa e attorno a lui altri uomini caddero, urlando. Allora si rimise in piedi e si lanciò in una corsa disperata. Aveva perduto coltello e moschetto.

«Sezione uno, tre passi avanti, una scarica completa.»

La notte fu improvvisamente piena di figure urlanti in corsa: i portatori che scappavano dal loro ricovero. Una fuga senza direzione e meta. Scappavano come Camacho, spinti dalla fucileria e dal proprio tremendo panico, disperdendosi nella boscaglia circostante.

Prima che venisse impartito l'ordine della scarica successiva, Camacho si gettò dietro il cumulo delle casse che erano state sistemate accanto alla tenda dell'inglese e coperte con un telone cerato.

Singhiozzava per il dolore delle bruciature e per l'umiliazione di essere cascato tanto ingenuamente nella trappola tesagli dall'inglese.

Ma a poco a poco il terrore cedette a un odio profondo, carico di spregio. Quindi, vedendo un gruppo di portatori emergere disordinatamente dalle tenebre, diretti alla sua volta, si tolse dalla cintura una delle pistole e sparò in testa all'uomo che li comandava, mettendosi poi a balzare e ululare come uno spettro impazzito. I portatori fuggirono, e sapeva che non si sarebbero fermati finché, a chilometri e chilometri di distanza, fossero giunti nella foresta incontaminata, per divenirvi facile preda di leoni e iene. Ne trasse un attimo di acida soddisfazione, quindi si guardò attorno per vedere quali altri danni avrebbe potuto provocare.

La sua attenzione venne richiamata dal cumulo di provviste dietro cui era accucciato e dal falò che si stava spegnendo davanti alla tenda dell'inglese. Ne trasse un tizzone, che riportò al fuoco vivo soffiandovi sopra e che poi gettò sull'alto cumulo. Quindi arretrò, mentre un'ulteriore scarica arrivava fragorosa dal buio e la voce dell'inglese ordinava: «Alla baionetta, adesso».

Camacho balzò nel letto asciutto del fiume e zoppicando sulla sabbia che crocchiava zuccherina raggiunse la riva opposta, dove pieno di sollievo si trascinò nel fitto della boscaglia.

Al punto di riunione che avevano stabilito sulla cresta trovò in attesa tre dei suoi. Due di essi avevano perduto il moschetto e tutti erano scossi, sudati e ansimanti al pari di lui.

Altri due arrivarono mentre riprendevano fiato, cercando di recuperare l'uso della parola. Uno era gravemente ferito: aveva la spalla fracassata da una palla di moschetto.

«Non c'è nessun altro», ansimò. «Quei piccoli bastardi gialli li hanno colti alla baionetta mentre attraversavano il fiume.»

«Ci saranno addosso da un momento all'altro», replicò Camacho, tornando a tirarsi in piedi e voltandosi a guardare in basso verso la valle. Con cupa soddisfazione vide che il mucchio di materiale bruciava furiosamente, a dispetto degli sforzi di una mezza dozzina di figure scure. Ma ebbe solo qualche istante per godersi lo spettacolo, perché dal basso già arrivava flebile ma bellicoso il grido di battaglia dei moschettieri ottentotti, accompagnato dal rumore sordo delle loro armi.

«Aiutatemi!» gridò l'uomo ferito alla spalla. «Non lasciatemi qui, amici, compagni, datemi un braccio», invocava, cercando faticosamente di rimettersi in piedi, ma già stava parlando alla vuota notte.

Dopo qualche minuto la punta di una baionetta gli affondò tra le scapole.

Zouga percorreva a grandi passi il campo, furibondo, nel calore montante e nella luce splendente del mattino. Aveva il volto e le braccia anneriti dalla fuliggine, gli occhi ancora arrossati e irritati dal fumo, la barba strinata e le ciglia bruciacchiate dalle fiamme. Il fuoco era divampato tra le tende e i ricoveri in paglia, distruggendo quasi metà delle scorte e del materiale. Il giovane si fermò per dare un'occhiata ai brandelli di tela carbonizzati e calpestati, che erano tutto ciò che rimaneva delle tende: ne avrebbero sentito la mancanza all'arrivo delle piogge, ma rappresentavano la parte minima delle perdite subite.

Quindi cercò mentalmente di fare un elenco dei danni più gravi. Anzitutto rimanevano soltanto quarantasei portatori su più di cento, anche se poteva sperare che Jan Cheroot e i suoi ottentotti ne riportassero indietro degli altri. In quel momento stavano rastrellando la valle e le alture circostanti in cerca di qualche sopravvissuto disperso. Infatti di quando in quando si sentiva il corno di kudù che li chiamava all'appello. Tuttavia molti di essi avrebbero preferito affrontare il lungo e pericoloso viaggio di ritorno a Tete, piuttosto che un ripetersi dell'attacco di quella notte, e quindi approfittato dell'occasione per disertare. Altri dovevano essersi perduti e sarebbero stati preda delle belve o avrebbero ceduto alla sete. Una mezza dozzina erano stati uccisi da palle di moschetto vaganti e dai banditi in ritirata, che avevano deliberatamente fatto fuoco sui loro gruppi disarmati. Altri quattro erano tanto gravemente feriti che sarebbero morti prima di notte.

Ed era la perdita più grave, dal momento che, senza portatori, la massa di merci, scorte e attrezzature risultava del tutto inutile. Quanto al materiale in sé, ci sarebbero volute ore per calcolare le perdite e per scoprire ciò che era possibile recuperare.

I pochi portatori rimasti erano già all'opera e stavano procedendo come una fila di mietitori a raccogliere qualsiasi oggetto di valore rinvenissero nella polvere e nella cenere. Tra loro c'era la piccola Juba, che concentrava la propria attenzione sulla ricerca del materiale medico, nonché dei libri e degli strumenti di Robyn.

La stessa Robyn aveva messo in piedi un posto medico d'emergenza sotto l'ampia chioma verde dell'albero di *mukusi* che si levava al centro del campo. Quando Zouga passò lì davanti, vedendo i feriti che ancora aspettavano di venire curati e i cadaveri stesi in una fila ordinata e riparati con una coperta o un telo, provò un nuovo accesso di rabbia nei propri confronti.

Tuttavia si chiese quale avrebbe potuto essere l'alternativa.

La trasformazione del campo in una fortezza in armi avrebbe significato dover sostenere un lungo assedio. No, aveva fatto bene a tendere la trappola e a porre fine a quella situazione in un colpo solo. Almeno adesso poteva essere certo che il portoghese stava ancora scappando a gambe levate verso la costa. Tuttavia

245

il prezzo era stato troppo alto e quindi egli era ancora furibondo.

La spedizione, così ben progettata e generosamente attrezzata, si era conclusa in un disastro prima ancora di aver raggiunto uno solo dei suoi obiettivi. Le perdite di vite umane e attrezzature erano state gravi, ma non costituivano ciò che bruciava di più nell'intimo di Zouga, che era piuttosto rappresentato dall'idea di dover rinunciare all'impresa prima ancora di aver cominciato e quando si trovava vicino alla meta, vicinissimo. A cinquanta, cento, non più di centocinquanta chilometri davanti a lui si stendeva la frontiera dell'impero di Monomatapa. Alle sue spalle, centocinquanta chilometri a nord, c'erano invece il sudicio villaggetto di Tete e il grande fiume che rappresentava l'inizio della strada per tornare in Inghilterra, alla vita oscura, alla nomina in un reggimento di terza serie. Alla monotona e noiosa disciplina dell'esercito indiano. Solo ora, che il destino pareva imporgli di tornare a una simile vita, si rese conto di quanto l'avesse odiata, e di quanto avesse desiderato sfuggirla, come un uomo condannato a una lunga detenzione.

Distolse lo sguardo dalla visione di picchi e rocce selvagge che si levava a sud e si diresse lentamente verso il luogo dove sua sorella stava lavorando in silenzio, all'ombra dell'albero di *mukusi*.

Robyn aveva la camicia madida e la fronte imperlata di sudore. Si era messa all'opera quando ancora era buio, alla luce della lanterna, e adesso era mattina inoltrata.

Quando Zouga le si fermò accanto, lei, china, sollevò uno sguardo stanco.

«Non saremo in grado di proseguire», le disse a bassa voce. La giovane lo guardò per un attimo senza espressione e poi tornò ad abbassare lo sguardo, continuando a spalmare linimento sulla gamba ustionata di uno dei portatori.

«Abbiamo perso troppo materiale di base», le spiegò Zouga. «Provviste che ci servivano per sopravvivere.» Poi, non avendo questa volta Robyn sollevato lo sguardo, aggiunse: «Inoltre non abbiamo abbastanza portatori per trasportare ciò che rimane».

Robyn si mise a bendare con la massima attenzione la gamba.

«Nostro padre ha fatto la *Transversa* con cinque portatori», osservò in tono neutro.

«Nostro padre era un uomo», puntualizzò pacatamente Zouga, al che le mani della sorella si bloccarono minacciose, mentre i suoi occhi si stringevano. Zouga, tuttavia, non se ne accorse, per cui proseguì: «Ecco perché ti rimando a Tete, con la scorta di Jan Cheroot e di cinque ottentotti. Una volta arrivata lì, non avrai difficoltà. Ti darò quanto ci rimane in contanti, cento sterline, che basteranno per farti portare a Quelimane con la lancia e poi per pagare il passaggio su un mercantile fino a Città del Capo. Lì, per il viaggio sul postale, puoi ritirare i soldi che ho depositato».

A quel punto Robyn sollevò lo sguardo. «E tu?» chiese.

Zouga non aveva ancora preso una decisione. «Ciò che conta è quello che sarà di te», le rispose pertanto in tono grave. E così detto seppe finalmente che cosa avrebbe fatto: «Tu torni indietro e io vado avanti da solo».

«Ci vorrà ben più che Jan Cheroot e cinque dei suoi maledetti ottentotti per portarmi», ribatté lei. Un'affermazione che costituiva una misura della sua decisione.

«Sii ragionevole, Sissy.»

«Perché dovrei cominciare proprio adesso?» ribatté lei in tono dolce.

Zouga aprì la bocca per darle una risposta rabbiosa, ma poi la chiuse lentamente, tenendo lo sguardo fisso su di lei, sulla linea decisa, quasi mascolina delle sue labbra e della mascella. «Non voglio discutere», disse infine.

«Bene», replicò lei annuendo. «Così non sprecherai troppa parte del tuo tempo prezioso.»

«Lo sai in che pasticcio ti stai cacciando?» le chiese il fratello a bassa voce.

«Lo stesso in cui ti stai cacciando tu», ribatté Robyn.

«Non abbiamo più merci con cui pagare l'attraversamento sui territori delle varie tribù», disse ancora Zouga, ricevendo in risposta un cenno di assenso. «Il che significa che se qualcuno cerca di fermarci, dovremo aprirci il passaggio con le armi.»

A quel punto Zouga vide trascorrere un'ombra negli occhi della sorella, la cui determinazione tuttavia non mostrò alcun cedimento.

«Niente tende per ripararci, niente alimenti in scatola, niente zucchero o tè», continuò Zouga, ben sapendo che cosa ciò significasse per la sorella. «Vivremo solamente dei prodotti della terra, mentre di ciò che non potremo rapinare, ammazzare o trasportare, dovremo fare a meno. Non avremo a disposizione nient'altro che polvere e palle per le armi.»

«Saresti un bel fesso a lasciare qui il chinino», ribatté Robyn a bassa voce, provocando un'esitazione nel fratello.

«Certo, il minimo indispensabile di medicine», consentì quindi Zouga. «E ricorda che tutto ciò non durerà soltanto una settimana o un mese.»

«Ma probabilmente d'ora in avanti procederemo molto più in fretta», concluse Robyn a bassa voce, alzandosi e spazzolandosi il fondo dei pantaloni.

La lista delle cose da portare via e di quelle da abbandonare era ben equilibrata, pensò Zouga, mentre faceva la spunta dei nuovi carichi e li pesava.

Aveva deciso di portare con sé la carta e il necessario per scrivere, invece del tè e del grosso dello zucchero. Gli strumenti per orientarsi invece degli stivali di ricambio, dal momento che quelli che indossava avrebbero potuto essere risuolati con pelle di bufalo. Chinino e altri strumenti medici invece di abiti e coperte di ricambio. Polvere e palle al posto di tessuti e perline da barattare.

Il cumulo delle cose scartate aumentò rapidamente e, quando fu completo, vi diede fuoco senza esitazione. Così non sarebbe più stato possibile cambiare idea. Pure, lo guardarono bruciare con trepidazione.

Zouga aveva consentito a due concessioni. Un'unica cassetta di tè di Ceylon, dal momento che, come aveva puntualizzato Robyn, non si poteva pretendere che un inglese andasse all'esplorazione di territori ignoti senza portarsene dietro un po'. Inoltre la latta sigillata in cui era contenuta l'uniforme militare di Zouga, dal momento che le loro vite avrebbero anche potuto essere legate al fatto di riuscire a impressionare un principe africano selvaggio. Per il resto si erano disfatti di tutto ciò che non fosse essenziale, come lo erano per esempio, prima di tutto, le munizioni.

I moschettieri di Jan Cheroot erano inorriditi nell'apprendere che a partire da quel momento le loro bisacce avrebbero dovuto contenere duecento e non più cinquanta colpi per gli Enfield.

«Siamo guerrieri, non soldati», aveva ribattuto altezzosamente il caporale, al che Jan Cheroot aveva usato il fodero della lunga baionetta per continuare la discussione e Robyn si era occupata di curare le lievi ferite al cuoio capelluto dell'incauto.

«Adesso i motivi che impongono di portare un carico straordinario di munizioni li capiscono», riferì poco dopo allegramente Jan Cheroot a Zouga.

La velocità della colonna, divenuta più corta, risultò notevolmente superiore, tanto che prima di mezzodì del primo giorno arrivarono al luogo della caccia ai bufali, dove ad aspettarli non trovarono soltanto i cesti di carne affumicata. Infatti corse loro incontro Matteo, primo portatore d'armi di Zouga, tanto eccitato da risultare quasi incomprensibile:

«Il padre di tutti gli elefanti», gridava balbettando e tremando quasi avesse la febbre. «Il nonno del padre di tutti gli elefanti!»

Jan Cheroot si acquattò accanto alla traccia e ghignò come uno gnomo impegnato con successo in un sortilegio, facendo quasi scomparire gli occhi a mandorla nel reticolo di grinze e rughe.

«Finalmente è arrivata la fortuna», disse esultante. «Questo è senz'altro un elefante da favola.»

Quindi trasse dalla tasca rigonfia della tunica un rotolo di spago, che usò per misurare la circonferenza di una delle enormi impronte. Ben più di un metro e mezzo, quasi uno e ottanta.

«Il doppio di questo rappresenta la sua altezza alla spalla», spiegò. «Che elefante!»

Matteo era intanto riuscito a riprendere il controllo quanto bastava per spiegare come si fosse svegliato all'alba e avesse osservato, nella luce incerta e in un silenzio totale, passare il piccolo branco, tre grosse figure spettrali che erano emerse dalla foresta per entrare nella valle annerita e arida dove era divampato il fuoco. Se n'erano andati rapidamente, ma le loro tracce erano rimaste lì chiarissime.

«Uno di essi era più grosso e alto degli altri, e aveva le zanne lunghe come due lance, talmente pesanti che lo obbligavano a muoversi come un vecchio.»

Anche Zouga si sentì prendere da un brivido di eccitazione, pur nel caldo istupidente di quella valle bruciata, dove pareva che la terra annerita conservasse il calore del fuoco. Jan Cheroot, equivocando sul suo breve sussulto, aprì la bocca in un ghigno malizioso attorno al cannello della pipa.

«Il mio vecchio padre diceva sempre che anche un uomo coraggioso ha paura tre volte quando va a caccia dell'elefante: la prima quando ne avvista la traccia, la seconda quando ne sente la voce e la terza quando lo vede... grosso e nero come un *kopje* di roccia.»

Zouga non si diede pena di smentire l'accusa, perché stava seguendo le tracce con lo sguardo. I tre enormi animali avevano risalito la parte centrale della valle, rivolti direttamente verso il terreno scosceso della cresta.

«Li seguiamo», disse a bassa voce.

«Naturale!» concordò Jan Cheroot con un cenno affermativo del capo. «È per quello che siamo venuti qui.»

La traccia li portò sulla cenere morbida e grigia, tra i rami anneriti e spogli della boscaglia bruciata, su per l'imbuto sempre più erto della stretta valle.

Davanti a tutti procedeva Jan Cheroot, che aveva cambiato la tunica scolorita con un farsetto di pelle senza maniche, su cui era gettata una bandoliera per le cartucce dell'Enfield. Zouga lo seguiva da vicino, con la Sharps e cinquanta colpi di riserva, insieme alla borraccia da dieci litri d'acqua. Dietro a lui, in rigoroso ordine di grado, procedevano i suoi portatori di armi, ciascuno con il suo carico di coperte e borracce, bisaccia per il cibo, fiaschetta per la polvere e sacchetto per le palle, oltre naturalmente ai grossi fucili da elefante a canna liscia.

Zouga era ansioso di vedere Jan Cheroot all'opera. A parole sembrava espertissimo nell'arte, ma voleva sapere se era bravo a seguire la traccia quanto lo era a parlarne attorno al fuoco da campo. La prima opportunità arrivò molto presto, ovvero non appena la valle andò a concludersi contro un'ennesima insuperabile parete di roccia, dove pareva che gli animali si fossero volatilizzati.

«Aspetta», disse Jan Cheroot, gettandosi rapidamente a seguire la parete. Un minuto più tardi si sentì un suo leggero fischio, e Zouga avanzò.

Su un blocco di siderite c'era una chiazza di cenere nera, e sopra di essa un'altra, a formare una traccia che pareva andare a perdersi direttamente nella parete di roccia.

Jan Cheroot si inerpicò sul pietrisco che c'era alla sua base e improvvisamente scomparve. Zouga si tolse la carabina di spalla e lo seguì. I blocchi di siderite si erano frantumati in guisa di una gigantesca scalinata dai gradini alti fino alla vita di un uomo, tanto che per arrampicarvisi dovette usare una mano.

Raggiunto il punto in cui Jan Cheroot era scomparso, si fermò un attimo, in preda a sbalordimento, sulla soglia di un portale in roccia, invisibile dal basso, che segnava l'inizio del vecchio percorso degli elefanti.

Tale portale si era formato in una frattura di roccia così ben squadrata per effetto dell'erosione da farlo sembrare opera di un muratore. Il passaggio era talmente stretto da far ritenere impossibile che animali tanto grossi potessero superarlo, e infatti guardando in alto Zouga vide che nei secoli la loro pelle aveva levigato la roccia. Tese infatti una mano e da una fessura trasse una setola nera e ruvida. Oltre la porta naturale il passaggio si allargava, innalzandosi con una lieve pendenza. Jan Cheroot vi si era già inoltrato per circa quattrocento metri.

«Vieni!» gridò, e Zouga lo raggiunse.

Poco più avanti arrivarono al punto in cui uno degli animali aveva inciampato, andando a sbattere con l'estremità di una zanna contro il bordo di siderite.

La zanna si era spezzata e sul fondo del passaggio giaceva una massa di dieci chili di avorio. Il frammento era consunto e macchiato, ma di dimensioni tali che Zouga non riuscì a circondarlo con entrambe le mani. Dove si era spezzato, l'avorio fresco era di un bel bianco granulato, simile a porcellana.

Al vederla Jan Cheroot fischiò di nuovo, mormorando: «Non ho mai visto un elefante così grosso».

Quindi seguirono il percorso oltre il passaggio roccioso, sul pendio coperto da una foresta più rada. Un chilometro e mezzo più avanti trovarono le pallottole di corteccia masticata, ancora umide e odorose di saliva di elefante. Zouga se ne portò una alle narici e l'annusò. L'odore più eccitante che avesse mai sentito.

Aggirato un versante della montagna, si trovarono di fronte un tremendo precipizio, in cui volteggiavano gli avvoltoi. Zouga fu certo che fosse la fine del percorso.

Invece Jan Cheroot lo incitò con un fischio a proseguire ed emersero entrambi su una sporgenza nascosta, a picco sul precipizio, seguendo il sentiero che nei secoli era stato aperto e lisciato per loro dal passaggio di decine di migliaia di zampe dalle piante ruvide.

Zouga si consentì finalmente un po' di speranza, dal momento che la strada continuava a salire, apparentemente all'infinito.

Così erta e decisamente orientata a sud com'era, andava certamente da qualche parte.

Quindi si fermò un attimo a guardarsi alle spalle. Lontana sotto di lui la pianura dello Zambesi tremolava nella foschia azzurrina e fumosa sollevata dal caldo. Poi si voltò e seguì Jan Cheroot oltre uno sperone di montagna, dove davanti a loro, con effetto teatrale, quasi si fosse levato il sipario di un palcoscenico, si aprì un nuovo panorama maestoso.

In distanza si stendeva un'altra scarpata ripida, lussureggiante di foreste di alberi dalle forme fantastiche e dal fogliame rosa, o scarlatto come fuoco, o di un verde iridescente. Tali bellissime foreste arrivavano fino a un bastione di picchi rocciosi, che Zouga fu certo marcassero il punto più alto della scarpata.

In quello scenario c'era qualcosa di nuovo, di cui Zouga si rese conto soltanto dopo qualche istante, tirando infine un profondo respiro di piacere. L'aria che scendeva dalla cresta era dolce e fresca e portava con sé i profumi di strani fiori esotici.

Ma non era tutto, come Zouga capì all'improvviso. C'era qualcosa di ancora più importante. Si erano lasciati alle spalle la «cintura delle mosche». Erano passate molte ore da quando aveva visto l'ultimo di quei piccoli insetti letali. Il terreno che si stendeva davanti a loro adesso era pulito: stavano entrando in una zona dove l'uomo poteva vivere e allevare i suoi animali. Finalmente Zouga ne fu sicuro.

Quindi si guardò attorno pieno di gioia e di piacere. Sotto di lui, nel vuoto, volteggiavano due avvoltoi, tanto vicini che distingueva le penne del loro piumaggio. Zouga sentì anche chiaramente le grida dei piccoli che li chiamavano dal nido.

Il sole, nell'ultimo quarto del suo corso, illuminava ogni cosa con una luce più ricca e morbida, rendendo splendide le masse di nubi.

Ora Zouga non poteva più avere dubbi circa il luogo in cui il percorso degli elefanti lo stava portando, sicché si sentì sollevare lo spirito. Sapeva che i picchi frastagliati che lo sovrastavano costituivano la soglia, i confini del favoloso regno di Monomatapa.

Avrebbe voluto superare Jan Cheroot sullo stretto sentiero e raggiungere di corsa il bel pendio coperto di alberi che portava alla cresta, ma il piccolo ottentotto lo fermò mettendogli una mano su una spalla.

«Guarda!» gli sibilò senza far rumore. «Eccoli là.»

Zouga seguì la direzione indicata dal braccio teso e li vide immediatamente. Lontano, davanti a loro, tra quelle macchie di vegetazione dai magici colori di rosso e rosa si muoveva qualcosa di enorme, grigio e lento, etereo e privo di sostanza come un'ombra. Vi fissò lo sguardo, sentendosi accelerare il battito del cuore. Era la prima volta che vedeva un elefante africano nel suo habitat.

«Il cannocchiale!» ordinò, facendosi schioccare le dita dietro la schiena e senza distogliere lo sguardo. Matteo gli ficcò in mano il grosso cilindro di freddo ottone.

Zouga sollevò il cannocchiale, lo appoggiò sulla paziente spalla del portatore e quindi mise a fuoco. Improvvisamente nel cerchio del campo visivo vide l'elefante vicinissimo, con la testa incoronata dal fogliame di un albero che aveva sradicato. Le ampie orecchie sembravano larghe come la vela maestra di un clipper.

Mentre lo osservava, l'animale usò la proboscide per strappare una manciata di delicate foglie novelle dall'albero abbattuto. Se ne servì con la delicatezza di un esperto chirurgo, quindi aprì il labbro inferiore triangolare, ficcandosi le foglie fino in gola, mentre lentamente i suoi vecchi occhi lacrimosi si riempivano di piacere.

Una pacca di richiamo sulla spalla disturbò Zouga, che sollevò seccato lo sguardo dal cannocchiale. Jan Cheroot stava indicandogli un punto più distante, sul pendio.

Altri due elefanti erano emersi alla vista dalla foresta. Zouga rimise a fuoco e poi si lasciò sfuggire un ansito. Il primo elefante gli era parso enorme e nel suo campo visivo ne era comparso un altro uguale... ma era stato il terzo a lasciarlo incredulo.

Accanto a lui Jan Cheroot stava mormorando con voce rauca e un lampo negli occhi a mandorla:

«I due maschi più giovani sono i suoi ascari, i suoi *induna*. Sono le sue orecchie e i suoi occhi. Data l'età quel vecchio animale è ormai probabilmente quasi sordo e più che mezzo cieco. Ma guardalo! Non è ancora un re?»

Il maschio più vecchio era alto e magro: superava di quasi una testa i suoi accompagnatori, ma sulla sua antica figura pareva che la carne si fosse consumata. La pelle gli ricadeva dalle ossa in grosse pieghe. Era magro alla maniera di certi vecchi. Il tempo lo aveva scavato. Matteo lo aveva descritto alla perfezione: si muoveva come un vecchio uomo, come se ogni sua giuntura gemesse di reumatismi e il peso dell'avorio che reggeva da cento anni fosse diventato eccessivo.

Quell'avorio un tempo era il simbolo della sua maestà, ed era tuttora perfetto. Esplodeva dal labbro e poi si incurvava, in modo che le due punte quasi arrivavano a toccarsi.

Ma ora quelle grosse zanne gli erano diventate di peso, gli dolevano e lo stancavano, costringendolo a procedere a testa bassa. Erano passati molti anni da quando le usava come terribili armi per tenere a bada il branco. E altrettanti ne erano passati da quando cercava la compagnia delle giovani femmine e dei loro piccoli dai barriti striduli.

Ora quelle due masse gialle di avorio costituivano per lui un pericolo mortale, oltre che una fonte di disagio e dolore. Lo rendevano appetibile per l'uomo, unico nemico mortale che avesse in tutta la natura. Pareva che ci fossero sempre dei cacciatori appostati sulle sue tracce, e l'odore dell'uomo si associava con il lampo e la scarica sorda delle armi da fuoco, con la dura e pungente intrusione di acciaio affilato nella sua carne vecchia e stanca.

Senza i suoi due ascari sarebbe stato già da molto tempo preda dei cacciatori. Era un rapporto di natura singolare quello che legava il piccolo branco di vecchi elefanti, e durava ormai da venti o più anni. Insieme essi avevano percorso migliaia di chilometri, dai monti del Cashan, nell'estremo sud, attraverso le distese brucianti e assetate del Kalahari, lungo i letti aridi dei fiumi, sulla cui sabbia si erano inginocchiati per cercare l'acqua con le zanne. Insieme avevano attraversato foreste, fiumi e laghi.

Tuttavia nelle ultime dodici stagioni gli uomini si erano spinti dove mai prima avevano osato. A nord, attorno ai laghi, c'erano arabi vestiti di bianco e armati di *jezail* dalla lunga canna. A sud c'erano grossi uomini barbuti, vestiti di ruvida stoffa fatta in casa, che cacciavano stando in groppa a piccoli pony. Ovunque, poi, si incontravano i piccoli boscimani, con le loro crudeli frecce avvelenate, o i reggimenti degli nguni.

A ogni stagione che passava i territori degli elefanti si andavano restringendo, nuovi terrori e nuovi pericoli erano in attesa negli antichi pascoli ancestrali. E il vecchio maschio era stanco, le ossa gli dolevano e le zanne lo opprimevano. Eppure risaliva il pendio, diretto verso il passo, con lenta determinazione e dignità, spinto dall'istinto, dal bisogno di spazio, dal ricordo del gusto dei frutti in maturazione in una foresta sulle rive di un lago lontano.

«Dobbiamo fare in fretta», disse la voce di Jan Cheroot, richiamando alla realtà Zouga, che era rimasto affascinato dalla vista del vecchio animale maestoso, in preda a una sensazione di *déjà-vu*, come se quel momento lo avesse già vissuto, se quell'incontro fosse stato determinato dal destino.

«Il giorno finisce presto», insistette Jan Cheroot, e Zouga lanciò un'occhiata alle proprie spalle, verso il punto in cui il sole stava tramontando, simile a un guerriero ferito che sanguinasse sulle nuvole.

«Sì», ammise, e poi fece una smorfia, vedendo che l'ottentotto si stava spogliando di mollettiere e brache, riponendole in una fessura di roccia.

«Così corro più in fretta», spiegò Jan Cheroot strizzandogli un occhio, in risposta alla sua domanda tacita.

Zouga seguì il suo esempio, liberandosi del sacco e togliendosi la cintura, da cui pendevano coltello e bussola, ma evitando di togliersi i pantaloni. Le scarne natiche nude e gialle dell'ottentotto erano prive di qualsiasi dignità e il suo pene pendulo giocava a nascondino con le code della camicia. C'erano delle convenzioni che un ufficiale di Sua Maestà era tenuto a rispettare!

A un certo punto cominciarono a sentire il rumore che l'animale dalla zanna rotta produceva masticando il fogliame dell'albero sradicato.

Jan Cheroot procedette rapidamente sul pendio, in maniera da aggirare l'ascaro e raggiungere il capo del branco. Due volte si fermò per controllare la direzione del vento, che arrivava loro di fronte, scendendo regolare dal pendio e facendo stormire le foglie colorate sopra le loro teste.

Avevano percorso un centinaio di metri quando il rumore prodotto dall'elefante che mangiava si interruppe bruscamente; di nuovo Jan Cheroot si fermò e gli altri si immobilizzarono con lui, trattenendo il fiato in ascolto. Non si sentiva altro che il vento e il frinire di una cicala tra i rami sopra di loro.

«Si è spostato per raggiungere gli altri», sussurrò finalmente Jan Cheroot. Anche Zouga era certo che l'animale non poteva essersi accorto della loro presenza. Il vento era regolare, quindi non poteva aver sentito il loro odore. Inoltre Zouga sapeva che la vista degli elefanti è debole, al contrario dell'udito e dell'olfatto, e loro non avevano provocato alcun rumore.

Tuttavia quella a cui stavano assistendo era una chiara dimostrazione dei vantaggi che derivavano ai tre vecchi maschi dalla loro unione. Ai cacciatori risultava sempre difficile individuare con precisione la posizione di ciascuno di essi, particolarmente in una foresta folta come quella, e i due ascari parevano sistemarsi ogni volta in modo da coprire e proteggere il loro capo. Per arrivare a lui i cacciatori dovevano superare lo schermo protettivo che gli creavano attorno.

Lì in piedi, in ascolto e in attesa, Zouga si chiese se fra i tre animali esistesse un autentico legame affettivo, se traessero piacere dalla reciproca compagnia e se i due ascari avrebbero sofferto quando il loro vecchio capo fosse infine caduto, con una pallottola nel cervello o nel cuore.

«Venite!» ordinò Jan Cheroot, facendo loro segno con la mano aperta di avanzare, e ripresero a risalire il pendio, chini sotto i rami bassi e curvi. Zouga si manteneva a quattro passi sul fianco dell'ottentotto per lasciargli libero il campo visivo, concentrando tutto il proprio essere nella facoltà della vista e dell'udito. Più oltre, sul pendio, si sentì lo schiocco di un ramo che si spezzava. Ancora una volta si bloccarono, con il respiro mozzato dall'emozione. Il rumore tuttavia catalizzò tutta la loro attenzione, tanto che nessuno di essi vide l'ascaro.

Aspettava in un'immobilità granitica, con la pelle grigia e ruvida come i tronchi coperti di licheni, mimetizzato dalle strisce di luce che filtravano dal fogliame. In punta di piedi gli passarono a venti passi di distanza senza vederlo.

L'ascaro li lasciò passare e mettere sopravvento e, quando il tanfo acre dell'uomo carnivoro arrivò fino a lui, lo raccolse con la proboscide, che sollevò alla bocca e lo diffuse sui minuscoli organi olfattivi che aveva sotto il labbro superiore. Le sue gemme olfattive si schiusero come roselline umide e chiare, e quindi l'animale barrì.

Fu un rumore che parve andare a cozzare contro il cielo e rimbalzare dai picchi che li sovrastavano, espressione di tutto l'odio e il dolore covati nell'intimo, dei terribili ricordi di cento altri incontri con quell'acre odore di uomo. E poi l'ascaro barrì una seconda volta, scagliando il proprio enorme corpo su per il pendio, al fine di distruggerne la fonte.

Zouga non fu più consapevole dei propri movimenti, seppe solo che stava guardando l'animale attraverso il mirino della Sharps. Dopo il lacerante barrito che aveva preceduto la carica, il colpo della carabina parve smorzato e lontano. Vide una lieve voluta di polvere staccarsi dalla fronte dell'animale e la sua pelle grigia lacerarsi come quella di uno stallone punto da un insetto, quindi si portò la mano dietro le spalle per ricevervi la tozza massa lignea di uno dei grossi fucili da elefante. Di nuovo non provò alcuna consapevolezza di movimento cosciente, ma nel mirino l'animale gli parve molto più vicino. Zouga sembrò piegarsi all'indietro per guardare la gigantesca testa, mentre le due lunghe zanne di avorio giallo gli erano addosso, cancellando la visione del cielo. Vide chiaramente la frattura, bianca come porcellana, in un punto della zanna di sinistra.

Sentì Jan Cheroot, al suo fianco, strillare con voce eccitata: «*Skiet hom!* Sparagli!»

Quindi la pesante arma gli sobbalzò contro la spalla, costringendolo ad arretrare di un passo, dopo di che vide una fontanella di sangue zampillare dalla gola dell'animale, simile a una bella piuma scarlatta di fenicottero. Pur sapendo che non c'era il tempo di sparare un'altra volta, tese la mano dietro le spalle per ricevere un'altra arma carica.

Sapeva di essere un uomo morto, eppure rimase sorpreso di non provare paura. L'elefante gli era addosso, e quindi la vita era perduta, tutto ciò era fuori discussione, eppure Zouga continuò a fare i movimenti di chi è vivo, prendendo la nuova arma e tirandone indietro il grosso martelletto mentre sollevava la canna.

La sagoma dell'enorme animale che gli incombeva addosso si era modificata, non si trovava più così vicina: con un fremito si rese conto che l'elefante stava svoltando, non aveva retto alla tremenda lezione infertagli dall'arma di grosso calibro.

Svoltò e passò loro accanto con il sangue che colava lungo la testa e sul petto. Nel passare espose collo e fianco, e Zouga gli sparò una spanna sotto l'attaccatura della spalla.

Poi fu passato, massa che frantumava ogni cosa sulla scarpata, e con il quarto fucile Zouga lo colpì nella parte alta del dorso, dopo aver mirato alle nocche ossute della colonna vertebrale. Per il dolore l'animale agitò lo spazzolino della coda e poi sparì nella foresta.

Zouga e Jan Cheroot si guardarono senza parole, ciascuno con in mano un'arma fumante, quindi stettero ad ascoltare il rumore della corsa dell'elefante su per il pendio, davanti a loro.

Il primo a ritrovare la voce fu Zouga, che, rivoltosi ai portatori:

«Caricate!» sibilò, visto che erano rimasti paralizzati dal passaggio tanto ravvicinato di un così tonante pericolo mortale. Riscossi dall'ordine, i portatori procedettero lestamente a obbedire.

«Il capobranco e l'altro ascaro scapperanno», lamentò Jan Cheroot, anche lui freneticamente alle prese con il suo Enfield.

«Possiamo ancora raggiungerli prima della vetta», ribatté Zouga, dando di piglio all'arma che era stata caricata per prima. Gli elefanti in salita procedono a passo molto lento, mentre in discesa diventano come una valanga e nessuno è in grado di tener loro dietro, nemmeno un buon cavallo.

«Dobbiamo raggiungerli prima della cresta», ripeté Zouga, gettandosi su per il pendio. Pareva volare.

La consapevolezza della propria inesperienza, che gli aveva fatto sparare ottenendo risultati tanto scadenti, lo rendeva ancor più furiosamente determinato a raggiungere il capobranco e a vendicarsi su di lui.

Prima che avesse percorso duecento metri, ebbe tuttavia la prova che i suoi colpi non erano stati tanto maldestri quanto gli era parso sulle prime. Infatti il suo sguardo corse a un punto del terreno dove si vedeva un grosso grumo di sangue scarlatto e schiumante. Non c'erano dubbi: l'ultima pallottola doveva essere penetrata nei polmoni dell'elefante. Un colpo mortale, ma ad azione lenta. Il vecchio animale stava soffocando nel proprio sangue arterioso e cercava disperatamente di liberarsene soffiandolo fuori attraverso la proboscide a mano a mano che gli saliva gorgogliando in gola.

Stava morendo, ma ci sarebbe voluto del tempo, e Zouga gli corse dietro.

Ma non si sarebbe mai aspettato che si fermasse un'altra volta. Pensava che avrebbe corso fino al momento in cui fosse crollato o fosse stato raggiunto dai cacciatori. Zouga sapeva quanto fosse sciocco attribuire moventi e atteggiamenti umani agli animali selvatici, eppure pareva proprio che l'elefante colpito avesse deciso di sacrificarsi al fine di consentire al capobranco e al secondo ascaro di scappare oltre il passo.

Lo stava aspettando più in alto, con le grandi orecchie tese ad ascoltare il rumore che produceva. Non appena lo ebbe sentito, tornò a caricare, soffiando dalla proboscide un lieve velo rosso di sangue e facendo tremare il suolo della foresta, mentre i rami si frantumavano schioccando come una raffica di fucileria.

Ansimando, Zouga rimase eretto a fronteggiare la carica, inclinando la testa e cercando di prendere bene la mira nel fitto della foresta. Ma all'ultimo momento l'animale cambiò direzione, tornando a risalire il pendio. Ogni volta che i cacciatori cominciavano ad avanzare, lui si lanciava in un nuovo tonante finto attacco, costringendoli a fermarsi per fronteggiarlo e poi cambiando direzione.

Tra una carica e l'altra i minuti scorrevano e i cacciatori erano lì, bloccati nel folto della foresta, con il cruccio di sapere che il capobranco e l'unico protetto sopravvissuto dovevano ormai aver raggiunto la cresta ed essersi precipitati come una valanga giù per il pendio opposto.

Zouga stava imparando due dure lezioni: la prima, come aveva tentato di insegnargli il vecchio Tom Harkness, era che soltanto un novizio o un imbecille sparano a un elefante con un'arma di calibro insufficiente. La pallottola leggera della Sharps poteva avere effetto su un bisonte americano, ma non su un elefante, dieci volte più grosso e resistente. Lì, nella foresta di *msasa*, ascoltando i barriti e le distruzioni del mostro ferito, Zouga decise che non avrebbe mai più usato armi americane leggere per gli animali grossi.

La seconda lezione era che, se il primo colpo non uccideva, i grossi animali sembravano venirne anestetizzati nei confronti dei successivi.

Dopo aver fronteggiato una mezza dozzina di finte cariche, Zouga abbandonò cautela e pazienza, e la successiva l'affrontò di corsa, gridando.

«Ehilà!» urlò, «vieni avanti, vecchio mio!»

Questa volta gli arrivò vicino e gli piantò un'altra pallottola tra le costole, prima che deviasse. La palla colpì esattamente nel punto dove aveva mirato. Sapeva che era un colpo diretto al cuore, ma l'animale continuò ad avanzare barrendo, e Zouga fece fuoco un'ultima volta, prima che lo strombettio iroso si trasformasse in un muggito triste, che echeggiò tra i picchi e andò a perdersi nel vuoto azzurro del cielo oltre le rupi.

Lo sentirono cadere e l'impatto del pesante corpo fece tremare il suolo. Cautamente il gruppo dei cacciatori si inoltrò nella foresta, trovandolo inginocchiato, con le zampe anteriori piegate sotto il torace e con le lunghe zanne giallastre punta-

te verso il pendio, come in atto di sfida anche dopo la morte.
«Lasciatelo lì», gridò Jan Cheroot. «Inseguiamo gli altri.» E tutti gli si precipitarono dietro.

La notte li colse prima che arrivassero alla cresta, l'improvvisa e impenetrabile notte africana, che fece loro perdere la traccia e mancare il passo montano.

«Dovremo lasciarli andare», lamentò nel buio Jan Cheroot.
«Sì», convenne Zouga. «Per il momento dobbiamo lasciarli andare.» Ma qualcosa gli diceva che ci sarebbe stata un'altra volta. Ne era sicuro. In lui era ancora forte la sensazione che quel vecchio elefante fosse parte del suo destino.

Quella sera Zouga mangiò per la prima volta la più grande leccornia del cacciatore: fette di cuore di elefante infilate su uno spiedino di legno con pezzetti di grasso tagliati dalla cavità toracica, salate, pepate e arrostite a fuoco lento, mangiate con focaccine secche e annaffiate con un bricco di tè bollente, forte e non zuccherato. Non ricordava un pasto migliore e più tardi si allungò sulla dura terra, con una sola coperta a ripararlo e l'enorme carcassa dell'elefante a proteggerlo dal vento gelido, e dormì come se anche lui fosse stato abbattuto, senza sognare nulla e senza girarsi su se stesso una sola volta nel sonno.

Il mattino, quando ebbero scalzato la prima delle zanne, posandola sotto l'albero di *msasa*, già udirono il canto dei portatori, mentre il grosso della carovana sfilava sulla stretta sporgenza, aggirando il contrafforte della montagna e risalendo il pendio.

Robyn era un centinaio di passi davanti al portabandiera e, raggiunta la carcassa dell'elefante, si fermò.

«Abbiamo sentito i colpi di fucile, ieri sera», disse.

«È un bel maschio vecchio», replicò Zouga, indicando la zanna appena scalzata. Era quella di destra, intatta, più alta dello stesso Zouga. Un terzo di essa in precedenza era incassato nel cranio, e questa parte era di un bianco immacolato, mentre il resto era macchiato di succhi vegetali.

«Peserà almeno una cinquantina di chili», continuò, toccandola con la punta dello stivale. «Sì, un bel maschio vecchio.»

«No, adesso non lo è più», replicò sottovoce Robyn, guardando Jan Cheroot e i portatori di armi che si affannavano con le asce attorno all'enorme testa mutilata. Piccole schegge bianche d'osso fendevano l'aria nella prima luce del sole. Robyn osservò il massacro ancora per qualche istante, prima di rimettersi a salire verso la cresta.

Gli aveva guastato il piacere della prima preda fatta nella caccia all'elefante, per cui Zouga si sentì pieno di irritazione nei suoi confronti, tanto che quando, dopo un po', la sentì chiamarlo dalla vetta, la ignorò. Ma insisteva, come sempre, cosicché, con un gesto esasperato, finì per seguirla. Sua sorella gli venne incontro di corsa, con il viso illuminato da una sfrenata e contagiosa gioia infantile.

«Oh, Zouga!» esclamò quindi, prendendolo per una mano e mettendosi a trascinarlo impetuosamente su per il pendio. «Vieni a vedere. Devi venire a vedere.»

Il vecchio percorso degli elefanti superava la sella con un passo incassato, guardato sui due lati da altrettanti contrafforti di roccia grigia, e, fatti gli ultimi passi a superare il punto più elevato, i due fratelli si trovarono spalancato davanti un mondo nuovo e meraviglioso. Zouga si lasciò sfuggire un ansito involontario, perché non si aspettava nulla di simile.

Sotto i loro piedi digradava dolcemente una serie di alture, regolari come le onde dell'oceano e coperte da alberi maestosi. Oltre di esse, poi, si stendeva una prateria ondulata, con pochi alberi e dorata come un immenso campo di grano maturo, distesa fino al blu dell'orizzonte e tagliata da freschi corsi d'acqua.

Dovunque Zouga guardasse c'erano bufali, forme bovine nere, a spalla a spalla in masse scure sotto i rami a ombrello delle acacie. Più vicina a loro, una mandria di antilopi seguiva in lunga fila il capobranco verso l'acqua, fermandosi senza timori a osservare curiosamente gli intrusi.

«È bello!» mormorò Robyn, sempre tenendo il fratello per mano.

«Il regno di Monomatapa», replicò Zouga, con la voce rauca per l'emozione.

«No», ribatté a bassa voce Robyn. «Laggiù non c'è segno di presenza umana. Questo è il nuovo Eden.»

Zouga rimase in silenzio, facendo scorrere lo sguardo sulla scena e cercando, senza trovarla, qualche traccia umana. Era una terra intatta, non guastata.

«Una terra nuova, che aspetta di essere conquistata!» esclamò, sempre tenendo la mano della sorella. In quel momento furono vicini come non erano e non sarebbero mai stati. Quella terra li aspettava, vasta, illimitata, disabitata e bella.

Infine Zouga lasciò con riluttanza Robyn al passo e tornò indietro, oltre i pilastri di roccia grigia, per far salire la carovana. Quando la raggiunse, vide che anche la seconda zanna era stata rimossa. Entrambe erano state avvolte in corteccia di *msasa*, per essere trasportate, ma i portatori si stavano abbandonando a un'orgia di carne fresca e alla più ricercata delle prelibatezze africane: grumi bianchi di grasso d'elefante.

Non ci sarebbe stato verso di farli muovere finché non si fossero saziati, come Zouga ebbe modo di capire immediatamente. Quindi lasciò istruzioni a Jan Cheroot, lui stesso già gonfio della carne ingerita, di riprendere la marcia non appena la carcassa fosse stata ben ripulita – in parte mangiata e in parte impacchettata per il trasporto – e, presa con sé la Sharps, tornò al punto in cui aveva lasciato Robyn.

La chiamò invano per quasi mezz'ora e stava veramente preoccupandosi per lei, quando la risposta della sorella echeggiò dalle alture e, sollevato lo sguardo, egli la vide in piedi su una sporgenza, una trentina di metri sopra di lui. Gli stava facendo cenno di affrettarsi a raggiungerla.

Zouga si inerpicò rapidamente fino a lei e quando vide la sua espressione fu costretto a trattenere il rimprovero che aveva pronto sulle labbra. Sotto l'abbronzatura dorata era terrea, di un colore grigiastro malato, e aveva gli occhi arrossati e ancora pieni di lacrime.

«Che cosa c'è, Sissy?» le chiese, in un accesso di preoccupazione, ma Robyn pareva impossibilitata a rispondergli. Le parole le si strozzarono in gola, tanto che dovette inghiottire e fargli cenno di seguirla.

La sporgenza sulla quale si trovavano era stretta, ma regolare, e rientrava nella rupe, formando una caverna. Una caverna che era stata usata in precedenza da altri uomini, come dimostrava il fatto che il soffitto era annerito dal fumo e la parete di fondo era ornata dai dipinti liricamente infantili dei piccoli boscimani gialli, che nel corso dei secoli dovevano averla usata per accamparvisi nei loro vagabondaggi senza fine.

Zouga rimase affascinato dalla sfilata immobile di uomini e animali che copriva le pareti della caverna, e aveva già deciso di accamparsi lì, in modo da avere più tempo per studiarla e per prendere accuratamente nota di questo museo di arte primitiva, quando Robyn tornò a chiamarlo.

La seguì dunque per la sporgenza, finché arrivarono al punto in cui essa cessava bruscamente, formando un terrazzo che dava sulla terra di sogno che stava davanti a loro. L'attenzione di Zouga era divisa tra questa visione e la caverna piena di tesori d'arte che c'era alle sue spalle, ma Robyn tornò a chiamarlo con impazienza.

La faccia della rupe era percorsa orizzontalmente da una serie di strati rocciosi multicolori, di diversa durezza. La caverna, infatti, era stata formata dall'erosione di uno strato più morbido degli altri.

Dove non era stato coperto da un dipinto o annerito dal fumo, tale strato di roccia era di un verde saponoso e su di esso, nel punto che sovrastava l'impero di Monomatapa, qualcuno aveva usato un attrezzo metallico per incidere una placca liscia e quadrata. Pareva un lavoro fatto quello stesso giorno, ma le parole che vi erano scritte smentivano una simile impressione.

Profondamente scolpita nella roccia c'era una semplice croce cristiana, sotto la quale si trovavano un nome e una data, tracciate con la cura di un esperto calligrafo.

FULLER MORRIS BALLANTYNE

Zouga si lasciò sfuggire una sonora esclamazione al vedere il nome di suo padre così chiaramente tracciato dalla mano del medesimo.

Sebbene la roccia sembrasse incisa di fresco, la data risaliva a sette anni prima: 20 luglio 1853. Dopo quell'unica esclamazione i due giovani rimasero in silenzio, con lo sguardo fisso sull'iscrizione, ciascuno di essi in preda a un'emozione diversa. Per Robyn, un rigurgito di affetto filiale e uno straziante desiderio di essere ancora in compagnia del padre, dopo tanti anni. Gli occhi tornarono a riempirlesi di lacrime, che tracimarono dalle ciglia e le colarono sulle guance.

«Ti prego, Dio», pregò silenziosamente, «guidami fino a mio padre. Buon Dio, concedimi che non sia troppo tardi.»

Le emozioni di Zouga erano altrettanto violente, ma diverse. Stava infatti provando un forte risentimento di fronte alla scoperta che un altro uomo – nulla importava che si trattasse di suo padre – lo aveva preceduto tra quelle rocce, che facevano da ingresso all'impero di Monomatapa. Era la sua terra e non voleva dividerla con nessuno. In particolare non voleva dividerla con quel mostro di crudeltà e di egoismo che era suo padre.

Fissava dunque freddamente l'iscrizione che seguiva il nome e la data, ma nell'intimo ribolliva di rabbia e rancore.

NEL SANTO NOME DI DIO. Era tipico di Fuller Ballantyne autoattribuirsi le credenziali di ambasciatore divino. La stessa cosa aveva fatto su alberi e rocce in centinaia di altri posti sparsi per tutto quel continente, che considerava un dono personale di Dio.

«Avevi ragione, Zouga. Ci stai portando da lui, come avevi promesso. Non avrei mai dovuto dubitare di te.»

Se fosse stato solo, si rese conto Zouga, avrebbe potuto cancellare quell'iscrizione, graffiando la roccia con il coltello da cacciatore, ma non appena l'ebbe pensato, capì quanto fosse futile una simile idea, dal momento che un gesto del genere non avrebbe comunque eliminato la pura presenza spettrale di quell'uomo.

Quindi distolse lo sguardo dalla targa, trasferendolo sulla nuova terra, per scoprire che il suo piacere si era comunque attenuato. Si sedette pertanto con i piedi penzolanti nel vuoto ad aspettare che sua sorella si stancasse di guardare il nome del padre.

Ma la carovana arrivò prima. Zouga sentì il canto dei portatori salire dal pendio boscoso oltre il passo molto prima che il capofila superasse la sella. I portatori avevano volontariamente raddoppiato il carico e arrancavano su per la salita sotto enormi pesi di carne, grasso e midollo di elefante, raccolti in cesti fatti con foglie verdi di *msasa* e funi di corteccia.

Zouga pensò cupamente che se un simile carico, ma formato da stoffe, perline o persino polvere da sparo, lo avesse richiesto lui, si sarebbe immediatamente trovato a dover fronteggiare una rivolta. Dovevano avere addosso quasi un quintale di roba a testa, eppure salivano senza lamentarsi, addirittura cantando.

Lentamente, uscita snodandosi dalla foresta ed entrata nella gola del passo, la carovana prese a dirigersi direttamente verso il punto sopra cui stava seduto. Quindi Zouga si alzò, perché voleva ordinare a Jan Cheroot di fare il campo esattamente sotto lo sbocco del passo. Da dov'era vedeva una chiazza di erba verde a ridosso del piede della collina, lontano sotto di lui, con una coppia di aironi chiari che davano la caccia alle rane nella marcita verdeggiante. C'era certamente una fonte, e prima di notte, con tutta la carne che avevano ingurgitato, i servitori avrebbero avuto una sete terribile.

La fonte avrebbe costituito un ottimo posto dove fare il campo e inoltre il mattino seguente egli avrebbe potuto copiare i dipinti boscimani scoperti nella grotta. Quindi chiuse le mani a coppa e le accostò alla bocca per lanciare un richiamo a Jan Cheroot, quando uno schianto simile a una bordata di artiglieria navale riempì il passo con un tuono che echeggiò rimbalzando tra le rupi.

Per molti istanti Zouga non riuscì a capire che cosa stesse succedendo, poiché altre esplosioni si stavano succedendo, coprendo quasi completamente le flebili grida dei portatori, i quali stavano gettando via i carichi e disperdendosi.

Poi un altro movimento attirò la sua attenzione: una grossa sagoma arrotondata precipitò rovinosamente giù per il ripido pendio, caricando direttamente la carovana. Per un attimo Zouga credette che ad assalirla fosse un predatore vivo, per cui, messosi a correre sulla sporgenza, si tolse di spalla la Sharps, apprestandosi a fare fuoco.

Poi si rese conto che a ogni balzo la «cosa» faceva levare da terra scintille e fumo grigio, il cui odore acre arrivava fino a lui. E d'improvviso capì che sulla carovana stavano piombando a precipizio una serie di giganteschi massi, ciascuno del peso di molte tonnellate, che sembravano emergere dall'aria stessa, per cui cercò disperatamente di individuarne l'origine, pungolato dalle grida dei portatori e dalla vista dei macigni che stavano devastando i carichi del suo prezioso materiale, sparpagliandolo sul terreno roccioso della sella.

Lontano sotto di sé sentì i colpi sordi di un Enfield e guardandosi alle spalle scorse la minuscola figura di Jan Cheroot che sembrava mirare direttamente al cielo. Seguendo la direzione della canna del suo fucile, tuttavia, Zouga vide del movimento, seppure soltanto un barlume, sul margine della cresta.

Il diluvio di enormi macigni arrivava da lì. Zouga strizzò gli occhi per esaminare attentamente la rupe. Doveva esserci un animale. Sulle prime non pensò a una presenza umana, essendo convinto che quella terra non conoscesse l'uomo.

Con una punta gelida di orrore quasi superstizioso pensò che in cima a quella rupe ci fosse un branco di scimmioni giganteschi, intenti a bombardare i suoi uomini con enormi pietroni, ma poi si riscosse e con lo sguardo andò rapidamente in cerca di un passaggio, attraverso il quale salire più in alto sul proprio versante del passo, in una posizione da dove fosse possibile fare fuoco contro gli aggressori, sistemati su quello opposto.

Quasi immediatamente scoprì un'altra sporgenza che saliva con angolazione ripida staccandosi da quella dove stava lui.

Soltanto l'occhio di un militare avrebbe saputo individuarla.

«Resta lì!» gridò a Robyn, che invece gli si parò davanti.

«Che cos'hai intenzione di fare, Zouga?» chiese, e, prima ancora che lui potesse rispondere, aggiunse: «Lassù ci sono degli uomini. Non puoi sparare!» Aveva le guance ancora madide di lacrime, ma sul suo viso terreo era dipinta un'espressione decisa.

«Togliti dai piedi», le ringhiò il fratello.

«Stai per commettere un omicidio, Zouga.»

«È esattamente quello che stanno facendo con i miei uomini.»

«Dobbiamo trattare con quella gente», insistette Robyn, afferrandolo per un braccio mentre le passava accanto, ma venendo spinta da parte dal fratello, che corse verso la sporgenza più elevata.

«È omicidio!» gridò ancora Robyn, e il grido lo seguì nell'arrampicata. A Zouga vennero in mente le parole di Thomas Harkness. L'accusa secondo la quale suo padre non avrebbe esitato a uccidere chiunque lo avesse ostacolato. Ecco che cosa intendeva dire. Finalmente Zouga lo capì a fondo. Si chiese pertanto se suo padre avesse superato quel passo combattendo, come stava per fare lui.

«Se può farlo il campione dell'Onnipotente, è un magnifico esempio da seguire», borbottò tra sé, continuando a salire per l'erta sporgenza.

Sotto di lui l'Enfield si fece nuovamente sentire, ma la sua voce quasi si perse nel frastuono di una nuova valanga di pietre micidiali. Solamente Jan Cheroot poteva sperare di scoraggiare gli aggressori sparando con un fucile a quella angolazione.

Zouga continuò a inerpicarsi in preda a una furia gelida, superando senza esitazioni i punti pericolosi di quella stretta sporgenza, da cui piccole pietre si staccavano sotto i suoi passi, rotolando a valle per centinaia di metri.

Quindi all'improvviso emerse su una sporgenza più larga, formata da diversi strati di roccia, che saliva con pendenza più dolce, consentendogli di mettersi a correre. Stava ascendendo rapidamente: non erano ancora passati dieci minuti dalla prima frana, ma gli aggressori non avevano interrotto il bombardamento e le alture stavano ancora rimbombando degli schianti prodotti dai macigni in volo.

Infine Zouga girò oltre un'ennesima svolta ripidissima di quel sentiero da capre, balzò oltre il ciglio e si trovò improvvisamente sulla vetta, piatta come una tavola e coperta da radi cespugli e ciuffi d'erba giallastra.

Si gettò verso il bordo dell'altopiano, ansimando per recuperare il fiato, tergendosi il sudore dagli occhi e facendo scorrere lo sguardo sul versante opposto del passo. Era una distanza di tre o quattrocento metri, ovvero una portata agevolissima per la Sharps, mentre uno dei pesanti fucili a canna liscia sarebbe risultato disperatamente poco preciso.

Mentre caricava l'arma, studiò il terreno che aveva di fronte, capendo immediatamente le ragioni per cui gli aggressori avevano scelto quel lato del passo anziché quello su cui si trovava lui.

Erano infatti su un pinnacolo piatto di pura roccia, privo di ogni accesso visibile: qualsiasi sentiero vi portasse, comunque, era facilissimo da difendere. Inoltre, erano forniti di una riserva inesauribile di proiettili, dal momento che quei macigni arrotondati erano sparsi ovunque. Osservandoli, Zouga vide che si stavano servendo di rozze travi per sollevarne uno sopra il bordo della rupe.

Gli tremavano le mani e dovette faticare per riacquistarne il controllo. La Sharps oscillava e non gli consentiva di prendere di mira il gruppetto di uomini al di là del passo, non più di una dozzina, tutti nudi, se si eccettuava un minuscolo gonnellino di pelle.

Zouga stava riprendendo rapidamente fiato e avanzò ulteriormente, strisciando sul ventre e appoggiando la canna della Sharps su una pietra che aveva davanti. Quando tornò ad alzare lo sguardo, il gruppetto di uomini era riuscito a sollevare il macigno oltre il bordo.

Cadde con un breve rumore raschiante, che arrivò chiaro fino a lui, continuando quasi con un fruscio di ali, fino ad abbattersi sul passo, duecento metri più sotto, facendo rimbombare poderosamente ancora una volta le alture.

Il gruppetto di uomini era arretrato dal bordo della cresta, per riposare un attimo prima di scegliere un nuovo proiettile. Solamente uno di essi portava un copricapo. Una specie di berretto fatto con la criniera di un leone – lunghi peli fulvi striati di nero –, che faceva apparire più alto dei suoi compagni colui che lo indossava, il quale inoltre sembrava impartire ordini, gesticolando e dando spinte a chi gli era più vicino.

«Proprio te, bellezza mia!» mormorò Zouga. Aveva ripreso fiato e il sudore gli stava rinfrescando schiena e collo. Quindi sistemò l'alzo della carabina sui trecento metri e si piazzò sui gomiti per guardarvi attraverso. Così appoggiata, l'arma era salda come una roccia e gli consentì di mirare con precisione l'uomo dal copricapo di leone.

Lasciò partire il colpo e, ancora con lo sparo negli orecchi, vide un minuscolo frammento di roccia staccarsi dal bordo della rupe, sul versante opposto. «Basso, ma molto bene in linea», disse tra sé, aprendo la culatta della Sharps e ficcandovi la cartuccia.

Lo sparo aveva gettato lo scompiglio nel gruppetto di uomini, che si stavano guardando attorno, incerti circa la sua natura e la sua origine. L'alta figura col copricapo si portò cautamente verso il bordo della rupe, chinandosi a esaminare la scheggiatura e toccandola con un dito.

Zouga tornò a puntare l'arma, carica, mirò il copricapo giallo e poi premette il grilletto curvo con la dolcezza di un amante.

La pallottola produsse un forte schiocco, come di donna che batta un tappeto, e l'uomo dal copricapo di leone roteò violentemente su se stesso, con le braccia spalancate e le gambe che si agitavano in una sorta di breve danza frenetica, finché gli si piegarono sotto, facendolo cadere proprio sul bordo della rupe, come un pesce arpionato.

I suoi compagni rimasero paralizzati, senza fare nulla per aiutarlo mentre scivolava lentamente verso il ciglio, da cui a un'ultima contorsione delle gambe precipitò nel vuoto, continuando a cadere a lungo, con tutti gli arti spalancati, toccando finalmente terra con un tonfo sordo sul terreno scosceso del pendio sottostante.

Zouga sparò di nuovo nel capannello di uomini, senza mirarne nessuno in particolare e colpendone due con una pallottola sola, dal momento che anche a quella distanza un colpo di Sharps poteva attraversare il corpo di un uomo senza praticamente perdere nulla in potenza.

Il gruppo allora si scompose in tante figure in corsa, le cui grida di paura arrivarono chiare fino a lui, figure che scomparvero prima che riuscisse a fare fuoco un'altra volta, infilandosi in una stretta gola di roccia.

Quindi sulla scena calò un silenzio che risultò improvviso e stupefacente dopo il frastuono che lo aveva preceduto, e che durò per molti minuti, finché finalmente venne rotto dalla voce acuta di Jan Cheroot, che chiamava dalla gola scoscesa del passo.

Zouga si alzò e, reggendosi al ramo di un albero, si sporse oltre il bordo della rupe.

«Fa' passare la carovana, sergente», ordinò, alzando la voce per farsi sentire, e l'eco gli rispose scherzoso con le sue stesse parole: «Sergente... sergente... sergente...»

«Vi copro io... copro io... copro io...»

Zouga chiamò la piccola matabele dal fuoco dove stava inginocchiata accanto a Robyn, intenta ad aiutarla a curare uno dei portatori che era stato ferito da una scheggia volante.

«Juba», le disse, «voglio che tu venga con me.» Ma la ragazza guardò Robyn, esitando a obbedirgli. L'irritazione di Zouga allora tornò a divampare. Lui e la sorella non si erano più rivolti la parola da quando aveva messo fine all'aggressione con il fuoco della sua carabina e poi Jan Cheroot aveva nuovamente riunito la carovana, facendola uscire dalla trappola mortale della gola fino a raggiungere la posizione in cui era accampata.

«Vieni», ripeté Zouga, e di fronte al suo tono la ragazza abbassò lo sguardo, seguendolo sottomessa verso il passo.

Zouga procedette con cautela, fermandosi circa ogni cinquanta passi per esaminare sospettosamente le cime delle rupi, anche se era quasi sicuro che non vi sarebbe più stato alcun ulteriore lancio di macigni. Comunque si teneva ben accostato alla parete di roccia, in modo da tenersi al riparo.

Avanzare sul ghiaione pieno di cespugli era difficile, cosicché ci misero quasi mezz'ora a raggiungere il punto in cui Zouga aveva visto cadere il corpo del guerriero dal copricapo di leone, dopo di che dovettero cercare quasi altrettanto a lungo prima di trovarne il cadavere.

Era caduto in un profondo crepaccio, sul cui fondo stava disteso supino. Il corpo non presentava ferite, se si eccettuava il piccolo foro della pallottola sul lato sinistro del collo nudo.

Gli occhi erano ancora spalancati, ma il copricapo era volato via.

Dopo un momento Zouga si rivolse a Juba in tono interrogativo. «Chi è? A che tribù appartiene?» chiese, e la ragazza non mostrò alcun timore di fronte alla morte violenta. Nella sua breve vita aveva visto ben di peggio.

«Mashona!» rispose in tono di spregio. Lei era una matabele di origini zanzi, quindi di un sangue che era il più nobile al di fuori del *kraal* dello stesso re Mzilikazi. Per le altre tribù africane, pertanto, e in particolare per la tribù in questione, non provava altro che disprezzo.

«Mashona!» ripeté. «Mangiatori di sudiciume.»

L'insulto più grave tra quelli che i matabele rivolgevano a tutte le tribù che avevano ridotto in schiavitù o al limite dell'estinzione.

«Combattono sempre così, questi babbuini», continuò poi, indicando il morto con un cenno della bella testa. «Si piazzano sulle cime delle montagne e buttano giù i sassi.»

I suoi occhi bruni mandarono lampi. «Così per i nostri giovani, ogni anno che passa, diventa sempre più difficile bagnare di sangue la lancia. E finché non lo fanno, il re non dà loro il permesso di sposarsi», sbottò poi, al che Zouga sorrise divertito. Il risentimento della ragazza non era evidentemente tanto rivolto alla mancanza di sportività dei mashona, quanto alla crisi che ciò provocava nel mercato matrimoniale dei matabele.

Zouga si lasciò calare nel crepaccio e si chinò sul guerriero morto. Nonostante lo spregio di Juba, era un uomo di bella costituzione e dall'aspetto intelligente. Per la prima volta il giovane provò una punta di pentimento per aver sparato il colpo che aveva causato quella ferita dall'apparenza innocua. Tuttavia scacciò il pensiero, perché non era venuto lì né per godersi il fatto di averlo ucciso né per crucciarsene, ma semplicemente per identificare il nemico.

Si chiese come mai quei guerrieri avessero attaccato la carovana senza preavviso. Che fossero le guardie di frontiera del favoloso regno di Monomatapa? Gli sembrava la spiegazione più probabile, anche se, naturalmente, poteva trattarsi di comuni banditi.

Fissò cupamente il cadavere. Chi poteva essere stato quell'uomo? E quanto pericolo rappresentava ancora la sua tribù per la carovana? Tuttavia lì non c'era più nulla da apprendere, e stava per raddrizzarsi di nuovo, quando notò la collana che il guerriero aveva al collo. Quindi tornò a chinarsi per esaminarla.

Era fatta di perline da poco prezzo, infilate su una sottile striscia di budello, un oggettino di nessun valore, se si eccettuava il pendente, che sulle prime non aveva notato perché era scivolato sotto un'ascella, rimanendo seminascosto.

Lo tirò fuori, lo esaminò un attimo e poi sfilò tutta la collana dalla testa del morto. Fatto questo, si rialzò tenendola tra le dita e riprendendo ad ammirare il pendente.

Era stato scolpito in avorio ora divenuto giallognolo per l'età, e una serie di sottili scalfitture nere formava un reticolo sulla sua superficie. Zouga lo alzò in modo che fosse colpito dai raggi del sole e poi lo esaminò da ogni angolazione.

Aveva già visto un'altra figurina quasi gemella di questa, una figurina d'oro, che adesso era nel forziere di una banca a Città del Capo, dove l'aveva depositata prima di partire a bordo del *Black Joke*.

La stessa sagoma stilizzata di uccello, appollaiato su un piedestallo rotondo. Tale piedestallo era decorato con l'identica struttura triangolare a denti di squalo, e l'uccello aveva il medesimo torace ampio e ali corte e appuntite, ripiegate sul dorso. Avrebbe potuto trattarsi di un piccione o di una colomba, se non fosse stato per un particolare: il becco era l'arma curva e adunca di un rapace.

Rappresentava un falco, lo sapeva al di là di ogni dubbio, e certamente aveva un profondo significato araldico. La collana d'oro lasciatagli da Thomas Harkness doveva esser appartenuta a un re, a una regina o a un sacerdote. Ne costituiva chiara indicazione il fatto che per realizzarla fosse stato usato l'oro. Adesso davanti a lui c'era la stessa forma, addosso a un uomo che sembrava essere un capo. E ancora una volta tale forma era fedelmente riprodotta in un altro materiale prezioso: avorio.

Esaminando l'antico pendente – senz'altro antico, a giudicare dalla spessa patina che copriva l'avorio –, Zouga si chiese se non fosse il falco di Monomatapa.

Quindi alzò lo sguardo alla ragazzina matabele, che stava in piedi quasi nuda sopra di lui e lo guardava senza interesse.

«Lo vedi?» chiese.

«È un uccello.»

«L'hai mai visto prima?»

Juba scosse il capo, facendo ballonzolare le piccole mammelle carnose.

«È un oggetto mashona», rispose poi, con una scrollata di spalle. Che interesse poteva avere una figlia dei figli di Senzangakhona e Chaka per una sciocchezza del genere?

D'impulso Zouga sollevò la collana e se l'avvolse attorno al collo, facendo scivolare il falco d'avorio nell'apertura a «V» della camicia di flanella, dove esso si annidò tra i ricci di peli neri.

«Vieni!» disse infine a Juba. «Qui non ci resta altro da fare.» E le fece strada verso il campo, oltre il passo.

Il territorio in cui il vecchio animale li aveva guidati per il percorso segreto che attraversava il passo, era un regno di elefanti, spinti forse in quel mondo spopolato dalla pressione dei cacciatori che risalivano dalla punta meridionale del continente. Ce n'erano branchi ovunque. Ogni giorno Zouga e Jan Cheroot, spingendosi a cacciare molto oltre la testa della colonna, incontravano qualche grosso pachiderma, che abbattevano.

Il primo mese ne uccisero quarantotto e il secondo quasi sessanta, tutti meticolosamente registrati da Zouga nel suo diario, insieme alle circostanze della caccia, al peso delle singole zanne e all'esatta locazione del nascondiglio in cui erano state sepolte.

La sua piccola schiera di portatori non era assolutamente in grado di trasportare nemmeno una piccola parte di una simile massa di avorio, e inoltre la distanza da percorrere e la direzione in cui si sarebbero ulteriormente mossi erano ancora incerte. Quindi Zouga seppelliva il suo tesoro in luoghi facilmente riconoscibili.

Un giorno sarebbe tornato a prenderselo. A quel punto l'avorio si sarebbe disseccato dell'umidità in eccesso e sarebbe stato più facile da trasportare.

Intanto il suo corpo traeva notevole vantaggio da tutto quell'esercizio, e il sole aveva conferito alla sua pelle il colore del mogano e a barba e baffi un'ombreggiatura dorata. E contemporaneamente Jan Cheroot aveva provveduto a insegnargli tutti i trucchi della caccia nella foresta.

Nondimeno quella terra, che sulle prime aveva ritenuto priva di presenze umane, non lo era affatto, e da un numero infinito di anni.

Oltre agli orti abbandonati, dove un tempo l'uomo seminava le proprie messi e dove ora gli elefanti erano tornati a reclamare i propri diritti, infatti, aveva scoperto i resti di grosse città indigene, chiavi di volta abbandonate di una civiltà un tempo fiorente, anche se non ne rimaneva altro che il tracciato circolare di capanne sulla nuda terra, i focolari anneriti e i recinti carbonizzati, che un tempo dovevano aver rinchiuso grandi mandrie di animali. A giudicare dal loro stato, i campi dovevano essere stati abbandonati molti decenni prima.

Faceva uno strano effetto vedere questi grandi branchi grigi di elefanti aggirarsi lentamente tra le città in rovina e i campi.

Zouga raschiò tra le fondamenta delle capanne e trovò in profondità le ceneri in cui erano state ridotte le pareti di legno e i tetti di paglia. In un antico villaggio contò un migliaio di simili abitazioni. Una popolazione numerosa, dunque, ma dov'era andata a finire?

Parziale risposta la trovò in un antico campo di battaglia, su uno spiazzo dietro le mille capanne. Le ossa erano candide come margherite, sbiancate e disseccate dal sole, e in parte semisepolte. I resti umani coprivano un'area di molti ettari e giacevano in cumuli allineati, come grano appena tagliato che aspettasse i raccoglitori. Quasi tutti i crani erano stati sfondati come da un furibondo colpo di randello o mazza.

Zouga si rese conto che non si trattava tanto di un campo di battaglia quanto di un luogo dov'era avvenuto uno sterminio. Se una pratica simile era stata seguita in tutte le città in rovina che aveva trovato, allora il numero totale dei morti doveva assommare a diverse decine o addirittura centinaia di migliaia. C'era poco da meravigliarsi che i resti di presenze umane fossero dispersi in piccoli gruppi, come il manipolo di guerrieri che aveva cercato di impedire loro il passaggio sul percorso degli elefanti. Ma ce n'erano altri. Di quando in quando Zouga avvistava il fumo di qualche fuoco che si levava dal punto più alto di una delle collinette rocciose dalla strana forma che coprivano quel territorio in ogni direzione. Se si trattava di sopravvissuti dell'antica civiltà, allora vivevano ancora nel terrore della sorte toccata agli antenati.

Quando Zouga e i suoi cacciatori si avvicinavano a uno di questi minuscoli insediamenti elevati, scoprivano che le creste erano fortificate con pareti di pietra e venivano accolti dal lancio di macigni che rotolavano loro addosso lungo il pendio, costringendoli a ritirarsi in tutta fretta. Spesso sul terreno pianeggiante al di sotto delle alture fortificate c'erano orti coltivati, in cui crescevano miglio, *ropoko* e grosse batate dolci, ma soprattutto – ciò che più importava a Zouga – tabacco locale verde scuro.

Le foglie di quest'ultimo erano a stelo grosso e grandi come orecchie di elefante. Zouga le arrotolava in sigari poderosi, dal gusto ricco, che fumava chiedendosi come avesse potuto arrivare sin lì tale pianta. Un tempo doveva esserci una corrente di traffico tra queste popolazioni e la costa, come dimostravano le perline con cui era fatta la collana che aveva preso dal cadavere e quelle piante esotiche, nonché gli alberi di tamarindo, originari dell'India, che crescevano tra le rovine degli antichi villaggi.

Ogni volta che tornava al grosso della carovana, Zouga procedeva a meticolosi rilevamenti del sole e a calcolare esattamente la posizione servendosi di cronometro ed effemeridi, aggiungendo tali rilevamenti – insieme a succinte annotazioni – alla mappa lasciatagli dal vecchio Tom Harkness. E a mano a mano che vi venivano indicati nuovi fiumi, nuovi confini delle zone della mosca, nuovi «corridoi» per attraversarle e così via, il valore di tale mappa andava ulteriormente crescendo.

Quando Zouga non era immerso nello studio della sua mappa, lavorava fino all'ultima luce al proprio diario e al manoscritto che costituiva un'aggiunta al medesimo, e mentre così faceva Jan Cheroot e i portatori provvedevano a portare al campo l'ultimo carico di avorio e a seppellirlo.

In base ai dati del suo diario, Zouga calcolava di possederne ormai più di sei tonnellate, nascoste lungo l'itinerario percorso. Il problema sarebbe stato portarlo fino a Londra. Ma in fondo sarebbero bastati una dozzina di carri o cinquecento portatori, si era detto il giovane ridacchiando.

A ogni fiume che attraversavano Zouga prendeva il recipiente di ferro che serviva al tempo stesso da pentola e da tinozza per la biancheria, ed esaminava la ghiaia per diversi chilometri in entrambe le direzioni. Lo riempiva in un posto adatto, sotto la riva, a una curva, e quindi ne dilavava il contenuto, scuotendolo, facendolo roteare, eliminandone via via piccoli quantitativi e aggiungendo acqua, finché sul fondo non rimaneva che una chiazza del materiale più leggero. La cosiddetta «coda», che tuttavia era sempre scura e priva di interesse, non ravvivata dal baluginio dell'oro, che era quanto il giovane bramava tanto ardentemente.

Allorché era intento a descrivere tutte queste attività nel suo diario, c'era una sola cosa che lo faceva di quando in quando interrompere brevemente: non sapeva quale nome dare a questa bella terra sconosciuta. Fino a quel momento non aveva trovato nessuna prova del fatto che fosse l'impero di Monomatapa, e in definitiva nemmeno dell'esistenza dello stesso. I pochi uomini timorosi e sparsi che aveva incontrato non potevano certamente essere i guerrieri di un potente imperatore. Un'altra considerazione, poi, gli suggeriva di non usare quel nome. Servendosene, infatti, avrebbe tacitamente riconosciuto che su quella terra esistevano già altre pretese. Quindi aveva cominciato a chiamarla Zambesia, ovvero terra oltre il fiume Zambesi.

Con tutte queste attività a rallentarne il progresso, la carovana avanzava di poco, provocando le furie di Robyn, la quale un giorno disse al fratello:

«Per quanto ne sai, Morris Zouga, tuo padre potrebbe aver bisogno di una manciata di medicine per non morire, in qualche luogo da queste parti, mentre tu...»

«Se è già sopravvissuto per otto anni, quel vecchio demonio è molto probabile che ce la faccia a tener duro ancora qualche giorno», aveva ribattuto Zouga in un tono spensierato, teso però a coprire l'irritazione che in effetti provava. Da quando aveva ucciso quel mashona, al passo, i rapporti tra loro si erano deteriorati al punto che trovavano entrambi difficile mantenere un tono di voce civile nelle poche occasioni in cui parlavano insieme.

Le lunghe e frequenti assenze di Zouga dal grosso della carovana non erano dovute solamente alla sua passione per la caccia e alle esplorazioni della zona. Il giovane trovava che lo star lontano dalla sorella gli giovava al sistema nervoso. L'atmosfera estatica di quel momento magico, in cui si erano trovati mano nella mano, sulla vetta della scarpata, era ormai ben lontana nel tempo.

Rimuginando accanto al suo solitario fuoco da campo, mentre le iene facevano sentire i loro risolini e urletti attaccando le carcasse degli elefanti appena uccisi, una sera Zouga pensò che era davvero un miracolo che due personalità totalmente diverse come la sua e quella di Robyn, i cui obiettivi erano ampiamente divergenti, fossero riuscite ad arrivare sin lì senza seri contrasti. Le cose erano andate troppo bene per durare all'infinito e ora si chiedeva come sarebbe andata a finire. Avrebbe dovuto seguire il consiglio datogli dall'istinto e rimandare Robyn a Tete e Città del Capo, quando aveva avuto la scusa per farlo: la rotta di collisione su cui stavano così chiaramente procedendo avrebbe potuto far concludere in un disastro tutta la spedizione.

Quando il giorno dopo avesse raggiunto il corpo della carovana, doveva farla finita, in un modo o nell'altro. Robyn doveva riconoscerlo come capo della spedizione e quindi accettare le sue decisioni come irrevocabili. Se così fosse stato, allora lui avrebbe anche potuto arrivare a qualche concessione nei confronti dei desideri della sorella, anche se la ricerca di Fuller Ballantyne occupava una posizione molto bassa nella sua lista di priorità. Sarebbe stato probabilmente meglio per tutti, non escluso lo stesso interessato, se i fedeli portatori avessero già da lungo tempo deposto il medesimo Fuller Ballantyne nella sua tomba di eroe.

Il pensiero gli fece provare una punta di senso di colpa e il giovane seppe che non l'avrebbe mai scritto, nemmeno nelle pagine più intime del proprio diario, così come non ne avrebbe fatto cenno con la sorella. Tuttavia l'idea fu dura a morire. Ma finalmente, con l'accompagnamento del basso profondo rappresentato dal russare di Jan Cheroot e del soprano rappresentato dal branco di iene, anche lui si addormentò.

Avendo preso la decisione di affermare la propria autorità, Zouga arrotolò la coperta nella brina del mattino, deciso a procedere a una marcia forzata verso il punto in cui dodici giorni prima aveva lasciato la sorella e la carovana. Calcolava che fossero una settantina di chilometri, forse un po' meno, e quindi impose un ritmo durissimo, che non prevedeva nemmeno le pause di mezzogiorno.

Aveva di proposito lasciato il corpo della carovana accampato sotto un *kopje* dalla sagoma riconoscibilissima, le cui guglie rocciose si vedevano a molti chilometri di distanza in ogni direzione e a cui Zouga aveva dato il nome di Monte Hampden, in ricordo di una visita da lui stesso fatta a quel castello durante l'infanzia.

Erano tuttavia ancora lontani quando cominciò ad avere le prime apprensioni. Dai piedi delle alture non si levava alcun filo di fumo, come invece sarebbe dovuto essere. Infatti il giovane aveva lasciato al campo quasi una tonnellata di carne di elefante, da affumicare sulle graticole, e nella marcia di allontanamento aveva potuto avvistare tali fili di fumo per molto tempo dopo che le creste delle alture erano scomparse dietro le cime degli alberi della foresta.

«Non c'è fumo», disse pertanto a Jan Cheroot, che annuendo rispose:

«Non volevo essere il primo a dirlo».

«Può essere che Camacho ci abbia seguiti fin qui?»

«Ci sono altre belve mangiatrici di uomini in questa zona, oltre a quel portoghese», rispose l'ottentotto, inclinando la testa a un'angolazione inquisitoria da uccello, nel vedere che Zouga cominciava a spogliarsi per mettersi in assetto di corsa. Quindi, senza dire nulla, seguì il suo esempio, porgendo pantaloni e altri ammennicoli ai portatori.

«Seguitemi più in fretta che potete!» ordinò loro Zouga, facendosi dare da Matteo una sacca di riserva di polvere, compiendo un dietrofront e mettendosi a correre, seguito da Jan Cheroot.

Tutti i suoi sentimenti di antagonismo nei confronti della sorella erano stati spazzati via da una vampata di preoccupazione, e nella sua mente scorse una serie di visioni orrende.

Quindi si scoprì a pregare per il bene di Robyn, ripetendo le formule della propria infanzia, fino a quel momento usate assai di rado, e accelerando inconsciamente il passo, provocando un grugnito di protesta da parte di Jan Cheroot, che a poco a poco rimase indietro.

Infatti Zouga arrivò ai piedi del *kopje* più di un chilometro davanti all'ottentotto e lì giunto svoltò, proseguendo in direzione della sfera rossastra del sole calante, costeggiandone la base rocciosa e finalmente fermandosi, senza fiato.

A quel punto, fissato lo sguardo sulla valletta in ombra, sotto gli alti alberi di *mukusi*, dove aveva lasciato la carovana, si sentì stringere il cuore e cogliere da una sensazione nauseabonda di orrore. L'accampamento era deserto, i fuochi erano neri e freddi e i ricoveri dal tetto inclinato avevano già acquisito l'aspetto desolato delle abitazioni deserte. Ancora cercando di riprendere fiato, Zouga si lasciò calare per il lieve pendio e penetrò nel campo abbandonato, guardandosi disperatamente intorno in cerca dei corpi. Non ne vide alcuno e il suo primo pensiero corse ai negrieri. Dovevano averli catturati tutti, sicché provò un brivido di orrore al pensiero di ciò che doveva aver sofferto Robyn.

Quindi prima di tutto corse alla capanna della sorella, che tuttavia trovò completamente priva di qualsiasi sua traccia. Poi corse alla successiva e alla successiva ancora: erano tutte vuote, ma nell'ultima trovò un unico cadavere. Era rannicchiato sul pavimento in sabbia del ricovero primitivo e avvolto in una coperta, tirata fin sopra la testa e ben avviluppata attorno al busto.

Timoroso di scoprire il cadavere orrendamente mutilato della sorella, Zouga gli si inginocchiò accanto. Semiaccecato dal sudore, allungò una mano tremante per la paura e la stanchezza, e tirò indietro il lembo di stoffa grigia che copriva la testa immobile.

Il cadavere resuscitò con un urlo di spavento e fece un balzo di mezzo metro in aria, balbettando sconnessamente, cercando di liberarsi della coperta e tirando fendenti con mani e piedi per difendersi.

«Cerbero!» esclamò Zouga, che con quel nome aveva battezzato il più pigro dei portatori, un individuo scarno, contraddistinto da un grosso appetito per la carne e da uno scarso interesse per tutto ciò che concerneva l'esercizio fisico. «Che cos'è successo? Dov'è Nomusa?»

Cerbero, una volta tranquillizzato e sufficientemente ripresosi dallo shock, in risposta alla domanda gli porse un bigliettino. Un pezzo di carta strappato dal diario di Robyn, piegato in due e sigillato con cera rossa, su cui era scritto:

Caro Zouga,
sono dell'idea che ulteriori ritardi pregiudichino seriamente gli interessi dei finanziatori di questa spedizione. Di conseguenza ho deciso di muovermi a una velocità più consona per il conseguimento dei nostri obiettivi, prima che arrivi la stagione delle piogge.
Lascio Cerbero ad aspettare il tuo ritorno. Quindi seguimi pure alla tua solita velocità.
Affettuosamente, tua sorella

ROBYN

La data era di dieci giorni prima. Nient'altro. Sua sorella non gli aveva lasciato nulla, nemmeno un sacchetto di sale o una scatola di foglie di tè, beni di cui Zouga era privo da giorni.

Il suo stordimento durò fino all'arrivo di Jan Cheroot, ma quando sopraggiunsero anche i portatori esausti si era trasformato in furia cieca. Avrebbe persino marciato tutta la notte all'inseguimento della carovana, ma sebbene li prendesse a calci nelle costole, maledicendoli, i portatori erano talmente esausti che non riuscirono nemmeno ad alzarsi dalla nuda terra su cui si erano gettati.

Robyn aveva trovato parecchie difficoltà per convincere i portatori a levare il campo e a mettersi i carichi in ispalla. I suoi primi tentativi erano stati accolti con divertimento e vaghi risolini, perché nessuno credeva che dicesse sul serio. Persino Juba non riusciva a credere che Nomusa, una donna, avesse intenzione di assumere il comando della carovana.

Allora Robyn, visti fallire tutti i propri argomenti, aveva dato di piglio al curbascio di pelle d'ippopotamo e lo aveva usato sul piccolo e giallastro caporale ottentotto, a cui Jan Cheroot aveva affidato il comando dei moschettieri. Immediatamente questi si era messo a sbraitare ordini frenetici ai suoi uomini dai rami dell'albero di *mukusi* dove si era rifugiato.

Nel giro di un'ora erano in marcia, ma i vaghi risolini avevano ceduto il posto a proteste e bronci. Erano tutti convinti che la spedizione fosse votata al disastro: chi, infatti, aveva mai sentito di una donna, giovane e per di più bianca, che procedesse verso l'ignoto? Dopo nemmeno un chilometro la maggior parte dei portatori prese a lamentarsi di formicolio ai piedi e vista appannata, mali comuni soltanto tra i portatori riluttanti a procedere.

Robyn li rimise tutti quanti in piedi sparando un colpo sopra le loro teste con la grossa Colt da marina, che quasi le slogò il polso, dimostrandosi tuttavia una cura straordinariamente efficace per i piedi come per gli occhi. I portatori finirono con il darsi pace e il primo giorno percorsero sedici chilometri, come Robyn annotò nel suo diario.

Tuttavia, nonostante l'atteggiamento spavaldo che teneva davanti a portatori e moschettieri, la giovane aveva i suoi dubbi. Era stata a osservare attentamente Zouga che preparava il percorso da seguire servendosi della bussola e aveva imparato la tecnica di orientarsi in base alle alture o ad altri elementi naturali riconoscibili, unica tecnica che consentisse di procedere diritti in un paese coperto da foreste come quello.

Ogni volta che ne aveva avuto l'opportunità, inoltre, aveva studiato la mappa di Tom Harkness, vedendo con quanta sagacia Zouga scegliesse la direzione in cui procedere. Mirava ad attraversare quel vasto territorio inesplorato, a cui aveva dato il nome di Zambesia, per incrociare finalmente la strada aperta dal loro nonno, Robert Moffat, che portava da Kuruman, missione di quest'ultimo, fino a Thabas Indunas, città del re matabele Mzilikazi.

Tuttavia era intenzione di Zouga passare a sud delle frontiere del regno matabele, evitando la Terra Bruciata dove, secondo Tom Harkness, i rapaci *impi* di frontiera di Mzilikazi uccidevano chiunque vi si avventurasse. Né lei né suo fratello potevano contare che la parentela con Moffat li proteggesse.

Una volta raggiunta la strada carrabile, a Kuruman, sarebbero tornati nel mondo conosciuto. La strada avrebbe loro fatto incontrare la serie successiva di pozzi segnalati dal nonno e inoltre, essendo molto percorsa, li avrebbe portati a Città del Capo e fatti arrivare a Londra nel giro di meno di un anno. La parte delicata di tutto ciò era trovare questo passaggio a sud del regno matabele, attraverso gli indicibili rischi che ancora si prospettavano.

In realtà Robyn non riteneva di dover compiere questa parte di viaggio completamente sola. Sarebbe stata solamente questione di qualche giorno perché Zouga tornasse al campo di Monte Hampden, dopo di che si sarebbe immediatamente messo all'inseguimento della carovana. E a quel punto si sarebbe svolto un interessante scontro di interessi. Al cui termine, tuttavia, la giovane era sicura che Zouga sarebbe stato convinto che il ritrovamento e il benessere del padre erano di gran lunga più importanti che il massacro di animali, i cui enormi denti probabilmente non sarebbero mai più stati rintracciati.

Si era trattato soltanto di un gesto di sfida: nel giro di poco tempo Zouga sarebbe stato di nuovo lì con lei. Nel frattempo comunque sentiva una sgradevole sensazione di vuoto e di solitudine, mentre, stretta nelle sue brache, procedeva in testa alla colonna, davanti al portabandiera ottentotto.

La seconda notte fecero il campo sul bordo di un fiume ridotto a una striscia di pozze verdi e immobili nella sabbia color bianco zucchero del letto. Sulla riva ripida c'era una macchia di fichi strangolatori, i cui pallidi tronchi lisci e i cui rami si innalzavano sinuosi come pitoni a soffocare l'albero di cui erano parassiti.

I portatori avevano preparato gli *scherms* di frasche e acceso i fuochi per cucinare, quando tutti sentirono il ruggito di un leone, rumore che, debolissimo e lontano, si mescolò soltanto per qualche istante con il mormorio delle voci. Pareva venire da svariati chilometri più a valle e si trattava comunque di un rumore a cui tutti avevano fatto l'abitudine: non era praticamente scorsa notte, dopo l'attraversamento del passo, senza che si fosse fatto sentire.

Tuttavia Robyn non aveva mai effettivamente visto un leone in carne e ossa, trattandosi di animali quasi esclusivamente notturni, per cui i suoi primi tremori si erano convertiti in indifferenza. Dietro lo *scherm* di rami si sentiva assolutamente al sicuro e in quel momento, al levarsi del rumore ben noto, non si peritò nemmeno di sollevare lo sguardo dal diario, in cui stava descrivendo in tono appena un po' esagerato la competenza con cui aveva diretto la marcia di quel giorno.

«Procediamo veloci come quando alla guida c'era Z.», aveva scritto compiaciuta, senza tuttavia accennare all'umore dei portatori.

Il leone ruggì solamente una volta e il rumore non si ripeté, per cui poco dopo il mormorio di chiacchiere attorno ai fuochi riprese e Robyn tornò a scrivere sul diario.

Poche ore dopo il tramonto il campo si accinse a passare la notte e Robyn, al riparo del tetto di paglia elevato per lei in tutta fretta e con accanto a sé il corpo rannicchiato di Juba su uno strato di erba tagliata di fresco, stette ad ascoltare le melodiose voci africane dei portatori ridursi gradualmente al silenzio. Quindi si lasciò sfuggire un solo sospiro, profondo, e cadde immediatamente addormentata... per svegliarsi circondata da una confusione di rumori e movimenti.

Dal gelo dell'aria e dal buio totale capì che era tardi, ma la notte risuonava delle grida terrorizzate degli uomini. Quindi a esse si unirono il rumore sordo di un moschetto, lo schianto di alcuni pesanti ciocchi aggiunti al fuoco e poi le urla strazianti di Juba, accanto alla sua testa.

«Nomusa! Nomusa!»

Ancora istupidita dal sonno, Robyn si tirò faticosamente su. Non sapeva con certezza dove cessasse il sogno e dove cominciasse la realtà.

«Che cosa succede?».

«Un diavolo!» strillò Juba. «Sono venuti i diavoli per ammazzarci tutti.»

Robyn gettò via la coperta e corse fuori del ricovero a piedi nudi, con addosso solamente la camicia da notte di flanella e un nastro tra i capelli.

In quel momento i nuovi ciocchi s'incendiarono nel falò di guardia, e alla loro luce vide corpi giallastri e neri, visi terrorizzati, occhi stravolti e bocche spalancate a urlare.

Il piccolo caporale ottentotto, completamente nudo, al di là del falò, saltellava brandendo il moschetto e, quando Robyn corse verso di lui, fece fuoco alla cieca nel buio.

Robyn lo afferrò per un braccio mentre cominciava a ricaricarlo.

«Che cos'è?» gli gridò in un orecchio.

«*Leeuw!* Leone!» rispose l'ottentotto, con gli occhi scintillanti di paura e gocce di saliva che gli colavano dagli angoli della bocca.

«Dov'è?»

«Ha preso Sakkie! Lo ha tirato fuori dalle coperte!»

«Silenzio!» urlò Robyn. «State zitti, tutti quanti!»

E in quel momento, istintivamente, tutti si rivolsero a lei in cerca di indicazioni.

«Silenzio!» ripeté, e lo schiamazzo di paura e incertezza si spense.

«Sakkie!» chiamò allora Robyn nel silenzio, e la voce dell'ottentotto scomparso le rispose debolmente dal piede della ripida riva.

«*Die leeuw het my!* Mi ha preso il leone! *Die duiwel gaan my dood maak*, il diavolo sta per uccidermi», lamentò il poveretto, concludendo con un urlo di dolore.

E sopra alle urla tutti sentirono il frantumarsi dell'osso e un ringhio smorzato, come quello di un cane con la bocca piena di cibo. Con un soprassalto di orrore, che le fece accapponare la pelle delle braccia, Robyn si rese conto che stava sentendo i rumori prodotti da un uomo che veniva divorato vivo a meno di cinquanta metri da lei.

«*Hy vreet my bene*», disse ancora la voce, alterata da un dolore intollerabile. «Mi sta mangiando le gambe.» Senza pensare più niente, Robyn prese dal fuoco un ramo acceso e tenendolo alto gridò al caporale ottentotto: «Vieni! Dobbiamo salvarlo!»

Ma arrivata alla riva del fiume si accorse di essere sola, e disarmata.

Si guardò alle spalle. Nessuno degli uomini attorno al fuoco l'aveva seguita. Stavano stretti in gruppo, a spalla a spalla, abbarbicati alle loro armi, ma immobili come se avessero radici.

«È finito», disse il caporale, con voce rotta dalla paura. «Lascialo perdere. È troppo tardi. Lascialo perdere.»

Robyn scagliò il ramo verso il letto del fiume, sotto di sé, e prima che le fiamme si spegnessero le parve di vedere qualcosa, una grossa forma, scura e terrificante, ai limiti delle ombre.

Quindi tornò di corsa al fuoco e strappò il moschetto a uno degli ottentotti. Tirato indietro il cane con il pollice, corse ancora una volta verso la riva, abbassando lo sguardo sul letto asciutto. Il buio era totale, finché improvvisamente si trovò al fianco qualcuno che reggeva un ramo in fiamme.

«Juba! Torna indietro!» le gridò. La ragazza era completamente nuda, se si eccettuava una singola striscia di perline attorno alla vita, e il fuoco le faceva luccicare il corpo lustro.

Juba non poté risponderle, perché aveva le guance madide di lacrime e la gola strozzata dal terrore, tuttavia scosse fieramente il capo.

Sotto di loro, delineata sul biancore della sabbia, c'era quella grottesca sagoma scura. Le urla del morente si mescolavano ai ringhi confusi dell'animale.

Robyn sollevò il moschetto, ma ebbe un'esitazione, per paura di colpire l'ottentotto. Disturbato dalla luce, il leone si sollevò, divenendo enorme e nero. Quindi si affrettò di nuovo a trascinare più lontano il corpo, che si contorceva debolmente, pendendogli tra le gambe anteriori, e a portarlo verso il buio, fuori del fioco cerchio di chiarore.

Robyn tirò un sospiro profondo. Il grosso moschetto le tremava tra le mani, tuttavia alzò il mento in un gesto di determinazione e, reggendosi le gonne con una mano, scese sul letto del fiume. Juba la seguì come un cagnetto fedele, standole tanto addosso da farle quasi perdere l'equilibrio, ma ugualmente reggendo ben alto il ramo, anche se tremava.

«Sei coraggiosa!» l'incitò Robyn. «Sei brava e coraggiosa!»

Davanti a loro, ai limiti estremi del campo visivo, si muoveva l'ombra nera minacciosa. I cupi ringhi, simili a borbottii, riempivano la notte.

«Molla!» gridò Robyn, con voce rotta e tremante. «Lascialo... subito!»

Stava inconsciamente usando lo stesso tono di cui si serviva con il piccolo terrier che aveva da bambina.

Davanti a lei, nel buio, Sakkie la sentì e gemette debolmente: «Aiutami... per amor di Dio, aiutami». Ma il leone lo trascinò via, lasciando una lunga scia umida nella sabbia.

Robyn si stava rapidamente stancando, le braccia le dolevano per il peso della grossa arma e ogni ansito le bruciava in gola. Avvertiva confusamente che il leone sarebbe arretrato ancora soltanto un po', quindi avrebbe perso la pazienza, e il suo istinto diceva giusto.

Improvvisamente ne distinse chiaramente la sagoma, davanti a loro. Aveva lasciato cadere il corpo mutilato e vi torreggiava sopra come un gatto con il topo, grosso come un pony, con il ciuffo scuro della criniera completamente eretto a raddoppiare le sue dimensioni.

Alla luce delle fiamme nei suoi occhi brillò un feroce lampo dorato, quindi spalancò le fauci e ruggì. La ragazza si lasciò sfuggire un grido di terrore e perse il controllo del proprio corpo, tanto che un getto di urina le inzuppò le gambe. Quindi lasciò cadere il ramo e, proprio mentre venivano avvolte dalle tenebre, il leone caricò.

Robyn alzò il moschetto, più per effetto di un riflesso difensivo che di un gesto di aggressione programmato, e quando la canna le arrivò all'altezza della vita premette il grilletto con tutta la forza che aveva in corpo. Nel lampo di luce che seguì, vide per un attimo il leone. Era talmente vicino che la canna del moschetto pareva toccare la sua enorme testa. La bocca era spalancata, le zanne lunghe e crudeli. Gli occhi ardevano come fiamme vive, e Robyn si trovò a urlare, anche se il rumore che produsse fu completamente coperto dai ruggiti dell'animale infuriato.

Il calcio del moschetto, non retto dalla spalla, le affondò nello stomaco con una forza che le tolse il fiato e la fece cadere all'indietro nella sabbia. Juba, aggrappata alle sue gambe, cadde a sua volta all'indietro, urlando, e atterrando sul dorso. In quel momento il leone fu loro addosso.

Se Robyn non fosse caduta, la carica di quell'animale di più di due quintali l'avrebbe investita alla cassa toracica, spezzandole il collo. Così, invece, perse i sensi per qualche istante – non seppe mai quanto a lungo – e poi rinvenne, con il tanfo felino dell'animale nelle narici e oppressa da un immenso peso che la schiacciava nella sabbia. Si agitò debolmente, ma il peso la stava soffocando, mentre sul collo e sulla testa le colavano fiotti di sangue caldo, tanto caldo che pareva scottare.

«Nomusa!» gridò la voce di Juba, vicinissima e piena di ansia. I tremendi ruggiti, invece, non si sentivano più. C'erano solamente quel peso intollerabile e il tanfo rancido del leone.

Recuperate le forze con un soprassalto, Robyn cominciò ad agitarsi e a scalciare, finché finalmente il peso rotolò di fianco, lasciandola libera. Immediatamente Juba le si strinse addosso, gettandole le braccia al collo.

Robyn la confortò quasi fosse una bambina, dandole un buffetto su una guancia madida di lacrime roventi e baciandola.

«È finita! Ecco! È finita!» mormorò, rendendosi conto di avere i capelli intrisi del sangue del leone e che una dozzina di uomini, cautamente guidati dal caporale, si erano allineati sulla riva, ciascuno con in mano, alta, una torcia accesa.

Nella scarsa luce giallastra Robyn vide il leone steso accanto a sé. La pallottola lo aveva preso in pieno nel muso, attraversandogli il cervello e uccidendolo mentre era ancora in volo.

«È morto!» gridò con voce tremante, per chiamare gli uomini, che scesero stando sempre raccolti in gruppo, sulle prime timorosi e poi imbaldanziti alla vista dell'enorme carcassa nella sabbia.

«È stato un colpo da vera cacciatrice», dichiarò grandiosamente il caporale.

«Sakkie!» gridò Robyn, con voce tuttora scossa.

Era ancora vivo. Lo fecero stendere sulla coperta e lo portarono al campo. Le sue ferite erano tremende e Robyn capì che non esisteva la minima possibilità di salvarlo. I denti della belva lo avevano maciullato, strappandogli un braccio e un piede, trapassandogli l'inguine fino alla spina dorsale e aprendogli nel torace una vasta ferita, attraverso la quale si vedeva il polmone.

Tentare di tagliare e cucire quella carne terribilmente straziata avrebbe significato semplicemente infliggere ulteriori pene a quel povero omino. Quindi Robyn lo fece stendere accanto al fuoco e, tamponate con delicatezza le ferite più profonde, lo coprì con qualche coperta e pelli di animale. Poi gli somministrò una grossa dose di laudano, quasi sufficiente per risultare letale in sé, e infine rimase lì seduta accanto a lui, tenendogli una mano.

«Un medico deve sapere quando è il caso di far morire un uomo con dignità», le aveva detto una volta un professore al St Matthew. Poco prima dell'alba Sakkie aprì gli occhi, con le pupille dilatate dalla massiccia dose di droga, e le sorrise. Quindi morì.

I suoi fratelli ottentotti lo seppellirono dentro una piccola caverna in uno dei *kopje* di granito, la cui imboccatura venne chiusa con macigni abbastanza grossi perché le iene non potessero spostarli.

Infine, dopo che ebbero adempiuto a una breve cerimonia funebre, sparando in aria per accelerare il viaggio dell'anima di Sakkie e procedendo a un lauto pasto, il caporale andò da Robyn, con gli occhi asciutti e un largo sorriso dipinto in volto.

«Adesso siamo pronti a partire, Nomusa», disse, sbattendo militarmente per terra il piede destro, in un gesto di profondo rispetto fino ad allora riservato unicamente al maggiore Zouga Ballantyne.

E durante la marcia di quel giorno, per la prima volta da quando erano partiti dal campo di Monte Hampden, gli ottentotti tornarono a cantare:

Ci è madre e anche padre,
ci cura le ferite,
ci assiste nel sonno.
Noi, tuoi figli, ti salutiamo,
Nomusa,
figlia della misericordia.

A irritare Robyn non era stato solamente il ritmo con cui Zouga faceva procedere la carovana, ma anche il fatto che non riuscissero in nessun modo a prendere contatto con una sola delle tribù locali, con uno solo degli abitanti di quei villaggi sparsi e fortificati.

Le sembrava perfettamente logico che l'unico modo per rintracciare Fuller Ballantyne in quei luoghi selvaggi consistesse nel fare domande a coloro che dovevano averlo visto passare, quasi certamente parlando e commerciando con lui. Non poteva credere che anche suo padre si fosse aperto la strada con le armi.

La visione dell'uomo colpito da Zouga, che precipitava dalla roccia, non le usciva mai di mente, quella stessa mente in cui aveva provato decine di volte la scena del diverso comportamento che avrebbero invece tenuto lei e suo padre. Con una ritirata piena di tatto, con l'offerta di piccoli doni, con caute trattative e il definitivo accordo.

«È stato un puro e semplice omicidio!» ripeté tra sé per la centesima volta. «E ciò che abbiamo fatto fino a ora non è altro che smaccata rapina.»

Nei campi che avevano attraversato, Zouga si era abbondantemente servito di tabacco, miglio e batate, senza curarsi di lasciare in pagamento una sola manciata di sale o qualche stecca di carne di elefante disseccata.

«Dobbiamo cercare di prendere contatto con questa gente», aveva rimostrato un giorno lei.

«Sono individui ostili e pericolosi.»

«Perché si aspettano che tu li derubi e ammazzi, e del resto Dio mi è testimone che non li hai delusi, ti pare?»

La stessa lite aveva più volte seguito il suo logoro corso, senza che nessuno dei due cedesse. Ora se non altro Robyn era libera di tentare di stabilire un contatto con questa gente, i mashona, come li chiamava sprezzantemente Juba.

Il quarto giorno di marcia avevano avvistato una straordinaria formazione geologica, simile a una diga costruita sull'orizzonte. Un enorme spalto di roccia che correva quasi esattamente da nord a sud fino ai limiti del visibile.

L'unico varco che si apriva in quel bastione era quasi direttamente sulla loro linea di marcia. Dall'infittirsi della vegetazione risultava inoltre chiaro che doveva scorrervi un fiume.

Quando arrivarono a pochi chilometri di distanza, Robyn avvistò con immenso piacere le prime tracce di abitazioni umane da quando erano partiti da Monte Hampden.

Sulle rupi che costeggiavano il varco correvano mura fortificate, alte sopra il fiume, e a mano a mano che vi si accostavano Robyn cominciò a vedere gli orti sulle rive di quest'ultimo, riparati da alti cespugli e barriere di rovi.

«Questa sera ci riempiamo la pancia», gongolò il caporale. «Quel grano è maturo.»

«Invece ci accampiamo qui, caporale», replicò con decisione Robyn.

«Ma siamo ancora a due chilometri...»

«Qui!» ripeté Robyn.

Il divieto di entrare nei campi li riempì di stupore e risentimento, un risentimento che tuttavia si convertì in autentica preoccupazione quando fu la stessa Robyn a lasciare il campo, accompagnata solamente da Juba e completamente disarmata.

«Questi individui sono dei selvaggi», le disse il caporale, cercando di fermarla. «Ti ammazzeranno, e poi il maggiore Zouga ammazzerà me.»

Le due donne entrarono nell'orto più vicino e si avvicinarono con cautela alla capanna di guardia. Sulla terra, sotto la traballante scala a pioli che portava alla piattaforma sopraelevata, c'era un fuoco ridotto ormai in cenere, ma che riprese vigore quando Robyn si inginocchiò a sventolarlo. Quindi la giovane, gettatovi sopra qualche rametto, mandò Juba a raccogliere una bracciata di foglie verdi. La colonna di fumo attirò l'attenzione delle guardie di vedetta sulla rupe sopra la gola.

Robyn ne vedeva le figure delinearsi in distanza contro l'orizzonte, immobili e intente. Faceva un effetto strano sapere di avere tanti sguardi puntati addosso, ma la giovane non contava soltanto sul fatto che erano donne, per di più mosse da intenzioni evidentemente pacifiche, e nemmeno sulle preghiere che si era attentamente premurata di levare al cielo. In base al principio secondo il quale l'Onnipotente aiuta chi si aiuta, portava la grossa pistola di Zouga ficcata nella cintura dei pantaloni e coperta dalla camicia di flanella. Accanto al fuoco di richiamo lasciò un paio di etti di sale in una zucchetta vuota e un fascio di stecche di carne disseccata, l'ultima che le rimaneva.

Il mattino seguente, di buon'ora, le due donne tornarono a visitare l'orto, dove videro che il sale e la carne erano stati portati via.

«Caporale», ordinò Robyn all'ottentotto, con una sicurezza che non provava affatto, non appena fu tornata al campo, «dobbiamo andare a caccia di un po' di carne.»

Sul viso dell'uomo si dipinse un sorriso beato. Gli ultimi resti di carne affumicata, infatti, li avevano mangiati la sera prima. Si esibì pertanto in uno dei suoi più vistosi saluti militari, portandosi rigidamente la mano al berretto e sbattendo il piede nudo nella polvere, e poi corse a impartire gli ordini ai suoi uomini.

Zouga aveva già da molto tempo deciso che la Sharps era troppo leggera per gli elefanti e quindi l'aveva lasciata al campo. Robyn la prese e l'ispezionò con trepidazione. Fino ad allora non l'aveva usata che per fare tiro al bersaglio. Non era sicura di riuscire a far fuoco a sangue freddo contro un animale vivo, ma si fece forza in virtù della responsabilità che aveva di procurare carne per tutte quelle bocche.

Il caporale, invece, non nutriva simili dubbi. L'aveva vista sparare tra gli occhi a un leone che caricava e quindi aveva una profonda fiducia in lei.

Nel giro di un'ora si imbatterono in una mandria di bufali nel fitto canneto che si stendeva accanto al fiume. Robyn, ascoltando attentamente Zouga, aveva imparato a tenersi sottovento, ma in ogni modo la ridotta visibilità lasciata dal canneto e la confusione fatta da femmine e piccoli consentì loro di arrivare a una distanza da cui sarebbe stato impossibile mancare i colpi.

Gli ottentotti si misero a sparare all'impazzata con i loro moschetti, mentre Robyn faceva mestamente fuoco contro gli animali che si erano messi a fuggire al galoppo.

Quando la polvere si disperse, trovarono tra le canne sei grossi animali morti. Gli uomini, entusiasti, presero a squartarli, ma la loro foga si trasformò in sbalordimento quando la giovane ordinò loro di mettere un intero quarto di bufalo accanto alla capanna nell'orto.

«Questa gente mangia radici e sudiciume», le spiegò pazientemente Juba. «La carne è troppo buona per dargliela.»

«Per ammazzare questi animali abbiamo rischiato la vita», prese invece a protestare il caporale, il quale, tuttavia, vista l'espressione che c'era nello sguardo di Robyn, si interruppe, tossicchiando e strusciando i piedi per terra. «Nomusa», continuò poi in tono implorante, «non potremmo lasciarne qui un po' meno di un quarto? Gli zoccoli sono ottimi in umido e questi sono selvaggi, si mangeranno tutto... Un quarto...»

Ma Robyn lo mandò via, ancora intento a scuotere la testa e a borbottare.

Durante la notte Juba la svegliò e rimasero entrambe ad ascoltare il debole suono di tamburi e canti festanti che arrivava dal villaggio in cima all'altura.

«Probabilmente non avevano mai visto così tanta carne tutta assieme», mormorò Juba, imbronciata.

Il mattino seguente, al posto della carne Robyn trovò quindici uova di gallina, della taglia di uova di piccione, e due grossi boccali di terracotta pieni di birra di miglio. La vista di quell'intruglio schiumante minacciò di farle rivoltare lo stomaco, per cui la diede agli ottentotti, i quali tuttavia la ingurgitarono con tale piacere e con commenti tanto favorevoli da indurla a mettere da parte il proprio disgusto e ad assaggiarne un po'. Era aspra, rinfrescante e sufficientemente forte da far chiacchierare e sghignazzare raucamente gli ottentotti.

Seguita da Juba, come lei carica di un pezzo di carne di bufalo semisecca, Robyn tornò agli orti, certa che lo scambio di doni avesse provato la possibilità di stabilire rapporti amichevoli. Quindi si sedettero sotto il ricovero e rimasero in attesa. Tuttavia le ore scorrevano senza che si vedesse traccia dei mashona. Il caldo afoso del mezzogiorno cedette alle lunghe, fresche ombre della sera e... e finalmente, per la prima volta, Robyn notò un lieve movimento tra le piante di miglio, non provocato né dal vento né dagli uccelli.

«Non muoverti», avvertì Juba.

E lentamente apparve una forma umana, una fragile figura

curva e avvolta nei brandelli di un gonnellino di pelle. Robyn non avrebbe saputo dire se si trattasse di un uomo o di una donna e d'altra parte non osava fissarla direttamente, per paura di farla fuggire.

La figura emerse dal campo di miglio e prese a procedere verso di loro a balzelloni esitanti. Era tanto sottile, rugosa e secca da sembrare una mummia.

Ma finalmente, gettatale un'occhiata furtiva, Robyn capì che si trattava di un uomo: infatti, a ogni balzo, dalla corta camicia emergevano i genitali raggrinziti.

Quando fu arrivato ancor più vicino, Robyn vide che la sua zazzera di capelli lanosi era canuta per l'età, mentre nelle cavità delle occhiaie apparivano poche lacrime di timore, quasi le ultime stille di liquido ancora presenti in quel vecchio corpo disseccato.

Né Juba né Robyn si mossero o lo guardarono direttamente, finché il vecchio, arrivato a una dozzina di passi da loro, si acquattò. A quel punto Robyn voltò lentamente il capo verso di lui. Vide che tremava di paura.

Le apparve subito chiaro che era stato scelto come emissario perché si trattava del membro meno valido della tribù, e si chiese a quali minacce avessero dovuto fare ricorso per costringerlo a scendere dall'altura.

Muovendosi molto lentamente, come se avesse a che fare con una creatura selvatica paurosa, Robyn gli porse una stecca di carne di bufalo semisecca. Il vecchio la fissò, affascinato. Come le aveva detto Juba, quella gente basava probabilmente la propria sussistenza sugli scarsi prodotti dei campi, oltre che sulle radici e sui frutti che riusciva a raccogliere nella foresta. La carne doveva costituire un piacere raro, e comunque un membro tanto improduttivo della tribù doveva toccarne ben di rado.

Ma finalmente il vecchio, fatta roteare la lingua nella bocca sdentata, chiamò a raccolta il coraggio e quindi si avvicinò, strascicando i piedi, quanto bastava per tendere le dita ossute delle mani, chiuse a coppa in un cortese gesto di accettazione.

«Tieni, caro», disse Robyn, mettendogli in mano la carne, che immediatamente il vecchio si portò alla bocca, succhiandola rumorosamente e facendo colare rivoli di saliva. I suoi occhi tornarono a riempirsi di lacrime, ma questa volta di piacere e non di paura.

Robyn scoppiò a ridere di gusto e il vecchio, dopo aver sbattuto gli occhi, le rispose con un rumore tanto comico che anche Juba non poté trattenersi. Quasi immediatamente i fitti steli del campo di miglio si aprirono, lasciando passare altre figure scure e seminude, che si fecero avanti lentamente, in preda a un'ansia appena placata dal suono delle risate.

L'insediamento sull'altura era composto da non più di cento individui, uomini, donne e bambini, che uscirono tutti a guardare con occhi sbarrati le due straniere che salivano per il sentierino erto e sinuoso. Il vecchio dalla testa argentea, orgoglioso oltre ogni limite per il successo ottenuto, teneva possessivamente Robyn per mano e gracchiava spiegazioni a destra e a manca, facendo di quando in quando una pausa per procedere a una rapida danza sconnessa di trionfo.

Il villaggio era formato da una struttura circolare di capanne dal tetto in paglia, senza finestre. Le pareti erano di argilla e presentavano basse porte. Accanto a ogni capanna, poi, c'era un granaio fatto con lo stesso materiale ma sollevato su pali per proteggerlo dai parassiti. Se si escludevano poche miserande galline, non c'era traccia di animali domestici.

Gli abitanti erano di bell'aspetto, e dalle loro strutture snelle Robyn capì che dovevano essere quasi esclusivamente vegetariani.

Avevano visi svegli e intelligenti, e le risa e i canti con cui l'avevano accolta non erano affettati.

«Ecco la gente che Zouga ha abbattuto come animali», pensò la giovane, guardandosi attorno con piacere.

Le era stato sistemato uno sgabello all'ombra e vi prese posto, mentre Juba le si acquattava di fianco. Non appena si fu seduta, il vecchio squittì un ordine, con aria di importanza, e comparve una ragazzina, che con mille risolini le offrì un boccale di birra di miglio. Soltanto quando ne ebbe bevuto un buon sorso la gente tacque, tirandosi da parte per lasciar passare un personaggio autorevole.

In testa costui portava un copricapo fatto con la pelle di un animale, simile a quello portato dall'uomo morto al passo degli elefanti. Inoltre sulle spalle aveva un mantello di pelle di leopardo, tanto logoro che doveva essere molto vecchio, probabilmente un simbolo ereditario del suo potere. Si sedette su un altro sgabello di fronte a Robyn. Era un uomo di mezza età, dal viso gradevole e simpatico e dall'immaginazione vivace: infatti seguì con la massima attenzione il linguaggio a segni di Robyn, per poi risponderle con espressioni facciali e gesti che alla giovane risultarono subito perfettamente comprensibili.

In tal guisa le chiese da dove venisse, al che lei gli mostrò il nord e, congiungendo tante volte le mani a formare il cerchio del sole, gli indicò il numero dei giorni di viaggio. Quindi l'uomo volle sapere chi fosse suo marito e quanti figli avesse. Il fatto che non avesse né l'uno né gli altri suscitò il più grande sbalordimento in tutto il villaggio.

Poi a un certo punto il capo batté le mani, ordinando ai tamburini di mettersi al lavoro sui loro strumenti, costituiti da tronchi cavi, su cui essi battevano a un ritmo frenetico con un paio di corte mazze di legno. Il capo gettò via il manto di pelle di leopardo e si lanciò in una danza, roteando e balzando in aria con grande clangore di braccialetti e collane.

Sul torace portava un pendente di avorio, bianco come la neve e lustro, su cui, ora che il sole era calato, si riflettevano i barbagli del fuoco, mentre prima, coperto com'era dal mantello, non si notava.

Lo sguardo di Robyn vi corse ripetute volte. Era di forma perfettissima e, quando il capo le si avvicinò nel suo assolo di danza, Robyn vide che sul bordo era decorato con un disegno perfetto. Un attimo più tardi però si sentì il cuore balzare in gola, perché aveva capito che si trattava di scrittura. Non era certa di che lingua si trattasse, ma erano senza dubbio lettere dell'alfabeto latino. Ma già il capo si era allontanato da lei per esortare i tamburini a un maggiore impegno.

Quindi dovette aspettare finché l'uomo, esausto, tornò ansimando allo sgabello. A quel punto poté chinarsi a dare la prima occhiata da vicino all'ornamento.

Si era sbagliata. Non si trattava di avorio, ma di porcellana, e la forma perfetta nonché la bianchezza avevano una ragione ben precisa. Si trattava di un manufatto europeo, il coperchio di un vasetto. In inglese e in lettere maiuscole c'era scritto: PATUM PEPERIUM – IL PIACERE DEL GENTILUOMO.

Robyn si sentì formicolare la pelle per l'eccitazione. Ricordava benissimo l'irritazione di suo padre quando la dispensa, a King's Lynn, rimaneva sprovvista di questa leccornia. Quante volte, da piccola, aveva dovuto correre al negozio di alimentari per comperargliela.

«È la mia unica debolezza, l'unica!» sosteneva suo padre, e le vennero in mente le sue esatte parole, pronunciate mentre spalmava la gustosa pasta sul pane abbrustolito.

Quando sua madre era partita per l'Africa, in quell'ultimo sventurato viaggio, tra il suo bagaglio ce n'erano una dozzina di scatole. Quel coperchio aveva dunque potuto arrivare sino lì soltanto in un modo.

Robyn allungò una mano a toccarlo, ma il capo, cambiata immediatamente espressione, fece un balzo all'indietro. Canti e suoni di tamburo cessarono all'istante, e dalla costernazione del villaggio Robyn capì che il coperchio costituiva un oggetto magico e che il tocco di una mano estranea avrebbe prodotto un disastro.

La giovane fece un tentativo di placare il capo, ma questi si affrettò a coprirsi con il mantello e si ritirò nella propria capanna, ai limiti del villaggio. I festeggiamenti erano chiaramente terminati. Gli abitanti del villaggio si ritirarono sommessamente al suo seguito, lasciando lì solamente il vecchio sdentato dai capelli d'argento, possessivo come sempre, per accompagnarla alla capanna che le era stata preparata.

La giovane rimase sveglia la maggior parte della notte, sdraiata sulla stuoia di canne intrecciate, eccitata dalla scoperta della prova del passaggio di suo padre e al tempo stesso preoccupata di aver rovinato il rapporto con il capo mashona e quindi di non poter apprendere più niente sull'ornamento e di conseguenza sul proprio padre.

Né dovette passare poco tempo perché le fosse consentita l'opportunità di incontrarsi di nuovo con il capo e quindi di fare ammenda. Gli abitanti del villaggio si tenevano alla larga, ovviamente nella speranza che se ne andasse, ma lei rimase ostinatamente lì, frequentata solamente dal fedele vecchio.

Alla fine l'unica soluzione parve quella di mandare al capo un dono di notevole importanza, e all'uopo Robyn si servì dell'ultimo *khete* di perline *sam-sam* e di una delle asce a doppio filo.

A una corruzione tanto principesca il capo non seppe resistere e, seppure in atteggiamento più freddo e riservato, ascoltò in modo attento le domande postegli dalla giovane, discutendo animatamente con gli anziani prima di dare le risposte.

E tali risposte rimandarono ancora una volta al sud, per cinque giri di sole: lo stesso capo avrebbe mandato qualcuno a farle da guida. Era ovviamente contento di potersi finalmente liberare di lei. I regali gli erano piaciuti, ma temeva molto i guai che sarebbero senz'altro ricaduti sulla tribù per effetto del suo atto sacrilego.

Come guida fu scelto il vecchio dai capelli d'argento, cosicché il capo si liberò in un colpo solo di una bocca inutile e di una visitatrice sgradita.

Robyn dubitava che quelle gambe secche potessero portare la sua guida molto in fretta o molto lontano, invece il vecchio la sorprese. Si armò, infatti, di una lancia dall'aspetto fragile e antico come il suo, e si mise in equilibrio sul capo una stuoia arrotolata e una teglia d'argilla, che chiaramente costituivano tutto ciò che possedeva in questo mondo, quindi si strinse il gonnellino sbrindellato e partì verso sud, a un passo che fece ancora una volta brontolare i portatori, tanto che Robyn dovette indurlo a rallentare.

Ci volle un po', tuttavia, per fargli capire che ora doveva insegnarle la sua lingua. Mentre marciavano, la giovane indicò se stessa e tutti gli altri, pronunciando chiaramente in inglese i loro nomi e poi rivolgendogli uno sguardo interrogativo. Il vecchio lo ricambiò con uno altrettanto interrogativo dei propri occhi lacrimosi. Ma Robyn insistette, ripetendo più volte il proprio nome, «Nomusa», e toccandosi il petto, finché finalmente capì.

Si diede pertanto una manata sul torace, squittendo: «Karanga! Karanga!» Ancora una volta il suo entusiasmo per questa nuova attività fu tale che dovette essere frenato. Ma nel giro di pochi giorni Robyn aveva imparato una dozzina di verbi e qualche centinaio di sostantivi, con cui cominciò a formare qualche frase elementare, con grande gioia dello stesso Karanga.

Ma ci vollero ancora quattro giorni perché Robyn capisse che c'era stato un equivoco iniziale. Karanga, infatti, non era il nome del vecchio, ma della sua tribù. Tuttavia ormai era troppo tardi per correggere l'errore, tutti lo chiamavano Karanga e tale il vecchio rimase. Intanto seguiva Robyn sempre e ovunque, con grande disgusto e malcelata gelosia di Juba.

«Puzza», le diceva infatti quest'ultima in tono virtuoso. «Puzza moltissimo.» Il che, come Robyn doveva ammettere, era vero.

«Ma dopo un po' non si nota più», ribatteva comunque. C'era però un particolare che non poteva passare altrettanto inosservato, facendo continuamente capolino da sotto il gonnellino del vecchio. Il problema fu risolto con il dono di un paio di mutande di Zouga, che riempirono il vecchio di immenso orgoglio.

Karanga li fece cautamente passare alla larga da tutti i villaggi che incontravano, pur assicurando che appartenevano alla sua stessa tribù. Tra tali singoli insediamenti, solitariamente appollaiati sulle cime delle alture, pareva non esistessero rapporti di scambio.

A quel punto intanto Robyn aveva imparato la lingua quanto bastava per chiedere a Karanga ulteriori notizie circa il grande mago... dal quale il capo del villaggio aveva ricevuto il talismano di porcellana. Quello che venne a sapere la riempì di eccitazione e speranza.

Molte stagioni prima, il vecchio non sapeva più quante – alla sua età tutto gli si confondeva nella testa –... comunque, a un certo punto, in una data non tanto lontana, dalla foresta era emerso un uomo straordinario, dalla pelle chiara come lei. Però aveva capelli e barba del colore delle fiamme ed era senza dubbio un mago, un profeta e un signore della pioggia, perché il giorno stesso del suo arrivo era scoppiato un nubifragio che aveva fatto straripare i fiumi per la prima volta dopo molti anni.

Questo mago dalle pelle chiara aveva inoltre compiuto una serie di imprese meravigliose, trasformandosi prima in leone e poi in aquila, facendo levare i morti dalla tomba e scagliando il fulmine con la mano.

«Nessuno gli ha rivolto la parola?» chiese Robyn.

«Avevamo tutti quanti troppa paura», riconobbe Karanga, scuotendosi teatralmente per mostrare il proprio terrore, «ma l'ho visto di persona volare come un'aquila sopra il villaggio e farvi cadere il talismano dal cielo.» E sbatté le vecchie braccia ossute.

Doveva essere stato il forte odore di acciughe, rifletté Robyn, ad attirare l'uccello al vaso gettato via. Dopo di che, avendo scoperto che si trattava di un oggetto non commestibile, doveva averlo lasciato cadere, casualmente, proprio sul villaggio di Karanga.

«Il mago è rimasto poco tempo vicino al nostro villaggio, poi se n'è andato a sud. Abbiamo saputo che procedeva rapidamente, naturalmente nella sua natura di leone.

«Poi abbiamo avuto notizia dei suoi miracoli attraverso le voci che corrono di montagna in montagna, o per mezzo dei segnali di fumo. Abbiamo saputo che aveva curato altri malati destinati a morire e sfidato gli spiriti ancestrali dei karanga nei luoghi più sacri, gridando loro insulti tali che tutti tremavano.

«Abbiamo anche saputo che ha ucciso la grande sacerdotessa dei morti, una umlimo, anche lei dotata di grandissimo potere. Eppure questo grande mago l'ha uccisa, distruggendo le sue sacre reliquie.»

Ma finalmente, dopo aver imperversato per quella terra come un leone, si era stanziato su una vetta scura, nel profondo sud, detta Thaba Simbi, ovvero Montagna del Ferro, dove si era messo a operare sortilegi e miracoli, facendo accorrere da ogni parte gente disposta a pagare i suoi servigi.

«È ancora là?» chiese Robyn.

Il vecchio Karanga roteò gli occhi acquosi e scrollò le spalle. «È sempre difficile e pericoloso cercar di prevedere gli andirivieni di un mago», parve dire il suo gesto eloquente.

Il viaggio non procedeva senza intoppi come Robyn aveva sperato all'inizio, dal momento che più si allontanava dal proprio villaggio, meno il vecchio diventava sicuro della direzione da seguire e dell'esatta dislocazione della Montagna del Ferro.

Ogni mattino informava fiduciosamente Robyn che quel giorno sarebbero arrivati a destinazione, ma ogni sera, fatto il campo, si scusava con lei.

Due volte aveva indicato dei *kopjes* rocciosi, dicendo: «È certamente la Montagna del Ferro», ma entrambe le volte erano stati scacciati da un lancio di macigni e giavellotti scagliati dalla vetta.

«Ma questa montagna l'hai davvero vista di persona?» gli aveva finalmente chiesto con decisione Robyn, facendogli chinare il capo grinzoso e ficcare industriosamente un dito ossuto nel naso, per celare la propria sconfitta.

«È vero che non l'ho mai vista con i miei occhi, però la cosa mi è stata detta da un uomo che aveva parlato con un tale, il quale personalmente...»

«E non potevi dirlo prima, vecchio imbecille!» era esplosa Robyn in inglese. Karanga non aveva capito il significato della frase, ma ne aveva inteso perfettamente il tono, esibendo una pena tale che l'ira della giovane era svanita quasi subito.

Ora tuttavia Robyn era rosa dall'impazienza. Non aveva modo di sapere quanto lontano da lei fosse ancora Zouga: poteva essere tornato all'accampamento, ma poteva anche essere tuttora impegnato nella caccia.

La situazione nel suo complesso aveva gradualmente risvegliato lo spirito di competizione che covava dentro di sé. Se suo fratello l'avesse raggiunta quando fosse stata in procinto di rintracciare il padre, nel proprio diario si sarebbe senz'altro vantato di essere stato lui a trovarlo.

Un tempo credeva che fama e lodi non avessero significato per lei, pensava che sarebbe stata lieta di lasciarle al fratello, felice solamente dell'abbraccio del padre e della consapevolezza intima di avere portato un po' di conforto alle popolazioni di colore della sua Africa.

«Forse ancora non mi conosco a fondo», dovette invece riconoscere a quel punto, ordinando la terza *tirikeza* successiva, la marcia doppia, per mantenere i portatori davanti a Zouga, dovunque egli fosse.

«Voglio trovare nostro padre, voglio trovarlo da sola e voglio che il mondo sappia che sono stata io.»

«L'orgoglio è peccato, ma in fondo sono sempre stata una peccatrice. Perdonami, dolce Gesù», pregò nel suo rozzo ricovero d'erba, quella sera, tenendo tuttavia l'orecchio teso a sentire le eventuali grida dei portatori di Zouga arrivati al campo.

Il mattino seguente fece mettere in moto la carovana quando ancora l'erba era madida di rugiada, tanto che prima di aver percorso un paio di chilometri i suoi pantaloni erano fradici fino alla coscia. Nel giro degli ultimi giorni le caratteristiche del territorio erano andate cambiando. L'altopiano di prateria e foresta rada aveva ceduto a una serie di alture che si levavano sull'orizzonte da est verso ovest, deprimendola profondamente.

Che possibilità aveva infatti di scoprire l'accampamento di un uomo, su una vetta tra tante? Tuttavia procedette ostinatamente e in compagnia di Karanga raggiunse le prime alture pedemontane prima di mezzogiorno, molto in anticipo rispetto alla carovana. Erano ancora a circa cinquecento metri di altezza, come le dissero gli strumenti di Zouga, anche se negli ultimi due giorni erano scesi di circa sessanta.

Quindi, seguita da vicino da Karanga e a breve distanza da Juba, si inerpicò per l'erta rocciosa di una di tali alture, dalla cui vetta fece scorrere lo sguardo sul sottostante territorio scosceso, vedendo che le colline digradavano bruscamente verso sud. Forse avevano concluso la traversata dell'altopiano e davanti a loro si stendeva il declivio verso uno dei fiumi indicati da Tom Harkness sulla sua mappa. Cercò pertanto di farsene venire in mente i nomi: lo Shashi, il Tati e il Macloutsi.

Improvvisamente cominciò di nuovo a sentirsi molto sola e incerta. Quindi si girò e guardò verso nord, usando il lungo cannocchiale, in cerca di qualche segno di Zouga e dei suoi. Non avendone trovati, non capì se ne provava sollievo o delusione.

«Karanga!» chiamò allora, facendo rimettere prontamente in piedi il vecchio, che levò lo sguardo al pinnacolo su cui Robyn stava eretta, con l'espressione fiduciosa di un cucciolo.

«Da che parte andiamo, adesso?» gli chiese, e il vecchio abbassò lo sguardo, reggendosi su una sola gamba scarna e ponderando la domanda. Quindi con un gesto di scusa indicò la più vicina serie di sporgenze rocciose, scoraggiando ulteriormente la ragazza.

Sapeva che le restavano due soluzioni. O restare dov'era fino all'arrivo di Zouga, o addirittura tornare sui propri passi, fino a incontrarlo. Possibilità delle quali nessuna le risultava gradevole, per cui rimandò la decisione all'indomani.

Sotto di lei c'era un fiume, la solita striscia stretta di pozze verdi, sozze di sterco di uccelli e animali.

Improvvisamente si sentì molto stanca. «Facciamo il campo qui», disse al caporale. «Prendi due uomini e va' in cerca di carne.»

I portatori non avevano ancora finito di coprire di paglia il suo ricovero notturno, quando sentì una scarica di fucileria, poco lontana, e infatti un'ora più tardi il caporale tornò al campo con cinque femmine di antilope nera, un bell'animale che Zouga insisteva a chiamare antilope di Harris. I portatori lasciarono in massa il lavoro per correre allegramente a prendere la carne, e Robyn scese a passeggiare distrattamente sul letto del fiume, accompagnata soltanto da Juba, finché trovò una pozza isolata.

«Devo puzzare come il vecchio Karanga», pensò, strofinandosi il corpo nudo con manciate di sabbia bianca, dal momento che l'ultimo pezzo di sapone lo aveva terminato da una settimana. Quindi lavò anche gli abiti e li stese ad asciugare sulle rocce lisce circostanti. Infine, ancora nuda, si sedette al sole, mentre Juba le si inginocchiava accanto, mettendosi a pettinarla in modo da farle asciugare i capelli.

La ragazzina era contenta di essere sola con lei, senza il vecchio, e chiacchierava gaiamente, ridendo, cosicché nessuna delle due sentì i passi sulla sabbia: soltanto quando un'ombra cadde ai suoi piedi Robyn si rese conto che non erano più sole. Con un grido di allarme ai alzò in piedi, afferrando i calzoni bagnati e sollevandoseli al petto per coprire la propria nudità.

Ma la donna che aveva davanti era disarmata, nervosa come lei e timida. Non giovane, anche se aveva una pelle liscia e intatta e una dentatura completa. Era quasi certamente una mashona, dai lineamenti egizi, più belli di quelli degli nguni.

«Ho sentito i fucili», mormorò timidamente, facendo provare un grande sollievo a Robyn, che aveva capito la sua lingua. Era karanga. «Sono venuta per portarti da Manali.»

Robyn si sentì invadere gli occhi da un fiotto di lacrime roventi e il cuore le balzò in gola al punto da farle sfuggire un ansito.

Manali, l'uomo dalla camicia rossa... suo padre aveva sempre strenuamente sostenuto che il rosso teneva lontane le tse-tse e gli altri insetti muniti di pungiglione...

Robyn balzò in piedi, completamente dimentica della propria nudità, e corse accanto alla donna, afferrandole un braccio e scuotendolo.

«Manali!» gridò, e poi, in inglese, aggiunse: «Dov'è? Oh, ti prego, portami immediatamente da lui!»

Non era certamente stato il caso – decise Robyn esultante, mentre seguiva la sua nuova guida – né le indicazioni incerte di un vecchio karanga. Il richiamo del sangue. Era volata istintivamente dal padre, come una rondine migratrice.

Avrebbe voluto gridare, cantare la propria gioia alla foresta, mentre la donna procedeva davanti a lei, rapida, ma non quanto Robyn avrebbe voluto. Già si immaginava la poderosa figura di suo padre che procedeva a grandi passi verso di lei, il grande cespo fiammante della barba, la voce profonda che la chiamava per nome e infine un abbraccio che la sollevava per aria, come da bambina, togliendole il fiato.

Immaginava una gioia pari alla propria e, dopo i primi momenti confusi dell'incontro, ore di discussioni serie, il resoconto degli anni trascorsi e lentamente il crescere di una fiducia e di un'intimità reciproche, di cui non avevano mai goduto prima e che avrebbero loro consentito di procedere insieme verso la meta comune.

Quali sarebbero state le prime parole del padre, nel riconoscerla? Quanto grande la sua sorpresa? Si sarebbe senza dubbio mostrato profondamente commosso e grato che fosse arrivata sin lì, con tanta determinazione, al punto che – lo sapeva – lei stessa non sarebbe riuscita a trattenere lacrime di gioia, che suo padre le avrebbe asciugato teneramente...

Davanti a lei, nella luce calante di un giorno giunto alla conclusione, la mashona le guidò per un sentiero ripido che saliva in diagonale sul versante occidentale dell'altura più elevata. Robyn tornò a ridere, rendendosi conto che si trattava proprio di quella che il vecchio Karanga le aveva indicato a quaranta chilometri di distanza.

Il sentiero sboccò su una piattaforma, appena sotto la cresta, all'estremità della quale si levava una rupe poco alta e davanti alla quale si stendeva un meraviglioso panorama di foresta e savana. Tutto il territorio si stava colorando di rosa e oro nel crepuscolo, scena perfetta per un momento tanto magico, ma Robyn gli gettò soltanto un'occhiata, intenta a ciò che l'aspettava.

Nella parete della rupe si apriva l'imboccatura di una caverna bassa, in cui i raggi obliqui del sole penetravano pienamente, mostrando che non era profonda. Il soffitto e le pareti erano nere di fuliggine, e il pavimento era perfettamente liscio, se si eccettuava il fuoco all'ingresso, con il suo cerchio di pietre annerite e la teglia di argilla.

Anche lo spiazzo davanti alla caverna era liscio, evidentemente calpestato da molti anni, e coperto qua e là da resti di attività umane: ossa di animaletti, frammenti di pelliccia, schegge di legno e cocci di vasellame. C'era anche un certo odore di cibo in decomposizione, di indumenti in pelle sudici, di fumo e di escrementi umani, che confermava il fatto che da qualche tempo lì vivevano gli uomini.

China sul piccolo fuoco fumoso c'era una sola figura umana, una vecchia, incurvata dall'età, fagotto di sudicie coperte di pelliccia mangiate dalle tarme e arruffate. Più simile a un vecchio scimmione che a un essere umano. Non si mosse, e Robyn le gettò appena uno sguardo, poiché la sua attenzione era stata attirata da un'altra cosa.

Sul fondo della caverna, illuminato dall'ultima luce del sole, c'era un letto. Un letto fatto con pali rozzamente tagliati e tenuti assieme da funi di corteccia, ma tuttavia un letto, dotato di quattro gambe, all'europea, e non la solita stuoia africana. Su di esso era ammonticchiata una pelle di animale, macchiata, che poteva anche aver contenuto una forma umana.

Su una mensola, direttamente sopra il letto, erano posati un cannocchiale in ottone, una scatola in tek – simile a quella in cui erano contenuti il sestante e il cronometro di Zouga, ma consunta – e una cassetta metallica, anch'essa logora e graffiata, tanto che tra le scrostature della vernice traspariva il metallo nudo.

Robyn se la ricordava alla perfezione, nello studio dello zio William, a King's Lynn, aperta e traboccante di carte, sulle quali suo padre stava chino, con gli occhiali inforcati sulla punta del naso, lisciandosi la barba.

La giovane si lasciò sfuggire un gridolino strozzato e si slanciò in avanti, superando la vecchia, attraversando la grotta e gettandosi in ginocchio accanto al rozzo letto.

«Papà!» esclamò, con voce rauca per l'emozione. «Papà! Sono io... Robyn.»

Sotto la coperta di pelliccia non vi fu alcun movimento. Robyn tese una mano, ma poi si fermò, in preda ad angoscia.

«È morto», pensò. «Sono arrivata troppo tardi!»

Quindi costrinse la mano a procedere, fino a toccare il maleodorante mucchio di pelle, che sotto il suo tocco crollò. A Robyn occorse qualche secondo per rendersi conto che si era sbagliata. Il letto era vuoto, la coperta gettata da parte era ricaduta a formare la sagoma di un uomo, ma il letto era deserto.

Confusa, Robyn si alzò e si voltò verso l'ingresso della caverna. La donna karanga era in piedi accanto al fuoco e le rivolgeva uno sguardo privo di espressione, mentre la piccola Juba si teneva timorosamente indietro, sul bordo dello spiazzo.

«Dov'è?» chiese Robyn, allargando le mani per dare maggior enfasi alla domanda. «Dov'è Manali?»

La karanga abbassò lo sguardo e per un momento Robyn non capì. Quindi lo abbassò a sua volta sulla grottesca figura accucciata accanto al fuoco. Stava per ripetere la sua domanda, quando la figura scheletrica prese a dondolare inquieta, mentre una voce maschile, querula e impastata, si metteva a cantilenare una strana litania, simile a una formula magica.

A Robyn occorse qualche istante per capire che l'accento era vagamente scozzese e che le parole, sebbene impastate e smozzicate, costituivano una parodia del salmo XXIII della Bibbia.

«Sì! Cammino nella valle d'ombre della morte, ma non temo alcun male.»

Improvviso com'era iniziato il canto si interruppe, e insieme a esso il dondolio. La fragile figura cadde nell'immobilità. Dall'altra parte del focolare la mashona si chinò, dolce come una madre, scostandole la coperta di pelliccia dalla testa e dalle spalle.

Fuller Ballantyne si era raggrinzito e la pelle del suo viso era simile alla corteccia di una vecchia quercia. Pareva quasi che il fumo del focolare gliel'avesse incisa, penetrando a fondo nelle rughe.

I capelli e la barba erano caduti a chiazze, come per una disgustosa malattia, e ciò che ne rimaneva era di un bianco candido, ma ridotto dal sudiciume a un giallo tabaccoso attorno agli angoli della bocca e delle narici.

Solamente i suoi occhi sembravano ancora vivi. Un solo sguardo bastò a Robyn per capire che suo padre era impazzito. Non era più Fuller Ballantyne, non era il grande esploratore, poderoso predicatore e nemico della tratta degli schiavi. Quello se n'era andato da un pezzo, lasciandosi dietro un folle, raggrinzito e sudicio.

«Papà!» mormorò, fissando su di lui uno sguardo incredulo, sentendosi turbinare e vacillare il mondo sotto i piedi. «Papà!» ripeté, e al di là del focolare la figura accucciata esplose in una risatina in falsetto, come una ragazzina, mettendosi poi a balbettare in maniera incoerente, con grida sempre più acute, agitando follemente nell'aria le braccia scarne.

«Ho peccato contro di te, mio Dio», strillò, artigliandosi la barba, da cui si staccò un ciuffo chiaro. «Non sono degno di servirti», continuò, strappandosene un altro ciuffo, che gli lasciò un'escoriazione sulla guancia avvizzita, la quale tuttavia parve non poter più produrre sangue.

La mashona si chinò su di lui e gli prese il braccio, impedendogli di continuare. Un gesto dolce, evidentemente familiare. Quindi lo fece alzare, guidandolo verso il letto. Il corpo non pesava chiaramente più di quello di un bambino.

Robyn rimase accanto al letto, con la testa china, mentre la donna si allontanava un attimo. Si accorse che stava tremando. La mashona tornò finalmente e la toccò a un braccio.

«È molto malato», disse.

Soltanto in quel momento Robyn riuscì a ricacciare indietro la repulsione e l'orrore che provava. Si alzò, ebbe solo un'ulteriore breve esitazione e poi si dedicò al padre. Con l'aiuto di Juba e della mashona cominciò l'esame medico, sfruttando rituali e procedure della professione per recuperare il controllo delle proprie emozioni. Il corpo di suo padre era il più magro che avesse mai visto.

«Abbiamo avuto poco cibo», disse la donna, «ma, anche quello che c'è, lui non vuole mangiarlo. Mi tocca nutrirlo come un bambino.»

Per il momento Robyn non capì che cosa intendesse dire. Tastando sotto la gabbia toracica arrivò alla forma indurita e dilatata del fegato, e alla milza, facendolo urlare. Le condizioni dei due organi indicavano con la massima chiarezza che c'era stata un'infezione malarica di lunga durata, completamente trascurata.

«Dov'è la medicina, la *umuthi*, di Manali?»

«È finita da molto tempo, insieme alla polvere e alle palle per il fucile. Tutto è finito da molto tempo», rispose la donna scuotendo il capo. «Da molto, molto tempo, e quando è finito, nessuno più è venuto a portarci doni con i quali potessimo nutrirci.»

Rimanere in una zona malarica senza chinino era un suicidio. Lo sapevano tutti e prima di tutti Fuller Ballantyne. Com'era dunque possibile che avesse trascurato a tal punto il consiglio che lui stesso dava agli altri? Ma tastando il corpo del padre Robyn trovò immediatamente la risposta.

I denti erano per la maggior parte marciti. Gola e palato erano coperti di piaghe. Non poteva esserci dubbio: la malattia era a uno stadio avanzatissimo e da molto tempo aveva iniziato l'aggressione definitiva a quel cervello un tempo magnifico. Era sifilide, al suo stadio finale. La malattia avrebbe portato inevitabilmente alla morte del vecchio ormai folle.

Mentre Robyn lavorava, orrore e repulsione cedettero gradualmente alla compassione del guaritore, alla comprensione di chi, vivendo da lungo tempo in compagnia delle debolezze e follie dell'uomo, aveva percorso molta strada sulla via dell'indulgenza. Ora sapeva perché suo padre non era tornato indietro al pericoloso assottigliarsi della riserva di chinino: il suo cervello semidistrutto non aveva riconosciuto il pericolo.

Lavorando, si scoprì a pregare per lui e, pregando, gli sollevò la pelliccia dalle gambe. Se ne sprigionò un tanfo di cancrena che le fece sbattere gli occhi. La fragile figura riprese ad agitarsi violentemente, tanto che Juba dovette unire i propri sforzi a quelli della mashona per trattenerlo.

Viste quelle gambe, Robyn capì la seconda ragione per cui suo padre non aveva mai abbandonato quella terra. Non era in condizioni fisiche per farlo. Una gamba era fratturata in più punti ed era imprigionata in stecche di legno, ma chiaramente le fratture non si erano saldate. Inoltre probabilmente le bende attorno alle stecche erano state strette eccessivamente, provocando piaghe da cui si levava un fetore che pareva quasi una cosa solida, stridente.

Robyn si affrettò a ricoprire la parte inferiore del corpo di suo padre: non c'era nulla che potesse fare finché non avesse avuto a disposizione strumenti e medicinali. Suo padre si stava ancora agitando come un bambino petulante, scuotendo la testa ed emettendo suoni incoerenti dalla bocca sdentata e spalancata.

La mashona si chinò su di lui e si prese in mano una delle mammelle, strizzando un capezzolo tra le dita per farlo ergere. Quindi levò su Robyn uno sguardo implorante.

Allora Robyn capì e rispettò la sua esigenza di rimanere sola.

«Devo andare a prendere l'*umuthi*», disse. «Tornerò più tardi, questa sera.»

Alle sue spalle, i gemiti infantili furono immediatamente sostituiti da gorgoglii soffocati di piacere.

Scendendo per l'erto sentiero, nel chiaro di luna, Robyn non si sentiva sconvolta né offesa. Provava invece una profonda pietà per suo padre e un'intensa gratitudine per quella donna. Da quanto tempo gli rimaneva accanto, dopo che ogni ragione di farlo era cessata?

Le vennero in mente sua madre e la devozione che aveva per lo stesso uomo. Le vennero in mente Sarah e il suo bambino, ancora in attesa accanto a un fiume lontano. E poi c'era lei stessa, Robyn, arrivata sin lì con tanta determinazione. Fuller Ballantyne sapeva attrarre come sapeva respingere.

Tenendo Juba per mano, al fine di confortare se stessa oltre che lei, Robyn raggiunse rapidamente la riva del fiume, dove con sollievo intravide nella foresta i bagliori dei fuochi da campo. Al ritorno si sarebbe fatta accompagnare dai portatori, con la cassetta medica, e da un moschettiere ottentotto come scorta.

Tuttavia fu un sollievo di breve durata perché, non appena ebbe risposto al saluto della guardia, vide una figura familiare alzarsi dal canto del fuoco e venirle incontro a grandi passi, alta, poderosa, bella come un dio greco e altrettanto capace di ira.

«Zouga!» ansimò. «Non ti aspettavo.»

«No, certo», consentì lui gelidamente. «Credo proprio di no.»

«Perché?» pensò Robyn, disperata. «Perché doveva arrivare proprio adesso? Perché non domani, lasciandomi il tempo di ripulire e curare mio padre? Oh Dio, perché proprio adesso? Zouga non capirà mai... Mai! Mai! Mai!»

Robyn e la sua scorta non potevano sperare di tenere il passo di Zouga, e in effetti rimasero indietro sul sentiero.

La giovane non era riuscita a mettere in guardia il fratello. Quali parole avrebbe potuto usare per descrivere la creatura che aveva trovato nella grotta? Quindi gli aveva detto semplicemente:

«Ho trovato nostro padre».

La rabbia del fratello era immediatamente svanita.

Avevano trovato Fuller Ballantyne. Avevano raggiunto uno dei tre obiettivi principali della spedizione. Robyn capì che già Zouga vedeva i titoli dei giornali, quasi componendo di persona l'articolo in cui veniva descritto il ritrovamento. Per la prima volta in vita sua arrivò quasi a odiare il fratello.

Zouga era rimasto con loro fino al piede dell'altura, poi non aveva più potuto trattenersi, inerpicandosi a un passo che nessuno di essi poteva reggere. Quando Robyn arrivò sullo spiazzo davanti alla grotta, aveva il cuore in tumulto ed era completamente senza fiato.

Il fuoco davanti alla caverna era ridotto a un debole bagliore, che lasciava l'interno della caverna in un'oscurità discreta. Zouga gli stava davanti, con le spalle rivolte all'imboccatura.

Ripreso fiato, Robyn si fece avanti. Il volto di suo fratello, sotto l'abbronzatura che aveva assunto una tonalità fangosa, era mortalmente pallido. Stava eretto, come se fosse su un campo di parata, e teneva lo sguardo fisso davanti a sé.

«Hai visto nostro padre?» gli chiese Robyn. Lo stato di sofferenza e completa confusione in cui lo aveva trovato la riempirono di un piacere sottile e dispettoso.

«C'è un'indigena con lui», mormorò Zouga. «Nel suo letto.»

«Sì», consentì la giovane, annuendo. «È molto malato e quella donna si prende cura di lui.»

«Perché non mi hai avvertito?»

«Che era malato?» chiese lei.
«Che si era convertito agli usi indigeni.»
«Sta morendo, Zouga.»
«Che cosa racconteremo al mondo intero?»
«La verità», rispose Robyn a voce bassa. «Che è malato e sta morendo.»
«Non dobbiamo assolutamente parlare di quella donna», ribatté Zouga, con un tono di voce che per la prima volta apparve incerto. «Abbiamo il dovere di proteggere la nostra famiglia.»
«Allora che cosa diciamo della sua malattia, della malattia che lo sta uccidendo?»
Lo sguardo di Zouga corse al viso della sorella. «Malaria?»
«Lue, Zouga. Mal francese, morbo gallico... o, se preferisci, sifilide. Nostro padre sta morendo di sifilide.»
Zouga trasalì e poi mormorò: «Non è possibile».
«Perché, Zouga?» chiese Robyn. «È un uomo, un grande uomo... ma sempre un uomo.»
Quindi gli passò accanto, dirigendosi verso la caverna e dicendo: «Ho da fare».
Un'ora dopo, quando tornò ad alzare la testa, Zouga era ridisceso al campo. Così rimase a lavorare sul corpo del padre tutta la notte e la maggior parte del giorno dopo.
E a quel punto era fisicamente ed emotivamente esausta. Aveva visto troppe volte la morte avvicinarsi per non riconoscerla proprio in quell'occasione. Sapeva di poter dare al padre solamente un po' di conforto, prima di lasciarlo andare per la via che doveva inesorabilmente percorrere.
Quando ebbe fatto tutto quanto era nelle sue possibilità, lo coprì con una coperta pulita e poi accarezzò teneramente i capelli, che gli aveva accorciato con amorosa cura. E a quel punto Fuller Ballantyne aprì gli occhi. Un'ombra pallida di azzurro, come un cielo africano d'estate.
Chinatasi su di essi, Robyn scorse qualcosa agitarsi nelle pupille dell'uomo che era stato un tempo, e le labbra di Fuller si aprirono. Due volte cercò di parlare e finalmente disse una sola parola, tanto fievole che la giovane non la capì. Allora Robyn si chinò ancor più su di lui.
«Che cosa?» chiese.
«Helen» disse Fuller, questa volta più chiaramente.
Al suono del nome della propria madre Robyn sentì le lacrime soffocarla.

«Helen», ripeté Fuller una terza e ultima volta, prima che il barlume d'intendimento nei suoi occhi si spegnesse.

Robyn gli rimase accanto, ma non accadde altro. Quel nome aveva rappresentato l'ultimo legame con la realtà. Un legame ormai spezzato.

Al calare dell'ultima luce del giorno, Robyn sollevò lo sguardo dal viso del padre e per la prima volta si rese conto che sulla mensola la cassetta metallica non c'era più.

Usando come scrivania il coperchio della cassetta di scrittura e riparato agli sguardi del campo dalla sottile parete di paglia, Zouga si mise a esaminare rapidamente il contenuto della cassetta.

L'orrore che aveva provato alla scoperta del padre era stato da lungo tempo sommerso dal fascino dei tesori in essa contenuti. Ma sapeva che il disgusto e la vergogna sarebbero tornati quando avesse avuto tempo di pensarci. Sapeva anche che allora gli sarebbe toccato prendere delle decisioni difficili e che avrebbe dovuto usare tutta la propria energia e l'autorità derivantigli dal fatto di essere il fratello maggiore per tenere a freno Robyn e farla acconsentire a dare una versione comune del modo in cui avevano scoperto Fuller Ballantyne e delle condizioni in cui era.

La cassetta metallica conteneva quattro diari rilegati in cuoio o tela, ciascuno composto di cinquecento pagine, coperte su entrambe le facciate di scrittura o di mappe tracciate a mano. C'era anche un fascio di fogli sciolti, due o trecento, legati con una funicella di corteccia, nonché un portapenne da poco prezzo, in legno, con gli incavi per due calamai, dei quali uno era asciutto. I pennini erano evidentemente stati affilati molte volte, perché apparivano quasi completamente logori. Zouga annusò l'inchiostro dell'altro calamaio. Pareva una mistura maleodorante di grasso, fuliggine e tinture vegetali. Una miscela preparata da suo padre quando aveva finito l'inchiostro vero.

L'ultimo diario e le pagine sciolte erano scritti con tale mistura, per cui risultavano sbiaditi e macchiati, rendendo molto più difficile da decifrare la calligrafia, che negli ultimi tempi si era deteriorata quasi quanto la mente di Fuller Ballantyne. I primi due diari, al contrario, erano scritti con la sua calligrafia minuta e precisa. Il decorso della sua follia ne traspariva evidente, esercitando un fascino penoso.

Le pagine dei diari legati in cuoio non erano numerate e presentavano molti vuoti temporali, cosa che consentiva a Zouga di procedere con maggiore facilità, anche se già leggeva rapidamente, avendone sviluppato l'arte quando operava nel servizio informazioni del suo reggimento.

Nei primi volumi, tra una massa di notizie particolareggiatissime, c'era anche la spiegazione dei motivi che avevano indotto Fuller ad abbandonare Tete per dirigersi verso sud con una spedizione dotata di un minimo di attrezzatura, e poi, all'improvviso, due pagine dedicate al racconto di una relazione sessuale con una giovanissima ex schiava, una angoni che aveva battezzato «Sarah» e che sospettava stesse per generargli un figlio. Tali ragioni erano spiegate in maniera diretta e senza mezzi termini. «So che una donna incinta, pur se un'indigena robusta, mi rallenterebbe il passo. Io sto compiendo l'opera di Dio, per cui non posso tollerare un evento simile.»

Usando il coltello da caccia, affilato come un rasoio, Zouga tagliò via tali pagine e, accartocciandole e gettandole nel fuoco, mormorò: «Quel vecchio demonio non aveva diritto di scrivere simili oscenità».

Proseguendo nella lettura, Zouga trovò altri due accenni di natura sessuale, che si affrettò a far sparire dal diario. A quel punto la calligrafia di suo padre cominciava a mostrare traccia del primo deteriorarsi della mente.

Stessa sorte subirono le pagine contenenti i brani più bizzarri e folli. Zouga sapeva di dover fare in fretta, prima che Robyn scendesse dall'altura. Era tuttavia convinto di star facendo una cosa giusta, dal momento che le memorie di suo padre avevano un posto nel futuro.

Fu per lui un'esperienza raggelante constatare come il grande amore e l'altrettanto grande comprensione mostrati da suo padre nei confronti del popolo africano e della sua terra si convertissero a poco a poco in un odio profondo e irragionevole. Contro il popolo matabele, da lui chiamato ndebele – o amandebele – inveiva: «Queste genti leonine, che non riconoscono alcun Dio, la cui dieta è costituita di demoniaca birra e di carne semicruda, e il cui massimo piacere consiste nel trafiggere con la lancia donne e bambini, sono governate dai più spietati despoti comparsi dai tempi di Caligola...» E certamente non più tenere erano le considerazioni nei confronti delle altre tribù.

Il riferimento a Monomotapa e alle città in rovina colpì lo

sguardo di Zouga da un passo che si trovava al centro di una pagina e che il giovane lesse avidamente, sperando di reperire ulteriori notizie, ma a quel punto la mente di suo padre era rivolta al sacrificio impostogli dalla sua fede cristiana.

«Ringrazio Dio, mio Padre Onnipotente, di avermi scelto come sua spada. All'alba di questa mattina, svegliandomi, mi sono trovato le stimmate ai piedi e alle mani, nonché la piaga al costato e i graffi insanguinati provocati alla fronte dalla corona di spine. Ho sperimentato l'identico dolce dolore provato da Cristo.»

La malattia era arrivata a quella parte del cervello che presiedeva alla vista e al tatto. La sua fede si era convertita in mania religiosa. Anche questa pagina Zouga la tagliò, con le successive, affidando il tutto alle fiamme.

Tuttavia la follia più sfrenata si alternava con attimi di freddissima lucidità, quasi la malattia procedesse a ondate. L'annotazione successiva del diario portava una data di cinque giorni posteriore e cominciava con una rilevazione astronomica, da cui si deduceva che doveva essere stata scritta non lontano da quello stesso luogo. Non si faceva più alcun riferimento alle stimmate. Erano evidentemente guarite nella stessa maniera miracolosa in cui erano comparse. Al contrario, l'argomento era estremamente pratico e scritto con la vecchia calligrafia precisa.

«I karanga praticano una forma di culto degli antenati, che impone sacrifici. Sull'argomento essi sono molto riservati, tuttavia sono riuscito a raccogliere buone informazioni. Il centro spirituale della loro religione è un luogo che indicano con l'espressione 'sepolcro dei re', ovvero 'Zimbabwe'. È lì che si trovano gli idoli che rappresentano i loro antenati.

«Pare che tale luogo sia situato a sud-est della mia attuale collocazione.

«A capo di tale sudicia credenza c'è una sacerdotessa, chiamata 'Umlimo', che un tempo abitava tale 'sepolcro dei re', ma che poi è dovuta fuggire all'arrivo dei saccheggiatori angoni. Pertanto ora vive in un altro luogo sacro, da dove esercita un tale potere che persino il blasfemo ndebele, quel sanguinoso tiranno di Mzilikazi, invia doni per ottenere i suoi oracoli.

«Dio Onnipotente mi ha rivelato il mio dovere di raggiungere il luogo detto Zimbabwe e di distruggere l'Alta Sacerdotessa, sciogliendo il maleficio da lei esercitato su queste genti, in modo che si aprano alla Parola di Cristo che porto loro.»

Zouga scorreva le pagine a velocità frenetica. Parevano scritte da due individui completamente diversi, l'essere razionale e il maniaco religioso. Ma non poteva permettersi di perderne una sola parola.

Era mezzogiorno passato da un bel po' e si sentiva bruciare gli occhi per la lettura continuata di quelle pagine sbiadite, tuttavia andava avanti.

«3 novembre. Posizione: 20° 05' S, 30° 50' E. Temperatura: 40° all'ombra. Caldo intollerabile. Pioggia minaccia ogni giorno ma non arriva mai. Raggiunto il covo della Umlimo».

Annotazione isolata che elettrizzò Zouga. Quasi gli sfuggiva, concentrata com'era al fondo di una pagina. La voltò, ma nella successiva la follia aveva ancora una volta avuto il sopravvento.

«Rendo lode a Dio, mio Creatore. L'unico vero e Onnipotente Salvatore, al quale ogni cosa è possibile. Sarà fatto! La Umlimo mi ha riconosciuto come strumento dell'ira di Dio quando l'ho affrontata in quel fetido ossario, poiché mi si è rivolta con le voci di Belal e Belzebù e con quelle orribili di Azazel e Beliar, miriade di alter ego di Satana.

«Ma io ho retto il confronto, reso forte e orgoglioso dalla parola di Dio, per cui, quando ha visto che non poteva smuovermi, è rimasta in silenzio.

«Allora l'ho uccisa, le ho tagliato la testa e l'ho portata fuori alla luce. Quindi Dio mi ha parlato, nella notte, dicendo con la sua voce sottile e leggera: 'Procedi, mio fedele e beneamato servitore. Non puoi riposare finché le immagini scolpite delle divinità non siano state abbattute'.

«Perciò mi sono alzato e la mano di Dio mi ha retto, facendomi proseguire.»

Quanta parte di tutto ciò fosse realtà e quanta delirio di un folle, Zouga non poteva sapere, ma il giovane continuò a leggere freneticamente.

«E l'Onnipotente mi ha guidato finché finalmente sono arrivato in totale solitudine all'oscena città dove gli adoratori del demonio compiono il loro sacrilegio. I portatori non hanno voluto seguirmi, terrorizzati dai diavoli. Persino il vecchio Joseph, che è sempre stato al mio fianco, non ha potuto forzare le gambe a condurlo oltre il portale aperto nella grande rupe. L'ho lasciato nella foresta, rannicchiato su se stesso, e ho proceduto da solo ad attraversare le alte torri di pietra.

«Come Dio mi aveva rivelato, ho trovato le immagini scolpite dagli infedeli, tutte coperte di fiori e oro, nonché del sangue non ancora disseccato dei sacrifici. Le ho abbattute e nessun essere umano ha potuto oppormisi, perché ero la spada di Sion, il dito della mano di Dio.»

A quel punto l'annotazione si interrompeva bruscamente, come se lo scrivente fosse stato soverchiato dalla forza del proprio fervore religioso, per cui Zouga sfogliò le cento pagine successive alla ricerca di ulteriori riferimenti alla città e alle sue immagini coperte d'oro, senza tuttavia trovarne.

Come per la fioritura delle stimmate, probabilmente anche in questo caso si trattava di fantasticherie di un folle.

Quindi Zouga tornò al punto in cui era descritto l'incontro con la Umlimo, la maga uccisa dal padre. Poi annotò latitudine e longitudine del luogo nel proprio diario, copiandovi la rozza mappa tracciata a mano e i punti essenziali del testo, esaminandolo attentamente in cerca di indizi che potessero indirizzarlo o guidarlo. A quel punto, con estrema decisione, tagliò anche quelle pagine e le gettò nel fuoco, stando a guardarle arricciarsi e bruciare. Infine ne disperse addirittura le ceneri con un bastoncino.

L'ultimo dei quattro diari era soltanto parzialmente riempito e conteneva una descrizione particolareggiata di un percorso carovaniero che correva dalle «terre insanguinate dominate dai malvagi *impi* di Mzilikazi» in direzione est per ottocento e più chilometri «fino al luogo in cui le fetide navi dei negrieri attendono di dare il benvenuto alle povere anime che sopravvivono agli azzardi di quell'infame strada.

«Tale strada io l'ho seguita fino ai contrafforti orientali delle montagne: ovunque sono visibili a tutti le tristemente note tracce lasciate dalle carovane: le ossa spolpate degli schiavi.»

Si trattava di rivelazioni più interessanti per Robyn che per lui. Zouga le scorse rapidamente e poi vi fece un richiamo per attirare su di esse l'attenzione della sorella. Erano poi seguite da una lunga digressione – di cento e più pagine – sulla tratta e sui negrieri, seguita da una penultima annotazione.

«I negrieri sono di colore. Tra di essi non sono riuscito a vedere né bianchi, né arabi. Ho contato le misere vittime da lontano, attraverso il cannocchiale: erano almeno un centinaio, soprattutto adolescenti e giovani donne, aggiogate a due a due per il collo, com'è d'uso. Sebbene non portino insegne tribali o altri orpelli, dal loro fisico particolare sono sicuro che si tratta di negrieri amandebele. Infatti vengono dalla direzione del regno di

Mzilikazi. Inoltre sono anche armati della lancia a lama larga e del lungo scudo in pelle di bue tipici di quella gente. Due o tre di essi, poi, hanno il moschetto.

«In questo momento sono accampati a non più di cinque chilometri dalla mia postazione e all'alba riprenderanno il loro viaggio fatale verso est, dove senza dubbio ci sono negrieri arabi e portoghesi ad attenderli.

«Dio mi ha parlato, ho sentito chiaramente la sua voce ingiungermi di raggiungerli e, in guisa di sua spada, trafiggere gli infedeli, liberare gli schiavi e assistere gli umili e gli innocenti.

«Con me c'è Joseph, da anni mio sincero e fidato compagno, che mi sarà ottimo secondo fucile. Non è un grande tiratore, ma ha coraggio, e inoltre saremo assistiti da Dio.»

L'annotazione successiva era l'ultima. Zouga era arrivato alla fine dei quattro diari.

«Le vie del Signore sono meravigliose e misteriose. Egli solleva ed Egli abbatte. Con Joseph al mio fianco sono sceso, come Dio aveva ordinato, al campo dei negrieri. Siamo calati su di loro come gli israeliti sui filistei. Sulle prime pareva che avremmo avuto la meglio, essendo gli infedeli fuggiti davanti a noi. Ma poi Dio, nella sua onniscienza, ci ha abbandonato. Uno degli infedeli è balzato addosso a Joseph mentre stava ricaricando l'arma e, sebbene lo avessi colpito con una palla della mia arma, uccidendolo, lo ha tuttavia trapassato dal torace alla spina dorsale con quella terribile lancia.

«Da solo ho quindi proseguito la battaglia, battaglia di Dio, e i negrieri si sono dispersi nella foresta davanti alla mia ira. Ma poi uno di loro si è voltato e ha fatto fuoco con il moschetto nella mia direzione. La palla mi ha preso all'anca.

«Sono riuscito, non so come, a trascinarmi via prima che i negrieri tornassero per uccidermi. Essi tuttavia non hanno cercato di seguirmi, per cui sono riuscito a raggiungere il ricovero che avevo lasciato per tentare di compiere la mia impresa. Nondimeno, sono gravemente ferito e ridotto alla disperazione. Sono riuscito a togliermi dall'anca la palla di moschetto, ma temo che l'osso si sia spezzato, lasciandomi storpio.

«In aggiunta a ciò ho perduto entrambe le armi da fuoco, la mia e quella di Joseph. Ho mandato la donna a cercarle, ma sono state portate via dai negrieri.

«I portatori rimasti, vedendo lo stato in cui ero ridotto e sapendo che non avrei potuto oppormi, se ne sono andati tutti quanti, ma non prima di aver saccheggiato il campo, portandosi via tutto ciò che avesse valore, non esclusa la cassetta dei medicinali. Rimane soltanto la donna. Sulle prime, quando si è unita alla spedizione, mi ero arrabbiato, ma ora in tutto ciò vedo la mano di Dio. Infatti, anche se si tratta di una pagana, è la mia più leale e sincera amica, ora che Joseph non c'è più.

«Che cos'è un uomo in questa crudele terra, privo di fucile e di chinino? Che si debba riconoscere, in tutto ciò, una lezione per me e per i posteri, una lezione per impartire la quale sono stato scelto da Dio? È possibile a un bianco sopravvivere in questa terra? Oppure sarà sempre un estraneo? L'Africa lo tollererà, una volta che abbia perduto le armi e consumato le medicine?»

Quindi un unico, straziante grido di dolore.

«O Dio, tutto ciò è stato vano? Sono venuto per portare la Tua Parola, ma nessuno ha ascoltato la mia voce. Sono venuto per cambiare gli usi dei malvagi, ma nulla è cambiato. Sono venuto per aprire la strada alla cristianità, ma nessun cristiano mi ha seguito. Ti prego, mio Dio, dammi un segno che non ho seguito la strada sbagliata, verso una destinazione falsa.»

Zouga si lasciò andare all'indietro e si fregò gli occhi con i palmi di entrambe le mani. Scoprì di essere profondamente commosso. Non era soltanto la fatica a fargli bruciare gli occhi.

Era facile odiare Fuller Ballantyne, ma difficile disprezzarlo.

Robyn aveva scelto con cura il posto: le pozze d'acqua isolate, lontane dal campo principale, dove nessuno avrebbe potuto vederli o sentirli. Quindi aveva scelto il momento, nel calore del mezzogiorno, in cui la maggior parte degli ottentotti e dei portatori sarebbero stati addormentati all'ombra. Aveva somministrato al padre cinque gocce del prezioso laudano, per calmarlo, e poi lo aveva affidato alla giovane mashona e a Juba, scendendo al piano per raggiungere Zouga.

Nei dieci giorni passati da quando si erano riuniti, i due fratelli si erano scambiati non più di una dozzina di parole. In tutto quel periodo di tempo Zouga non era mai tornato alla grotta sull'altura, e Robyn l'aveva visto soltanto quando era scesa al campo per prendere un po' di provviste.

Quando vi aveva mandato Juba con un biglietto nel quale si chiedeva concisamente di riavere la cassetta con le carte del padre, Zouga aveva inviato subito un portatore a restituirla, con una tale rapidità che immediatamente Robyn si era insospettita.

Una mancanza di fiducia che costituiva un sintomo della velocità con cui i loro rapporti si stavano deteriorando. Robyn sapeva che lei e Zouga dovevano parlare, discutere del futuro, prima che tra loro non ci fosse più la possibilità di uno scambio di opinioni.

Il fratello la stava aspettando sul bordo delle verdi pozze d'acqua, seduto all'ombra di un fico selvatico e intento a fumare tranquillamente un sigaro fatto a mano con tabacco locale. Non appena la vide, si alzò cortesemente, ma con un'espressione di riserbo e lo sguardo controllato.

«Caro Zouga, non ho molto tempo», esordì Robyn, cercando di alleggerire la tensione. «Devo tornare da nostro padre», aggiunse poi, e quindi, dopo un'esitazione: «Non ho voluto farti venire lassù, visto che è una visione che trovi disgustosa». Negli occhi di Zouga brillò immediatamente un lampo verde, e la giovane si affrettò a proseguire: «Dobbiamo decidere adesso sul da farsi. È evidente che non possiamo rimanere insieme all'infinito».

«Che cosa suggerisci?»

«Nostro padre si è un po' ripreso. Ho debellato la malaria con il chinino, mentre l'altra malattia», rispose prudentemente Robyn, «ha reagito positivamente al mercurio. Ormai a preoccuparmi veramente è soltanto la gamba.»

«Mi avevi detto che stava morendo», ribatté Zouga in tono neutro, al che Robyn, a dispetto di tutte le sue buone intenzioni, non poté fare a meno di sbottare:

«Be', allora mi spiace, ma mi sono sbagliata».

Il viso di Zouga si irrigidì in una bella maschera bronzea. Robyn capì quale sforzo gli toccasse compiere per controllare l'irritazione di cui la sua risposta, quando arrivò, era intrisa.

«Non è una frase degna di te», disse infatti suo fratello.

«Mi spiace», ammise la giovane, inspirando profondamente. «Zouga, nostro padre ha avuto una forte ripresa. Il cibo, le medicine, le cure e la sua costituzione robusta hanno contribuito a una vera trasformazione. Sono persino convinta che, se riuscissimo a riportarlo nel mondo civile e ad affidarlo a un chirurgo abile, potremmo curare l'ulcerazione della gamba e forse persino fare in modo che l'osso si saldi.»

Zouga rimase in silenzio a lungo. Il suo viso era privo di espressione, ma Robyn colse il contrasto delle emozioni nel suo sguardo.

Poi finalmente il giovane fece sentire la propria voce. «Nostro padre è pazzo», disse. Quindi, visto che Robyn non replicava nulla, aggiunse: «Sei in grado di curargli la mente?»

«No», rispose la sorella, scuotendo il capo. «Peggiorerà sempre di più, anche se con cure esperte, in un buon ospedale, sarebbe possibile migliorare le sue condizioni fisiche e farlo vivere ancora per molti anni.»

«A che scopo?» insistette Zouga.

«Starebbe bene, e forse sarebbe persino felice.»

«E tutto il mondo verrebbe a sapere che era un pazzo sifilitico», continuò per lei a bassa voce Zouga. «Non sarebbe più caritatevole mantenere intatta la sua leggenda?»

«È per questo che hai manomesso i suoi diari?» gli chiese allora Robyn, con un tono di voce che risultò stridulo persino alle sue orecchie.

«È un'accusa pericolosa», la rimbeccò il fratello, che stava anche lui perdendo il controllo dei propri nervi. «Sei in grado di provarla?»

«Non ne ho bisogno: lo sai tu come lo so io.»

«Non si può spostarlo», tergiversò Zouga. «È storpio.»

«Potrebbe essere trasportato su una barella. Abbiamo un numero di portatori più che sufficiente.»

«Da che parte lo portiamo?» chiese Zouga. «Non sopravvivrebbe mai al percorso che abbiamo affrontato noi, e per quello verso sud non esistono carte.»

«Nostro padre ha personalmente indicato nel suo diario la strada degli schiavi. Seguiremo quella. Ci porterà direttamente alla costa.»

«Senza aver raggiunto gli obiettivi più importanti della spedizione?» chiese affannosamente Zouga.

«Gli obiettivi principali erano ritrovare Fuller Ballantyne e riferire circa la tratta degli schiavi. Possiamo realizzarli entrambi percorrendo la strada degli schiavi verso il mare», sbottò Robyn, facendo poi mostra di un albore di comprensione. «Oh, cielo, come sono stupida: tu intendi l'avorio e l'oro! In definitiva erano quelli i tuoi obiettivi principali, no, caro fratello?»

«Abbiamo un dovere nei confronti dei nostri finanziatori.»

«E nessuno, invece, nei confronti di quel povero vecchio malato lassù?» ribatté Robyn, tendendo teatralmente un braccio e poi rovinando l'effetto con un trepestio di piedi, tanto che, irri-

tata con se stessa oltre che con il fratello, sbraitò: «Io porto nostro padre alla costa, il più in fretta possibile».
«Io ti dico di no.»
«E io invece ti dico di andare all'inferno, Morris Zouga Ballantyne!» E pronunciato questo insulto, che la lasciò piena di soddisfazione, Robyn si voltò e si allontanò a grandi passi, con le lunghe gambe fasciate dai pantaloni.

Due giorni più tardi Robyn era pronta a partire. Fino a quel momento tutti gli scambi di opinioni tra lei e il fratello erano avvenuti in forma scritta, e la giovane sapeva che Zouga avrebbe conservato i suoi biglietti, insieme alle copie dei propri, per esibirli successivamente a giustificazione delle proprie azioni.

Robyn aveva seccamente rifiutato di obbedire all'ordine scritto di non tentare di mettersi in marcia con il malato. A giustificazione di tale ordine Zouga aveva elencato una mezza dozzina di motivi, ordinatamente numerati. Una volta ricevuto il diniego scritto, aveva poi inviato – per mezzo della mano sudata della piccola Juba – un biglietto magnanimo, esteso per i futuri lettori più che per lei, secondo quanto pensò acidamente la sorella.

«Se insisti nella tua folle idea», esordiva il biglietto, e quindi proseguiva con l'offrire la scorta di tutto il contingente di moschettieri ottentotti, a eccezione del sergente Cheroot, che aveva manifestato il desiderio di rimanere in compagnia del «maggiore Ballantyne».

Quindi Zouga esigeva che la sorella prendesse con sé la maggior parte dei portatori rimasti: lui ne avrebbe trattenuti solamente cinque, che portassero le provviste fondamentali, oltre ai quattro portatori battezzati con i nomi degli evangelisti.

Poi le ordinava anche di prendere con sé la Sharps e tutte le rimanenti provviste, «lasciandomi soltanto quanto basta di polvere e palle, nonché il minimo indispensabile di medicinali per rendermi possibile conseguire gli obiettivi di questa spedizione che giudico di importanza fondamentale».

In quest'ultimo biglietto Zouga ripeteva tutti i motivi per i quali, secondo lui, era meglio tenere Fuller Ballantyne sull'altura, e le chiedeva ancora una volta di tornare sulla propria decisione. Ma Robyn gli aveva risparmiato la fatica di farne una copia, girandolo e scrivendo sul verso: «Ormai ho deciso. Domani mattina all'alba parto per la costa». Quindi vi aveva apposto data e firma.

Il mattino seguente, prima che il sole si alzasse, Zouga mandò sull'altura una squadra di portatori, con una barella fatta di rami di *mopani* e strisce di pelle di antilope. Fuller Ballantyne dovette esservi legato per evitare che si gettasse fuori.

Quando Robyn li fece nuovamente scendere, camminando accanto alla barella per cercare di tener calmo il vecchio folle che vi stava disteso, la scorta di ottentotti e i portatori erano pronti a unirsi a lei nella marcia. C'era anche Zouga, in piedi, un po' discosto, quasi si fosse già dissociato dall'impresa, ma Robyn puntò direttamente su di lui.

«Finalmente ci conosciamo a vicenda», disse con voce rauca. «Non potremmo mai tirare avanti assieme, Zouga, tuttavia questo non significa che io non ti porti rispetto e, ancora di più, amore.»

Zouga arrossì e distolse lo sguardo. Come Robyn doveva certamente sapere, una simile dichiarazione non poteva che imbarazzarlo.

«Mi sono assicurato che tu abbia a disposizione una cinquantina di chili di polvere da sparo, che è più di quanto possa mai occorrerti», replicò il giovane.

«Non vuoi dire addio a nostro padre?»

Zouga annuì rigidamente e la seguì alla barella, evitando di guardare la mashona che le stava accanto.

«Addio, signore», disse poi. «Le auguro un viaggio rapido e sicuro, nonché una pronta guarigione.»

Il viso raggrinzito e privo di denti si voltò verso di lui sul collo scarno. «Dio è il mio pastore, non temo alcun male», biascicò.

«Giustissimo, signore», consentì seriamente Zouga. «Non abbiamo dubbi, al proposito.» Quindi si toccò il berretto a mo' di saluto militare e arretrò, facendo con il capo un cenno ai portatori, che sollevarono la barella, allontanandosi verso un'alba color giallo e arancio pallido.

Fratello e sorella rimasero a fianco a fianco per l'ultima volta, guardando sfilare la colonna. Quando l'ultimo degli uomini fu passato e accanto a lei fu rimasta solamente la piccola Juba, Robyn tese impulsivamente le braccia e le gettò al collo del fratello, abbracciandolo quasi con furia.

«Io cerco di capirti. Non vorresti fare altrettanto con me?» chiese.

Poi, per un momento, sentendo il suo corpo eretto ondeggiare e quasi ammorbidirsi, pensò che il fratello potesse cedere, ma fu solo un attimo: Zouga tornò a raddrizzarsi.

«Il nostro non è un addio», disse poi. «Una volta compiuto quello che devo fare, ti seguirò. Ci incontreremo di nuovo.»

Robyn si lasciò cadere le braccia sui fianchi e si tirò indietro.

«Arrivederci», consentì malinconicamente, rattristata dal fatto che al fratello non fosse riuscito un solo gesto di affetto.

«Arrivederci», ripeté poi e si voltò. Juba la seguì nella foresta, dietro la colonna in movimento.

Zouga aspettò finché il canto dei portatori si fu affievolito, cedendo il posto a un dolce cinguettare di uccelli e a un uggiolare lontano di iene.

In lui si agitavano molte emozioni contrastanti. Senso di colpa per aver lasciato partire da sola una donna; dubbio circa le indicazioni lasciate dal padre; ma soprattutto sollievo.

Tuttavia si riscosse, finalmente in preda soltanto a una grande ansia di andare avanti, e raggiunse il sergente Cheroot, seduto ai margini del campo smobilitato e deserto.

«Quando sorridi, la tua faccia fa piangere i bambini!», gli disse, «ma quando hai la fronte aggrottata... Che cosa ti turba, ora, potente cacciatore di elefanti?»

Il piccolo ottentotto indicò in atteggiamento lugubre la tozza cassa di metallo in cui era contenuta l'uniforme di Zouga.

«Non un'altra parola, sergente», lo ammonì questi.

«Però i portatori si lamentano. L'hanno portata sin qui.»

«E continueranno a portarla anche fino alle porte dell'inferno, se lo dico io. *Safari!*» replicò Zouga, alzando la voce, ancora in preda a una forte eccitazione. «In marcia!»

Zouga era preparato a trovare profonde discrepanze tra le posizioni calcolate dal padre, per mezzo dell'osservazione astronomica, e le proprie, dal momento che pochi secondi di errore nei cronometri potevano distanziarle di molti chilometri.

In conseguenza di ciò considerava con sospetto i tratti orografici che si trovava di fronte e che parevano accordarsi con straordinaria precisione alle mappe tracciate a mano da Fuller Ballantyne. Ma giorno dopo giorno la sua fiducia aveva dovuto necessariamente andare rafforzandosi, dandogli maggiore sicurezza che la Umlimo e la città in rovina fossero reali e a non molti giorni di marcia.

Quello che stavano attraversando era un bel territorio, anche se l'atmosfera, a mano a mano che procedevano verso sud-est, si faceva sempre più afosa. La lunga stagione secca, che ora andava a concludersi, aveva ridotto le praterie al colore dei campi di grano e le foglie della foresta a una miriade di tonalità di rosso e giallo.

Ogni giorno i cumulonembi costruivano alte formazioni argentee di nuvole, minacciando la pioggia, pur senza mai produrla, e facendo brontolare il tuono.

Gli animali di grosse dimensioni erano tutti concentrati attorno alla poca acqua rimasta, offrendo ogni giorno uno spettacolo straordinario.

C'erano giraffe e rinoceronti, ma c'era soprattutto l'elefante, alla cui vista Zouga non era capace di resistere. «Un grosso maschio», capitava che dicesse Jan Cheroot, sollevando lo sguardo dalle tracce e aggiungendo: «Ci giocherei la virtù di mia sorella».

«Bene peraltro già messo in gioco e perso molti anni fa», replicava seccamente Zouga. «Ma nondimeno seguiremo questa traccia.»

Moltissime sere avveniva che scalzassero le zanne e, dopo averle sepolte, portassero il cuore sanguinante al luogo in cui avevano lasciato i portatori. Così impegnati com'erano nella caccia, avanzavano lentamente. Tuttavia Zouga andava identificando con regolarità i punti distintivi indicati da suo padre.

Ma alla fine, sapendo di essere ormai vicino alla meta, Zouga respinse la tentazione della caccia, rifiutandosi per la prima volta di seguire le tracce fresche di tre begli elefanti e deludendo profondamente Jan Cheroot.

«Non bisogna mai lasciare un buon elefante o una donna calda e vogliosa», fu il dolente suggerimento di quest'ultimo, «perché non si può mai sapere quando se ne incontreranno altri.»

Non conoscendo ancora l'obiettivo della loro ricerca, il comportamento di Zouga lo lasciava perplesso, tuttavia continuava a obbedire diplomaticamente ai suoi ordini.

I primi a recalcitrare, invece, furono i portatori, né Zouga scoprì come avessero fatto a capire. Forse era stato il vecchio karanga a parlare della Umlimo accanto al fuoco da campo, o forse la sacerdotessa apparteneva al loro culto tribale, anche se per la maggior parte provenivano da centinaia di chilometri di distanza, a nord. Tuttavia ormai Zouga aveva imparato a conoscere abbastanza l'Africa per avvertire il loro modo quasi telepatico di venire a conoscenza di luoghi ed eventi lontani. Comunque fosse, per la prima volta dopo mesi i portatori avevano cominciato a essere afflitti da formicolio ai piedi.

Sulle prime Zouga si era irritato e sarebbe anche stato propenso a far onore al proprio soprannome di Bakela, «il pugno», ma poi si era reso conto che la riluttanza degli uomini a proseguire verso la catena di alture brulle che si mostravano oltre l'orizzonte costituiva una conferma del fatto che era sulla strada buona.

Quella sera, al campo, trasse da parte Jan Cheroot e, parlandogli in inglese, gli spiegò che cosa stesse cercando e dove fosse diretto. Non si sarebbe mai aspettato di vedere il pallore che lentamente si dipinse sui suoi lineamenti giallastri e avvizziti.

«*Nie wat! Ik lol nie met daai goed nie!*» esclamò il piccolo ottentotto, spinto dal terrore a tornare all'olandese bastardo del Capo. «Neanche per sogno! Io non mi immischio con roba simile», ripeté poi in inglese, al che Zouga gli rivolse attraverso il fuoco un sorriso ironico.

«Sergente Cheroot, io ti ho visto correre con il sedere nudo davanti a un elefante, agitando il cappello per attirarlo quando ha caricato.»

«Gli elefanti», ribatté Jan Cheroot, senza ricambiare il sorriso, «sono una cosa. Le streghe un'altra.» Quindi si rianimò e ammiccò come uno gnomo maligno.

«Qualcuno deve rimanere con i portatori», disse infine, «altrimenti si rubano tutti i nostri aggeggi e scappano a casa.»

Zouga li lasciò accampati accanto a un piccolo pozzo d'acqua fangosa, a un'ora di marcia dal *kopje* di granito più settentrionale. Prima di partire riempì d'acqua la grossa borraccia smaltata, bagnandone la copertura di feltro per tenerla fresca, si attaccò su un fianco una nuova sacca di polvere e sull'altro una bisaccia di cibo, e infine, messosi in ispalla il pesante fucile da elefante a canna liscia, si allontanò da solo quando ancora le ombre erano lunghe e l'erba bagnata di rugiada.

Le alture che si levavano davanti a lui erano cupole arrotondate di un granito color perla, lisce come tante teste calve e prive di vegetazione, ma a ogni passo parevano farsi più alte e ripide, lasciando scorgere valli sempre più profonde ed erte, e sempre più fitte macchie di cespugli e rovi a bloccarne fenditure e gole. Ci sarebbero potuti volere mesi per ispezionare tutto quel territorio selvaggio, e il giovane non disponeva di una guida, come invece era avvenuto nel caso di suo padre. Si sentì riempire di irritazione per la propria mancanza di previdenza.

Suo padre aveva scritto: «Persino quel sanguinario tiranno di Mzilikazi invia doni per ottenere i suoi oracoli».

Infatti Zouga si imbatté in una strada ben tracciata, che scorreva verso ovest, abbastanza larga per lasciar passare due uomini affiancati e rivolta direttamente verso le alture. Non poteva essere altro che quella di cui si servivano gli emissari del re matabele.

Percorrendola, Zouga arrivò al primo dolce declivio, svoltando poi bruscamente in una delle gole tra i picchi. Lì il sentiero si restrinse, prendendo a torcersi tra enormi macigni di granito, in mezzo a cespugli tanto fitti che il giovane dovette chinarsi sotto una vera e propria galleria di rami spinosi.

La valle era talmente profonda che i raggi del sole non vi penetravano, ma dal granito veniva un calore da forno che lo fece immediatamente coprire di sudore. Dopo un po', tuttavia, i cespugli si diradarono e la valle si restrinse, riducendosi a uno stretto passaggio tra le pareti di roccia e formando una porta naturale, dove un manipolo di uomini armati di lancia avrebbe potuto tenere testa a un reggimento. Su un'alta sporgenza c'era una capanna di paglia, accanto alla quale si levava pigramente nel cielo un filo sottile di fumo. Tuttavia, se c'era una guardia, doveva aver abbandonato il posto all'avvicinarsi di Zouga.

Il giovane posò a terra il calcio del fucile da elefante e vi si appoggiò per riposarsi dell'arrampicata, ispezionando al tempo stesso furtivamente le sovrastanti alture, in cerca di nemici nascosti o di un punto dal quale qualcuno potesse fargli rotolare addosso gli ormai familiari macigni. La gola era silenziosa, rovente, deserta. Non si sentiva nemmeno il cinguettio degli uccelli o il ronzio degli insetti. Il silenzio era ancor più opprimente del caldo. Zouga alzò la testa e lanciò un richiamo verso la capanna abbandonata.

L'eco rimbalzò grottescamente per la gola, moltiplicandosi e riducendosi poi a un sussurro confuso e al medesimo silenzio carico di presagi. L'ultimo uomo bianco a passare di lì era stato la Spada di Dio in persona, decisa a decapitare l'oracolo, pensò

Zouga, pieno di irritazione. Non poteva certamente aspettarsi un'accoglienza da eroe.

Quindi tornò a mettersi in ispalla il fucile e penetrò nella porta naturale di granito, che l'istinto gli diceva essere l'unico passaggio a lui aperto. Il fondo dello stretto varco era coperto di sabbia, nella quale, anche in quella poca luce, brillavano come diamanti frammenti di mica. Lo stesso passaggio, poi, fece una dolce curva, fino a rendergli impossibile vederne le due estremità. Zouga provò l'impulso di mettersi a correre, dal momento che si trovava in una specie di gabbia o trappola, ma si trattenne, non volendo mostrare timore o indecisione.

Al di là della curva la strettoia si spalancava a ventaglio. Da una parete di roccia sgorgava un fresco rivolo d'acqua, che formava un bacino naturale, prima di scorrere più oltre nella valle nascosta. Zouga uscì dal passaggio e si fermò di nuovo per guardarsi attorno. Era una valle di gradevole aspetto, lunga circa un chilometro e mezzo e larga la metà. Il rivoletto d'acqua la rendeva fertile, facendola verdeggiare d'erba.

Al centro di essa si levava una calca di capanne dal tetto in paglia, attorno alle quali razzolavano alcuni polli spennacchiati. Zouga vi si diresse. Erano tutte deserte, anche se vi si vedevano tracce evidenti di una recente occupazione. Persino i cereali contenuti in una pentola erano ancora caldi.

Tre delle più ampie erano zeppe di tesori, sacche in cuoio piene di sale, attrezzi e armi di ferro, lingotti di rame fuso, mucchi di zanne d'elefante, che Zouga capì essere i tributi e doni inviati dai supplicanti all'oracolo, al fine di ottenere la pioggia, la fattura su un nemico, l'attenzione di una fanciulla.

Il fatto che tali tesori fossero lasciati incustoditi era la prova del potere della Umlimo. Tuttavia, se il diario di Fuller Ballantyne non mentiva, la «sudicia» sacerdotessa doveva essere morta da un pezzo.

Zouga si chinò per uscire dalla bassa porta dell'ultima capanna e tornare alla luce del giorno. Quindi lanciò di nuovo il proprio richiamo, senza tuttavia ricevere risposta. In quel luogo c'era della gente, molte persone, ma il contattarla per successivamente scoprire la posizione dove si trovava il «sepolcro dei re» sarebbe stata impresa più difficile del previsto.

Appoggiandosi al lungo fucile, il giovane osservò la ripida parete della valle, dove ancora una volta a richiamare la sua attenzione fu il sentiero, che lo guidò all'imboccatura della grotta.

Tale sentiero, infatti, continuava oltre il villaggio, scorrendo nel centro della valle, arrampicandosi sull'erta opposta e andando a terminare improvvisamente contro la parete di granito. L'imboccatura della grotta era bassa e ampia, una stretta fenditura orizzontale alla base della parete, simile alla bocca di una rana. Il sentiero portava direttamente lì.

Zouga vi si inerpicò seguendo il dolce pendio. Per alleggerirsi aveva lasciato tutto il carico al villaggio, per cui procedeva a grandi passi, con la barba che mandava barbagli dorati nel sole, così che qualsiasi osservatore nascosto non avrebbe potuto avere dubbi circa la sua natura di capo e guerriero da trattare con rispetto.

Arrivato all'ingresso della grotta, il giovane si fermò, non per la fatica, ma semplicemente per fare i rilevamenti. Tale ingresso era largo circa cento passi e il tetto era tanto basso che sollevando una mano era in grado di toccarne il ruvido soffitto di roccia.

A chiudere l'apertura era stato costruito un muro di blocchi di granito, tanto fitti che sarebbe stato impossibile far penetrare la lama di un coltello nelle giunture. Chiaramente opera di esperti muratori, ma realizzata da moltissimo tempo, come dimostrava il fatto che in alcuni punti le pietre avevano ceduto, crollando al suolo e lasciando delle aperture.

Il sentiero portava appunto a una di esse, sparendo più oltre nella penombra. Un ingresso assai poco accogliente. Entrandovi, Zouga si sarebbe trovato con la luce alle spalle e gli occhi non abituati al buio, dove ovunque avrebbero potuto essere appostati nemici armati di lancia o ascia. Il giovane sentì il proprio ardore raffreddarsi e, sbirciando nell'apertura, gridò ancora una volta:

«Vengo in pace!»

La risposta fu quasi immediata, pronunciata da una stridula voce infantile che parlava la stessa lingua, vicinissimo alla sua spalla, tanto vicino che Zouga si sentì mancare il cuore, voltandosi immediatamente da quella parte.

«Bianco è il colore del lutto e della morte», disse la voce stridula, che costrinse il giovane a guardarsi attorno pieno di confusione. Non c'era nessun bambino, nessun essere umano, nemmeno un animale: la valle alle sue spalle era deserta e silenziosa. La voce pareva emanare dall'aria.

Zouga si sentì seccare la bocca e accapponare la pelle, ma, mentre aguzzava lo sguardo, dalla rupe sopra di lui un'altra voce strillò:

«Bianco è il colore della guerra».

Era la voce di una donna vecchia, vecchissima, tremula e stridula. Il cuore di Zouga ebbe un nuovo sussulto e poi, mentre il giovane sollevava lo sguardo, si mise a battere all'impazzata. La parete di roccia era spoglia e liscia. Il giovane si sentì il fiato bruciare in gola.

«Bianco è il colore della schiavitù», cantò la voce di una fanciulla, riempiendo l'aria sopra la sua testa, senza direzione e consistenza, dolce e liquida come un gorgoglio di acqua corrente.

«Parla con le voci di Belial e Belzebù», aveva scritto suo padre, e Zouga si sentì diffondere per le gambe un terrore superstizioso, che gliele appesantì.

Un'altra voce, muggente come quella di un toro, rimbombò dall'imboccatura della caverna: «L'aquila bianca ha abbattuto i falchi di pietra».

Zouga trasse un lungo respiro, per riprendere il controllo delle membra del corpo, quindi gridò:

«Risparmia i tuoi trucchi per i bambini, Umlimo. Io vengo in pace per parlarti da uomo».

Non vi fu alcuna risposta, anche se al giovane parve di cogliere un serico fruscio di piedi nudi sul terreno, proveniente da oltre il muro diroccato di pietre.

«Guardami, Umlimo! Poso le armi», gridò ancora.

Slacciò la sacca della polvere, lasciandosela cadere ai piedi, e poi vi posò sopra il fucile. Infine, tenendo le mani sollevate davanti al corpo, avanzò lentamente verso la grotta.

Quando arrivò al varco nel muro, dalle tenebre, proprio davanti a lui, si sentì arrivare il ringhio di un leopardo irritato. Un suono terribile, feroce e reale, ma ormai Zouga aveva ripreso completamente il controllo di se stesso. Quindi non rallentò il passo, ma si chinò, raddrizzandosi soltanto quando emerse dall'altra parte del varco.

Lì giunto, attese per un istante che lo sguardo si abituasse, consentendogli di distinguere forme e piani nell'oscurità. Non si sentirono altre voci o altri suoni animali. Da qualche parte, davanti a lui, dai recessi della caverna arrivava un debole bagliore, alla cui luce riuscì a farsi strada fra i detriti che bloccavano la grotta.

Avanzava con cautela, ma a mano a mano che la luce aumentava il giovane si rese conto che si trattava di un unico raggio di sole che filtrava per una sottile fessura nel soffitto.

Tenendo lo sguardo così sollevato, inciampò e dovette allungare una mano per reggersi. Ciò che arrivò a toccare non era tuttavia roccia, ma qualcosa di viscido, che si mosse sotto le sue dita. Quindi si sentì un rumore secco e un precipitare di detriti. Zouga ritrovò l'equilibrio e abbassò lo sguardo. Un cranio umano lo guardava dal cavo delle orbite nere, con gli zigomi ancora coperti di brandelli di pelle incartapecorita.

Con un soprassalto di orrore il giovane si rese conto che ciò che aveva preso per detriti di pietra era invece un ammasso di resti umani.

«Il fetido ossario», secondo la definizione di Fuller Ballantyne.

Istintivamente si ripulì la mano con cui aveva toccato lo scheletro e poi proseguì verso la luce. Ora si sentiva un odore di fumo e di presenza umana, oltre a un altro odore, dolciastro, ossessivamente familiare e tuttavia impossibile da identificare. Il pavimento della grotta gli si inclinò sotto i piedi e, svoltato oltre un contrafforte di roccia, lo sguardo del giovane spaziò su un piccolo anfiteatro naturale di pietra, dal pavimento in granito liscio.

Al centro di tale pavimento ardeva un fuoco basso di legno aromatico, il cui fumo profumava l'aria, levandosi in lenta spirale verso la fessura nel soffitto. Parevano esserci altri rami della grotta, ma l'attenzione di Zouga si concentrò sulla figura accosciata dall'altra parte del fuoco. Quindi il giovane discese lentamente il pavimento dell'anfiteatro di pietra, senza distogliere lo sguardo.

«La sudicia megera», così Fuller Ballantyne aveva definito la Umlimo, ma davanti a Zouga non c'era affatto una megera. C'era invece una fanciulla nel fulgore della prima gioventù, e il giovane si rese conto di aver raramente visto tanta bellezza muliebre.

La giovane aveva un lungo collo regale, su cui la testa stava eretta come un giglio sullo stelo. Le fattezze erano egizie, i denti piccoli e perfetti, le labbra cesellate, le nude membra snelle e delicate.

Lo guardava con i suoi grandissimi occhi neri e, quando si fermò dall'altra parte del fuoco, gli fece un cenno lento e grazioso con le lunghe dita delicate. Obbediente, il giovane si sedette davanti a lei e attese.

La donna prese dal vassoio che aveva accanto una zucca, dalla quale versò qualcosa in una tazza di terraglia. Era latte. Quindi tornò a posare la zucca. Zouga si aspettava che la tazza gli venisse offerta, ma così non fu. La giovane continuò a osservarlo imperscrutabile.

«Vengo dal nord», disse finalmente Zouga. «Gli uomini mi chiamano Bakela.»

«Chi ti ha generato ha ucciso colei che mi precedeva», ribatté la donna, con voce tale da imporre attenzione, emessa com'era attraverso labbra appena socchiuse, con la forza e il timbro di un abile ventriloquo. Era certamente stata lei a imitare le diverse voci che Zouga aveva sentito in precedenza.

«Era un uomo malato», replicò Zouga, senza stare a chiedere l'origine delle sue conoscenze, come facesse, cioè, a sapere di chi era figlio.

Le parole della giovane gli avevano fatto capire molte cose: era logico che il titolo di Umlimo fosse ereditario. Quella splendida donna ne era l'ultima depositaria.

«Mio padre è stato ridotto alla pazzia dalla malattia che aveva nel sangue. Non sapeva quello che faceva», spiegò.

«Tutto ciò è parte della profezia», ribatté la Umlimo. La sua affermazione rimbalzò contro la parete della grotta e poi la giovane non si mosse più, mentre molti minuti scorrevano in silenzio.

«Questi», riprese Zouga, indicando i resti umani, «chi erano? E come sono morti?»

«Sono il popolo di Rozwi», rispose la donna, «e sono morti per il fuoco e il fumo.»

«Chi è stato ad appiccare il fuoco?» insistette Zouga.

«Il toro nero del sud. L'angoni.»

Zouga rimase in silenzio, assistendo mentalmente alla scena della tribù che si rifugiava lì dentro, uomini, donne e bambini, come un branco di animali davanti ai battitori, incalzati dai copricapi piumati degli *amadoda* angoni.

Nell'immaginazione gli parve di vedere gli assedianti tagliare la legna, ammassarla davanti all'imboccatura della grotta e darvi fuoco. Gli parve di udire nuovamente le grida strozzate delle vittime morenti e le risate degli uomini al di là della barricata di legno e fuoco.

«Anche ciò è parte della profezia», disse la Umlimo, tacendo di nuovo. Nel silenzio si sentì un fruscio come di foglie smosse dal vento.

Dalle tenebre emerse qualcosa di scuro, simile a un rivolo di sangue, di un nero che rifletteva i bagliori del fuoco. Procedeva strisciando sul pavimento in pietra, e Zouga sentì la pelle accapponarsi e le narici spalancarsi davanti all'odore dolciastro, di topo, che aveva già avvertito in precedenza e che ora riconobbe.

L'odore di un serpente.

Zouga lo fissò, immobilizzato dal fascino dell'orrore. Il rettile era grosso come il suo polso, e l'intera lunghezza delle sue spire si perdeva nei recessi della grotta. La testa scivolò nel cerchio di luce giallastra. Le scaglie baluginavano di un lucore di marmo, gli occhi senza palpebre lo fissavano con uno sguardo privo di intermittenze. Dalla bocca senza labbra, aperta come in un ghigno, emergeva la serica lingua nera, che saettava nell'aria gustando il suo sentore.

«Gesù Cristo!» mormorò Zouga con voce rauca, portando la mano all'impugnatura del coltello da caccia, mentre l'Umlimo rimaneva immobile.

Il serpente sollevò la testa e la ficcò nella tazza di latte, mettendosi a bere.

Era un mamba nero, il più velenoso tra tutti i rettili. La morte che infliggeva era rapida, ma dolorosa al di là di ogni incubo. Zouga non avrebbe mai pensato che un serpente di quella specie potesse arrivare a simili dimensioni: ancora mentre beveva, infatti, metà della sua lunghezza si perdeva nel buio della grotta.

Dopo un istante il mostruoso rettile sollevò il capo dalla tazza e si voltò verso l'Umlimo, prendendo a strisciare alla sua volta.

Arrivò a sfiorarle il ginocchio nudo con la saettante lingua nera, che parve usare, come un cieco si serve del bastone, per farsi strada lungo la sua coscia, arrivando a lambirle brevemente il sesso rigonfio e poi attorcigliandolesi sul ventre e sulle mammelle, continuando a lambire la sua pelle liscia, fino a ergersi attorno al collo e a scivolare giù dall'altra spalla, fermandosi così sospeso. Quindi sollevò la testa e ancora una volta fissò Zouga con il suo sguardo gelido da ofide.

Il giovane si fece passare la lingua sulle labbra e rilasciò la presa sull'elsa del pugnale.

«Sono venuto in cerca del sapere», disse con voce rauca.

«Lo so che cosa cerchi», replicò l'Umlimo. «Ma troverai di più.»

«Chi mi guiderà?»

«Trova il piccolo essere che va in cerca della dolcezza nelle vette degli alberi.»

«Non capisco», ribatté Zouga, accigliandosi, ma non distogliendo lo sguardo dal serpente. L'Umlimo non aggiunse altro. Il suo silenzio costituiva un chiaro invito a meditare sulla risposta, cosa che il giovane fece, a sua volta in silenzio, senza tuttavia trovare una spiegazione. Memorizzatene le parole, stava per porre un'altra domanda, quando dal buio accanto a lui arrivò un altro fruscio serico. Sobbalzò quasi, mentre gli passava accanto un altro serpente. Un altro mamba, ma più piccolo, non molto più grosso del suo pollice e lungo due volte l'apertura delle sue braccia. Già eretto per metà della propria lunghezza, raggiunse la donna inginocchiata, che rimase immobile mentre le si fermava davanti, sempre eretto, ondeggiando leggermente e abbassandosi pian piano fino ad accostare la bocca a quella del rettile più grosso.

Quindi si fece ulteriormente avanti, attorcigliandosi strettamente al corpo dell'altro ed esibendo di volta in volta il ventre pulsante coperto dalle strette scaglie. Era un maschio. Infatti a due terzi del ventre c'erano le scaglie allungate che proteggevano il sacco genitale. Al montare dell'eccitazione tali scaglie si aprirono, lasciando emergere il pene.

La donna e il serpente più grosso non fecero alcun movimento, senza tuttavia distogliere lo sguardo dal viso pallido e affascinato di Zouga. Quindi il corpo più sottile e chiaro del secondo serpente diede il via a un movimento lento, ritmico e sensuale, espandendosi e contraendosi contro quello più scuro e grosso dell'altro, finché Zouga si rese conto che i due rettili, maschio e femmina, si stavano accoppiando.

Il giovane scoprì di star sudando. Una goccia gli si staccò dalla fronte e cadde sulla barba. Il bizzarro corteggiamento e accoppiamento si era già protratto per qualche minuto senza che né lui né l'Umlimo si fossero mossi. Ma finalmente la donna disse: «L'aquila bianca è calata sui falchi di pietra e li ha gettati a terra». Poi, dopo una pausa, aggiunse: «Ora l'aquila tornerà a erigerli ed essi voleranno lontano».

Zouga si chinò in avanti, ascoltando attentamente.

«Non ci sarà pace nei regni dei mambo o dei monomotapa finché essi non torneranno. L'aquila bianca continuerà a combattere contro il toro nero finché i falchi di pietra non si poseranno di nuovo.»

Mentre la donna parlava, la lenta copula convulsa dei due corpi intrecciati continuava, dando alle sue parole una carica oscena e malvagia.

«Le generazioni combatteranno contro le generazioni, l'aquilotto lotterà con il vitello... bianco contro nero, e nero contro nero, fino a quando i falchi non torneranno. Fino a quando i falchi non torneranno.»

Così detto, l'Umlimo sollevò le sottili mani dal palmo roseo e si sollevò sopra il collo la ghirlanda formata dai due serpenti. Quindi li posò con dolcezza sul pavimento e con una sola mossa si mise in piedi, facendo riflettere il fuoco sulla propria pelle serica.

«Quando i falchi torneranno», aggiunse poi, allargando le braccia e facendo in tal modo cambiare forma alle mammelle, «quando i falchi torneranno, allora ancora una volta su questa terra eserciteranno il loro dominio i mambo di Rozwi e i monomotapa di Karanga.»

Poi abbassò le braccia, facendo pendere pesantemente le mammelle. «Così dice la profezia. La profezia completa, dalla prima parola all'ultima», concluse infine, allontanandosi dal fuoco e spostandosi con passo leggero sul pavimento irregolare, con la schiena diritta e le natiche nude che ondeggiavano ritmicamente.

Quindi scomparve nelle tenebre da cui era invaso uno dei rami della grotta, oltre l'anfiteatro.

«Aspetta!» le gridò Zouga, rimettendosi in piedi e facendo per seguirla.

Ma l'enorme femmina di mamba emise un sibilo aspro, levandosi all'altezza della sua testa, con la bocca spalancata e una cresta di scaglie irte sul collo, arcuandosi in una sorta di «S». Zouga arretrò di un passo e la cresta di scaglie si abbassò un poco. Fece un altro passo all'indietro e la tensione del corpo serpentino si rilasciò leggermente. Zouga continuò a procedere regolarmente verso l'imboccatura della grotta e prima di svoltare oltre il contrafforte di roccia vide l'enorme serpente ridotto a un gigantesco mucchio arrotolato di scaglie luccicanti, ancora congiunte nell'amplesso con il mortale consorte.

La profezia dell'Umlimo, criptica e non rivelata, gli fece compagnia per tutta la lunga marcia che ci volle per tornare al luogo in cui Jan Cheroot era in attesa con i portatori.

Quella sera, accanto al fuoco, Zouga la trascrisse parola per parola nel diario, ma più tardi l'odore del serpente rimase ad aleggiare dolciastro nei suoi sogni.

Le sue narici, invece, ne conservarono il sentore per molti giorni.

Il vento era divenuto talmente irregolare da rendere impossibile andare a caccia di elefanti. Spesso, quando la traccia era ancora fresca ed essi si erano già spogliati e messi in assetto di corsa, Zouga avvertiva il tocco fresco della brezza sulla nuca sudata, sentendo subito dopo il barrito di preoccupazione di un elefante davanti a loro. I branchi in fuga potevano mantenere il loro passo per un'infinità di tempo, a un'andatura che avrebbe ucciso chi avesse tentato di tenerla per più di pochi chilometri.

Con il passare dei giorni il caldo diveniva sempre più feroce: su di loro incombeva il mese assassino che dà il via alle piogge. Nemmeno Zouga era in condizione di marciare nelle ore a cavallo del mezzogiorno. Il sale della sudorazione gli aveva fatto marcire la stoffa di camicia e brache, che si lacerava come carta al minimo contatto con un rovo o una pietra.

I suoi stivali erano stati risuolati più di una volta con la pelle ruvida staccata dalla superficie interna delle orecchie degli elefanti, mentre la cintura e la tracolla del fucile erano state rinnovate con pelle di bufalo non conciata.

Le fatiche della caccia avevano consumato in lui ogni grammo di grasso e il sole gli aveva bruciato la pelle, riducendogli capelli e barba a un bianco dorato.

La sensazione di benessere per le superbe condizioni fisiche, unita alle speranze di buona riuscita della spedizione, lo spingeva ad andare avanti a un ritmo tale che le giornate gli sembravano sempre troppo brevi.

Ma il tempo passava. A ogni caccia i sacchetti della polvere diventavano più leggeri e, sebbene le palle venissero recuperate dalle carcasse, ce n'era sempre un certo spreco.

La preziosa piccola provvista di chinino si andava riducendo altrettanto celermente e le piogge erano in vista. Nessun bianco poteva superarle senza disporre di munizioni e chinino. Quindi nel giro di poco tempo sarebbe stato costretto ad abbandonare la ricerca della città in rovina, con i suoi idoli ricoperti d'oro. Per sfuggire le piogge avrebbe dovuto fare ottocento o più chilometri in direzione sud-ovest, se i suoi rilevamenti erano tuttora esatti, al fine di intercettare la strada aperta dal nonno e raggiungere la missione di Kuruman, avamposto della civiltà europea.

Il pensiero di andarsene, tuttavia, lo deprimeva: sapeva con sicurezza che lì vicino, molto vicino, c'era qualcosa. Ma lo consolava il fatto di sapere con uguale sicurezza che sarebbe tornata la buona stagione, e che con essa anche lui avrebbe fatto ritorno. In quella terra c'era qualcosa... Proprio in quel momento un rumore insistente e irritante interruppe i suoi pensieri. Si allontanò il cappello dagli occhi e guardò tra i fitti rami dell'albero di *marula* sotto il quale era sdraiato. Le grida acute si ripeterono e l'uccelletto grigiastro che le aveva emesse saltellò pieno di agitazione di ramo in ramo, sbattendo confusamente ali e coda.

Zouga girò la testa e vide che anche Jan Cheroot era sveglio. «Be'?» chiese.

«È da quando siamo partiti da Monte Hampden che non assaggio miele», rispose l'ottentotto. «Ma fa caldo e può darsi che quell'uccello sia un bugiardo. Magari ci porta in bocca a un serpente o a un leone.»

Quindi rimasero entrambi in silenzio, a valutare i possibili pro e contro di mettersi alla ricerca del miele segnalato dall'uccelletto.

Ma alla fine la gola ebbe la meglio su Jan Cheroot, che si tirò a sedere, rendendo immediatamente più acute ed eccitate le grida dell'uccello, il quale svolazzò subito all'albero più vicino, sbattendo rumorosamente ali e coda e chiamandoli con impazienza.

«D'accordo, vecchio mio», consentì Zouga in tono rassegnato, alzandosi. Jan Cheroot prese un'ascia da Matteo e mise il bruciatore di argilla nella reticella di corteccia.

«Fate il campo qui», disse poi ai portatori. «Questa sera vi portiamo da mangiare il miele.»

Sale, miele e carne, le tre grandi leccornie del *bush* africano. Zouga sentì una punta di senso di colpa all'idea di sprecare per un'attività così frivola tanta parte del tempo ancora a sua disposizione, ma gli uomini avevano faticato moltissimo e il miele avrebbe rialzato loro il morale.

L'uccelletto bruno e giallo danzava davanti a loro, facendo un rumore simile a quello di una scatola di fiammiferi che venga agitata, saettando di albero in cespuglio e voltandosi non appena si era posato per controllare che lo seguissero.

Per quasi un'ora li guidò lungo il corso asciutto di un fiume, quindi svoltò e superò una cresta rocciosa. Giunti alla sella, davanti ai due si aprì la visione di una valle fittamente alberata.

«Quell'uccello ci sta prendendo in giro», borbottò Jan Cheroot. «Quanto ci farà ballare ancora?»

Zouga si spostò il fucile da elefante sull'altra spalla. «Credo che tu abbia ragione», ammise. Infatti la valle che si stendeva davanti a loro aveva un aspetto impenetrabile. Il calore, inoltre, doveva esservi insopportabile.

«Tutto sommato mi viene in mente che il miele non mi piace poi così tanto», disse ancora Jan Cheroot, guardando Zouga e tenendo la testa inclinata.

«Torniamo indietro», consentì il giovane. «Quell'uccello si trovi un altro fesso. Intanto cerchiamo una bella femmina grassa di *kudù*. Portiamo a casa un po' di carne, invece del miele.»

Quindi fecero per scavalcare a ritroso la sella, ma immediatamente l'uccello saettò indietro, rinnovando i propri schiamazzi sopra le loro teste.

«Va' a quel paese!» gli gridò Jan Cheroot, rendendo tuttavia frenetica l'agitazione del piccolo pennuto, che prese ad abbassarsi sempre di più, finché arrivò a volare appena un braccio sopra di loro.

«*Voetsak!*» urlò ancora Jan Cheroot. Le grida di quell'uccello minacciavano di mettere all'erta tutti gli animali nel raggio di molti chilometri. «*Voetsak!*» ripeté, e poi si chinò per raccogliere un sasso da tirargli addosso. «Vattene! Lasciaci in pace, piccola bocca di zucchero.»

L'espressione fece fermare Zouga dov'era. Jan Cheroot l'aveva pronunciata servendosi del suo olandese bastardo e ora stava tirando indietro il braccio destro per lanciare il sasso.

Zouga lo afferrò per il polso. «Piccola bocca di zucchero», ripeté, sentendosi risuonare nelle orecchie la voce dell'Umlimo: «il piccolo essere che va in cerca della dolcezza nelle vette degli alberi».

«Aspetta», disse a Jan Cheroot. «Non tirare.»

Certo, era una cosa ridicola. E non intendeva rendersi ridicolo a propria volta ripetendo a Jan Cheroot le parole dell'Umlimo. Quindi ebbe un attimo di esitazione. «Ormai ci siamo allontanati di molto», disse poi. «E quell'uccello è talmente eccitato che dobbiamo essere quasi arrivati.»

«Potrebbero volerci altre due ore», grugnì Jan Cheroot, abbassando tuttavia il braccio che reggeva il sasso. «Il che significa sei ore per tornare al campo.»

«Non è il caso di ingrassare e impigrirsi», replicò Zouga. Al che il piccolo ottentotto, che era snello come un giunco e che negli ultimi due giorni aveva percorso più di centocinquanta chilometri, fece comparire sul volto un'espressione addolorata. Nondimeno Zouga, senza demordere e scuotendo ironicamente il capo, aggiunse: «E quando un uomo rallenta il passo, rallenta anche con le donne».

Jan Cheroot lasciò cadere il sasso e prese a risalire la cresta, preceduto dall'uccello che strillava entusiasta.

Zouga lo seguì, sorridendo di lui e della propria cieca fiducia in una strega nuda. Comunque si consolò pensando che il miele sarebbe stato in ogni caso gradito.

Un'ora più tardi era convinto che Jan Cheroot avesse ragione. Quell'uccello era un bugiardo e stavano sprecando quanto ancora rimaneva di quella giornata. Tuttavia a quel punto nessuno avrebbe potuto convincere l'ottentotto a tornare indietro: si sentiva insultato.

Avevano attraversato la valle brancolando tra le macchie di erba degli elefanti, dal momento che l'uccello non seguiva i percorsi degli animali selvatici, ma procedeva in linea diretta. L'erba alta impediva loro la visuale, tanto che arrivarono al lato opposto della valle senza quasi accorgersene. Improvvisamente si videro sovrastare da una liscia rupe rocciosa, resa quasi invisibile dalle cime degli alberi e dall'intrico delle liane. Non era più alta di una dozzina di metri, ma ripidissima. Si fermarono alla sua base e alzarono gli occhi a esaminarla.

L'alveare selvatico era quasi in vetta e la loro piccola guida si mise a svolazzargli attorno in atteggiamento di trionfo, voltando il capino a osservarli con un solo occhio simile a una perlina.

La roccia sotto all'alveare era macchiata da una scura colata di vecchia cera mista alle scorie delle api, per quanto quasi completamente coperta da un bel rampicante.

Le api, nel loro andirivieni, coglievano la luce del sole come uno spolverio d'oro, compiendo una traiettoria rapida e diritta nell'aria rovente e immobile.

«Ecco lì il tuo alveare, sergente», disse Zouga. «Quell'uccello non è un bugiardo.» Ma era in preda a una profonda delusione. Certo, lo aveva detto a se stesso di non contare eccessivamente sulle parole dell'Umlimo, tuttavia aveva provato una speranza strisciante, tanto forte da resistere contro ogni buon senso. Adesso, tuttavia, il buon senso era prevalso, lasciando la delusione.

Appoggiò il fucile al tronco di un albero, posò il proprio armamentario e si accasciò a terra per riposare, osservando Jan Cheroot intento ai suoi preparativi per rapinare l'alveare. L'ottentotto tagliò un riquadro di corteccia da un albero di *mukusi* e poi lo arrotolò fino a farne un tubo per il fumo. Quindi lo riempì con polpa di legno raschiata dal tronco di un albero morto.

Poi, innescato il bruciatore di argilla, ne trasferì il fuoco al tubo. Quando anche questo fu ben acceso, si mise a tracolla l'ascia e prese a inerpicarsi lungo il rampicante che risaliva la rupe.

Le prime api accorse a difesa dell'alveare si misero a ronzargli attorno alla testa quando era ancora a più di un metro dall'apertura. Fermatosi un momento, Jan Cheroot si portò il tubo alla bocca e soffiò contro di esse una lieve voluta di fumo. Le api scapparono e l'ottentotto riprese la sua ascensione.

Sdraiato sotto l'albero di *mukusi*, sventolandosi oziosamente per tenere lontane le mosche dei bufali e cercando i semi d'erba che gli erano penetrati sotto la camicia, oltre che covando la propria delusione, Zouga lo osservava lavorare.

Jan Cheroot raggiunse l'alveare e soffiò un'altra voluta di fumo sopra al buco che si apriva nella roccia, istupidendo le api che ora gli avevano formato attorno una turbinante nuvola difensiva. Nonostante il fumo, tuttavia, una di esse scattò in avanti, pungendolo nel collo. Jan Cheroot si lasciò sfuggire una sonora bestemmia, ma non commise l'errore di tentare di colpire l'insetto con una manata o di togliersi il pungiglione dalla carne. Invece continuò a lavorare con calma, senza fretta, con il tubo.

Qualche minuto più tardi le api erano drogate dal fumo quanto bastava per consentirgli di cominciare a tagliare via lo schermo di rami fioriti che proteggeva l'ingresso. Quindi si mise in equilibrio su una forcella del rampicante, usando entrambe le mani per far roteare l'ascia, appollaiato come una scimmietta a una dozzina di metri sopra la testa di Zouga.

«Che cosa diavolo...», esclamò tuttavia, dopo aver tirato una dozzina di fendenti e fissando la parte di superficie della rupe che aveva messo allo scoperto. «Padrone, qui c'è l'opera di un démone.»

Il tono della sua voce mise all'erta Zouga, che balzò in piedi. «Che cosa c'è?»

Ma il corpo dell'ottentotto celava il motivo del suo sbalordimento, per cui il giovane, raggiunta di corsa la rupe, prese a inerpicarsi velocissimo sul rampicante, arrivandogli di fianco.

«Guarda!» lo esortò Jan Cheroot. «Guarda lì!» ripeté, indicando la superficie esposta.

Ci volle qualche istante perché Zouga si rendesse conto che l'ingresso all'alveare avveniva attraverso un'apertura scolpita, geometricamente perfetta. Una delle tante che perforavano la roccia in un'ampia fascia orizzontale, che pareva stendersi ininterrotta in entrambe le direzioni, rinchiusa da una decorazione in pietre che correva a zig zag, opera certamente di un bravo scalpellino.

La scoperta gli provocò un tale trasalimento da fargli quasi mollare la presa dal sostegno a cui si reggeva, ma immediatamente dopo Zouga vide un'altra cosa fino a quel momento rimasta celata dal fitto schermo di vegetazione e dalla colata di cera.

Tutta la rupe era formata di blocchi di pietra perfettamente tagliati, piccoli blocchi, tanto fitti da sembrare un'unica parete di roccia. Lui e Jan Cheroot erano sospesi, a dodici metri di altezza, quasi in cima a un massiccio muro di pietre, tanto compatto da sembrare una rupe di granito.

Una monumentale opera di muratura, paragonabile alle mura esterne del tempio di Salomone, una vasta fortificazione che poteva soltanto essere il perimetro esterno di una città, una città dimenticata e nascosta sotto gli alberi e i rampicanti, rimasta indisturbata nei secoli.

«*Nie wat!*» mormorò Jan Cheroot. «Questo è un posto frequentato dai démoni... la casa di Satana! Andiamocene via, padrone», implorò. «Andiamocene, e molto in fretta anche!»

Zouga ci mise quasi un'ora a fare il giro della cerchia delle mura, perché lungo la curva settentrionale dei bastioni la vegetazione era più fitta. Le mura parevano compiere un cerchio quasi perfetto e privo di aperture. In due o tre punti, che sembravano i più accessibili, Zouga strappò via la vegetazione a colpi di ascia, in cerca di una posterla o di una porta, ma non ne trovò.

Il disegno decorativo a zig zag sembrava non estendersi a tutta la circonferenza, ma coprirne soltanto il settore orientale. Zouga si chiese quale potesse esserne il significato. La spiegazione immediata pareva data dal fatto che la decorazione era stata collocata di fronte al sole nascente. Probabilmente i costruttori di quella massiccia struttura erano adoratori del sole.

Jan Cheroot lo seguiva di contraggenio, profetizzando l'ira dei démoni e dei folletti che montavano la guardia a quel posto del malaugurio, mentre Zouga lavorava di ascia e si apriva la strada senza tenere in nessun conto i suoi consigli.

«Una porta deve esserci», borbottava. «Come facevano a entrare e uscire?»

«I démoni hanno le ali», replicava Jan Cheroot. «Volano. Per quel che mi riguarda, vorrei averle anch'io, per volare via come una furia.»

Alla fine arrivarono di nuovo là dove avevano trovato l'alveare. A quel punto oramai si era fatto buio, il sole era scomparso oltre le cime degli alberi.

«La porta la cerchiamo domani mattina», disse Zouga.

«Non dormiremo qui, per caso?» chiese Jan Cheroot, inorridito.

Zouga ignorò la sua protesta. «Cena a base di miele», suggerì invece blandamente, e una volta tanto non dormì il sonno pesante del cacciatore, ma rimase sveglio sotto l'unica coperta, con l'immaginazione piena di idoli d'oro e tesori.

Il giovane riprese la ricerca quando la luce fu sufficiente per vedere la cima delle mura profilarsi contro il cielo perlaceo di nebbia mattutina. Il giorno prima era accecato dalla sua stessa fretta. Quindi gli era sfuggita la zona, a pochissimi metri da dove erano accampati, in cui i rampicanti erano stati strappati a colpi d'ascia, ricrescendo poi più fitti. Ora, invece, un ramo mozzo attirò la sua attenzione come un dito puntato: quel taglio netto non poteva essere stato fatto che da un'ascia.

«Jan Cheroot», gridò, per richiamare l'ottentotto dal fuoco. «Spazza via quella porcheria», aggiunse poi, indicando il fitto sottobosco. Il sergente si allontanò lemme lemme per andare a prendere l'ascia.

Mentre aspettava che tornasse, Zouga decise che una sola persona poteva essere responsabile di quei tagli. Anche in quell'occasione a guidarlo era stato suo padre, ma questa volta la cosa non gli bruciò come in precedenza: l'esperienza di seguirne le orme non rappresentava più un fatto nuovo e inoltre l'eccitazione e le aspettative ne attenuavano il fastidio.

«Spicciati!» gridò a Jan Cheroot.

«È lì da mille anni. Non crollerà proprio adesso», ribatté allegramente l'ottentotto, sputandosi sui palmi prima di dar di piglio all'ascia.

Quel mattino Jan Cheroot si sentiva di gran lunga più contento. Era sopravvissuto a una notte passata sotto quelle mura senza essere aggredito da un solo folletto, e per di più Zouga aveva passato le ore insonni a parlargli dei tesori che potevano esserci nascosti al di là di esse. Già si vedeva con le tasche piene d'oro, seduto nella sua taverna preferita, a Città del Capo, circondato da una dozzina di cremose bellezze ottentotte. Quindi ormai il suo entusiasmo era pari a quello di Zouga.

Lavorò tanto rapidamente che, quando Zouga si chinò per sbirciare nel varco aperto, vide subito il profilo del portale, nonché i gradini scalpellati nel granito che conducevano alla stretta apertura.

I gradini erano lisciati dall'andirivieni di migliaia di piedi nel corso dei secoli, ma il passaggio era stato deliberatamente, seppure con non eccessiva cura, bloccato con pietre e detriti, probabilmente – pensò Zouga – davanti all'incalzare del nemico.

Tuttavia qualcuno, forse lo stesso Fuller Ballantyne, aveva abbattuto quanto bastava della barriera per consentire di entrare. Zouga seguì le sue orme, facendosi rotolare i sassi sotto i piedi, strizzandosi per passare oltre lo stretto varco e scoprendo che svoltava bruscamente sulla sinistra, in un corridoio soffocato dalla vegetazione, tra alte mura aperte sotto il cielo.

La sua delusione fu profonda. Sperava che, una volta forzata la porta, davanti a lui sarebbe apparsa tutta la città con i suoi tesori. Invece si trovava di fronte molte ore di duro lavoro. Erano passati diversi anni, almeno quattro, da quando Fuller Ballantyne aveva oltrepassato quella porta e quel corridoio, ed era come se ciò non fosse mai successo.

Il lungo e stretto passaggio seguiva la curva delle mura fino ad aprirsi improvvisamente in uno spiazzo, ancora una volta invaso dalla vegetazione di rovi e dominato da un'alta torre cilindrica, fatta di blocchi di granito coperti dai licheni. Una torre immensa, che, nella sua eccitazione, a Zouga parve arrivare al cielo.

Il giovane vi si inoltrò facendosi strada con l'ascia, finché, arrivato al centro, vide che c'era una seconda torre, identica alla prima. Ora il cuore gli batteva selvaggiamente in petto, non per la fatica di manovrare l'ascia, ma per la fiducia, dettatagli dall'intuito, che quelle torri rappresentassero il centro di quella strana città antica e celassero la chiave del suo mistero.

A quel punto, nella sua fretta, inciampò, andando a cadere in ginocchio, facendosi un altro strappo nei pantaloni, portandosi via una striscia di pelle dalla tibia e lasciandosi sfuggire una bestemmia di rabbia e di impazienza. Aveva perso l'ascia ma, messosi a cercarla a tentoni tra l'intrico di radici e rami, la trovò quasi immediatamente. Insieme a essa, tuttavia, trovò anche la pietra contro cui era inciampato.

Non era dello stesso granito con cui erano costruite le mura e le torri. Il fatto attirò la sua attenzione, per cui, ancora in ginocchio, si servì dell'ascia per liberarla dalla vegetazione che la copriva. Quando si rese conto che si trattava di una scultura, sentì i nervi tendersi per l'eccitazione.

Jan Cheroot, che lo aveva seguito, si inginocchiò a sua volta, mettendosi a strappare gli arbusti con le mani nude, dopo di che entrambi si tirarono indietro, sistemandosi in posizione accosciata per esaminare la statua che avevano scoperto. Non era grossa: probabilmente pesava meno di mezzo quintale. Era scolpita in steatite lucente e verdastra, e stava appollaiata sull'ormai familiare basamento, ornato dal solito disegno a semplici triangoli, simile a una fila di denti di squalo.

La testa era stata staccata dal corpo, in apparenza da un colpo di mazza, ma più probabilmente da una pietra usata come tale. Il corpo invece era intatto: un corpo di rapace, su cui si ripiegavano le ali appuntite di un uccello da preda colto nell'atto di levarsi in volo.

Zouga fece scivolare la destra nell'apertura della camicia ed estrasse il piccolo amuleto d'avorio, ancora legato al suo laccio di cuoio. Quindi lo lasciò posato nel palmo della mano, confrontandolo con la statua. Accanto a lui Jan Cheroot mormorò: «È lo stesso uccello».

«Sì», ammise Zouga a bassa voce. «Ma che cosa significa?» Quindi tornò a lasciarselo cadere sotto la camicia.

«È una cosa di tanto tempo fa», rispose Jan Cheroot con una scrollata di spalle. «Non lo sapremo mai.» E giunto a questa conclusione, stava per rimettersi in piedi, quando qualcos'altro attirò il suo sguardo da falco, facendolo scattare in avanti e frugare nella terra accanto alla statua, come un pollo ingordo. Dopo un po' sollevò un oggetto per aria, tenendolo stretto tra pollice e indice nella luce obliqua del mattino.

Era una perlina di metallo perfettamente arrotondata, minuscola, appena più grande della capocchia di un fiammifero, e di forma irregolare, quasi fosse stata modellata dal martello di un fabbro primitivo. Tuttavia era di un colore rosso-giallo e la sua superficie appariva intatta da patina o corrosione. Vi è un solo metallo che abbia quel particolare lucore.

Zouga tese la mano quasi con reverenza: la perlina aveva quasi il peso e il calore di una cosa vivente.

«Oro!» esclamò, mentre accanto a lui Jan Cheroot esplodeva in un risolino estatico, come una giovane sposa al suo primo bacio.

«Oro!» confermò questi. «Bell'oro giallo.»

Zouga sapeva benissimo di avere a disposizione pochissimo tempo, per cui a ogni ora passata lavorando sollevava la testa al cielo, con il sudore che gli colava sul viso e sul collo. Le nuvole vi apparivano sempre più alte e nere, il caldo era sempre più tremendo e il vento ostile simile a una tribù prigioniera smaniosa di ribellarsi.

Di notte si svegliava di soprassalto, dal suo sonno esausto, quasi drogato, per rimanere disteso ad ascoltare il tuono che brontolava oltre l'orizzonte.

Ogni alba riscuoteva gli uomini dai loro giacigli, spingendoli ansiosamente al lavoro. Una volta che Matteo si era rifiutato di tornare ad alzarsi dopo il brevissimo riposo concessogli, lo aveva tirato immediatamente in piedi, mollandogli un solo ceffone perfettamente calibrato, che lo aveva mandato a cadere all'indietro, lungo disteso, nel suo stesso scavo.

E lo stesso Zouga si sottoponeva a fatiche ancor più intense di quelle che imponeva ai suoi uomini, impegnati nel saccheggio del tempio, lavorando a spalla a spalla con loro a liberare dalla vegetazione tutta la corte sotto le torri gemelle, esponendo i ciottoli sparsi e i mucchi di detriti tra i quali giacevano le statue abbattute.

Trovò altri sei uccelli scolpiti, praticamente intatti, se si eccettuava qualche scheggiatura provocata dal tempo, ma accanto a essi vi erano i frammenti di altri, distrutti con una furia che poteva solamente essere deliberata, così che il loro numero complessivo non si poteva stabilire con precisione. Zouga perse poco tempo a pensarci. Il terriccio e i detriti su cui giacevano era terreno di ricerca ricchissimo per i suoi uomini, anche se privi di attrezzi. Il giovane avrebbe pagato cento ghinee per un'attrezzatura di buoni picconi, badili e secchi. Così, invece, dovevano cavarsela alla meglio con attrezzi di legno fatti indurire nel fuoco. Inoltre Jan Cheroot aveva intrecciato una serie di cesti con canne di bambù tagliate a strisce, sul tipo di quelli piatti usati dalle donne africane.

Era un lavoro noioso, che spezzava la schiena, e per di più fatto in un caldo mortale, ma dava ricchi frutti. L'oro era a piccoli pezzi, per lo più in forma di perline rotonde, i cui lacci erano marciti da tempo, tra le quali tuttavia c'erano anche dei granuli e dei sottili fogli battuti, che potevano essere stati usati per ornare sculture votive lignee. Lo trovavano anche sotto forma di filo arrotolato e, più raramente, in piccoli lingotti, simili al dito di un bambino.

Un tempo i grossi uccelli di pietra dovevano formare un circolo, rivolti verso l'interno come le colonne di Stonehenge, e probabilmente quell'oro costituiva parte delle offerte e dei sacrifici fatti in loro onore. Chiunque fosse stato ad abbattere le statue, aveva anche sparpagliato e calpestato tali offerte, poi logorate dal tempo, a eccezione di quel bel metallo incorruttibile.

Dopo dieci giorni avevano raccolto più di venticinque chili di oro e l'interno del cortile appariva arato e sconvolto come se fosse stato passato al setaccio da un branco di maiali selvatici.

A quel punto Zouga rivolse la propria attenzione alle torri gemelle. Ne misurò la circonferenza alla base – più di cento passi – e ne ispezionò ogni giuntura e fessura, in cerca di un'apertura segreta. Non avendone trovata alcuna, costruì una traballante scala di legno e fune di corteccia, per mezzo della quale raggiunse la cima della più alta delle due. Da quel punto soprelevato poté stendere lo sguardo sui vicoli e i cortili della città, invasi dalla vegetazione. Nessun punto, tuttavia, gli parve interessante come la corte delle statue.

Quindi tornò a osservare la torre sulla quale si trovava. Ancora una volta, pur avendola cercata con la massima attenzione, non trovò traccia di un'apertura, rimanendo perplesso all'idea che l'antico architetto avesse costruito una struttura tanto solida senza alcuna apparente motivazione o possibilità d'uso. Gli venne pertanto in mente che potesse trattarsi del riparo segreto di un tesoro, costruito attorno a una cella interna.

Gli sforzi fatti per penetrarvi arrivarono addirittura a scoraggiarlo, e per di più c'era lì Jan Cheroot, il quale sosteneva trattarsi di una pazzia. Tuttavia gli scavi sotto la torre erano finiti e a Zouga pareva che non vi fosse altra zona interessante per le sue ricerche.

Con sonori lamenti, un gruppetto di uomini guidati da Matteo si inerpicò per la scala traballante e sotto la direzione di Zouga cominciò a staccare i blocchi liberi dalla cima. Ma il lavoro di costruzione era stato talmente abile e accurato che la demolizione procedeva con una lentezza esasperante, tanto che ci vollero tre giorni per aprire uno stretto passaggio nel primo strato di pietre, arrivando a scoprire che l'interno della torre consisteva unicamente di una massa di blocchi dello stesso granito.

In piedi accanto a lui sulla sommità della torre, Jan Cheroot manifestò a Zouga tutta la propria delusione.

«Stiamo sprecando il nostro tempo. Non ci sono altro che pietre», disse, sputando oltre il parapetto. «Invece dovremmo cercare il posto da dove viene l'oro.»

Zouga era stato così ossessionato dalle ricerche nella città in rovina, da non pensare assolutamente alle miniere, che dovevano per forza essere da qualche parte, fuori dalla cerchia delle mura. Quindi non poté fare a meno di annuire pensosamente.

«C'è poco da meravigliarsi che tua madre ti volesse bene», ribatté. «Non sei soltanto bello, ma anche in gamba.»

«*Ja*», assentì Jan Cheroot con soddisfazione. «Me lo dicono tutti.»

In quel momento una grossa goccia d'acqua andò a colpire la fronte di Zouga, scorrendogli nell'occhio sinistro, tanto da confondergli la vista. Era calda come il sangue di un uomo colpito dalla malaria.

Fuori delle alte mura c'erano altre rovine, di cui però nessuna rilevante come quelle della città interna, e comunque talmente sparse e coperte di vegetazione da rendere impossibile un'indagine nel poco tempo che Zouga aveva a disposizione.

I *kopjes* attorno alla città erano stati fortificati, ma ormai erano in stato di completo abbandono. Zouga concentrò la propria attenzione sulla ricerca delle antiche opere minerarie che secondo lui dovevano aver costituito l'ossatura di quella civiltà scomparsa. Pertanto procedette a esaminare con la massima cura ogni irregolarità del terreno che potesse prospettarsi come il cumulo di una miniera abbandonata.

Il primo spruzzo di pioggia era stato solamente un avvertimento di ciò che sarebbe seguito, un avvertimento che tuttavia Zouga sapeva di star ignorando a proprio rischio e pericolo. Sempre ossessionato dall'idea di trovare le antiche miniere continuò a lavorare fino a quando lo stesso Jan Cheroot cominciò a preoccuparsi.

«Se il fiume straripa, restiamo intrappolati qui», borbottò cogitabondo una sera l'ottentotto, accanto al fuoco da campo. «Inoltre abbiamo preso tutto l'oro che c'era. Vediamo di sopravvivere per spenderlo.»

«Ancora un giorno», promise Zouga, avvolgendosi bene nell'unica coperta e accingendosi a dormire. «C'è una valle appena oltre la cresta meridionale. Ci vorrà solamente un giorno per ispezionarla... Dopodomani...», aggiunse poi con voce assonnata.

Il primo ad avvertire l'odore dolciastro del serpente fu Zouga, che se ne sentì invadere le narici al punto che dovette far fatica per respirare, pur cercando di non richiamare l'attenzione del rettile con i suoi ansiti. Comunque, riuscì a girare la testa verso la direzione dalla quale sapeva che il serpente sarebbe arrivato, e infatti lo vide avanzare sinuoso, spira dopo spira. Teneva la testa sollevata e i vitrei occhi fissi in uno sguardo freddo e letale. La lingua saettava oltre la gelida smorfia sorridente delle labbra incurvate. Strisciando sul suolo, le sue scaglie producevano un lieve rumore, emanando leggeri bagliori metallici, simili a quelli delle lamine d'oro trovate nella corte del tempio.

Zouga non poteva muoversi né gridare. La lingua gli si era gonfiata per il terrore fino a riempirgli tutta la bocca. Invece il serpente gli strisciò accanto, tanto vicino che avrebbe potuto toccarlo, proseguendo oltre e raggiungendo un cerchio di luce tremolante. Le tenebre arretrarono, facendo emergere dal buio gli uccelli, ciascuno appollaiato su un alto trespolo.

Avevano occhi dorati e fiammeggianti, becchi gialli crudelmente incurvati e le lunghe ali ripiegate sul dorso come spade incrociate.

Zouga sapeva che si trattava di falchi cacciatori, tuttavia erano grossi come aquile dorate. Inoltre erano adorni di ghirlande di fiori di re Chaka, color cremisi, e di candide calle virginali. Attorno ai colli arroganti portavano collane e catene di oro lucentissimo. Quando il serpente arrivò strisciando in mezzo a loro, si agitarono sui trespoli.

Poi, allorché il rettile sollevò la testa luccicante, su cui si levava eretta la cresta di scaglie, esplosero in un volo tumultuoso, riempiendo le tenebre con il frastuono delle loro ali e con il suono lamentoso delle loro grida di caccia.

Zouga alzò le mani per proteggersi il volto, e le grandi ali gli sbatterono tutto attorno: una volta che lo stormo di falchi ebbe preso il volo, la presenza del serpente perse ogni significato. Il giovane provò una tremenda sensazione di disastro, quasi avesse perduto qualcosa di personale, quindi aprì la bocca, scoprendosi di nuovo capace di emettere suoni. Allora gridò per richiamare gli uccelli.

Il suo urlo si perse nelle tenebre: il tumulto delle ali, il suo stesso grido e gli strepiti dei servitori lo avevano infatti sottratto alle spire dell'incubo.

Il campo era spazzato da un vento di tempesta. I rami degli alberi si scuotevano come impazziti, facendo cadere una pioggia di foglie e rametti. Il soffio violento era di un gelo glaciale e strappava la paglia dai tetti delle rozze capanne, spargendo ovunque la cenere e i tizzoni del fuoco da campo.

Gridandosi l'un l'altro richiami e ordini, in un attimo furono tutti quanti in piedi, lesti a raccogliere il proprio equipaggiamento sparso.

«Assicuratevi che le sacche della polvere stiano all'asciutto», ruggì Zouga, a torso e piedi nudi, mentre a tentoni andava in cerca degli stivali. «Sergente Cheroot», chiamò poi, «dove sei?»

La risposta dell'ottentotto si perse nella salva di tuono che li assordò, ma il lampo che seguì fece stagliare nitidissima negli occhi del giovane l'indimenticabile visione di Jan Cheroot nudo e retto su un piede solo, con un tizzone ardente attaccato alla pianta dell'altro e la bocca spalancata in una bestemmia. Quindi le tenebre tornarono a rinchiudersi su di loro, portando con sé, come una valanga, la pioggia.

Arrivò di sbieco, tagliente come la lama di una falce, tanto fitta da togliere loro il fiato e da farli annaspare come se stessero annegando.

L'alba fresca e cupa li trovò ancora intenti a ripararsi dai rivoli argentei della pioggia che continuava a cadere da un cielo gonfio e opprimente. Parti sparse e zuppe dell'attrezzatura galleggiavano qua e là, oppure erano immerse nell'acqua, alta fino alla caviglia, che aveva allagato il campo sferzato dal vento. I ricoveri dal tetto inclinato erano stati spazzati via; il fuoco da campo, ridotto a una pozzanghera nera e fangosa, non lasciava intravedere possibilità di poter tornare ad ardere, vietando in tal modo di preparare qualcosa di caldo, che desse conforto ai loro corpi congelati.

Zouga aveva avvolto le sacche della polvere in diverse strisce di tela cerata, che quella notte lui stesso e Jan Cheroot avevano tenuto in grembo, come neonati bisognosi di cure. Era comunque impossibile aprirle per verificarne il contenuto.

Scivolando e sguazzando nella fanghiglia, il giovane esortò gli uomini a prepararsi per la marcia, facendo al contempo lui stesso i propri preparativi. A metà mattina consumarono un misero pasto a base di miglio freddo e degli ultimi pezzetti di carne di bufalo affumicata. Quindi Zouga si alzò, tenendosi un mantello di tela cerata sollevato sopra la testa e le spalle, con la pioggia che gli gocciolava dalla barba e gli appiccicava gli abiti al corpo.

«*Safari!*» gridò. «In marcia!»

«E non si può certamente dire che sia troppo presto», borbottò Jan Cheroot, rovesciando la propria arma sulla tracolla, in modo che la canna puntasse verso terra e la pioggia non potesse penetrarvi.

Fu in quel momento che i portatori scoprirono il peso supplementare che Zouga imponeva loro. Era legato con fune di corteccia ad aste di *mopani* e protetto da una stuoia fatta con erba degli elefanti.

«Non lo portano», gli disse Jan Cheroot, strizzandosi con le dita le sopracciglia lanose per liberarle dalla pioggia. «Te l'avevo detto.»

«Invece lo portano eccome!» ribatté Zouga, con occhi gelidi e verdi come smeraldi, e con espressione durissima. «Lo portano... oppure restano qui. Morti!»

Aveva selezionato l'esemplare più bello dei falchi di pietra, l'unico intatto, nonché quello eseguito con maggiore perizia artistica, quindi lo aveva personalmente imballato e preparato per il trasporto.

Quella scultura rappresentava la prova fisica dell'esistenza dell'antica città abbandonata, una prova che nemmeno i critici più diffidenti avrebbero potuto mettere in dubbio nella lontana Londra, quando avessero letto il suo resoconto della spedizione. Secondo lui il suo valore era superiore persino a quello dell'oro, anche se non costituiva il motivo più importante della sua decisione di portarla nel mondo civilizzato. Quegli uccelli di pietra ormai erano arrivati ad avere per lui un significato superstizioso. Simboleggiavano il successo delle sue fatiche, e con l'acquisizione di uno di essi gli pareva di avere in qualche modo preso possesso di tutto quel bel territorio selvaggio. Sarebbe tornato a recuperare anche gli altri, ma quell'esemplare perfetto voleva averlo con sé. Era il suo talismano.

«Tu e tu», disse, scegliendo due uomini tra i più forti, e poi, dato che esitavano, si tolse di spalla il pesante fucile da elefanti. I due uomini videro la sua espressione e capirono che non scherzava. Quindi si misero all'opera.

«Consentici almeno di lasciare qui quella porcheria», gli disse allora Jan Cheroot, su cui la pioggia e il freddo avevano esercitato lo stesso pessimo effetto che sugli altri, indicando la cassetta metallica in cui era conservata l'uniforme di Zouga, con lo stesso spregio che normalmente ostentava verso gli oggetti animati. Ma Zouga non si peritò di rispondergli, facendo invece cenno a Matteo di caricarsela addosso.

Quando la piccola colonna riuscì a mettersi in moto nell'erba zuppa d'acqua, era mezzogiorno.

Piovve per cinque giorni e cinque notti, versando su di loro a volte un'acqua turbinante, a volte un'acquerugiola nebbiosa.

I vapori della febbre parevano levarsi fisicamente dal suolo, penetrando loro nei polmoni a ogni respiro e facendoli torcere di tormento mentre procedevano nel gelo del mattino tra le cavità delle valli. I portatori furono i primi a mostrare i sintomi della malattia: avevano la febbre nelle ossa e la pioggia fredda la portava in superficie, facendoli rabbrividire in spasimi incontrollabili e battere i denti fino a dare l'impressione che dovessero frantumarsi come porcellana. Tuttavia erano uomini rotti ai disagi del male e quindi sempre in grado di marciare.

L'imponente massa della statua, avvolta nella sua mesta protezione di erba e corteccia, veniva penosamente portata su per le creste rocciose e fatta passare sul versante opposto da due uomini seminudi, che barcollavano come ubriachi per la febbre che ribolliva nelle loro vene. Quando raggiungevano la riva di un corso d'acqua, la lasciavano cadere a terra pieni di gratitudine e si gettavano nel fango esausti, senza nemmeno la forza di ripararsi dalla pioggia implacabile.

Là dove un tempo c'erano letti asciutti, contornati da distese di sabbie bianche lucenti come neve al sole e da verdi pozze d'acqua brillanti come gioielli, ora c'erano torrenti impazziti che traboccavano oltre le rive e scavavano attorno alle radici dei grossi alberi, facendoli cadere rovinosamente e trascinandoli via.

Non c'era alcun mezzo con il quale un uomo potesse attraversare quelle maree vorticose e schiumanti. Erano bloccati dalla piena, che Zouga vide portare via con sé, a gran velocità, il corpo gonfio di un bufalo annegato.

«Dovremo seguire il fiume», borbottò a un certo punto, detergendosi il viso madido con la manica della giacca da cacciatore, anch'essa zuppa d'acqua.

«Va verso ovest», puntualizzò Jan Cheroot, con gusto quasi maligno, e non ebbe bisogno di fornire ulteriori spiegazioni.

A ovest si stendeva il regno di Mzilikazi, re dei matabele, e già dovevano trovarsi nei pressi di quella zona vagamente definita che Tom Harkness aveva indicato sulla propria mappa.

«La Terra Bruciata... qui gli *impi* di Mzilikazi uccidono tutti i viaggiatori.»

«Che cosa suggerisci di fare, mio dorato raggio di sole ottentotto?» chiese allora Zouga, in tono irritato. «Hai per caso le ali, per attraversarlo?» aggiunse poi, indicando la distesa di acque turbinose. «O branchie e pinne?» aggiunse ancora. «Fammi vedere come nuoti. Oppure hai qualche buon consiglio da darmi?»

«Sì», ribatté Jan Cheroot in tono altrettanto irritato. «Il mio primo consiglio è che i buoni consigli si ascoltano. E il secondo è di gettare nel fiume quelle cose lì», aggiunse poi, indicando la statua infagottata e la cassetta sigillata con l'uniforme. Zouga non aspettò nemmeno che finisse, ma, giratosi su se stesso, gridò: «*Safari!* In piedi, tutti quanti! Si parte!»

Procedevano difficoltosamente verso ovest, riuscendo a spostarsi un poco verso sud, ma comunque spingendosi troppo a ovest perché lo stesso Zouga potesse sentirsi tranquillo, anche se quel percorso era reso obbligato dal reticolo dei corsi d'acqua.

Il sesto giorno la pioggia diminuì e le nuvole si aprirono, rivelando un cielo color acquamarina intenso e un sole feroce ed enorme, che fece levare il vapore dai loro abiti e svanire i brividi di febbre dei portatori.

Pur nutrendo qualche dubbio sulla precisione del proprio cronometro, quel mezzogiorno Zouga fu in grado di stabilire la latitudine a cui si trovavano. Non si erano spostati a sud quanto pensava, per cui probabilmente erano ancora più a ovest di quel che suggerivano i suoi dubbi calcoli astronomici.

«La terra di Mzilikazi è più asciutta», si disse infine per consolarsi, avvolgendo gli strumenti di rilevazione nelle loro protezioni di tela cerata. «Inoltre io sono un inglese e per di più nipote di Tshedi. Nemmeno un matabele può osare vietarmi il passaggio, nonostante tutto quello che ha scritto Tom.» Infine, quale protezione estrema, aveva con sé il suo talismano di pietra.

Quindi si rivolse ancora una volta risolutamente verso ovest, facendo avanzare la carovana. Ma intanto alle loro sofferenze se n'era aggiunta un'altra. La carne era finita e non ne avevano più trovata dal giorno in cui erano partiti dalla città abbandonata. I grandi branchi di animali erano stati messi in fuga dalla pioggia. Gli unici che avevano incontrato, un piccolo gruppo di *waterbuck*, erano serviti soltanto a rilevare un'ulteriore triste realtà: le sacche della polvere erano bagnate.

Quelle poche ore di sole, nel corso del sesto giorno, concessero pertanto a Zouga e Jan Cheroot l'opportunità di stenderne il contenuto ad asciugare su una roccia piatta, dopo di che si trascinarono essi stessi in cerca di un punto dove allungare le membra dolenti.

Poi la luce del sole scomparve, ancora una volta troppo rapidamente, e in tutta fretta la polvere venne rimessa nei suoi contenitori, che furono avvolti nei logori teli cerati, prima che venisse ripresa la marcia, a testa bassa, in un silenzio gelido e miserando.

Zouga cominciò a sentire nelle orecchie il ronzio provocato dal chinino, primo effetto collaterale dell'assunzione della medicina in dosi massicce che poteva anche portare alla sordità irreversibile. E nonostante le potenti dosi, quel mezzogiorno cominciò a tremare di febbre.

«È la febbre dell'acclimatazione», gli disse filosoficamente Jan Cheroot. «O ti ammazza o ti rinforza.»

«Alcuni individui sembrano avere una resistenza naturale alla malattia», aveva scritto suo padre, nel suo saggio sulle febbri malariche.

«Adesso vedremo se quel vecchio demonio sapeva quello che diceva», borbottò tra sé il giovane, battendo i denti e stringendosi ulteriormente al corpo il mantello di pelle bagnata e puzzolente. Ma mai nemmeno per un attimo gli venne in mente di fermarsi: non lo concedeva ai propri uomini e lo stesso doveva essere per lui. Procedeva dunque barcollando, e ogni tanto, per rimetterlo sul sentiero dal quale si stava allontanando, occorreva un buffetto su una spalla da parte del piccolo ottentotto che marciava al suo fianco.

Le notti divennero paurosamente piene degli incubi del suo cervello infiammato dalla febbre, risuonanti di turbini di ali e dell'odore terribile dei serpenti, che lo facevano svegliare senza fiato. Spesso trovava Jan Cheroot che cercava di dargli conforto reggendolo con un braccio attorno alle spalle squassate dalla malattia.

La ripresa da quel primo attacco di febbre coincise con un'altra interruzione della pioggia. Allora parve che il sole, ingrandito dalla foschia rimasta ad aleggiare nell'aria, bruciasse via anche la nebbia che c'era nel suo cervello e i miasmi che gli avvelenavano il sangue, lasciandolo con la testa lucida e con una lieve sensazione di benessere, seppure con ancora una grande debolezza in gambe e braccia, e un dolore sordo sul lato destro della gabbia toracica, dove si trovava il fegato, gonfio e duro come un sasso: un effetto tipico della malattia.

«Guarirai perfettamente», profetizzò tuttavia Jan Cheroot. «Ti sei ripreso dal primo attacco più in fretta di quanto io abbia mai visto. *Ja!* Ormai sei un africano, questa malattia ti consentirà di vivere qui, amico mio!»

Fu mentre ancora il giovane procedeva su gambe incerte e con la testa confusa, che incrociarono la traccia.

Il peso del grosso maschio aveva fatto penetrare le sue zampe per una trentina di centimetri nel denso fango rosso, formando una serie di pozze profonde, distese sul terreno come le perline di una collana. In un punto, dove il terreno molle non era stato in grado di reggere il suo enorme peso, l'elefante aveva lasciato impressa la sagoma delle lunghe zanne, che aveva usato per liberarsi dalla presa del fango.

«È lui!» ansimò Jan Cheroot, senza sollevare lo sguardo da terra. «Questa traccia la riconoscerei ovunque.» Non occorreva dicesse altro per far capire che stava parlando del grosso maschio che avevano avvistato tanti mesi prima, al passo sulla strada degli elefanti.

«Non è più di un'ora davanti a noi», aggiunse l'ottentotto in un sussurro carico di timore reverenziale, quasi stesse pregando.

«E il vento è regolare», rincarò Zouga, anche lui in un imprevedibile sussurro. Ricordò il presentimento secondo cui avrebbe incontrato un'altra volta quell'animale. Quasi timorosamente sollevò lo sguardo al cielo. Da est stava di nuovo piombando su di loro un ammasso di nubi. La breve tregua era quasi terminata.

«Stanno pascolando sopravvento», continuò, cercando di scacciare dalla mente la minaccia della pioggia e concentrando le proprie facoltà, ancora confuse per effetto della febbre, sul problema della caccia.

Il vecchio maschio e il suo unico compagno stavano pascolando e procedendo contro vento al fine di evitare di imbattersi in qualche guaio. Tuttavia, essendo due veterani con decenni di esperienza alle spalle, non avrebbero proseguito in quella guisa troppo a lungo. Di quando in quando si sarebbero girati per mettersi sottovento rispetto a eventuali inseguitori.

Per il successo della caccia, ormai ogni minuto era di importanza vitale. A dispetto della debolezza che si sentiva nelle gambe, Zouga non aveva pensato nemmeno per un istante di rinunciarvi, fosse anche stato il caso di penetrare per un centinaio di chilometri nei territori di Mzilikazi. Quindi sia lui sia Jan Cheroot presero a liberarsi dell'attrezzatura che nell'occasione non serviva: di borracce non avevano bisogno, essendo il terreno intriso di acqua, mentre le bisacce del cibo erano vuote e le coperte fradice. Quella notte avrebbero trovato riparo contro la massiccia carcassa del vecchio animale.

«Seguitemi al passo più rapido possibile», gridò il giovane ai portatori stracarichi. «Se usate i piedi come si deve, questa sera potrete riempirvi la pancia di carne.»

Quindi i due partirono più in fretta che poterono, per raggiungere gli animali prima che si mettessero sottovento, procedendo a una velocità che persino un uomo in piena salute non avrebbe potuto reggere per più di un paio d'ore.

Dopo il primo chilometro la vista di Zouga prese nuovamente a confondersi e il sudore a coprirgli il corpo magro. Procedeva barcollando, con le gambe che minacciavano di cedere.

«Mettiti a correre», gli consigliò cupamente Jan Cheroot.

Il giovane lo fece con un grande sforzo di volontà, senza curarsi del dolore. E d'improvviso la vista gli si schiarì e le gambe si misero ad avanzare salde, come se avessero perso ogni sensibilità, facendolo quasi fluttuare senza fatica sul suolo.

Correndo al suo fianco, Jan Cheroot si accorse del momento in cui il giovane superò la propria debolezza. Non disse nulla, limitandosi a gettargli un'occhiata di sguincio, ma il suo sguardo si riempì di ammirazione e il capo gli crollò in un unico cenno di assenso. Ma Zouga non se ne accorse, perché teneva la testa alta e il suo sguardo sognante era fisso in avanti.

Corsero finché il sole arrivò allo zenith. Jan Cheroot non osava rompere il ritmo, perché sapeva che, se si fossero fermati a riposare, il giovane sarebbe crollato come un uomo colpito al cuore. Quindi continuarono a correre anche quando il sole cominciò a calare, incalzati dalla poderosa schiera di nubi temporalesche. Alle spalle di Zouga procedevano allo stesso suo passo i quattro portatori esausti, pronti a passargli un'arma carica.

E finalmente l'istinto del cacciatore mandò un avvertimento a Jan Cheroot, che cominciò a girare la testa a intervalli di pochi minuti per guardarsi alle spalle. Fu così che li scorse.

Due ombre grigie, confuse con quelle oscure delle acacie gocciolanti, che si muovevano velocemente per compiere un cerchio e mettersi sottovento.

Il piccolo ottentotto diede allora di gomito a Zouga, inducendolo a invertire la marcia senza tuttavia rallentare il ritmo della corsa.

«Dobbiamo prenderli prima che intercettino la nostra traccia», gli disse poi a bassa voce. E finalmente vide gli occhi di Zouga rimettersi a fuoco e il colore tornare a diffondersi nelle sue guance ceree. Voltatosi, il giovane aveva infatti avvistato le due enormi sagome che si muovevano tranquille nella foresta.

Lui e l'ottentotto continuarono a correre affiancati, passo dopo passo, con il fiato che raschiava in gola fin quasi a strozzarli, spendendo le ultime riserve di energia per portarsi a distanza di tiro prima che i due animali sentissero il loro odore.

Per meglio correre, inoltre, tralasciarono qualsiasi tentativo di tenersi al coperto, fiduciosi che la debole vista dei due animali non li avrebbe fatti avvistare. Questa volta, tuttavia, le bizze del tempo li favorirono, perché mentre correvano il temporale tornò a esplodere attorno a loro.

I veri e propri rivoli d'acqua che cadevano e l'oscurità provocata dalle nubi fornirono loro la copertura necessaria per compiere le ultime centinaia di metri senza essere visti, mentre il tamburreggiare della pioggia sui rami e il frastuono del vento sovrastavano il rumore dei loro passi.

Centocinquanta metri circa davanti a Zouga il vecchio animale intercettò la loro usta, che lo fece bloccare quasi fosse andato a sbattere contro una parete invisibile di vetro. Quindi arretrò di scatto sulle zampe posteriori, sfiorando con la proboscide il suolo contaminato e poi sollevandola per spruzzarsi l'odore sui boccioli spalancati degli organi olfattivi. Il tremendo e odiato sentore lo colpì con un impatto quasi fisico, facendolo arretrare di un altro passo; poi, levata diritta nell'aria davanti a sé la proboscide, cominciò a correre come un cavallo ben addestrato. L'ascaro fece la stessa cosa al suo fianco, mentre Zouga era ancora a cento metri di distanza.

Jan Cheroot si lasciò cadere in ginocchio nel fango e alzò il moschetto. Nel medesimo istante l'ascaro scartò lievemente sulla sinistra, tagliando la strada al suo capo. Si sarebbe detta cosa non intenzionale, ma nessuno dei due cacciatori lo pensò. Sapevano che stava attirando su di sé il fuoco, per proteggere l'altro.

«La vuoi? E allora prenditela, bestione!» gridò Jan Cheroot, pieno di rabbia. Sapeva di aver perduto troppo terreno esitando a sparare.

Il suo colpo prese l'animale al fianco, costringendolo a sbandare e facendo staccare dalla sua pelle alcune zolle di fango insanguinato. L'elefante ruppe il passo e abbandonò l'assetto della sua corsa, esponendo il fianco agli aggressori, mentre il suo compagno procedeva diritto.

Zouga avrebbe potuto ucciderlo con un colpo al cuore, essendosi ormai l'animale ridotto a un trotto barcollante, a non più di trenta passi da lui, ma invece lo superò, continuando a correre, senza nemmeno gettargli un'occhiata, certo di poterlo lasciare a Jan Cheroot. Inseguiva l'altro animale, ma, nonostante l'impegno che metteva nella corsa, perdeva regolarmente terreno.

Davanti a loro il suolo si abbassò improvvisamente, formando una stretta conca, oltre la quale si levava un'alta cresta coperta da alberi di tek, eretti come sentinelle nel grigiore della pioggia. L'elefante vi sprofondò, ancora nel primo impeto della corsa, con zampate simili a colpi di tamburo, aumentando il distacco sull'inseguitore, finché arrivò al fondo della conca, dove venne praticamente immobilizzato.

Il suo peso fece infatti cedere la superficie del terreno paludoso e l'animale sprofondò fin quasi alle spalle, dovendo mettersi a procedere a balzi per vincere la vischiosità della mota, che esplodeva in risucchi osceni a ogni suo movimento.

Zouga ridusse rapidamente il distacco, esultando fino a non sentire più la fatica: era in preda alla passione della battaglia. Raggiunse il terreno paludoso e si mise a saltare da una macchia erbosa all'altra, mentre davanti a lui l'elefante continuava nei suoi sforzi.

Avvicinatosi sempre più, Zouga gli fu addosso, arrivando a una distanza da alzo zero, meno di venti metri, dove si fermò, mettendosi in equilibrio su una sorta di isolotto d'erba.

Proprio davanti a lui l'elefante aveva raggiunto la riva opposta della palude e si stava trascinando sul terreno solido ai piedi del declivio. Le sue zampe anteriori erano dunque più elevate del quarto posteriore, ancora affondato, e lasciavano esposto tutto il pendio del dorso. A Zouga parve addirittura di distinguere nella gabbia toracica il ritmo dei battiti del grosso cuore. Questa volta non era possibile sbagliare. Nei mesi passati dal loro primo incontro, il giovane era diventato un abile cacciatore, che conosceva i punti deboli e vitali di quell'immenso corpo. A quella distanza e a quell'angolazione la pesante palla avrebbe spezzato la spina dorsale tra le scapole senza perdere nulla della propria velocità e penetrando fino al cuore, alle circonvoluzioni delle grosse arterie che portavano il loro nutrimento di sangue ai polmoni.

Toccò pertanto il grilletto sensibile, ma con uno schiocco da fuciletto di latta l'arma fece cilecca. La grossa bestia grigia si liberò dalla presa del fango e prese a risalire il declivio, mettendosi al trotto ondeggiante che avrebbe potuto farle percorrere anche ottanta chilometri prima che calasse la notte.

Gettatosi all'inseguimento, Zouga raggiunse a sua volta il suolo compatto, buttando l'arma scarica e gridando che gliene venisse passata un'altra.

Cinquanta passi dietro di lui Matteo stava annaspando e scivolando nel terreno fangoso. Marco, Luca e Giovanni lo seguivano in fila indiana.

«Forza! Forza!» urlò il giovane, e poi, presa al volo l'arma lanciatagli da Matteo, si gettò in corsa su per il pendio. Doveva raggiungere l'elefante prima della cresta, perché più oltre gli sarebbe fuggito davanti come un'aquila nel vento.

Ormai stava mettendo nella corsa tutte le ultime risorse di energia. Alle sue spalle Matteo raccolse l'arma che aveva fatto cilecca e la ricaricò. Versò una manciata di polvere nera sulla carica e sulla palla che erano già nella canna, tamponandovi sopra un'altra palla di piombo da un quarto di libbra e trasformando in tal guisa il fucile da arma formidabile in bomba mortale, che avrebbe potuto mutilare e forse anche uccidere colui che avesse tentato di usarla.

L'elefante stava per raggiungere la cresta e Zouga gli si stava avvicinando, ma lentamente, impercettibilmente. Tuttavia il giovane sapeva che avrebbe potuto tenere quel ritmo ancora solamente per dieci minuti e che poi, quando si fosse fermato, si sarebbe trovato sull'orlo di un tracollo fisico.

Aveva la vista sempre più confusa e i piedi che inciampavano e scivolavano sulle rocce bagnate e coperte di licheni. Inoltre la pioggia gli sbatteva in viso, quasi accecandolo. Sessanta metri davanti a lui l'animale raggiunse la cresta e, lì giunto, fece una cosa che mai prima di allora Zouga aveva visto fare a un elefante braccato: si voltò, con le orecchie spalancate, a guardare i propri inseguitori.

Forse era stato spinto oltre il limite della sopportazione, forse era stato oggetto di troppe cacce, o forse ancora quello era il suo ultimo atto di sfida.

Rimase lì fermo per un momento, alto e lustro di fango e pioggia, stagliato contro il basso cielo grigio. Zouga lo colpì alla spalla e il suono del suo fucile parve quello della campana di una cattedrale.

Uomo e animale arretrarono entrambi per l'impatto del colpo, il primo sbilanciato dal rinculo e il secondo per il piombo che gli era penetrato tra le costole, facendolo indietreggiare sulle zampe posteriori e costringendolo a serrare i vecchi occhi lacrimosi.

Ma, pur duramente colpito, rimase ritto e, una volta riaperti gli occhi, vide l'uomo, animale odiato, fetido e insistente, che lo perseguitava senza tregua da tanti anni.

Quindi si lanciò a ritroso giù per il declivio, come una valanga di granito grigio, levando al cielo altrettanto grigio i suoi barriti strozzati nel sangue.

Zouga si girò a sua volta e prese a scappare, mentre la terra si metteva a tremare sotto il peso della bestia ferita.

Matteo, pur nella pericolosità della situazione, era rimasto al suo posto. Zouga sentì di volergli bene. Era rimasto per adem-

piere al proprio dovere, per consegnare l'arma carica al padrone.
Il giovane lo raggiunse, incalzato dalla carica dell'elefante ferito, e lasciò cadere l'arma fumante, prendendo quella nuova, senza assolutamente sospettare che avesse in canna una carica doppia. Voltandosi, tirò indietro il cane con il pollice e puntò la lunga e grossa canna.
L'animale gli fu addosso, facendo scomparire il cielo madido di pioggia, le lunghe zanne gialle alzate sopra la testa e la proboscide già pronta ad afferrarlo.
Zouga premette il grilletto sensibile e questa volta l'arma fece fuoco. Con un rombo squassante il metallo della canna si aprì come la corolla di un fiore, e la polvere incendiata lo colpì al viso, strinandogli la barba e bruciandogli la pelle. Il cane si staccò di netto e lo colpì alla guancia, appena sotto l'occhio destro, penetrando fino all'osso. L'arma distrutta gli volò via dalle mani con una tale forza che sentì legamenti e tendini lacerarsi. Venne scagliato all'indietro in una capriola che lo sottrasse alla presa della proboscide.
Cadde all'indietro, oltre un mucchio di pietrisco, e per un attimo l'elefante fu stordito e accecato dall'esplosione. Ma poi l'animale vide il portatore, ancora in piedi al suo posto.
Matteo, il povero, leale, coraggioso Matteo si mise a scappare, ma l'elefante gli fu addosso prima ancora che avesse fatto una dozzina di passi, afferrandolo alla vita con una sola torsione della proboscide e scagliandolo per aria come fosse una palla. Il portatore si innalzò per una decina di metri, mulinando braccia e gambe, mentre le sue urla di terrore venivano coperte dai barriti. Parve salire lentissimo e poi fermarsi un attimo, sospeso nel vuoto, prima di ricadere.
L'animale lo prese a mezz'aria e lo scagliò una seconda volta, ancora più in alto.
Zouga si trasse a sedere, con il braccio destro che pendeva inerte, il sangue che colava dalla guancia ferita sulla barba e le orecchie talmente assordate dall'esplosione che i tremendi barriti gli sembravano fievoli e lontani. Quindi con occhi velati vide Matteo volare in aria e ricadere, e l'elefante accingersi a ucciderlo.
Allora si mise in ginocchio e prese a trascinarsi oltre il cumulo di pietrisco, verso l'arma scarica, quella con cui aveva sparato il primo colpo. Era a cinque passi da lui, cinque passi che gli

parvero una distanza infinita da far superare al proprio corpo ferito.

L'elefante piazzò una zampa sul torace di Matteo, facendogli scricchiolare le costole come una fascina. Poi gli prese la testa nella proboscide e gliela staccò dal tronco, con la stessa agevolezza con cui un contadino tira il collo a un pollo.

Quindi la scagliò lontano, facendola rotolare fino a dove stava Zouga, che vide le palpebre sbattere ancora rapidamente sui bulbi oculari e i nervi vibrare sotto la pelle.

Distogliendo la vista da quell'orribile cosa, il giovane si mise in grembo l'arma e cominciò a ricaricarla. Tuttavia non disponeva dell'uso del braccio destro, che gli pendeva su un fianco, completamente insensibile.

A venti passi di distanza l'elefante si chinò sul corpo decapitato di Matteo, trafiggendolo con una delle lunghe zanne e sollevandolo per aria.

Faticosamente Zouga riuscì a infilare polvere e palla nella canna del fucile, servendosi della mano buona per comprimerle con la bacchetta.

L'elefante staccò un braccio dal povero corpo, che tornò a scivolare a terra.

Gemendo di dolore a ogni movimento, Zouga puntò l'arma e tirò indietro il cane, vincendo la poderosa resistenza della molla.

L'elefante adesso era inginocchiato e, con entrambe le zampe anteriori su ciò che rimaneva di Matteo, lo stava riducendo a una poltiglia rossastra.

Trascinandosi dietro l'arma, Zouga tornò a strisciare sul cumulo di pietrisco dietro il quale era caduto e poi, usando solamente la sinistra, vi appoggiò in saldo equilibrio la grossa canna.

Quindi, mentre l'elefante barriva come impazzito, prese accuratamente la mira. Tuttavia con una sola mano era quasi impossibile reggere bene quella goffa arma, e per di più il giovane aveva ancora la vista confusa per il dolore e la tremenda stanchezza.

Nondimeno, nel momento in cui il mirino fu precisamente puntato sul bersaglio, fece fuoco, esplodendo una vampata di polvere bruciata e fumo.

I barriti cessarono all'improvviso e, mentre il fumo veniva disperso dalla brezza, Zouga vide che l'elefante stava barcollando pesantemente. La massiccia testa crollò sotto il peso delle zanne chiazzate di sangue. La proboscide pendeva senza vita come il braccio del giovane.

L'elefante produsse nell'intimo del torace uno strano mugolio dolente. Dalla ferita del secondo colpo, appena sopra la giuntura della spalla, il sangue prese a spruzzare in brevi getti regolari, pompato dal cuore.

L'animale si voltò verso il punto in cui il giovane stava disteso e gli si accostò, strascicando gli arti come un uomo molto vecchio e stanco, e torcendo la proboscide nell'ultimo vago gesto bellicoso dettatogli dall'istinto.

Zouga cercò di sfuggirgli, ma l'animale fu più rapido di lui, tendendo la proboscide e toccandolo a una caviglia. La sua immensa mole oscurò il cielo e il giovane si mise a scalciare freneticamente, ma la proboscide strinse la presa alla caviglia, con una forza tremenda, intollerabile. Zouga capì che gli avrebbe strappato la gamba alla giuntura dell'anca.

Quindi l'elefante emise un gemito, una tremolante esalazione d'aria dai polmoni lacerati. La presa alla caviglia si allentò e il vecchio animale morì ritto. Infine le zampe gli cedettero e crollò.

Cadde con un peso e una forza che squassarono il suolo e lo fecero tremare sotto il corpo prostrato del giovane, e con un tonfo che Jan Cheroot, il quale stava attraversando la palude, sentì chiaramente a più di un chilometro di distanza.

Zouga lasciò cadere la testa contro il suolo e chiuse gli occhi. Le tenebre calarono su di lui.

Jan Cheroot non fece nessun tentativo di spostarlo da dove stava disteso, accanto alla carcassa dell'elefante. Invece gli costruì sopra un rozzo riparo di arboscelli ed erba bagnata, accendendogli poi due fuochi fumosi accanto alla testa e ai piedi. Era tutto ciò che poteva fare per scaldarlo, finché i portatori non fossero giunti con le coperte.

Quando ciò avvenne, aiutò il giovane a mettersi seduto, e in due riuscirono a fasciare il braccio ferito.

«Dio onnipotente!» gracchiò Zouga, mentre preparava ago e filo del suo *necessaire* di cucito, «darei tutt'e due le zanne per un buon whisky di malto.»

Dopo di che Jan Cheroot gli resse lo specchio manuale davanti al viso e, usando una mano sola, il giovane si cucì la lacerazione alla guancia, lasciandosi cadere all'indietro – una volta che ebbe finito – nella coperta di pelliccia.

«Piuttosto che marciare ancora, preferisco morire», mormorò.

«Infatti sono le sole possibilità che hai», ammise Jan Cheroot senza sollevare lo sguardo dal grande *kebab* di fegato e cuore di elefante che aveva cominciato ad avvolgere in grasso giallastro, prima di legarlo su un bastoncino verde. «Marciare o morire qui nel fango.»

Fuori della capanna i portatori stavano piangendo la morte del povero Matteo, del cui corpo avevano raccolto i miseri resti, avvolgendoli in una coperta e legandoli con una fune di corteccia.

L'avrebbero sepolto il mattino dopo e fino ad allora non avrebbero cessato il loro lamento funebre.

Jan Cheroot separò i carboni dal fuoco e cominciò a cuocere su di essi il *kebab* di fegato, grasso e cuore. «Non ci saranno di nessun aiuto finché non avranno finito il lutto, e dobbiamo ancora tagliare le zanne», disse poi.

«A quel pover'uomo, almeno una notte di lutto gliela debbo anch'io», mormorò Zouga. «Ha attirato l'elefante. Se fosse scappato con il secondo fucile...» aggiunse poi, quasi con un gemito, sentendo una nuova fitta di dolore alla spalla e allungando una mano per rimuovere la pietra che l'aveva provocata.

«Era buono... stupido, ma buono», consentì Jan Cheroot. «Uno più furbo sarebbe scappato.» Quindi girò lentamente il suo *kebab* sui carboni accesi. «Ci vorrà tutto domani per seppellirlo e poi tagliare le zanne ai due elefanti. Ma dopodomani dobbiamo metterci in marcia.»

L'ottentotto aveva ucciso il suo elefante nella palude e, guardando attraverso la bassa apertura della capanna, Zouga arrivava a vedere la carcassa del proprio, a non più di venti passi di distanza. Le zanne erano incredibili.

«Quanto peseranno?» chiese a Jan Cheroot.

L'ottentotto sollevò lo sguardo e scrollò le spalle. «Non ho mai visto un elefante più grosso», ammise infine. «Per trasportarle, ci vorranno tre uomini ciascuna.»

«Un quintale?» chiese ancora Zouga, che per effetto della conversazione aveva dimenticato il dolore alla spalla.

«Di più», decise Jan Cheroot. «Non se ne vedrà mai più uno altrettanto grosso.»

Quella notte, tuttavia, il dolore e il dispiacere per la morte del portatore e del maestoso animale non lasciarono dormire Zouga, il quale, quando all'alba gli uomini si alzarono per seppellire

Matteo, si legò il braccio al collo con una fasciatura di corteccia e si fece aiutare da due servitori a rimettersi in piedi. Quindi risalì il pendio, lentamente e servendosi di un bastone, ma da solo, fino a raggiungere la tomba.

Cantando il lento e luttuoso canto dei morti, gli uomini ammucchiarono pietre sopra e tutt'attorno al cadavere, in modo che le iene non riuscissero a tirarlo fuori, e poi disposero sul cumulo la sua ascia e la lancia, perché se ne servisse nel lungo viaggio che stava affrontando.

Quando ebbero finito, Zouga si sentì prosciugato di ogni energia ed emozione. Quindi tornò zoppicando alla capanna e si infilò sotto la coperta umida. Aveva solamente un giorno a disposizione per recuperare le forze. Chiuse gli occhi, ma non riuscì a dormire per il rumore delle asce al lavoro attorno alle zanne.

A un certo punto si girò sul dorso e ancora una volta sentì sotto la schiena una pietra acuminata. Tese un braccio a estrarla di lì e stava per gettarla via, quando qualcosa attirò la sua attenzione, facendolo trattenere.

La pietra era bianca e cristallina, come i dolcetti di zucchero che gli piacevano tanto da bambino, ma non era stata questa caratteristica a fermarlo.

Anche nella scarsa luce della capanna, il sottile e irregolare filo di metallo che baluginava incerto tra i cristalli di quarzo gli aveva fatto accendere un lampo dorato nello sguardo. Zouga lo fissò stordito, girandosi il piccolo ammasso di quarzo tra le dita per farvi battere la luce da diverse angolazioni e vederlo luccicare. Nell'aria aleggiava un senso di irrealtà, come sempre accade quando si stringe finalmente in pugno ciò che si cercava e sognava da tanto tempo.

Ma alla fine il giovane ritrovò la voce, un suono gracchiante, che uscì attraverso le sue labbra gonfie, screpolate e bruciate dalla polvere, facendo arrivare Jan Cheroot di corsa.

«La tomba», mormorò ansiosamente. «La tomba di Matteo è stata scavata in un terreno di pietra simile a questa?»

«No», rispose Jan Cheroot scuotendo il capo. «C'era già lo scavo. E lungo la cresta ci sono altri buchi simili.»

Zouga lo fissò per un attimo, con il volto contorto dai punti e un occhio ridotto a una fessura. Si era lasciato prostrare dalla ferita. E di conseguenza, quando aveva avuto sotto il naso ciò che cercava, se l'era quasi lasciato sfuggire. Prese a trascinarsi fuori della coperta.

«Aiutami!» ordinò poi. «Devo vederli. Fammi vedere questi buchi.»

Quindi, reggendosi alla spalla di Jan Cheroot e curvo per il dolore al braccio, si trascinò nella pioggia fino alla cresta e, quando finalmente ebbe soddisfatto la sua curiosità, tornò zoppicando alla capanna, dove all'ultima flebile luce del giorno annotò l'evento nel diario.

«L'ho chiamata Miniera Harkness, perché molto simile agli antichi scavi descritti da Tom. La vena è di quarzo bianco e corre lungo il versante opposto della cresta. Sembrerebbe stretta, ma molto ricca. Infatti vi si vedono molte tracce d'oro. La ferita mi impedisce di frantumarla e setacciarla, ma valuterei l'esistenza di due once di buon oro per tonnellata di quarzo.

«Gli antichi minatori hanno scavato quattro pozzi nel fianco della montagna. Può anche darsi, tuttavia, che ce ne siano di più e che mi siano sfuggiti, dal momento che sono completamente coperti dalla vegetazione e inoltre sono stati fatti tutti i tentativi possibili per riempirli, forse al fine di nasconderli.

«I pozzi sono abbastanza larghi da consentire il passaggio di un uomo di corporatura minuta, che strisci su mani e ginocchia. Probabilmente si servivano di bambini schiavi, costretti a lavorare in condizioni infernali. Senza disporre di macchinari sofisticati, non potevano certamente essere in grado di raccogliere il minerale sommerso dall'acqua, per cui dovrebbe essere possibile recuperarne molto, con i metodi moderni.

«La sporgenza rocciosa su cui poggia la mia capanna è composta quasi completamente di matrice d'oro, che aspetta soltanto di essere frantumata e raffinata. Probabilmente gli antichi minatori sono stati scacciati dall'avanzata di un nemico prima che potessero completare il loro lavoro.

«Sono qui sdraiato su un materasso fatto di quel prezioso metallo e, quasi fossi re Mida, tutto ciò che mi circonda è d'oro. Ma, come nel caso di quello sfortunato re, in questo momento pare che possa trarne ben poco profitto...»

A quel punto Zouga fece una pausa e posò la penna, scaldandosi le mani gelate al fuoco fumoso. Avrebbe dovuto sentirsi in preda a un'esaltazione sfrenata, ma così non era. Quindi riprese in mano la penna, sospirò e tornò a scrivere tortuosamente:

«Dispongo di un'immensa riserva d'avorio, ma è dispersa in questo territorio, sepolta in piccoli nascondigli. Dispongo di venticinque chili e passa di oro grezzo, in lingotti e pepite, e inoltre ho scoperto il filone principale di una fortuna indescrivibile, ma tutto ciò non può procurarmi una fiaschetta di polvere da sparo né un linimento per le mie doloranti ferite.

«Fino a domani non saprò se mi resta abbastanza forza per continuare la marcia verso sud, oppure se sono destinato a rimanere qui, avendo come soli compagni Matteo e il grande elefante».

Jan Cheroot lo svegliò con una serie di scossoni, ma ci volle molto tempo. Zouga parve riemergere da profondi abissi di acqua fredda e tenebrosa, e quando finalmente affiorò, capì immediatamente che la sua cupa profezia del giorno precedente si era avverata. Nelle sue gambe non avvertiva più nessuna energia o sensibilità. Spalla e braccio erano duri come sassi per lo spasmo muscolare.

«Lasciami qui», disse a Jan Cheroot, ma l'ottentotto lo trasse a sedere, rivolgendogli dei suoni simili a ringhi a ogni suo gemito di dolore e costringendolo a bere il brodo bollente di midollo d'elefante.

«Lasciami un fucile», mormorò ancora Zouga.

«Su», ribatté Jan Cheroot, ignorando l'ordine e facendogli invece ingollare la polverina bianca e amara. Il chinino lo zittì.

Per rimetterlo in piedi ci vollero due portatori.

«Quel sasso lo lasciamo qui», disse Jan Cheroot, indicando la statua imballata. «Non possiamo trasportarvi tutti e due.»

«No!» mormorò furiosamente Zouga. «Se vado via io, quel falco deve venire con me.»

«E come?»

Il giovane allontanò con una scrollata di spalle le mani che lo reggevano.

«Camminerò», disse. «Voi portate il falco.»

Quel giorno percorsero meno di otto chilometri, ma il successivo il sole tornò a rincuorarli. Una volta che gli ebbe scaldato i muscoli indolenziti, Zouga poté procedere a un passo più spedito.

E quella sera, quando fecero il campo nella prateria aperta, poté registrare nel proprio diario una tappa di venti chilometri. All'alba, uscito dallo *scherm* reggendosi a un bastone per andare a urinare, scoprì che la febbre e il chinino avevano dato alla sua urina una colorazione ambra scuro. Ma ormai sapeva di essere in grado di continuare la marcia.

Quindi sollevò lo sguardo al cielo. Presto sarebbe ricominciato a piovere. Stava per tornare al campo per svegliare i portatori, quando la sua attenzione venne attirata da un movimento nell'erba alta.

Per un istante pensò che potesse trattarsi di un branco di struzzi che passavano accanto al campo, ma poi si rese conto che tutto il pianoro era percorso da movimenti rapidi ma regolari. Le cime degli alti steli si arruffavano e piegavano per effetto del passaggio di molti corpi, e solo di quando in quando lasciavano filtrare sopra l'erba una rapida visione di piume. Nel giro di poco tempo il movimento si estese su entrambi i lati del piccolo accampamento, dove gli uomini dormivano ancora.

Zouga rimase lì fermo, appoggiato al bastone, guardando senza capire, ancora confuso per il sonno e la febbre, nonché impedito dalle ferite. Quando il rapido accerchiamento si fu concluso, tuttavia, il silenzio e l'immobilità tornarono a calare, tanto da fargli pensare per un attimo di essersi immaginato i fantasmi.

Poi si sentì un lieve fischio, simile al suono del flauto di Pan, dolce e ossessivamente melodioso nell'alba, subito seguito da un ulteriore movimento, come di mano tesa a chiudersi in morsa. A quel punto Zouga vide chiaramente le penne di struzzo, bianche come la neve e nere come la pece, ondeggiare e danzare sopra le cime degli steli d'erba, e immediatamente dopo scorse gli scudi di guerra, ovali allungati di pelle bovina bianca e nera. I lunghi scudi: matabele.

Il giovane sentì la paura penetrargli gelida tra le costole, tuttavia l'istinto lo avvertì che metterla in mostra avrebbe significato la morte, proprio quando era tornato a credere nella vita.

Gettato un rapido sguardo circolare ai guerrieri che gli si stavano chiudendo attorno, calcolò che dovevano essere un centinaio. Poi decise che erano almeno duecento *amadoda* matabele, i quali lasciavano intravedere sopra lo scudo soltanto gli occhi e il piumaggio del capo. Lance che riflettevano la luce dell'alba e scudi accostati l'uno all'altro, senza soluzione di continuità, a tracciare la forma accerchiante delle corna del toro. La classica formazione dei matabele, i migliori e più spietati guerrieri prodotti dall'Africa.

«Qui gli *impi* di frontiera di Mzilikazi uccidono tutti i viaggiatori», aveva scritto Tom Harkness.

Zouga si raddrizzò e fece un passo avanti, levando alto il braccio sano, con il palmo teso verso la cerchia degli scudi.

«Sono inglese. Un comandante di Vittoria, la grande regina bianca. Mi chiamo Bakela, figlio di Manali, figlio di Tshedi, e vengo in pace.»

Dai ranghi che lo accerchiavano si fece avanti un uomo, più alto di lui e reso gigantesco dal torreggiante copricapo di piume. Allontanato lo scudo, rivelò la muscolatura di un gladiatore. La parte superiore delle sue braccia era adorna di diverse file di ciuffi di coda di bufala, ciascuno concessogli dal suo re per un atto di valore. Il corto gonnellino era di code di zibetto, maculate, e sotto le ginocchia i suoi stinchi erano adorni di altre code di bufala. Il suo era il bel viso degli nguni, liscio e rotondo, dal naso largo e dalle labbra piene. Il portamento era nobile, la postura del capo orgogliosa.

Guardò Zouga lentamente e con solennità. Osservò i suoi stracci, le fasce sudicie che gli reggevano il braccio e il bastone a cui si appoggiava come un vecchio.

Quindi esaminò la sua barba strinata, le guance bruciate dalla polvere, le vesciche alle labbra e i punti sulla guancia gonfia e cianotica.

Poi scoppiò a ridere. Una risata profonda e musicale. A quel punto parlò.

«E io», disse, «sono matabele. Un induna che comanda duemila uomini. Mi chiamo Gandang, figlio di Mzilikazi, figlio degli alti cieli, figlio di Zulu, e vengo con la lancia lucente e il cuore rosso.»

Fin dal primo giorno di marcia Robyn si era resa conto di avere seriamente mal valutato le possibilità di resistenza del padre, quando aveva deciso di partire per la costa. Forse Zouga aveva capito istintivamente ciò che un medico esperto avrebbe dovuto sapere. Il pensiero l'aveva fatta irritare con se stessa. Aveva infatti scoperto che, dal momento in cui si erano separati, la propria ostilità e il proprio senso di rivalità nei confronti del fratello erano ulteriormente aumentati. Quindi la riempiva di irritazione l'idea che le avesse dato il consiglio giusto circa il da farsi.

Già a mezzogiorno della prima giornata la giovane era stata

costretta a ordinare l'alt e il campo. Fuller Ballantyne era debolissimo, più debole di quanto fosse mai stato da quando lo aveva trovato. La sua pelle era rovente e arida al tatto. Il movimento e i sobbalzi della barella avevano peggiorato le condizioni della sua gamba, che era grottescamente gonfia e gli doleva tanto da farlo gridare al solo sfiorarla.

Robyn aveva chiesto a uno dei portatori di preparare una gabbia di ramoscelli verdi e cortecce, da porre sopra a tale gamba per tenerla protetta dalla coperta, quindi si era seduta accanto alla barella per applicare un panno umido e freddo alla fronte del padre, continuando intanto a parlare alla piccola Juba e alla mashona, senza aspettarsi né ricevere alcun consiglio, ma confortandosi della loro presenza umana.

«Forse avremmo dovuto rimanere alla grotta», si era crucciata. «Almeno sarebbe stato più comodo. Ma quanto avremmo potuto rimanerci?» aggiunse, dando voce ai propri pensieri. «Presto saremo colti dalle piogge che, comunque, procedendo a questo ritmo, ci bloccheranno. Dobbiamo andare più in fretta, e basta... Ma non so se potrà farcela.»

Tuttavia il giorno seguente Fuller Ballantyne sembrava essersi rimesso in forze e la febbre era calata, per cui avevano compiuto un'intera giornata di marcia. Ma alla sera, appena fatto il campo, aveva avuto una ricaduta.

Allorché Robyn s'era messa a sfasciare la gamba, con sollievo aveva notato che pareva essere meno dolente. Ma poi era stata colpita dal colore della pelle attorno alla piaga. E dall'odore, che aveva fatto scattare in lei l'allarme.

Un odore di decomposizione. La giovane aveva cercato di consolarsi dicendosi che il peggioramento non dipendeva dal fatto di averlo trasportato per due giorni, ma quale altra ragione poteva esserci? Non aveva trovato risposta. Prima di spostarlo, le piaghe si erano stabilizzate, essendo ormai passati quasi diciotto mesi da quando la pallottola del negriero aveva frantumato l'osso. Il movimento della barella doveva invece aver fatto precipitare la situazione.

Robyn si era sentita colpevole. Avrebbe dovuto dar retta a Zouga. Era stata lei a provocare la cancrena nelle membra del padre. Non c'era che da sperare di sbagliarsi, ma sapeva che così non era. I sintomi erano inequivocabili. Poteva solamente continuare la marcia e sperare di arrivare alla costa prima che la malattia avesse raggiunto il suo irreversibile culmine. Ma sapeva che si trattava di una speranza vana.

Avrebbe voluto esser capace di trovare in sé la stessa accettazione filosofica della maggior parte dei suoi colleghi nei confronti delle malattie o delle ferite incurabili. Ma sapeva che non avrebbe mai potuto. In questo caso particolare, poi, il paziente era suo padre.

Quindi aveva avviluppato le sue gambe in una compressa calda, sapendo che si trattava di un gesto patetico, come cercare di trattenere la marea con un castello di sabbia. Il mattino dopo la temperatura della gamba risultava calata al tocco e la carne pareva essere meno consistente sotto le dita. L'odore invece era aumentato.

Dopo di ciò avevano compiuto un intero giorno di marcia, durante il quale Fuller era rimasto in silenzio e in stato comatoso sulla lettiga. Non cantilenava più salmi e invocazioni all'Onnipotente. Robyn gli camminava accanto, grata a Dio che almeno non provasse dolore.

A pomeriggio avanzato avevano incrociato un sentiero largo, molto battuto e disposto a perdita d'occhio da est verso ovest, che rispondeva esattamente alla descrizione fattane da Fuller Ballantyne nel suo diario. Al vederla, la piccola Juba era scoppiata in lacrime ed era stata quasi annichilita dal terrore.

Più avanti avevano trovato un accampamento di capanne abbandonate e in rovina, che poteva essere stato usato dai negrieri, dove Robyn ordinò che venisse fatto il campo. Dopo di che, affidato il padre alle cure della mashona e dell'ancora tremante Juba, aveva preso con sé il vecchio Karanga, il quale si era armato della sua lunga lancia e si era messo a marciare tronfio come un pavone per l'onore ricevuto. Nel giro di pochi chilometri il sentiero aveva cominciato a salire ripidamente verso la sella di un passo che attraversava una lunga catena di alture.

Robyn stava cercando la prova del fatto che quella era veramente la strada dei negrieri, ovvero la Strada della Iena, come l'aveva chiamata Juba tra le lacrime. E l'aveva trovata sulla sella, nell'erba, a pochi metri dal sentiero: un giogo doppio, ricavato a rozzi colpi d'ascia dalla forcella di un tronco.

Avendo esaminato con attenzione i disegni di suo padre nel diario, la giovane lo aveva riconosciuto immediatamente. Quando i negrieri non disponevano di catene e manette, si servivano di quei gioghi per tenere legati i loro prigionieri per il collo. Due esseri umani legati, che dovevano fare ogni cosa di concerto, marciare, mangiare, dormire, defecare... tutto, tranne fuggire.

Ormai, della coppia di schiavi che aveva portato al collo quel giogo, rimanevano soltanto pochi frammenti di ossa, spolpati da avvoltoi e iene. Sconvolta, Robyn aveva recitato una breve preghiera per i due infelici e poi, con la certezza di trovarsi sulla strada dei negrieri, era tornata verso il campo.

Quella sera aveva tenuto consiglio con il caporale ottentotto, il vecchio Karanga e Juba.

«Dall'ultima volta che questo campo e la strada sono stati usati, sono passati tanti giorni così», aveva detto il vecchio, mostrando due volte le mani con le dita aperte, per indicare il numero venti.

«Da che parte erano diretti?» aveva chiesto Robyn, che ormai si fidava dell'abilità del vecchio nel seguire le tracce.

«Procedevano verso l'alba e non sono ancora tornati indietro», aveva risposto questi, con la sua voce tremolante.

«Succede sempre così», aveva confermato Juba, costretta a fare un tremendo sforzo per dichiararsi d'accordo con un individuo che provocava in lei tanto sprezzo e altrettanta gelosia. «I negrieri fanno l'ultima carovana prima delle piogge. Dopo di che sulla Strada della Iena cresce l'erba, finché non arriva di nuovo la stagione secca.»

«Quindi davanti a noi dev'esserci una carovana negriera», aveva detto Robyn in tono pensoso. «Seguendo la strada, potrebbe capitarci di raggiungerla.»

Ma il caporale ottentotto era intervenuto replicando: «Non è possibile, signora. Hanno settimane di vantaggio su di noi».

«Allora li incontreremo sulla via del ritorno, dopo che avranno venduto gli schiavi.»

Il caporale aveva annuito e la giovane gli aveva chiesto: «Sarete in grado di difenderci, se i negrieri dovessero decidere di attaccarci?»

«Io e i miei uomini», aveva risposto l'ottentotto, raddrizzandosi in tutta la sua limitata statura, «possiamo tenere testa a cento sporchi negrieri.» Quindi aveva fatto una pausa, aggiungendo: «E lei, signora, spara come un uomo».

Robyn aveva sorriso. «D'accordo», aveva replicato poi, annuendo. «Seguiremo la strada fino al mare.»

Il caporale aveva risposto al sorriso, affermando: «Sono stufo di questo paese e dei suoi selvaggi. Non vedo l'ora di avvistare la nuvola sopra Table Mountain e di togliermi ancora una volta dalla gola il sapore della polvere con un buon bicchiere di vino del Capo».

La iena era un vecchio maschio spelacchiato, con la testa piatta, quasi serpentina, coperta di cicatrici e con le orecchie strappate dai rovi e da mille battaglie ingaggiate con i suoi simili sulle carcasse in decomposizione di uomini e animali. I suoi denti erano consunti per la vecchiaia, tanto da renderla incapace non soltanto di frantumare le ossa che costituiscono l'elemento fondamentale della dieta dei suoi simili, ma anche di competere con gli altri membri del branco, dal quale era dunque stata allontanata. Sul sentiero non si trovavano più corpi umani da quando era passata l'ultima colonna, e in quel paese arido gli animali erano scarsi. Da allora la vecchia iena era vissuta di rifiuti, di sterco fresco di sciacallo e babbuino, dei piccoli di un gatto selvatico e di un uovo marcio di struzzo, che era esploso sotto le sue grinfie in una zaffata di gas e liquido putrefatto. Stava dunque morendo di fame, ma misurava ancora circa sessanta centimetri alla spalla e pesava quasi settanta chili.

Procedeva a testa bassa, annusando la terra in cerca di qualche rifiuto, ma quando il vento le portò l'odore, l'alzò, spalancando le narici deformi.

Odore di fumo di legna, di quella presenza umana che da tanto tempo aveva imparato ad associare con una fonte di cibo. Ma ancor più aspro e chiaro era arrivato fino a lei un altro odore, che le aveva fatto riempire la bocca di saliva. L'odore nauseante e dolciastro di una gamba in cancrena.

La iena stava distesa ai margini esterni del campo, come un cane, con il mento posato sulle zampe anteriori e le posteriori e la coda tirate sotto il ventre, appiattita dietro un ciuffo d'erba degli elefanti. Osservava l'attività attorno ai fumanti fuochi di guardia.

Soltanto i suoi occhi roteavano nelle orbite, mentre i mozziconi degli orecchi si torcevano senza tregua, inclinandosi a seguire la cadenza delle voci umane e gli altri rumori inaspettati.

Di quando in quando un alito di vento portava fino a lei una zaffata dell'odore che l'aveva attratta. Annusandolo, riusciva a stento a trattenere le piccole grida cariche d'ansia che le salivano in gola.

All'addensarsi delle ombre serotine una figura umana, una donna di colore, seminuda, lasciò il campo e si diresse verso il suo nascondiglio. La iena si accinse a scappare, ma prima di raggiungere il punto in cui stava distesa, Juba si fermò a guardarsi attentamente attorno. Non vide l'animale e, aperto il lembo del suo grembiule ornato di nastri, si accosciò. La iena si fece piccola per la paura e tenne lo sguardo fisso su di lei. Ma quando la ragazza tornò al campo, imbaldanzita dall'avanzare delle tenebre, la iena la seguì strisciando nel passaggio da lei aperto.

Al cadere della notte il suo appetito arrivò al culmine, costringendola a emettere il suo ululato, un suono tuttavia tanto familiare che al campo nessuno se ne curò.

A poco a poco le attività attorno ai fuochi si ridussero e le voci umane si fecero assonnate e intermittenti. I fuochi si abbassarono e il buio calò lentamente sul campo. Con il suo favore vi penetrò strisciando anche la iena.

Due volte uno scoppio di voce la mise in fuga tremebonda, facendola galoppare nella boscaglia per poi indurla a ritrovare il coraggio di farsi avanti al nuovo cadere del silenzio. La mezzanotte era passata da molto quando finalmente trovò un punto debole nello *scherm* protettivo di rami di rovo che circondava il campo, penetrandovi furtivamente.

L'odore la guidò direttamente a un ricovero aperto sui fianchi e coperto da un tetto di paglia, al centro del recinto. Strisciando con il ventre a terra e piena di paura, si accostò sempre di più.

Robyn si era addormentata accanto alla barella del padre, ancora completamente vestita e in posizione seduta. Aveva semplicemente lasciato cadere la testa in avanti, sulle braccia incrociate, cedendo alla fatica, alla preoccupazione e al senso di colpa.

Venne svegliata dalle urla disperate del vecchio. Il campo era avvolto da un'oscurità totale, tanto che la giovane per un attimo pensò di vivere l'incubo di essere diventata cieca. Quindi si alzò disperatamente in piedi, non sicura di dove si trovasse, tanto che inciampò nella barella. Le sue braccia tese andarono a strisciare contro qualcosa di grosso e peloso, qualcosa che puzzava di escrementi e di morte, un puzzo che si mescolava schifosamente con quello della gamba di suo padre.

Quindi strillò anche lei, e l'animale rispose con un grugnito, un suono che gli uscì soffocato attraverso le zanne chiuse come quelle di un cane serrate su un osso. Le urla di Fuller e gli strilli della ragazza avevano svegliato il campo, e qualcuno infilò nelle ceneri del fuoco di guardia una torcia d'erba, che si accese immediatamente, inondando il campo di una luce che, dopo le tenebre, parve quella del mezzogiorno.

Il grosso animale ingobbito aveva trascinato via dalla barella il corpo di Fuller in un fagotto di coperte e biancheria, tenendolo in una presa ferrea alla parte inferiore. Robyn sentì lo schiocco dell'osso che si frantumava sotto quelle terribili zanne. Un rumore che la fece impazzire di rabbia. Prese dunque l'ascia che giaceva posata sul cumulo di legna, accanto al fuoco, e vibrò un fendente a quel corpo scuro e deforme, sentendo l'attrezzo colpire nel solido. La iena emise un guaito strozzato.

Ma il buio e la fame l'avevano imbaldanzita. Inoltre ora quel gusto lo aveva in bocca, lo assaporava attraverso le zanne serrate e non vi avrebbe mai rinunciato.

Quindi si voltò e fece scattare i denti in direzione della giovane, con i due occhi enormi che gettavano lampi gialli alla luce delle fiamme. Le terribili zanne, anch'esse giallastre, si chiusero come una trappola d'acciaio, serrandosi sul manico dell'ascia, a pochi centimetri dalle dita di Robyn, strappandogliela di mano. Dopo di che l'animale tornò alla sua preda, azzannandone ancora una volta il fragile corpo. Fuller era talmente devastato da non pesare più di un bambino, così che la iena poté trascinarlo senza fatica verso l'apertura dello *scherm* di rovi.

Continuando a invocare aiuto, Robyn si gettò all'inseguimento, afferrando il padre per una spalla, mentre la iena lo teneva azzannato al ventre. La donna e l'animale ingaggiarono una battaglia sul misero corpo. Le zanne giallastre e spuntate ne lacerarono la carne.

E finalmente corse verso di loro il caporale ottentotto, che aveva addosso solamente i calzoni slacciati, ma brandiva il moschetto.

«Aiutami», urlò Robyn. La iena aveva raggiunto il recinto di rovi e scivolava nella polvere, non riuscendo a mantenere la presa sul corpo di Fuller.

«Non sparare!» urlò ancora la giovane. «Non sparare!» Il moschetto rappresentava un pericolo quanto l'animale.

Il caporale corse avanti, rovesciando il moschetto e calandone il calcio sulla testa della iena. Il colpo arrivò a segno con uno schianto osseo, l'animale mollò la presa e finalmente la sua naturale vigliaccheria lo costrinse a scivolare oltre il varco nel recinto, sparendo nella notte.

«Oh, Dio misericordioso», mormorò Robyn, mentre riportava il padre verso la barella, «non ha ancora sofferto abbastanza, questo pover'uomo?»

Fuller Ballantyne sopravvisse alla notte, ma un'ora dopo l'alba la sua tenace fibra cedette, senza lasciargli riprendere conoscenza. Fu come se con lui fosse finita una leggenda e morta un'era. Il suo decesso lasciò Robyn stordita e incredula, mentre provvedeva a lavare e vestire la salma per la tumulazione.

Lo seppellì ai piedi di un alto albero di *mukusi*, sulla cui corteccia incise con le proprie mani la seguente scritta:

FULLER MORRIS BALLANTYNE
3 novembre 1788 – 17 ottobre 1860
«A quei tempi la terra era percorsa da giganti»

Parole che avrebbe voluto saper incidere nel marmo. Inoltre avrebbe voluto esser in grado di imbalsamare quel corpo, per portarlo a riposare nell'Abbazia di Westminster, a casa. E avrebbe voluto essere stata veramente capace di capire chi era quell'uomo. Si sentiva consumare dal dolore e dal senso di colpa.

Per tre giorni mantenne il campo lì alla Strada della Iena, passando le sue ore seduta, piena di indifferenza, accanto al tumulo di terra smossa di fresco, sotto l'albero di *mukusi*. Aveva bisogno di restare sola, per cui non voleva la compagnia del vecchio Karanga e neppure della piccola Juba.

Il terzo giorno si inginocchiò accanto alla tomba e si mise a parlare ad alta voce.

«Faccio un voto alla tua memoria, caro padre», disse. «Giuro che dedicherò tutta la vita a questa terra e al suo popolo, come hai fatto tu prima di me.»

Quindi si alzò in piedi, con la linea della mascella indurita. Il tempo da dedicare al lutto era finito. Ora il suo dovere era lì, davanti a lei: doveva seguire la Strada della Iena fino al mare, per portare davanti a tutto il mondo la sua testimonianza circa la turpe attività dei mostri che se ne servivano.

Quando il leone va a caccia, le sue prede sembrano sentirlo. Vengono prese da inquietudine e continuano a brucare ancora per qualche istante, poi gettano in alto il capo ornato di corna e si bloccano nella particolare immobilità dell'antilope, muovendo senza tregua solamente le orecchie in forma di tromba. Quindi, quasi volando come dadi gettati, tornano a riunirsi in branco nei pianori erbosi, sbuffando nervose dalle froge, consapevoli del pericolo ma incerte circa la sua esatta provenienza.

Il vecchio Karanga albergava in sé lo stesso istinto, essendo un mashona, ovvero un mangiatore di sudiciume, e come tale una preda per natura. Fu dunque il primo ad accorgersi che lì attorno c'erano dei matabele. Quindi divenne silenzioso, nervoso e attento, contagiando anche gli altri portatori.

Robyn lo vide raccogliere dall'erba sul bordo del sentiero una piuma di struzzo spezzata, mettersi a esaminarla attentamente, sporgendo le labbra e fischiettando lievemente tra sé. Non era caduta dalla testa di un uccello.

E quella notte il vecchio palesò le proprie preoccupazioni a Robyn.

«Sono qui, gli uccisori di donne, i rapitori di bambini...» disse, sputando nel fuoco, con una spavalderia vuota come un tronco morto.

«Tu sei sotto la mia protezione», replicò Robyn. «Tu e tutta la gente della carovana.»

Ma fu senza ulteriori avvertimenti che si imbatterono nella pattuglia di armati matabele, all'alba, quando di norma quella gente va all'assalto.

Improvvisamente furono lì, ad accerchiare il campo, solida falange di scudi screziati e di piume al vento. Le lame dei larghi *assegai* riflettevano la luce del sole. Il vecchio Karanga era scomparso durante la notte e con lui erano scomparsi tutti gli altri portatori. Il campo era rimasto deserto, se si eccettuavano gli ottentotti.

Gli avvertimenti del vecchio tuttavia non erano passati inascoltati, e al di là dello *scherm* di rovi gli ottentotti erano all'erta, con i moschetti imbracciati e le baionette inastate.

I matabele accerchiatori erano immobili e silenziosi, come statue scolpite in marmo nero. Parevano essere migliaia, anche se il senso comune avvertiva Robyn che si trattava soltanto di un effetto dell'immaginazione eccitata e della poca luce. Dovevano invece essere cento, o al massimo duecento.

Accanto a lei Juba mormorò: «Siamo salvi, Nomusa. Siamo oltre la Terra Bruciata. Oltre i confini della mia gente. Non ci uccideranno».

Robyn avrebbe voluto essere altrettanto fiduciosa, ma invece sentì un rapido brivido, non provocato soltanto dal freddo notturno.

«Vedi, Nomusa», insistette la ragazza. «Hanno con loro i ragazzi che portano le salmerie, e molti degli *amadoda* hanno le armi da fuoco. Se avessero intenzione di dare battaglia, non sarebbero così carichi.»

Robyn vide che Juba aveva ragione: alcuni dei guerrieri portavano a tracolla il moschetto, e nel diario di suo padre aveva letto che quando i matabele intendevano impegnarsi in un combattimento serio, lo affidavano ai portatori, non fidandosene e non sapendo usarlo con precisione. Contavano solamente sull'arma dei loro antenati, l'*assegai* di Chaka Zulu.

«I ragazzi delle salmerie trasportano merci. Sono un gruppo di commercianti», mormorò ancora Juba. Tali ragazzi erano gli apprendisti guerrieri e stavano incolonnati oltre i ranghi dei combattenti. Ma non appena Robyn riconobbe le scatole e i fagotti che reggevano sulla testa, la sua paura venne sostituita dall'ira.

Certo, erano proprio commercianti, e stavano percorrendo a ritroso quella strada, lasciando pochi dubbi circa ciò che avevano dato in cambio di quelle merci.

«Negrieri!» esclamò. «Nel nome e per la misericordia di Dio, sono i negrieri che stavamo cercando, al ritorno dal loro sudicio lavoro. Juba, va' immediatamente a nasconderti!»

Poi, tenendo la Sharps ficcata sotto il braccio, uscì dall'apertura del recinto di rovi. Vedendola, i guerrieri abbassarono gli scudi, incuriositi. Un atteggiamento che confermava l'intuizione di Juba: non avevano intenzioni bellicose.

«Dov'è il vostro *induna*?» gridò Robyn, con la voce resa aspra dall'ira, trasformando la loro curiosità in stupefazione. I ranghi ondeggiarono e si agitarono, finché ne emerse un uomo, uno degli uomini più imponenti su cui Robyn avesse mai posato lo sguardo.

La nobiltà del suo portamento non lasciava adito a dubbi, così come la sua arroganza e l'orgoglio del guerriero tempratosi tra battaglie e onori. L'uomo le si fermò davanti e, quando parlò, lo fece con voce bassa e calma. Non aveva bisogno di alzarla per farsi ascoltare.

«Dov'è tuo marito, bianca?» chiese. «O tuo padre?»

«Sono io che parlo per me e per tutta la mia gente.»

«Ma sei una donna», la contraddisse l'alto *induna*.

«E tu sei un negriero», lo rimbeccò furiosamente Robyn. «Un individuo che vende donne e bambini.»

Il guerriero continuò a fissarla per un attimo, poi sollevò il mento e scoppiò in una risata che era un suono musicale basso e chiaro.

«Non soltanto donna», disse poi, sempre ridendo, «ma anche insolente.»

Quindi si portò lo scudo alla spalla e le passò oltre. Era talmente alto che la giovane dovette sollevare il mento per guardarlo. Si muoveva con equilibrio sinuoso e sicurezza di portamento. I muscoli del suo dorso erano lustri come fossero coperti di velluto nero, le alte piume del copricapo si scuotevano e i sonagli di guerra che portava alle caviglie facevano sentire il proprio vibrato a ogni suo passo.

Quando ebbe rapidamente superato l'apertura nella barriera di rovi, a un gesto di Robyn il caporale ottentotto sollevò la canna del moschetto, mettendosi sull'attenti e facendo un passo indietro per lasciarlo passare.

Con uno sguardo circolare l'*induna* esaminò le condizioni del campo e poi scoppiò nuovamente a ridere.

«I tuoi portatori sono scappati», disse. «Questi sciacalli di mashona sentono un vero uomo a un giorno di distanza.»

Robyn, che lo aveva seguito nel campo, lo rimbeccò chiedendogli con ira non trattenuta:

«Con quale diritto entri nel mio *kraal*, terrorizzando la mia gente?»

L'*induna* riportò su di lei la propria attenzione.

«Io sono un uomo del re. In missione per il re», rispose, come se fosse quanto bastava a spiegare ogni cosa.

L'*induna* Gandang era figlio di Mzilikazi, re e capo supremo dei matabele e di tutte le tribù a loro asservite.

Sua madre era di puro sangue zanzi, il vecchio sangue del sud, ma non era una moglie di primo letto, e in conseguenza di ciò Gandang non avrebbe mai potuto aspirare ai domini del padre.

Tuttavia era uno dei suoi favoriti. Mzilikazi, che aveva scarsa fiducia in quasi tutti i figli e nella stragrande maggioranza delle cento mogli, si fidava di lui non solamente perché era bello e intelligente, oltre che un guerriero senza paura, ma soprattutto perché viveva in stretto accordo con la legge e gli usi del suo popolo, e per la più volte dimostrata e indiscutibile fedeltà nei confronti di colui che era suo padre e re.

Per questo e per le sue gesta il giovane era coperto di onori, come provavano i fiocchi che portava alle braccia e alle gambe. A ventiquattro primavere, era il più giovane *indoda* a cui mai fossero stati conferiti il copricapo dell'*induna* e un posto nell'alto consiglio della nazione, dove la sua voce era ascoltata con attenzione persino dagli anziani dalla testa grigia.

Quando all'orizzonte si profilava un'impresa difficile o un combattimento aspro, l'anziano re, deformato dalla gotta, si affidava sempre a questo giovane alto ed eretto.

Perciò, quando aveva avuto notizia del tradimento di uno dei suoi *induna*, comandante delle guardie di confine della fascia sudorientale della Terra Bruciata, Mzilikazi non aveva esitato a chiamare il fido figlio Gandang.

«Bopa, figlio di Bakweg», gli aveva detto, «è un traditore.»

Il fatto che il padre condiscendesse a spiegare i propri ordini, mentre li impartiva, era una prova del favore di cui Gandang godeva.

«Dapprima, come gli era stato ordinato, uccideva chi si avventurava nella Terra Bruciata, poi è diventato avido e invece di ucciderli ha cominciato a catturarli, come fossero bestiame, per venderli ai *putukesi* (i portoghesi) e ai *sulumani* (gli arabi), mandandomi a dire che erano morti», aveva proseguito il vecchio re, muovendo le giunture gonfie e dolenti e fiutando una presa di tabacco, prima di riprendere:

«Poi, essendo avido ed essendo avidi anche gli uomini con cui tratta, ha cercato altro da vendere. Quindi, per suo conto e in segreto, ha cominciato a razziare le tribù fuori dei confini della Terra Bruciata».

Gandang, inginocchiato davanti al padre, si era lasciato sfuggire un lieve fischio di incredulità. Tutto ciò era contrario alla legge e agli usi, perché le tribù mashona che vivevano fuori della Terra Bruciata erano «bestiame» del re e potevano essere razziate soltanto dietro suo ordine. Usurpare i poteri del re e prendersi il suo bottino costituiva la peggior forma di tradimento.

«Sì, figlio mio», aveva continuato ancora il re, manifestando il proprio assenso a tanto orrore. «Ma la sua avidità era senza limiti. Aveva fame dei gingilli e dei ninnoli portatigli dai *sulumani*, al punto che quando il 'bestiame' mashona non è più stato sufficiente, ha cominciato a razziare anche la propria gente.»

Quindi il re aveva taciuto, con dipinta in volto un'espressione di grande dispiacere. Era infatti un despota dai poteri illimitati e dalle leggi selvagge, ma nell'ambito di tali leggi era un uomo giusto.

«Bopa mi ha mandato messaggeri che accusavano la nostra stessa gente, alcuni dei più nobili figli di sangue zanzi, uno dei quali sarebbe stato colpevole di tradimento, un altro di stregoneria, un altro ancora di rubare le mandrie reali... e io li ho rimandati da lui con l'ordine di uccidere i rei. Ma non sono stati uccisi. Con tutta la loro gente sono invece stati portati per la strada che lo stesso Bopa ha aperto verso est. Così ora i loro corpi non verranno sepolti in questa terra e i loro spiriti vagheranno senza patria per sempre.»

Era un destino terribile, e il re aveva abbassato il mento sul petto, cogitabondo. Poi, emesso un sospiro, era tornato a sollevare la testa. Una testa piccola, dai lineamenti minuti, da cui usciva una voce acuta, quasi femminea, non certamente la voce di un conquistatore e di un guerriero senza paura.

«Porta la tua lancia dal traditore, figlio mio, e quando l'avrai ucciso torna da me.»

E prima che Gandang arretrasse dal suo cospetto, sempre stando prostrato, lo aveva fermato alzando un dito.

«Quando avrai ucciso Bopa, tu e gli *amadoda* che verranno con te per compiere l'impresa potrete andare dalle donne.»

Era il permesso che Gandang aspettava da anni, il privilegio più alto, il diritto di «andare dalle donne» e prendere moglie.

Mentre arretrava strisciando dal cospetto del re suo padre, Gandang ne aveva levato alte le lodi.

Quindi, figlio leale qual era, aveva adempiuto all'ordine. Con i propri *impi* denominati *Inyati*, ovvero Bufali, aveva portato la sua lancia vendicatrice attraverso i territori dei matabele e la Terra Bruciata, e poi lungo la Strada della Iena, finché, a un passo che attraversava le alture di granito, aveva incontrato gli *impi* di Bopa – denominati *Inhlambene*, ovvero Nuotatori – che tornavano da est carichi dei beni che il loro capo tanto amava. La battaglia era stata durissima, ma alla fine: «*Ngidla*... Ho mangiato», aveva gridato Gandang, infilzando la larga lama dell'*assegai* tra le costole di Bopa, fino al cuore, facendo sgorgare dalla ferita uno spruzzo di sangue che aveva intriso i fiocchi di bufala che portava alle braccia e alle gambe.

Era dunque con buona ragione che il giovane era scoppiato a ridere quando Robyn gli aveva dato del «negriero».

«Sono in missione per conto del re», ripeté dunque il giovane. «Ma che cosa ci fai qui, bianca?» Gandang sapeva molto poco di quello strano popolo, perché era un bambino quando gli *impi* di Mzilikazi li avevano combattuti nelle terre del sud, venendone respinti a nord fino a quello che adesso era il territorio dei matabele.

Ne aveva incontrato soltanto pochissimi rappresentanti, venuti in visita al *kraal* paterno di Thabas Indunas, viaggiatori, commercianti e missionari, a cui era stato concesso il salvacondotto del re per superare le frontiere rigorosamente tenute sotto controllo.

Sospettava di loro e delle loro merci sgargianti. Non si fidava dell'abitudine che avevano di frantumare le pietre che trovavano sul loro cammino e non apprezzava i discorsi che facevano circa l'uomo bianco che sarebbe vissuto nell'alto dei cieli e che pareva essere un serio avversario per Nkulu-kulu, il grande dio dei matabele.

Se avesse incontrato quella donna e i suoi accompagnatori nella Terra Bruciata, avrebbe seguito senza esitazione gli ordini ricevuti, uccidendoli tutti.

Invece erano ancora a dieci giorni di marcia dal confine e aveva poco interesse per loro: era impaziente di tornare dal padre per annunciargli il successo della spedizione. Non voleva sprecare altro tempo.

«Che cosa ti porta qui, donna?»

«Vengo a dirti che la Grande Regina non tollererà più che esseri umani vengano venduti come bestie per poche perline. Vengo per porre fine a questo commercio del diavolo.»

«È opera dell'uomo», replicò Gandang sorridendo. «E inoltre è già stato provveduto.»

Quella donna lo divertiva e in un'altra occasione non gli sarebbe dispiaciuto scambiare quattro chiacchiere con lei.

Stava dunque per fare dietrofront e andarsene dal campo,

quando la sua attenzione fu attirata da un lieve movimento visto attraverso una fessura nel tetto in paglia di uno dei ricoveri temporanei. Con rapidità singolare per un uomo delle sue dimensioni, si chinò per introdursi nella capanna e ne emerse tirando la ragazza per il polso. Quindi, tenendola a distanza con il braccio teso, l'esaminò con attenzione.

«Tu appartieni alla mia gente», disse poi in tono neutro. «Tu sei matabele.»

Juba chinò il capo, e sul suo viso si dipinse un velo grigiastro di terrore, tanto che Robyn temette le cedessero le gambe.

«Parla», ordinò Gandang, con la sua voce bassa ma imperiosa. «Tu sei matabele!»

Juba alzò gli occhi a lui e rispose con un mormorio tanto fievole che Robyn riuscì a stento a cogliere ciò che diceva.

«Matabele», consentì la ragazza. «Di sangue zanzi.»

Il guerriero e la fanciulla si esaminarono a vicenda con attenzione. Quindi Juba sollevò il mento e dal suo viso scomparve il grigiore.

«Tuo padre?» chiese finalmente Gandang.

«Sono Juba, figlia di Tembu Tebe.»

«È morto, come tutti i suoi figli, per ordine del re.»

Juba scosse il capo. «Mio padre è morto, è vero... ma le mogli e i figli sono nella terra dei *sulumani*, al di là del mare. Soltanto io sono scappata.»

«Bopa!» esclamò Gandang, pronunciando il nome come fosse una maledizione. Poi rimase un attimo pensieroso, quindi aggiunse: «Forse tuo padre è stato giustiziato per le false accuse mandate al re da Bopa».

Juba non rispose nulla, ma nel silenzio che seguì Robyn vide avvenire in lei un sottile cambiamento. Qualcosa si modificò nella postura della sua testa, e uno spostamento del peso le fece arcuare un'anca in una mossa provocante.

I suoi occhi, quando sollevò lo sguardo sull'alto *induna*, erano più larghi e dolci, e le labbra erano socchiuse, tanto da lasciar intravedere la rosea punta della lingua.

«Chi è questa bianca che viaggia con te?» chiese allora Gandang, con appena una traccia di raucedine nella voce. Continuava a tenerla stretta per il polso, ma la ragazza non faceva alcuno sforzo per liberarsi.

«È come mia madre», rispose Juba e, quando l'*induna* abbassò lo sguardo sul suo dolce corpo giovane, facendo oscillare leggermente le piume del copricapo, la ragazza modificò un poco l'angolazione delle spalle, in modo di esporre il seno al suo sguardo.

«Stai con lei di tua spontanea volontà?» insistette Gandang, e Juba annuì.

«Così sia, allora», concluse il giovane guerriero, che parve dover fare uno sforzo per distogliere lo sguardo, lasciando tuttavia libero il polso della ragazza. Ma nei suoi occhi era ancora dipinta un'espressione ironica.

«I negrieri che cerchi non sono lontani da qui, bianca. Li troverai al prossimo passo della strada.»

Quindi se ne andò, rapido e silenzioso com'era arrivato, seguito in fitta colonna dai suoi guerrieri. Nel giro di pochi minuti erano tutti scomparsi a ovest, oltre le curve dello stretto sentiero.

Il vecchio Karanga fu il primo dei servitori a tornare al campo. Arrivò attraverso il varco nello *scherm* come un trampoliere pieno di vergogna sulle sue gambe sottili.

«Dov'eri, quando ho avuto bisogno di te?» gli chiese Robyn.

«Non avrei saputo dominare la mia ira di fronte a quei cani matabele, Nomusa», rispose il vecchio balbettando, senza tuttavia trovare la forza di incrociare il suo sguardo.

Nel giro di un'ora dalle alture e dalla foresta ricomparvero anche gli altri, dopo di che tutti assieme ripresero con rinnovato entusiasmo la marcia nella direzione opposta a quella dell'*Inyati* di Gandang.

Robyn trovò i negrieri nel punto preciso che le aveva indicato Gandang. Erano sparsi per il passo come tante foglie dopo il primo temporale d'autunno. Quasi tutti erano feriti mortalmente al torace o alla testa, a prova del fatto che comunque si erano battuti da matabele.

I vincitori avevano loro aperto il ventre per consentire allo spirito di andarsene. Un ultimo gesto di cortesia nei confronti di uomini che avevano combattuto valorosamente, ma di quelle aperture gli avvoltoi si erano serviti per penetrare nei corpi.

La piccola carovana passò oltre lentamente, inorridita da tanta carneficina, tra le grida rauche dei divoratori di carogne, cercando con cura di non calpestare i miseri resti di quegli uomini coraggiosi.

Una volta che ebbero superato il passo, poi, i suoi membri scesero rapidamente lungo il versante opposto, lanciandosi timorose occhiate dietro le spalle. In fondo al pendio c'era una piccola cascata, che formava un laghetto, accanto al quale Robyn ordinò che venisse fatto il campo. Dopo di che la giovane chiamò immediatamente a sé Juba, chiedendole di accompagnarla.

Doveva fare un bagno, le pareva quasi che la morte l'avesse toccata con le sue dita putride, lasciandole addosso tracce di corruzione che aveva bisogno di lavarsi via. Quindi si sedette sotto la cascatella, immersa nel laghetto fino alla vita, e si lasciò scorrere l'acqua sulla testa, tenendo gli occhi chiusi per scacciare l'orrenda visione del campo di battaglia. Juba, invece, non appariva altrettanto impressionata: era troppo avvezza agli orrori della morte violenta.

Finalmente Robyn raggiunse la riva e si coprì il corpo ancora bagnato con la camicia e i pantaloni, che in quel caldo le sarebbero asciugati addosso nel giro di pochi minuti. Quindi, mentre si attorcigliava i capelli in una treccia sopra la testa, chiamò Juba, perché uscisse anche lei dal laghetto.

E invece, in preda a un umore malizioso e ribelle, la giovane ignorò il richiamo, rimanendo rapita nel proprio gioco, canticchiando sottovoce, raccogliendo fiori da un rampicante che pendeva sul laghetto e facendosene ghirlanda attorno alle spalle. Robyn si voltò e la lasciò sola, risalendo la riva verso il campo. La prima curva la nascose alla vista.

A quel punto Juba sollevò lo sguardo, incerta. Non sapeva bene perché si fosse rifiutata di obbedire e sentiva una punta di inquietudine a esser rimasta sola. Non era ancora abituata a questo suo nuovo umore, a questa strana eccitazione informe, a questa attesa di chissacché, che la lasciava senza fiato. Infine scosse il capo, tornando al suo canto e al gioco.

Ferma in piedi in cima alla riva, semicoperta dal rampicante e maculata come un leopardo dalla luce obliqua del pomeriggio che filtrava tra le foglie, una figura alta, appoggiata a un tronco di un fico selvatico, la stava osservando.

Era lì, invisibile e immobile, da quando era stata attirata al laghetto dagli scrosci dell'acqua e dal canto. Aveva osservato le due donne, comparandone le nudità, il bianco esangue con il nero lustro, la figura spigolosa con l'abbondanza di carne, i capezzoli oscenamente rosei con quelli neri come carboncini bagnati, le anche strette da ragazzo con l'ampio bacino orgoglioso, le natiche minute con la pienezza indubitabilmente femminea.

Gandang sapeva che, così tornando sui propri passi, per la prima volta in vita sua stava trascurando il proprio dovere. In quel momento avrebbe dovuto essere a molte ore di marcia da quel posto, alla testa dei suoi uomini, diretto verso ovest, e invece aveva sentito nel sangue questa specie di pazzia a cui non era stato capace di opporsi. Perciò aveva ordinato l'alt, tornando indietro da solo sulla Strada della Iena.

«Sto rubando il tempo del mio re, proprio come Bopa gli rubava il bestiame», disse a se stesso. «Ma in fondo si tratta soltanto di una piccola parte di un solo giorno, e dopo tutti gli anni che gli ho dedicato certamente mio padre non mi rimprovererà.» Invece sapeva che così avrebbe potuto essere: Mzilikazi conosceva una sola punizione per qualsiasi forma di disobbedienza.

Gandang stava rischiando la vita per rivedere quella ragazza. Stava rischiando la sorte fatale del traditore per dire poche parole a un'estranea, figlia di un uomo che tale sorte già aveva subito.

«Quanti uomini si sono scavati da sé la fossa con il loro *umthondo*», si era detto pensosamente, mentre aspettava che la bianca se ne andasse dal laghetto. E poi, quando costei lo aveva fatto, tentando di portare via anche la bella ragazza, aveva cercato di trattenere lì Juba con la sua forza di volontà.

E allorché la bianca, chiaramente seccata, si era voltata, sparendo tra gli alberi, Gandang si era rilassato leggermente, concedendosi ancora una volta il piacere di osservare la ragazza nell'acqua. I fiori selvatici erano di un giallo chiaro contro la pelle, mentre le gocce d'acqua sulle spalle e le mammelle erano simili a stelle sospese nel cielo di mezzanotte. Juba stava cantando una di quelle canzoncine infantili che conosceva benissimo anche lui, tanto che si scoprì a canticchiarla all'unisono con lei.

Sotto di lui la ragazza raggiunse la riva e rimase in piedi sulla sabbia bianca, prendendo a tergersi l'acqua dal corpo. Quindi, sempre cantando, si piegò per lavarsi anche le gambe, facendo scorrere lentamente il palmo roseo delle mani dalle cosce fino alle caviglie. Così facendo rivolse il dorso a Gandang, che si lasciò sfuggire un ansito davanti a ciò che gli veniva rivelato. Immediatamente la ragazza si rimise diritta, girando su se stessa per affrontarlo. Tremava come una cerbiatta spaventata, con due occhi spalancati e resi foschi dalla paura.

«*Ti vedo*, Juba, figlia di Tembu Tebe», disse il giovane, con una punta di raucedine nella voce, mentre le scendeva incontro.

L'espressione dello sguardo della ragazza cambiò: nei suoi occhi si accese una luce simile a quella di un raggio di sole che attraversi una coppa di miele.

«Sono un messaggero del re e chiedo il diritto di passaggio», disse ancora Gandang, toccandole una spalla. La ragazza ebbe un tremito sotto le sue dita e il giovane vide che le si accapponava la pelle.

Il «diritto di passaggio» era un'usanza del sud, della vecchia patria sul mare. Lo stesso diritto che Senzangakhona aveva chiesto a Nandi «la dolce». Tuttavia, Senzangakhona non aveva rispettato la legge, penetrando sotto il velo proibito. Da tale trasgressione era nato un figlio, il bastardo Chaka, «il verme in seno», che crescendo era diventato al tempo stesso il re e il flagello della terra degli zulu, lo stesso Chaka dalla cui tirannia Mzilikazi era fuggito verso nord con tutta la propria tribù.

«Sono una vergine fedele al re», gli rispose timidamente Juba, «e pertanto non posso rifiutare di dare conforto a chi è in cammino per suo conto.» Quindi gli sorrise. Un sorriso che non era né baldanzoso né provocante, ma tanto dolce, fiducioso e pieno di ammirazione che Gandang si sentì nuovamente stringere il cuore.

Così fu gentile con lei, molto gentile, calmo e pacato, tanto che la ragazza si sentì invece impaziente di rendergli il servigio richiesto, piena come lui del medesimo desiderio. Quando il giovane le mostrò come incrociare le cosce per fare del loro interno un nido nel quale si potesse adagiare, lei corrispose immediatamente, senza voce.

E mentre lo tratteneva stretto in quel nido, a poco a poco si sentì prendere da una strana follia nel sangue e nel corpo. Cercò pertanto di cambiare l'angolazione dell'inguine e di sciogliere le cosce strettamente incrociate, allargandole e sforzandosi di inghiottirlo dentro di sé, poiché non poteva più sostenere quell'ossessiva frizione sulla pelle. Voleva sentirlo risalire il flusso caldo e accogliente che gli stava mandando incontro. Voleva sentirlo penetrare a fondo dentro di sé. Ma la determinazione del giovane, il suo rispetto degli usi e della legge erano forti quanto il corpo che incombeva su di lei. La tenne pertanto stretta fino al momento in cui la ragazza sentì la sua presa allentarsi, mentre il seme sgorgava con violenza, andando a perdersi nella sabbia bianca sotto di loro. In quell'istante provò una tale sensazione di struggimento, che avrebbe potuto mettersi a piangere.

Gandang la tenne ferma con il torace ansante e sudato, e lei gli si avvinghiò con entrambe le braccia.

«Sei morbida e bella come la prima notte di luna nuova», le mormorò finalmente il giovane.

«E tu sei nero e forte come il toro della festa del *Chawala*», rispose lei. Il toro, simbolo della virilità, e per di più quello scelto per il *Chawala*, il più perfetto tra tutti gli esemplari delle mandrie reali.

«Sarai solamente una tra tante mogli», esclamò Robyn, inorridita di fronte alla prospettiva.

«Sì», disse Juba. «Ma sarò la prima, e le altre dovranno rendermi onore.»

«Ti avrei portato con me, per insegnarti molte cose e mostrarti grandi meraviglie.»

«Ho già visto la più grande.»

«Non farai altro che mettere al mondo bambini.»

Juba rispose annuendo lietamente. «Se sono davvero fortunata, gliene farò cento.»

«Sentirò la tua mancanza.»

«Non ti lascerei mai, Nomusa, madre mia, per nessuna ragione o persona al mondo, eccettuato quest'uomo.»

«Ma vuole darmi del bestiame, in cambio.»

«Essendo morta tutta la mia famiglia, tu mi sei madre», le spiegò Juba. «E quello è il prezzo per il mio matrimonio.»

«Non posso accettare un pagamento... come se tu fossi una schiava.»

«Così facendo mi svilisci. Io sono di sangue zanzi e quell'uomo dice che sono la più bella donna della terra dei matabele. Quindi devi chiedere il prezzo di cento capi di bestiame.»

Allora Robyn chiamò a sé l'*induna*.

«Il prezzo per il matrimonio è di cento capi di bestiame», gli disse in tono severo.

«Fai un magro affare», le rispose in modo altero Gandang. «Quella donna vale molte volte quel prezzo.»

«Terrai il bestiame nel tuo *kraal* finché non verrò a prenderlo. Abbine buona cura e fa' in modo che si moltiplichi.»

«Sarà fatto come chiedi, *amekazi*, madre mia.» E questa volta Robyn dovette ricambiare il sorriso, che non era più ironico e metteva in luce una chiostra di denti candidi, aggiungendo la sua parte alla grande bellezza del giovane.

«Abbi buona cura anche di lei, Gandang.»

Quindi Robyn abbracciò Juba e le loro lacrime si mischiarono sulle guance. Tuttavia, andandosene, la giovane donna non si guardò alle spalle una sola volta, procedendo spedita dietro l'alta figura eretta di Gandang, tenendo in equilibrio sulla testa la stuoia arrotolata e con le natiche che ondeggiavano gaiamente sotto il corto grembiule adorno di nastri.

I due giovani raggiunsero il passo e sparirono improvvisamente alla vista.

La Strada della Iena condusse Robyn e il suo gruppetto di uomini nelle montagne, tra la nebbia e valli stranamente desolate, di erica e roccia grigia dalle forme fantastiche. La portò ai recinti per gli schiavi di cui le aveva parlato Juba, al luogo di incontro dove bianco e negro praticavano il loro commercio di vite umane, dove gli schiavi passavano dal giogo alle catene. Ma ora tali recinti erano vuoti e i tetti di paglia stavano crollando. Solamente l'odore acido della cattività continuava ad aleggiare. In un vano gesto di ribellione Robyn vi diede fuoco.

Poi dalle montagne nebbiose la strada li portò giù per gole oscure, fino a raggiungere il basso litorale, dove ancora una volta il caldo si abbatté su di loro da un cielo cupo e coperto, verso cui levavano i loro rami artritici i grotteschi baobab, come adoratori verso un'immagine sacra.

Le piogge li colsero sulla pianura costiera. La piena spazzò via tre uomini a un guado e altri quattro, compreso un ottentotto, morirono di febbre, che colpì con il suo primo attacco anche Robyn. In preda a brividi, resa quasi folle dai fantasmi della malaria, la giovane continuò tuttavia ad avanzare sul sentiero invaso dalla vegetazione, scivolando e inciampando nella mota, e maledicendo i miasmi di febbre che si levavano dalle paludi, rimanendo ad aleggiare come uno spettro argenteo tra le verdi macchie di eucalipti attraverso cui avanzavano rapidamente.

La febbre e le fatiche di quest'ultimo tratto di viaggio li avevano stancati tutti. Sapevano di essere, al massimo, a due giorni di marcia dalla costa, in pieno territorio portoghese e dunque soggetti a un re cristiano e a un governo di uomini civili. Perciò le sentinelle ottentotte si lasciarono cogliere dal sonno accanto ai fuochi fumosi di legna umida, e perciò morirono, con la gola recisa da una lama tanto affilata da impedire anche l'ultimo grido.

E fu perciò che Robyn venne svegliata da mani rudi che le torsero il braccio tra le scapole e da un ginocchio che le si premeva contro la schiena, mentre due manette di acciaio le bloccavano i polsi. A quel punto venne spinta brutalmente in piedi e trascinata fuori della fatiscente capanna eretta sul bordo della Strada della Iena.

La sera prima era troppo stanca e piena di febbre per spogliarsi e quindi aveva ancora addosso la camicia di flanella, stazzonata e sudicia, e i pantaloni di fustagno pieni di macchie. Aveva persino tenuto in testa il berretto, così che, al buio, chi l'aveva catturata non si era reso conto che si trattava di una donna.

Quindi venne legata con i portatori e gli ottentotti e costretta a portare le leggere catene da marcia, prova – se pure ce n'era bisogno – di chi fosse quella gente. L'alba li rivelò essere una congrega di mulatti e negri, tutti vestiti con abiti europei di scarto, ma muniti di armi moderne.

Era proprio per incontrare questi individui che aveva attraversato mezzo continente, ma ora che li aveva trovati Robyn cercò di farsi piccola negli stracci che costituivano la sua unica protezione, tremando all'idea di ciò che sarebbe accaduto se costoro avessero scoperto a quale sesso apparteneva. Preda di quegli individui era la carne umana, bianca o nera che fosse, e in quel momento lei non era altro che carne, a dispetto del colore della sua pelle e della nazionalità inglese, su cui contava con tanta cieca fiducia. Un essere umano in catene, del valore di poche monete in un'asta, un corpo di cui quegli uomini non si sarebbero peritati a fare scempio se solo ne avessero scoperto il sesso. Perciò stava zitta e obbediva al loro minimo cenno.

Erano più vicini alla costa di quanto avesse calcolato, infatti arrivava fin lì l'odore del sale e dello iodio. E più tardi, al cadere della notte, sentirono un odore di fumo di legna e quello inequivocabile dell'umanità in catene. Infine videro i fuochi e le orrende sagome dei baraccamenti negrieri.

Arrivarono nello spiazzo centrale, attorno a cui erano costruite le baracche. Una zona aperta di mota rappresa, dov'era stata eretta un'alta piattaforma di tavole rozzamente segate. A che cosa servisse, apparve subito evidente: era il podio per l'asta, che parve iniziare immediatamente.

Il banditore era chiaramente di pura razza portoghese, un ometto col viso grinzoso e abbronzato di uno gnomo maligno, nonché dal sorriso vago e dagli occhi immobili di un serpente. Indossava giacca e pantaloni di buon taglio, e stivali e cintura della miglior pelle iberica, ornata di borchie d'argento. Inoltre alla cintura portava un paio di costose pistole e in testa il cappello basso a larga tesa tipico dei portoghesi.

Prima di salire sulla piattaforma, mandò con un calcio distratto uno dei propri schiavi personali al tamburo di legno scolpito che stava ai margini dello spiazzo, sul quale questi prese a battere con gusto il ritmico richiamo per i compratori.

In risposta a tale richiamo gli uomini accorsero dalle ombre della boscaglia e dalle capanne piene di vita che si levavano tra le baracche. Alcuni di loro avevano bevuto e arrivavano tenendosi sottobraccio, brandendo le bottiglie di rum e cantando con voci arrochite. Altri invece arrivavano da soli e in silenzio. Tutti assieme formarono un cerchio attorno al podio del banditore.

Parevano esibire tutti i colori che la pelle è capace di assumere, dal nero più intenso, attraverso tutte le variazioni di bruno e giallastro, fino al bianco del ventre di uno squalo morto, nonché le più diverse fattezze africane e arabe, asiatiche ed europee. Anche il loro abbigliamento era alquanto vario, dalle tuniche svolazzanti dell'Arabia fino alle giacche ricamate e agli stivali alti. Una sola cosa avevano in comune: uno sguardo feroce da falco e il contegno spietato di chi ha commercio con la miseria umana.

Uno alla volta i servitori di Robyn vennero spinti sul podio e gli stracci vennero loro strappati di dosso per esporne il fisico agli sguardi dei compratori, che di quando in quando si facevano avanti per tastare un muscolo o aprire a forza una bocca per esaminare i denti.

Una volta che avevano soddisfatto la propria curiosità, il piccolo portoghese dava inizio alla contrattazione.

Gli uomini attorno lo chiamavano Alphonse e, sebbene scambiassero con lui salaci battute, tuttavia lo trattavano con un rispetto sospettoso, a inequivocabile dimostrazione del timore che ne avevano.

Sotto la sua direzione la vendita procedette rapidamente. Gli ottentotti destarono scarso interesse e furono venduti per poche rupie l'uno, mentre i portatori, uomini alti e vigorosi, raggiunsero quotazioni più elevate, finché sul podio salì il povero, vecchio Karanga, che suscitò un subisso di risate.

Invano il banditore cercò di zittire lo schiamazzo e di ottenere un'offerta: alla fine dovette mandarlo via con un gesto disgustato. Fu solo quando il vecchio venne gettato giù dalla piattaforma e trascinato via nelle tenebre, oltre il fuoco, che Robyn si rese conto di ciò che stava per succedergli. Allora, dimenticata ogni prudenza, gridò: «No, lasciatelo andare!»

Quasi nessuno si voltò a guardarla e l'uomo che la teneva per la catena le mollò un distratto ceffone a mano aperta su una guancia, che per un attimo la accecò. Quindi, caduta in ginocchio nella mota, sentì trapassare da un colpo di pistola il ronzio che aveva nelle orecchie.

Si mise dunque a piangere in silenzio e stava ancora piangendo quando venne rimessa in piedi e a sua volta trascinata nel cerchio di luce e spinta sul podio.

«Un ragazzo pelle e ossa», disse il portoghese. «Ma abbastanza bianco da farne un ottimo eunuco per gli harem degli oman. Basta tagliargli gli ammennicoli. Chi mi offre dieci rupie?»

«Diamogli un'occhiata», gridò una voce dalla cerchia di uomini, al che il portoghese si voltò verso Robyn, ficcandole un dito piegato a uncino sopra il primo bottone della camicia e lacerandogliela fino all'altezza della cintura.

La giovane si piegò in due, cercando di nascondere la parte superiore del corpo, ma l'uomo che aveva alle spalle torse la catena, costringendola a rimettersi eretta. Le mammelle uscirono di prepotenza dalla camicia strappata, provocando un mormorio e un'agitazione inquieta nella cerchia degli astanti, il cui atteggiamento cambiò d'improvviso.

Alphonse portò significativamente la mano al calcio di una delle pistole, facendo spegnere ogni mormorio. La cerchia di uomini arretrò di un passo.

«Chi offre dieci rupie?» chiese ancora il banditore.

E dalla cerchia emerse un uomo di poderosa corporatura, che Robyn riconobbe immediatamente. Portava in testa un berretto di castoro dal quale uscivano folti riccioli di capelli di un nero lustro.

«Oro!» gridò. «Offro oro, un mohur d'oro della Compagnia delle Indie Orientali, e la peste colga chiunque si azzardi a offrire di più.»

«Un mohur d'oro», gridò Alphonse. «Un mohur d'oro offerto

da mio fratello Camacho Pereira, buon pro gli faccia», ripeté con un risolino. «Forza, chi vuole impedire a mio fratello di dare una bella botta a questa femmina?»

Robyn si sentì formicolare di ribrezzo la pelle e arretrò fin dove glielo consentiva la catena.

«Forza», ripeté Alphonse. «Chi offre più di un mohur d'oro per un bel pezzo di...»

«Quella donna è mia», disse Camacho, facendosi avanti. «Concludi l'asta.»

Suo fratello sollevò la mano per aggiudicare la donna, quando un'altra offerta lo fermò.

«Un'aquila doppia, signore. Offro venti dollari americani», disse una voce, che non si alzò sopra il livello normale e tuttavia arrivò chiarissima agli orecchi di tutti i presenti, quasi salisse dal casseretto alla coffa di maestra durante una burrasca forza otto.

Robyn ebbe un soprassalto e fece roteare incredula le catene in quella direzione. Quell'inflessione pigra l'avrebbe riconosciuta tra altre mille.

L'uomo era in piedi ai margini del cerchio di luce diffuso dal fuoco, ma quando tutte le teste si voltarono verso di lui fece un passo avanti.

Il sorriso si era spento sul volto di Alphonse, che ebbe un'esitazione.

«Renda pubblica l'offerta!» ordinò l'altro, la cui imponente figura, che si stava facendo avanti in camicia bianca e pantaloni scuri, sovrastava tutte le altre. Alphonse si affrettò a obbedire.

«Un'aquila doppia», disse bruscamente. «Il capitano Mungo St John del clipper *Huron* offre un'aquila doppia d'oro.»

Robyn sentì che quasi le gambe le cedevano per il sollievo, ma gli uomini alle sue spalle tornarono a rimetterla diritta con uno strattone della catena. Camacho Pereira si era girato su se stesso per fissare con ira l'americano. Mungo St John gli rispose con un sorriso, indulgente e pieno di condiscendenza.

«Mille rupie, Camacho!» disse. «Te le puoi permettere?»

Camacho ebbe un'esitazione, poi si affrettò a rivolgersi nuovamente al fratello, con voce bassa e ansiosa.

«Mi dai una mano?» chiese, facendo scoppiare a ridere Alphonse, che ribatté:

«Non presto mai soldi».

«Neanche a un fratello?» insistette Camacho.

«Specialmente a un fratello», rispose Alphonse. «Lasciala perdere, quella femmina: ne trovi un dozzina di migliori a cinquanta rupie l'una.»

«Io devo avere lei», ribatté Camacho, girandosi di nuovo per affrontare Mungo St John. «Devo averla. È una questione d'onore. Capisci?» insistette. Dopo di che si tolse di testa il berretto di castoro e lo scagliò lontano, facendolo roteare in aria. Uno dei suoi uomini lo prese al volo. Quindi Camacho si passò entrambe le mani tra i folti ricci neri e poi si lasciò ricadere le braccia sui fianchi, piegando le dita come un prestigiatore pronto a compiere uno dei suoi trucchi.

«Farò un'altra offerta», disse poi minacciosamente. «Offro un mohur d'oro... e venticinque centimetri di acciaio di Toledo.» E il coltello parve comparirgli in mano per incanto, puntato direttamente alla fibbia della cintura dell'americano.

«Fuori dai piedi, yankee, altrimenti mi prendo la donna e *in più* anche la tua aquila doppia d'oro.»

Dagli astanti si levò un mormorio, un rumore basso, bramoso di sangue, mentre tutti si sistemavano a formare un cerchio attorno ai due e già iniziavano le scommesse.

Mungo St John non aveva smesso di sorridere, ma a quel punto tese la destra, senza distogliere lo sguardo dal portoghese.

Dalla schiera degli astanti emerse un personaggio di vaste dimensioni, simile a un grosso rospo, dalla testa rotonda e calva come una palla di cannone. Con mossa da rettile Tippù si piazzò a fianco del padrone. Gli mise un coltello nella mano tesa e poi, slacciatasi la fascia ricamata che portava in vita, gli porse anche quella. Mungo se l'avvolse attorno al braccio sinistro, sempre sorridendo lievemente.

Non una sola volta aveva sollevato lo sguardo a Robyn, che invece non era stata capace di distogliere il proprio dal suo viso. In quel momento le pareva un dio. Sarebbe stata ben felice di gettarsi ai suoi piedi per adorarlo.

Immediatamente sotto di lei Camacho stava togliendosi la giacca, usandola a sua volta per avvolgervi il braccio di guardia. Quindi tracciò nell'aria con il coltello due fendenti che fecero sibilare la lama. A ogni colpo chinò leggermente la testa e piegò le ginocchia, come un atleta che si sciolga i muscoli.

Infine si fece avanti, con passi leggeri nel terreno vischiosamente fangoso, facendo balenare la lama a zig zag per intimidire l'avversario.

Il sorriso scomparve dalle labbra di Mungo St John, sostituito da un'espressione grave e intenta, simile a quella di un matematico impegnato in un problema complesso. Tenendo il coltello basso, il braccio di guardia avanzato ed equilibrandosi agevolmente, si mise a girare in tutta la sua statura per tenere testa al portoghese, che si muoveva in cerchio attorno a lui.

Finalmente sugli astanti era calato il silenzio. Tutti bramavano di vedere il sangue e, quando Camacho attaccò, dalla folla si levò un boato simile a quello che accompagna l'ingresso del toro nell'arena. Mungo St John parve non muoversi affatto, limitandosi a spostare le anche in modo da schivare il fendente e tornando ad affrontare l'avversario.

Il portoghese si produsse in altri due assalti, che Mungo St John vanificò senza sforzo, con due semplici scarti laterali, ma cedendo entrambe le volte terreno, finché si trovò a ridosso della prima fila degli astanti, che presero ad arretrare per fargli spazio. Camacho, tuttavia, colse l'opportunità, quasi si trovasse di fronte un pugile stretto alle corde, e attaccò ancora una volta. Nello stesso momento, come se la cosa fosse stata concertata, dalla folla emerse un piede calzato di stivale. Nessuno capì di chi fosse, ma la pedata colpì esattamente Mungo St John al calcagno, facendolo quasi finire lungo disteso nella mota. L'americano si sforzò di recuperare l'equilibrio, ma prima che potesse farlo Camacho lo colpì con la lunga lama luccicante. Robyn si lasciò sfuggire un grido e Mungo si allontanò dalla lama roteando su se stesso, mentre una macchia scarlatta gli si allargava rapidamente sul davanti della camicia e il coltello gli volava di mano, andando a perdersi nel fango.

Dalla folla si levò un nuovo boato e Camacho si fece avanti con bramosia, inseguendo il ferito come un seguio sulle peste di un fagiano con un'ala spezzata.

Mungo fu costretto a cedergli ancora terreno, tenendosi stretto il braccio destro alla ferita e parando con l'altro un nuovo fendente, che lacerò il tessuto ricamato della fascia, arrivando quasi alla carne.

Abilmente Camacho lo stava spingendo verso il podio. Quando si sentì premere contro il dorso i pali che ne sporgevano, l'americano si bloccò per un attimo, avendo capito di essere in trappola. Camacho tirò un nuovo fendente, mirando al ventre, aprendo le labbra sui denti perfettamente bianchi.

Mungo St John parò il colpo con il braccio di guardia e poi afferrò il polso dell'avversario con la destra. I due uomini rimasero allacciati, torace contro torace e le braccia intrecciate come rampicanti su un graticcio, mentre lo sforzo faceva allargare la macchia di sangue sulla camicia dell'americano. Tuttavia lentamente quest'ultimo riuscì a spingere la mano dell'avversario verso l'alto, finché la lama non fu più puntata contro il suo ventre, ma al cielo scuro che li sovrastava.

Lentamente il polso di Camacho cedette e i suoi occhi si spalancarono, mentre la punta della sua stessa lama si rovesciava a minacciarlo.

Ora anche lui era schiacciato contro il fianco del podio e non poteva scappare. Con infinita lentezza ma inesorabilmente la lunga lama gli si avvicinò al torace, raggiungendolo infine e facendone sprizzare una goccia di sangue, mentre i due contendenti vi tenevano fisso lo sguardo, ancora con mani e braccia intrecciate.

Sul podio, accanto a Robyn, con un movimento furtivo Alphonse Pereira estrasse la pistola dalla cintura, ma prima ancora che la giovane potesse gridare un avvertimento all'americano, già sul corpo del banditore torreggiava quello di Tippù, che gli puntò una canna di pistola alla tempia. Il minuscolo portoghese gli lanciò un'occhiata di sbieco, poi si affrettò a riporre l'arma. Affascinata dall'orrore, Robyn tornò al combattimento che si stava svolgendo sotto di lei.

Il viso di Mungo St John era congestionato, i muscoli delle sue spalle e delle braccia si levavano in poderosi fasci sotto la sottile camicia, tutta la sua attenzione era concentrata sul coltello, da cui dipendeva la sua vita. L'americano fece scivolare il piede sinistro all'indietro, fino ad ancorarlo contro il podio e poi, usandolo come punto d'appoggio, spinse sul coltello con tutta la forza che aveva in corpo.

Camacho gli resistette ancora per un istante, ma infine la lama riprese a muoversi in avanti, penetrandogli nel torace, lentamente, come un pitone inghiotte una gazzella.

La sua bocca si spalancò in un urlo di pena e improvvisamente le sue dita si aprirono, prive di ogni energia, lasciando la lama piantata nel torace.

Allora Mungo St John mollò la presa, mandandolo a cadere a faccia in giù nel fango e cercando sostegno nel fianco del podio. Soltanto in quel momento sollevò il viso verso Robyn.

«Servo suo, signora», mormorò, mentre Tippù arrivava di corsa per afferrarlo prima che cadesse.

I marinai dell'*Huron*, tutti armati, formavano un cerchio che procedeva frettolosamente, guidato da Tippù che reggeva alta una lanterna oscurabile.

Mungo St John avanzava sui propri piedi, pur se sorretto da Nathaniel, il nostromo. Robyn gli aveva bendato alla bell'e meglio la ferita con una striscia di lino strappata dalla camicia di un marinaio, dalla quale aveva anche ricavato una tracolla per legargli il braccio destro al collo.

Attraverso una macchia di mangrovie raggiunsero la riva del fiumiciattolo su cui erano state costruite le baracche e nel mezzo del quale era ancorato il bel clipper, i cui alberi e pennoni nudi si stagliavano contro il cielo stellato.

Mungo salì a bordo senza farsi aiutare, ma poi si lasciò cadere con un sospiro di gratitudine sulla propria cuccetta, nella cabina di poppa, quella cuccetta che Robyn ricordava tanto bene.

Tuttavia la giovane cercò di scacciarne il ricordo e di mantenere un atteggiamento brusco ed efficiente.

«Mi hanno portato via la cassetta con le attrezzature mediche», disse, mentre si lavava le mani nel catino di porcellana.

«Tippù», chiamò Mungo, sollevando lo sguardo. Il secondo annuì una sola volta con la testa coperta di cicatrici e poi sparì, chinandosi per passare attraverso la porta. I due giovani rimasero soli e Robyn si sforzò di mantenersi distaccata e professionale, procedendo al primo esame della ferita alla luce della lanterna.

Era stretta, ma molto profonda e non le piaceva com'era angolata.

«Riesce a muovere le dita?» chiese al ferito. Mungo sollevò una mano verso il suo viso, sfiorandole una guancia.

«Sì», rispose, accarezzandola. «Con assoluta facilità.»

«Fermo», lo rimbeccò debolmente la giovane.

«Lei non sta bene», replicò l'americano. «È magrissima e pallida.»

«Non è niente... abbassi quel braccio, per favore.»

Robyn era terribilmente consapevole della propria sporcizia e delle chiazze gialle lasciate dalla febbre sulla sua pelle, nonché dei cerchi neri tracciati attorno ai suoi occhi dalla fatica e dal terrore.

«Febbre?» chiese Mungo a bassa voce, e lei annuì, continuando a lavorare.

«Strano», mormorò l'americano. «La fa apparire molto giovane e fragile. «E molto», aggiunse poi, dopo una pausa, «molto bella.»

«Le proibisco di parlarmi così», scattò Robyn, che si sentiva agitata, inquieta.

«Gliel'avevo detto che non mi sarei dimenticato di lei», continuò Mungo, ignorando l'ordine. «E così è stato.»

«Se non la smette, me ne vado immediatamente.»

«Quando questa sera ho visto la sua faccia alla luce dei fuochi, non riuscivo a credere che fosse lei e al tempo stesso mi è parso quasi che avessimo un appuntamento da tutta una vita. Come se fosse una cosa predestinata dal momento in cui siamo nati.»

«Per favore», mormorò la giovane, «per favore, la smetta.»

«Ecco, così è meglio. Se me lo chiede per favore, smetto.»

Tuttavia le mantenne lo sguardo fisso sul viso, mentre lei si dava da fare, perché intanto, nella cassetta medica della nave, la giovane aveva trovato tutto ciò che le serviva.

E continuò a guardarla, senza una mossa o una smorfia, mentre gli metteva i punti.

«Adesso deve riposare», disse Robyn quando ebbe finito, e Mungo si lasciò andare all'indietro sulla cuccetta, esibendo finalmente un aspetto esausto, che suscitò nella giovane una vampata di gratitudine.

«Lei mi ha salvato», disse, abbassando lo sguardo, non sentendosi più in grado di guardarlo, e dedicandosi a rimettere in ordine la cassetta medica. «Gliene sarò sempre grata, così come, però, continuerò a odiarla per quello che lei viene a fare qui.»

«Che cosa faccio?» la sfidò lui in tono disinvolto.

«Compera schiavi», lo accusò lei. «Compera vite umane, come ha comperato me.»

«Ma per un prezzo di gran lunga inferiore», consentì l'americano, chiudendo gli occhi. «Le assicuro che a venti dollari a testa il profitto è estremamente ridotto.»

Robyn si svegliò nella piccola cabina, la stessa in cui aveva attraversato tutto l'Atlantico, nella stessa cuccetta stretta e scomoda.

Fu come essere tornata a casa, e i primi oggetti che vide, una volta abituato lo sguardo al violento raggio di sole che filtrava dall'oblò, furono la sua cassetta medica e quella con i pochi oggetti personali.

Allora le venne in mente il tacito ordine che Mungo aveva impartito al secondo la sera prima. Tippù doveva essere tornato a terra, durante la notte, e la giovane si chiese quale prezzo avesse dovuto pagare o a quale minaccia ricorrere per riportarle lì il tutto.

Infine si affrettò ad alzarsi, vergognandosi della propria pigrizia. Chi aveva riportato la cassetta, le aveva anche lasciato una brocca di smalto piena d'acqua. Quando con sollievo si fu ripulita dal fango e dal sudiciume, pettinandosi anche i capelli, trovò nella cassa degli effetti personali alcuni capi di vestiario logori ma puliti. Quindi uscì dalla cabina e corse verso quella del comandante. Se Tippù era stato capace di trovare le sue casse, forse era anche capace di trovare e liberare i suoi uomini.

La cuccetta di Mungo era vuota, il panciotto e la camicia erano appallottolati e gettati in un angolo, e la biancheria del letto appariva in disordine. Robyn si diresse rapidamente verso il ponte e quando emerse alla luce del sole capì che si trattava soltanto di una tregua nel monsone. Infatti già le nuvole stavano ribollendo all'orizzonte.

Si guardò rapidamente attorno. L'*Huron* era ancorato al centro di un vasto estuario, le cui rive erano coperte di mangrovie. Il mare aperto non si vedeva e la marea stava calando, frusciando contro lo scafo e lasciando esposti i banchi di sabbia.

In rada c'erano altri vascelli, per lo più *dhow* arabi, ma anche una nave battente bandiera brasiliana, ancorata a meno di un chilometro più a valle. Osservandola, Robyn si accorse che stava per salpare l'ancora. Poi la giovane notò che tutto attorno a essa ferveva un'attività insolita. C'era una serie di barchette che facevano la spola tra la costa e i *dhow* ancorati, e persino a bordo dell'*Huron* c'era un gruppetto di uomini riuniti sul ponte.

Si voltò verso di loro e vide che il più alto era Mungo St John, il quale portava il braccio appeso al collo e aveva un aspetto teso e pallido, accompagnato a un'espressione terribile. Era talmente assorto che non si accorse della sua presenza finché non gli arrivò a pochi passi. Allora si voltò verso di lei, frenando tutte le domande che gli bruciavano sulla punta della lingua, e dichiarando invece con voce aspra:

«La sua venuta la dobbiamo a Dio, dottoressa Ballantyne».

«Perché dice così?»

«Nelle baracche è scoppiata una pestilenza», rispose il comandante. «La maggior parte degli altri compratori sta levando l'ancora», aggiunse poi, guardando verso il punto in cui la goletta brasiliana aveva alzato le vele. «Ma io ho lì a terra, a ingrassare, più di mille negri di prima qualità... e possa essere dannato se me ne vado. Comunque, non prima di sapere di che cosa si tratta.»

Robyn lo fissò, sentendosi turbinare nella mente un mulinello di dubbi e timori. «Pestilenza» era un'espressione usata dai profani, che poteva indicare qualsiasi cosa, dalla peste alla sifilide al vaiolo.

«Vado subito a terra», disse poi, e Mungo St John rispose con un cenno affermativo del capo.

«Pensavo che l'avrebbe detto», disse poi. «E vengo con lei.»

«No», ribatté Robyn, senza lasciare adito a proteste. «Non farebbe altro che aggravare quella ferita. E inoltre, nelle sue condizioni di indebolimento, sarebbe facile preda dell'epidemia, di qualsiasi cosa si tratti.» Quindi gettò un'occhiata a Tippù, il cui viso si aprì lateralmente in un enorme sorriso di rana e che si fece avanti, mettendosi al suo fianco.

«Per Dio, signora, queste malattie me le sono già fatte tutte», disse allora Nathaniel, il piccolo nostromo butterato. «E nessuna di esse mi ha ancora ucciso.» Detto ciò, si fece a sua volta avanti, mettendosi sull'altro suo fianco.

Sulla lancia, ascoltando le spiegazioni che le venivano impartite da Nathaniel, Robyn trovò le risposte ai problemi che avevano angustiato lei stessa e Zouga. Ecco perché Camacho aveva cercato disperatamente di convincerli a non portare la spedizione a sud dello Zambesi e poi, una volta fallito nell'intento, l'aveva aggredita con i suoi banditi, tentando di distruggerla. Proteggeva i traffici del fratello.

Quindi tornò a prestare ascolto a Nathaniel, il quale stava dicendo:

«Tutti i mercanti fanno ingrassare la loro merce a terra, in maniera da metterla in forze per la traversata. Lì così ci sono ventitré baraccamenti, alcuni dei quali piccoli, capaci di contenere non più di venti schiavi, mentre altri appartengono ai grossi mercanti, come noialtri dell'*Huron*, e quelli possono contenere fino a mille schiavi di prima...»

«Sei cristiano, Nathaniel?» lo interruppe Robyn.

«Naturale, signora!» rispose orgogliosamente il nostromo.

«E credi che Dio approvi ciò che fate a questa povera gente?»

«Noi siamo taglialegna e portatori d'acqua, come sta scritto nella Bibbia, signora», le replicò il vecchio marinaio, in tono tanto disinvolto che la giovane non ebbe bisogno di chiedersi da dove gli fosse venuta l'imbeccata.

Una volta giunti a terra, Tippù aprì la marcia, seguito da Robyn, mentre Nathaniel chiudeva il gruppo portando la cassetta dei medicinali.

Il capitano Mungo St John aveva scelto il posto migliore per i suoi baraccamenti, su una bassa altura lontana dal fiume. Le capanne erano ben costruite, con pavimento in tavole di legno e buoni tetti di foglie di palmetto.

I guardiani dell'*Huron* non avevano disertato, a prova della disciplina che Mungo St John sapeva mantenere, e gli schiavi erano stati evidentemente scelti con cura e apparivano ben nutriti, come del resto dimostrava il fatto che i pentoloni di rame colmi di farina stavano bollendo sul fuoco.

Seguendo le istruzioni di Robyn, gli schiavi vennero messi in fila, dopo di che la giovane procedette rapidamente a visitarli. In effetti riscontrò qualche leggero malanno, di cui prese nota per curarlo successivamente, ma non trovò alcuno dei sintomi che tanto temeva.

«Qui non c'è nessuna epidemia», concluse infine. «Almeno per il momento.»

«Venga!» disse Tippù, che prese a guidarla tra le macchie di palme, fino al baraccamento più vicino, che era stato abbandonato dai guardiani e in cui gli schiavi erano magri e increduli di fronte all'improvvisa liberazione.

«Siete liberi di andarvene», disse loro Robyn. «Tornate alla vostra terra.»

Tuttavia non fu sicura che l'avessero capita. Infatti erano rimasti acquattati, a osservarla con sguardi privi di espressione. E la giovane si rese conto che, seppure fossero sopravvissuti all'epidemia, non sarebbero mai stati in grado di percorrere a ritroso tutta la Strada della Iena.

Quindi, con un lampo di orrore si rese anche conto che, a seguito della fuga dei negrieri, i quali avevano portato via tutte le provviste, quei poveretti erano destinati a una lenta morte per fame.

«Dobbiamo dar loro da mangiare», disse allora.

«Ne abbiamo solamente per noi», ribatté Tippù, impassibile.

«Ha ragione, signora», confermò Nathaniel. «Se diamo da mangiare a questi, facciamo morire di fame i nostri, e poi per lo più sono dei poveracci, che non valgono nemmeno una tazza di farina.»

Nel secondo baraccamento Robyn credette di aver finalmente scoperto le prime vittime dell'epidemia. Sul pavimento, infatti, erano distese diverse figure nude, da cui arrivavano flebili e strazianti lamenti, accompagnati da un fortissimo odore di decomposizione.

Ma Tippù la indusse a ricredersi borbottando: «Uccelli di Cina». Per un attimo la giovane non capì, ma non appena si fu chinata su uno dei corpi, tornò immediatamente a rialzarsi, con la fronte imperlata di sudore, a dispetto di tutta la preparazione che aveva.

Per decreto imperiale di Pechino, infatti, a nessuno schiavo africano era consentito mettere piede sulle coste cinesi se non fosse stato prima impossibilitato a riprodursi. Quei giovani erano stati brutalmente e rozzamente castrati, mediante l'applicazione di un laccio alla radice dello scroto, a cui avevano fatto seguito l'asportazione di tutto il sacco scrotale con un netto taglio e la immediata cauterizzazione della ferita con un ferro rovente. Ne sarebbe sopravvissuto circa il sessanta per cento, ma valevano un prezzo tale da coprire abbondantemente il quaranta per cento di perdite.

Oppressa dalle sofferenze che la circondavano, la giovane proseguì con passo stanco. Lì dentro non c'era nulla che potesse fare. Ma nel baraccamento successivo, quello più vicino al podio delle aste, trovò le prime vittime dell'epidemia.

Anche lì le capanne erano state abbandonate dai guardiani ed erano invase da corpi nudi, alcuni acquattati, altri stesi sulla terra umida, in preda ai brividi della febbre e incapaci di alzarsi per andare a evacuare. Il rumore misto del delirio e della sofferenza era simile a quello di un alveare in una calda giornata d'estate.

La prima malata che Robyn toccò era una ragazzina, appena pubere, la cui pelle bruciava e che torceva la testa da una parte e dall'altra, senza tregua e senso, pronunciando balbettii incoerenti. Robyn le fece scorrere rapidamente le dita sullo stomaco nudo e gonfio, e immediatamente sotto la pelle caldissima sentì le piccole protuberanze, simili a pallettoni. Non poteva esserci dubbio.

«Vaiolo», disse semplicemente, al che Tippù si tirò indietro.

«Aspetta fuori», le disse allora la giovane, cosa che l'omone fece con evidente sollievo. Quindi Robyn si rivolse a Nathaniel, nella cui pelle indurita dal sole già aveva notato le minuscole cicatrici profonde, e che ora non mostrava alcun timore.

«Quando è stato?» gli chiese.

«Da ragazzo», rispose il nostromo. «Mi ha ammazzato la vecchia e i fratelli.»

«Abbiamo molto da fare», concluse la giovane.

Nell'oscura e fetida capanna i morti erano ammucchiati con i vivi, e in alcuni dei corpi devastati e roventi la malattia era già divampata in pieno. La trovarono in tutti i suoi stadi. Il pus sotto pelle era esploso a formare vesciche e bubboni di un lieve fluido chiaro, che si stavano rapprendendo in pustole, le quali a loro volta scoppiavano per far uscire un rivoletto di materia densa come mostarda.

«Questi guariranno», disse Robyn a Nathaniel. «La malattia sta spurgando dal loro sangue.» Quindi trovò un uomo le cui pustole si erano già coperte di croste.

Mentre Nathaniel lo teneva fermo, gliele raschiò via, raccogliendole in una boccetta di vetro a imboccatura larga, che prima conteneva chinino.

«Questa varietà della malattia è stata attenuata», spiegò Robyn in tono impaziente, vedendo per la prima volta un lampo di paura negli occhi screziati di Mungo St John. «È un metodo che i turchi usavano già duecento anni fa.»

«Preferirei salpare l'ancora e allontanarmi dall'epidemia», replicò Mungo St John a bassa voce, fissando la boccetta tappata, piena di una densa materia giallastra, con filamenti di sangue.

«Non servirebbe a niente. L'infezione è già a bordo», ribatté Robyn scuotendo la testa con decisione. «Nel giro di una settimana o anche meno l'*Huron* si trasformerebbe in una nave morta.»

Mungo si allontanò da lei, accostandosi al parapetto della nave, dove rimase in piedi, con lo sguardo fisso sulla costa.

«Non può abbandonare quei poveri disgraziati», disse ancora Robyn. «Moriranno di fame. E da sola non sarei mai in grado di trovare di che nutrire una simile moltitudine di persone. Lei ne è responsabile.»

Mungo per un attimo non le rispose, quindi si voltò a esaminarla con aria curiosa.

«Se l'*Huron* levasse l'ancora con la stiva vuota, lei rimarrebbe qui su questa costa devastata dalla febbre e dal vaiolo, per curare questa massa di selvaggi condannati?» chiese poi.

«Naturale», rispose Robyn, sempre in tono impaziente. Mungo St John inclinò la testa. Nei suoi occhi l'espressione ironica era svanita, per lasciare posto a un'altra, piena di rispetto.

«Se lei non vuole rimanere qui per puro spirito umanitario, rimanga almeno per egoismo», continuò la giovane, con una vena di disprezzo nella voce. «Lì c'è un milione di dollari in bestiame umano, che io le salverò.»

«Li salverà perché vengano venduti schiavi?» insistette lui.

«Qualsiasi schiavitù è preferibile alla morte», ribatté la giovane.

Di nuovo Mungo St John si allontanò da lei, procedendo lentamente, con un'espressione pensosa dipinta in volto e tirando boccate nervose dal sigaro, tanto da lasciarsi alle spalle nuvolaglie di fumo. Robyn rimase a osservarlo come metà dei marinai dell'*Huron*, alcuni pieni di paura, altri di rassegnazione.

«Lei sostiene di essersi personalmente sottoposta a questa... questa cosa», disse poi, mentre il suo sguardo, affascinato e inorridito, correva alla boccetta posata al centro del tavolo delle carte.

Come tutta risposta Robyn sollevò la manica della camicia, mostrandogli la cicatrice profonda che aveva sull'avambraccio.

Mungo ebbe ancora una lunga esitazione, al che la giovane continuò, in tono paziente: «Le inoculerò una varietà 'passante' della malattia, una varietà indebolita e attenuata dal passaggio nel corpo di un altro uomo, così da impedire che lei venga colpito dalla forma più violenta che c'è nell'aria».

Allora con un gesto improvviso Mungo St John si strappò con i denti la manica sinistra della camicia, porgendole il braccio.

«Proceda», disse poi. «Ma in nome di Dio faccia in fretta, prima che mi manchi il coraggio.»

La giovane gli fece passare la punta del bisturi sulla pelle liscia e abbronzata, senza fargli battere ciglio. Tuttavia, qualche istante dopo, quando immerse lo stesso bisturi nella bottiglietta piena della disgustosa materia giallastra e gliela spalmò sulla ferita, Mungo ebbe un soprassalto e dovette compiere un evidente sforzo per trattenersi dall'allontanare il braccio. Ma rimase lì.

«Adesso tutti quanti», ordinò poi, con voce distorta dall'orrore e dal disgusto. «Dal primo all'ultimo», aggiunse, rivolto ai marinai terrorizzati che lo guardavano a bocca aperta.

Oltre a Nathaniel, il nostromo, c'erano altri tre marinai che erano sopravvissuti a un'epidemia di vaiolo. Ma quattro uomini non erano sufficienti per aiutare Robyn a prendersi cura di un migliaio di schiavi, per cui le perdite erano molto più elevate di quanto si aspettasse. Forse si trattava di una varietà più violenta del male, o forse le popolazioni di colore dell'interno resistevano peggio degli europei ai suoi effetti.

Tuttavia, quando i malati si erano ripresi a sufficienza, venivano a loro volta messi all'opera, ad ammucchiare su un carro i corpi dei loro compagni di ventura meno fortunati, per portarli fuori dei baraccamenti. Non c'era nessuna possibilità di seppellirli o bruciarli, ed erano troppi persino per gli avvoltoi, per cui venivano semplicemente abbandonati nella macchia di palme da cocco, ben sottovento rispetto ai baraccamenti.

Due volte al giorno Robyn scendeva alla riva del fiume e chiamava il marinaio di guardia sull'*Huron*, per farsi portare con la baleniera a bordo, dove si fermava un'oretta nella cabina di poppa.

La reazione di Mungo St John era stata tremenda, forse a causa dell'indebolimento provocato dalla ferita, tanto che nessuno avrebbe potuto convincere Tippù, che pure ardeva a sua volta di febbre, ad allontanarsi dal fianco della sua cuccetta. E Robyn si sentiva più tranquilla all'idea che quell'omone se ne stesse lì, sollecito come una madre nei confronti di un figlio, per curare Mungo in sua assenza.

Tuttavia il dodicesimo giorno, quando montò a bordo, Tippù le venne incontro con quel sorriso da rospo che non vedeva da tanto tempo. Quando arrivò quasi correndo in cabina, la giovane capì il perché.

Mungo era appoggiato ai cuscini, magro e pallido, con labbra aride e occhiaie profonde, come se fosse stato battuto con un bastone, ma appariva lucido e aveva la pelle fresca.

«Santo cielo!» ansimò. «Lei ha un aspetto orrendo, dottoressa!» E Robyn scoppiò quasi a piangere di sollievo e al tempo stesso di mortificazione.

Poi, quando gli ebbe ripulito e medicato la cicatrice al braccio, che si stava riducendo, lui la prese per un polso.

«Lei si sta uccidendo», mormorò. «Quando ha dormito, l'ultima volta? E per quanto tempo?»

Soltanto davanti a quelle parole la giovane si rese conto del tremendo livello della propria stanchezza: erano due giorni che non dormiva, e anche allora lo aveva fatto soltanto per poche ore.

Mungo la attirò con dolcezza accanto a sé, sulla cuccetta, e lei non trovò né la volontà né la forza di resistergli. Il giovane le fece posare la testa sulla propria spalla e quasi immediatamente Robyn si addormentò. L'ultima cosa che ricordò furono le dita di lui che le sistemavano i capelli sulla fronte.

Si svegliò con un sussulto di colpevolezza e, non sicura di quanto tempo avesse dormito, si liberò dal suo abbraccio, allontanandosi i capelli dagli occhi e cercando con scarso successo di rassettarsi l'abito stazzonato e intriso di sudore.

«Devo andare!» sbottò in tono irritato, ancora stanchissima e semiaddormentata. Quanti esseri umani erano morti, mentre dormiva? E prima che lui potesse impedirglielo, si gettò con passo incerto nel corridoio, verso il ponte, chiamando Nathaniel perché la portasse a terra.

Le poche ore di riposo l'avevano fatta riprendere, tanto che si guardò attorno osservando l'estuario con nuovo interesse. E solo allora si accorse che ancorata accanto all'*Huron* c'era un'altra imbarcazione. Uno dei piccoli *dhow* simili a quello da cui aveva liberato Juba. D'impulso chiese a Nathaniel di remare a quella volta e poi, visto che dall'imbarcazione non riceveva risposta, montò a bordo. Evidentemente era stata flagellata dall'epidemia prima di poter scappare. Forse si trattava addirittura di quella da cui si era diffuso il male, arrivando sulla costa.

Vi trovò le stesse condizioni che c'erano a terra: morti, morenti e individui in procinto di guarire. Si trattava di negrieri, tuttavia lei era un medico che aveva pronunciato il giuramento di Ippocrate. C'era poco che potesse fare, ma lo fece, e il comandante arabo, malato e abbattuto, la ringraziò, rimanendo steso sopra la sua stuoia, sul ponte.

«Allah proceda al tuo fianco», mormorò, «e mi conceda un giorno di renderti il favore.»

«E ti mostri anche quanto siano errati i tuoi atti», concluse seccamente la giovane. «Prima di notte ti manderò dell'acqua, ma adesso ci sono altri che meritano più attenzione di te.»

Nei giorni che seguirono, l'epidemia procedette secondo il suo corso inesorabile e i più deboli morirono, alcuni addirittura uccisi dall'acqua salmastra del fiume, bevuta per tentare di placare i morsi della sete. I mucchi di cadaveri, nella macchia di palme, divennero sempre più alti, emanando un tanfo sempre più penetrante. Robyn sapeva benissimo quali ne sarebbero state le conseguenze.

«Le epidemie dei campi di battaglia», spiegò a Mungo St John. «Divampano sempre quando i morti non vengono sepolti e quando fiumi e pozzi traboccano di cadaveri. Se si abbatteranno su di noi, non sopravvivrà nessuno. Siamo tutti indeboliti e non potremo resistere al tifo e alle malattie intestinali. È ora di partire, visto che abbiamo salvato tutti coloro che erano salvabili. Dobbiamo andare via prima che scoppino le nuove epidemie, perché, diversamente dal vaiolo, non esiste difesa nei loro confronti.»

«Ma i marinai sono nella maggior parte ammalati e deboli.»

«Nell'oceano aperto si riprenderanno rapidamente.»

Mungo St John si rivolse a Nathaniel per chiedergli: «Quanti schiavi sono sopravvissuti?»

«Più di ottocento, grazie a quella signora lì.»

«Cominceremo a farli salire a bordo domani all'alba», concluse il comandante.

Quella sera Robyn tornò alla cabina di Mungo dopo che si era fatto buio. Non riusciva a starne lontana e del resto lui era lì che l'aspettava, come capiva dalla sua espressione e dalla rapidità del suo sorriso.

«Cominciavo a temere che lei preferisse la compagnia di ottocento schiavi appestati», le disse a mo' di saluto.

«Capitano St John, vorrei rivolgerle un altro appello. In quanto gentiluomo cristiano, non libererebbe quei poveretti, facendoli scortare e dando loro cibo per affrontare il viaggio di ritorno verso la loro terra...»

Al che lui la interruppe in tono leggero e sempre con un sorriso aleggiante sulle labbra.

«E a lei spiacerebbe darmi del tu?»

Ma la giovane ignorò l'interruzione e continuò: «Se lei fosse d'accordo, li riaccompagnerei personalmente».

Mungo si alzò dalla sedia in tela e le si avvicinò, torreggiando su di lei. La magrezza e il pallore lo facevano apparire ancora più alto.

«Mi dia del tu!» insistette.

«Dio la perdonerebbe, ne sono sicura. Le perdonerebbe tutti i peccati che ha commesso contro l'umanità...»

«Mi chiami Mungo!» mormorò ancora il giovane, mettendole le mani sulle spalle.

Robyn si sentì prendere da un tremito incontrollabile.

Lui se l'attirò al petto, al punto da farle sentire le sporgenze delle costole, tanto era magro, e facendole strozzare in gola le rinnovate parole di appello che vi si stavano formando. Lentamente si chinò su di lei e la giovane serrò gli occhi, con le braccia rigidamente immobili sui fianchi e i pugni chiusi.

«Chiamami Mungo», le ordinò a bassa voce, posando due labbra fresche e morbide su quelle di lei. Il tremito di Robyn si trasformò in scuotimento incontrollato.

Le labbra della giovane si aprirono e le sue braccia lo strinsero al collo.

«Mungo!» singhiozzò. «Oh, Mungo, Mungo!»

Le avevano insegnato che il suo corpo nudo era motivo di vergogna, ma si trattava dell'unica lezione che non avesse appreso alla perfezione, tanto che gran parte di tale vergogna era andata persa prima nelle aule dei suoi studi di medicina e durante le lezioni di dissezione, e poi in compagnia di Juba, dal cui ingenuo piacere nei confronti della nudità si era lasciata contagiare.

E ora il piacere di Mungo St John e la sua ammirazione nei confronti di quello stesso corpo le davano – ben lungi dalla vergogna – una gioia e un orgoglio mai conosciuti prima. L'amore fisico non si accompagnò più a dolore, tra di loro non vi furono più barriere. I loro corpi umidi e caldi si premettero l'uno all'altro senza forma, come argilla nelle mani di un bambino.

La notte fu troppo breve e all'alba l'amore parve averli riempiti di nuova energia, aver spazzato via la debolezza della febbre e la terribile stanchezza delle settimane precedenti.

Fu solamente il rumore prodotto dai primi schiavi che salivano a bordo a risvegliarla, riportandola dai sogni alla piccola cabina rovente, in una nave negriera all'ancora su un fiume flagellato dalla febbre, in un continente selvaggio e crudele.

Robyn sentì il fruscio dei piedi nudi e lo sbattere metallico delle catene, accompagnato da voci di uomini prepotenti e impazienti.

«Forza, sennò andiamo avanti a caricare per una settimana», gridò quella di Tippù.

La giovane si tirò su un gomito e guardò dall'alto in basso Mungo, che teneva ancora gli occhi chiusi, ma, lo sapeva benissimo, era sveglio.

«Adesso», mormorò, «non puoi fare altro che lasciarli liberi. Dopo questa notte, so che qualcosa è cambiato dentro di te.»

Provava una strana gioia, l'ardore di un profeta che posa lo sguardo su un convertito per la cui anima ha lottato con il diavolo, vincendo.

«Chiama Tippù», insistette, «e ordinagli di liberare gli schiavi.»

Mungo aprì gli occhi che, anche dopo quella notte passata insieme senza dormire, erano chiari. La mascella dura era invece sottolineata da un'ombra di barba fitta e scura. Era magnifico e Robyn capì che lo amava.

«Chiama Tippù», ripeté, ma lui scosse la testa, in un breve cenno perplesso.

«Tu continui a non capire», disse poi. «Questa è la mia vita. Non posso cambiarla né per te né per alcun'altra persona.»

«Ottocento anime», l'implorò lei, «e la loro salvezza sta nelle tue mani.»

«No», ribatté Mungo, tornando a scuotere il capo. «Ti sbagli. Non ottocento anime, ma ottocentomila dollari... tanto sta nelle mie mani.»

«Mungo!» esclamò Robyn, un nome che le uscì ancora incerto dalle labbra. «Secondo Gesù, è più facile che un cammello passi per la cruna di un ago, piuttosto che un ricco entri nel regno dei cieli. Lasciali andare. Non puoi valutare le vite umane in termini di oro.»

Mungo St John scoppiò a ridere e si tirò a sedere.

«Con ottocento bigliettoni da mille, il paradiso posso comperarmelo, se voglio. Ma, detto fra noi, mia cara, credo che sia un posto di tremenda noia. Penso che con il diavolo avrei più cose da dire.»

Nel suo sguardo era tornata la luce ironica. Fece scendere le gambe dalla cuccetta e, nudo, raggiunse il punto dove erano appesi i suoi pantaloni.

«Siamo stati a letto troppo», disse in tono vivace. «Devo controllare le operazioni di carico e tu è meglio che provveda ai preparativi per il viaggio.» Quindi si allacciò i pantaloni e vi ficcò la camicia. «Ci vorranno tre giorni per caricare e ti sarei grato se volessi dare una controllata ai barili dell'acqua», aggiunse poi, sedendosi sul bordo della cuccetta e prendendo a infilarsi gli stivali. «Siamo carichi meno che a metà», aggiunse ancora, «per cui si potrà farli salire sul ponte e tenere le stive pulite.» Quindi si alzò e la guardò.

Di scatto, come una cerbiatta spaventata, Robyn gettò da parte la coperta e si inginocchiò sul bordo della cuccetta, afferrandolo alla vita con entrambe le mani.

«Mungo», mormorò ansiosamente, «non puoi torturarci in questo modo.» Quindi gli premette la guancia contro il torace, sentendo le punture dei ruvidi ciuffi di peli anche attraverso il lino della camicia. «Non posso recare ulteriore offesa a Dio e alla mia coscienza... se non liberi queste povere anime dannate, non potrò mai sposarti.»

L'espressione di Mungo St John cambiò rapidamente, divenendo tenera e preoccupata. Quindi l'americano alzò la mano ad accarezzarle la cascata di capelli scuri, ancora umidi e disordinati per l'amore di quella notte.

«Mio povero tesoro», formularono le sue labbra, in silenzio, ma la giovane aveva ancora la guancia premuta contro il suo torace, per cui non vide. Quindi Mungo trasse un respiro profondo e, sebbene avesse ancora uno sguardo carico di dispiacere e un'espressione seria, quando parlò, lo fece con tono leggero e distratto.

«È proprio per quello che non ho intenzione di liberarne nemmeno una... altrimenti che cosa direbbe mia moglie?»

Ci vollero molti secondi perché queste parole assumessero un senso agli orecchi di Robyn, ma finalmente il suo corpo si tese in uno spasimo e la presa attorno alla vita di lui si strinse, per poi allentarsi lentamente. Infine lo lasciò andare e si accasciò all'indietro sui talloni, nuda nel mezzo della cuccetta sfatta, fissandolo con un'espressione desolata e incredula.

«Sei sposato?» gli chiese, con una voce che le echeggiò stranamente nelle orecchie, come se arrivasse dall'estremità di un corridoio spoglio. Mungo annuì.

«Da dieci anni», rispose poi a bassa voce. «Una dama francese i nobili origini, cugina di Luigi Napoleone. Una signora di grande bellezza, che aspetta il mio ritorno a Bannerfield con i tre bei figli che mi ha dato.» Quindi fece una pausa e poi proseguì con tono di infinito rimpianto: «Mi spiace, cara. Non immaginavo proprio che non lo sapessi». E tese una mano per toccarle una guancia, ma lei si ritrasse come davanti a un serpente velenoso.

«Ti spiace andartene, per favore?», mormorò.

«Robyn...» prese a dire lui, ma la giovane scosse violentemente il capo.

«No», ribatté. «Non dire più niente, per favore. Vattene! Ti prego, vattene!»

Robyn chiuse a chiave la porta della propria cabina e si sedette davanti alla cassa di marina che usava come scrivania. Nei suoi occhi non c'erano lacrime. Erano anzi secchi e bruciavano come feriti da una furiosa folata di vento del deserto. Le rimaneva pochissima carta, per cui dovette strappare le ultime pagine del diario, che erano chiazzate di muffa e torte dall'umidità e dal calore.

Quindi spianò con cura il primo foglio sul coperchio della cassetta, intinse la penna nel centimetro di inchiostro che aveva ancora a disposizione e scrisse l'intestazione con mano calma e salda.

16 novembre 1860
A bordo della nave negriera *Huron*

Poi, nella stessa calligrafia chiara e non affrettata, prese a scrivere:

Caro capitano Codrington,
la mia fiducia nell'onnipotente Provvidenza e la mia fede nel vero e unico Dio, nonché nel suo dolce figlio, Gesù nostro Salvatore, mi rende sicura che questa mia arriverà tra le Sue mani quando Lei sarà ancora in tempo ad agire.

Dopo un'incredibile serie di avventure e disgrazie, ora mi trovo priva di amici e protettori, in mano al famigerato negriero americano Mungo St John. Contro la mia volontà e la mia coscienza sono costretta a prestare le mie cure mediche per questa infame imbarcazione, che al momento si sta apprestando per il viaggio attorno al Capo di Buona Speranza e attraverso l'Atlantico, fino a un porto meridionale degli Stati dell'America.

Mentre Le scrivo, sento dolenti rumori venire dal ponte sopra di me e dalla stiva sottostante, dove queste povere creature, in tutto ottocento anime abbandonate, coperte solamente dalle loro catene, vengono rinchiuse per il viaggio, al quale molte di esse non sopravvivranno.

Siamo all'ancora in un corso d'acqua nascosto alla vista rispetto al mare aperto da un intrico di canali e paludi di mangrovie. Un nascondiglio perfetto per un'attività tanto nefanda.

Sono tuttavia riuscita a esaminare la carta della nave e dalle annotazioni dell'ufficiale di rotta ho appreso il nome dell'estuario e la sua esatta posizione. Il fiume è il Rio Save e sta a 20° 58' di latitudine sud e 35° 03' di longitudine est.

Farò tutto ciò che è in mio potere per ritardare la partenza di questa nave anche se al momento non so che cosa potrà essere. Se questa lettera Le arriva in tempo, un ufficiale del suo coraggio e della sua esperienza non troverà difficoltà a mettere il blocco all'imboccatura del fiume e a catturare questa nave negriera quando tenterà di prendere il largo.

Se avremo salpato l'ancora prima del Suo arrivo, allora La imploro di mettersi sulla stessa rotta che il comandante dell'*Huron* dovrà seguire per doppiare Buona Speranza. Pregherò perché arrivino venti contrari e un tempo che Le consentano di raggiungerci.

Quindi Robyn proseguì con il racconto della sua cattura, dell'epidemia, dei propri timori e dell'odio per i negrieri, quando improvvisamente, resasi conto di avere riempito molte pagine, si accinse a stendere l'ultimo paragrafo.

Lei è stato tanto gentile da esprimere la convinzione che in qualche misterioso modo i nostri destini siano legati. So che condivide con me l'odio per questa abominevole tratta, e perciò ho trovato il coraggio di rivolgermi a Lei, nella fiducia che presterà ascolto al mio grido di dolore.

A quel punto Robyn fece un'altra pausa, mettendosi a cercare affannosamente nell'astuccio della penna, dove trovò il compagno dell'orecchino che tanti mesi prima aveva dato a Clinton Codrington. Dopo di che concluse la lettera scrivendo:

Accludo alla presente un pegno della mia amicizia e fiducia – che spero Lei riconoscerà – e ogni giorno cercherò di avvistare le vele della sua nave che accorre a portare soccorso a me e agli altri sventurati che sono miei compagni in questo maledetto e iniquo viaggio.

Quindi appose la firma, con la propria calligrafia energica e arrotondata, ficcando le pagine piegate e il gioiellino in un riquadro di tela olona.

C'era un solo indirizzo dove potesse spedirla. Clinton le aveva detto di aver ricevuto l'ordine di fermarsi a Zanzibar, e la giovane sapeva che il console inglese dell'isola era uomo fidato e integro, instancabile avversario della tratta e uno dei pochi individui di cui suo padre, Fuller Ballantyne, avesse mai scritto con rispetto e affetto.

Quando ebbe finito, si ficcò il minuscolo involto sotto le gonne e salì sul ponte. Mungo St John, scarno e pallido, era sul casseretto e fece un passo verso di lei, ma Robyn gli voltò immediatamente la schiena.

«Nathaniel», chiamò. «Voglio andare a vedere il *dhow*», disse poi, indicando l'imbarcazione araba ancorata più a valle.

«Ma si sta preparando a salpare, signora», rispose il nostromo, aggrottando la fronte. «Sarà partito prima che arriviamo...»

«Certamente, se continui a chiacchierare», lo interruppe con prontezza Robyn. «Devo vedere se hanno bisogno di qualcosa, quei poveri diavoli, prima che salpino.»

Nathaniel gettò un'occhiata al comandante, che dopo un attimo di esitazione diede il proprio consenso con un cenno affermativo del capo, tornando poi a osservare le operazioni di carico degli schiavi.

Il capitano arabo del *dhow*, a malapena in grado di tenere il suo posto al timone, salutò rispettosamente la giovane e l'ascoltò con attenzione.

Nathaniel aspettava nella lancia e da quella posizione, sotto il parapetto della nave, non poteva vedere nulla, ma Robyn si accertò che nessuno potesse vederla nemmeno dall'*Huron*, prima di passare all'arabo il piccolo involto di tela, accompagnandolo con una sovrana d'oro inglese.

«Ne riceverà un'altra dall'uomo a cui lo consegnerà», gli disse poi, e l'arabo morsicò la moneta, rivolse alla giovane un debole sorriso e si ficcò la sovrana in una piega del turbante.

«E io sono matabele. *Induna* di duemila uomini. Mi chiamo Gandang, figlio di Mzilikazi, e vengo con una lancia lucente e il cuore rosso.»

Parole che Zouga capì con difficoltà, perché erano state pronunciate in fretta e con un accento che risultava estraneo al suo orecchio; tuttavia non si potevano avere dubbi circa le intenzioni dell'*induna*. Il suo tono non dava adito a dubbi: significava la morte. Attorno a lui il cerchio dei lunghi scudi neri era compatto e saldo.

Inconsciamente Zouga si era raddrizzato, facendo forza sui propri muscoli dolenti, e resse lo sguardo fisso dell'*induna* senza battere ciglio. Mentre così si fissavano, Zouga si scoprì a tentar di esercitare tutta la propria forza di volontà per tenere ferma la lancia del guerriero. Sarebbe bastato che la sua punta lucente si abbassasse perché i duecento *amadoda* dilagassero nell'accampamento.

Sapeva che erano stati solamente il suo sguardo fermo e l'atteggiamento completamente privo di ogni timore che stava esibendo davanti al matabele a tenere ferma quella lancia, ma il silenzio si stava tendendo sempre più. L'incantesimo poteva infrangersi da un momento all'altro. Doveva decidere la prossima mossa e le parole giuste, quasi ne andasse della sua vita, come in effetti era.

Gandang osservava impassibile lo strano uomo pallido che aveva davanti a sé e, forse per la prima volta in vita sua al momento di eseguire un ordine del re, si sentiva incerto.

L'uomo che aveva detto di chiamarsi Bakela aveva pronunciato dei nomi che gli erano familiari. Tshedi e Manali: due nomi che suo padre stesso riveriva. Tuttavia non sarebbero bastati a tenere ferma la sua lancia, perché gli ordini del re erano chiari: chiunque penetrasse nella Terra Bruciata doveva morire. A tenerla ferma era qualcosa di più. Gandang sapeva chi era quell'uomo. La vergine che nel giro di breve tempo avrebbe preso in sposa gli aveva parlato di lui. Quell'uomo era il fratello della bianca che gli aveva affidato Juba e che lui aveva chiamato *amekazi*, madre. Juba gli aveva parlato di lui come di un suo amico e protettore.

Perciò, esitava prima di impartire l'ordine: «*Bulala!* Uccideteli!».

Un *induna* matabele non si lascia mai influenzare dalle parole o dai ghiribizzi di una donna, anche quando ha cinquanta mogli.

Non deve ascoltarne le voci, o, meglio, deve fingere di non farlo.

Tuttavia Juba aveva viaggiato in posti strani e parlato di meraviglie e magie, da cui Gandang, sempre fingendo di non ascoltare, era rimasto colpito e impressionato. Quella ragazza non era soltanto avvenente e di nobile stirpe, ma disponeva di una sensibilità che andava molto al di là della semplice e sciocca sensualità delle sue coetanee.

Gandang stava imparando che un *induna* matabele non deve mai lasciarsi influenzare dalle parole e dai ghiribizzi di una donna, a meno che tali parole non vengano pronunciate nell'intimità della stuoia per dormire e da una moglie anziana di provato buonsenso. Allora sarebbe follia non prestarvi ascolto, perché per opera sua la vita potrebbe diventare insopportabile, anche se il marito è un *induna* di duemila uomini e il figlio favorito del più potente monarca africano.

Quindi dietro la maschera impassibile del suo bel volto i pensieri turbinavano furiosamente. L'istinto e le parole di Juba gli dicevano che sarebbe stata follia uccidere quell'uomo, tuttavia i guerrieri alle sue spalle sapevano quali ordini aveva ricevuto, per cui, se non vi avesse adempiuto, la cosa sarebbe immediatamente stata considerata debolezza e il suo tradimento riferito al re.

Davanti a lui la figura lacera fece un passo in avanti, in atteggiamento risibilmente arrogante. Tuttavia Gandang non scorse traccia di timore nei suoi occhi dal colore stranissimo.

«Vengo come inviato al grande re Mzilikazi, signore dei matabele, e gli porto i saluti della regina bianca che sta al di là delle acque.»

A quelle parole Gandang sentì accendersi dentro di sé una fievole fiammella di sollievo. Il fatto che quell'uomo parlasse la lingua della sua gente, seppure con un accento strano, rendeva più plausibile l'affermazione che si trattasse di un inviato. Ed era anche plausibile che questa regina, desiderando cercare la protezione e il favore di un re importante come suo padre, fosse tanto ignorante da mandare il proprio inviato attraverso la Terra Bruciata invece che per la strada libera del sud. Nel suo atteggiamento avvenne un cambiamento impercettibile, che tuttavia venne rivelato a Zouga dallo sguardo.

«Aspetta», disse allora il giovane inglese. «Ho una cosa per te.»

Nella sua cassetta di scrittura c'erano ancora le imponenti lettere manoscritte, con sigilli di cera e nastri scarlatti, consegnategli dal Sottosegretario degli Esteri.

In nome di Sua Maestà Britannica, Sovrana di Gran Bretagna e Irlanda, Protettrice della Fede, ai rappresentanti di tutti i governi stranieri o assimilati.
Noi, con le presenti, chiediamo ed esigiamo che al nostro beneamato Morris Zouga Ballantyne venga consentito di passare liberamente per i loro territori, senza impedimenti od ostacoli, ricevendo tutta l'assistenza che possa occorrergli.

Zouga voltò le spalle alle schiere minacciose degli uomini armati di lancia e rientrò lentamente nell'accampamento attraverso il varco nello *scherm* di rami di rovo.

Ad aspettarlo c'era Jan Cheroot, con il viso del colore della cenere. Se ne stava accucciato con i portatori di fucile sotto la barriera di rovi, tutti intenti a guardare attraverso le fessure con una tale espressione di terrore che al confronto il giovane si sentì pieno di coraggio.

«Posate quelle armi», ordinò, visto che erano tutte cariche e che un dito nervoso su un grilletto sensibile poteva mandare all'aria ogni cosa.

Intanto Gandang si era venuto a trovare in una posizione di grande incertezza. Da depositario della giustizia spietata del re si era convertito in postulante in timida attesa fuori di quella barriera di rovi. Ogni secondo che passava lo sminuiva nella sua dignità.

Dai ranghi dei suoi uomini arrivarono lievi rumori di disapprovazione. Tuttavia, non appena li ebbe lentamente percorsi con il suo sguardo adamantino, su di essi tornò a calare un silenzio totale.

Un silenzio che venne rotto da un richiamo.

«Gandang, figlio di Mzilikazi, *induna* di duemila uomini, fatti avanti!»

Il richiamo veniva dall'altro lato della barriera di rovi, totalmente inatteso, ma proprio nel momento in cui Gandang stava per raggiungere il limite della pazienza e per dare via libera ai guerrieri. Il giovane si diresse verso il varco, con passo dignitoso e le piume che ondeggiavano attorno al capo. Lì giunto, tuttavia, si fermò un attimo e, pur senza minimamente cambiare espressione, provò un profondo sollievo all'idea di aver dato ascolto alla propria saggezza e alle parole della sua piccola colomba, tenendo ferma la lama.

Davanti a lui stava un personaggio di quasi incredibile bellezza, e gli occorsero parecchi istanti per riconoscere in lui l'individuo lacero di qualche minuto prima. Un personaggio che indossava abiti di grande eleganza, splendidamente colorati e ornati di borchie e fibbie di metallo che mandavano sprazzi di luce.

A quel punto nella sua mente venne spazzato via qualsiasi dubbio che si trattasse veramente di un uomo di grande importanza, nonché di un soldato di nomea, come gli aveva detto Juba, tanto che nel proprio intimo il giovane decise che in futuro ne avrebbe ascoltato le parole con ancor maggiore attenzione. Quindi sentì un brivido di smarrimento all'idea che avrebbe potuto massacrare quell'uomo come fosse un qualsiasi mashona, un semplice mangiatore di sudiciume.

Il magnifico personaggio fece un passo verso di lui e si portò una mano alla visiera dello splendido berretto, in un gesto formale a cui Gandang rispose istintivamente facendo un atto di saluto con la lancia.

«Io, Bakela, chiedo che la prova della mia carica venga portata a tuo padre, l'onorevole e vittorioso Mzilikazi, il quale prego venga informato che gli chiedo il diritto di passaggio», disse poi lo strano uomo nel suo atroce sindebele, dopo di che Gandang prese dalle sue mani tale prova, un minuscolo involto coperto di strani segni e legato con strisce di tessuto colorato, talmente bello da deliziare persino il cuore della donna più vana e viziata.

«Sarà fatto», consentì infine.

Negli istanti del suo confronto con Gandang, Zouga si era impegnato in pensieri frenetici quanto quelli del suo interlocutore, nonché in calcoli circa le possibilità di salvezza. Ora che si era imbattuto in un *impi* di frontiera, sapeva di dover rinunciare a qualsiasi idea di scappare verso sud. A parte il fatto che erano completamente circondati da forze preponderanti, sapeva benissimo che nessun uomo privo di una cavalcatura poteva sfuggire a quei guerrieri, macchine addestrate per inseguire e annientare il nemico.

L'incontro non lo aveva colto completamente alla sprovvista. C'erano state molte notti, nelle settimane precedenti, durante le quali si era svegliato nelle ore più buie, rimanendo sdraiato ad aspettare, pieno di timore, l'arrivo di un momento come questo.

E aveva provato mentalmente gli atti che avrebbe compiuto, dal nascondere ogni traccia di paura mentre cercava di guadagnare tempo per indossare l'uniforme, fino alla richiesta di venire accompagnato al *kraal* del re. E quando era arrivata la sospirata frase «Sarà fatto», gli ci era voluta un'enorme forza di volontà per non mostrare sollievo. Quindi era rimasto lì in atteggiamento distaccato, mentre Gandang sceglieva cinque dei suoi corridori più veloci, recitando loro un lungo messaggio da mandare a memoria e riferire a Mzilikazi.

I cinque lo avevano ripetuto uno alla volta e Zouga, pur non mostrando il minimo cambiamento d'espressione, era rimasto sbalordito nel sentirglielo ripetere alla lettera. Un'impressionante dimostrazione di quanto fosse sviluppata la memoria nei popoli che non conoscevano la scrittura e la lettura.

Gandang porse loro la busta sigillata contenente le credenziali di Zouga, dopo di che i messaggeri scattarono in piedi, salutarono il loro *induna*, si misero in fila e si allontanarono di corsa verso ovest.

Quindi il giovane capo guerriero tornò a rivolgersi a Zouga, dicendo: «Rimarrai accampato qui finché il re non ci farà sapere la sua decisione».

«Quando sarà?» chiese Zouga.

«Quando il re lo riterrà opportuno.»

Gli uomini di Zouga non subirono alcuna molestia. Attorno al campo erano stati sistemati di guardia una dozzina di *amadoda*, ma nessuno di essi cercò di penetrare nello *scherm*. Fino al momento in cui fossero stati autorizzati a massacrarli, quegli uomini e i loro beni erano inviolabili.

Il grosso dell'*impi* invece si accampò circa cinquecento metri più a valle. Ogni sera l'alto *induna* veniva a trovare Zouga e i due giovani stavano seduti per circa un'ora accanto al fuoco, uno di fronte all'altro, a conversare in tono grave e serio.

E a mano a mano che i giorni di attesa si convertirono in settimane, tra i due nacque un profondo rispetto. Erano entrambi uomini d'armi, per cui avevano argomenti in comune – battaglie e campagne – di cui discutere. Si riconobbero a vicenda come uomini ligi alle leggi del proprio paese, per quanto tali leggi potessero essere divergenti.

«Lo considero un gentiluomo», scrisse Zouga nel proprio diario.

E dal canto suo Gandang, parlandone con Juba sulla stuoia per dormire, disse semplicemente: «Bakela è un uomo».

Il giovane guerriero consentì ai portatori di Zouga di uscire dall'accampamento per andare a fare legna, al fine di rinforzare i ricoveri, in modo che il loro capo potesse dormire all'asciutto e al caldo. In conseguenza di ciò la salute di Zouga migliorò rapidamente, tanto che nel giro di una settimana il giovane era già in condizione di sparare con il fucile da elefanti.

Poi una sera Zouga propose a Gandang di andare a caccia insieme, e l'*induna*, che a quel punto cominciava a trovare l'attesa noiosa tanto quanto l'inglese, consentì prontamente. Gli *amadoda* di Gandang circondarono una mandria di bufali e li spinsero in corsa tumultuosa verso il punto in cui i due cacciatori erano in attesa. Zouga vide l'alto *induna* alzarsi, slanciarsi avanti, a piedi nudi e senza scudo, e uccidere un maschio adulto con un solo colpo del largo *assegai*. Guardandolo, capì che non avrebbe mai trovato l'abilità e il coraggio di fare altrettanto.

A sua volta Gandang guardò Zouga alzarsi per affrontare la tonante carica di un elefante infuriato, e quando l'animale crollò davanti allo sparo, cadendo in ginocchio in una tempesta di polvere, si fece avanti per toccare il minuscolo buco nero aperto sulla sua spessa pelle un paio di centimetri sopra l'attaccatura della proboscide.

Esaminata la macchia di sangue che aveva sulla punta del dito, disse semplicemente: «Han!», a voce bassa ma con forza, che è un'espressione di profondo stupore. Infatti lui stesso possedeva un moschetto, un Tower Musket, costruito a mano a Londra nel 1837, con il quale tuttavia non era mai riuscito a colpire nessun animale.

Gandang sapeva che sparando era necessario chiudere saldamente gli occhi e la bocca, trattenere il respiro e al momento della scarica gridare un rimbrotto al demone che viveva nel fumo della polvere da sparo, affinché lo stesso demone non penetrasse attraverso bocca od occhi per impossessarsi del tiratore. Sapeva anche che, per far arrivare la pallottola a una buona distanza, era necessario premere il grilletto con la stessa forza improvvisa e brutale che si usa quando si scaglia la lancia. E infine che, per rendere minimo il rinculo dell'arma, il calcio della stessa non deve toccare la spalla, ma starne staccato di almeno un palmo. Eppure, nonostante tutte queste precauzioni, non riusciva mai a colpire il bersaglio a cui mirava, così che da lungo tempo aveva abbandonato l'arma ad arrugginire, mentre manteneva lustrissimo l'*assegai*.

Quindi apprezzò a fondo lo splendido risultato ottenuto da Zouga così agevolmente. E il loro rispetto reciproco crebbe ancora, con il passare dei giorni, fino a diventare quasi amicizia. Quasi, ma non completamente: tra loro esistevano infatti differenze di cultura ed educazione che non avrebbero mai potuto essere superate, oltre alla consapevolezza del fatto che un giorno sarebbe potuto arrivare di corsa, da ovest, un messaggero di Mzilikazi con l'ordine:

«*Bulala umbuna!* Uccidi il bianco!» Ed entrambi sapevano che Gandang non avrebbe esitato un solo istante.

Zouga passava molto tempo da solo nell'accampamento e lo occupava a programmare l'udienza con il re. Più ci pensava e più ambiziosi diventavano i suoi piani. Il ricordo delle antiche miniere abbandonate ossessionava queste ore di ozio, per cui, dapprima soltanto per divertimento, ma poi con intenti veramente seri, il giovane aveva cominciato a stendere un documento che aveva intestato: «Concessione esclusiva di sfruttamento dei giacimenti d'oro e di caccia agli elefanti nel territorio sovrano dei matabele».

Vi lavorava ogni sera, limandolo e aggiustandolo con le vacue formule che il profano scambia per gergo legale: «Laddove io, Mzilikazi, signore della terra dei matabele, d'ora in avanti indicato con l'espressione primo contraente...»

Lo aveva completato con piena soddisfazione, quando nel suo piano apparve evidente una falla. Mzilikazi non poteva firmarlo. Zouga ci pensò su attentamente per tutto un giorno, ma alla fine trovò la soluzione. Ormai il re aveva certamente ricevuto il suo involto, i cui sigilli rossi di cera dovevano sicuramente avergli fatto una grande impressione, e nella sua cassetta di scrittura lui stesso aveva ancora due bastoncini di cera per sigilli.

Così si mise a disegnarne uno grande per re Mzilikazi, abbozzandone il disegno sul retro del diario. L'ispirazione gli venne dallo stesso appellativo di Mzilikazi: «Grande Elefante che scuote la terra».

Al centro del suo disegno tracciò appunto un elefante, con le lunghe zanne levate alte e le orecchie spiegate. Quindi sul bordo superiore pose la scritta «Mzilikazi, Nkosi Nkulu». Su quello inferiore, infine, pose la traduzione: «Mzilikazi, re dei matabele».

Cominciò poi a fare esperimenti con vari materiali, come argilla e legno, ma con risultati scadenti, per cui il giorno seguente chiese a Gandang il permesso di mandare un gruppo di portatori, guidati da Jan Cheroot, alle vecchie miniere Harkness per recuperare l'avorio che vi era sepolto.

Ci vollero due giorni di pensose riflessioni perché Gandang prendesse la sua decisione, ma alla fine essa risultò positiva e ai portatori fu concesso di partire, anche se scortati da cinquanta guerrieri che avevano l'ordine di ucciderli al minimo sospetto di tradimento. Jan Cheroot tornò con tutte e quattro le zanne, e Zouga ebbe a disposizione non soltanto il materiale nel quale scolpire il sigillo, ma anche un dono degno dell'importanza del re.

L'avorio costituiva un tesoro di cui i matabele avevano da lungo tempo capito l'importanza per i commerci. E inoltre era un bene scarso, perché anche il più coraggioso degli uomini non può uccidere un elefante servendosi soltanto della lancia. Quindi dovevano accontentarsi dei resti degli animali morti per cause naturali o delle rarissime vittime delle trappole.

A farlo decidere in quel senso fu lo sbalordimento di Gandang nel vedere le dimensioni e il peso delle zanne. Quella più grossa e meglio sagomata sarebbe stata il suo regalo per Mzilikazi, se mai gli fosse stato consentito di arrivare vivo a Thabas Induna.

Intanto su di lui incombeva non soltanto la minaccia dell'ira del sovrano: anche la sua riserva di chinino si era ridotta a pochi grammi, mentre l'accampamento era circondato su tutti i lati da terreno paludoso e malarico.

L'*impi* di Gandang tornò un giorno all'alba. Zouga venne svegliato da una voce stentorea, che lo chiamava dall'esterno dello *scherm*. Quindi si gettò addosso una coperta di pelliccia e uscì nell'acquerugiola fitta e gelata, strascicando i piedi nel fango. Gli bastò uno sguardo per capire che il re aveva mandato la sua risposta. Le schiere di silenziosi matabele circondavano il campo, sempre più simili a statue scolpite nell'ebano.

Zouga calcolò quanto gli ci sarebbe voluto per raggiungere il fucile carico che aveva accanto alla branda, nella capanna di paglia, ma decise che sarebbe probabilmente stato fatto a pezzi prima di arrivarci. Tuttavia sapeva di dover fare ancora un tentativo.

«*Ti vedo*, Bakela», disse Gandang, uscendo dai ranghi oscuri e silenziosi.

«*Ti vedo*, Gandang.»

«Il messaggero del re è arrivato...» continuò il giovane matabele. Quindi fece una breve pausa, in atteggiamento solenne e severo, ma finalmente i suoi denti perfetti si spalancarono in un sorriso candido, che illuminò il grigiore dell'alba, mentre diceva: «Il re ti ha concesso il diritto di passaggio e ordina che ti presenti a Thabas Induna».

I due uomini si scambiarono un sorriso carico di sollievo: per entrambi quell'esito significava la vita. Il re aveva deciso che Gandang aveva compiuto il proprio dovere e interpretato correttamente i suoi voleri, mentre Zouga era stato accolto come un inviato e non come un nemico.

«Ci mettiamo in marcia subito», disse Gandang, sempre sorridendo. «Prima che si alzi il sole!» La convocazione del re non consentiva incertezze o ritardi.

«*Safari!*» ordinò Zouga, svegliando tutto il campo. «Subito in marcia!»

Una naturale forma di delicatezza e tatto aveva imposto a Gandang di tenere Juba lontana dall'accampamento, e per lo stesso motivo il giovane *induna* non aveva mai fatto il nome della ragazza a Zouga mentre ancora sul capo di quest'ultimo pendeva una possibile sentenza di morte. La prima sera di viaggio, invece, non appena ebbero fatto il campo, la portò alla capanna di Zouga, dove Juba si inginocchiò, salutandolo con l'espressione «Baba», ovvero «Padre». Quindi, sedutosi fra loro, il giovane matabele consentì che scambiassero brevemente qualche parola.

Zouga era bramoso di avere notizie della sorella e ascoltò in silenzio il racconto della morte e del seppellimento del padre. Meglio così: era già deciso a preparare un robuante tributo alla sua memoria.

Fu meno felice, invece, di apprendere i probabili progressi di Robyn. Dovevano essere ormai passati quasi tre mesi da quando Juba l'aveva lasciata, pressoché in vista della catena delle montagne orientali, per cui a quel punto sua sorella doveva certamente aver raggiunto la costa e poteva trovarsi a bordo di un mercantile portoghese, ben avanti sulla rotta di Buona Speranza e dell'Atlantico.

Dal canto suo, invece, non poteva sapere quanto sarebbe stato trattenuto dal re dei matabele, né quanto tempo avrebbe potuto richiedere la discesa di mezza Africa per il lungo. Sicché il manoscritto di Robyn sarebbe potuto arrivare a Londra un anno e anche più prima del suo.

Perciò il giorno seguente Zouga pungolò i portatori, perché tenessero il ritmo dei guerrieri che li avevano catturati, ma con scarso esito. Al contrario, dovette addirittura chiedere a Gandang che gli mettesse a disposizione qualcuno dei suoi uomini, a cui affidare le grosse zanne e il falco in pietra.

A mano a mano che procedevano verso ovest, il territorio diventava sempre più asciutto e le foreste si diradavano, cedendo a pascoli piani, chiazzati da qualche macchia sparsa di acacie.

Il sollievo di essersi liberati dalle piogge sollevò il loro spirito, tanto che gli *impi* presero a marciare cantando, procedendo come un grosso serpente nero nei bei pianori sotto gli spogli *kopjes* di granito.

E ben presto si imbatterono nelle prime mandrie reali. Piccoli animali dal dorso ingobbito, le cui origini risalivano ben all'indietro oltre i veli della storia e che forse avevano impiegato – insieme a coloro che li pungolavano – più di mille anni per discendere la valle del Nilo o per arrivare fin lì dalle pianure fertili rinchiuse tra l'Eufrate e il Tigri.

Poco dopo raggiunsero la prima città dei matabele, situata sulle rive del fiume Inyati. Gandang spiegò che si trattava del quartier generale del suo *impi* – che si chiamava appunto Inyati –, e che non era la più grossa delle città in cui stavano acquartierati i reggimenti del re. L'insediamento si estendeva attorno al recinto centrale, dove potevano essere raccolti diecimila capi del bestiame reale. Le abitazioni erano le tradizionali capanne di paglia in forma di alveare, che le tribù indigene avevano mantenuto dai tempi in cui avevano lasciato la terra degli zulu, di cui erano originari. La palizzata esterna era fatta con tronchi di *mopani*, ben affondati nel suolo. La popolazione accorse a dare il benvenuto all'*impi* che tornava.

«La maggior parte degli uomini e delle giovani da marito è già partita per Thabas Induna. Con la luna piena comincia la danza del *Chawala*, e tutto il popolo si riunisce al *kraal* del re. Rimarremo qui una sola notte, dopo di che ci dirigeremo anche noi a quella volta», scrisse Zouga nel proprio diario.

Con il passare dei giorni, l'ampia strada diretta a Thabas Induna diventava sempre più congestionata, costringendoli a ridurre il ritmo. Poteva capitare che dovessero aspettare mezza mattinata il loro turno per attraversare un guado, dal momento che i vari reggimenti – intercalati a frotte di fanciulle da marito – spingevano davanti a sé il bestiame con le sue provviste di foraggio e si trascinavano dietro le salmerie. Ogni guerriero aveva con sé un apprendista adolescente in veste di portatore personale.

Ma finalmente, in un soffocante mezzogiorno di estate avanzata, il piccolo gruppo di Zouga, sempre trascinato dall'immensa fiumana di esseri umani, raggiunse una cresta del terreno, oltre la quale apparvero il grande *kraal* e la capitale dei matabele.

Si estendeva su molti chilometri quadrati di pianura aperta, sotto le spoglie alture di granito che recavano il nome di «Colline dei capi». L'altura più vicina era Bulawayo, ovvero «Il luogo della morte»: dalle sue ripide erte venivano precipitati i condannati alla pena capitale.

Le palizzate formavano una serie di cerchi concentrici che dividevano la città in altrettante parti, anche in questo caso tutte estese attorno al grande recinto centrale per il bestiame.

Fermo accanto a Zouga, Gandang si servì della lancia per indicare con orgoglio le varie zone della città. C'erano settori diversi, riservati alle fanciulle non maritate e ai reggimenti che ancora non avevano conosciuto il sangue, e ancora una vastissima zona per le coppie sposate. Le capanne erano uguali per dimensioni e ordinatamente disposte, con i tetti che splendevano di un giallo dorato nella luce del sole. Tra di esse il suolo era pulito e battuto dal passaggio dei piedi nudi.

«Ecco la capanna del re», disse Gandang, indicando un'enorme struttura conica, racchiusa da un proprio recinto privato. «E quelli invece sono gli alloggi delle mogli», aggiunse poi, indicando un altro centinaio di capanne protette da un'alta palizzata. «Qualsiasi uomo tenti di entrarvi, è messo a morte.»

Quindi Gandang condusse Zouga a una piccola macchia di acacie, fuori della palizzata principale. A pochi metri da essa scorreva un corso d'acqua, e per la prima volta nel giro di molti giorni i due giovani si trovarono al riparo dalla calca. Infatti la zona attorno alla macchia era deserta, come se fosse vietata alla gente comune.

«Quando vedrò il re?» chiese Zouga.

«Non prima che sia finita la festa», rispose Gandang. «Il re deve sottoporsi a un rituale di purificazione, ma ha mandato dei ricchi doni, che ti fanno molto onore», aggiunse poi, indicando una fila di fanciulle che stavano uscendo per la porta aperta nella palizzata. Ognuna di esse portava agevolmente in equilibrio sulla testa, con notevolissima grazia, un grosso vaso di argilla, senza fare uso delle mani.

Alcuni di tali vasi contenevano densa birra di miglio, aspra ed effervescente, altri latte di mucca acido, l'*imaas*, che aveva tanta parte nella dieta degli nguni. Altri ancora, enormi pezzi di carne grassa, arrostita su braci.

«Questi doni ti rendono grande onore», ripeté Gandang, apparentemente lui per primo perplesso davanti a tanta generosità. «Tuttavia bisogna dire che tuo nonno, Tshedi, è sempre stato un buon amico fidato del re.»

Una volta fatto il campo, Zouga si trovò di nuovo a essere vittima dell'ozio, con davanti a sé molte giornate vuote da riempire. Lì comunque – pur con l'eccezione delle zone proibite – era libero di vagare per la città e i dintorni, per cui fece alcuni schizzi del festoso trambusto che precedeva la festa.

Sulle prime era rimasto dubbioso di fronte ai problemi di igiene che doveva porre una simile moltitudine, finché poi si era reso conto che al di là delle mura si stendeva una zona di folto sottobosco, dove uomini e donne andavano all'alba e al crepuscolo. Una zona popolata da corvi e nibbi, sciacalli e iene che fungevano da servizio di nettezza urbana per la città.

Poi, sempre più interessato alla conduzione della stessa, scoprì che i bagni e il bucato erano consentiti soltanto oltre un certo punto delle due rive, indicato da un albero particolarmente grosso o da qualche altro tratto chiaramente distintivo. Le giare per l'acqua da bere venivano riempite dalle donne a monte di tale punto.

Avrebbe dunque dovuto essere contento di aver raggiunto quell'asilo, anziché lasciare il proprio cadavere trafitto dall'*assegai* e abbandonato a un banchetto di iene nella foresta. Invece non lo era. E continuava a imporsi compiti per occupare le giornate. Tracciò disegni e mappe della città, notando i punti deboli nelle fortificazioni e quelli in cui un attacco ai quartieri privati del re avrebbe potuto avere successo. Disegnò le uniformi dei diversi *impi*, nonché i colori dei loro scudi e tutti gli altri mezzi per identificarli. Ponendo domande apparentemente innocenti a Gandang, cercò infine di stimare il numero complessivo dei guerrieri, nonché la loro età e l'esperienza di battaglia.

Scoprì che molte cose erano cambiate nella terra dei matabele, da quando il vecchio Tom Harkness vi aveva disegnato la propria mappa. Ne trasse alcune conclusioni.

Infine, come ulteriore esercizio per occupare le giornate, prese a elaborare un piano di battaglia contro il vecchio re Mzilikazi: era un militare e dentro di lui ardeva un sogno che un giorno sarebbe potuto diventare realtà soltanto per mezzo delle armi.

Privo di sospetti, Gandang era lusingato da tanto interesse, per cui rispondeva a ogni domanda pieno di orgoglio per la potenza e i successi del proprio popolo. E i giorni continuavano a trascinarsi lentamente.

«Il re non ti riceverà prima che la festa sia finita», continuava a ripetere Gandang, ma si sbagliava.

La sera prima che essa cominciasse, due anziani *induna*, dal copricapo di piume azzurre di airone che fluttuavano dolcemente sopra le loro calotte di capelli argentei, entrarono nel campo, dove Gandang li accolse con grande rispetto, ascoltandoli attentamente e poi andando da Zouga.

«Sono venuti per portarti dal re», si limitò a dire.

Davanti alla capanna del re ardevano tre fuochi, e accanto a quello centrale era accucciata un'avvizzita figura scimmiesca, che biascicava una formula magica attraverso gengive sdentate, dondolando sulle anche e gettando di quando in quando una presa di polvere sul fuoco, oppure qualche filo d'erba in una delle grandi brocche di argilla che bollivano sopra le fiamme.

Era lo stregone, coperto di tutti gli orpelli della sua arte – pelli disseccate di rettili, artigli di aquile e leopardo, una vescica gonfia di leone, e simili – ed era il maestro di cerimonie di tutta la festa, massimo evento del calendario matabele, nel cui corso si raccoglievano tutti i prodotti dei campi e si preparavano i futuri progetti di guerra per la stagione asciutta. Pertanto gli *induna* riuniti osservavano i suoi preparativi attentamente e pieni di timore reverenziale.

Accucciati in cerchio erano lì presenti una trentina di anziani, gli *induna* più importanti della nazione, il consiglio del re. La piccola corte era affollata. Lo spiovente tetto in paglia della capanna reale torreggiava su di loro dall'altezza di circa dieci metri, tanto che la sua cima si perdeva nelle tenebre.

La copertura in paglia era eseguita abilmente, e davanti alla bassa porta d'ingresso c'era una poltrona di disegno e fattura europei. Con una leggera punta di emozione Zouga si rese conto che doveva essere la stessa regalata al re da suo nonno Moffat, ovvero Tshedi, quasi vent'anni prima.

«*Bayete!* Mzilikazi, elefante dei matabele», disse il giovane inglese, correttamente addestrato da Gandang circa l'etichetta di corte.

E, mentre attraversava la stretta corte di nuda terra, intonò tutti gli appellativi del re, senza gridarli e senza strisciare sulle ginocchia, come avrebbe fatto un suddito, dal momento che lui era un inglese, ufficiale di Sua Maestà.

Nondimeno, giunto a tre metri dalla poltrona, si accosciò a sua volta, ponendo la propria testa sotto il livello di quella del re, e attese.

Il personaggio seduto in poltrona era molto più basso di statura di quanto ci si sarebbe aspettati da un guerriero di tanta spaventevole fama, e, una volta abituato lo sguardo alla penombra, Zouga vide anche che il re aveva piedi e mani piccoli e di forma delicata, quasi femminea, mentre le ginocchia erano grottescamente gonfie e distorte dalla gotta e dall'artrite.

Il re era ormai vecchio – nessuno sapeva quanto – ma negli anni a cavallo tra i due secoli era stato un poderoso guerriero. Ora però i suoi muscoli, un tempo poderosi, avevano ceduto, facendogli ricadere il ventre in grembo. Inoltre la testa sembrava troppo grossa per le strette spalle, e il collo troppo debole per poterla reggere. Tuttavia gli occhi, che osservavano attentamente Zouga attraverso il reticolo di grinze e rughe, erano neri, luminosi e vivaci.

«Come sta il mio vecchio amico Tshedi?» chiese il re, con una voce dai toni alti.

Erano vent'anni che Zouga non vedeva il nonno materno, e di lui ricordava solamente una lunga barba candida e fluente.

«Sta bene ed è contento», rispose. «E ti manda i suoi saluti e i suoi omaggi.»

Soddisfatto, il vecchio in poltrona fece un cenno di assenso con la goffa testa.

«Puoi presentare i tuoi doni», disse poi, sollevando un brusio di commenti tra gli *induna*. Persino lo stregone alzò lo sguardo dal fuoco al passaggio della grande zanna, portata da tre guerrieri di Gandang, che venne posata davanti alla poltrona del re.

Lo stregone era chiaramente infastidito dall'interruzione, e con l'aiuto di due assistenti procedette ostentatamente a togliere dal fuoco una delle brocche fumanti, sistemandola tra le gambe del re.

Dopo di che, sempre aiutato dagli assistenti, sollevò un grande *kaross* formato da diverse pelli di leopardo cucite assieme e lo stese come una tenda sopra al re e alla poltrona, in modo che il vapore che si sollevava dalla brocca vi rimanesse imprigionato. Nel giro di un minuto da sotto la coperta di pelliccia arrivò un accesso di tosse e, quando finalmente lo stregone la rimosse, il re era madido di sudore e semisoffocato, e aveva gli occhi infiammati e pieni di lacrime. Ma la tosse aveva espulso tutti i demoni, mentre sudore e lacrime avevano lavato via ogni impurità.

L'accolta dei presenti attese in un silenzio rispettoso che il re si riprendesse e finalmente, dopo molti starnuti e raschiamenti di gola, Mzilikazi tese una mano verso la cassetta che aveva accanto alla sedia, estraendone il plico coperto di sigilli mandatogli da Zouga.

«Di' le parole», lo invitò poi, porgendoglielo. Voleva che gliene leggesse il contenuto.

Sebbene fosse analfabeta, il re conosceva bene gli usi della parola scritta. Era da vent'anni in corrispondenza con il nonno di Zouga, che ogni volta mandava a lui uno studente della missione, con il compito di consegnare la lettera, leggergliela e scriverne la risposta.

Zouga si mise eretto e aprì il plico. Quindi lesse ad alta voce, traducendo a mano a mano dall'inglese e aggiungendo qualche abbellimento al testo originale.

Quando ebbe finito, gli anziani rimasero in un silenzio rispettoso e persino il re si attardò a esaminare attentamente l'alta e splendida figura che aveva davanti. La luce del fuoco danzava sui bottoni di ottone e sui galloni della sua uniforme, la stoffa scarlatta della giacca sembrava splendere come le stesse fiamme.

Lo stregone avrebbe voluto intervenire ancora una volta, ma Mzilikazi lo allontanò con un gesto irritato.

Sapendo che in quel momento il suo interesse era al culmine, Zouga chiese in tono neutro: «Il re vede questi segni della mia regina? Sono i suoi marchi speciali: ogni signore deve averne di simili, per provare il proprio potere e la natura di roccia delle proprie parole».

Quindi il giovane si voltò e fece un cenno al portatore inginocchiato all'ingresso, il quale, terrorizzato, strisciò fino ai suoi piedi, senza osar sollevare lo sguardo su Mzilikazi, porgendogli la scatolina da tè in cui erano contenuti il sigillo d'avorio e i bastoncini di cera.

«Ne ho personalmente preparato uno per il re, affinché la sua dignità e il suo potere siano conosciuti agli uomini», disse poi.

Mzilikazi non riuscì a dissimulare il proprio interesse, per cui si chinò in avanti e fece cenno a Zouga di avvicinarsi. In ginocchio davanti a lui, il giovane preparò la cera, facendola sciogliere sul coperchio di latta della scatolina, con un tizzone preso dal fuoco. Quindi vi impresse il sigillo che, quando si fu indurito, porse al re.

«È un elefante», disse il re, riconoscendo l'animale con stupore manifesto.

«Il grande elefante nero dei matabele», confermò Zouga.

«Di' le parole», disse ancora il re, toccando le lettere sul bordo e ordinandogli di tradurgliele.

«Mzilikazi, Nkosi Nkulu.»

Il re batté le mani deliziato e quindi passò il sigillo agli *induna* più anziani, provocando un subisso di mormorii e risolini.

«Bakela», disse il re a Zouga, «devi tornare da me il giorno dopo la cerimonia del *Chawala*. Abbiamo molte cose da discutere.»

Quindi con un ampio cenno della mano concesse licenza di andarsene allo splendido giovane e con aria paziente e rassegnata si affidò alle cure dello stregone.

Quando, molto dopo la mezzanotte, si levò la luna piena, ai fuochi venne aggiunta nuova legna, per darle il benvenuto, e iniziarono canti e rulli di tamburo. Nessuno, né uomo né donna, aveva osato prendere un solo grano del raccolto prima di quel momento, poiché il sorgere della luna era il segnale per il *Chawala*, la danza dei primi frutti. Ma da quel momento tutto il popolo matabele si abbandonò al piacere.

«*Bayete!*» gridarono per salutare il re secondo la formula reale.

«*Bayete!*» una seconda volta, battendo i piedi.

«*Bayete!*» una terza volta, dando inizio alle danze.

Un reggimento dopo l'altro, tutti i guerrieri vennero a rendere onore al re in una cerimonia perfettamente calibrata, e dai loro ranghi emersero i campioni e gli eroi, che balzarono alti come le loro teste, tirando furiosi fendenti con la lancia nel vuoto e lanciando grida di sfida e trionfo.

Mzilikazi fu a sua volta preso in quel mare ribollente di eccitazione e si servì abbondantemente della birra che gli veniva continuamente servita dalle fanciulle, finché arrovesciò gli occhi e non riuscì più a trattenersi. Levatosi dalla poltrona con grandi sforzi, si abbandonò alla danza sulle sue gambe gonfie e deformi, e i campioni arretrarono per fargli posto.

«Mio padre è il miglior ballerino di tutta la terra dei matabele», disse Gandang, accosciato accanto a Zouga.

Il vecchio re si stancò di fare balzi nell'aria, ma i suoi piedi non cedettero il terreno. Quindi continuò a strusciarli avanti e indietro, facendo brevi gesti come se raspasse il suolo e colpendo l'aria con la propria lancia giocattolo.

«Così ho abbattuto il mezzosangue Barend, e così sono morti i suoi figli.»

Il popolo emise un boato: «L'elefante danza e la terra trema».

«Così ho respinto le profferte del tiranno Chaka e così ho tagliato le piume dal copricapo dei suoi messaggeri, rimandandoglieli», squittì ancora il vecchio re.

«*Bayete!*» tuonò il popolo. «Salve, padre del mondo!»

Pochi minuti dopo, esausto, il vecchio re si lasciò cadere nella polvere e Gandang, insieme ad altri suoi due figli, balzò in piedi, correndogli al fianco.

Con dolcezza lo fecero alzare e lo riportarono alla poltrona, dopo di che Lobengula, suo figlio maggiore, gli accostò alla bocca un boccale di birra. La schiuma gli colò sul mento e gli scorse sul petto ansante.

«Che il popolo balli», ansimò il re, al che Gandang tornò ad accosciarsi accanto a Zouga.

«Dopo la guerra, la cosa che mio padre preferisce è la danza», spiegò.

Arrivarono le fanciulle, graziosissime, schiera dopo schiera, facendo luccicare nella luce della luna la lustra pelle nuda. Non indossavano altro che il gonnellino di perline, che a malapena copriva il triangolo del sesso. Il loro canto era dolce e chiaro.

Mzilikazi tornò a sollevarsi dalla poltrona e si diresse barcollando alla loro volta, per danzare di nuovo, dirigendone i canti con la lancia rituale puntata verso il cielo. E danzò finché cadde una seconda volta e una seconda volta venne riportato alla poltrona dai figli.

All'alba Zouga era esausto. La pesante stoffa dell'uniforme era zuppa di sudore, che ne trapelava in larghe chiazze scure. I suoi occhi erano venati di rosso per la polvere e il fumo, e la testa gli faceva male per la cacofonia dei tamburi e gli scoppi di voci matabele. Inoltre aveva la lingua gonfia per l'eccesso di birra e le gambe indolenzite per le ore passate in quella posizione innaturale. Il re, invece, stava ancora strillando e danzando sulle sue gambe deformi.

Il mattino seguente Mzilikazi era nuovamente sul suo trono, come se nulla fosse stato, tanto che, quando il toro *Chawala* venne liberato nel recinto, i figli riuscirono a stento a impedirgli di slanciarglisi addosso per ucciderlo con le mani nude.

Da ogni reggimento era stato scelto un campione, coperto solo dal perizoma, che in compagnia dei suoi simili aspettava acquattato accanto al trono del re.

Il toro entrò nel recinto a passo di carica, con la testa e le corna alte, sollevando nuvole di polvere e gettando lampi dagli occhi. Era di un nero perfetto e lustro. Scelto con la massima cura tra le mandrie reali, era il più bell'animale di tutta la terra dei matabele. Fece un giro dell'arena in atteggiamento arrogante, sbuffando e puntando le corna verso tutto ciò che si trovava davanti.

Il re, trattenuto dai figli, si agitava per liberarsi della loro presa, reso quasi incoerente dall'eccitazione. Infine levò alta la lancia e scrollò violentemente le braccia, gridando: «*Bulala inkunzi!* Uccidete il toro!»

Gli uomini in attesa balzarono in piedi, fecero il saluto al re e poi corsero via, disponendosi in forma di mezzaluna, adottando istintivamente lo *jikela*, ovvero il movimento accerchiante.

Il toro nero girò su se stesso per affrontarli, facendo ondeggiare la testa nel valutare l'impeto da dare alla carica, poi scattò in avanti, scegliendo l'uomo al centro del semicerchio e precipitandoglisi addosso.

L'uomo rimase dov'era, allargando le braccia come in gesto di benvenuto. Il toro abbassò la testa e colpì, tanto che Zouga sentì chiaramente lo schiocco delle ossa. Assorbita la carica con il torace, il guerriero strinse le braccia attorno al collo dell'animale aggrappandovisi.

Il toro cercò di scagliarlo lontano, agitando furiosamente la testa, ma l'uomo si tenne saldo. Pur sbatacchiato violentemente qua e là, il suo corpo impediva la vista all'animale e lo costrinse a fermarsi. Allora immediatamente il semicerchio di uomini gli si chiuse attorno e il suo grosso dorso ingobbito fu nascosto dalla calca dei corpi neri.

Per lunghi istanti il toro si sforzò di restare diritto, ma alla fine cadde a terra con un tremendo tonfo e un muggito lamentoso. Una dozzina di uomini presero a torcergli le corna sulla massa inerte del corpo. Lentamente, sudando e affannandosi, gliela torsero sempre più, mentre scalciava nell'aria e i suoi muggiti diventavano sempre più penosi e strozzati.

Il re saltellava sulla poltrona, gridando per l'eccitazione, mentre il boato delle voci era simile allo sbattere delle onde sugli scogli durante un fortunale.

Centimetro dopo centimetro la gigantesca testa continuò a torcersi su se stessa, finché finalmente non vi fu più alcuna resistenza. Zouga sentì lo schianto delle vertebre, secco come un colpo di moschetto. Le zampe si irrigidirono puntando verso il cielo e i visceri del toro espulsero un liquido verdastro.

I guerrieri madidi di sudore si sollevarono la carcassa sulle spalle e la portarono baldanzosamente al cospetto del re.

Il terzo e ultimo giorno della cerimonia Mzilikazi raggiunse il centro del recinto. In quell'ampio spazio aperto appariva curvo e fragile, e il sole del mezzogiorno lo sovrastava rovente a picco, tanto da non produrre praticamente ombra. Il popolo era in silenzio, circa quarantamila individui intenti a guardare un vecchio senza far sentire un mormorio, un solo respiro.

Giunto al centro, Mzilikazi si fermò e levò la lancia sopra la testa. Le schiere degli astanti si irrigidirono, mentre si girava lentamente per fermarsi rivolto a sud. Quindi il vecchio re arretrò il braccio armato di lancia e rimase così fermo qualche istante, mentre la tensione che si sprigionava dalla sua gente diveniva quasi palpabile.

Poi il re fece un saltello e cominciò lentamente a girare su se stesso. Gli astanti presero a sospirare e a ondeggiare, e poi di nuovo tacquero, quando il re si fermò con la lancia puntata verso est. Quindi un altro saltello, deliberatamente inteso a prolungare scherzosamente l'ansia, e infine la lancia scattò in avanti, volando a tracciare un'alta parabola e andando a ficcarsi con la punta nel suolo cotto dal sole.

«A nord!» tuonò il popolo. «*Bayete!* Il grande toro ha scelto il nord!»

«Andremo a nord per depredare i makololo», disse Gandang a Zouga. «Partirò con il mio *impi* all'alba.» Quindi fece una pausa e poi un rapido sorriso. «Ci vedremo ancora, Bakela.»

«Se gli dèi saranno buoni», consentì Zouga. Gandang gli pose una mano su una spalla, gli diede una leggera stretta e poi fece dietrofront. Lentamente, senza guardarsi alle spalle, si allontanò nel buio pieno di canti e clamori.

«I vostri fucili sarebbero armi terribili se non bisognasse ricaricarli», disse Mzilikazi con la sua vocetta querula di vecchio. «Ma per usarli in combattimento bisogna avere un cavallo veloce, in modo da poter sparare e poi galoppare via per ricaricare.»

Zouga era accosciato accanto alla sua poltrona, nel recinto reale, come già avveniva da quasi trenta giorni consecutivi. Il re lo mandava a chiamare ogni giorno e lui doveva starsene lì a sentire le perle della sua saggezza, mangiando enormi quantità di carne semicruda e bevendo un boccale di birra dietro l'altro.

In quel momento Mzilikazi si interruppe, appunto per dare di piglio a un boccale, e poi, mentre lo posava, il suo sguardo venne attirato dagli sprazzi di luce gettati da uno dei bottoni della divisa del giovane, così che si chinò in avanti per dargli un leggero strattone. In tono rassegnato Zouga si tolse di tasca il coltello a serramanico e tagliò con cura i fili che lo tenevano attaccato alla stoffa. Quindi lo porse al re, il cui volto si aprì in un sorriso di piacere, mentre lo sollevava alla luce del sole.

«Ne rimangono ancora solamente cinque», pensò ironicamente Zouga. Si sentiva come un tacchino di Natale a cui venisse strappata una piuma alla volta.

«La carta», prese a dire poi, ma il re fece un gesto vago, per cambiare argomento: non dimostrava nessun interesse per la concessione che gli veniva richiesta.

Poteva essere ai limiti del rimbambimento e certamente era un alcolista, capace di bersi – secondo i calcoli di Zouga – venti litri di birra al giorno, ma era ancora in possesso di un'intelligenza sveglia e tortuosa. Sentita nominare la carta, trasferì la propria attenzione dall'ospite alla giovane coppia inginocchiata davanti a lui. Erano stati accusati di una colpa e si erano presentati davanti al re per essere giudicati.

La giovane era una bella creatura dalle membra delicate e dal viso rotondo, con labbra piene e denti candidi. Teneva gli occhi serrati, in modo da non posare lo sguardo sull'ira del re, e il suo corpo era in preda a tremiti di terrore. L'uomo era un giovane guerriero di bella muscolatura, appartenente ai reggimenti dei non sposati, degli uomini, cioè, a cui non era ancora stato concesso l'onore di «andare dalle donne».

«Alzati, donna, ché il re possa vedere la tua vergogna», tuonò la voce dell'accusatore, al che, tra esitazioni e timori, e sempre tenendo gli occhi serrati, la giovane sollevò la fronte dal suolo polveroso, lasciandosi andare indietro sui talloni.

Il suo ventre nudo, teso e rotondo come un frutto maturo, le sporgeva sopra il minuscolo gonnellino di perle.

Il re rimase a sedere ingobbito nella poltrona, rimuginando per molti minuti sul problema, quindi chiese al guerriero:

«Lo neghi?»

«Non lo nego, Nkosi Nkulu.»

«Ami questa femmina?»

«Come la vita, mio re», rispose l'uomo con voce bassa e rauca, ma ferma e senza tremiti.

Il re riprese a meditare.

In altre cento occasioni, stando al suo fianco, Zouga lo aveva visto impartire giustizia in quella guisa. A volte la decisione era stata degna di un Salomone nero, altre era invece stata stupefacente per la sua barbarie.

Fissando l'uomo che aveva davanti a sé, inginocchiato, il re si mise a giocherellare con la lancia, aggrottando la fronte e scuotendo lievemente la testa, poi finalmente prese la sua decisione e, chinatosi in avanti, gli porse l'arma.

«Servendoti di questa lancia, apri il grembo della donna che ami, estraine ciò che offende la legge e gli usi, e mettimelo tra le mani.»

Quella notte Zouga non riuscì a dormire. A un certo momento dovette addirittura gettare via le coperte e correre nella boscaglia a vomitare tutto l'orrore che provava per ciò a cui aveva dovuto assistere.

Il mattino seguente il ricordo delle urla della giovane non si era ancora affievolito in lui, mentre il re, scherzoso e garrulo, costringendolo ad accettare un boccale di birra dopo l'altro, gli raccontava aneddoti allegri e ricordi pieni di nostalgia.

Finché all'improvviso, senza che nulla potesse farlo sospettare, ordinò a Zouga:

«Di' le parole della tua carta».

Le ascoltò in silenzio, tradotte a una a una, e alla fine ci pensò su per un po'.

«Cacciare gli elefanti e scavare buchi», borbottò infine. «Non è molto, quello che desideri. Scrivi che lo farai solamente nella terra al di là dello Zambesi, a est del fiume Inyati e sopra il Limpopo.»

Non del tutto convinto che questa volta il re dicesse sul serio, Zouga aggiunse rapidamente la clausola al piede del suo documento fatto in casa.

Dopo di che aiutò la mano tremante del sovrano a tracciarvi sotto una croce incerta.

Ma poi il piacere del vecchio nell'applicarvi il sigillo di cera apparve infantilmente sincero. Una volta che ebbe fatto, Mzilikazi lo passò agli *induna* perché lo ammirassero e infine si chinò in avanti verso Zouga.

«Ora che hai quello che desideravi ottenere da me», disse, «vorrai andartene.» I suoi occhi lacrimosi erano pieni di un dispiacere che gli fece provare una punta di rimpianto, ma Zouga rispose senza giri di parole:

«Non posso andare a caccia nelle piogge, e ci sono molte cose che devo fare nella mia terra, al di là del mare. Devo andarmene, ma tornerò, Nkosi Nkulu».

«Ti concedo il diritto di passaggio verso sud, Bakela il Pugno. Va' in pace e torna presto da me, perché la tua presenza mi riempie di piacere e le tue parole sono sagge per venire da un uomo ancora così giovane.»

«Sta' in pace, Grande Elefante», rispose Zouga, alzandosi e lasciando la corte del re, con passo leggero e spirito lieto. Aveva la concessione chiusa nel taschino della divisa e, per comperarsi i diritti di passo, venticinque chili di oro grezzo in una cassetta, nonché l'uccello in pietra di Zimbabwe e tre belle zanne di avorio. Davanti a lui era spalancata la strada per il sud, per Buona Speranza e l'Inghilterra.

Il vento veniva dal mare, un leggero refolo di monsone, ma il cielo era basso e grigio, e riversava sulla terra gocce di pioggia della dimensione di perle.

Il guardiamarina Ferris, più giovane ufficiale subalterno della nave, era intento al suo turno di guardia mentre la cannoniera si accostava a terra.

A prua, invece, c'era un uomo con una sagola per lo scandaglio, che gridava con voce monotona le profondità indicate dalla medesima.

Clinton Codrington seguiva le loro indicazioni, nonché quelle fornitegli dalle diverse colorazioni dell'acqua, dal frangersi delle onde e dal proprio istinto di marinaio.

«Vieni di un grado», disse con voce bassa al timoniere. E fu proprio mentre la nave puntava pian piano verso terra che sentirono qualcosa nell'aria.

«Puzza di schiavi!» esclamò Denham, proprio mentre l'uomo in coffa gridava con voce acuta:

«Fumo! Fumo sulla riva destra del fiume!»

«Quanto a monte?»

«Tre chilometri o più, signore!»

Per la prima volta da quando avevano salpato l'ancora dal porto di Zanzibar, Clinton si concesse di credere di essere arrivato abbastanza presto, di aver raggiunto il Rio Save in tempo per rispondere all'appello straziante della donna che amava.

«Pronti a entrare in azione, signor Denham, ma senza far uscire i cannoni», ordinò con voce neutra e in tono formale, ma il tenente di vascello gli rispose con un sorriso.

«Bel colpo, per Giove! Congratulazioni, signore!» disse, passando l'ordine ai marinai.

Ma quando il *Black Joke* franse la schiuma della barriera, toccando per un attimo la sabbia, liberandosene e poi procedendo oltre nell'acqua immobile e verde scuro dell'estuario, il capitano ordinò di nuovo:

«Adesso può far uscire i cannoni».

Aveva ritardato sino a quel momento per evitare di modificare l'assetto della nave durante il momento critico del passaggio della barriera. Il *Black Joke* penetrò nel labirinto del Rio Save come un furetto nella garenna.

«Guardi quello!» gridò in quel momento Ferris, e fu soltanto quando gli si trovarono accanto che Clinton si rese conto che non si trattava di un tronco di ebano, ma di un cadavere umano, gonfio dei gas della putrefazione.

Il giovane distolse lo sguardo dalla tremenda visione e riprese a impartire i suoi ordini con voce piatta, scevra di emozioni, non trionfante ma nemmeno abbattuta. Dalla riva del fiume si levava del fumo, che con il cannocchiale vide prodotto da una lunga serie annerita di edifici bassi, che parevano esser stati deliberatamente dati alle fiamme. Il silenzio opprimente era rotto soltanto dalle fievoli grida degli uccelli. Sul fiume non c'era nessuno.

Clinton e i suoi ufficiali fissarono in silenzio l'ampia distesa deserta del Rio Save. Nessuno parlò, mentre il *Black Joke* si avvicinava ai baraccamenti distrutti e anneriti dal fumo. Osservarono con viso impassibile i mucchi di cadaveri, nascondendo l'orrore di fronte alla pestilenza che aleggiava tra quelle macchie di palme e celando anche la delusione e il dispiacere di non aver trovato l'*Huron* all'ancora.

«Macchine ferme», ordinò Clinton, rompendo il silenzio. «Fondo all'ancora di sinistra.»

Denham e Ferris si voltarono a guardarlo, con dipinto in volto un timore incredulo: evidentemente aveva intenzione di mandare un gruppo di uomini a terra. Sarebbero tornati a bordo portando con sé il contagio, che li avrebbe condannati tutti.

L'ancora di prua toccò il fondo melmoso e il *Black Joke* ruotò bruscamente su se stesso. Non appena si fu stabilizzato, il comandante ordinò: «Avanti adagio», e poi, quando la prua della nave fu rivolta verso il mare aperto, aggiunse: «Salpare l'ancora». Il sollievo degli ufficiali apparve evidente e Denham si concesse addirittura un sorriso. Il comandante aveva usato l'ancora solamente per far girare la nave il più in fretta possibile senza pericoli.

Siccome non c'erano nemici da combattere, mentre la cannoniera scendeva verso il mare i cannoni vennero ritirati.

«Signor Ferris», ordinò ancora Clinton Codrington, «sottoponga a fumigazione la nave.»

I fumi dei secchi di zolfo incendiato avrebbero loro arrossato gli occhi, contaminando per giorni e giorni cibo e acqua, ma si trattava di ben piccola cosa di fronte al timore del vaiolo.

Il sorriso di Clinton stava cedendo. La rapida visione dei baraccamenti lo aveva riempito di una rabbia tagliente come la lama del pugnale che portava alla cintura.

«Signor Denham», aggiunse a bassa voce, «non appena saremo al largo, faccia rotta per Buona Speranza, per favore.»

Che vantaggio poteva avere l'*Huron* sulla sua cannoniera? La lettera di Robyn Ballantyne era datata 16 novembre, e quel giorno era il 27. Troppo tempo. Poteva solamente sperare che la giovane fosse riuscita a far ritardare la partenza, come aveva promesso.

Clinton si gettò un'occhiata alle spalle, verso la colonna di fumo azzurro che rendeva fosco l'orizzonte. Da quanto tempo bruciavano quei fuochi? Non più di due o tre giorni, valutò, più spinto dalla speranza che dalla convinzione. Ma anche così il vantaggio era troppo largo. Aveva ben visto come si comportava l'*Huron* nel vento. Sarebbe stato più veloce del *Black Joke* anche con ottocento schiavi nella stiva. L'unico lato favorevole della situazione consisteva nella rotta che il clipper avrebbe dovuto seguire per sfruttare il vento, mentre il *Black Joke* avrebbe potuto proseguire in linea retta. Ma non era un gran che: dipendeva tutto dal vento.

Clinton si scoprì a colpire a pugni chiusi il corrimano della nave, tanto che gli uomini in quel momento privi di occupazione lo osservarono pieni di curiosità.

Con uno sforzo costrinse i propri lineamenti a rilassarsi e si allacciò le mani dietro la schiena, sotto le code dell'uniforme, ma i suoi occhi rimasero di un color azzurro cupo e le sue labbra si mantennero pallide per la tensione.

«Tiri fuori da questa nave tutta la velocità possibile», ordinò al macchinista. «Appena oltre l'orizzonte ci sono ventimila sterline di preda, ma corrono come una volpe e ci serve fino all'ultima stilla di vapore.»

Quindi si raddrizzò e il vento gli schiaffeggiò i capelli dorati sulle guance abbronzate e sulla fronte. Levati gli occhi al cielo, vide la poderosa massa delle nubi spinte dal monsone. L'*Huron* avrebbe potuto trarne il massimo vantaggio.

Il giovane capitano sapeva che non esisteva la più remota possibilità di incrociare il clipper in mare aperto, tra milioni di chilometri quadrati di oceano: non ci sarebbe riuscita nemmeno un'intera flotta.

Quindi l'unica possibilità che gli rimaneva era di raggiungere la punta meridionale del continente prima dell'*Huron* e aspettarlo nella stretta striscia navigabile attorno alla Punta del Capo. Una volta che l'*Huron* l'avesse doppiata, avrebbe avuto davanti la distesa dell'Atlantico e sarebbe scomparso ancora una volta. Al pensiero dell'americano che gli sfuggiva in quell'immensa distesa di mare, Clinton serrò spasmodicamente le mascelle.

Robyn aveva cercato invano un sotterfugio per ritardare la partenza dell'*Huron* dal Rio Save, anche se sapeva che un suo eventuale successo avrebbe messo in pericolo la vita di tutti coloro che erano a bordo. Ma Mungo St John aveva recuperato rapidamente energia e determinazione a mano a mano che la ferita si sanava e gli effetti della vaccinazione passavano. Quindi, preoccupato dall'avvertimento di Robyn circa le epidemie dei campi di battaglia, aveva fatto accelerare il ritmo di carico degli schiavi, tanto che quattro giorni dopo l'inizio delle operazioni l'*Huron* era già in condizione di sfruttare il massimo di marea e l'ultima luce della sera per uscire al largo, superando la barriera. All'alba del giorno dopo, poi, erano incappati nel soffio regolare dei venti costanti e Mungo aveva potuto porre l'*Huron* su una rotta più meridionale.

L'aria dolce e pulita del mare aperto, che aveva solcato migliaia e migliaia di miglia dall'ultima volta che aveva toccato terra, aveva spazzato la nave, ripulendola dal tremendo tanfo dei baraccamenti appestati, mentre la rigida disciplina igienica da lui stesso imposta – e che aveva impressionato persino Robyn – serviva a mantenere le stive immuni dal tanfo tipico delle navi negriere.

Meno ammassati del solito nei ponti loro riservati – che erano alti ottanta centimetri invece dei consueti sessantacinque, essendone stato eliminato uno –, gli schiavi erano inoltre costretti a salire sul ponte di coperta e a danzare al ritmo di un tamburo tribale suonato da un uomo di colore, nudo e tatuato.

E Robyn poté constatare come quel poco spazio in più e il regolare esercizio servissero a migliorare lo stato di salute degli schiavi. Inoltre, quando essi erano sul ponte, i loro ponti venivano lavati con acqua marina e poi puliti con una mistura di acqua e lisciva. Nondimeno, nessuna precauzione poteva impedire al puzzo della schiavitù di impregnare a poco a poco tutta la nave.

Ogni schiavo passava due ore in coperta a giorni alterni e, mentre era lì, veniva visitato da Robyn, che cercava sul suo corpo eventuali tracce di malattie o ferite. Quindi, prima di tornare a scendere da basso, veniva costretto a bere una pozione di melassa e succo di lumie per migliorare la dieta di farina e acqua e allontanare la minaccia dello scorbuto.

Gli schiavi rispondevano bene alle cure, arrivando incredibilmente a recuperare il peso perduto per effetto della febbre provocata dalla vaccinazione contro il vaiolo. Il loro umore era rassegnato e remissivo, anche se di quando in quando scoppiava qualche incidente isolato. Un mattino, per esempio, mentre un gruppo di schiavi veniva portato in coperta, uno di essi, una donna nuda, di bell'aspetto, era riuscita a sciogliere il fermaglio della propria catena e a correre al parapetto della nave, gettandosi in acqua.

Sebbene avesse ancora ai polsi le manette di metallo, riuscì a mantenersi a galla per molti lunghi minuti. I suoi sforzi erano tremendi da vedere, ma a poco a poco affondò sempre più e scomparve.

Robyn era corsa al parapetto per vedere, pensando che Mungo avrebbe fatto calare in mare una scialuppa per raccoglierla, invece il capitano era rimasto distaccato e silenzioso sul cassaretto, limitandosi a lanciare qualche occhiata oltre la poppa e tornando poi a occuparsi del comando della nave, mentre la donna scompariva inesorabilmente.

La giovane si rendeva conto che sarebbe stato impossibile fermare il clipper e raggiungere la donna prima che annegasse, tuttavia rivolse all'americano uno sguardo terribile, attraverso il ponte, non disponendo di parole sufficienti per esprimere tutta la sua furia e indignazione.

Quella notte Robyn rimase sveglia nella sua cabina, ora dopo ora, sfruttando tutte le risorse della propria immaginazione per cercare uno stratagemma che potesse servire a ritardare la velocissima avanzata del clipper verso il Capo.

Pensò di rubare una delle scialuppe e di calarsi in mare durante la notte, costringendo Mungo a virare di bordo per cercarla. Tuttavia le bastarono pochi attimi di riflessione per rendersi conto che per calare la scialuppa avrebbe avuto bisogno dell'aiuto di una dozzina di uomini e che comunque Mungo non avrebbe ritardato il viaggio nemmeno di un minuto. Era più probabile che la abbandonasse al suo destino.

Quindi pensò alla possibilità di dar fuoco alla nave, rovesciando una lanterna nel deposito delle vele, creando così un tale danno che l'*Huron* sarebbe stato costretto a fare scalo nel porto più vicino – Lourenço Marques o Port Natal – per le riparazioni necessarie. Ma se qualcosa fosse andato storto? La visione di ottocento schiavi incatenati che morivano tra le fiamme la fece desistere.

Alla fine, l'opportunità le venne da una fonte inimmaginabile: Tippù. L'enorme secondo aveva una debolezza, l'unica debolezza che Robyn fosse riuscita a cogliere. Era una buona forchetta e, a modo suo, un buongustaio. Mezzo lazzaretto era pieno delle leccornie che si era portato a bordo e che non divideva con nessuno.

Il suo appetito era pretesto a innumerevoli battute sulla nave, e Robyn aveva sentito anche il capitano canzonarlo, a tavola, dicendogli:

«Se non fosse per tutta la pappatoria che si è portato a bordo, signor secondo, nella nostra stiva ci sarebbe posto per altri cento merli neri».

Oppure: «Scommetto che quella panza le costa di più che mantenere un harem di mogli piene di pretese».

Uno degli stuzzichini preferiti da Tippù era una certa pasta di aringhe particolarmente forte, confezionata in latte da due etti. La quarta sera di viaggio, a tavola, l'omone ne aprì una, ma non appena ebbe forato il coperchio con il coltello a serramanico, ne sfuggì un forte sibilo di gas, tanto che Mungo St John sollevò lo sguardo dal suo passato di piselli.

«È andata a male, signor Tippù. Se fossi in lei, non la mangerei.»

«No», consentì Tippù. «Ma lei non me.»

Robyn venne chiamata un po' prima di mezzanotte. Tippù era in preda a convulsioni, piegato in due per il dolore e con il ventre gonfio e durissimo. Aveva vomitato fino ad allora e in quel momento gli sfuggiva dalla bocca soltanto un filo di bile.

«È un'intossicazione alimentare», disse la giovane al capitano. Era la prima volta che gli rivolgeva direttamente la parola dopo quella mattina al Rio Save, e lo fece in tono freddo e formale. «Non ho le medicine per curarlo. Deve condurlo in qualche porto. A Port Natal c'è un ospedale militare.»

«Dottoressa Ballantyne», rispose Mungo, in tono altrettanto formale, ma con il suo sorriso crudele che aleggiava dietro gli occhi screziati d'oro. «La madre del signor Tippù era uno struzzo, quindi quest'uomo può digerire sassi, chiodi e pezzi di vetro. La sua preoccupazione, per quanto possa essere commovente, è dunque del tutto fuori luogo. Il mio secondo sarà pronto a battersi, frustare qualcuno o divorare un bue entro mezzogiorno di domani.»

«E invece io le dico che, senza adeguate cure, morirà nel giro di una settimana.»

Fu la prognosi di Mungo St John che si rivelò esatta. Il mattino seguente il vomito si era ridotto e Tippù sembrava aver purgato i visceri dal pesce avvelenato. Quindi Robyn fu indotta a prendere una decisione, cosa che fece stando inginocchiata nella sua cabina.

«Perdonami, Signore, ma sotto la coperta di questa infame nave ci sono ottocento tuoi figli in catene, e del resto non lo ucciderò... almeno, non se Tu mi aiuti.»

Quindi si mise rapidamente all'opera. Coprendone il sapore con tintura di menta piperita, lasciò cadere in un bicchiere quindici gocce di essenza di ipecacuana, ovvero tre volte la dose raccomandata per il più potente emetico conosciuto dalla scienza medica.

«La beva», ordinò poi a Tippù. «Le metterà a posto lo stomaco e le farà passare la diarrea.»

A pomeriggio inoltrato ripeté la somministrazione, ma questa volta perché l'omone l'ingollasse fu necessario l'aiuto del cameriere del quadrato ufficiali, che dovette sollevargli e reggergli la testa. L'effetto era stato tale da preoccupare persino lei.

Un'ora dopo mandò a chiamare Mungo e il cameriere tornò con il messaggio: «Il capitano si scusa, ma dice che in questo momento la sicurezza della nave richiede tutta la sua attenzione».

Quando salì di persona sul ponte di comando, trovò Mungo con il sestante in mano, in attesa che il sole apparisse attraverso uno squarcio tra le nubi.

«Tippù sta morendo», disse.

«E questo invece è il mio primo rilevamento della giornata», ribatté il capitano, senza nemmeno staccare lo sguardo dall'oculare dello strumento.

«Devo definitivamente pensare che lei è un mostro, privo di qualsiasi sentimento umano», mormorò la giovane, furibonda, ma proprio in quel momento un raggio di sole illuminò il ponte.

«Ottimo!» mormorò Mungo in tono soddisfatto, dopo aver

dato l'altezza del sole all'ufficiale di guardia. Quindi abbassò il sestante e si rivolse a Robyn.

«Sono sicuro che lei sta dando eccessivo peso alle condizioni del signor Tippù.»

«Venga a vedere con i suoi occhi», lo invitò la giovane.

«È esattamente quello che ho intenzione di fare, dottoressa.»

E dopo qualche istante Mungo si chinava per entrare nella cabina di Tippù, davanti alla cui branda mutò tuttavia atteggiamento. Non c'era più il sorriso ironico nel suo sguardo. Appariva evidente che Tippù era davvero in pericolo di vita.

«Come va, vecchio amico?» gli chiese a bassa voce, e per la prima volta Robyn lo sentì usare questa formula. Quindi alzò una mano e la posò sulla fronte madida di sudore del secondo.

Tippù roteò la testa calva e giallastra, e cercò di sorridergli. Uno sforzo coraggioso, che fece avvertire a Robyn una fitta di rimorso. Quindi cercò di tirarsi su, ma la fatica gli fece prorompere dalla gola un gemito, dopo di che fu costretto a premersi lo stomaco con entrambe le mani e a distogliere disperatamente la testa, in preda a un nuovo tremendo conato di vomito.

Mungo lo resse per le spalle, ma l'omone non espulse altro che una boccata di sangue e bile, tornando poi a ricadere all'indietro, con gli occhi arrovesciati.

Mungo rimase accanto alla cuccetta per cinque minuti buoni, chino e intento, ondeggiando leggermente per seguire il rollio della nave, ma per il resto immobile e silenzioso. Aveva la fronte aggrottata e lo sguardo assente, e osservandolo Robyn capì che stava prendendo una decisione difficilissima: come lanciare i dadi della vita e dell'amicizia contro il rischio di perdere la nave e forse anche la libertà entrando in un porto inglese con un carico di schiavi.

In quel momento la giovane si sentì prendere da una nuova vampata di affetto nei suoi confronti, ma proprio allora Mungo si lasciò sfuggire una bestemmia a mezza voce e poi non disse più niente, ritirandosi nella sua cabina. La giovane sentì l'affetto trasformarsi in disgusto. Disgusto e delusione, di fronte all'evidenza che nemmeno la vita di un vecchio e leale amico significava qualcosa per quell'uomo crudele e spietato.

Quindi si lasciò cadere stancamente accanto alla cuccetta, prendendo uno straccio imbevuto in acqua di mare e bagnando la testa giallastra e madida di sudore.

Tuttavia, nel corso del lungo viaggio in Atlantico aveva imparato a riconoscere i vari rumori e movimenti dello scafo, e in quel momento sentì improvvisamente il pavimento inclinarlesi bruscamente sotto i piedi. «Ha virato di bordo», disse con un filo di voce, sollevando la testa per ascoltare i rumori del ponte. «Ha funzionato! Si sta dirigendo verso Port Natal. Oh, grazie, Signore! Ha funzionato!»

L'*Huron* gettò l'ancora ben al largo, in modo di godere del riparo offerto dall'enorme promontorio in forma di balena che protegge il porto naturale di Port Natal. Anche servendosi di un potente cannocchiale, un osservatore dalla spiaggia non sarebbe stato in grado di distinguere particolari significativi riguardanti il carico del clipper o la sua vera attività.

Sull'albero la nave esibiva la bandiera a stelle e strisce del suo paese e, sotto di essa, la gialla «Quebec», ovvero la bandiera di quarantena che avvertiva: «State alla larga! Epidemia a bordo!»

Inoltre Mungo St John aveva piazzato due guardie armate su entrambi i fianchi della nave, e altre a prua e a poppa. Robyn, invece, nonostante le veementi proteste, era stata confinata in cabina per la durata di tutta la sosta, con un'altra guardia armata davanti alla porta.

«Lei conosce bene il motivo di questa precauzione, dottoressa Ballantyne», le aveva detto tranquillamente Mungo in risposta alle sue lagnanze. «Non voglio che abbia alcun contatto con i suoi compatrioti a terra.»

Ai remi della baleniera che aveva portato Tippù in banchina c'erano uomini che Mungo aveva scelto a uno a uno di persona e a cui aveva impartito l'istruzione di avvertire il capitano di porto che a bordo dell'*Huron* c'era un'epidemia di vaiolo e di chiedere che di conseguenza a nessuna imbarcazione fosse consentito di accostarsi.

«Posso aspettarla solamente tre giorni», aveva detto infine, chinandosi sulla barella con cui Tippù veniva trasportato in coperta. «Di più non posso rischiare. Se per allora non si sarà ripreso a sufficienza, dovrà aspettare il mio ritorno, tra non più di cinque mesi.» Quindi aveva ficcato una borsa di pelle sotto la coperta, dicendo: «Questi serviranno per pagarle le spese nel frattempo. Guarisca, signor Tippù: ho bisogno di lei».

Robyn intanto, cinque minuti prima, gli aveva somministrato un'altra dose di menta piperita e ipecacuana, per cui Tippù aveva potuto rispondere soltanto con un mormorio strozzato: «Aspetterò, capitano Mungo, aspetterò tutto tempo».

Quando Mungo si era rialzato per impartire i suoi ordini agli uomini in attesa, lo aveva fatto con voce rauca.

«State ben attenti a trattarlo con cura», aveva concluso.

Robyn passò i tre giorni a sudare e crucciarsi nella minuscola cabina ingombra, cercando di occupare il tempo scrivendo il diario, ma venendo distratta da ogni rumore che arrivava dal ponte, con il cuore che batteva come se sperasse e temesse al tempo stesso il richiamo di una cannoniera britannica o la confusione di un abbordaggio da parte di un gruppo di armati.

La terza mattina la baleniera riportò a bordo Tippù, che riuscì a montare senza bisogno di aiuto. In assenza di ulteriori dosi di ipecacuana la sua ripresa era stata tanto rapida da lasciare sbalorditi i medici, ma era talmente magro che la pelle gli pendeva dalle guance dandogli l'aspetto di un mastino.

Era pallidissimo e talmente debole che, raggiunto il ponte, dovette fermarsi per riposare.

«Benvenuto a bordo, signor Tippù», gli gridò Mungo dal casseretto. «E se la sua vacanza a terra è finita, le sarei grato se ci facesse prendere immediatamente il mare.»

Dodici giorni più tardi, dopo aver lottato con venti incostanti e variabili, Mungo St John puntò la lente del suo cannocchiale sulla stretta imboccatura di False Bay. Oltre di essa sporgeva la punta meridionale estrema del continente africano, Punta del Capo, con il suo faro abbarbicato sulle alte scogliere.

Con la leggera brezza, che a tratti cadeva completamente, l'*Huron* ci mise mezza giornata per doppiare il capo e poi mettersi sulla rotta che l'avrebbe portato, attraverso l'Atlantico e l'equatore, fino a Charleston Roads.

Dopo che ebbe dato la nuova rotta, Mungo St John si mise a ispezionare il mare, in cerca di altre vele. In quel momento c'erano in vista altre nove imbarcazioni, o meglio dieci, dal momento che in distanza ce n'era un'altra di cui appariva solamente la punta della vela maestra. Piccole imbarcazioni da pesca, uscite da Hout Bay e Table Bay, sovrastate da stormi di uccelli marini, che per lo più stavano fra l'*Huron* e la terraferma, ed erano prive di alberatura, oppure al massimo usavano solamente una randa. Soltanto la nave lontana appariva ben invelata, e all'occhio esperto di Mungo St John fu subito chiaro che era più grossa delle altre.

«Ecco nave per lei!» esclamò a quel punto Tippù, toccandolo a un braccio per richiamare la sua attenzione. Girato il cannocchiale dalla parte indicatagli, l'americano si lasciò sfuggire un mormorio di piacere, avendo avvistato una nave a vele quadre della Compagnia delle Indie Orientali sbucare dal promontorio che proteggeva l'ingresso a Table Bay.

Una visione splendida come quella dell'*Huron*. Le due belle navi si incrociarono a breve distanza e gli ufficiali ebbero modo di osservarsi l'un l'altro con interesse professionale e di apprezzare le qualità dei rispettivi velieri.

Anche Robyn era al parapetto dell'*Huron*, con lo sguardo fisso sulla terra. La vicinanza di quella bella nave le interessava assai poco: era invece da quella montagna piatta che stentava a distogliere lo sguardo. Era vicinissima e rappresentava la speranza di ottenere soccorso dai suoi amici del posto, il governatore britannico e la squadra navale del Capo, se solo avessero saputo che era imprigionata su quella nave negriera.

I suoi pensieri vennero distolti da un movimento improvviso, che colse con la coda dell'occhio: era ben strano come fosse sensibile al benché minimo gesto di Mungo St John, al più impercettibile cambiamento della sua espressione. L'americano aveva voltato la schiena alla nave della Compagnia e teneva lo sguardo fisso oltre il parapetto di sinistra del clipper, assorto e teso. Le nocche delle sue mani erano bianche per il modo in cui stringeva il cannocchiale.

Rapidamente Robyn seguì il suo sguardo e per la prima volta notò sull'orizzonte una lievissima traccia bianca, che non svaniva come la schiuma che incappucciava le onde, ma si stagliava nettamente nella luce del sole, anche se mentre la guardava le parve mutasse in modo impercettibile di forma e... era una sua impressione, oppure dietro di essa c'era una sottilissima linea tremolante, che si allungava lentamente nella direzione del vento?

«Signor Tippù, che cosa pensa di quella vela?» sentì chiedere a Mungo St John con un timbro preoccupato nella voce, e il cuore le fece un balzo selvaggio in petto, riempiendola di speranza e al tempo stesso del timore di Giuda.

Per Clinton Codrington era stata una corsa disperata lungo la costa orientale dell'Africa meridionale, lunghi giorni e notti senza sonno, di interminabile tensione, in un tremendo alternarsi di speranza e disillusione. Ogni cambiamento di vento lo preoccupava o rincuorava, a seconda che avvantaggiasse o ritardasse il clipper che stava inseguendo. Le bonacce lo esaltavano e il ritorno dei regolari venti sudorientali lo gettava in uno stato di prostrazione.

Negli ultimi giorni, poi, era oppresso da un'ulteriore preoccupazione. In quella lunga corsa di più di mille miglia verso sud aveva letteralmente scialacquato il carbone, tanto che il macchinista – uno scozzese rosso di capelli e con il grasso e la polvere di carbone infiltrati sotto pelle – era salito in coperta.

«Signore», aveva detto con il suo fortissimo accento, «l'avverto che non possiamo farcela se...»

«Bruci il mobilio della nave, se è necessario», aveva replicato furiosamente il giovane capitano. «Può cominciare con la mia cuccetta, tanto non mi serve.»

Poi, visto che il macchinista era intenzionato a ribattere, aveva aggiunto: «Non mi interessa come farà, signor MacDonald, ma voglio che la caldaia vada al massimo finché non saremo arrivati a Punta del Capo e poi quando farò entrare in azione questa nave».

Avvistarono il faro di Punta del Capo pochi minuti dopo la mezzanotte del giorno seguente. Quando si chinò sul portavoce, il tono di Clinton era rauco per il sollievo e al tempo stesso per la stanchezza.

«Signor MacDonald», disse, «adesso può lasciar abbassare i fuochi, ma tenga le caldaie in pressione e pronte a tornare al massimo. Quando chiederò nuovamente vapore, bisogna che lo abbia in fretta.»

«Poi approderà a Table Bay per fare rifornimento, vero, signore?»

«Le farò sapere quando», gli promise Clinton, interrompendo la comunicazione e raddrizzandosi.

Il giovane sapeva benissimo che, pochi minuti dopo aver gettato l'ancora a Table Bay, l'ammiraglio Kemp o uno dei suoi rappresentanti si sarebbe precipitato alla cannoniera per privarlo definitivamente del comando.

Non provava la minima trepidazione per il giudizio della Marina di Sua Maestà. Provava, al contrario, una tale indifferenza nei confronti della minaccia che incombeva sulla sua carriera, da esserne sorpreso lui stesso. In mente aveva un solo desiderio, un unico obiettivo, che sovrastavano tutti gli altri. Bisognava che la sua nave fosse appostata per intercettare l'*Huron* non appena il clipper avesse doppiato il Capo, se non lo aveva già fatto. Niente e nessuno doveva impedirglielo. Dopo di che avrebbe guardato in volto i suoi accusatori con completa tranquillità. Prima venivano l'*Huron* e Robyn Ballantyne. Al loro confronto ogni altra cosa gli appariva scialba e insignificante.

«Signor Denham», gridò al secondo, che era sul lato opposto del ponte. «Ci mettiamo in pattugliamento notturno a dieci miglia al largo di Punta del Capo. Mi si chiami immediatamente qualora vengano avvistate le luci di un'altra nave.»

E quando si buttò sulla cuccetta, completamente vestito e calzato, godette del primo istante di pace mentale da quando era partito dal porto di Zanzibar. Aveva fatto tutto quello che poteva per arrivare a Punta del Capo prima dell'*Huron*, e ora tutto stava nelle mani di Dio. E la sua fede in Dio era assoluta.

Si addormentò quasi immediatamente e il cameriere lo svegliò un'ora prima dell'alba. Codrington lasciò il bricco di caffè a diventare freddo accanto alla cuccetta e si precipitò sul ponte, arrivandovi qualche secondo prima del tenente di vascello Denham.

«Nessuna nave per tutta la notte, signore», gli disse a mo' di saluto Ferris, che era di guardia.

«Molto bene, signor Ferris», rispose Clinton. «Iniziamo immediatamente il pattugliamento diurno.»

Quando la luce fu abbastanza forte perché un osservatore dalla costa potesse distinguerlo chiaramente, il *Black Joke* si ritirò discretamente oltre la linea dell'orizzonte.

Dalla testa d'albero la terra appariva come una distorsione irregolare del medesimo orizzonte, ma una nave che doppiasse il Capo sarebbe stata subito avvistata. L'albero di maestra dell'*Huron* era alto quasi quaranta metri e le sue vele sarebbero apparse come un fiammeggiante raggio di luce. Purché non fosse calata la nebbia, evento assai improbabile in quella stagione: Clinton confidava che non gli sarebbe sfuggito.

L'unica inquietudine che lo turbava mentre percorreva a grandi passi il ponte, era che il clipper si fosse già involato da tempo verso nord, lasciando il *Black Joke* di guardia alla porta di una gabbia vuota.

Ma non gli toccò rimuginare a lungo: il primo avvistamento

venne gridato poco dopo, facendogli tendere spasmodicamente i nervi e riempiendolo di ansia.

«Che cosa le sembra?» gridò a sua volta, attraverso il megafono.

«Piccolo trabaccolo...» e le aspettative dileguarono. Una barca da pesca uscita da Table Bay, come tante altre. Al cadere della notte, quando ordinò di portarsi sottocosta, in posizione di pattugliamento notturno, il giovane aveva i nervi a pezzi e il corpo che gli doleva per la stanchezza.

Ma anche allora non poté riposare, perché tre volte venne richiamato dalla cuccetta, da cui si precipitò con gli occhi infossati sul ponte, mentre il *Black Joke* proseguiva nella sua opera di ispezione di tutte le luci che splendevano come smeraldi o rubini nelle tenebre.

All'alba era nuovamente sul ponte, mentre la cannoniera si portava al largo per rimettersi nella posizione di pattugliamento diurno, distratto dai primi richiami dell'uomo di guardia in coffa e dal lugubre rapporto del macchinista scozzese, che disse:

«Non passeremo questa giornata, signore. Anche se ne sto bruciando il minimo indispensabile per tenere in pressione la caldaia, non ci rimangono più di un paio di secchi di carbone».

«Signor MacDonald», lo aveva interrotto Clinton, cercando di tenere sotto controllo l'irritazione e di dissimulare la tremenda stanchezza, «questa nave rimarrà di vedetta finché lo ordinerò io, e non mi interessa quello che dovrà bruciare, ma lei deve darmi il vapore non appena glielo chiederò... altrimenti può dire addio alla sua parte di preda.»

Nonostante ciò, tuttavia, le speranze del giovane erano ormai al lumicino. Erano appostati da più di un giorno e una notte, e non riusciva a credere di aver superato il clipper americano con un simile margine, a meno che quello non fosse in ritardo per effetto di qualche miracolo. Ogni ora che passava aumentava in lui la certezza che l'*Huron* gli fosse sfuggito, portando lontano per sempre dalla sua vita il proprio carico e la donna che amava.

Sapeva che doveva scendere sottocoperta a riposare un po', ma la sua cabina era rovente e vi si sentiva come un animale in trappola. Quindi rimaneva sul ponte, incapace di star fermo più di qualche attimo, a meditare sulle carte e a trafficare con gli strumenti di navigazione, per poi metterli da parte irritato e riprendere le sue deambulazioni, gettando rapidi sguardi verso la

coffa e poi vagando per tutta la nave in cerca di improbabili trascuratezze, finché gelò tutti gridando con voce furibonda:
«Signor Denham, il ponte sembra un porcile! Chi è l'animale responsabile di questo schifo?»
Sul tavolato del ponte, bianco e tirato a lustro con la pomice, spiccava la chiazza di uno sputo bruno di tabacco, che Denham fissò per un attimo prima di allontanarsi in tutta fretta per gridare una serie di ordini che fecero accorrere una dozzina di uomini. Mentre il capitano e il secondo li osservavano lavorare, l'atmosfera era talmente carica di tensione che il richiamo dalla coffa venne quasi ignorato.
Fu Ferris a coglierlo e a chiedere attraverso il megafono:
«Che cosa le sembra?»
«Lo scafo è ancora basso, ma è una nave a quattro alberi e vele quadre...»
L'attività sul ponte si interruppe immediatamente e tutte le teste si levarono verso l'alto, mentre l'uomo di vedetta continuava a riferire ciò che vedeva.
«È sulla rotta per doppiare il Capo.»
Clinton Codrington fu il primo a muoversi. Strappò il cannocchiale di mano a Denham, corse alle griselle e, ficcatosi lo strumento nella cintura, prese a inerpicarsi velocissimo. Non lo faceva dai tempi in cui era un aspirante guardiamarina.
L'uomo di vedetta cercò di farsi il più piccolo possibile per dargli spazio nel suo nido di tela, quindi gli indicò la nave.
«Eccola là, signore.»
Il rollio del *Black Joke* a quell'altitudine risultava amplificato, per cui l'orizzonte ondeggiava vertiginosamente davanti al cannocchiale che Clinton cercava di mettere a fuoco. Era un'arte in cui non era mai stato maestro, ma poco importava, dal momento che non appena il bianco triangolo di vele si stagliò nel suo campo visivo, ogni dubbio svanì e il giovane si sentì il cuore balzare in gola.
Quando gridò i suoi ordini agli uomini che apparivano appiattiti sul ponte immacolato, lo fece con voce strozzata dall'emozione.
«La faccia virare in direzione est, signor Denham. E la caldaia al massimo...»
Quando posò i piedi sul ponte, l'*Huron* stava avanzando e, precedendo il suo ordine successivo, Denham aveva già chiamato gli uomini del turno di guardia, che ora sciamavano sul ponte.

«Teniamoci pronti all'azione, signor Denham, per favore», ansimò Clinton, con il viso arrossato sotto l'abbronzatura e gli occhi che risplendevano di ardore guerresco.

Tutti gli ufficiali del *Black Joke* portavano la sciabola. Clinton, invece, aveva preso il pugnale da marina, poiché preferiva quell'arma più tozza e pesante, e, mentre parlava con loro a bassa voce e in tono serio, giocherellava con l'impugnatura.

«Signori, dispongo di prove documentate: su quella nave c'è un carico di schiavi.»

Denham tossì nervosamente e Clinton lo prevenne, continuando: «So anche che si tratta di un'imbarcazione americana, per cui in circostanze ordinarie saremmo impossibilitati a opporci al suo passaggio». Denham annuì con sollievo, ma Clinton proseguì implacabile: «Tuttavia ho ricevuto un appello da un suddito di Sua Maestà, la dottoressa Robyn Ballantyne, che tutti voi conoscete bene e che viene trattenuta a bordo dell'*Huron* contro la sua volontà. Non ho dubbi circa il mio dovere in tali circostanze. Intendo abbordare quella nave e, se oppone resistenza, darò battaglia».

Quindi fece una pausa, osservando l'espressione agitata e tesa dei suoi ufficiali. «Chi ha obiezioni circa una simile condotta, è pregato di annotarle immediatamente sul giornale di bordo. Io le controfirmerò.»

Il sollievo e la gratitudine di quegli uomini apparvero immediati: pochi altri comandanti sarebbero stati altrettanto generosi.

Clinton appose la propria ben chiara sotto le registrazioni e poi tornò a riporre la penna nel suo contenitore.

«Adesso che le formalità sono state sistemate, signori, vogliamo guadagnarci la paga?» disse infine, sorridendo per la prima volta da quando avevano salpato da Zanzibar e indicando il cumulo di vele bianche come la neve che ormai appariva chiaramente visibile davanti alla prua del *Black Joke*. Mentre parlava, dal fumaiolo della cannoniera si levò un pennacchio nero e puzzolente di catrame, e il telegrafo di macchina fece sentire il suo rumore secco, mentre l'indicatore si spostava verso la posizione «Macchine pronte».

Clinton si accostò allo strumento e spinse la leva fino alla posizione «Avanti tutta», al che il ponte prese a vibrare sotto i suoi piedi, mentre l'elica cominciava a girare e il *Black Joke* scattava in avanti, fendendo le onde in tante esplosioni di schiuma bianca.

«Per Dio, ci ha incastrato sotto costa...» disse Mungo, strascicando con noncuranza le parole e sorridendo persino lievemente a Tippù, mentre abbassava per un attimo il cannocchiale e lo puliva sulla manica della camicia. «Dovremo correre come il demonio per sfuggirgli e raggiungere il mare aperto. Signor Tippù, vuole per favore far mollare tutti i terzaroli e dare il massimo di velatura?» Quindi tornò a portarsi il cannocchiale all'occhio, mentre Tippù cominciava a muggire i propri ordini. «È un po' troppo fortunato quell'individuo», mormorò poi Mungo, udibilmente. «È assai più di una coincidenza che, tra tutti gli oceani, io debba imbattermi in lui proprio qui.» Dopo di che si diresse a grandi passi verso la battagliola di poppa per guardare in coperta.

Robyn Ballantyne era sul fianco della nave e fissava attraverso l'acqua di un azzurro intensissimo la vela e la chiazza di fumo scuro, ancora lontani nel mare, ma più convergenti su di loro a ogni momento che passava e diretti verso un punto molto avanti rispetto alla elegante prua dell'*Huron*, un punto dove le rotte delle due imbarcazioni si sarebbero incrociate. La giovane avvertì su di sé lo sguardo di Mungo e si tolse lo scialle dalla testa, così che la massa di capelli scuri le ricadde attorno alle guance. Il vento le appiattiva le gonne contro le gambe, tanto che doveva tenersi leggermente china in avanti per restare in equilibrio.

Sollevò il mento e fissò il capitano con un'espressione di sfida, e rimase così a fissarlo mentre Mungo staccava con i denti l'estremità di uno dei suoi sigari e chiudeva le mani a coppa attorno al fiammifero, accendendo senza mai distogliere lo sguardo da lei.

Quindi l'americano la raggiunse, scendendo lentamente per la scaletta di poppa.

«Un suo amico, dottoressa Ballantyne?» chiese, sempre con il sorriso sulle labbra, ma con il gelo nello sguardo.

«Ho pregato ogni sera perché arrivasse. Ogni sera, da quando ho mandato la lettera che lo ha chiamato qui.»

«Non nega il suo tradimento?»

«Sono orgogliosa di aver potuto compiere il mio dovere di cristiana.»

«Chi gli ha portato la sua lettera?»

«Nessun membro del suo equipaggio, capitano. L'ho mandata per mezzo del padrone del *dhow* arabo.»

«Capisco», replicò Mungo, con voce bassa ma pungente come ghiaccio. «E per quanto concerne la malattia di Tippù, devo per caso pensare che un medico si sia abbassato ad avvelenare un paziente?»

Robyn distolse lo sguardo, incapace di negare l'accusa.

«Vuole essere così gentile di tornare nella sua cabina, dottoressa Ballantyne, e di rimanerci finché non le darò il permesso di lasciarla? Ci sarà una guardia armata davanti alla porta.»

«Verrò punita?»

«Non esiste uomo che mi disapproverebbe se la gettassi fuoribordo per essere raccattata dal suo compatriota. Invece è al suo bene che sto pensando. Nell'immediato futuro questo ponte diventerà un posto estremamente malsano, e personalmente sarò troppo occupato per interessarmi a lei.»

Quindi Mungo distolse la sua attenzione dalla giovane, fissando lo sguardo davanti a sé e poi tornando a portarlo sul fumo del *Black Joke*, valutandone velocità e rotta con sguardo esperto di marinaio. Quindi sorrise.

«Prima che se ne vada», aggiunse, «desidero sappia che tutte le sue fatiche sono state un bello spreco di tempo... guardi!» E puntò un dito oltre la costa erta e montagnosa. Seguendo la direzione del suo braccio, Robyn vide per la prima volta che davanti a loro il mare era nero, luccicante e irregolare come un pezzo di carbone appena frantumato.

«Ecco il vento», continuò Mungo. «Arriva lì calando dalle montagne, e lo raggiungeremo prima ancora che lei venga messa al sicuro nella sua cabina.» Quindi ridacchiò, sicuro di sé. «Una volta che avremo quel vento in favore, quanto è vero Iddio, non c'è in tutti gli oceani nave che possa stare alla pari dell'*Huron*, a vela o a vapore che sia.» Poi le fece un rapido inchino ironico, parodia dei suoi modi cortesi da uomo del sud. «Prima di andarsene», concluse, «dia una bella occhiata a quella brutta nave a vapore, signora. Non la rivedrà mai più. E adesso sia così cortese da scusarmi...»

Detto ciò, Mungo si voltò e risalì di corsa leggera la scaletta di poppa.

Con gli occhi annebbiati dalle lacrime, Robyn si aggrappò al corrimano e fissò lo sguardo sulla striscia di mare sempre meno ampia che la separava dalla sbuffante cannoniera. E prese a sperare che quella di Mungo St John fosse stata solamente una spacconata, visto che il *Black Joke* sembrava mantenere benissimo il passo con il clipper e che il vento era ancora molto, molto lontano.

In quell'istante tuttavia si sentì toccare gentilmente a un braccio e vide al proprio fianco il vecchio Nathaniel.

«Per ordine del capitano devo accompagnarla nella sua cabina, signora.»

Clinton era chino in avanti, quasi volesse aggiungere qualcosa alla velocità della nave con la tensione del proprio corpo. Anche lui, infatti, aveva avvistato il vento sulla superficie del mare, e sapeva ciò che poteva significare.

L'alto clipper ora aveva un aspetto pigro, indolente, come una dama del bel mondo avvolta da trine e merletti, mentre il *Black Joke* procedeva sbuffando e ansimando faticosamente lungo il lato più corto del triangolo. Se avessero entrambe mantenuto quella velocità, si sarebbero incrociate circa undici miglia più avanti. Clinton visualizzava chiaramente il punto in cui ciò sarebbe avvenuto, appena oltre la lingua di terra indicata sulla sua carta con il nome di Punta Bakoven.

L'*Huron* era in trappola tra la costa e la striscia di scogli affioranti che c'era al largo, e l'unica sua possibilità di fuga consisteva nel trovare una spinta supplementare, che gli consentisse di mettersi fuori portata dei cannoni... e tale spinta era lì, rappresentata dal vento, a meno di tre miglia davanti alla sua prua.

Dal ponte sotto i piedi di Clinton arrivò un rumore secco e il giovane comandante gettò un'occhiata furibonda a Ferris.

«Vada a vedere che cosa succede», scattò, tornando a rivolgere tutta la propria attenzione al clipper. Soltanto tre brevi miglia aveva da percorrere, ma mentre l'osservava attraverso il cannocchiale vide la sua enorme vela maestra quadrata tremolare e poi sbattere dolcemente. L'*Huron* orzava nei refoli del vento che scendeva dai monti.

«Dio, ti prego!» mormorò, mentre la velocità del clipper si riduceva visibilmente. Le vele avevano perso la loro bella forma tesa e l'*Huron* si mostrava ricalcitrante come un animale stracco.

«Sono finiti in un vuoto di vento», gridò Denham in tono esultante. «Adesso l'abbiamo in pugno, per Dio!»

«La prego di non bestemmiare su questo ponte di comando, signor Denham», lo rimbeccò seccamente Clinton.

«Chiedo scusa, signore», replicò Denham, in tono mortificato. Ma in quel momento Ferris giunse sul ponte trafelato.

«I fuochisti, signore. Stanno facendo a pezzi e portando via tutto il mobilio dalle cabine degli ufficiali. La sua cuccetta è già partita, e anche la scrivania.»

Clinton lo guardò appena, tanto era preso a studiare il clipper, valutando ogni metro di differenza nelle loro rispettive velocità, finché decise che, data la riduzione di quella dell'*Huron*, poteva stringere un poco la propria rotta.

Impartì pertanto l'ordine al timoniere e poi sollevò lo sguardo alle vele che stavano aiutando la grande elica di bronzo a spingere avanti il *Black Joke*. Il cambiamento di rotta ebbe su di esse il suo effetto.

«Signor Ferris, faccia cazzare il fiocco, per favore.»

E Ferris urlò un ordine al marinaio a prua, osservando con sguardo critico l'operazione di tesatura della grande vela triangolare.

Intanto tutte quelle dell'*Huron* avevano ripreso a ondeggiare e poi si erano nuovamente riempite, facendo scattare in avanti il clipper, che cominciò a fendere le onde in un ribollire di schiuma sotto la prua. Adesso era molto più vicino alla zona scura di mare.

Era colpa dell'inutile bestemmia di Denham! Clinton ne era sicuro, per cui gettò un'occhiata fosca al proprio secondo, impartendo poi con riluttanza l'ordine di lasciar scadere la cannoniera di un grado.

L'*Huron* stava riprendendo la testa. Se le cose fossero continuate così, la rotta del *Black Joke* sarebbe passata dietro la sua poppa.

In quel momento si fece sentire stridulo il portavoce della sala macchine, piccola distrazione che tuttavia fu di grosso sollievo.

«Sala macchine, capitano», disse la voce del macchinista. «Il carbone è finito da un pezzo, signore. La pressione è scesa a cento... e continua a scendere.»

«Bruci tutto quello che trova.»

«Il legno va via come carta, signore... e poi intasa il fumaiolo», insistette MacDonald, che pareva come al solito godere delle brutte notizie che dava. Clinton sentì la propria irritazione convertirsi in furia.

«Faccia del suo meglio, amico: nessuno può chiederle di più», scattò, accostando la bocca al portavoce, che poi chiuse di scatto.

Era abbastanza vicino da poter azzardare un colpo con il pezzo di prua? Il lungo cannone da sedici libbre aveva una portata quasi doppia rispetto a quelli da trentadue che costituivano l'armamento principale del *Black Joke*. Un colpo fortunato avrebbe anche potuto portare via al clipper un pennone... e proprio in quel momento Clinton intese chiaramente attraverso il ponte il variare delle vibrazioni delle macchine. La pressione delle caldaie si stava riducendo.

«Signor Ferris, faccia issare la bandiera, per favore.»

E mentre la bandiera britannica si tendeva nel vento, il giovane comandante si sentì riempire il petto dal consueto orgoglio.

«L'*Huron* risponde», mormorò subito dopo Denham, per cui Clinton sollevò il cannocchiale a osservare la bandiera americana che si apriva come un fiore sopra il cumulo scintillante di tela bianca.

«Vada all'inferno», sbottò Clinton, avendo capito il significato di tale esibizione: l'*Huron* irrideva alla loro sfida.

«Signor Ferris, facciamogli assaggiare un colpo di cannone», decise cupamente. «Glielo faccia piazzare davanti alla prua.» E Ferris si allontanò per eseguire l'ordine.

La cannonata partì con un leggero schiocco, attutito dal vento, e la lunga scia di fumo grigio fu spazzata via quasi prima ancora di formarsi. Tutti avevano l'occhio fisso nel cannocchiale, ma nessuno degli ufficiali riuscì a individuare il punto di caduta della palla. Fu Denham il primo a parlare.

«Non cambia rotta», disse. «Ci ignora.»

«Benissimo», ribatté Clinton, sempre a bassa voce. «Adesso proviamone uno nel sartiame.»

Il pezzo da sedici libbre fece ancora una volta sentire il proprio schianto, come una porta che sbatta nel vento, e subito dopo i due uomini esplosero all'unisono in un'esclamazione. In una delle vele di coltellaccio dell'*Huron* era comparso un minuscolo foro. La tela mantenne la sua forma per un istante, quindi esplose come un sacchetto di carta, andando in brandelli.

Clinton vide il trambusto di marinai sui ponti e sui pennoni dell'*Huron*, e, prima ancora che il pezzo potesse essere ricaricato, l'enorme vela era già stata ammainata e sostituita con un'altra.

«Quel demonio è un buon marinaio, su questo non c'è dubbio...» riconobbe Clinton, interrompendosi subito dopo, perché l'*Huron* stava procedendo a una baldanzosa virata, apparentemente con l'intenzione di tagliare la rotta della cannoniera. Il giovane tuttavia capì immediatamente le intenzioni dell'avversario: si preparava all'impatto con il vento, che infatti arrivò dopo pochi istanti, ululando tra il sartiame del clipper come un branco di lupi.

Il mare scuro, spazzato dal vento, si fendette davanti alla lunga prua affilata dell'*Huron*, che si gettò gioiosamente avanti, lasciandosi a poppa un ribollire di schiuma.

«Farà venti nodi», gridò Denham incredulo, mentre il *Black Joke*, al confronto con la bella nave veloce che fuggiva verso l'Atlantico aperto, pareva fluttuare come un tronco ballonzolante sull'acqua.

Attraverso il cannocchiale Clinton vide i marinai affollati sulla murata dell'*Huron* sbracciarsi e sventolare il berretto. A quella distanza non riuscì a distinguere il volto del proprio avversario, ma riconobbe chiaramente le sue spalle larghe e il portamento arrogante della testa, che ricordava dall'epoca del duello.

Il giovane avvertì in gola il gusto acido della bile, mentre la figura lontana alzava la mano in un laconico cenno di saluto, un addio pieno di scherno, prima di allontanarsi senza fretta dal parapetto.

Clinton chiuse di scatto il cannocchiale.

«Inseguimento sulla scia!» ordinò. «Le andiamo dietro!»

Tuttavia non osò guardare i volti dei suoi ufficiali, nel timore di vedervi dipinta un'espressione di pietà.

Sdraiata sulla cuccetta, con le braccia rigidamente tese sui fianchi e le mani serrate fino a dolere, Robyn sentì gli scricchiolii e gli schianti del ponte che segnalavano il cambiamento di rotta dell'*Huron*.

Qualche istante più tardi, poi, da sopra la sua testa arrivò una gran confusione, in cui si mescolavano l'ululato del vento e gli schiocchi delle enormi vele. La nave ebbe un tale scatto in avanti che quasi la giovane venne scagliata fuori della cuccetta. Poi la cabina si riempì del rumore tambureggiante dello scafo, che fendeva le onde come un archetto di violino.

Infine Robyn sentì levarsi vaghissimo sopra a tutto ciò un allegro vociare di uomini. Allora saltò giù dalla cuccetta e annaspando in cerca di sostegni attraversò la cabina, mettendosi a battere i pugni sulla porta.

«Nathaniel!» chiamò. «Mi apra immediatamente.»

«Il capitano dice che non devo nemmeno parlarle», rispose la voce smorzata del nostromo.

«Non può tormentarmi così», urlò in risposta la giovane. «Che cosa sta succedendo?»

Seguì una lunga pausa, durante la quale l'anziano marinaio, combattuto tra dovere e affetto, soppesò evidentemente tutti i pro e i contro della situazione.

«Abbiamo trovato il vento, signora», le rispose finalmente. «E stiamo volando come un demonio.»

«E del *Black Joke* che cosa ne è?» implorò Robyn. «Che fine ha fatto la cannoniera inglese?»

«Non ce la farà mai a prenderci. Secondo me quella vecchia bagnarola, con tutti i suoi sbuffi, sarà fuori vista prima di notte. Da qui sembra quasi che abbia gettato l'ancora.»

Robyn si chinò lentamente in avanti, fino a premere la fronte contro il tavolato della porta. Quindi serrò gli occhi e cercò di opporsi all'ondata di disperazione che minacciava di impadronirsi di lei.

Rimase così a lungo, finché la voce di Nathaniel la richiamò alla realtà, roca per la preoccupazione.

«Tutto a posto, signora?»

«Sì, Nathaniel, grazie. Sto bene», rispose con voce ferma la giovane, senza aprire gli occhi. «Adesso faccio un pisolino. Che nessuno mi disturbi.»

«Non mi muovo, signora. Di qui non passa nessuno», le assicurò il nostromo.

Allora Robyn aprì gli occhi e tornò alla cuccetta, davanti alla quale si inginocchiò, mettendosi a pregare... ma questa volta non riuscì a concentrarsi. Nella sua mente si accavallavano le immagini e, quando chiuse gli occhi, le comparve davanti la visione di Clinton Codrington, con quei begli occhi azzurri nel mogano abbronzato del volto, che accentuava il platino sbiancato dal sole dei capelli. Sentì come non mai la sua mancanza. Per lei era diventato un simbolo di pulizia e bontà.

Poi la sua mente ebbe uno scarto allorché a quella si sostituì la visione beffarda degli occhi screziati d'oro di Mungo St John. Robyn si sentì tremare di umiliazione. La disperazione si convertì in odio, un odio che la indusse a muoversi.

«Perdonami, Signore... pregherò più tardi... adesso devo assolutamente fare una cosa», disse.

Quindi si rimise in piedi e la cabina ingombra le parve una gabbia, soffocante e intollerabile. Si mise a martellare con i pugni la porta e Nathaniel le rispose immediatamente.

«Nathaniel, non ce la faccio più a stare qui dentro», gridò. «Deve lasciarmi uscire.»

Il nostromo rispose con tono dispiaciuto, ma deciso. «Non posso farlo, signora», disse. «Tippù mi spezzerebbe la spina dorsale!»

Allora Robyn si allontanò di scatto dalla porta, piena di rabbia e di confusione, con la mente in subbuglio.

«Non posso consentirgli di portarmi a...» E non proseguì... non sapeva immaginare che cosa potesse aspettarla alla fine di quel viaggio, a meno che... e subito le apparve vivida la visione di un porto, con una bella dama francese, alta e aristocratica, in piedi sul molo, con tre bambini piccoli accanto alla crinolina...

Cercò di scacciarla dalla mente, concentrandosi invece sui rumori prodotti dall'*Huron* che filava veloce nel vento. Da sotto i suoi piedi, in quell'istante, veniva uno squittio simile a quello di un topo preso tra le fauci di un gatto, provocato da un aggiustamento di rotta da parte del timoniere.

Tale rumore risvegliò in lei un ricordo che la fece immobilizzare, ma questa volta piena di speranza. Le era tornato alla mente un aneddoto raccontatole da Clinton Codrington circa l'epoca in cui, da giovane, al comando di una squadra incaricata di liquidare la tratta, era stato inviato in un estuario affollato da piccole imbarcazioni negriere.

«Non disponevo di un numero sufficiente di uomini per portarmele via tutte in una volta sola come prede», aveva detto l'ufficiale, «per cui siamo saltati dall'una all'altra, tagliando i tiranti dei timoni e lasciandole andare alla deriva, impossibilitate a governare, finché non ci fosse stato possibile tornare lì a prenderle... naturalmente quelle che non si erano arenate.»

Robyn si riscosse dal ricordo e corse nell'angolo della cabina. Quindi dovette fare pressione con la schiena contro la testiera della cuccetta e spingere con i piedi per spostare la cassa da viaggio verso il centro del locale. Dopo di che si lasciò cadere carponi.

Nel pavimento si apriva una piccola botola, che si incastrava alla perfezione nell'apertura, senza lasciare fessure, ma al cui centro c'era un anello di ferro. Una volta, durante il lungo viaggio di andata, la giovane era stata disturbata – sia pure con mille scuse – da un carpentiere, che lei aveva osservato con molto interesse mentre per l'appunto il marinaio spostava la cassa e apriva la botola per introdurvisi con un barattolo di grasso.

Quindi cercò a sua volta di aprirla, ma era talmente incastrata che i suoi sforzi furono vani. Allora tolse uno scialle dalla cassa e lo fece passare nell'anello di ferro. Si inarcò nuovamente all'indietro e questa volta la botola si mosse, centimetro dopo centimetro, fino a spalancarsi improvvisamente con uno schianto che Robyn fu sicura avesse messo all'erta Nathaniel. Pertanto tornò a immobilizzarsi, rimanendo in ascolto per mezzo minuto, ma dall'esterno della cabina non venne alcun rumore.

Rimessasi carponi, sbirciò nell'apertura della botola. Dall'oscuro foro quadrato arrivava un refolo d'aria, che portava con sé un odore di grasso e l'orrendo tanfo degli schiavi. Poi, a mano a mano che il suo sguardo si abituava, la giovane cominciò a distinguere la bassa e stretta cavità in cui era alloggiato l'apparato del timone dell'*Huron*. Una cavità che scorreva da prua verso poppa, alta appena quanto bastava per lasciar passare un uomo carponi.

I tiranti del timone scendevano dal ponte soprastante, scorrendo in pesanti bozzelli di ferro inchiavardati in una delle strutture portanti del clipper, per poi cambiare bruscamente direzione e correre direttamente verso poppa lungo la cavità. Le carrucole dei bozzelli erano avvolte da uno spesso strato di grasso nero e i tiranti erano nuovi, di canapa gialla, grossi come il polpaccio di un uomo e duri come fossero di acciaio.

La giovane si guardò attorno in cerca di uno strumento con cui danneggiarli, un coltello o uno dei suoi bisturi, ma si rese quasi immediatamente conto della vanità della sua ricerca. Persino un uomo robusto e armato di ascia avrebbe faticato ad avere ragione di quei cavi, e inoltre non c'era spazio sufficiente per manovrare lo strumento. Infine, quand'anche fosse riuscita a tranciarne uno, sarebbe stata fatta a pezzi dalla sferzata di contraccolpo.

C'era un solo mezzo sicuro, e la giovane si sentì gelare all'idea di ciò che sarebbe successo se il *Black Joke* non fosse arrivato in tempo per assistere il clipper con le sue pompe a vapore. Già una volta aveva scartato l'idea di servirsi del fuoco, ma ora che c'era una nave pronta al soccorso appena oltre la poppa e che l'ultima opportunità di fermare quel negriero stava rapidamente svanendo, era pronta a correre qualsiasi rischio.

Quindi allungò un braccio e prese dalla cuccetta una delle coperte di lana, facendone un fagotto. Poi staccò dal gancio sul soffitto della cabina la lanterna e con dita impacciate dalla fretta svitò il tappo del serbatoio del petrolio, alla base della stessa.

Intrisane la coperta, si guardò in cerca di qualcos'altro di infiammabile... i diari? No, quelli no, però c'erano tutti i testi di medicina, da cui strappò le pagine, appallottolandole. Fatto una sorta di sacco con la coperta intrisa di petrolio, ve le ficcò.

Poi infilò il tutto nella botola, facendolo cadere nella cavità, fino a impigliarsi in una delle carrucole.

Il materasso della cuccetta era imbottito di fibra secca di noce di cocco, altamente infiammabile. Anch'esso passò per la botola, seguito dalle assicelle della cuccetta e dai libri di navigazione che stavano sullo stretto scaffale che c'era dietro la porta.

Il primo fiammifero che lasciò cadere acceso nella cavità ebbe un unico tremolio e poi si spense. Allora strappò l'ultima pagina dal diario; l'attorcigliò e dopo averla incendiata la gettò nella botola.

La carta incendiata andò a posarsi sulla coperta intrisa di petrolio, dalla quale quasi immediatamente si levarono diverse fiammelle azzurrognole, che a poco a poco si estesero alla carta e alla copertura in lino del materasso. Infine, dalla botola fuoriuscì una vampata di fuoco, che strinò la guancia di Robyn e provocò un rumore tale da sovrastare quello delle onde.

Usando tutte le forze, la giovane rimise a posto il coperchio della botola, con un tonfo che ancora una volta la riempì di preoccupazione, ma il rumore delle fiamme venne immediatamente coperto.

Poi, ansimando per la fatica e in preda a un'eccitazione folle, Robyn arretrò e si appoggiò alla cuccetta per riposare. Il cuore le batteva così forte che l'afflusso di sangue alle orecchie quasi l'assordava. Improvvisamente ebbe paura.

E se il *Black Joke* avesse abbandonato l'impari sfida e non ci fosse stato nessuno a salvare gli ottocento miseri esseri umani incatenati sottocoperta?

Al primo assalto del vento, calato turbinosamente dai monti, seguì una brezza forte e regolare, che fu accolta con grande soddisfazione da Mungo St John, il quale si mise a passeggiare lentamente sul ponte, fino a raggiungere la poppa.

La terra era ormai fuori vista e altrettanto lo era lo scafo del *Black Joke*, di cui apparivano solamente le vele più alte, non più sormontate da alcuna traccia di fumo.

Tale assenza stupì un poco l'americano, che aggrottò la fronte, rimuginandoci sopra. Non avendo tuttavia trovato una risposta plausibile, scacciò il pensiero con una scrollata di spalle e riprese la sua passeggiata. Il *Black Joke* sarebbe stato completamente fuori vista prima del tramonto e Mungo stava già programmando le evoluzioni che avrebbe fatto compiere quella notte al suo clipper per depistare qualsiasi tentativo di inseguimento.

«Ponte, attenzione!», gridò a quel punto una voce che arrivò fioca fino a lui. Mungo si riscosse dai suoi pensieri e sollevò lo sguardo al punto da cui proveniva.

A rispondere al grido fu Tippù, con un muggito taurino. Il nuovo richiamo della vedetta arrivò con voce tesa e carica di un'ansia che apparve evidente anche se smorzata dalla brezza.

«Fumo!»

«Dove?» chiese ancora Tippù, con voce carica d'ira, dal momento che la vedetta avrebbe dovuto indicare la distanza e la direzione rispetto all'*Huron*. Infatti quasi tutti gli uomini presenti sul ponte stavano già girando la testa a cercarlo su tutto l'orizzonte.

«A poppa!»

«Sarà la cannoniera», pensò tranquillamente Mungo. «Ha riacceso la caldaia... buon pro le faccia.» Quindi si lasciò cadere le mani chiuse a pugno sui fianchi e fece un altro passo in avanti, quando la voce della vedetta tornò a farsi sentire.

«Fumo a poppa», ripeté. «Ci lasciamo dietro una scia di fumo!»

Mungo si immobilizzò con il piede ancora a qualche centimetro dal ponte. Quindi si sentì cogliere alle viscere da una fitta gelida di paura.

«Fuoco!» muggì Tippù.

La parola più temuta dagli uomini di mare. Le assi secche di quercia bruciano con una bella fiamma pulita e facendo poco fumo. Mungo lo sapeva, e sapeva anche che, di conseguenza, la prima cosa da fare era privare il fuoco dell'aria e quindi mettere la nave alla cappa, mentre la si ispezionava, e poi con le pompe...

Quindi tornò a voltarsi, già con la bocca aperta per gridare gli ordini. Il timoniere e il suo vice erano lì davanti a lui, entrambi intenti a molleggiarsi davanti alla grande ruota di legno e ottone, tanto grande da richiedere le energie di due uomini.

Giù nell'alloggio del timoniere le fiamme venivano alimentate dalla forte brezza che le grandi maniche a vento in tela del ponte di prua dirigevano verso le stive degli schiavi per cercare di tenerle aerate.

Le fiamme luminose e fruscianti non producevano quasi fumo e stavano attaccando i grossi cavi gialli. Infatti uno di essi improvvisamente cedette, con uno schianto tremendo e un'esplosione di scintille.

I due marinai al timone erano a tre metri dal punto in cui Mungo stava per impartire i suoi ordini. Improvvisamente la massiccia ruota non oppose più resistenza alla loro spinta. Il primo timoniere venne scagliato lontano per tutta la larghezza del ponte, andando a sbattere contro la fiancata con tale forza da stramazzare a terra come un insetto schiacciato. Il suo vice fu ancor meno fortunato: il suo braccio destro rimase impigliato nelle maniglie in mogano lustro della ruota, che glielo torsero come una striscia di gomma, spezzandogli in più punti le ossa dell'arto, che si staccò dal corpo all'altezza della scapola.

Non più controbilanciata dalla resistenza del timone sotto la poppa, la tremenda pressione del vento sulle vele trasformò l'*Huron* in una sorta di gigantesca banderuola. La nave ruotò su quasi tutta la propria lunghezza, mettendosi con la prua al vento e mandando con stupefacente forza quasi tutti i marinai del ponte a sbattere contro i tavolati.

Parte della velatura, impigliata nei pennoni, si lacerò rumorosamente in un caos di tela che sventolava e si attorcigliava attorno a stragli e drizze.

Sotto la spinta di tante tremende pressioni gli alti alberi si arcuarono pericolosamente all'indietro, in un sibilare di sartie che si tendevano paurosamente, finché una di esse si spezzò con uno schianto assordante. L'albero di trinchetto si inclinò di alcuni gradi e poi rimase lì sghembo.

Mungo St John si rimise in piedi e si aggrappò al corrimano. Con le urla dei marinai feriti che gli rimbombavano nelle orecchie, si guardò attorno, e la sua incredulità si trasformò in disperazione furibonda allo scoprire la bella nave messa a soqquadro. Ondeggiando come un ubriaco, l'*Huron* aveva cominciato ad arretrare sotto la spinta del vento che lo prendeva di prua.

Per lunghi istanti Mungo si guardò attorno stordito. Era circondato da tali danni, da una tale confusione e il pericolo era talmente mortale, che non sapeva da che parte cominciare, quale ordine impartire per primo. Poi, sopra l'alta prua del clipper, nella direzione opposta rispetto a quella dove l'aveva vista l'ultima volta, apparve la macchiolina, ancora lontana ma spaventosamente minacciosa, delle vele più alte del *Black Joke*, una visione che lo richiamò immediatamente alla realtà.

«Signor Tippù», gridò. «Ammainiamo le maestre e sgombriamo la coperta.»

La sequenza logica dei comandi aveva preso a riordinarglisi nella mente e la sua voce era diventata tranquilla e chiara, senza il timbro teso e agitato di prima.

«Signor O'Brien, scenda sottocoperta e mi faccia un rapporto sull'incendio.»

«Nostromo, metta in funzione le pompe e prepari le manichette.»

«Signor Tippù, mandi un gruppo di uomini a chiudere boccaporti e prese d'aria.» Dovevano evitare che l'aria alimentasse le fiamme.

«Timoniere, faccia calare la baleniera.» Avrebbe tentato di mettere la pesante imbarcazione a rimorchio del clipper, perché fungesse da ancora galleggiante. Non era sicuro che fosse una buona soluzione, ma intendeva far girare la prua dell'*Huron* con un uso attentissimo delle vele prodiere e, con quell'ancora galleggiante a mo' di timone, probabilmente sarebbe riuscito a rimetterlo con il vento in poppa, anche se non era la rotta migliore. In più si trattava di un'operazione pericolosa, fatta con il rischio mortale di straorzare, ma almeno avrebbe concesso un attimo di tregua per riparare il timone e riprendere sotto controllo l'*Huron*.

Intanto il clipper stava arretrando velocemente e, oltre la sua poppa, la cannoniera britannica appariva sempre più vicina, tanto vicina che Mungo cominciò a distinguere parte dello scafo. Avanzava come un gallo con le piume arruffate, pronto al combattimento.

Incapace di sopportare un solo momento di più la compagnia dei suoi ufficiali inferiori, sentendosi mancare il respiro e invadere da un senso di impotenza di fronte all'impossibilità di fermare l'alto clipper americano, Clinton Codrington aveva preso il cannocchiale e si era portato verso la prua del *Black Joke*.

Insensibile agli spruzzi d'acqua che lo bagnavano, inzuppandogli la camicia di lino e gelandolo al punto da fargli battere i denti persino sotto quel sole splendente, il giovane era aggrappato alle griselle, tenendosi in equilibrio sulla stretta murata e guardava fisso in avanti, con occhi resi umidi non soltanto dagli spruzzi del mare, ma anche dall'umiliazione e dal senso d'impotenza.

Appena percettibilmente la torre di tela dell'*Huron* stava scendendo sotto l'irregolare orizzonte di acque e sarebbe scomparsa prima del tramonto. Portandosi via Robyn Ballantyne. Gli si era presentata l'occasione e lui l'aveva mancata. Non poteva essere più amareggiato.

Per acuire la sua sofferenza, gli occhi pieni di lacrime lo stavano ingannando, e ciò che ancora riusciva a scorgere del clipper era diventato una visione distorta, che mutava forma. Poi il richiamo della vedetta, in alto sopra di lui, spezzò la morsa della sua disperazione.

«Sta cambiando rotta!» Un grido a cui Clinton non poteva credere. «Vira su se stessa!» Un nuovo grido, reso quasi incoerente dall'eccitazione e dalla sorpresa.

Clinton si portò di scatto il cannocchiale all'occhio e ancora una volta dubitò di ciò che vedeva. Fino a qualche istante prima gli alberi dell'*Huron* erano perfettamente allineati, mentre ora si scorgevano a uno a uno. Il clipper stava girando su se stesso sotto i suoi occhi. Ancora per qualche istante l'ordinata massa nivea delle vele mantenne la sua forma, poi la sua struttura prese a frantumarsi.

Attraverso la lente, Clinton vide l'*Huron* che andava in pezzi: vele che si laceravano, pennoni che giravano su se stessi... il bompresso che perdeva il suo assetto. E ancora non riusciva a credere a ciò che stava avvenendo.

«L'abbiamo in mano, per Dio! L'abbiamo in mano!» gridò Denham con voce trionfante.

Pur con la visione resa fosca dallo scorrere delle lacrime, Clinton non staccò l'occhio dal cannocchiale.

«C'è del fumo! È in fiamme!» gridò ancora Denham, e Clinton scorse la leggera foschia provocata dal fumo che si diffondeva dallo scafo, ma proprio in quel momento un nuovo spruzzo di acqua marina infradiciò la lente del cannocchiale, che finalmente il giovane abbassò.

Allora si tolse di tasca un fazzoletto di seta, con il quale ripulì lente e viso da acqua e lacrime, quindi si soffiò rumorosamente il naso e scese con un balzo sulla coperta, riguadagnando a grandi passi il casseretto.

«Signor Ferris», disse in tono vivace, «faccia segnalare con le bandiere che sto mandando una squadra d'abbordaggio.» Quindi nello zaffiro dei suoi occhi si accese una luce di intenso fervore. «E aggiunga: 'In caso resistenza attacchiamo'.»

Si trattava di un messaggio lungo, e mentre Ferris ordinava che portassero le bandierine, Clinton si rivolse a Denham: «Prepari la nave a entrare in azione, per favore, signor Denham... e mettiamo subito fuori i cannoni.»

Sopra il frastuono del vento Clinton sentì gli schianti dei portelli che si aprivano e il fragore dei carrelli dei cannoni, ma tutta la sua attenzione era concentrata sulla nave negriera mutilata.

Vide e capì i tentativi disperati fatti dal suo capitano per rimetterla con il vento in poppa. Sapeva benissimo che cosa significasse aver ammainato in così breve tempo quella massa aggrovigliata di tela e cime, eppure non provò alcuna ammirazione: in lui ardeva soltanto la furia del combattimento.

L'*Huron* esibiva in quel momento una semplice trinchettina.

St John stava chiaramente cercando di rompere la morsa del vento sulla prua e di farla girare su se stessa, ma l'alta nave, di solito così affidabile e obbediente, questa volta opponeva resistenza, e a ogni minuto che passava il *Black Joke* le si faceva sempre più addosso.

«Non ha subìto danni seri alle strutture», gongolò Denham ad alta voce. «Azzarderei l'ipotesi che abbia perso il timone.»

Clinton non gli rispose, teso com'era a osservare gli sforzi di St John, per metà esultante e per metà timoroso che avessero successo e consentissero ancora una volta all'*Huron* di fuggire lontano.

E di fatto così avvenne, sotto i suoi occhi. L'*Huron* girò lentamente di fianco, esibendoglisi in tutta la sua lunghezza, e poi con uno scrollone si liberò dalla morsa del vento. Non appena la trinchettina si fu gonfiata, il clipper concluse la rotazione mostrando la poppa al *Black Joke* e rimettendosi a navigare.

Pur mortificato, Clinton non poté fare a meno di sentire una punta di ammirazione per il suo avversario, che aveva compiuto un'impresa quasi incredibile. Accanto a lui, invece, i suoi ufficiali erano in silenzio, storditi e paralizzati dalla delusione al vedersi ancora una volta sfuggire la preda davanti agli occhi.

Sugli alti alberi spogli fiorirono altre vele, e la distanza fra le due navi cessò di ridursi, ricominciando al contrario ad aumentare. Lentamente, molto lentamente l'*Huron* stava allontanandosi. E la notte incombeva.

«Si porta al traino un cavo da tonneggio», lamentò Denham sottovoce.

«È una scialuppa», precisò Ferris. Erano già abbastanza vicini da distinguere simili dettagli. L'*Huron* era a non più di tre o quattro miglia davanti a loro. «È maledettamente in gamba, altroché», proseguì Ferris con interesse professionale. «Chi avrebbe mai creduto che potesse funzionare?»

La mortificazione di Clinton si convertì in furia, di fronte a quel commento inutile.

«Signor Ferris, invece di blaterare come una lavandaia, le spiacerebbe guardare che cosa stanno segnalando?»

Le bandierine dell'*Huron* erano ormai disposte a un'angolazione tale rispetto alla cannoniera da renderne difficile l'interpretazione. Ferris, che era tutto concentrato sulla baleniera, ebbe un soprassalto di colpevolezza e poi si tuffò nel manuale delle segnalazioni, mettendosi laboriosamente a scrivere sulla lavagnetta.

«L'*Huron* risponde: 'State alla larga o apriamo il fuoco'.»

«Bene», rispose Clinton, annuendo ed estraendo di qualche centimetro il pugnale dal fodero, per essere sicuro che al momento opportuno sarebbe uscito con facilità, e poi tornando a ficcarvelo fino all'impugnatura. «Adesso abbiamo tutti le idee chiare.»

«Il fuoco si è appiccato nella timoneria, sotto la cabina della dottoressa», riferì il terzo ufficiale, arrivando di corsa. «L'ho tirata fuori», aggiunse poi, indicando con un gesto del pollice Robyn, che stava emergendo sul ponte, aggrappata alla valigia nera di pelle in cui aveva frettolosamente ammassato i diari e i pochi oggettini di valore.

«Poi si è diffuso ai cavi e al lazzaretto, e nel giro di un minuto penetrerà nei quartieri di poppa», disse ancora il terzo ufficiale, che aveva braccia e viso coperti di un sudore untuoso misto a fuliggine.

«Buttateci le manichette facendole passare per il corridoio di poppa», gli rispose Mungo con calma. «E allagate tutti i locali a poppavia della stiva principale.»

Dopo di che, soddisfatto, Mungo si voltò, gettando una sola occhiata oltre la poppa per accertarsi che la cannoniera stesse ancora perdendo terreno, quindi corse con lo sguardo a tutto l'apparato che teneva la baleniera attaccata al clipper. Il complesso di forze determinato dal vento, dalle vele e dall'ancora galleggiante era critico e instabile: il minimo cambiamento avrebbe potuto mandare tutto all'aria.

Impartito ancora qualche ordine, Mungo si accese un sigaro, aggrottando la fronte, concentrato su un compito semplice e familiare, e infine sollevò lo sguardo su Robyn, per la prima volta da quando era salita sul ponte.

Per un attimo si fissarono a vicenda, poi la giovane guardò oltre la poppa, verso la brutta e piccola cannoniera che ancora si affannava a inseguirli.

«Continuo a commettere l'errore di fidarmi di lei», disse Mungo.

«Un errore che io invece ho commesso una volta sola... con lei», ribatté la giovane. Mungo inclinò leggermente la testa, prendendo atto della sferzante risposta.

«Come ha fatto ad accedere all'agghiaccio del timone?» cominciò a chiedere, ma poi schioccò le dita, irritato con se stesso. «Naturale, attraverso la botola di ispezione», riprese. «Tuttavia la sua ingegnosità non è servita a niente, dottoressa. I suoi amici non ci hanno preso e non appena cadrà il buio farò riparare i tiranti.»

Era già un buon minuto che Mungo teneva lo sguardo fisso sul volto della giovane, dimentico della nave, del mare e del vento furioso. Quindi non notò la forte burrasca che si stava abbattendo sul suo clipper. Quando vi arrivò, non c'era nessun timoniere a pararne la spinta. Robyn vide il lampo di preoccupazione negli occhi di St John e vi colse una punta di paura. La stessa punta di paura che c'era nella voce con cui impartì l'ordine.

«Faccia ammainare tutto, signor Tippù! Il più presto possibile!»

Infatti la burrasca aveva spezzato il delicato equilibrio di ancora galleggiante e vela. La nave ebbe un brusco scatto in avanti e il cavo della baleniera, pendulo nell'acqua, si raddrizzò di scatto, sottoposto a una tensione tale che l'acqua marina ne schizzò via in tanti piccoli getti schiumanti.

La baleniera vuota, su cui era ancora allacciato il telone di copertura, nel vano tentativo di tenerla asciutta, in quel medesimo istante si trovò a cavalcare l'immensa cresta di un frangente. Lo squassante impatto trasmesso dal cavo teso alla sua prua la fece scattare in avanti, così che per un attimo fu sollevata in aria, senza più poggiare sulla cresta, in un balzo da delfino. Ripiombò in acqua di prua, e in un attimo sprofondò sotto la superficie del mare.

Per un istante l'*Huron* barcollò per l'enorme aumento di tensione nel cavo di poppa, ma poi la baleniera si disintegrò in un ribollire di schiuma. Il suo fasciame in frantumi affiorò e il cavo, liberato dal peso, volò alto come la coda di una leonessa irritata. L'*Huron* virò bruscamente, mettendosi ancora una volta di traverso al vento. Ormai era totalmente privo di velatura: i suoi alberi spogli correvano quasi paralleli alla direzione del mare.

La murata sottovento solcò profondamente le onde, facendo imbarcare un torrente d'acqua che spazzò i ponti.

Robyn ne venne colta in pieno e andò a sbattere contro il torace di St John, ma se così non fosse stato sarebbe stata scagliata fuori bordo. Invece Mungo l'afferrò e tenne stretta, mentre entrambi rotolavano lungo il ponte fortemente inclinato. Un attimo dopo già l'*Huron* si stava raddrizzando, con l'acqua che gli ricadeva sui fianchi in tante cascate d'argento, dopo essere penetrata in ogni pertugio e avere spento all'istante l'incendio.

Mungo St John trascinò per il polso Robyn attraverso il ponte allagato, sciaguattando e scivolando immerso sino al ginocchio nell'acqua su cui galleggiava ogni sorta di oggetti sparsi.

Giunto a poppa, gettò un'occhiata al *Black Joke*, ormai tanto vicino che vedeva i cannoni sporgere dalle murate. Le bandiere di segnalazione garrivano al vento, allegre come una decorazione di Natale. La cannoniera sarebbe stata loro addosso nel giro di pochi minuti, molto tempo prima che Mungo potesse essere in grado di rimettere in navigazione la sua nave.

L'americano si scosse l'acqua dai capelli neri, che ne erano intrisi, e poi inspirò profondamente.

«Signor O'Brien», urlò, «un paio di manette da schiavo, qui», e Robyn, che non lo aveva mai sentito alzare la voce, fu stupefatta dal volume del suono che uscì da quella cassa toracica. Era ancora in preda alla confusione quando sentì il gelido bacio del ferro ai polsi.

Mungo le chiuse la manetta al polso sinistro, quindi fece fare due rapidi giri alla catena attorno al corrimano del clipper e poi le serrò anche il polso destro.

«Sono certo che i suoi amici avranno un gran piacere di vederla qui... davanti alle bocche dei loro cannoni», le disse infine, con il volto ancora teso per la rabbia e i bordi delle narici bianchi come porcellana. Poi distolse da lei la propria attenzione, facendosi scorrere le dita tra i ricci scuri, per allontanarseli dalla fronte e dagli occhi.

«Signor O'Brien, moschetti e pistole a tutti. Faccia uscire i cannoni e li carichi a palla, che cambierà in mitraglia quando la distanza si sarà ridotta.» L'ufficiale gridò i suoi ordini mentre correva via, e i marinai abbandonarono il vano tentativo di riprendere sotto controllo il clipper, sparpagliandosi qua e là per eseguire i vari incarichi.

«Signor Tippù», gridò ancora la voce di St John, levandosi sopra il frastuono della bufera e degli ordini urlati.

«Capitano!»

«Faccia salire in coperta il primo ponte di schiavi.»

«Seppelliamo in mare?» chiese il secondo, il quale aveva prestato servizio sotto diversi comandanti di navi negriere che così si comportavano nel momento in cui la cattura della loro nave appariva inevitabile, per liberarsi delle prove del loro traffico.

«Li incateniamo al corrimano sopravvento, signor Tippù, con la donna», rispose Mungo, senza usare né il nome né il titolo accademico di Robyn. «Che quel mangialumie di inglese ci pensi su bene prima di aprire il fuoco.» E Tippù si lasciò sfuggire una risata esplosiva, allontanandosi molleggiando sulle gambe storte.

«Signore!» esclamò Denham in tono incredulo. «Signore!»

«Sì, signor Denham», rispose Clinton a bassa voce, senza abbassare il cannocchiale. «Ho visto...»

«Ma, signore, quella donna è la dottoressa Ballantyne.»

«E schiavi di colore», aggiunse Ferris, incapace di trattenere ulteriormente la lingua. «Li stanno incatenando al corrimano.»

«Che razza di individuo è questo americano?» sbottò nuovamente Denham.

«Un individuo maledettamente in gamba», gli rispose Clinton, sempre a bassa voce, guardando attraverso le lenti la donna che era venuto sin lì per salvare.

«Signor Denham», continuò poi, «avverta i marinai che fra cinque minuti saremo sotto il fuoco nemico senza essere in condizioni di rispondere.»

Quindi spostò lo sguardo sulle schiere di schiavi negri e nudi, che continuavano ad affluire sul ponte del clipper e a prendere posto accanto al corrimano, dove venivano incatenati.

«Siamo fortunati che ci sia una burrasca simile, per cui saremo esposti al fuoco per poco tempo, ma avverta gli uomini di stare distesi sul ponte sotto la murata.»

Il fragile guscio del *Black Joke* avrebbe fornito una qualche protezione finché si trovavano a distanza, ma a mano a mano che si fossero avvicinati alla nave negriera, sarebbero stati sottoposti al fuoco della mitraglia.

«Accosto alla poppa dello yankee», continuò Clinton. In tal modo il *Black Joke* non sarebbe stato esposto alle fiancate del clipper quando le due navi si fossero incontrate. «Ma il clipper è più alto di noi. Quindi voglio i migliori uomini ai grappini, signor Denham.»

«Per Dio! Sta tirando fuori i cannoni», lo interruppe Denham, il quale poi, in tono di scusa per l'interruzione come per la bestemmia, aggiunse: «La prego di perdonarmi, signore».

Clinton abbassò il cannocchiale. Ormai erano talmente vicini che non ne aveva più bisogno.

Il clipper aveva sei cannoni leggeri su ogni lato – montati sul ponte principale – le cui canne erano lunghe quasi il doppio di quelle delle pesanti caronate del *Black Joke*, anche se di calibro molto inferiore. Mentre Clinton li osservava, presero tutti a ruotare verso di lui, cominciando dalla poppa.

Anche senza servirsi del cannocchiale, Clinton distingueva benissimo la figura magra e snella, in semplice giacca blu, che si muoveva con passo ingannevolmente tranquillo dall'uno all'altro, provvedendo di persona a farli puntare.

Quindi vide St John raggiungere quello di prua e sistemarlo con cura, dedicandovisi qualche istante più a lungo degli altri. Infine lo vide balzare sul parapetto del clipper e tenervisi in equilibrio con la sicurezza di un acrobata nei movimenti imprevedibili dello scafo privo di timone.

La scena gli si incise nella mente. Era di grande teatralità, simile all'esibizione di un artista che alla fine dello spettacolo s'attardi a raccogliere e sollecitare gli applausi. Il coro era rappresentato dalla lunga fila di schiavi incatenati, con al centro la figura snella e delicata della donna, il cui corpetto formava una macchia allegra di colore che attirò irresistibilmente il suo sguardo. Era una distrazione che in quel momento non poteva permettersi.

L'americano pareva che stesse osservandolo, che lo avesse individuato nel gruppo degli ufficiali, e persino a quella distanza Clinton si rese conto della forza ipnotica di quegli occhi screziati d'oro, occhi da predatore, da leopardo.

A livello dei ginocchi di Mungo St John c'erano le teste degli addetti ai pezzi, piccoli grumi di volti pallidi e tesi, che contrastavano in maniera stridente con le schiere rassegnate degli schiavi.

C'erano uomini anche sul sartiame dell'*Huron*, annidati agli incroci dei pennoni e degli alberi, e armati di moschetti, le cui canne si stagliavano chiaramente sullo sfondo del cielo spazzato dal vento. Dovevano essere ottimi tiratori, i migliori del clipper, e il loro bersaglio preferito sarebbe stato il gruppetto degli ufficiali sul casseretto della cannoniera. Clinton sperò che i movimenti del clipper nella burrasca impedissero loro di prendere la mira con cura.

«Signori, vi consiglio di mettervi al riparo fino al momento in cui potremo impegnare la nave», disse quietamente a Denham e Ferris, provando una punta di orgoglio quando li vide rimanere entrambi immobili, secondo la tradizione britannica di Drake e Nelson. E lui stesso rimase lì al suo posto, ordinando un lievissimo aggiustamento di rotta.

Quindi vide l'americano muovere la testa, compiendo un'ultima valutazione della distanza, mentre accanto a Clinton Ferris mormorava la sua solita bestemmia, che questa volta egli non poté deplorare, perché anch'essa faceva parte della tradizione marinara britannica.

«Per ciò che stiamo per ricevere...» mormorò il giovane ufficiale e, quasi avesse sentito le sue parole, l'americano estrasse la sciabola dal fodero, levandosela sopra la testa. Involontariamente i tre ufficiali britannici tirarono il fiato all'unisono e lo trattennero. L'*Huron* era al punto inferiore del suo rollio, con le bocche dei cannoni rivolte al mare, ma quando si raddrizzò, levandosi alto, la sciabola si abbassò.

I sei cannoni scattarono tutti assieme, di perfetto concerto, e i baffi bianchi di fumo si staccarono dai suoi fianchi, completamente silenziosi. Il loro rumore non arrivò fino alla cannoniera, dove per un attimo parve che il clipper non avesse esploso la sua bordata.

Poi l'aria si abbatté su di loro, sconvolgendo i timpani e sembrando per un attimo risucchiare i bulbi oculari dalle orbite. Alto sopra la testa di Clinton uno straglio si spezzò con uno schiocco sferzante.

Effetto di una palla finita alta, ma sotto i piedi dello stesso Clinton il ponte traballò per l'impatto di una serie di colpi, mentre lo scafo prendeva a risuonare come un gigantesco gong.

Una sola palla arrivò a livello del ponte, facendo levare una vampata di scintille dal parapetto d'acciaio e aprendovi un foro frastagliato come i petali di un fiore. Un marinaio inginocchiato dietro la sua protezione se la prese in pieno petto.

Solamente allora, dopo diversi secondi, ai loro orecchi arrivò il frastuono delle esplosioni.

«Non male come colpo, per uno yankee», esclamò Ferris a denti stretti, levando la voce sopra al frastuono, mentre Denham, cronometro alla mano, calcolava il tempo che occorreva ai marinai del clipper per ricaricare.

«Quarantacinque secondi», dichiarò finalmente. «Una banda di calderai ambulanti saprebbe fare più in fretta.»

Clinton si chiese se quell'atteggiamento fosse pura spavalderia o autentica indifferenza nei confronti della morte.

Lui, invece, aveva paura. Paura della morte, paura di mancare al proprio dovere e paura di essere colto ad avere tanta paura. Ma in definitiva quei due erano molto più giovani di lui, poco più che ragazzi, e forse il loro atteggiamento non era dovuto a coraggio, ma a pura e semplice ignoranza e mancanza di immaginazione.

«Cinquantacinque secondi», grugnì Denham in tono di scherno, mentre la seconda bordata si schiantava sullo scafo metallico del *Black Joke* e qualcuno sottocoperta si metteva a urlare, un grido ininterrotto, simile al sibilo di un bollitore.

«Manda qualcuno a far smettere quell'individuo», mormorò Ferris al marinaio che gli stava accucciato accanto. Qualche istante dopo le grida cessarono.

«Ben fatto», disse Ferris al marinaio che riprendeva il suo posto al parapetto.

«Quel povero diavolo è morto, signore.»

Ferris annuì senza cambiare espressione e si accostò per sentire meglio ciò che gli stava dicendo il capitano.

«Signor Denham, la squadra di arrembaggio la comando io. Lei si tenga pronto a disimpegnare la cannoniera, lasciando che ce la caviamo da soli, per evitarle danni...», ma in quel momento si sentì una sorta di profondo ronzio, come se sopra le loro teste passasse un insetto gigantesco, e Clinton sollevò lo sguardo con aria irritata. I tiratori annidati tra le sartie dell'*Huron* avevano aperto il fuoco, ma gli schiocchi delle loro armi arrivavano fin lì smorzati, apparentemente privi di ogni pericolosità. Con atteggiamento studiato Clinton li ignorò, dando i propri ordini finali e alzando la voce per competere con il frastuono delle palle che battevano contro l'acciaio dello scafo.

Quando ebbe finito di parlare, Denham sbottò: «È un vero disastro non poter rispondere», ma poi si affrettò a correggersi, dicendo: «Voglio dire: è un male per gli uomini», e con ciò Clinton ebbe risposta ai propri dubbi. Denham aveva paura come lui, anche se il saperlo non gli fu di nessun conforto. Se soltanto avessero potuto fare qualcosa, invece di doversene stare lì allo scoperto, a fare conversazioni manierate, mentre il *Black Joke* copriva le ultime poche centinaia di metri che ancora lo separavano dall'*Huron*.

Lo schianto delle cannonate che martellavano il *Black Joke*, ora che i cannonieri più veloci avevano dato il cambio agli altri, era quasi continuo. L'arma di prua, accudita personalmente dal comandante americano, sparava tre colpi ogni due degli altri.

Clinton osservò il fumo fiorire ancora una volta dalla bocca del cannone e questa volta il ponte della cannoniera venne spazzato da una specie di grandine, ma grandine di piombo, grossa come tanti acini d'uva, che perforava i sottili parapetti di acciaio e staccava schegge di legno dal ponte principale, un ponte che ora era percorso da un reticolo di rivoli scarlatti di sangue.

Il *Black Joke* stava subendo una lezione spietata, forse già più di quanto potesse reggere, ma ormai le due navi erano vicine, molto vicine, mancavano soltanto pochi secondi.

Clinton già sentiva le grida di richiamo dei cannonieri del clipper e i lamenti degli schiavi ammassati in patetici piccoli mucchi sui ponti dell'*Huron*. Sentiva il rumore dei carrelli dei cannoni da sedici e gli ordini che venivano gridati ai cannonieri.

La giovane al parapetto stava rigidamente eretta e lo fissava pallida in volto: l'aveva visto e riconosciuto. A un certo punto cercò anche di sollevare una mano per rivolgergli un cenno di saluto, ma le manette ai polsi le impedirono il movimento. Clinton si fece avanti per vederla meglio, ma qualcosa gli diede un brusco strattone alla manica, mentre alle sue spalle Ferris si lasciava sfuggire un ansito.

Il giovane capitano abbassò lo sguardo sul braccio e vide che la manica era strappata. Soltanto allora si rese conto che, se non si fosse spostato, una palla di moschetto lo avrebbe preso in pieno. Quindi si voltò verso Ferris.

Il ragazzo si stava tamponando il torace con un fazzoletto, tenendosi sempre erettissimo.

«Lei è ferito, signor Ferris», disse Clinton. «Può scendere sottocoperta.»

«La ringrazio, signore», ansimò Ferris, «ma preferirei non perdermi il massacro che farete.» Ma mentre parlava, all'angolo della bocca gli si era formato un rivoletto di sangue e, con un soprassalto che lo gelò, Clinton si rese conto che probabilmente quel ragazzo era colpito a morte... il sangue alla bocca significava quasi certamente una ferita ai polmoni.

«Bene così, Ferris», disse allora, distogliendo da lui la propria attenzione. Non doveva lasciarsi assalire dai dubbi in quel momento, non doveva chiedersi se la sua decisione di abbordare l'*Huron* era giusta, né se l'attacco era stato portato correttamente... altrimenti si sarebbe sentito responsabile per i corpi maciullati sparsi sul ponte della sua nave, come per il ragazzo moribondo che si manteneva ancora eretto con determinazione. Non doveva lasciar affievolire la propria decisione.

Invece ridusse gli occhi a due fessure per proteggerli dal sole che stava calando e circondava di un alone dorato gli alberi spogli del clipper, guardando l'imbarcazione con autentico odio. Solo allora si rese conto del fatto che finalmente i cannoni del nemico non servivano più a niente, e che il loro fuoco si era ridotto, essendo il *Black Joke* entrato nel quadrante di poppa dell'*Huron*.

«Vira di due gradi», ordinò, e la cannoniera, tagliatane la scia, fu addosso alla poppa dell'*Huron*, che improvvisamente torreggiò alto su di loro, mentre il fuoco cessava, poiché ormai il *Black Joke* era protetto dall'altro scafo. Il silenzio improvviso risultò spettrale per Clinton, snervante, come se le cannonate gli avessero danneggiato gli orecchi, assordandolo.

Il giovane tuttavia si riscosse da quel senso di irrealtà e attraversò a grandi passi il ponte.

«Forza, ragazzi!» gridò, e i marinai si alzarono dai loro ripari sotto il parapetto.

«Facciamogli vedere chi siamo, a questi yankee!»

«Una tigre per il vecchio Tenaglie!» gridò in risposta una voce, che fece sollevare un improvviso coro di grida allegre, mentre i marinai si ammassavano alla murata della cannoniera, tanto che Clinton dovette chiudere le mani a coppa per dare l'ordine di mettersi sottovento con le vele in bando.

Le due navi vennero a contatto con uno schianto tremendo, acciaio contro legno, che mandò a pezzi le lanterne di poppa dell'*Huron*.

Una dozzina di marinai del *Black Joke* scagliarono i grappini a tre punte alti sopra il capodibanda del clipper, con attaccate le cime che si torcevano nel vuoto, ma che vennero tese e fissate alle bitte di sinistra. Uno sciame di marinai che si lanciavano furibonde e allegre grida di incoraggiamento si inerpicarono sulla poppa dell'*Huron*, simili a un branco di scimmie.

«Prenda il comando, signor Denham», ordinò allora Clinton, alzando la voce sopra il frastuono.

«Certo, signore», formularono – senza farsi sentire – le labbra di Denham, mentre Clinton tornava a ficcare il pugnale nel fodero, mettendosi a capo della seconda ondata di uomini all'arrembaggio, quella che aveva provveduto a sistemare le vele.

Al parapetto dell'*Huron* c'erano una dozzina di marinai, armati di ascia, che cercavano di spezzare le funi dei grappini, producendo un rumore che si mescolava ai colpi di pistola e di moschetto sparati da altri marinai sugli aggressori che montavano.

Uno dei marinai del *Black Joke* si arrampicava rapidissimo, tenendosi lontano dallo scafo del clipper con i piedi, come uno scalatore, e aveva quasi raggiunto il parapetto, quando sopra di lui si sporse un americano che con un colpo tremendo di ascia tranciò la cima del grappino.

Il marinaio cadde nell'apertura tra i due scafi come un frutto abbattuto dal vento. Per un attimo rimase a galla sull'acqua ribollente, ma poi i due scafi tornarono ad accostarsi in uno strepito di legni, maciullandolo tra le loro mostruose fauci.

«Altre cime!» urlò Clinton, e un grappino volò sopra la sua testa, lanciato da un robusto braccio britannico, dopo di che la cima gli andò a cadere sulle spalle.

L'afferrò, lanciò a sua volta il grappino verso il parapetto e poi cominciò a issarsi oltre il varco tra i due scafi, producendo un sordo rumore di stivali contro la poppa dell'*Huron*. Aveva visto il marinaio cadere, per cui saliva spinto dalla propria agilità e al tempo stesso dal terrore. Soltanto quando ebbe scavalcato con una gamba il corrimano dell'*Huron* si sentì prendere dal furore della battaglia.

Il suo pugnale emerse dal fodero con un raschio metallico, e già c'era un uomo che gli si stava scagliando addosso, un uomo nudo fino in vita, dal ventre sporgente e peloso e dalle braccia muscolosissime. Brandiva alta un'ascia a due lame, i cui fendenti Clinton dovette scartare giocando di agilità. Ma alla fine inferse all'avversario un colpo con il pugnale di marina attraverso la barba scarmigliata e chiazzata d'argento. L'ascia cadde dalle mani sollevate alte e andò a finire lontana sul ponte, scivolando.

Clinton rimase in piedi sopra l'uomo che aveva ucciso, piazzandogli un piede sul torace per estrarre il pugnale dalla gola. Alla lama seguì uno spruzzo di sangue scarlatto, che gli infradiciò uno stivale.

Una mezza dozzina dei suoi uomini avevano raggiunto il ponte dell'*Huron* prima di lui e, non avendo ordini, stavano ammassati a proteggere i grappini, mentre dietro di loro continuavano a salire gli altri marinai del *Black Joke*.

«Tutti insieme, ragazzi!» urlò Clinton, in preda a una sorta di follia che lo aveva preso completamente. In lui non c'erano paura, dubbi, pensieri consci. Era semplicemente in preda a una furia contagiosa, che aveva colto anche i suoi uomini, i quali stavano sciamando sul ponte dell'*Huron* per affrontare gli avversari che arrivavano di corsa da prua.

Lo scontro fu tremendo. I marinai della cannoniera erano combattenti consumati, che solamente nell'ultimo anno avevano lottato a fianco a fianco una cinquantina di volte, mettendo a ferro e fuoco spalti e baraccamenti.

Quelli dell'*Huron*, invece, non erano guerrieri, ma marinai mercantili, e per lo più non avevano mai maneggiato un pugnale o usato una pistola. La differenza si fece quasi immediatamente vedere.

Per un minuto o anche meno la massa intrecciata di uomini ondeggiò e mulinò come fosse il punto d'incontro di due forti correnti oceaniche, ma poi i marinai del *Black Joke* cominciarono a prendere il sopravvento.

«Martello e Tenaglie, ragazzi! Diamogliele di santa ragione!»

Solamente in un punto, alla marea dei marinai britannici si teneva testa: al piede dell'albero di maestra, dove c'erano due uomini che si difendevano stando quasi a spalla a spalla.

Tippù, piantato sulle sue massicce gambe nude, sembrava inamovibile. Simile a un Budda scolpito in solida roccia, respingeva sdegnosamente la calca degli uomini che lo circondavano, facendone aprire e ritirare le schiere.

Aveva i pantaloni a sboffo tirati alti sui polpacci, e il ventre ne sporgeva enorme e duro come roccia, con in mezzo l'ombelico che sembrava l'occhio di un ciclope.

I fili d'oro del suo gilet ricamato mandavano sprazzi nella luce del sole, sotto la testa tenuta erettissima. L'omone manovrava un'ascia agevolmente come se fosse un ombrellino da signora. A ogni fendente i marinai della cannoniera gli cedevano terreno.

Un proiettile di pistola lo aveva colpito di striscio alla testa calva, e dalla stretta ferita il sangue colava copioso, trasformandogli il viso in una maschera cruenta.

Tuttavia la larga fessura da rospo della sua bocca era spalancata in una risata di scherno nei confronti degli assalitori, che gli sciamavano attorno come gnomi attorno a un orco.

Al suo fianco si batteva Mungo St John, che si era tolto la giacca blu per manovrare più agevolmente la sciabola. La sua camicia bianca era aperta fino alla cintura, essendo stati i bottoni strappati via dalla mano abbrancante di un avversario. Si era attorcigliato un fazzoletto di seta attorno alla fronte per impedire al sudore di scendergli sugli occhi, ma il medesimo sudore gli stava colando lungo il torace nudo e aveva intriso a chiazze la camicia. Nella destra brandiva una sciabola dall'elsa in argento non lavorato, con cui tirava fendenti e procedeva a parare i colpi nemici senza mai rompere il ritmo dei propri movimenti.

«St John!» gli gridò Clinton. Erano entrambi abbastanza alti da sovrastare la calca di uomini che li separava. Si fissarono vicendevolmente per un attimo.

Gli occhi di Clinton erano di un azzurro chiarissimo, fanatici, e le sue labbra bianche per il furore. L'espressione di Mungo, invece, era grave, come pensosa, e il suo sguardo turbato, quasi addolorato, come se sapesse già di avere perso la propria nave e con essa la vita e quelle dei suoi marinai.

«Si batta con me!» lo sfidò Clinton, con voce resa stridula dal senso di trionfo.

«Ancora?» chiese Mungo, mentre un sorriso fuggevole gli saliva per un istante alle labbra, svanendo immediatamente.

Clinton si fece rudemente largo tra la calca dei suoi stessi uomini. L'ultima volta l'americano aveva la scelta delle armi e la sfida era avvenuta alla pistola, ma ora Clinton si bilanciava in mano il peso familiare del pugnale da marina, la sua arma, l'arma che aveva cominciato a manovrare a quattordici anni, quando era ancora un aspirante guardiamarina.

Arrivati a contatto, il giovane inglese fece una finta e poi affondò di rovescio e basso, mirando all'anca per storpiare il nemico e abbatterlo. Ma quando il colpo venne parato, sentì tutta la forza che c'era dietro la sciabola di Mungo. Di nuovo partì all'attacco e ancora una volta la parata fu energica e netta, tuttavia appena sufficiente a trattenere la lama più larga e pesante del pugnale da marina.

I due brevi contatti bastarono a Clinton per valutare il proprio avversario e scoprirne il punto debole, che era il polso. Lo avvertì attraverso l'acciaio, così come un bravo pescatore sente il pesce attraverso il filo e la canna. Sì: il polso. St John non aveva la resistenza d'acciaio che viene soltanto dalla pratica.

Infatti vide un lampo di preoccupazione in quegli occhi così stranamente screziati. Anche l'americano aveva capito la propria inadeguatezza alla situazione e sapeva di non poter reggere a lungo lo scontro. Doveva cercare di porvi fine rapidamente.

Con l'istinto dello spadaccino, Clinton capì il significato di quel brevissimo battito d'occhi. Capì che Mungo St John stava per gettarsi in un affondo per cui, quando il colpo arrivò, un istante dopo, lo parò con la lama larga e curva, quindi spostò in avanti tutto il proprio peso e con una torsione del polso ferreo impedì all'avversario di disimpegnarsi, costringendolo a ruotare a sua volta la mano, mentre le due lame stridevano l'una contro l'altra. Ora Mungo St John si trovava bloccato nel classico ingaggio dal quale non poteva disimpegnarsi senza rischiare una risposta fulminea. Clinton ne sentì il polso cedere a poco a poco. Caricando ulteriormente il proprio peso sull'arma, fece scivolare l'elsa del pugnale lungo la lama della sciabola e con un'ennesima torsione la fece cadere di pugno all'americano.

L'arma piombò a terra tra loro con uno schianto metallico e Mungo St John alzò entrambe le mani, tirando in dentro il ventre e gettandosi contro l'albero di maestra, nel tentativo di evitare il fendente del pesante pugnale, che sapeva sarebbe seguito.

Vista la furia d'odio che lo possedeva, non era nemmeno da pensare che Clinton desse tregua all'uomo che aveva disarmato.

Il fendente partì, sanguinario, inferto con la forza del polso, del braccio, della spalla e di tutto il corpo del giovane inglese: un colpo mortale.

Tutto l'essere di Clinton era concentrato sull'individuo che aveva davanti, ma in quel momento ai margini del proprio sguardo colse un movimento. Tippù aveva visto il suo comandante rimanere disarmato nel medesimo istante in cui aveva finito di far roteare la propria ascia. Era sbilanciato e gli ci sarebbe voluto solamente un attimo per riprendersi, ma quell'istante sarebbe stato di troppo, perché già aveva visto partire il fendente del pugnale contro Mungo St John, che stava schiacciato contro l'albero di maestra, con il ventre indifeso e le mani alte.

Tippù aprì le proprie enormi grinfie e lasciò che l'ascia cadesse, roteando come la ruota di un carro, e poi tese un braccio ad afferrare con la mano nuda la lama del pugnale.

Se la sentì scorrere tra le dita ed ebbe la terribile sensazione di sentirsi tagliare fino all'osso da quella lama affilata come un rasoio, eppure tirò con tutte le sue forze, allontanandone la punta dall'uomo impotente schiacciato all'albero di maestra, deviandola ma non riuscendo a trattenerla, perché i tendini delle sue dita cedettero. Il pugnale, spinto da tutta la forza del giovane ufficiale dai capelli di platino, proseguì nella deviazione.

Tippù ne avvertì la punta che gli scalfiva una delle costole, e poi avvertì nel petto una sorta di stordimento, finché sentì l'impugnatura di acciaio sbattergli contro la cassa toracica, con un tonfo simile a quello della mannaia di un macellaio.

Eppure nemmeno un colpo tanto potente, pur avendolo fatto arretrare di un passo, bastò a buttarlo a terra. Rimase lì saldamente in piedi, con gli occhi ridotti a due fessure, fissi sulla lama che gli aveva perforato il torace, e con le mani insanguinate aggrappate all'impugnatura del pugnale.

Solamente quando Clinton si inarcò all'indietro per estrargli la lama dalle carni, l'omone prese a inclinarsi lentamente in avanti e a piegarsi sulle ginocchia, finché cadde inesorabilmente.

Liberata la lama, macchiata di sangue per il lungo, Clinton la rivolse ancora una volta contro l'uomo bloccato all'albero maestro.

Ma non calò il fendente. Dovette fermarsi a mezz'aria, dal

momento che Mungo St John era stato trascinato sul ponte, travolto dalla marea dei marinai britannici.

Quindi fece un passo indietro e abbassò il pugnale. La battaglia era finita.

Tutt'attorno i marinai dell'*Huron* stavano gettando le armi, gridando: «Tregua, per amor di Dio, tregua!»

Intanto stavano rimettendo in piedi Mungo St John, che aveva due marinai per braccio. Non mostrava ferite e l'odio di Clinton non era sbollito. Gli ci volle pertanto un grosso sforzo di volontà per non ficcargli la punta del grosso pugnale nel ventre. L'americano si stava dibattendo per liberarsi dalla presa dei quattro marinai e gettarsi sul massiccio corpo seminudo del musulmano che gli faceva da secondo e che ora giaceva ai suoi piedi.

«Lasciatemi», gridò. «Devo vedere come sta il mio secondo.» Ma gli uomini lo tennero inesorabilmente fermo. Allora alzò lo sguardo su Clinton.

«Per misericordia», implorò, cosa che Clinton non si sarebbe mai aspettato. Il giovane inglese tirò un profondo respiro ansante e la sua follia prese a regredire.

«Le do la mia parola, signore», esclamò ancora Mungo, con un tono dal quale traspariva evidente il suo immenso dolore, e Clinton ebbe un'esitazione. «Sono suo prigioniero», disse ancora Mungo. «Ma quest'uomo mi è amico.»

Clinton si lasciò sfuggire lentamente il fiato di gola, poi fece un cenno affermativo agli uomini che lo trattenevano.

«Ha dato la sua parola», disse e poi, rivolto a Mungo, aggiunse: «Le concedo cinque minuti di tempo». Al che i marinai lo lasciarono.

«Vecchio amico!» mormorò l'americano, togliendosi il fazzoletto dalla fronte e premendolo sull'oscena ferita aperta tra le costole di Tippù. «Vecchio amico!» ripeté.

Clinton si voltò da un'altra parte, rimettendo il pugnale nel fodero e correndo verso il parapetto sopravvento.

Robyn Ballantyne lo vide arrivare e si tese verso di lui. Era impossibilitata ad alzare le braccia, ma quando lui l'abbracciò, gli posò il viso sul petto, prese a tremare in tutto il corpo e scoppiò in singhiozzi.

«Oh, grazie a Dio!»

«Trovate le chiavi», ordinò bruscamente Clinton e poi, quando le manette che stringevano i polsi della giovane caddero ai suoi piedi, le raccolse e le consegnò ai marinai, ordinando ancora: «Usatele sul capitano negriero».

Con quel gesto, la sua furia sbollì completamente.

«Mi perdoni, dottoressa Ballantyne. Parleremo più tardi, ma adesso rimane molto da fare», disse. Quindi fece un leggero inchino e si allontanò in tutta fretta, gridando i propri ordini.

«Carpentiere, scenda immediatamente sottocoperta. Voglio che i danni vengano riparati subito. Nostromo, disarmi i nemici e li rinchiuda nella stiva. Due uomini al timone e un equipaggio di preda alla manovra. All'alba saremo a Table Bay, ragazzi, e lì riceverete il vostro premio.»

Ancora eccitati per la battaglia, i marinai gli risposero con un coro festoso di voci.

Strofinandosi i polsi indolenziti, Robyn si fece strada sul ponte devastato, tra i marinai britannici impegnati a spingere i prigionieri e le file degli schiavi ancora incatenati.

Quasi timorosamente si avvicinò alla coppia male assortita che stava ai piedi dell'albero di maestra. Tippù era disteso sul dorso e il cumulo del suo enorme ventre si protendeva verso l'alto come quello di una donna incinta, mentre il fazzoletto intriso di sangue nascondeva la ferita. Aveva gli occhi spalancati e fissi sull'albero che torreggiava sopra di lui, e la mascella inferiore pendula.

Mungo St John reggeva in grembo la sua enorme testa calva e lustra. Stava seduto con la schiena appoggiata all'albero e, all'avvicinarsi di Robyn, gli chiuse lentamente una palpebra dopo l'altra con il pollice. Quindi, con la testa china e con mani gentili come quelle di una madre, usò il fazzoletto per tenergli chiuse le mascelle.

Robyn posò un ginocchio sul ponte e tese una mano verso il torace di Tippù, per sentire il battito del cuore, ma Mungo sollevò la testa e la guardò.

«Non lo tocchi», disse a bassa voce.

«Sono un medico...»

«Non ne ha più bisogno», ribatté l'americano con voce fievole ma chiara, «specialmente se il medico è lei.»

«Mi dispiace.»

«Dottoressa Ballantyne», replicò ancora Mungo, «io e lei non abbiamo motivo di scusarci a vicenda e, in definitiva, nemmeno di parlarci, mai più.»

Alzato su di lui lo sguardo, la giovane vide un viso freddo e composto. Gli occhi che risposero al suo sguardo, inoltre, erano privi di qualsiasi emozione, e fu in quel momento che Robyn capì di averlo perduto irrevocabilmente.

«Mungo», mormorò, trovando finalmente la forza e la volontà di parlare. «Non volevo che succedesse una cosa come questa. Dio m'è testimone. Non volevo.»

Dopo di che due rudi mani trassero in piedi Mungo St John, così che la testa di Tippù gli scivolò dal grembo, andando a sbattere sul ponte.

«Ordini del capitano, io non c'entro, ma lei deve assaggiare un po' delle sue catene», disse la voce di un marinaio.

Mungo St John non oppose resistenza, mentre le manette gli venivano fissate ai polsi e alle caviglie. Rimase lì tranquillo, molleggiandosi per seguire il rollio della sua nave e guardando attorno a sé quanto ne rimaneva.

«Mi dispiace», ripeté Robyn, inginocchiata accanto a lui. «Mi dispiace veramente.»

Mungo St John le gettò un'occhiata dall'alto in basso, con le manette legate dietro la schiena.

«Sì», consentì, annuendo. «Anche a me.» Quindi un marinaio gli pose il palmo di una mano callosa tra le scapole, spingendolo verso il castello di prua del clipper, alla cui volta procedette. Le catene strisciarono sul ponte, producendo un rumore di ferraglia e facendolo inciampare.

Ma dopo qualche passo si riprese e con una scrollata di spalle si liberò dalle mani dei carcerieri, allontanandosi con la testa alta, senza mai voltarsi a guardare la giovane inginocchiata sul ponte macchiato di sangue.

Mungo St John sbatté gli occhi nella luce del sole, mentre seguiva l'uniforme scarlatta e le giberne bianche dei militari che lo scortavano verso il cortile del castello di Città del Capo.

Erano cinque giorni che non vedeva il sole. La cella in cui era rimasto confinato dal momento in cui era stato portato a terra non aveva finestre. E la prigione era pervasa da pessimi odori.

Quindi si riempì i polmoni, facendo una pausa per osservare gli spalti del castello e la bandiera che sventolava gaiamente sopra la ridotta Katzenellenbogen, nonché, più oltre, il mare che, come notò, era forza cinque.

«Da questa parte, prego», ordinò il giovane ufficiale subalterno che comandava la scorta, ma Mungo ebbe un'altra esitazione. Sentiva il mormorio delle onde che si frangevano sulla spiaggia appena sotto il castello. L'*Huron* doveva essere all'ancora vicino a costa.

«Se solamente Tippù», cominciò a pensare, ma poi si interruppe e fu scosso da un rapido brivido, dovuto non solamente al freddo della prigione. Quindi si raddrizzò e fece un breve cenno affermativo all'ufficiale.

«Faccia strada, la prego», disse, e i ferretti delle suole dei militari morsero il selciato, attraversando il cortile, per poi salire la larga scalinata che portava agli uffici del governatore.

«Prigioniero e scorta, alt!»

Sotto il portico della corte c'era in attesa un tenente di marina, in giacca blu e oro, pantaloni bianchi e feluca.

«Il signor St John?» chiese. Era anziano per il suo grado, grigio e logoro. Mungo gli rispose con un cenno infastidito della testa.

Allora il tenente si rivolse al comandante della scorta.

«La ringrazio, signore. Da questo momento è compito mio», disse, e poi, rivolto a Mungo, aggiunse: «La prego di seguirmi, signor St John».

Attraverso un dedalo di corridoi e porte di mogano l'americano non venne accompagnato, come pensava, alle pesanti porte dell'ufficio privato del governatore, ma a una più modesta porta a un solo battente. Quando il tenente bussò, una voce intimò di entrare, al che fecero il loro ingresso in un piccolo ufficio, chiaramente quello dell'aiutante di campo del governatore, che Mungo non aveva mai conosciuto.

L'aiutante era seduto dietro una semplice scrivania di quercia, di fronte alla porta, e non si alzò né sorrise al suo ingresso. Nell'ufficio c'erano altri due uomini, entrambi seduti in poltrona.

«Lei conosce l'ammiraglio Kemp», disse l'aiutante.

«Buon giorno, ammiraglio», rispose Mungo.

Kemp inclinò il capo, ma non fece altri cenni.

«E questi è Sir Alfred Murray, Primo Presidente della Corte Suprema di Città del Capo.»

«Servo suo, signore», disse ancora Mungo, senza chinare il capo e senza sorridere, mentre il giudice lo fissava da sotto due folte sopracciglia bianche.

Mungo fu contento che un'ora prima il secondino gli avesse

fornito acqua calda e rasoio, e inoltre che gli fosse stato consentito di affidare abiti e biancheria a una lavandaia ex schiava.

L'aiutante di campo prese dalla scrivania, davanti a sé, un documento.

«Lei è il comandante e il proprietario del clipper *Huron*?»

«Sì.»

«La nave è stata catturata come preda dalla Marina di Sua Maestà Britannica in base al dettato degli articoli da cinque a undici del Trattato di Bruxelles, e attualmente è affidata a un equipaggio di preda e ancorata in acque territoriali britanniche.»

Tutto ciò non richiedeva risposta e Mungo rimase zitto.

«Il caso è stato esaminato dalla Corte di Commissione Mista di questa colonia, presieduta dal Primo Presidente. Dopo aver ascoltato le testimonianze dell'ufficiale comandante della Squadra del Capo e di altri, la Corte ha deciso che, essendo stato l'*Huron* catturato in alto mare, la Colonia del Capo non ha alcuna giurisdizione in materia. Il Primo Presidente ha pertanto consigliato a Sua Eccellenza il Governatore che il... ehm...» e a questo punto l'aiutante di campo dovette fare una pausa significativa, dopo di che proseguì: «che il carico venga affidato al governo di Sua Maestà, e che la nave venga invece rilasciata e affidata al suo proprietario, al quale è fatto ordine di procedere con la massima rapidità a porsi a disposizione di un tribunale americano propriamente costituito, al fine di rispondere delle accuse che il presidente degli Stati Uniti riterrà opportuno elevare nei suoi confronti.»

Mungo si lasciò sfuggire un lungo sospiro di sollievo. Per Dio! I mangialumie abbozzavano! Non avevano intenzione di sfidare l'ira del neoeletto presidente degli Stati Uniti. Gli avevano portato via gli schiavi, per un valore di ottocentomila dollari, ma gli restituivano la nave e lo lasciavano andare.

Senza sollevare lo sguardo, l'aiutante di campo continuò a leggere.

«Il governatore ha accolto il consiglio della Corte e ha decretato di conseguenza. Pertanto le si chiede di apprestare nel più breve tempo possibile la sua nave per il viaggio. A questo proposito il comandante della Squadra del Capo ha deciso di mettere a sua disposizione i cantieri della stazione navale.»

«La ringrazio, ammiraglio», disse St John, rivolgendosi verso Sgobbone Kemp, il quale tuttavia aggrottò la fronte e replicò con voce venata di commozione, ma tranquilla e chiara.

«Sedici dei miei uomini sono morti e altrettanti sono rimasti mutilati per effetto dei suoi atti, signore... e ogni giorno il fetore proveniente dalla sua nave negriera viene portato dal vento fino al mio ufficio.» A quel punto l'ammiraglio si rialzò a fatica sulla poltrona, puntandogli addosso uno sguardo furioso e proseguendo: «Quindi vada all'inferno con tutti i suoi ringraziamenti, St John. Se non avessi le mani legate, se non dovessimo restare pappa e ciccia con il vostro Lincoln, la farei penzolare dal pennone di una nave da guerra britannica».

Detto ciò, Sgobbone Kemp distolse la propria attenzione dalla sua persona e guardò fuori dell'unica finestra. L'aiutante, come se niente fosse, continuò impassibile:

«Un rappresentante della Regia Marina l'accompagnerà a bordo della sua nave, dove rimarrà finché non avrà deciso che la sua imbarcazione è in grado di prendere il mare».

Quindi si allungò una mano dietro le spalle e tirò la nappa del campanello. Quasi immediatamente la porta si aprì, facendo riapparire il tenente di marina.

«Un'altra cosa soltanto, signor St John. Il governatore l'ha dichiarata straniero indesiderabile e quindi ha ordinato il suo immediato arresto nel caso dovesse mai mettere nuovamente piede nella Colonia del Capo.»

L'alta figura risalì a grandi passi il viale di ghiaia giallastra, sotto le palme da dattero, e nel giardino di rose Aletta Cartwright gridò allegramente:

«Guarda, Robyn: arriva il tuo bello. È venuto presto, oggi».

Robyn si raddrizzò, con il cesto pieno di rose appeso al braccio e il grande cappello bianco di paglia che le ombreggiava il viso. Guardando la figura allampanata e adolescenziale di Clinton che si avvicinava, si sentì invadere da una vampata di affetto.

Nel corso di quelle ultime settimane, passate ancora una volta come ospite dei Cartwright, si era abituata alla sua presenza, e ogni pomeriggio il giovane veniva lì dal suo modesto alloggio per farle visita. Visite che Robyn aspettava con ansia, dopo le frivolezze e sciocchezze di cui la subissavano le ragazze di casa Cartwright. L'ammirazione e l'adorazione di quel giovane, le trovava estremamente lusinghiere e confortanti. Sentiva che si trattava di un qualcosa che non sarebbe cambiato mai, che sarebbe rimasto costante, un punto fermo nell'incertezza e confusione che avevano pervaso la sua vita fino a quel momento.

Aveva imparato ad apprezzare per ciò che valevano il suo buon senso e il suo giudizio. Gli aveva persino consentito di leggere il manoscritto cui ormai dedicava la maggior parte delle giornate: le sue critiche e i suoi commenti erano sempre fondati.

Poi aveva scoperto che la presenza di quel giovane riempiva una parte della sua vita che era vuota da troppo tempo. Aveva bisogno di qualcosa o qualcuno a cui voler bene, da proteggere e confortare, qualcuno che a sua volta avesse bisogno di lei, qualcuno su cui scaricare tutto il fardello della propria pietà.

«Non credo che potrei mai vivere senza di lei, mia cara dottoressa Ballantyne», le aveva detto Clinton. «Non credo che avrei potuto superare questo tremendo periodo della mia vita senza il suo aiuto.»

Robyn sapeva che ciò probabilmente costituiva la verità e non era solamente un'iperbole provocata dalla tensione amorosa, e dal canto suo era assolutamente incapace di resistere al richiamo di una persona che soffrisse.

Erano passate molte settimane da quando il *Black Joke* era entrato a Table Bay, segnato dalle cannonate, annerito dal fuoco e con l'alberatura a pezzi. Com'era accorsa al porto la gente, in una festa di grida ed esclamazioni! E che bella la visione delle altre navi all'ancora che rendevano omaggio alla cannoniera!

Robyn era rimasta al fianco di Clinton Codrington quando i due gruppi di ufficiali di marina della Squadra del Capo erano stati portati in due lance all'ancoraggio della cannoniera. Il primo era guidato da un capitano, più giovane di Clinton di qualche anno.

«Capitano Codrington», aveva detto questi, facendogli il saluto. «Ho ordine di assumere il comando della nave, signore.»

Clinton non aveva cambiato espressione.

«Benissimo, signore», aveva risposto. «Darò ordine che i miei effetti personali vengano portati via. Nel frattempo potremo adempiere a tutte le formalità e le presenterò gli altri ufficiali.»

Quando Clinton aveva loro stretto la mano e la sua cassetta da viaggio era stata pronta all'imboccatura della scaletta, la seconda lancia, che era rimasta ferma a pochi metri di distanza dal *Black Joke*, con i marinai ai remi, si era portata sotto la cannoniera e ne era sbarcato un capitano anziano, che era salito a bordo. Denham si era accostato rapidamente a Clinton e gli aveva mormorato: «Buona fortuna, signore. Lei sa che al momento opportuno potrà contare su di me».

Sapevano entrambi a che cosa si riferisse: al giorno in cui si sarebbero incontrati di nuovo, davanti alla corte marziale.

«La ringrazio, signor Denham», aveva risposto Clinton. Poi si era fatto avanti, verso il capitano in attesa.

«Capitano Codrington, è mio dovere informarla che è convocato al cospetto del Comandante della Squadra per rispondere di certe accuse riguardanti il modo in cui ha adempiuto agli ordini ricevuti. Quindi deve considerarsi agli arresti semplici e tenersi pronto a rispondere di tali accuse non appena potrà essere riunita una corte marziale.»

«Capisco, signore.»

Detto ciò, Clinton gli aveva rivolto il saluto e poi lo aveva preceduto sulla scaletta che portava alla lancia in attesa.

A quel punto si era fatta sentire una voce isolata, che aveva gridato: «Mandali a quel paese, Tenaglie!»

E all'improvviso tutti i marinai erano esplosi in un coro di acclamazioni e allegre grida di incoraggiamento, a gola spiegata.

«Martello e Tenaglie!» gridavano, gettando in aria il berretto.

Mentre la lancia si allontanava, spinta dai remi verso la spiaggia, Clinton era rimasto a poppa, fissandoli senza espressione. La sua testa scoperta splendeva come un faro nella luce del sole.

Quante settimane erano ormai passate! Eppure la possibilità di riunire un numero sufficiente di ufficiali di grado elevato per costituire una corte marziale avrebbe potuto non presentarsi ancora per molte altre settimane, se non addirittura mesi.

Clinton passava le notti nel suo modesto alloggio. Inoltre, evitato dai suoi confratelli ufficiali, trascorreva la maggior parte della giornata da solo al porto, con lo sguardo fisso sulla piccola cannoniera all'ancora, che stava subendo le riparazioni del caso, e sul clipper dagli alberi spogli.

Aveva visto portare a terra e liberare dalle catene gli schiavi. Quindi aveva osservato quei poveri esseri umani di colore, pieni di confusione, mentre mettevano un segno sotto il contratto di lavoro che li vincolava ai contadini olandesi e ugonotti i quali, poi, li portavano via per insegnare loro quali fossero i nuovi doveri, e aveva dovuto chiedersi a quale altro destino li avesse mai condannati.

Di pomeriggio, infine, saliva alla proprietà dei Cartwright per procedere al corteggiamento di Robyn Ballantyne.

Quel giorno era arrivato presto: mentre risaliva il viale, si fece sentire il cannone di mezzogiorno da Signal Hill. Quando poi vide Robyn nel giardino di rose, si mise quasi a correre. Abbandonò il viale e tagliò per il verde tappeto del prato.

«Robyn! Dottoressa Ballantyne!» gridò, con voce strana e gli occhi sbarrati.

«Che cosa c'è?» chiese Robyn, porgendo il cesto ad Aletta e correndogli incontro sul prato.

«Che cosa c'è?» tornò a chiedere preoccupata, e lui le prese entrambe le mani tra le proprie.

«Lo schiavista!» rispose Clinton, quasi balbettando per la violenza dell'emozione a cui era in preda. «L'americano... l'*Huron*!»

«Sì?» chiese la giovane. «Sì?»

«Sta salpando... lo lasciano andare.»

Fu un grido carico di offesa e pena, che fece gelare Robyn, improvvisamente impallidita.

«Non ci credo.»

«Venga!» disse Clinton. «Ho una carrozza al cancello.»

Il cocchiere frustò i cavalli sulla salita, mentre Clinton gli gridava di fare ancora più in fretta, e i poveri animali arrivarono sulla cresta di Signal Hill con la bocca e il petto lordi di schiuma.

Non appena la carrozza fu frenata, Clinton ne balzò giù, portando Robyn sul bordo della strada, che dava sulla baia. L'alto clipper americano stava scivolando silenziosamente con grazia su un mare verde, increspato dalle creste bianche di schiuma. Rimasero entrambi in silenzio a guardarlo, finché divenne un profilo spettrale, che si fuse con il grigiore del cielo e scomparve.

Sempre in silenzio i due giovani si voltarono, tornando a montare nella carrozza in attesa, e nessuno dei due parlò finché non ne vennero scaricati davanti al cancello della proprietà Cartwright. Solamente allora Clinton guardò Robyn in faccia. Era completamente esangue. Persino le sue labbra erano di un bianco avorio e tremavano per lo sforzo di controllare le emozioni.

«Lo so quello che prova. Dopo tutto quello che abbiamo dovuto sopportare, vedere quel mostro andarsene...» disse il giovane a bassa voce. Ma Robyn scosse violentemente il capo, tornando poi a immobilizzarsi.

«Ho altre notizie», le disse Clinton, quando ebbe valutato che si fosse ripresa, vedendo che alle guance le era tornato un po' di colore.

«Sulla lista dei passeggeri di una nave della Compagnia delle Indie Orientali, arrivata in porto ieri, c'è un contrammiraglio. Sgobbone Kemp gli ha chiesto di convocare i membri della corte marziale. Il processo comincia domani.»

Immediatamente Robyn si rivolse a lui, con espressione addolcita dalla preoccupazione.

«Pregherò per lei ogni momento», disse poi, tendendo d'impulso una mano, che lui afferrò con le proprie, aggrappandovisi.

Fu come se quel contatto avesse sciolto nell'intimo della giovane qualcosa che vi stava ermeticamente rinchiuso, e finalmente le lacrime affluirono ai suoi occhi secchi e brucianti.

«Oh, cara dottoressa Ballantyne», mormorò Clinton. «La prego, non si agiti per me.» Ma attraverso le lacrime Robyn continuò a vedere l'immagine spettrale di una bella nave alta che svaniva oltre la cortina perlacea del mare agitato, e il primo singhiozzo squassò il suo corpo.

Il pavimento della sala da ballo dell'ammiragliato era a riquadri di marmo bianco e nero, sopra cui i personaggi umani erano disposti a caso, come scacchi al termine di una dura partita.

Robyn Ballantyne, in gonna e camicetta di un verde sobrio, stava in piedi a un capo della scacchiera, solitaria regina, mentre di fronte a lei c'erano le torri del dibattito: due ufficiali di marina in uniforme e sciabola, cui erano state affidate le parti dell'accusatore e del difensore. Erano stati scelti a caso, e nessuno dei due era contento di quel ruolo insolito.

Si erano isolati dal resto della compagnia, entrambi occupati con il fascio di documenti che portavano con sé, e non guardavano l'uomo che erano destinati a salvare o condannare, a seconda di quella che sarebbe stata la decisione presa dagli ufficiali di grado elevato che ora erano rinchiusi dietro l'alta porta doppia, all'estremità opposta della sala da ballo.

Gli altri astanti, Denham del *Black Joke*, che teneva il giornale di bordo sotto un braccio, MacDonald, il macchinista, che si nascondeva le mani macchiate di carbone dietro la schiena, e il console onorario dello sceicco di Oman, un prospero commerciante arabo, sembravano i pezzi mangiati nel corso del gioco e messi oltre il bordo della scacchiera.

Solamente l'ufficiale accusato e processato a rischio della vita non stava fermo. Il capitano Clinton Codrington vagava a grandi passi per la sala da ballo, facendo risuonare i tacchi sulle piastrelle di marmo, con la feluca schiacciata sotto un braccio e gli occhi azzurri fissi davanti a sé. Camminava cambiando continuamente direzione, come il cavallo del gioco degli scacchi.

La tensione sembrava pervadere tutta la grande sala, aumentando di minuto in minuto invece di diminuire

Solamente i due fanti di marina, rigidamente posti ai due lati della porta, apparivano impassibili.

Una volta sola Clinton si era fermato davanti a Robyn, estraendo l'orologio.

«Cinquanta minuti», aveva detto.

«Potrebbe anche durare delle ore», aveva replicato la giovane, a bassa voce.

«Non potrò mai ringraziarla abbastanza per la sua testimonianza.»

«Non ho detto altro che la verità.»

«Sì», aveva consentito Clinton, «ma senza di essa...» e si era interrotto, riprendendo i propri vagabondaggi inquieti.

L'ufficiale accusatore, che per due giorni aveva tentato di farlo condannare e spedirlo sulla forca, gli aveva gettato un'occhiata e poi in tutta fretta, quasi con un senso di colpa, era tornato ad abbassare di nuovo lo sguardo sui documenti che teneva nella destra. Robyn era l'unica a guardarlo scopertamente e, qualche istante dopo, quando aveva colto nuovamente il suo sguardo, gli aveva rivolto un sorriso coraggioso, nel tentativo di celare i propri dubbi.

I quattro ufficiali di grado elevato davanti ai quali aveva reso la propria testimonianza l'avevano ascoltata con attenzione, ma nei loro volti non aveva visto né calore né comprensione.

«Signora», le aveva chiesto alla fine l'ammiraglio Kemp, «è vero che lei ha ottenuto la laurea in medicina spacciandosi per un uomo? E se risponde di sì, non crede che ciò ci renderà difficile prestare fede alle sue dichiarazioni?»

Robyn aveva visto i volti degli altri ufficiali seduti di fianco a lui indurirsi e i loro sguardi farsi remoti. L'agente del sultano si era mostrato smaccatamente ostile, durante tutta l'arringa dell'ufficiale accusatore, che lo aveva imputato di una lunga e circostanziata serie di aggressioni e atti di guerra contro il territorio e i sudditi del suo sovrano.

Denham e MacDonald non avevano potuto fare altro che attenersi ai fatti, e del resto la loro opposizione agli ordini del comandante era nero su bianco nel giornale di bordo.

Robyn era solamente sorpresa del fatto che la corte ci mettesse tanto tempo a prendere la sua decisione, ed ebbe un involontario soprassalto quando, con uno schianto che echeggiò contro le pareti della sala vuota, la porta doppia si spalancò e i due fanti di marina si misero sull'attenti.

Attraverso la porta vide gli ufficiali di marina disposti per tutta la lunghezza dell'enorme tavolo della sala da pranzo, di fronte a quella da ballo. Rilucevano di fili d'oro e non capì a fondo le loro espressioni. Fece pertanto un passo in avanti e allungò il collo per arrivare a vedere il lustro ripiano del tavolo, davanti alla loro cupa fila, ma non riuscì a essere sicura di come fossero disposte elsa e punta dell'unica arma che vi era posata. Infine la vista le venne impedita dalle schiene dei tre uomini che si allinearono davanti alla medesima porta.

Clinton era al centro e aveva sui due fianchi l'accusatore e il difensore. A un ordine impartito a bassa voce si fecero avanti e superarono a passo svelto la porta aperta, che si richiuse immediatamente alle loro spalle, impedendo a Robyn di vedere in che direzione puntasse il pugnale di marina che c'era sul tavolo, né se fosse nel fodero o avesse la lama sguainata.

Il significato di quell'arma le era stato spiegato dallo stesso Clinton. Veniva sistemata sul tavolo soltanto quando i giudici avevano preso la loro decisione. Se la lama era nel fodero e se l'elsa era puntata verso il prigioniero che faceva il suo ingresso, la sentenza era «non colpevole». Se invece aveva la lama nuda puntata contro l'accusato, questi sapeva che su di lui incombeva l'ira dei superiori e che quindi avrebbe potuto essere chiamato a pagare il fio dei suoi atti sotto la sferza, se non addirittura sul patibolo.

Clinton tenne lo sguardo fisso su un punto sopra la testa dell'ammiraglio Kemp, mentre le porte si chiudevano di schianto alle sue spalle. Con i due ufficiali che gli stavano ai fianchi si mise sull'attenti a cinque passi dal lungo tavolo lustro dietro a cui sedevano i giudici.

Si sentiva i polmoni pervasi dal gelo, come se fossero stati trafitti da una daga. Lo shock per l'ingiustizia di quel verdetto, l'incredulità che tutta la sua vita crollasse in un colpo solo, la vergogna e la disgrazia di una carriera distrutta e di una reputazione indelebilmente macchiata lo rendevano insensibile a tutto ciò che non fosse la crudele lama che aveva di fronte, e sordo a tutto ciò che non fosse la voce dell'ammiraglio Kemp.

«Colpevole di manifesta inosservanza degli ordini superiori.»
«Colpevole di atti di pirateria in alto mare.»
«Colpevole di aver distrutto beni di sudditi di una potenza amica.»
«Colpevole di aver irriso ai termini di un trattato tra Sua Maestà Britannica e il sultano degli arabi oman.»

Il giovane pensò che ne sarebbe conseguita la sua condanna a morte: il verdetto era troppo particolareggiato, l'elenco delle trasgressioni troppo lungo e la sua colpa troppo grave perché così non fosse. Morte sul capestro.

Sollevò pertanto lo sguardo dall'arma che lo accusava e lo fissò oltre la portafinestra che c'era alle spalle dei giudici. Il colletto alto dell'uniforme, quando tentò di inghiottire la saliva, gli parve il cappio del carnefice.

«Non ho mai temuto la morte, Signore», pregò in silenzio. «C'è soltanto una cosa che rimpiangerò... di dover lasciare la donna che amo.»

Essere privato dell'onore e della vita era punizione sufficiente, ma dover perdere anche l'amore costituiva la più grossa fra le ingiustizie.

«La corte ha ponderato a lungo sulla sentenza», continuò l'ammiraglio Kemp, facendo una pausa e gettando un'occhiata in tralice al contrammiraglio dai capelli argentei che stava al suo fianco, «e ha ascoltato con attenzione gli eloquenti e istruttivi argomenti esposti dall'ammiraglio Reginald Curry.»

Quindi fece un'altra pausa e, prima di proseguire, sporse le labbra, per far capire che si trattava di argomenti con i quali non concordava affatto.

«La sentenza di questa corte è che il prigioniero venga spogliato di ogni grado, privilegio e soldo, e inoltre dimesso con disonore dalla Marina di Sua Maestà.»

Clinton si immobilizzò. Certamente la perdita del grado e la radiazione costituivano solo una premessa al corpo centrale della sentenza.

«Inoltre», riprese Kemp, facendo una terza pausa e schiarendosi la voce, «questa corte sentenzia che il prigioniero venga condotto al castello al fine di esservi...»

Il castello era la sede delle esecuzioni. Il patibolo sarebbe stato eretto sul campo di parata, davanti all'ingresso principale.

«...al fine di esservi imprigionato per la durata di un anno.»

E già i giudici erano in piedi e stavano lasciando la sala in fila indiana. Quando lo smilzo contrammiraglio dai capelli argentei arrivò all'altezza del giovane, le sue labbra accennarono un lieve sorriso cospiratorio, e per la prima volta Clinton si rese conto di non essere stato condannato a morte.

«Un anno», disse, quando la porta si fu chiusa, il tenente di marina che aveva sostenuto l'accusa. «Niente frusta, niente patibolo... Accidenti! Davvero molto generosi.»

«Congratulazioni», disse invece il difensore, con un sorriso incredulo. «È stata opera di Curry, naturalmente. Comandava personalmente la squadra navale contro la tratta sulla costa occidentale. Che colpo di fortuna averlo nel collegio giudicante!»

Pallido, senza voce e incerto sulle gambe, Clinton aveva ancora lo sguardo fisso oltre la portafinestra, dove tuttavia non vedeva nulla.

«Su, caro amico, un anno fa in fretta a passare», concluse l'ufficiale difensore, toccandolo a un braccio. «E poi sarà finita... si riprenda.»

Dal giorno in cui era partito dalla missione di nonno Moffat, a Kuruman, Zouga aveva spinto muli e servitori a un ritmo di trenta chilometri al giorno, ma ora, giunto al passo, tirò le redini di quello sul cui dorso incurvato viaggiava e fissò lo sguardo sopra il panorama della penisola del Capo.

«Siamo quasi a casa, sergente», gridò a Jan Cheroot. «Ci saremo domani sera, prima che faccia buio.»

Jan Cheroot sporse le labbra e fece il gesto di lanciare un bacio verso il panorama, esclamando: «Tirate fuori il cavatappi e dite alle signore di Città del Capo che non per niente la mia mamma mi ha dato il nomignolo di grosso sigaro».

Al suono della sua voce, il mulo che cavalcava agitò le lunghe orecchie pelose e fece un leggero scarto. «Lo senti anche tu, eh, figlio di buona donna?», ridacchiò l'ottentotto. «Forza, andiamo!» aggiunse poi, frustando l'animale e avviandosi sulla discesa.

Zouga rimase fermo a osservare lo sgangherato carretto a due ruote che lo seguiva a un passo più lento, portando il suo prezioso carico di avorio e sculture, come avveniva ormai da circa millecinquecento chilometri.

Ci volle un mese prima che a Robyn venisse consentito di fare una visita al castello. Dopo che la guardia all'ingresso ebbe controllato la sua autorizzazione, la giovane venne condotta in una piccola guardiola sbiancata a calce e priva di qualsiasi mobilio, se si eccettuavano tre sedie a schienale alto e senza cuscini.

Rimase in piedi per dieci minuti prima che la bassa porta di fronte a lei venisse aperta lasciando passare Clinton, che per farlo dovette curvarsi. Quindi il giovane le si fermò di fronte e Robyn fu immediatamente colpita dal pallore della sua pelle. I capelli, invece, non più sbiancati dal sole, si erano scuriti.

Pareva invecchiato, stanco e abbattuto.

«Almeno lei non mi ha abbandonato nella mia disgrazia», si limitò a dire.

Il sottotenente si accomodò nella terza sedia e fece finta di non ascoltare la conversazione. Robyn e Clinton sedettero rigidamente una di fronte all'altro e all'inizio la loro conversazione fu altrettanto impacciata, per lo più composta da una serie di cortesi e reciproche domande riguardanti la salute.

Poi finalmente Robyn chiese: «Ha ricevuto il giornale?»

«Sì. Il secondino è stato così gentile da farmelo avere.»

«Quindi ha letto ciò che ha promesso il nuovo presidente americano all'atto del suo insediamento.»

«Lincoln è sempre stato un implacabile nemico dello schiavismo», assentì Clinton con un cenno affermativo del capo.

«Ha finalmente concesso alle navi della marina britannica il diritto di ispezione.»

«E sei degli stati del sud hanno già proceduto alla secessione», ribatté cupamente Clinton. «Se cercherà di forzare la situazione, ci sarà la guerra.»

«È una cosa assolutamente ingiusta», gridò Robyn. «Poche settimane e lei sarebbe stato un eroe anziché...» sbottò, coprendosi poi immediatamente la bocca con una mano. «Mi scusi, capitano Codrington.»

«Non sono più capitano», replicò lui.

«Mi sento molto in colpa... se non avessi mandato quella lettera...»

«Lei è molto gentile, molto buona», sbottò improvvisamente Clinton, «e talmente bella che faccio fatica a guardarla.»

Robyn si sentì arrossire violentemente e gettò un'occhiata all'ufficiale di guardia, che li stava ascoltando fingendo di esaminare l'intonaco del soffitto.

«Lo sa che cosa ho pensato, quando sono entrato in quella sala e ho visto il pugnale puntato contro di me?» continuò Clinton, e la giovane scosse il capo. «Che l'avrei perduta. Che mi avrebbero impiccato e non l'avrei mai più rivista», riprese Clinton, con voce talmente scossa dall'emozione che l'ufficiale si alzò in piedi.

«Dottoressa Ballantyne, esco da questa stanza per cinque minuti», disse. «Ho la sua parola che in mia assenza non cercherà di consegnare un'arma o un qualsivoglia strumento al prigioniero?»

Robyn annuì di scatto e mormorò: «Grazie!»

Non appena la porta si fu chiusa, Clinton superò di scatto la distanza che li separava e cadde in ginocchio ai suoi piedi. Quindi le circondò la vita con entrambe le mani e le premette la testa al petto.

«Ora non ho più nulla da offrirle, non ho nient'altro che la mia disgrazia da dividere con lei.»

Robyn si trovò ad accarezzargli i capelli come se fosse un bambino.

«Presto tornerò in quella bella terra oltre lo Zambesi. Ora so che il mio destino è là», disse poi a bassa voce. «Per accudire alle anime e ai corpi di coloro che ci vivono.»

Quindi fece una breve pausa e abbassò uno sguardo pieno di affetto sui folti ricci chiari del giovane.

«Lei dice che non ha niente da offrirmi, niente da dividere con me, ma io qualcosa ce l'ho», disse.

Clinton sollevò la testa e alzò verso di lei uno sguardo interrogativo, con un barlume di speranza negli occhi azzurri.

«Non offrirebbe la sua persona per ricevere gli ordini e mettersi al servizio di Dio come missionario, venendo con me nella foresta, fino in Zambesia?»

«Dividere la mia vita con lei e con Dio!» esclamò il giovane con voce rauca e strozzata. «Non avrei mai sognato di essere degno di un tale onore.»

«Quell'individuo è un presuntuoso», affermò con decisione Zouga. «E poi, maledizione, adesso per giunta è in galera. Nessuno di voi due potrà andare in società a testa alta.»

«È uno spirito sincero e nobile, e ora ha trovato la sua vera vocazione in Dio», ribatté Robyn con calore. «E nessuno di noi due intende passare molto tempo in società, puoi starne certo.»

Zouga scrollò le spalle e sorrise. «Certo, sono faccende vostre. Se non altro quel tipo si è fatto un bel po' di soldi con le sue quote di diritto di preda, e nessuno può portarglieli via.»

«Ti assicuro che quei soldi non hanno nulla a che vedere con la mia decisione.»

«Voglio crederci», rispose Zouga, con un sorriso che la fece infuriare, ma prima che Robyn fosse riuscita a replicare qualcosa, già si era voltato e aveva attraversato rapidissimamente la veranda, rimanendo in piedi con le mani in tasca e lo sguardo rivolto oltre i giardini dei Cartwright, fino agli scampoli lontani di mare che si intravedevano tra le querce e le palme.

La rabbia di Robyn si placò, cedendo all'amarezza. Ormai pareva che loro due dovessero sempre essere in contrasto, con desideri e aspirazioni esattamente opposti.

Sulle prime il suo sollievo al saperlo vivo era stato pari alla gioia provata poi nel rivederlo. L'aveva a malapena riconosciuto, quando lo aveva visto risalire a dorso di mulo il viale di casa Cartwright. Soltanto quando era smontato togliendosi il cappello pieno di macchie, era balzata in piedi, correndo ad abbracciarlo.

Era talmente magro, irrobustito e abbronzato, nonché in un certo senso arricchito di nuova autorità e determinazione, che lei s'era sentita colmare di orgoglio quando Zouga aveva raccontato tutte le sue esperienze, facendo pendere dalle proprie labbra tutti i presenti. «Sembra un dio greco!» le aveva mormorato Aletta Cartwright. Una definizione non del tutto originale, ma del resto perfettamente consonante con la stessa Aletta, che nell'occasione si era rivelata se non altro precisa.

Quindi Robyn aveva seguito con grande attenzione tutte le descrizioni del fratello circa la terra dei matabele e la strada che portava a sud, ponendogli domande talmente acute che Zouga le aveva chiesto bruscamente: «Spero che tu non abbia intenzione di farne uso per tuo conto, vero?»

«Certo che no», gli aveva assicurato lei, ma lì erano cominciate le dolenti note, e Zouga non aveva più parlato delle proprie avventure, se non per portarle i saluti del nonno, Robert Moffat.

«Non si crederebbe mai che abbia compiuto i settantacinque anni il dicembre scorso. È vivacissimo e lucidissimo, e ha appena finito di tradurre la Bibbia in lingua sechuan. Mi ha dato tutto l'aiuto possibile ed è stato lui a trovarmi i muli. Si ricorda di quando avevi tre anni, ha ricevuto la tua lettera e mi ha dato questa in risposta», aveva aggiunto, porgendole un sottile involto. «Dice che gli hai chiesto notizie circa la possibilità di guidare una spedizione missionaria in Zambesia o nella terra dei matabele.»

«Infatti.»

«Sissy, non credo che una donna da sola...», aveva cominciato a dire Zouga, ma lei lo aveva interrotto subito.

«Non sarò sola. Il capitano Clinton Codrington ha deciso di chiedere di essere ordinato missionario e io ho acconsentito a diventare sua moglie.»

E così si era arrivati a una nuova crisi che ancora una volta aveva turbato i loro rapporti. Sbollita la rabbia, Robyn cercò di fare uno sforzo per evitarne una nuova esplosione.

«Zouga», disse, attraversando a sua volta la terrazza e prendendolo per un braccio. «Ti sarei grata se mi dessi il tuo consenso per le nozze.»

Il braccio di Zouga perse buona parte della sua rigidezza, rilassandosi leggermente.

«Quando dovrebbero essere, Sissy?»

«Non prima di sette mesi. Clinton ha ancora tanto da scontare.»

Zouga scosse il capo. «Non ci sarò. Ho prenotato un passaggio sul piroscafo della Peninsular and Orient che salpa all'inizio del mese prossimo», disse poi. Quindi rimasero entrambi in silenzio, finché Zouga riprese: «Ma ti auguro ogni gioia e felicità... e mi scuso per quello che ho detto prima circa il tuo futuro sposo».

«Capisco», replicò Robyn, stringendoglisi al braccio. «È un uomo molto diverso da te.»

Zouga fu sul punto di esclamare «Grazie a Dio!», ma si trattenne, e di nuovo rimasero entrambi in silenzio.

Zouga stava pensando al problema che lo preoccupava da quando era tornato al Capo: come farsi dire da Robyn ciò che aveva scritto nel suo manoscritto e come cercare di convincerla a modificarne quelle parti che potessero essere pregiudizievoli per la reputazione della famiglia.

E, ora che aveva saputo che sua sorella non sarebbe tornata in Inghilterra, riteneva fosse giunta la migliore occasione per farlo.

«Sissy», disse pertanto, «se il tuo manoscritto è pronto, sarò lieto di portarlo con me e di provvedere che arrivi sano e salvo nelle mani di Oliver Wicks.»

Il viaggio fino in Inghilterra gli avrebbe consentito la più ampia opportunità di esaminare il lavoro della sorella, e se la consegna del medesimo fosse stata ritardata di un mesetto dopo il suo arrivo, la pubblicazione della propria relazione avrebbe monopolizzato l'interesse e l'attenzione critica.

«Ah, non te l'avevo detto?» rispose Robyn, sollevando il mento e rivolgendogli un sorriso carico al tempo stesso di piacere e dispetto. «L'ho spedito con il postale un mese prima che tu arrivassi qui. Ormai dovrebbe essere a Londra, e non sarei sorpresa se Wicks lo avesse già pubblicato. Mi avrà senz'altro mandato le recensioni. Penso che arriveranno con il prossimo postale.»

Zouga liberò il braccio con uno strattone e le rivolse dall'alto in basso uno sguardo d'acciaio.

«Sì, avrei proprio dovuto dirtelo», aggiunse ancora Robyn in tono dolce. La reazione del fratello aveva confermato in lei tutti i suoi dubbi e ormai sapeva che avevano perduto anche l'ultimissima occasione di accordo. Da quel momento in poi sarebbero stati nemici, e confusamente avvertiva che oggetto della loro inimicizia sarebbe sempre stata quella terra lontana, tra i due grandi fiumi, a cui Zouga aveva dato il nome di Zambesia.

Alla fine della Woodstock road sulla riva del fiume Liesbeck, non lontano dal tetto a cupola del Regio Osservatorio Astronomico, si innalzavano i magazzini Cartwright. Un edificio irregolare, in mattoni non cotti di Kimberley, sbiancato a calce e con il tetto in lamiera ondulata.

Contro la parete posteriore del magazzino principale stavano appoggiati tre oggetti, lasciati lì in deposito dal maggiore Morris Zouga Ballantyne, in quel momento a bordo del piroscafo *Bombay*, della Peninsular and Orient, in viaggio dall'India al Pool di Londra. I tre voluminosi oggetti erano quasi completamente nascosti alla vista dai mucchi di balle e casse, barili e sacchi, che raggiungevano quasi il soffitto.

Con l'incurvatura del loro avorio giallastro, le due enormi

zanne d'elefante formavano una cornice perfetta per il terzo involto. La figura scolpita in pietra era ancora contenuta nella sua copertura protettiva fatta con erba degli elefanti e corteccia. Ritta sul suo pesante basamento, era un puro caso che fosse rivolta a nord.

L'erba che ne ricopriva la testa era stata strappata via dall'incuria di chi vi aveva messo mano e dai lunghi mesi di viaggio, prima sulle spalle dei portatori e poi sul pianale di un carretto senza molleggio.

La crudele e orgogliosa testa del falco sporgeva dalla protezione e i suoi occhi di pietra, incapaci di vedere, spingevano lo sguardo al di là di foreste, montagne e deserti, fino a una città murata in rovina. Nell'aria sopra di essa sembravano aleggiare come oggetti viventi le parole della profezia pronunciata dalla Umlimo.

«L'aquila bianca è calata sui falchi di pietra e li ha gettati a terra. Ora l'aquila tornerà a erigerli ed essi voleranno lontano. Non ci sarà pace nel regno dei mambo o dei monomotapa finché essi non torneranno. L'aquila bianca continuerà a combattere contro il toro nero finché i falchi di pietra non si poseranno di nuovo.»

UN MAESTRO DEL ROMANZO D'AZIONE

Desmond Bagley
Una lettera dai Maya

Una caccia al tesoro sulle tracce della misteriosa città sepolta di Uaxanoc, nelle foreste selvagge dello Yucatán.
Una vicenda così emozionante che toglie il fiato.

Desmond Bagley
Tra due fuochi

L'incredibile avventura di un gigantesco autotreno attraverso un'Africa sconvolta da guerre e tumulti.

Desmond Bagley
Uragano sui Caraibi

David Wyatt, metereologo della base USA di Cap Serrat, è il solo a rendersi conto della forza devastatrice dell'uragano Mabel. Dal suo intuito può dipendere la salvezza di migliaia di persone...

TEADUE

Finito di stampare
nel mese di febbraio 1999
per conto della TEA S.p.A.
dal Nuovo Istituto d'Arti Grafiche - Bergamo
Printed in Italy

TEADUE
Periodico settimanale del 21.6.1995
Direttore responsabile: Mario Spagnol
Registrazione del Tribunale di Milano n. 565 del 10.7.1989

*I romanzi di Wilbur Smith
pubblicati in edizione rilegata
dalla Longanesi & C.*

Il ciclo dei Courteney

Uccelli da preda
Il destino del leone
La voce del tuono
Gli eredi dell'Eden

I Courteney d'Africa

La spiaggia infuocata
Il potere della spada
I fuochi dell'ira
L'ultima preda
La Volpe dorata

Il ciclo dei Ballantyne

Quando vola il falco
Stirpe di uomini
Gli angeli piangono
La notte del leopardo

Gli altri romanzi

Come il mare
L'orma del Califfo
Dove finisce l'arcobaleno
Un'aquila nel cielo
L'ombra del sole
L'Uccello del sole
Cacciatori di diamanti
Il canto dell'elefante
Una vena d'odio
Sulla rotta degli squali
Il dio del fiume
Il settimo papiro
Ci rivedremo all'inferno